ro
ro
ro

Amanda Kyle Williams lebt in Atlanta im Süden der USA. Für die Keye-Street-Serie hat sie Kurse bei Brent Turvey, einem bekannten Kriminologen und Profiler, genommen, als Privatdetektivin fremde Menschen überwacht und als Gerichtsbotin gearbeitet. Im Rowohlt Taschenbuch Verlag erschien bereits ihr erster Roman mit Keye Street «Cut».

Amanda Kyle Williams

BROKEN

Thriller

Aus dem Englischen
von Ulrike Wasel
und Klaus Timmermann

Rowohlt Taschenbuch Verlag

Die Originalausgabe erschien 2012 unter dem Titel
«Stranger in the Room» bei Bantam Books,
an imprint of the Random House Publishing Group,
a division of Random House, Inc., New York.

Veröffentlicht im Rowohlt Taschenbuch Verlag,
Reinbek bei Hamburg, Februar 2015

Redaktion Susann Rehlein
Umschlaggestaltung any.way, Cathrin Günter,
nach einem Entwurf der Hafen Werbeagentur, Hamburg
Umschlagabbildung Andrew Holt/Getty Images
Satz Arno Pro, InDesign,
bei Pinkuin Satz und Datentechnik, Berlin
Druck und Bindung CPI books GmbH, Leck, Germany
ISBN 978 3 499 25522 9

Für meine Freundin Kari Bolin, deren
diabolische Phantasie mich selbst
an öden Tagen beflügelte.

PROLOG

Die Scheinwerferkegel strichen über einen prächtigen Magnolienbaum, als sie den Scheitelpunkt der Elizabeth Street erreichte. Die dicken weißen Blüten leuchteten in der Dunkelheit wie Zähne unter Schwarzlicht. Im Inman-Park-Viertel von Atlanta waren kurz vor elf an einem nieseligen Donnerstag die Bürgersteige hochgeklappt. Renovierte Einfamilienhäuser, gehobene Mittelschicht, ruhige Lage.

Zwei Wodka Martini zeigten Wirkung, und Miki Ashton gähnte zwischen den langsamen Schwenks der Scheibenwischer. Ja, sie konnte problemlos noch fahren, hatte sie ihren Freunden versichert. Nicht gesagt hatte sie, wie sehr ihr davor graute, in das leere viktorianische Haus zurückzukehren. Wie kommt es, dass man sich so einsam und verlassen fühlt, wenn man nach einem fröhlichen Beisammensein mit ein paar Drinks intus nach Hause fährt? Sie bedauerte, dass sie keine Haustiere hatte, keinen Hund, der sie begrüßen würde. Sie war mit Tieren aufgewachsen. Aber ihr Beruf, die vielen Reisen – es wäre nicht fair. Sie parkte den 76er Spitfire in der gepflasterten Einfahrt. Zwischen den Steinen wucherte Gras. Wieso hatten ihre Nachbarn anscheinend keinerlei Mühe, ihre Rasenflächen stets tadellos gepflegt zu halten?

Sie schob ein hüfthohes Holztor auf, das nicht mehr lackiert worden war, seit sie das Haus gekauft hatte, und dringend einen frischen weißen Anstrich brauchte. Dem Nachbarschaftsverein war ihre Nachlässigkeit ein Dorn im Auge. Etliche höflich formulierte Zettel in ihrem Briefkasten hatten sie an ihre Pflichten erinnert. Hatten die Leute keine anderen Sorgen?

Die Tasche über die Schulter gehängt, ging sie mit ausladenden Schritten in kniehohen Stiefeln über den nassen Weg zur Haustür. Ihre Absätze hallten hohl auf den gestrichenen Bohlen der umlaufenden Veranda wider. Ein unheimliches, gespenstisches Gefühl ließ sie stocken – das Gefühl, beobachtet zu werden. Nein. Nicht ganz. Beobachtet zu werden, daran war sie gewöhnt. Schließlich hörte Miki Ashton schon ihr Leben lang, dass sie hübsch war. Das hier war anders. Das hier hatte Zähne und Klauen. Es sträubte ihr die Nackenhaare. Plötzlich wollte sie weglaufen, als wäre sie sechs Jahre alt – als hätte sich ein Monster unter dem Bett versteckt, und sie müsste so schnell wie möglich so weit wie möglich weg. Im Laufe der Jahre hatte es reichlich Monster gegeben – Einweisungen, Verschreibungen, Suizidversuche, Rasierklingen, die eine oder andere Überdosis. Der bewaffnete Kampf gegen ihren eigenen Körper hatte begonnen, als sie vierzehn war und sich das erste Mal mit einer Rasierklinge die papierdünne Haut an den Handgelenken ritzte.

Unter einer einsamen Kugellampe fummelte sie mit den Schlüsseln herum. Sie musste sich endlich mal um bessere Beleuchtung kümmern. Wieder dieses Gefühl. Panik. Als würde gleich jemand mit einer Hockeymaske vor dem Gesicht und einer Kettensäge in der Hand aus den Büschen springen. Zu viele Filme. Zu viele Schmöker aus irgendwelchen Flughafenbuchläden.

Krieg endlich den verdammten Schlüssel ins Schloss.

Und dann hörte sie es. Miki hatte sich jedes Ächzen und jedes Seufzen eingeprägt, das das alte Haus von sich geben konnte. Vielleicht hätte sie ihre Medikamente nicht absetzen sollen. Vielleicht ging ihre Phantasie mit ihr durch …

Da war es wieder – die Holzdielen.

Drinnen.

Sie schlich über die Veranda zum Panoramafenster, die kleine Stiftlampe an ihrem Schlüsselbund fest in der Hand. Sie knipste sie an, und ein schwacher Lichtstrahl huschte über ihre fransenverzierte Ottomane, den Parkettboden, den antiken Schaukelstuhl, den sie auf einer Reise gekauft und sich nach Hause hatte schicken lassen, das Buch, das sie heute aufgeschlagen auf dem Couchtisch liegen gelassen hatte.

Dann war alles weg, das Licht wie abgeschnitten. Sie brauchte eine Sekunde, um zu begreifen, was sie da vor sich sah – die dunkle Silhouette eines Mannes, der auf der anderen Seite des Fensters stand. Er blickte sie an – schwarze Kleidung, Skimaske –, reglos. Dann hob er seelenruhig den Arm, formte mit Daumen und Zeigefinger eine Pistole und drückte ab.

Der Schock katapultierte sie nach hinten. Schwindel kreiselte ihr durch den Kopf und erreichte dann ihre Kehle. Sie gab ihr Martini-Dinner von sich.

Irgendwo auf der Straße sprang ein Motor an.

Mikis Hand zitterte, als sie die Notrufnummer wählte.

1

Am Donnerstagabend klingelte mein Telefon.

«Ich muss dich sehen», sagte meine Cousine Miki.

Ach du Schande. Miki, die Tochter von Florence, der gestörten Schwester meiner Adoptivmutter. Als Jimmy und ich Kinder waren, wohnte sie auf einem Hausboot in ihrem eigenen Garten. Ich hatte Miki schon länger nicht gesehen. Wahrscheinlich war sie mal wieder in irgendein Drama verwickelt. Vielleicht steckte sie aber auch ernstlich in Schwierigkeiten. Miki zog Probleme magnetisch an.

Ich war so spät noch im Büro, um die Arbeit aufzuholen, die ich die ganze Woche über vor mir hergeschoben hatte, es war ein letzter verzweifelter Versuch, zum Unabhängigkeitstag ein langes Wochenende rauszuschlagen. Auch die Klimaanlage machte Überstunden. Atlantas drückend heißer Sommer war auf uns niedergegangen wie ein brennendes Gebäude.

Mein Name ist Keye Street. Ich betreibe eine kleine Detektei für INFORMATIONEN & ERMITTLUNGEN, wie ein Schild an meiner Bürotür verkündet. Und mit «klein» meine ich, dass sie nur aus mir und dem rotäugigen Computer-Nerd Neil Donovan besteht. Und mit «rotäugig» meine ich, dass er vermutlich heute Morgen schon einen Joint zu seinem Rührei geraucht hat. Von Haus aus bin ich Polizistin, Kriminologin, Psychologin und, na ja, Alkoholikerin. Ich war mal psychologische Gutachterin beim FBI, in der Abteilung für Verhaltensanalyse. Aber das hab ich in den Sand gesetzt, wie so ziemlich alles andere in meinem Leben damals. Deshalb bin ich jetzt Privatdetektivin. Die Arbeit liegt mir.

«Was ist los, Miki?», fragte ich. «Alles in Ordnung?»

«*Nein*», sagte meine liebreizende, rotblonde Cousine. Nebeneinander sahen wir beide aus wie Foto und Negativ. Ich bin eine chinesisch-amerikanische trockene Alkoholikerin mit Südstaatenakzent, weißen Eltern und einem schwulen afroamerikanischen Bruder. Neil ist überzeugt, man könnte diesen multiplen Minderheitenstatus irgendwie zu Geld machen. Vielleicht ein staatliches Förderprogramm. Generation-Y-Anspruchsdenken plus ein subversives Kifferhirn – da kann ja nichts Vernünftiges rauskommen.

Neil ist hauptsächlich für die Computerrecherchen zuständig, und ich hole Informationen ein, will heißen, ich hefte mich bestimmten Leuten an die Fersen, durchsuche ihren Müll, mache heimlich Fotos von ihnen, belausche ihre Unterhaltungen, wenn ich die Gelegenheit dazu habe, und stecke die Nase in ihre Privatangelegenheiten. Alles sehr glamourös. Wie mein mit Schokoriegel-Verpackungen und Starbucks-Bechern zugemüllter Wagen beweist. Unsere Kundenkartei besteht hauptsächlich aus Anwaltskanzleien und Headhunteragenturen, aber wir arbeiten für jeden, der Geheimnisse unter dem Teppich hervorgekehrt haben möchte. Vermisste Personen, Observierungen, Kautionseintreibungen und Gerichtszustellungen spülen auch dann Geld in die Kasse, wenn das Geschäft während der Winterferien eher mau läuft. Aber wenn es heiß wird in Atlanta und die grelle Südstaatensonne das Blut in unseren Adern zum Brodeln bringt, wenn die Kleidung knapper wird und in brechend vollen Straßencafés überarbeitete Kellner Tabletts mit eiskalten Getränken zu den Tischen schleppen, steht mein Telefon kaum noch still. Die

Unartigen sichern mir den Lebensunterhalt. Damit habe ich kein Problem. Hauptsache, ich kann mir weiter meine Krispy-Kreme-Donuts leisten. Die ohne Schnickschnack, nur mit Zuckerguss und noch warm, sind meine derzeitige Sucht.

«Keye, ich muss dich jetzt sofort sehen», sagte Miki mit Nachdruck. «Es ist ernst.»

Ich ließ ein paarmal den Kopf kreisen. Bei Miki war immer alles total ernst. Ich war müde. Ich hatte tagsüber zwei Vorladungen zugestellt; bei einer musste ich einer Frau bis zu ihrem Arbeitsplatz folgen, mir ohne Rücksicht auf Verluste Zutritt zu ihrem Büro verschaffen und ihr den Schrieb hinwerfen, ehe sie ihren Kaffee abstellen konnte. Anschließend kämpfte ich mit dem Chaos rund um das Gerichtsgebäude von Fulton County, das sich Parkleitsystem nennt, erledigte den Papierkram für den Staatsanwalt, fuhr wieder los, spürte für Tyrones Kautionsbüro Quickbail einen Kautionsflüchtling in East Atlanta auf und lieferte ihn im Polizeipräsidium ab. Außerdem wartete meine zickige Katze schon seit Stunden auf ihre Portion Kondensmilch.

«Jemand ist in mein Haus eingebrochen, Keye. Ich kann da jetzt einfach nicht rein.»

Ich schnappte mir meine Schlüssel. «Ich hole dich ab.» Mikis Haus in Inman Park lag nur ein paar Blocks von meinem Büro an der Highland Road entfernt.

«Nein. Treffen wir uns im Gabe's. Ich muss Leute um mich haben. Und ich brauche einen Drink.»

Ich nahm meinen Füller und biss darauf. Ich brauchte auch einen Drink, verdammt.

«Keye, bitte», sagte Miki, und da hörte ich etwas zum ersten Mal: echte Angst in der Stimme meiner Cousine.

Neun Minuten später fuhr ich auf den kleinen Parkplatz gegenüber vom Gabe's an der Juniper Street. Der Laden war eine

Mischung aus Kaminbar und Restaurant, mit Plüschsesseln, viel Platz zum Entspannen und einer Zigarrenlounge – so ein Lokal, wo Single Malt in genau der richtigen Temperatur serviert wird. Im Frühling und Sommer gab es Gourmet-Tapas auf der großen Veranda, die bis an die Straße reichte und einen Blick auf die verbaute Skyline bot, die Gäste drängten sich dort bis zum späten Abend. Das 14th Street Playhouse, das Alliance Theatre, die Symphony Hall und das Fox Theatre, alle diese Spielstätten versorgten das Gabe's mit hipper Kundschaft, Multitasker, die sich mit dir unterhalten können und dabei gleichzeitig simsen, ihren Facebook-Status aktualisieren und die Weinkarte twittern.

Ich sah einen Menschenauflauf auf dem Parkplatz, als ich nach einer Lücke für den Impala suchte. Mein Instinkt sagte mir, dass Miki der Auslöser war. Ständig musste sie eine Show abziehen. Wann immer ich mit ihr aus gewesen war, stets hatte sie eine Entourage um sich, treue Anhänger, die sich in ihrem Glanz sonnen wollten. Auf diese Weise hielt sie alle auf Distanz und konnte gleichzeitig die Bewunderung genießen, die sie brauchte.

Ich parkte, bezahlte beim Parkwächter und ging in Richtung der Leute. Die Menge gut angezogener Menschen öffnete sich gerade so weit, dass ich die zarte Gestalt meiner Cousine in der Mitte sehen konnte. Als ich näher kam, roch ich Verbranntes und bemerkte ein kleines Feuer aus Zweigen und Laub und irgendetwas aus Stoff. Ich blieb am Rand stehen.

«Ihre schwarzen Handschuhe», flüsterte die Frau neben mir ehrfürchtig. Aha, die schwarzen Handschuhe. Erklärung überflüssig. Jeder in Mikis Leben kannte diese Handschuhe. Sie waren ein fester Bestandteil ihrer Depressionsrituale geworden. Ich glaube, wir hatten alle irgendwann mal gehofft, die Dinger zu tragen, würde Miki als Ausdruck ihres Unglücks genügen und sie davon abhalten, sich wieder selbst zu verletzen. Aber die Handschuhe hatten bloß als Warnung gedient. Irgendwer fand Miki dann in der Wanne, auf dem Fußboden, im Bett – mit aufgeschnittenen Pulsadern und so viel Barbituraten im Blut, dass selbst Keith Richards beeindruckt gewesen wäre.

Ich schob mich durch die Gruppe und sah Miki vor dem schwelenden Häufchen stehen. Jemand reichte ihr ein Sektglas. Sie hob das Glas dramatisch, als das letzte bisschen Stoff im Feuer zusammenschrumpfte. Jubel brach aus, während sie das Glas in einem Zug leerte.

Sie sah mich, lächelte und rief: «Ich hab die Kurve gekriegt, Keye. Der Vorhang hat sich geöffnet.» Und dann trat sie aus dem Kreis und ließ ihre Fans ohne ein Wort stehen. Sie umarmte mich und flüsterte: «Sei heute Abend mein Date. Beschütz mich vor den Wölfen.»

Ich hakte mich bei ihr ein, und wir überquerten die Juniper Street, schlängelten uns zwischen den Tischen auf der voll besetzten Veranda hindurch und gingen ins Gabe's. Der erste Hauch von Tequila und Limette umarmte mich wie ein alter Freund. Inzwischen hab ich die meiste Zeit eigentlich nicht mal mehr Lust auf einen Drink. Nicht, wenn ich nachdenke. Aber es gibt Auslöser – ein Geruch, ein bestimmtes Glas, Geselligkeit –, da fängt mein Suchthirn fleißig an, die Erinnerungen zu romantisieren, zum Beispiel wie der erste Schluck des Tages den Stress lindert, wie ein guter Tawny Port nach dem Essen sich im Mund anfühlt und der Geschmack auf den Lippen bleibt. Dann spüre ich, dass meine Abstinenz auf der Kippe steht. Ich fühlte eine prickelnde Wärme im Nacken. Ich musste dringend wieder zu den Anonymen Alkoholikern. Natürlich hatte ich auch das sträflich vernachlässigt, wie so vieles.

Miki trug ein schwarzes Kleid, das ab den Knien ausgestellt

war, eher Judy Jetson als Audrey Hepburn, und Overknee-Stiefel. Sie stellte sich neben mich an die Bar und sah mir forschend ins Gesicht. Wir mussten aussehen wie ein Liebespaar, was Miki garantiert einkalkuliert hatte. Auch so eine Methode, sich ihre Anhänger vom Leib zu halten.

«Alles in Ordnung?», fragte sie und fuhr dann fort, ohne mir Zeit zum Antworten zu geben. «Ach so, klar. Das mit dem Alkohol. Aber was soll's? Ich passe schon auf, dass du dir nicht die Kante gibst. Na los, bestell dir einen Scheißdrink.»

«Das ist die schlechteste Idee des ganzen verdammten Tages.»

Sie griff in ihre Handtasche und ließ kurz ein Glasröhrchen mit einem schwarzen Deckel sehen. «Ich hab ein bisschen Koks dabei. Würde eine Line helfen?»

So ist meine Miki, denkt immer an andere. «Wohl kaum», antwortete ich mit mehr Abscheu, als ich ihr zeigen wollte. Wir alle schauten Miki seit Jahren bei ihrer unaufhaltsamen Selbstzerstörung zu. Ich war es echt leid. Ich hatte das alles selbst durchgemacht. Den Leuten, die uns spiegeln, gegenüber ist es mit unserer Toleranz nie weit her, oder?

Ich bestellte einen Traubensaft und erntete das gleiche Grinsen, das ich mir meistens gefallen lassen muss, wenn ich in einer Bar einen Traubensaft bestelle. Sie hatten natürlich keinen. «Okay, wie sieht's mit Pepsi light aus?» Ein paar Leute starrten mich an. Pepsi in einer Coca-Cola-Stadt zu bestellen war Hochverrat.

«Wir haben Cola light», erwiderte der Barkeeper.

Ich entschied mich für ein Mineralwasser mit Zitrone, und Miki bestellte einen Wodka Martini, *extra dirty*. Wir gingen nach hinten durch zu einem freien Sofa mit Couchtisch. Im Raum verteilt standen lackierte Kirschholztischchen mit Schachbrettern. Und obwohl unser langer heißer Sommer in vollem Gange war, hatte man die Klimaanlage so eiskalt eingestellt, dass die Gaskamine die Luft wieder aufwärmen konnten. Von meinem Platz aus hatte ich einen guten Blick auf die im sanften Licht schimmernde Bar mit ihren Spiegeln. Ich schaute Miki an und versuchte, die Male an ihren Armen zu übersehen. Die dicken horizontalen Streifen aus weißem Narbengewebe erinnerten daran, wie verzweifelt sie gewesen war und wie zutiefst unfähig, sich selbst zu lieben. Es waren bestimmt acht oder zehn Schnitte an jedem Arm. An meiner Porzellanpuppen-Cousine wirkten sie besonders martialisch. Sie hatte vorhin die langen, schwarzen Handschuhe verbrannt, mit denen sie die Narben verdeckt hatte. Vielleicht war sie ja jetzt so weit, sie anzuschauen. Nicht zum ersten Mal war ich froh darüber, dass die DNA, die Mikis psychische Gesundheit ebenso vergiftet hatte wie die ihrer Mutter – vielleicht hatte sie sogar gelegentlich mit dem Glück meiner Adoptivmutter geflirtet –, nicht auch durch meine Adern rauschte. In Mutters Familie gab es etliche Fälle von Schwermut, über die der Mantel des Schweigens gebreitet wurde. Bei uns in den Südstaaten gibt keiner offen zu, wenn er an Depressionen leidet. Doch Florence und Miki hatten mit ihrem unverhohlenen und mitunter öffentlichen Kranksein die Familiengeheimnisse ans Licht gezerrt. Zum Glück war Miki jedes Mal rechtzeitig gefunden worden, wenn sie sich die Pulsadern aufgeschlitzt oder einen Haufen Pillen geschluckt hatte – von einem selbsternannten Aufpasser, einem Groupie, von jemandem aus dem Heer von Männern und Frauen, die sie wie hungrige Möwen umschwirrten. Sie konnten nicht anders. Eine strahlende, brillante, düstere und emotional unerreichbare Frau ist unwiderstehlich für die Dämonen und Obsessionen co-abhängiger Helfer und Masochisten. Mikis Krankheit inspirierte sie.

«Was sollte das mit den Handschuhen?», wollte ich wissen. Wir hatten uns zurückgelehnt, Drinks in der Hand, Beine übereinandergeschlagen, und blickten uns an.

«Dieser Teil meines Lebens ist vorüber.»

«Nimmst du deine Medikamente?»

Miki schüttelte den Kopf. «Ich kann so nicht leben. Ich kann nicht betäubt durchs Leben gehen. Ich kann einfach nicht.»

Ja klar. Koks und Alkohol betäuben natürlich überhaupt nicht. Sie war vermutlich auf einem manischen Höhenflug mit Aufputschmitteln und Alkohol. Ich fragte mich, ob der Einbruch in ihr Haus Tatsache, Einbildung oder reine Erfindung war. Offenbar sah sie mir meine Bedenken an.

Sie beugte sich vor und flüsterte: «Ich glaube, ich verfolge jemanden. Ich weiß nur nicht genau, wen.»

Ich starrte sie verständnislos an.

«Ach, komm schon, Keye. Entspann dich. Das war ein Witz.»

Stresshormone fingen an, mir durch die Blutbahnen zu jagen. Mein Blick fiel auf den Martini. Er war trübe und kalt. Meine Speicheldrüsen arbeiteten auf Hochtouren. Ich wollte nicht hier sein. *Was soll's? ... Na los, bestell dir einen Scheißdrink.*

Eine vollbusige Brünette mit einem altmodischen Zigarettenbauchladen kam vorbei und strebte in Richtung Zigarrenlounge, wo sie Spitzen abknipsen und Cognacs nachschenken würde. Irgendjemand an der Theke leckte Salz und Limette und kippte Tequila. Ich quetschte Zitronensaft in mein Mineralwasser und blinzelte zu Miki hoch. *Geduld.* Irgendetwas hatte ihr Angst gemacht. Sie wollte in diesem Moment hier sein, und ich musste in der realen Welt funktionieren, wo Leute nun einmal in Bars trinken und mit mir reden wollen. Ich bin Privatdetektivin, Herrgott noch mal. Die Hälfte meiner

Kunden sind Säufer. Die alte Leier lief ab, dass es zu schwer war, dass ich einen Drink wollte. Ich rief mir in Erinnerung, dass es nicht real war. Das war bloß der Verstand, der durch schattenhafte alte Korridore geisterte. Ich riss mich zusammen, in dem Bewusstsein, dass jedes Mal, wenn ich das tat, jedes Mal, wenn ich nein sagte, neue Denkbahnen in mich hineingebrannt wurden, die helfen könnten, die nächste Krise abzuwenden.

«Ich hab einen Trainer engagiert, der alternative Methoden zur Stimmungsstabilisierung anwendet, um die Leute von Medikamenten wegzukriegen», erzählte Miki mir. «Sport und Ergänzungsmittel, Akupunktur und Diät. Es funktioniert. Ich mache Sport wie eine Wilde. Dabei wird irgend so eine Chemikalie freigesetzt, die mich gesund hält. Du weißt doch, dass ich schon eine ganze Weile brav bin, oder?»

Mit «brav» meinte sie, dass sie seit zwei Jahren nicht mehr eingewiesen worden war, weil sie sich geritzt oder eine Überdosis genommen hatte. Sie holte das Glasröhrchen aus ihrer Handtasche, füllte den Deckel mit weißem Pulver und schaute sich kurz um, ehe sie das Zeug unter ein Nasenloch hielt und einsog.

«Gehören Kokain und Wodka auch zur Diät?»

«So zynisch, Keye.» Sie ließ das Martiniglas sacht kreisen, nahm dann einen Schluck. Ich roch die Olivenlake. Ihre Lider hoben sich, und sie sah mich aus blauen Augen an. «Das macht mich wirklich traurig.»

«Du bist nicht die erste manisch-depressive Patientin, die gegen Medikamente argumentiert.»

«Ich bin keine Scheißpatientin!», explodierte Miki. Blicke richteten sich auf uns. Sie stellte ihren Martini zu fest ab. Flüssigkeit schwappte über den Rand. «Ich bin deine Cousine, Keye. Was soll der Scheiß?»

«Das war eine berechtigte Frage, Miki», konterte ich.

«Ich war letztes Jahr für den Pulitzer-Preis nominiert, Keye, für Fotoberichterstattung. Menschenskind, für den *Pulitzer*. Ist dir schon mal aufgefallen, wie viele World Photography Awards ich bei mir im Regal stehen hab? Manche von uns haben ihre Gelüste ganz gut im Griff. Wie sieht's damit bei dir aus?», drehte sie das Messer in meinem Bauch herum.

«Ich hab auch um meine Sucht gekämpft, Miki», erwiderte ich sanft. «Lange. Es hat sich nicht gelohnt.»

«Bei mir im Wohnzimmer war jemand, als ich heute Abend nach Hause kam. Können wir uns einfach darauf konzentrieren?»

«Erzähl mir, was passiert ist», sagte ich betont sachlich.

Sie berichtete mir, wie sie an der Tür mit den Schlüsseln hantiert, dann irgendwas gehört und gewusst hatte, dass jemand im Haus war. Ihr streitlustiges Verhalten legte sich. Tränen liefen ihr über die blassen Wangen. Sie wischte sie weg und nahm mit zittriger Hand ihr Martiniglas. «Ich bin zu dem Fenster an der Veranda, und ich hab ihn gesehen. Im Wohnzimmer, Keye. Er war von der Haustür zum Fenster gegangen. Und er stand einfach da und starrte mich an. Er hat mit der Hand eine Pistole gemacht, so.» Miki hob den Daumen und streckte den Zeigefinger. «Und er hat abgedrückt.» Eine weitere Träne kullerte.

Ich legte meine Hand auf ihre. «Ist irgendwas gestohlen worden?»

Sie schüttelte den Kopf. «Mir ist nichts aufgefallen, als ich mit der Polizei durchs Haus ging. Ich bin aber nicht lange drin geblieben. Es ist total unheimlich, wenn du weißt, dass da jemand in deinen vier Wänden war und deine Sachen angefasst hat. Ich bin ins Auto und ein Stück die Straße runter und hab dich angerufen.»

«Wenn er dir was hätte tun wollen, hätte er sich nicht bemerkbar gemacht.»

Miki winkte einer Kellnerin, hob ihr Glas und sagte: «Wodka Martini, *dirty*.»

«Irgendeine Idee, warum jemand dir Angst einjagen will?», fragte ich.

«Keine Ahnung. Meine Nachbarn können mich nicht leiden, weil ich nicht ständig den Garten aufhübsche oder Kaffeekränzchen veranstalte oder so.»

«Ist ein bisschen drastisch für genervte Nachbarn.»

«Du glaubst mir nicht, stimmt's? Das höre ich an deinem Tonfall. Du bist genau wie diese Scheißbullen.»

Der Alkohol hatte ihre Zunge schwer gemacht. Ich fragte mich, wie viele Drinks sie schon intus hatte, bevor sie zum Gabe's gefahren war. «Ist irgendwer sauer auf dich? Irgendwelche Trennungen in letzter Zeit?»

«Zu Trennungen lasse ich es gar nicht mehr kommen. Gibt bloß Ärger. Ich bleib lieber unverbindlich.»

«Erzähl mir von denen, bei denen es Ärger gegeben hat», sagte ich. Die Kellnerin kam mit Mikis Drink, und ich borgte mir ihren Stift.

«Bei einem hat es richtig Ärger gegeben», sagte Miki und schob den Drink mitsamt Cocktailserviette vor sich. «Ich dachte, ich wäre verliebt. Aber er wollte über mich bestimmen. Auf so was hab ich keinen Bock mehr.» Ihr Ton war so eiskalt wie der Martini auf dem Tisch. «Wenn sie anfangen zu klammern, bin ich weg. Das ist mir das Theater nicht wert.»

«Würdest du mir einen Namen nennen?»

Miki zögerte. «Cash Tilison.»

«Was ist passiert?» Der Name sagte mir was. Ich notierte ihn mir auf einer Serviette. Tilison war Countrysänger und nicht Mikis erster Promi. Ich hatte nie einen von Mikis Freunden kennengelernt. Aber wir hatten seit der Highschool auch keinen besonders engen Kontakt mehr.

«Der ließ sich nicht abwimmeln. Jede Menge Anrufe, Beschimpfungen, SMS, E-Mails. Kam einfach nicht mit Zurückweisung klar. Eine Zeitlang ist er richtig ausgeflippt. Hat gesagt, er hätte noch nie so viel für eine Frau empfunden. Ich schätze, er hat sich eingeredet, das würde ihm das Recht geben, so mit mir zu reden.»

«Wie hat er denn mit dir geredet?»

«Hat mich andauernd Schlampe genannt. Miese Schlampe. Eiskalte Schlampe. Herzlose Schlampe. Das Wort Schlampe hatte es ihm echt angetan.» Sie nahm einen Schluck von ihrem Drink und lächelte. «So hat er mich auch genannt, wenn wir gevögelt haben. Hat mich dabei an den Haaren gepackt. Aber da hat es mir gefallen. Was soll ich sagen? Ich lasse mich gern hart rannehmen. Verstehst du, was ich meine?»

Ich war nicht gewillt, Miki zu verraten, ob ich wusste, was für Dominanz- und Unterwerfungsspielchen Leute im Bett spielten und wie radikal sie sich im wirklichen Leben davon distanzierten. Ich dachte an meinen kräftigen Lieutenant von der Mordkommission und wie sehr er sich im Bett von dem zähen Cop unterschied, der er im echten Leben war – seiner Männlichkeit so unglaublich sicher, dass er keine Angst hatte, die Kontrolle aufzugeben.

«Wie lange ging das?», fragte ich Miki.

«Zehn, fünfzehn Minuten, wenn ich Glück hatte.» Sie lächelte mich an.

Ich lachte, hob mein Mineralwasser. Wir stießen an, und die Anspannung zwischen uns legte sich.

«Er fing an, unangekündigt aufzutauchen. Selbst wenn ich auf Reisen war. Heutzutage gibt's keine netten Affären mehr. Jeder muss immer gleich anhänglich werden.»

Klar, klar, alle wollen Miki. «Könnte Cash von der Statur her der Typ sein, den du heute Abend durchs Fenster gesehen hast?»

Miki überlegte, setzte an, etwas zu sagen, bremste sich aber. Ich versuchte, das Zögern zu deuten. Log sie? Oder empfand sie noch etwas für ihn? «Schätze ja», sagte sie schließlich. «Er war groß und breitschultrig.»

«Hat die Polizei gesagt, wie er reingekommen ist?»

«Die meinten, es gäbe keine Hinweise auf einen Einbruch. Und ich hab gesagt, was ist mit dem Typen, der bei mir im Wohnzimmer gestanden hat? Ist das nicht Hinweis genug?»

«Hat Cash einen Schlüssel?»

«Ich glaube nicht. Ich glaube, den hab ich mir zurückgeben lassen. Kann sogar sein, dass ich damals die Schlösser hab austauschen lassen.» Sie aß eine Olive von dem Plastikspieß in ihrem Drink. «Ich hatte so ein Gefühl, als würde mich jemand beobachten, als ich heute vor dem Fitnessstudio auf der Ponce aus dem Auto gestiegen bin. Und auf dem Laufband hatte ich wieder so ein Gefühl.»

«Selbst jetzt sind mindestens zehn Augenpaare auf dich gerichtet. Du siehst umwerfend aus.» Ich schielte zu dem glitzernden Schlaraffenland im anderen Raum hinüber. Eine Flasche Grey Goose machte mir schöne Augen. Gibt es was Betörenderes als Wodka *made in France?*

Miki sah mich an. «Komisch, dass du das sagst. Ich hab dasselbe immer von dir gedacht. Ich wollte du sein, als wir auf der Highschool waren.»

«Wieso denn das? Ich war doch bloß die chinesische Tussi», sagte ich, dabei bin ich so sehr ein Produkt des amerikanischen Südens, dass ich den dunkelgrünen Blättern der wilden Kudzu-Ranken entsprungen sein könnte, die unsere hohen Kiefernwälder überwuchern. Georgias sengende Sonne färbte meine Schultern so goldbraun, wie mein Bruder war, und ich spielte im dichten St.-Augustine-Gras im elterlichen Garten mit dem weißen Holzzaun drum herum. All das ist mir in den Leib gebrannt. Hier im Süden existierst du nicht einfach. Du schließt einen Blutpakt mit ihm, sobald seine weiche, feuchte Luft deine Nase mit dem sinnlichen Duft von Sternjasmin füllt und deine DNA wie fruchtbarer Samen flutet. Das ist mein Süden, der mir ein Zuhause geschenkt hat und eine Gemeinschaft von freundlichen und wohlmeinenden Menschen, die stolz ihre liberale Gesinnung zeigten, als mein Bruder und ich die ersten Kinder in der Nachbarschaft waren, die nicht aussahen wie alle anderen. Später war Jimmys Süden nicht so freundlich. Mein dunkelhäutiger, helläugiger, homosexueller Bruder wurde praktisch von jedem in unserer Umgebung misstrauisch beäugt.

Die Highschool bescherte mir einen rotblonden Jungen namens Bobby Nash, und er war der beste Küsser, den ich je erlebt hatte. Bobby saß lässig auf der Ladefläche seines Pickups, klimperte auf seiner Gitarre und sang mir leise etwas vor, an mondgestreichelten Abenden in Winnona Park, dem Viertel, wo ich unter dem filigranen Laub mächtiger Pekannussbäume und dicker Weiß-Eichen in Georgias einzigem County aufwuchs, das traditionell demokratisch wählt. Jahre später, nur wenige Meter entfernt von der Stelle, wo Bobbys schüchterne Hände mir halfen, mich selbst zu entdecken, zwang mich die gnadenlose Wechselhaftigkeit des Lebens so messerscharf wie eine Machete auf die Knie. Aber das ist eine andere Geschichte.

«Du warst die *scharfe* chinesische Tussi.» Miki lachte. «Gutaussehend, Läufer-Ass, Topschülerin. Ich dagegen hab mich schon in der Highschool geritzt. Das hatte aber noch nichts damit zu tun, dass ich mich umbringen wollte, weißt du.

Es fühlte sich einfach gut an. Schmerz zu spüren. Zu bluten.» Miki strich mit einem Finger über eine Narbe innen am linken Arm. «Ich glaube, diese unverschämten Bullen kannten meine Krankenhausakte. Einer von ihnen hat zu seinem Kollegen irgendwas über Anrufe von meiner Adresse gesagt. Dabei ist das schon zwei Jahre her, seit ich so krank war, aber ich schätze, für die gilt: einmal verkorkst, immer verkorkst. Kannst du deinem Freund nicht mal verklickern, wie die Polizei mit den Leuten umspringt?»

«Ist sonst noch jemand zu dir rausgekommen? Hast du mit irgendeinem Detective gesprochen?»

«Nein», sagte Miki. «Aber ich werde nie vergessen, wie dieser Freak mich angesehen hat. Augen durch Schlitze in der Maske. Echt schaurig.»

«Konntest du die Augenfarbe erkennen?» Ich schielte wieder zur Bar und auf die kokette Flasche Grey Goose. Ich trank einen Schluck von meinem Mineralwasser und dachte daran, wie die Kohlensäure einem in die Nase steigt, wenn es mit gutem Wodka versetzt ist – sauber und scharf und ein ganz kleines bisschen bitter. Ich musste raus aus diesem Lokal.

«Nein. Es war dunkel.»

«Mach mir mal eine Liste von den Leuten, mit denen du in den letzten zwei Jahren zusammen warst. Wir werden auch deine Nachbarn überprüfen und uns ein wenig umhören. Und ich werde bei der Polizei beantragen, dass sie in deiner Straße verstärkt Streife fahren. Kann nicht schaden. Wie wär's, wenn du heute Nacht mit zu mir kommst?»

Großer Gott, war ich denn von allen guten Geistern verlassen?

2

Ich wurde durch *Dude (Looks Like a Lady)* von Aerosmith geweckt, das aus meinem Handy plärrte – der Klingelton, den ich Lieutenant Aaron Rauser von der Mordkommission zugeordnet hatte. Ich tastete nach dem Wecker. Zwei Uhr, bloß einer der Nachteile einer Beziehung mit einem Cop. Ich hatte exakt eine Stunde geschlafen. «Langer Tag, hä? Alle Bösewichte erwischt?»

«Klar doch», sagte Rauser auf seine typisch langsame, gedehnte Art, die signalisierte, dass das sarkastisch gemeint war. «Wahrscheinlicher ist, dass Lucy Liu sich an mich ranschmeißt.»

«Du stehst auf Asiatinnen, was?»

«Ich steh auf dich.» Er hatte es ohne Enthusiasmus gesagt. Ich kannte ihn. Irgendwas stimmte nicht. Dann hörte ich Geräusche im Hintergrund, jede Menge Geräusche, Stimmen, das gelegentliche Quäken von Polizeifunkgeräten. Eine Sirene heulte auf. Er brüllte: «Sag denen, die sollen das Scheißding ausschalten. Hör mal, Schatz, ich habe fünf Fälle am Hals, und wir müssen am Ball bleiben, bevor die Spuren kalt werden. Das lange Wochenende, das wir geplant haben, das können wir vergessen.»

Ich dachte an lange Tage auf der Couch mit Lesen und Baseballgucken, Liebe am Nachmittag, Restaurantbesuche am Abend. Das war so selten. Wir hatten ein Picknick im

Chastain Park geplant, einen Grillabend bei meinen Eltern am Montag, das große Feuerwerk in Decatur. *Meine Eltern. Ach du Schande.* Da Rauser arbeiten musste und mein Bruder in Seattle war, gab es niemanden, der Mutters Aufmerksamkeit von mir ablenken würde. Sie benahm sich einfach besser, wenn ein Mann dabei war. Vielleicht konnte ich Miki überreden, mit mir hinzugehen.

«Wir haben hier ein totes Kind», sagte Rauser. «Das ist für mich der Horror.»

«O nein. Das tut mir leid.»

«Der Junge wurde in die Büsche geworfen wie Abfall.»

Ich setzte mich auf. Knipste die Nachttischlampe an. «Wie alt war er?»

«Zwölf, höchstens dreizehn.»

«Habt ihr eine Todesursache?»

«Sieht aus, als wurde er erdrosselt. Würgemale am Hals.»

Ich dachte nach. «Fundort im Wohnviertel des Jungen? Könnt ihr sagen, ob es auch der Tatort ist?»

«Wir sichern noch die Spuren, aber es sieht ganz danach aus. Das Opfer war nur zwei Blocks von zu Hause entfernt. Wir befragen die Leute, aber wir haben noch kein Motiv.» Er schwieg einen Moment, und ich konnte die Sirenen und Funkgeräte hören. «Die Gegend hier war mal sicher, Keye. Wir versagen. Wir kommen nicht mehr nach. Ach, verdammt. Da rollen die Medien an. Ich liebe dich, Street.»

Kurz nach vier öffnete sich leise meine Schlafzimmertür. Rausers breite Schultern im Dunkeln. Er beugte sich übers Bett und küsste mich. «Wo ist White Trash?» Zwischen Rauser und meiner Katze lief was. In letzter Zeit schien sie ihn mir vorzuziehen. Aber er ist ja auch haarig und warm. Als würde man mit einem flauschigen Ofen schmusen. Katzen sind verrückt nach Körperwärme. Ich versuche, es nicht persönlich zu nehmen.

«Miki hat sie mit ins Bett genommen», sagte ich.

Rauser öffnete den Reißverschluss seiner Jeans und ließ sie zu Boden fallen. Darunter Boxershorts, ein Weihnachtsgeschenk von mir, schwarz-weiß kariert. «Miki ist hier? Das kann nichts Gutes bedeuten.»

«Bei ihr zu Hause wurde eingebrochen. Sie ist ziemlich fertig. Ich erzähle dir morgen alles.»

«Es ist morgen.» Er zog sich das T-Shirt über den Kopf und warf es auf seine Jeans. «Ich sehe mir später mal den Bericht an.» Er ging nackt in die Dusche. Ich lag da und schaute ihm nach, dachte daran, wie es gewesen war, wenn ich spätnachts von Tatorten und Leichenhallen und trauernden Familien nach Hause kam und so lange unter dem prasselnden Wasserstrahl blieb, bis er kalt wurde. Aber ich konnte es nie abspülen, und natürlich konnte auch Rauser das nicht.

Ich dämmerte weg, während er duschte, und wachte mit seinen Armen um mich auf, Lippen an meinem Hals, heißer Atem. Er sagte kein Wort, als er in mich eindrang und wir uns liebten. Mein starker Lieutenant ist nicht anders als wir alle. Er versucht, die Risse wieder zu schließen, egal wie, die sein Job in ihn reinhämmert. Manchmal denke ich, in ihm steckt mehr Schmerz als Verlangen. Ich fragte mich, ob mein Leben anders verlaufen wäre, wenn mich zu Hause offene Arme erwartet hätten, nachdem ich den Tag damit verbracht hatte, Morde zu rekonstruieren. Wenn mein Exmann mich gewollt hätte und mit seinen schlanken Fingern nur ein einziges Mal durch mein Haar gefahren wäre, wenn er ein bisschen geflüstert und wenigstens so getan hätte, als ob. Hätte ich trotzdem nach dem Cognac gegriffen, um mir die nötige Bettschwere zu verschaffen? Ich glaubte nicht. Ich wollte die Schuld für meine

Sauferei nicht Dan zuschieben, aber es wäre verdammt noch mal nicht zu viel verlangt gewesen, mir ab und an mal eine weiche Landung zu ermöglichen.

Als um sieben das Bett wackelte, öffnete ich unwillig ein Auge. Rauser saß, White Trash auf dem Arm, auf der Bettkante. Er trug nur eine dunkelblaue Hose, die saubere Ersatzhose, die er bei mir deponiert hatte. Ich roch Kaffee, und als ich den Kopf drehte, sah ich meine Lieblingstasse, die ich mal von Jekyll Island mitgebracht hatte, gefüllt und dampfend auf dem Nachttisch stehen.

«Wie ich sehe, hast du White Trash gefunden.» Es war das Netteste, was ich über die Lippen brachte. Ich hätte am liebsten noch sechs Stunden geschlafen.

Rauser gab White Trash einen Kuss auf den Kopf und setzte sie auf den Boden, zog sich dann dunkelblaue Socken an. «Klar doch. Und ich hab außerdem deine Cousine in Unterwäsche gesehen. Super Morgen.»

Ich setzte mich auf. «Das muss ja entsetzlich für dich gewesen sein.»

«Ganz furchtbar. Und außerdem hat sie White Trash aus dem Gästezimmer geschmissen und gesagt, die Katze würde sie vorwurfsvoll anstarren.»

Ich griff nach meinem Kaffee. «Ja, White Trash kann ganz schön missbilligend gucken, wenn sie aufs Katzenklo muss.»

Rauser lachte leise. «Was liegt heute bei dir an?»

«Ein Kautionsflüchtling für Tyrone, ein paar Berichte abliefern. Das Übliche.» Ich trank einen Schluck Kaffee. Er war stark. Rauser hatte nicht die Geduld für Messlöffel. «Und bei dir?»

«Das Übliche», sagte er und küsste mich auf die Wange. «Danke, dass du mich letzte Nacht noch reingelassen hast.»

Er stand auf, grinste mich an und wackelte mit den Augenbrauen.

«Du bist so unreif.»

«Das fandest du letzte Nacht aber nicht», sagte er und wich schnell dem Kissen aus, das ich nach ihm warf. «Willst du Frühstück? Ich mache mir Müsli.»

«Igitt. Lieber würde ich einen Sack Mulch verdrücken. Aber in deinem Alter musst du wohl an Ballaststoffe denken.»

Er grinste und zeigte mit dem Finger auf mich. «Sei lieber nett zu mir, Street. Ich bin wahrscheinlich der Mann, der deine Wechseljahre mit dir durchsteht. Und wir wissen alle, dass das kein Vergnügen wird.»

«Raus!» Ich warf noch ein Kissen nach ihm.

Eine Minute später traute er sich wieder ins Zimmer. «Hey, kann ich kurz mit dir sprechen?»

Ich lächelte ihn über meine Kaffeetasse hinweg an. Er hatte einen Aktenordner in der Hand. «Was ist denn?»

«Der tote Junge gestern Abend, etwas daran lässt mir keine Ruhe.»

Ich stellte den Kaffee ab und streckte eine Hand nach ihm aus. «Er war noch ein Kind. Ist doch klar, dass dir das an die Nieren geht.»

«Nein, nicht nur deshalb.»

«Ihr habt kein Motiv gefunden?»

Er fuhr sich mit einer Hand übers Gesicht. Helles Morgenlicht fiel durch die hohen Fenster, und die Falten um seine grauen Augen sahen aus wie tiefe Gräben. Über den Ohren war sein dunkles Haar weiß meliert. «Es gibt keinerlei Spuren von Missbrauch, obwohl wir die Obduktion heute Vormittag noch abwarten müssen. Wir ermitteln erst mal in die üblichen Richtungen.» Er sah auf die Uhr. «In einer Stunde fangen wir mit der Elternbefragung an.»

«Da liegt meistens der Hund begraben», erinnerte ich ihn, aber das wusste er natürlich selbst. Das Motiv bei einem Kindsmord findet sich erfahrungsgemäß in der Familie oder im engeren persönlichen Umfeld. Ich blickte auf meine Kaffeetasse. Unglaublich, dass wir so ein Gespräch führten, wo ich die Augen gerade mal fünf Minuten auf und erst eine halbe Tasse Kaffee intus hatte. Ich dachte an Miki und die Bar letzte Nacht. Das Verlangen nach einem Kaffee mit Schuss machte mich schlagartig hellwach. Vier Jahre wachte ich nun schon nüchtern auf, und noch immer musste ich jeden Tag gegen den Drang ankämpfen. Heute Morgen fiel es mir besonders schwer.

Er setzte sich neben mich, öffnete den Ordner, breitete den Inhalt zwischen uns auf dem Bett aus. «Wow. Macht doch immer wieder Spaß, was?», sagte ich und blickte auf die Fotos von dem Tatort, wo Rauser fast die ganze Nacht zugebracht hatte – der leblose Körper eines Jungen, Gesicht nach unten, Shorts, Sportschuhe, einen Arm auf Schulterhöhe, den anderen über dem Kopf, ein Knie etwas höher als das andere. Es sah aus, als wollte er wegkriechen. Neben seinen ausgestreckten Fingern lag eine Baseballkappe auf der Erde. Ich betrachtete die Aufnahmen von der unmittelbaren Umgebung des Leichnams – Zigarettenstummel, ein Stück rotes Plastik, Fastfood-Verpackungen, Becher und Strohhalme. «Wo kommt der ganze Müll her?»

«Ein paar Meter entfernt ist eine Baustelle. Die Besitzer des Grundstücks, wo der Junge gefunden wurde, haben gesagt, der Müll weht andauernd in ihren Garten. Wir haben alles eingesammelt, was um das Opfer herumlag.»

«Wer hat den Jungen gefunden?»

«Ein Jogger», sagte Rauser. «Wir haben ihn noch nicht ausgeschlossen. Auch sonst keinen. Aus den Eltern war gestern Nacht kaum was rauszukriegen. Der Junge war eine Sportskanone. So viel wissen wir jedenfalls. Es haben gleich ein paar Trainer sehnsüchtig darauf gewartet, dass er vierzehn wird.»

Ich sah mir ein weiteres Foto von dem Leichnam an. «Ein anderer Sportler könnte ein Motiv haben. Und die Kraft. Sieht groß aus für sein Alter, muskulös. Keine anderen Wunden am Körper, außer den Würgemalen?»

«Nein. Wir denken, der Täter hat den Jungen von hinten gepackt, zu Boden geworfen und ihm den Strick um den Hals geschlungen.»

«Es ist schnell gegangen», sagte ich zu Rauser. «Die Erde rings um den Leichnam ist kaum aufgewühlt. Und siehst du das?» Ich deutete auf die zur Faust geballte rechte Hand. «Das passiert manchmal bei Hinrichtungen durch Erhängen und bei brutaler Strangulation.»

3

Neil trug Shorts oder eine Badehose, da war ich mir nicht sicher. Sie war kobaltblau, bedruckt mit großen, schwarzen Blumen, und ging ihm bis zu den mit hellem Flaum bedeckten Knien. Das Hemd war beige-braun, kubanisch, mit breiten Längsstreifen, halb zugeknöpft – Neils Uniform. Sie änderte sich nur unwesentlich von Jahreszeit zu Jahreszeit – Shorts oder lange Hose, an den Füßen Vans mit Schachbrett- oder Schottenmuster. Er hatte eine Schwäche für knallige Schuhe. Im Fernsehen liefen die Morgennachrichten. Dank Neil ließ sich so gut wie alles in unserem Büro über ein sprachaktiviertes Smart Panel steuern, mit einer Fernbedienung in Reserve. Den großen Flachbildschirm – genialer Einfall der leidenschaftlichen und vermutlich gestörten Innenarchitektin, die ich engagiert hatte – konnte man geschmeidig an einem Flaschenzugsystem von den Dachbalken in unserem umgebauten Lagerhaus nach unten gleiten lassen. Eindeutig eine meiner Lieblingsspielereien in unserem Industrieloft.

«Morgen», sagte ich, als ich früher als sonst zur Arbeit kam. Ich hatte geduscht, sobald Rauser losgezogen war, um die Stadt zu retten, White Trash gefüttert und war gegangen, ohne meine Cousine im Gästezimmer zu wecken. «Ich brauche eine Liste der Hausbesitzer in Inman Park. Satellitenfotos mit den Eigentümernamen auf den entsprechenden Grundstücken wären super.» Ich ging in mein Büro, das eigentlich nur aus einem Schreibtisch, Stühlen und zwei Aktenschränken hinter einem hohen Zaun besteht – teils Maschen-, teils Stacheldraht –, noch so eine Idee der Innenarchitektin, deren Vision von unserem Arbeitsplatz sich nicht genau mit meiner gedeckt hatte.

«Ich freue mich auch, dich zu sehen», brummte Neil. Er wirkte noch bockiger als sonst. Diese Haltung legt er jedes Mal an den Tag, wenn er sich schlecht behandelt fühlt. Ich kenne Neil Donovan, seit ich beim FBI an einer Cybercrime-Serie gearbeitet hatte. Neil, Wiederholungstäter im Bereich Datendiebstahl und Cyber-Kriminalität, einigte sich schließlich auf einen Deal mit dem FBI. Später beauftragten ihn einige der Firmen, deren Datensicherungssysteme er geknackt hatte, ebendiese Systeme zu optimieren. Als ich beschloss, meine Privatdetektei aufzumachen, nahm ich Kontakt zu ihm auf. Ein Typ wie Neil ist Gold wert. Er ist ein unermüdlicher Spürhund, und in Sachen Privatsphäre kennt er keinerlei moralische Grenzen.

Ich schmiss meine Sachen auf den Schreibtisch und blickte durch die Maschen im Zaun auf Neils Rücken. Er saß in dem neuen schwarzen Aeron-Schreibtischsessel, für den er kürzlich tausend Dollar hingeblättert hatte. Mit den polierten Alu-Beinen wirkte das Ding wie aus einem futuristischen Survival-Film.

«Entschuldigung», sagte ich. «Hab ich nicht höflich genug gefragt? Guten Morgen, Neil, du wunderbarer Mann. *Bitte* besorg mir die gottverdammten Hausbesitzer in Inman Park.»

«O ja. Schon viel besser.» Er tippte auf seiner Tastatur herum, während ich ihm erzählte, dass bei Miki eingebrochen worden war. Einige Minuten später wurde der Ton der Morgennachrichten leiser.

«Ist auf dem Bildschirm», sagte Neil. «Möchtest du Kaffee? Ich ja.»

«Oh, du bist wirklich ein wunderbarer Mann. Ich hätte gern welchen.» Ich verließ mein Büro, um mir die Satellitenbilder von Mikis Wohngegend anzusehen. Die Namen der Hauseigentümer erschienen auf jedem Grundstück mit der entsprechenden Hausnummer. Neil reichte mir eine Tasse, aus der es herrlich duftete. Ich blickte auf etwas Rötliches und Schaumiges.

Kaffee in all seiner Vielfalt ist sozusagen ein weiteres Fachgebiet von Neil. Wenn er Bohnen einkauft, benimmt er sich wie ein mit allen Wassern gewaschener internationaler Kaffeehändler. Ich hab schon gesehen, wie er eine Handvoll Bohnen nimmt und mit geschlossenen Augen daran schnuppert. Er studiert Farbe und Textur und schiebt sie sich in den Mund wie Erdnüsse. Sie erzählen ihm eine Geschichte – nass aufbereitet, in schattiger oder sonniger Lage angebaut, sortenrein oder gemischt. Unterschiedliche Bohnen und unterschiedliche Mahlstärken für unterschiedliche Tage und unterschiedliche Stimmungen.

«Fangen wir mit den ersten drei Häusern rechts und links von Miki an, mit denen auf der anderen Straßenseite und direkt hinter ihr.»

«Das sind an die dreißig Leute.»

«Hast du irgendwas Dringenderes zu tun?» Ich gab ihm die Cocktailserviette, auf der ich Cash Tilisons Namen notiert hatte. «Einer von Mikis Freunden. Sie behauptet, er hat sie gestalkt.»

«‹Behauptet›?»

«Es geht um Miki.» Ich zuckte die Achseln. «Sie macht eine Liste von den anderen.»

Neil ging zurück zu seinem Schreibtisch und ließ sich in

den Sessel fallen. Dann seufzte er laut. Ich betrachtete einen Moment lang seinen Hinterkopf. Irgendwas beschäftigte ihn. Und er wollte offenbar, dass ich es wusste.

«Und, schon irgendwelche Pläne fürs lange Feiertagswochenende?» Es war unbeholfen, aber was Besseres fiel mir nicht ein.

«Ich glaube, ich hab mich verliebt.» Er sagte es monoton, mit der ernüchterten Stimme eines Mannes, der soeben begriffen hat, dass er eine Glatze bekommt. «In zwei Frauen.»

Ich trank einen Schluck Kaffee. «Na, dann ist ja wohl doppelt wahrscheinlich, dass du Pläne hast. Dieser Kaffee ist übrigens köstlich.»

Er sah mich an, als hätte ich ihm gerade eröffnet, dass der Weihnachtsmann tot ist.

«Was ist?»

«Ich glaube, ich hab mir so was Ähnliches wie einen Rat von dir erhofft, Keye. Ich meine, das ist immerhin eine Riesensache.»

«Ach so. Okay. Da muss ich mal eben meine Erfahrungen als heterosexueller Mann abrufen. *Hmm.* Sorry. Mir fällt gar nichts ein.»

«Du bist blöd», sagte er, musste sich aber ein Grinsen verkneifen.

«Ich hatte schon Angst, du würdest mir sagen, dass du plötzlich auf Leder stehst oder so. Alle anderen in meinem Leben haben anscheinend irgendeine sexuelle Identitätskrise. Ich schwöre bei Gott, wenn Rauser mir je beichtet, dass er schwul ist, trinke ich Frostschutzmittel.»

«Wow. Es sollte hier eigentlich nicht um dich gehen.» Neil warf theatralisch die Hände hoch.

«Du Armer. Möchtest du über deine Gefühle reden? Komm mal her, du.»

Ich machte Kussgeräusche, trat zu ihm und versuchte, ihn zu umarmen. Lachend wehrte er mich ab. Wir waren kurz vor einem regelrechten Ringkampf, als das Telefon klingelte. Neil sagte dem Smart Panel, es solle den Anruf auf Lautsprecher stellen. Er hatte aus unserem Büro seinen Spielplatz für Elektronikschnickschnack gemacht. Eine Stimme dröhnte aus jeder Ecke unseres rundum verkabelten Lofts. Er regulierte die Lautstärke.

«Keye, Larry Quinn hier. Wie geht's meiner Lieblingsdetektivin? Hör mal, ich hab einen Job für dich im Norden. Hübscher kleiner Erholungsort. Hast du Zeit?»

«Kommt drauf an», sagte ich und zwinkerte Neil zu. «Ich vertraue dir nicht, Larry.»

Quinn lachte. «Kein Vergleich zu der Sache mit der Kuh. Die Chance, dass du festgenommen wirst, ist gleich null.»

Letztes Jahr hatte Larry Quinn mich beauftragt, im ländlichen Norden von Georgia ein verschwundenes Haustier zu suchen. Okay, es handelte sich um eine Kuh namens Sadie. Ich hatte zehn Pfund zugenommen, dank des Apfelkuchens, von dem sich die Leute da oben anscheinend ausschließlich ernähren, wurde von der Polizei festgenommen und zusammen mit dem Kuhdieb, der nach Mist stank, auf der Rückbank des Sheriffwagens von Gilmer County zum Revier gekarrt.

«Du müsstest nach Creeklaw County», sagte Quinn. «Sudliche Appalachen. Kleiner Ort namens Big Knob unweit der Grenze zu North Carolina. Schon mal gehört?»

«Äh … nein.»

Neil signalisierte seine Haltung zu allem Ländlichen, indem er das Gesicht verzog, als hätte er Jauche gerochen. Ich verdrehte die Augen.

«Da wohnt ein Ehepaar, das eine interessante Geschichte erlebt hat. Ein Typ namens Billy Wade lässt die Urne mit der

Asche seiner verstorbenen Mutter fallen. Tja, und was da zum Vorschein kam, sah einfach nicht wie Asche aus. Die Wades haben den Inhalt von einem unabhängigen Labor untersuchen lassen. Zementmischung und Hühnerfutter.»

«Hoppla.»

«Natürlich wollen sie wissen, wo die Asche abgeblieben ist.»

«Natürlich.» Vermutlich wollten sie auch irgendjemanden verklagen, damit er ordentlich zahlte. Doch das sagte ich nicht. «Wieso fragen sie nicht einfach im Krematorium nach?»

«Das ist es ja gerade», erwiderte Quinn. «Haben sie. Der Betreiber, ein gewisser Joe Ray Kirkpatrick, geht ein paar Tage lang nicht ans Telefon, entschuldigt sich dann schließlich überschwänglich und sagt, ein Mitarbeiter hätte die Asche verschüttet und kontaminiert und die Urne mit Zementmischung gefüllt, um seinen Job nicht zu verlieren und den Angehörigen den Schmerz über verlorene sterbliche Überreste zu ersparen. Kirkpatrick sagt, er hat den Mann auf der Stelle gefeuert. Außerdem hat er den Wades die *gesamten* Bestattungskosten zurückgezahlt, nicht bloß die Kosten für die Einäscherung.»

«Wo liegt dann das Problem?» Ich nahm einen Stift und machte mir eine Notiz – *Joe Ray Kirkpatrick.* Wir hatten Zugriff auf Datenbanken, die uns im Handumdrehen umfassende Informationen über den Betreiber des Krematoriums liefern würden, und was uns dieser kostenpflichtige Zugriff nicht bot, konnte Neil spielend auf anderen Wegen in Erfahrung bringen.

«Die wittern, dass da was faul ist, Keye», sagte Larry Quinn. «Und ich auch.»

Und sie wittern eine dicke Entschädigung.

«Wieso gehen sie dann nicht zur Polizei?», fragte ich.

«Sind sie. Kirkpatrick hat den Wades alle Kosten erstattet. Die Cops sehen keine Grundlage für eine Anzeige. Könnte sein, dass dieser Krematoriumsfuzzi die Cops geschmiert hat.»

«Also haben die Wades dich angerufen.»

«Und ich jetzt dich», sagte Larry. «Keye, diese armen Leute sind verzweifelt. Billys Mama wollte, dass ihre Asche ins Meer gestreut wird. Die Wades sind arme Schlucker. Das ganze County steht in Sachen Einkommen und Bildung ganz schlecht da im Vergleich zum übrigen Georgia.» Quinns Stimme wurde heiser, je mehr er sich aufregte. So hatte ich ihn schon öfter erlebt, wenn er Lug und Trug witterte. «Arbeit gibt's nur noch in der Dienstleistungsbranche. Golfplätze. Bisschen Tourismus. Riesenkluft zwischen Reich und Arm. Aber die Wades waren gewillt, sich extra freizunehmen, was sie sich nicht leisten können, und sieben Stunden von Big Knob an die Küste zu fahren, ein Boot zu chartern, bloß um ein Häufchen Zementmischung in den Atlantik zu kippen.»

«Und Hühnerfutter», fügte ich hinzu.

«Und Hühnerfutter, aber echt.» Larry lachte. «Wie würdest du dich dabei fühlen?»

«Keine Ahnung.»

«Verstehst du, was ich meine?»

«Und du willst einfach nur helfen», sagte ich. «Was bist du doch für ein netter Kerl.»

«Ganz genau», pflichtete Quinn mir bei, und ich wusste, dass er gerade sein breites Grinsen grinste, das im Lokalfernsehen von Atlanta berühmt war. *Ein Anruf, und ich bin für Sie da,* pflegte er in der gedehnten Sprechweise der alten Südstaaten zu sagen und in die Kamera zu zeigen.

«Und? Wie ist das Hühnerfutter da reingekommen?»

«Der Typ behauptet», sagte Larry, «dass sein Mitarbeiter

die Tüte Zementmischung, mit der er die Urne füllen wollte, neben dem Hühnerfutter gelagert hat. Irgendwie sind ihm die Tüten umgekippt, und er hat beides vermischt.»

«Hühner? In einem Krematorium?»

«Brathähnchen», murmelte Neil.

«Hör mal, Keye, entscheidend ist, die Asche war keine Asche.»

«Ja, das hab ich kapiert. Aber ich würde trotzdem gern wissen, was Hühner in einem Krematorium zu suchen haben.»

Quinn seufzte, offenbar sollte seine Detektivin ihn nicht mit Fragen nerven. «Wenn ich das richtig verstanden hab, ist das eine kleine Farm. Sechseinhalb Hektar. Eigentlich ist es gut, dass das Hühnerfutter mit in die Urne geraten ist, sonst hätte kein Schwein was gemerkt. Zementmischung hat große Ähnlichkeit mit eingeäscherten menschlichen Überresten. Hat man mir zumindest gesagt.»

Ich dachte an das geplatzte Wochenende mit Rauser. Ich dachte an die Desserts, die meine Mutter auf dem langen Picknicktisch im Garten meiner Eltern in Winnona Park aufreihen würde – Brombeer-Cobbler, Süßkartoffel-Käsekuchen, Bananencremetorte. Dann stellte ich mir vor, was sie sagen würde, wenn ich allein ankam. *Keye, Liebchen. Du hattest schon immer eine Schwäche für Männer, die dich an einem Feiertag allein lassen.*

«Dieses Wochenende stehen die Chancen hervorragend, Leute zu Hause anzutreffen», sagte ich zu Larry. «Ich mach's. Mail mir Kontaktinfos zu den Wades und diesem raffinierten Mitarbeiter vom Krematorium.»

«An der Sache ist noch was anderes nicht koscher. Die Wades behaupten, keiner da oben in der Gegend erinnert sich an irgendwelche Mitarbeiter, seit der Vater vor zwei Jahren gestorben ist und der Sohn den Laden übernommen hat. Kirkpatrick behauptet, den Mann nicht erreichen zu können. Latino. Keine Greencard. Er sagt, er hätte ihn schwarz bezahlt.»

«Auch Illegale haben Namen, Larry.»

«Dieser nicht.»

Ich beendete die Verbindung und lehnte mich mit meiner Kaffeetasse in der Hand gegen die Küchentheke. «Das war echt schräg», sagte Neil und schaltete wieder auf die Morgennachrichten um.

«Das kannst du laut sagen.»

«Glaubst du, du musst dir Tote angucken?»

Ich trank einen letzten Schluck roten, schaumigen Kaffee und ließ die Tasse auf der Arbeitsplatte stehen. «Ich hoffe nicht.»

«Ja, das wäre gruselig.» Neil warf sich mit einer schnellen Kopfbewegung die langen Haarfransen aus den Augen. «Kann ich dahin fahren?»

«Im Ernst?»

«Ich muss hier weg.»

Ich grinste ihn an. «Du hast mit *beiden* Pläne fürs Wochenende gemacht, nicht wahr?»

«Aus Versehen.»

«Und jetzt willst du beide Frauen versetzen und weglaufen?»

«So ungefähr.»

Ich nahm mir eine Aktentasche aus weichem Leder mit Schulterriemen und stopfte mein Material rein. «Ich muss los, ein paar Hintergrundberichte abliefern und bei Tyrone einen Auftrag abholen. Ich hab mein Handy dabei.» Als ich einen Blick darauf warf, sah ich, dass eine neue E-Mail gekommen war. Mikis Liste von sechs Männern, mit denen sie innerhalb von zwei Jahren zusammen gewesen war. Vier in den USA, zwei in Europa – die Komplikationen oder Vorteile, die ständiges berufliches Reisen mit sich bringt. Ich leitete die Liste an Neil weiter.

«Bring was zu essen mit, ja?», sagte Neil. Er hatte sämtliche Vorräte verputzt und nahm in seiner Not eine von den Werbepackungen Cornflakes, die mit der Post gekommen waren. Wir hatten auch keine Milch mehr, aber er schüttete die Cornflakes trotzdem in eine Schüssel und löffelte sie.

«Weißt du», sagte ich, «das Problem wäre durch einen Besuch im Supermarkt sofort behoben. Du bist längst an der Reihe.»

«Du siehst scharf aus heute Morgen.»

Ich trug einen hellen melierten Blazer mit Rock, ein schokobraunes Top und schlichte braune Pumps. Okay, schlichte Pumps von Louboutin bedeuteten ein Wochenhonorar. Aber sie waren traumhaft. Ich hätte sie am liebsten abgeleckt. Ich gab Neil einen Kuss auf den Kopf. «Mit Schmeicheleien kriegst du mich nicht zum Supermarkt.»

«Sei verflucht», sagte er und hob in einer so eleganten wie dramatischen Geste den Arm. «Und deine trashige kleine Katze auch.»

Er schaute auf den Fernseher. Irgendwas an der Art, wie sein Ausdruck sich veränderte, ließ mich seinem Blick folgen. Ich sah Rauser auf dem Bildschirm in den Jeans, die er sich heute Nacht vor meinen Augen bei mir im Schlafzimmer ausgezogen hatte. Polizeiabsperrband flatterte im Vordergrund. Blaulicht spiegelte sich auf Autos und dunklen Straßen. Es war eine Wiederholung des Liveberichts von Rausers Tatort letzte Nacht. *Da rollen die Medien an. Ich liebe dich, Street.* Mitarbeiter der Gerichtsmedizin schoben unbeholfen eine Trage aus den Büschen. Frank Loutz, der Gerichtsmediziner von Fulton County, folgte ihnen. Loutz beugte sich zu Rauser und sprach mit ihm, wobei er sich sein Klemmbrett vor den Mund hielt, wie ein Football-Coach am Sonntag, der seine Anweisungen vor Lippenlesern schützt. Der Nachrichtensprecher teilte uns düster mit, dass ein totes Kind von einem Jogger gefunden worden sei. Die Todesursache sei noch unklar. Es wurde gezeigt, wie die Mutter am Tatort auftauchte, schreiend das Flatterband durchbrach, auf die Männer von der Gerichtsmedizin zurannte, mit der Gewissheit einer Mutter, dass es ihr Sohn war, der da auf der Trage lag. Ich sank auf eines der ledernen Sitzelemente, die im Raum verteilt waren, und starrte zum Fernseher hoch, in dem sich der Horror abspielte.

Detective Linda Bevins sprang der kreischenden Frau in den Weg wie eine Profitorhüterin. Ich kannte Bevins. Sie war eine gute Polizistin. Die Frau weinte, argumentierte, fuchtelte mit den Armen. Bevins hielt sie an den Schultern fest, sagte irgendwas. Die Frau konnte vor Verzweiflung nicht mehr stehen. Sie sank zu Boden.

Ich dachte daran, wie die nächsten Tage für sie sein würden. Diese trauernde Frau, die Familie, Freunde, Schulkameraden, die Detectives und Spurensicherer, der ungenannte Jogger – sie alle würden sich unwiderruflich verändern.

Bei mir waren laute Stimmen und Krach der Auslöser gewesen. *Wo ist das Geld, Alter? Gib uns das Scheißgeld.* Dann Schüsse. Ich zitternd unter dem Tresen. Die Narben nahm ich mit zu neuen Eltern, die mit einem in sich gekehrten, unnahbaren Kind fertigwerden mussten. Wenn du in das große Fangnetz eines Mordes gerätst, hat das einen komplizierten Dominoeffekt auf dein Leben. Er hält Jahre an.

Die Rolltrage wurde in den Wagen der Gerichtsmedizin geschoben. Bald würde ein Therapeut vor Ort eintreffen, um bei der Bewältigung der Kollateralschäden zu helfen – posttraumatischer Stress, Depression und Fassungslosigkeit –, die jeden zerreißen würden, der den Jungen geliebt hatte. Auf die

Eltern kam eine Flut von Fragen zu, Fragen, die sie wütend machen und verwirren würden. Die Detectives würden alles tun, um sie möglichst schnell als Verdächtige ausschließen zu können. Die Trauerbegleiter würden auftauchen und tun, was in ihrer Macht stand. Aber für die Familie dieses Jungen würde nichts je wieder so sein, wie es einmal war.

Die Kamera schwenkte auf Rauser. Ich spürte Neils Hand auf meiner Schulter. Wir sahen, wie Rauser Detective Bevins dabei half, die Mutter vom Boden hochzuziehen und in ein Fahrzeug zu verfrachten, weg von den gnadenlosen TV-Scheinwerfern. Er versuchte, an den Kameras vorbeizukommen, doch der Reporter versperrte ihm den Weg. «Lieutenant Rauser, können Sie uns irgendetwas über das ermordete Kind sagen?»

Mikrophone wurden ihm vors Gesicht gehalten. Seine kantige Wangenpartie spannte sich unter einem stoppeligen Bartschatten, graue Augen glitten über die Kamera. Wer irgendwas Verdächtiges in der Umgebung von Kings Court und Amsterdam Avenue gesehen oder gehört hatte, möge sich bitte melden. Er nannte die Nummer des Atlanta Police Department und duckte sich dann wieder unter dem Absperrband hindurch.

4

Ich lieferte die wöchentlichen Berichte bei der Kindermädchenvermittlung Super Nannies On Call ab, schaute dann kurz bei Rapid Placement rein, einer Headhunteragentur im One Atlantic Center in Midtown, um meine routinemäßigen Hintergrundüberprüfungen abzuliefern. Es war keine besonders aufregende Arbeit, aber diese beiden Unternehmen, zusammen mit ein paar Anwaltskanzleien und zwei Versicherungsagenturen, die mich von Observierungen bis hin zu Gerichtszustellungen mit allem Möglichen betrauten, bezahlten jeden Monat meine grotesk hohen Kreditraten. Und dann war da noch Tyrones Kautionsbüro Quickbail.

Seit ich beim FBI aufgehört habe, arbeite ich als amtlich registrierte Kopfgeldjägerin, das heißt, ich jage Kautionsflüchtlinge, und wie sich herausgestellt hat, hab ich ein Händchen dafür. Es ist ein lukratives Zubrot, und es ist weitaus interessanter als die meisten meiner Jobs, die in der Regel darin bestehen, auf irgendeiner Straße im Auto zu hocken und mir die Zeit damit zu vertreiben, die Farbe des nächsten Wagens zu erraten, Hörbücher zu hören und mit den Fingern aufs Lenkrad zu trommeln, um wach zu bleiben, bis irgendwer ohne seine Krücken aus dem Haus gelaufen kommt oder mit einer Prostituierten auftaucht. Die Jagd nach Kautionsflüchtlingen ist auch der Teil meiner Arbeit, den Rauser am meisten hasst. Aber er darf nichts dagegen sagen. Wir haben nämlich eine Abmachung. Ich jammere nicht darüber, dass er bei der Mordkommission ist, und er mischt sich nicht in meine beruflichen Dinge ein. Inzwischen hat jeder von uns schon das eine oder andere Mal die Abmachung gebrochen. Meistens aus Angst. Nachdem wir beide letztes Jahr so schwer verletzt wurden, fiel es mir nicht leicht, mich damit abzufinden, dass er wieder zum Atlanta Police Department zurückging. Und während er sich nach seiner Entlassung aus dem Krankenhaus noch eine Weile zu Hause erholte, machte er sich Sorgen, wann immer ich zur Arbeit ging. Er bestand darauf, dass ich meine Pistole überall dabeihatte. Ich war, nehme ich mal an, die einzige Frau im Supermarkt mit einer Mango, zwei Pfund Spargel und einer 10-mm-Glock. Wir haben uns arrangiert, weil wir mussten. Doch im Grunde ist, was den Beruf angeht, keiner von uns beiden gewillt, auch nur einen Deut nachzugeben.

Tyrones Kautionsbüro ist auf der Mitchell Street in einem leicht verlotterten, gelb verputzten Haus, nicht weit vom Capitol, vom Gericht, von zig Ämtern, von zahllosen weiteren Kautionsfirmen und einigen ziemlich guten Soul-Food-Restaurants. Ich fand eine Parklücke mit Parkuhr gleich gegenüber von Tyrones Büro. Ich sah ihn durchs Fenster im dritten Stock am Schreibtisch sitzen. Ich stieg aus und fütterte die Parkuhr mit ein paar Vierteldollarmünzen. Dann holte ich die Tasche aus dem Wagen, weil ich sie nicht unbeaufsichtigt lassen wollte. Anderthalb Blocks entfernt von gefühlt einer Million Cops, die das Regierungsviertel sicherten – und es war noch immer gefährlich, hier einen Oldtimer zu parken. Ich wünschte, ich hätte daran gedacht, den anderen Wagen zu nehmen, einen verbeulten Plymouth Neon, der so unscheinbar war, dass man darin wie in einer Art Tarnvorrichtung herumkutschierte.

Ich schnappte mir die Tasche und blickte auf die geöffnete grün-weiße Schachtel Donuts, die ich unterwegs gekauft hatte. Auf das, was noch von ihnen übrig war. Krispy Kreme hatte da angesetzt, wo der Alkohol aufgehört hatte. Nur wenige Dinge ließen so viel Oxytocin durch meinen Organismus rauschen wie die Neonleuchtschrift *Hot Donuts Now* und die Verheißung eines *Original Glazed* mit Zuckerguss frisch aus dem Ofen. Dr. Shetty sagt, eine Sucht durch eine andere zu ersetzen, ist gefährlich. Sie empfiehlt, bessere Bewältigungsstrategien zu entwickeln. Anscheinend ist meine Fixierung aufs Essen symptomatisch für das größere Problem, das da lautet: Ich bin unsicher, bedürftig und gestresst, muss alles kontrollieren und habe haufenweise Probleme mit Nähe. Ach so, den Penisneid nicht zu vergessen. Ich find's unglaublich, dass ich eine Therapeutin dafür bezahle, dass sie mir das alles an den Kopf knallt. Ich meine, was ist denn bitte schön so schlimm an ein bisschen Ersatzbefriedigung? Ich bin halbwegs sportlich aktiv. Und man findet mich auch nicht vor dem Klo, das Gesicht mit Zuckerguss beschmiert und einen Finger im Hals. Ich halte meiner superschlauen Therapeutin oft entgegen, dass die Dinge manchmal genauso sind, wie sie zu sein scheinen. Ich esse gern, weil meine Mutter, Emily Street, so ungefähr die beste Köchin der Stadt ist und ich mit ihrer Gourmetversion der traditionellen Südstaatenküche groß geworden bin. Ich liebe Donuts, weil sie, na ja, lecker sind. Okay, vielleicht ist mein Ausschalter kaputt. Aber zum Glück funktioniert mein Stoffwechsel wie ein Holzhäcksler. Würde das so bleiben? Oder würde er sich drastisch verlangsamen, sobald ich die Mitte dreißig überschritten hätte? *Mist.* Okay, vielleicht sollte ich die verdammten Donuts doch lieber Tyrone in die Hand drücken.

«Was liegt an?»

Ich hörte eine tiefe männliche Stimme hinter mir. Ich drehte mich um und blickte in die sanften braunen Augen eines jungen Mannes, der mir zu nah auf die Pelle rückte – dünn, achtzehn, neunzehn, tief sitzende Jeans, die den Gummizug einer weißen Boxershorts und braune Haut über Bauchmuskeln sehen ließ, Nikes mit dicker Sohle. Er war süß, obwohl ich so das Gefühl hatte, dass es ihm nicht gefallen würde, süß genannt zu werden. Sein Blick glitt tiefer, zu meinen Brüsten.

Im Hintergrund lehnten drei Typen etwa im selben Alter an einer Backsteinfassade und schauten zu. Einer von ihnen leckte sich übertrieben die Lippen. Ich lehnte mich gegen meinen Wagen und musterte den Jungen von oben bis unten. Ich wollte mir nichts anmerken lassen. Typen wie er weiden sich an der Angst von anderen. «Was kann ich für dich tun?»

«Was du für mich tun kannst?» Er drehte sich zu seinen Freunden um. «Die will wissen, was sie für mich tun kann.» Das löste schallendes Gelächter im Publikum aus und mehr Lippenlecken als bei einem Fotoshooting mit Supermodels. «Ich sag dir, was du tun kannst.» Sein Ton hatte sich verändert. Jetzt markierte er den starken Mann. «Du kannst es mir besorgen.»

«Tatsächlich? Hat dazu schon mal eine ja gesagt?»

«Weiber wissen nicht immer, was gut für sie ist.» Er verschränkte die Arme vor der knochigen Brust. «Die brauchen einen, der ihnen zeigt, wo's langgeht.» Seine Freunde applaudierten dem Genie und feuerten ihn an.

«Wenn du mich jetzt entschuldigst», sagte ich und versuchte, mich an ihm vorbeizuschieben.

Er versperrte mir den Weg.

«Hör mal, ich hab kaum geschlafen. Meine Cousine, die

vielleicht Wahnvorstellungen hat, wohnt zurzeit bei mir. Mein Freund, *der Cop*, schläft nie. Und ich hab gerade Hintergrundberichte bei einer verdammten Nanny-Agentur abgeliefert. Eine von denen hat Kreditschulden. So sieht's aus. Kreditschulden. Aufregend, was?»

Meine Informationsattacke verwirrte ihn vorübergehend. Er lächelte mich an, doch seine Pupillen bewegten sich wie irre. Ein schlechtes Zeichen. Ihm gingen die Nerven durch. Eine Betäubungspistole wäre jetzt praktisch gewesen. Er trat noch einen Schritt näher. Ich blickte in seine trüben Augen, roch Bier und Zigaretten in seinem Atem.

«Ich schwöre bei Gott, wenn du noch einen Schritt näher kommst, besorg ich es dir, und zwar heftig.»

Er packte meine Arme in Schulterhöhe. Der Absatz eines meiner Achthundert-Dollar-Pumps bohrte sich in sein knochiges Schienbein, und als er losließ, zückte ich die Glock aus meiner Handtasche und knallte sie ihm seitlich gegen den Kopf. Er jaulte auf, hüpfte rückwärts und fiel auf den Hintern. Seine Kumpel starrten mit großen Augen, wie Kinder auf dem Schulhof, wenn sie eine Prügelei beobachten. Ich sorgte dafür, dass sie alle die Pistole zu sehen bekamen.

Die Tür zur Lobby gegenüber flog auf, und Tyrone kam herausgestürmt, in einem weißen Anzug und Budapestern. Er sah aus wie ein Latte macchiato. Nicht viele Männer können so was tragen, aber Tyrone sah immer cool aus, egal was er anhatte.

Er packte den Straßenrüpel mit Unterarmen so dick wie Virginia-Schinken einhändig am Kragen und riss ihn auf die Beine, hielt ihn dann vor mich hin wie ein Puppenspieler. «Schau sie dir ganz genau an, Freundchen. Sie ist eine von meinen Leuten, das heißt, sie macht dich blöden Hund fertig, ohne mit der Wimper zu zucken.» Er drehte sich zu der

Gruppe um. Ich sah das Schulterholster mit der 9 mm unter seiner Jacke. «Wenn einer von euch es wagt, noch mal einem von meinen Leuten in die Quere zu kommen, kriegen wir euch dran.»

Er ließ den Burschen los. Wir sahen ihm nach, wie er zu seinen Freunden wankte. Er hielt seine Hängejeans mit einer Hand und sein blutiges Ohr mit der anderen. Nicht einer von ihnen schaute noch einmal zu uns her.

«Erinnere mich dran, dass ich mich nie mit dir anlege.»

«Leg dich nie mit mir an», erinnerte ich ihn.

Er zog einen Briefumschlag aus der Innentasche seines Jacketts und gab ihn mir. «Steven T. Wriggles. Raubüberfall, schwerer Autodiebstahl und bei der Festnahme Widerstand gegen die Staatsgewalt.»

Ich überflog den Bericht, blickte zu Tyrone hoch. Er grinste mich an. «Er hat einen Minimarkt mit getrocknetem Nasenschleim überfallen?»

Grübchen schnitten Krater in sein attraktives Gesicht. An einem normalen Tag wäre ich vielleicht ein wenig schwach geworden. Aber nicht heute. «Die Kassiererin hat ihm dreihundert gegeben», sagte Tyrone. «Was endgültig beweist, dass niemand mit Popeln in Berührung kommen will.»

«Meine Güte.» Ich seufzte und schaute wieder in den Bericht. Dieser Auftrag war nicht gerade eine Verbesserung im Vergleich zu der Durchleuchtung von Nannys. Nach dem Überfall hatte Wriggles das Auto der Kassiererin requiriert, weil sein eigener Wagen auf dem Parkplatz nicht angesprungen war. Anschließend hatte er auf der Ponce ein Päuschen eingelegt, um einen Cheeseburger zu essen, genau in der McDonald's-Filiale, die ganz in der Nähe des Polizeipräsidiums liegt. Und wie es der Teufel will, kamen drei Gesetzeshüter herein, um Mittagspause zu machen. Wriggles hatte seinen Big Mac nicht mal zur Hälfte verputzt, als er auch schon festgenommen wurde. In Anbetracht seiner Waffenwahl und weil er nicht vorbestraft war, setzte der Richter eine Kaution fest. Tyrone hatte für das Geld gebürgt. Wriggles war nicht zum Gerichtstermin erschienen. Eine Adresse war nicht bekannt.

«Mehr hast du nicht?»

«Ob ich nicht mehr habe? Ach, komm schon, Keye. Ich hab die Sache extra für meinen besten Spürhund reserviert.»

Ich nahm die Schachtel vom Beifahrersitz und übergab sie ihm.

«Danke.» Er öffnete sie. «Das sind ja nur noch acht. Menschenskind, Keye. Du kriegst mal einen richtig dicken Hintern.» Er biss von einem die Hälfte ab und stopfte sie sich in den Mund, leckte sich den Zucker von den Fingern. «Dein Auge zuckt. Das weißt du, oder?» Er schob die andere Hälfte hinterher, offenbar ohne sich Sorgen um seinen eigenen Hintern zu machen. «Ist irgendwie beängstigend.»

Ich stieg in meinen Wagen und knallte die Tür zu.

«Was ist denn?», rief er, als ich aus der Parklücke bog. «Hey, warte. Hab ich was Falsches gesagt?»

Die Tür knallte hinter mir zu, als ich zurück ins Büro kam. Ich marschierte zu meinem Schreibtisch und wünschte nicht zum ersten Mal, ich hätte Wände statt eines hohen Drahtzauns. Neil drehte sich in seinem überteuerten Schreibtischsessel um und musterte mich mit zusammengekniffenen Augen. «Kann ich irgendwas tun?»

Die meiste Zeit bin ich mit meinem Leben im Reinen. Ich bin trocken. Ich habe mein Auskommen. Ich habe eine Beziehung. Ich bin beruflich selbständig. Angesichts der momentanen Wirtschaftslage geht es mir besser als den meisten.

Aber manchmal klafft ein großes Loch an der Stelle, wo einmal sinnvolle Arbeit war. Ich sollte mich zusammenreißen und es akzeptieren. Handlungen haben nun mal Folgen. Ich hab meine Karriere ruiniert, sie kaputtgesoffen. Ich dachte an Miki, an ihre Preise, ihren Wahnsinnserfolg. Bei ihr spielte es irgendwie keine Rolle, wie viel sie trank oder mit wie vielen Drogen sie herumspielte oder wie oft sie deshalb ihre Arbeit hatte unterbrechen müssen. Dank ihres unglaublichen Talents wurde sie immer wieder mit offenen Armen empfangen. Ich hatte meine Cousine sehr gern. Ich wünschte ihr nur das Beste. Ich wollte ihre Erfolge feiern … tief in meinem Innern. Aber an manchen Tagen war das eine sehr bittere Pille, die ich da zu schlucken hatte.

«Wie weit bist du mit Mikis Freunden?», fragte ich Neil und loggte mich in eines der Programme ein, die wir bei der Suche nach Personen benutzen. Ich gab den Namen Steven T. Wriggles ein, Tyrones Kautionsflüchtling, der Popeltyp. Vor zwei Monaten war ein Räumungsbeschluss gegen ihn ergangen, und er hatte aus einer Wohnung in der Nähe der Briarcliff Road ausziehen müssen, seiner letzten bekannten Adresse. Ich machte seine Mutter ausfindig, notierte mir ihre Adresse und alles andere, was zu Wriggles führen könnte, einschließlich eines Cousins ersten Grades.

«Soweit ich das sagen kann, käme logistisch gesehen nur einer von ihnen in Frage. Dieser Countrysänger, Cash Tilison. Er hat ein Haus am See.»

«Der See», so wird in Atlanta der Lake Lanier genannt. Er ist nicht nur die Hauptwasserquelle für den Ballungsraum rund um Atlanta, sondern auch ein wichtiges Erholungsgebiet. Reiche Leute bauen sich dort Häuser mit Seeblick und Anlegedocks für ihre Boote.

«Er hat gestern an einer Wohltätigkeitsveranstaltung im

Kinderkrankenhaus teilgenommen. Die ging von sechs bis acht. Er hätte reichlich Zeit gehabt, zu Miki zu fahren, bevor sie nach Hause kam.»

«Er könnte auch von der Statur her der Typ hinterm Fenster gewesen sein», sagte ich. «Hey, ich schick dir Infos zu einem Typen namens Wriggles. Sieh mal zu, ob du eine aktuelle Adresse findest, ehe ich bei seiner Mutter anklopfe.»

Ich rief Miki an, um zu fragen, wie es ihr ging. Mailbox. Ich bezahlte ein paar Rechnungen und rief das Programm mit den Außenständen auf. Rechnungen schreiben. Todlangweilig, aber ein notwendiges Übel. Ich arbeitete ein Weilchen, versuchte es wieder bei Miki. Sie meldete sich nicht. Vielleicht schlief sie noch. Vielleicht schlief sie den ganzen Tag und feierte die ganze Nacht. Ich hatte keine Ahnung, wie sie normalerweise lebte. Ich wusste nur eines: Eigentlich wollte ich sie nicht sehen, wenn ich nach Hause kam.

«Treffer», sagte Neil und drehte sich grinsend zu mir um. «Er hat einen Scheck über achthundertsiebenundfünfzig Dollar für Sunshine Duplexes ausgestellt, eine Doppelhaussiedlung. Mit dem Vermerk *Miete plus Säumnisgebühr.*» Er nannte mir das Datum. Es war einen Tag nach Wriggles' Überfall auf den Supermarkt mit etwas, na ja, sagen wir, DNA. Ich fragte Neil nicht, wie er an die Information rangekommen war. In unserem Büro gilt die Regel: «Wenn ich nicht frage, muss er mir nichts erklären».

Eine Arbeitsstelle schien Wriggles nicht zu haben. Wozu arbeiten, wenn du dir einfach nehmen kannst, was du haben willst? Ich hab kein Verständnis für Faulpelze und Leute, die ständig die Hand aufhalten. Ich habe immer für alles gearbeitet, und was ich mir nicht selbst erarbeitet habe, dafür haben meine Eltern geschuftet, um es mir bieten zu können. Ich dachte wieder an Miki und ihre blöden Preise. Leichte Zornesröte färbte meine Wangen. Ich war genau in der richtigen Stimmung, um Steven T. Wriggles einen Besuch abzustatten. Aber vorher musste ich nach Hause, die richtigen Klamotten anziehen und nachsehen, wie es meiner Cousine ging und was sie machte.

5

Das Georgian Terrace Hotel entstand keine fünfzig Jahre, nachdem General Sherman während des Bürgerkrieges brandschatzend von Atlanta zum Meer marschiert war und unserer Architekturgeschichte den Garaus gemacht hatte. Es besteht aus buttergelben Ziegeln und Kalkstein und wurde im französischen Renaissance-Stil erbaut, der einer Stadt, die praktisch aus ihrer eigenen Asche auferstanden war, Pariser Flair geben sollte. Dass ich hier ein Domizil ergattert hatte, grenzte an ein Wunder. Der Manager der Frühschicht und sein griesgrämiger Concierge in dem kleinen schwarzen Sakko würden das sofort bestätigen. Die beiden sind die einzigen Angestellten hier, die sich einfach nicht für mich erwärmen wollen. Wer kann es ihnen verdenken? Ich habe die einzigen hundertachtzig Quadratmeter in dem Gebäude, über die der Manager keine Kontrolle hat. Ich versuche, respektvoll zu sein. Ich bin mir durchaus darüber im Klaren, dass ich in jedem anderen Winkel des Georgian Terrace nur Gast bin. Die Wohnung habe ich vom Vorbesitzer erworben, nachdem ich ihm geholfen hatte, ein paar persönliche Probleme zu lösen. Genauer gesagt hatte ich nachweisen können, dass seine Frau ihn betrog, bevor sie bei der Scheidung einen unverschämt großen Teil seines Vermögens einstrich. Als ich die Wohnung renovierte, blockierten meine Handwerker die Tiefgarage mit ihren übergroßen Fahrzeugen, stellten einen

Baumüllcontainer auf, marschierten mit total verdreckten Schuhen raus und rein und zeigten sich nicht immer sensibel gegenüber den täglichen Sorgen und Mühen der neuen Hotelleitung. Die wenigen Male, die White Trash das Gebäude verlassen muss, spüre ich förmlich, mit welchem Unmut ich beäugt werde, wenn ich eine sperrige Box mit einer jaulenden Katze drin durch die Lobby schleppe. Wie kommt es, dass himmelhohe Decken und Kristallglas und Marmor so etwas wie eine Echokammer bilden, wenn eine unglückliche Mieze die Stimme erhebt? Und White Trash weiß einfach nicht, wann es reicht. Sie gibt nicht bloß ein leises Miauen von sich, sondern ein laut jammerndes Wehklagen. Wenn wir es vom zehnten Stock in die Lobby geschafft haben, kommt sie erst so richtig in Fahrt. Jeder, der das Pech hat, mit uns zusammen im Aufzug zu fahren, stolpert anschließend mit glasigem Blick als lebenslanger Katzenhasser ins Freie.

Ich musste mich erst daran gewöhnen, die einzige Eigentumswohnung im Hotel zu besitzen. Die Anonymität einer wechselnden Nachbarschaft hat zwar an einem schlechten Tag durchaus Vorteile, doch anfangs fehlte mir ein gewisses Gemeinschaftsgefühl. Mit der Zeit jedoch kristallisierte sich eine Nachbarschaft von Angestellten heraus – Service- und Reinigungskräfte, die Baristas, Köche, Taxifahrer und Sicherheitsleute, Rezeptionisten und Hoteldiener. Sobald klar war, dass ich nicht wie ein Gast behandelt werden musste, durfte ich mich in diese Gemeinschaft einschleichen, wenn man nach Feierabend noch gemeinsam aß und dabei über Gäste und Vorgesetzte und manchmal Kollegen meckerte und tratschte. Vor zwei Monaten wurden Rauser und ich zu einer Poolparty auf dem Dach eingeladen. Alles topsecret. Der Manager war nach Hause gegangen, ohne eingeladen oder informiert worden zu sein. Mitarbeiter der zweiten und dritten Schicht sprangen gegenseitig füreinander ein, damit jeder mal dabei sein konnte. Rauser trank zu viel und ging in Unterhose schwimmen, zusammen mit Marko, dem tollen Koch im Livingston Restaurant des Hotels. Als zu sehr später Stunde nur noch ganz wenige da waren, machten wir es uns in den Liegestühlen am Pool bequem. Rauser und ich teilten uns einen, und ich lehnte mich in seine Arme. Mit Atlantas lila Schachbrett-Skyline vor den Augen, erzählte jeder von uns ein bisschen über sich und sein Leben. Jede Geschichte führte irgendwie zu einem weiteren Gespräch, und ich weiß noch gut, wie der Tag allmählich heraufdämmerte und Rausers Atmung sich veränderte. Er war eingeschlafen, während er mich noch immer in den Armen hielt.

«Hallo, liebe Freundin», dröhnte der kräftige Bass von Marko Pullig mit seinem starken slawischen Akzent, als ich fast an den glänzenden Messingaufzügen war. «Das hier wollte ich gerade hoch zu Miki bringen.» Er balancierte ein zugedecktes Tablett. Er beugte sich vor, hielt mir erst die eine, dann die andere Wange hin.

«Zimmerservice steht mir nicht zur Verfügung, Marko.»

Er warf einen Blick in Richtung des Hotelmanagers, der sich auf der anderen Seite der weitläufigen, schimmernden Lobby mit einem Mitarbeiter unterhielt. «Die Bestellung ist direkt ins Restaurant gekommen. Da ich das Glück hatte, deiner bezaubernden Cousine heute in der Lobby zu begegnen, habe ich mich freiwillig gemeldet.»

«Marko, willst du meine Cousine anbaggern?»

«Keye, bitte. Entdecke deine romantische Seite. Wir haben doch schon darüber gesprochen. Man kann auch zu fest geerdet sein.»

O ja. Genau das bin ich. Geerdet.

«Ich sehe das lieber als die Möglichkeit, eine neue Liebe zu erkunden», sagte Marko.

«Aha. Wie dem auch sei, ich glaube nicht, dass Miki da ist. Ich hab ein paarmal versucht, sie anzurufen.»

«Du siehst besorgt aus. Entspann dich. Sie war einkaufen. So hab ich sie kennengelernt. Ich hab ihr geholfen, die Lebensmittel hochzutragen. Sie hat mir von dem Einbruch in ihr Haus erzählt.»

Die Aufzugtüren öffneten sich. «Soll ich das mit hochnehmen, oder willst du mich zwingen, dir beim Flirten zuzusehen?»

Marko verbeugte sich mit seiner üblichen Eleganz und reichte mir das Tablett. «Bitte grüß sie von mir. Und für den Fall, dass sie noch irgendetwas braucht, gib ihr ruhig meine Handynummer.»

Ich lächelte, als die Türen sich schlossen. Ich liebe dieses Hotel und sein Personal.

Es ist bezeichnend, dass ich gerade in einem Hotel meinen festen Wohnsitz gefunden habe. Bevor meine Trinkerei ein jähes Ende fand, hatte ich so etwas wie eine Liebesaffäre mit Hotelzimmern. Dort konnte ich das tun, was überall sonst inakzeptabel war – trinken bis zum Umfallen. Selbst jetzt, wenn der Zimmerservice an Wochenenden und Feiertagen auf Hochtouren läuft, erinnert mich der Geruch von Tomatensaft an eine kalte Bloody Mary mit einem Selleriestängel und einer Limonenscheibe. Ich bin eine typische Süchtige. Ich romantisiere die Erinnerung. Wie ich in einem gediegenen Restaurant mit meinem Stuhl nach hinten umkippe, kommt mir nie in den Sinn, wenn ich mich nach einem Drink sehne. Nein, stattdessen erinnere ich mich an guten Cognac in einem Schwenker, an seinen Duft in der Nase, den Geschmack auf der Zunge – wie flüssige Ruhe. Oder die kühle, klare Härte von

Wodka mit Soda, Eiswürfeln und Zitrone an einem heißen Tag. Mir läuft noch immer das Wasser im Mund zusammen, wenn ich daran denke – das Zellgedächtnis einer Trinkerin.

In meiner Wohnung roch es nach Essen. Miki war in der Küche, in Jeans und einem T-Shirt, das mir sehr bekannt vorkam.

«Hey, du kommst zu früh. Ich wollte dich mit Abendessen überraschen.» Sie stand am Herd vor einem dampfenden Topf und kostete irgendwas von einem Holzlöffel. «Ich hab geduscht und mir ein paar von deinen Klamotten geborgt, um einkaufen zu gehen. Bin noch nicht ganz so weit, wieder allein zu Hause zu sein. Ich hoffe, das ist in Ordnung für dich.» Sie war erstaunlich munter. «Was hast du da? Das riecht lecker.»

«Das Essen, das du von unten bestellt hast», sagte ich und stellte das Tablett auf die Küchentheke. Dann ging ich den Flur runter Richtung Schlafzimmer, um mich umzuziehen. «Übrigens, Marko hat gesagt, ich soll dir seine Handynummer geben.»

Miki erschien an der Tür. «Wieso hätte ich was zu essen bestellen sollen? Ich koche doch.»

«Das hab ich mich auch gerade gefragt», erwiderte ich und stieg aus meinem Rock, zog mir eine Levi's an und suchte im Schrank nach einer Bluse.

«Keye, im Ernst. Ich hab nichts bestellt.»

«Okay», sagte ich leichthin. Aber in Wahrheit dachte ich *Ooo-kay, schon klar.* Ich holte meine Laufschuhe heraus. Wie ich vor einer Weile festgestellt hatte, war bequemes Schuhwerk unerlässlich bei der Jagd nach Kautionsflüchtlingen. «Geht's dir heute besser?»

«Ja. Ich meine, nein. Ich meine, ich hab das Essen nicht bestellt.»

Ich sah sie an. Sie war wirklich aufgewühlt. *Oje.* Hörte der

Spaß denn nie auf? «Hey, ist doch nicht schlimm. Vielleicht wollte Marko einfach unter einem Vorwand hochkommen.»

Die Andeutung eines Lächelns. Sie berührte ihr Haar. «Er hat mir geholfen, die Einkäufe hochzutragen. Hätte nicht viel gefehlt, und er hätte das Licht gedimmt, ehe ich ihn rauskomplimentieren konnte.»

Ich streifte mir einen Pullover über und folgte Miki, die Schuhe in der Hand, zurück in die Küche. «Er ist ein charmanter Bursche, oder? Kein Interesse?»

Miki hob die Abdeckung von dem Tablett, und wir betrachteten Markos Shrimps-Ravioli mit gehobeltem Trüffel, Ruccola-Salat, sein berühmtes selbst gebackenes Lauchbrot und auf einem weißen Tellerchen mit einem Zweig Minze dekoriert einen mehlfreien Schokoladenkuchen etwa von der Größe eines Eishockeypucks.

«Am Anfang sind sie alle charmant», sagte Miki, was bewies, dass sie genauso zynisch war wie ich. Sie reichte mir eine Gabel und nahm sich selbst eine.

Ich setzte mich auf einen Hocker an der Theke, die meinen Wohnbereich von der Küche trennt, und spießte ein Stück von Markos selbstgemachter Pasta auf. «Ich hatte bis jetzt nur Donuts und Kaffee», gestand ich. «Die Stresshormone schießen mir schon aus den Augen.»

Wir aßen beide einen Bissen und genossen ihn gebührend. Marko war ein Künstler im Kochen und Arrangieren seiner Kreationen. Er hatte echt ein Händchen. Miki ging zum Gasherd und rührte um, was immer sie da im Topf hatte, regulierte die Flamme. «Ich wusste gar nicht, dass du kochst», sagte ich.

«Wir kennen uns nicht, Keye. Nicht richtig. Nicht mehr, seit wir Kinder waren.»

Miki ist Fotojournalistin, erfolgreich und begehrt. Ihre Stimmungsschwankungen hatten sie das eine oder andere

Mal aus der Bahn geworfen, aber sie hatte sich beruflich immer wieder berappelt. Einige Details kenne ich nur deshalb, weil meine Mutter ein unverfrorenes Klatschweib ist. Ich hatte Mikis Fotos seit Jahren in Zeitschriften gesehen. Und in ihrem Haus. Riesentalent. Spaziert mit Kameras um den Hals in Kriege und Naturkatastrophen hinein. Schien irgendwie genau der richtige Job für jemanden zu sein, der ständig suizidgefährdet war. Sie hatte es ein paarmal in die Klatschpresse geschafft, als sie drei Jahre lang eine heiße Beziehung zu einem berühmten Rockmusiker hatte. Und dann wieder in ihrer Zeit mit Cash Tilison.

Sie halbierte eine Teigtasche mit der Gabel. Die Füllung quoll heraus. «Hast du je daran gedacht, deine leiblichen Eltern zu suchen?»

«Wie kommst du denn plötzlich darauf?»

Miki zuckte die Achseln. «Reine Neugier.»

«*Eine* verrückte Mutter reicht mir.» Ich brach ein Stück Lauchbrot ab.

Miki lachte. Mit verrückten Müttern kannte sie sich aus. «Sag mal ehrlich.»

«Versteh mich nicht falsch. Ich hab den narzisstischen Wunsch zu sehen, ob sie Ähnlichkeit mit mir haben. Aber mehr auch nicht. Medizinische Fragen, vielleicht. Ach ja, und ich würde gern wissen, wann ich geboren bin. Und wo. Es gibt keine Krankenhausakten. Und ich war noch nicht eingeschult, als meine Großeltern umgebracht wurden. Es gibt überhaupt erst Unterlagen über mich, seit ich ins Kinderheim gekommen bin.»

«Dann hat sich deine leibliche Mutter also einfach in den Wald gehockt und dich rausgequetscht oder was?»

«Ich tippe eher, dass sie sich im Hinterzimmer von irgendeinem Stripladen hingehockt hat.»

Miki grinste mich an. «Dann hast du gar nicht am ersten April Geburtstag?»

«Ich glaube, die beim Jugendamt haben mein Alter geschätzt und als kleinen Aprilscherz erster April in meine Papiere geschrieben. Schweinebacken.»

«War aber immer lustig an deinem Geburtstag, als wir klein waren», bemerkte Miki.

«Ja. Sehr lustig. Kein Wunder, dass ich in Therapie bin.» Ich spießte etwas Ruccola auf. «Weißt du, was ich wirklich gern wissen würde? Wie ich an den Namen Street geraten bin. Ich weiß, dass meine Eltern lange versucht haben, eigene Kinder zu bekommen. Das haben sie mir immer erzählt. Ich weiß, dass sie sich zu einer Adoption entschieden haben, weil Mutter nicht schwanger werden konnte. Aber ich bin mir ziemlich sicher, dass sie nicht unbedingt vorhatten, ausgerechnet ein chinesisches Kind zu adoptieren.»

Miki runzelte die Stirn. «Aber, Keye, sie lieben dich über alles.»

«Ach, das weiß ich doch. Aber irgendwas stimmt da nicht. Das spüre ich. Das hab ich immer gespürt. Ich meine, wer hätte vor dreißig Jahren in Georgia ein Minderheitenkind adoptiert? Okay, manche schon, aber nicht meine Mutter. Du weißt doch, was für einen Mist meine Eltern sich von Nachbarn und Lehrern und so weiter gefallen lassen mussten. Damals sah in unserer schneeweißen Wohngegend keiner so aus wie ich und Jimmy. Ich hab mal zufällig ein Gespräch mit angehört, als ich noch klein war, kurz bevor Jimmy zu uns kam. Mutter hat sich richtig Luft gemacht, hat gesagt, mit einem weißen Kind wäre das Leben leichter gewesen. Sie hat Dad die Schuld gegeben. Nach dem, was ich da aufgeschnappt hab, hatte ich immer den Verdacht, dass irgendwas in Dads Vergangenheit sie aus dem Rennen geworfen hat. Jeder weiß, dass die Akten bei nicht weißen Kindern weniger penibel geführt wurden. Und dass man händeringend nach Leuten gesucht hat, die unsereins nahmen.»

«Aber dann haben deine Eltern Jimmy adoptiert.»

«Ja, aber vielleicht ist das so, wie wenn du dir einen Hund aus dem Tierheim holst. Das verändert dich. Wenn du erst mal gesehen hast, wie viel Not da herrscht, gehst du nicht mehr zu einem Züchter. Meine Eltern sind anständige Leute. Mein Vater hat ein ausgeprägtes soziales Verantwortungsbewusstsein. Außerdem hatten sie sich immer einen Jungen und ein Mädchen gewünscht. Als ich beim FBI war, wollte ich meinen Dad durch den Computer laufen lassen, aber so was geht nur im Zusammenhang mit Ermittlungen. Damit nehmen die es sehr genau. Und ehrlich gesagt, ich hatte immer ein bisschen Angst davor, die Wahrheit rauszufinden.»

Miki stach ihre Gabel in den Kuchen. Dickflüssige dunkle Schokolade lief auf den Teller. «Ist es wirklich wichtig?»

«Nein. Nicht mehr.»

Miki legte ihre Hand auf meine. «Ich will mir gar nicht vorstellen, wie meine Kindheit ohne dich und Jimmy ausgesehen hätte.»

Ich mochte meine Cousine. Irgendwie vergaß ich das immer in der langen Zeit, die wir uns zwischendurch nicht sahen. Ich mochte sie nüchtern. Letzte Nacht weniger. Ich hatte in meinem Leben genug Drama gehabt. Ich war ihrem aus dem Weg gegangen. Vielleicht war ich nicht für sie da gewesen, als sie eine Familie gebraucht hätte. Mikis Mutter war seit Jahren in einer Einrichtung. Ihr Vater war tot. Jimmy und ich und unsere Eltern waren ihre einzigen Angehörigen. Sie hatte recht: Als Kinder waren wir uns nahe gewesen.

Ich dachte wieder daran, dass Miki einkaufen gegangen war und dann Essen bestellt hatte. Oder kein Essen bestellt hatte. Oder sich nicht erinnern konnte, Essen bestellt zu haben. Und nicht ans Telefon gegangen war. Ich dachte an die Narben an ihren Armen und die verstörende Dunkelheit in ihrem Innern. Ich dachte daran, wie provokant und trotzig sie letzte Nacht in der Bar gewesen war. Creeklaw County und der falsche Urneninhalt wurden immer attraktiver.

«Danke, dass du gestern Nacht für mich da warst.» Miki musste mir etwas angemerkt haben. «Ich war ganz schön durch den Wind. Und ich hab ein bisschen zu viel getrunken.»

«Verständlich.»

«Tut mir leid, dass ich noch hier bin, Keye. Tut mir leid, dass ich deine Klamotten trage.»

Ich belud meine Gabel mit Schokoladenkuchen. «Das sollte dir auch leidtun. So eng wie dir die Jeans im Schritt sitzt.»

Sie lachte. «Morgen fahre ich nach Hause, versprochen. Ich hab einfach noch zu viel Schiss. Ich brauche einen Tag.»

«Schon gut. Du gehörst zur Familie.» Ich dachte daran, dass ich zwischendurch bei ihr gewohnt hatte, als meine Wohnung eine einzige Baustelle war. Sie hatte mir, ohne mit der Wimper zu zucken, ihren Zweitschlüssel gegeben.

Ich spürte, wie White Trash sich um die Beine meines Hockers schlängelte. Sie war gewiefter als jeder Bettler, den ich je auf der Peachtree Street getroffen hatte. Ich angelte ein Stück Feta aus dem Salat und warf es ihr hin. «Hör mal, ich hab einen Auftrag oben in Big Knob. Wenn du also die Wohnung noch ein paar Tage für dich allein haben willst, kein Problem.»

«Big Knob?»

«Frag bloß nicht. Ich werde Mom bitten, vorbeizukommen und sich um White Trash zu kümmern.»

«Machst du Witze? Ich kann mich doch um White Trash kümmern. Wir sind dicke Freunde.»

«Ich meine, sich *richtig* um sie kümmern.»

«Ich bin mit Katzen und Hunden aufgewachsen, genau wie du, Keye. Ich weiß, was sie brauchen.»

«Das Katzenklo muss gereinigt werden, und sie braucht frisches Wasser und Fressen und so.»

«Ach, was du nicht sagst. Na, dann eben nicht», sagte Miki. «Schon kapiert. Du denkst, ich bin drogensüchtig. Und unzuverlässig. Sonst noch was?»

«Ich denke, du bist möglicherweise Alkoholikerin», sagte ich. Ich hatte keine Lust, um den heißen Brei herumzureden. Und ich würde meine Katze garantiert niemandem überlassen, dem ich nicht vertrauen konnte. Ich hatte White Trash kurz nach meinem Einzug ins Georgian Terrace auf der Peachtree Street aufgelesen, wo sie in einer Mülltonne frühstückte, halb verhungert, über und über voll mit Parasiten aller Art, halb wild und extrem undankbar ob meiner Bemühungen. Aber sie gewöhnte sich erstaunlich schnell an regelmäßige Mahlzeiten und menschliche Zuwendung. Fremde machen ihr noch immer erst mal Angst, ebenso wie Rausers schwere Schuhe auf meinem Parkettboden. Er nimmt meistens Rücksicht auf ihre Neurosen und versucht, nicht zu hart aufzutreten. Oder er zieht seine Quadratlatschen aus, wenn er reinkommt.

«Ich hab mir gestern Nacht zu viel reingezogen, Keye. Das ist sonst nicht meine Art. Ehrenwort. Ich werde mich ganz toll um sie kümmern. Und ich bin dir dankbar, dass du mich hier wohnen lässt. Das bedeutet mir viel.»

«Wo ist das Koks?»

«Weg. Ehrlich, ich war mit Freunden aus. Wir haben zusammen gegessen, getrunken, ein bisschen gekokst. Ich hatte noch einen kleinen Rest. Das ist alles.»

«Super», sagte ich, aber ich hatte bereits beschlossen, Mutter anzurufen und sie zu bitten, bei Miki und meiner mürrischen Katze nach dem Rechten zu sehen. Miki hatte offen zugegeben, getrunken und gekokst zu haben, bevor sie den Mann durch ihr Wohnzimmerfenster gesehen hatte. Falls da überhaupt ein Mann gestanden hatte. Die meisten Leute, die Aufputschmittel nehmen, nehmen auch Pillen, um wieder runterzukommen. Wer weiß, was sie noch alles im Körper hatte. Und dann war da noch die Sache mit Marko und dem Essen. Sie hatte total verblüfft gewirkt, als hätte sie tatsächlich vergessen, im Restaurant angerufen zu haben. Das alles gab mir schwer zu denken.

Ich blickte auf die Uhr in meinem Handydisplay. «Ich muss los. Jemand hat einen Gerichtstermin platzenlassen.» Ich ging zur Couch und zog mir die Schuhe an. «Ich muss ihn einkassieren.»

Miki folgte mir. «Ein Kautionsflüchtling? Ich will mitkommen. Ich hol meine Kamera.»

«Das ist keine gute Idee.»

«Ach, komm schon. Ich kann dir doch Gesellschaft leisten. Ich drehe den Herd ab, und los geht's.»

Ich schwieg.

«Keye, sieh mich an. Ich bin völlig klar im Kopf.»

Wenn das wahr wäre, hätten wir kein Tablett mit Essen vom Restaurant in der Küche stehen. Ich schaute in ihre blauen Augen. Ich war fest entschlossen, ihr zu sagen, dass sie auf keinen Fall mitkommen konnte. Aber sie hatte diesen Blick aufgesetzt – wie ein Tier im Käfig. Ich kannte ihn gut. «Okay, aber du tust, was ich sage. Das ist *mein* Job.»

Miki küsste mich auf die Stirn. «Ich bin ganz brav. Versprochen.» Sie hüpfte den Flur hinunter, um ihre Ausrüstung zu holen. «Ist es gefährlich?», rief sie aus dem Gästezimmer.

«Nur wenn du Angst vor Popeln hast.»

6

Die Zeit zwischen fünf und sechs eignet sich prima, um Kautionsflüchtlinge zu schnappen. Anscheinend glauben Südstaatler, dass ihnen da nichts passieren kann. Sie sind gerade von der Arbeit nach Hause gekommen und bereiten das Abendessen zu. Sie haben die Außenwelt hinter sich gelassen und sich in die Sicherheit ihrer vier Wände begeben. Bei uns zu Hause war diese Zeit heilig. Niemand kommt zu Besuch, es sei denn, er möchte einen Platz am Tisch. Das gehört sich einfach so. Keine Bettler und Hausierer. Keine Anrufe. Meine Eltern hatten es damit furchtbar genau genommen. Mutter kochte für ihr Leben gern, und wenn sie den ganzen Tag in der Küche gestanden hatte, nur um unsere Gesichter beim Essen leuchten zu sehen, dann wehe uns, wenn unsere Gesichter nicht im richtigen Augenblick leuchteten, weil sie dann nämlich einen Koller bekam. Und Emily Streets Koller waren nicht von schlechten Eltern.

Um nicht aufzufallen, nahmen wir meinen ramponierten 97er Neon und fuhren zu der Siedlung Sunshine Duplexes in Chamblee, unweit der I-285. Die eingebeulte Motorhaube war eine Erinnerung daran, dass es unsäglich dumm ist, beim Fahren zu simsen.

Es war eine sozial schwache Gegend, ethnisch gemischt, mit einem hohen Anteil koreanischer, vietnamesischer und hispanischer Immigranten. Wir befanden uns nicht weit vom

Buford Highway, dem Areal in Atlanta, wo man so gut wie jede Art von Landesküche bekam, die das Herz begehrte, von Japanisch bis Äthiopisch und alles dazwischen. Und jemand, dessen Englisch oder Greencard nicht vorzeigbar war, hatte dort gute Chancen, einen anständigen Job zu bekommen.

«Was hat der Typ eigentlich ausgefressen?», wollte Miki wissen. Sie hatte ihre Kamera umgehängt.

Ich gab ihr die Kurzfassung und ließ gewisse Einzelheiten aus, die mit Wriggles' versuchter DNA-Übertragung zu tun hatten. «Er hat einen Minimarkt überfallen.»

Sie überprüfte ihre Kamera. Das Licht würde noch eine Weile reichen. Sie beugte sich mit der Kamera vor dem Auge zum Fenster hinaus. Von wegen nicht auffallen. Ein paar Jungs mit Baseballhandschuhen und einem Schläger spielten auf dem löchrigen Asphalt. Grünflächen gab es keine. Die ganze Siedlung war asphaltiert, rissig, vergessen. «Das ist phantastisch», sagte sie. «Lass mich raus.»

Ich parkte vor einem leerstehenden Doppelhaus. *Betreten-Verboten*-Schilder hingen an den mit Brettern vernagelten Fenstern. Der Asphalt war so großflächig aufgebrochen, dass die kleine Zufahrt fast vollständig mit Unkraut überwuchert war. Ein flaches Blechdach, das früher mal ein Carport gewesen war, hing hoffnungslos durch. Miki stieg aus und ging zu den spielenden Jungs. Miki konnte gut mit Jungs jeden Alters umgehen.

Ich warf noch einmal einen Blick in Wriggles' Akte. Er war weiß und eins zweiundachtzig groß. Das Foto zeigte eine Stirnglatze und einen straßenköterbraunen Afro – ein Steven Wright für Arme. Dass er in eine Gegend gezogen war, wo er auffallen würde wie ein bunter Hund, wo er doch eigentlich besser untertauchen sollte, erhärtete den Verdacht, dass Wriggles nicht gerade ein begnadeter Krimineller war. Mir sollte es recht sein. Leicht verdientes Geld.

Die Jungs spielten weiter. Miki redete mit ihnen, während sie Fotos schoss. Ich ging zu ihnen. «Hat einer von euch Lust, sich fünf Dollar zu verdienen?»

Sie fielen förmlich über mich her. Ich zeigte ihnen Wriggles' Foto. Sie erkannten ihn sofort. Sie alle wollten ein Stück vom Kuchen abhaben. Wir einigten uns auf fünf Dollar für jeden. Einer würde mit mir kommen, und die anderen würden sich Wriggles in den Weg stellen, falls er versuchte, sich aus dem Staub zu machen. Nach kurzem Palaver war einer zu meiner Eskorte gekürt worden.

«Wie heißt du?», fragte ich.

«Angel.» Er blickte nicht zu mir hoch. Er war dunkelhaarig, vielleicht zehn und trug ein Braves-Cap und No-Name-Knöchelturnschuhe, die Sorte, die es in Discountläden gab. Ich musste an Rausers Fall mit dem erdrosselten Kind denken, dann an Rauser. Er hatte ganze zwei Stunden geschlafen. Rauser hatte eigene Kinder, inzwischen erwachsen, aber nicht weniger geliebt. Die Fälle mit Kindern gruben ihm immer tiefe Furchen ins Gesicht.

«Hab keine Angst, okay, Angel? Du klopfst einfach nur und rufst durch die Tür, dass deine Mom sich was borgen will. Dann haust du ab. Er kriegt dich gar nicht zu sehen, okay?»

«Ich hab keine Angst», sagte Angel und blinzelte in der Spätnachmittagssonne zu mir hoch.

Wir gingen die rissige Einfahrt entlang, vorbei an kleinen Backsteinhäusern, jedes mit zwei schmalen Fenstern nach vorn raus und einem im Carport. Miki machte Fotos vom Asphalt und vom Backstein und allem anderen, wobei sie sich mühelos über Schlaglöcher und Bodensenken bewegte, als wäre die Kamera ein Teil von ihr. Was immer ihr Fotografenauge auch sah, mir blieb es verborgen.

«Weißt du, ob der Typ Arbeit hat, Angel?»

«Ich glaube nicht. Er geht mitten am Tag Bier holen.»

Wriggles' Carport hatte das gleiche rostige Blechdach wie alle anderen, die ich gesehen hatte. Er war leer bis auf einen Mülleimer und eine Altglastonne, in der sich Michelob-Flaschen türmten. Sein Wagen war nicht angesprungen, nachdem er den Minimarkt überfallen hatte, erinnerte ich mich aus seiner Akte.

«Er war einmal bei uns zu Hause», sagte Angel leise, als wir den Carport betraten. «Er hat schlecht gerochen.»

«Gut zu wissen», sagte ich. Der Lamellenvorhang war geschlossen – eines der Dinger aus Plastik, die du für sieben Dollar im Baumarkt kriegst, die Standardausstattung in solchen Siedlungen.

«Der Typ ist ein Freak. Mein Dad sagt, er macht unser Viertel kaputt.»

Miki blieb mit ihrer Kamera auf Abstand. Angel und ich gingen zur Tür. Ich hörte einen Fernseher laufen. Ich klopfte. Keine Antwort. Ich klopfte wieder. Eine ungehaltene Männerstimme rief über den Fernseher hinweg: «Ich spende nichts!»

«Hey, Mann, meine Mom will sich was ausborgen.» Der Fernseher wurde leiser. «Ich bin's, José, von nebenan.» Angel lächelte zu mir hoch. «Weiße denken, wir heißen alle José.»

«Clever», flüsterte ich. Wir hörten Schritte auf die Tür zukommen. Angel zeigte mir den erhobenen Daumen und haute ab. Die Tür ging auf.

Steven T. Wriggles war ohne Hemd und in Unterhose. Und zwar nicht Calvin Klein. Das hier war eine schlichte Unterhose, à la Walmart, die Sorte, die Jungs in der Schule tragen. Ich hatte mehr von denen gesehen, als gut sein konnte. Weiß mit rotem Bund. Und nicht schön. Wriggles war groß, hatte einen käsigen Bierbauch und vereinzelte lockige braune Haarbüschel auf der Brust. Ich trat in den Türrahmen. Wriggles runzelte die Stirn.

«War das Ihr Junge? Ich hab keinen Küchenkram, wenn Sie so was wollen.»

«Sie haben vergessen, vor Gericht zu erscheinen, Mr. Wriggles. Ich muss Sie hinbringen, damit ein neuer Termin festgesetzt werden kann.»

Er versuchte, mir die Tür vor der Nase zuzuknallen. Ich schob sie mit den Unterarmen zurück und zwängte mich ein bisschen weiter hinein. Ich griff nach meinen Handschellen. «So, jetzt ziehen Sie sich was an, und los geht's.»

Er stemmte die Hände auf die Hüften, pflanzte sich vor mir auf, die Füße schulterbreit auseinander, herausfordernd in seiner schäbigen Unterhose. Ich hörte Mikis Verschluss klicken. Er blickte sie böse an. «Wer zum Teufel ist das?»

Ich zwängte mich ganz durch die Tür und ließ eine Handschelle an seinem rechten Handgelenk einschnappen. Wriggles riss seinen Arm zurück, und das schwere Metall klatschte ihm ins Gesicht. Ich glaube, einen kurzen Moment lang schielte er. Miki war jetzt auch im Haus, umkreiste uns mit klickendem Verschluss, als würde sie eine Reportage in Afghanistan machen. Und dann tat Steven T. Wriggles das Unsägliche. Mit schwingender Handschelle hob er die Hand an die Nase und rammte sich einen Finger hinein. Dann stieß er mit dem schändlichen Finger nach mir.

«*Großer Gott!*» Ich sprang aus dem Weg und begriff mit verspätetem Mitgefühl, warum die Kassiererin an dem Tag die Kasse geleert und Wriggles dreihundert Dollar ausgehändigt hatte. Ich glaube, selbst Verfassungsschützer hätten kapituliert. Ein Sondereinsatzkommando hätte schreiend Reißaus genommen ob der widerlichen Attacke.

Miki lachte, während sie uns weiter umkreiste. Ich riss die

Glock aus dem Dienstholster hinten an meiner Jeans. Wriggles' Augen weiteten sich vor Schreck. So eine ausgewachsene 10-mm-Glock ist schon imposant. Das FBI hatte getestet, ob die Pistole sich als Standardwaffe eignen würde, aber die Größe erwies sich als zu unhandlich für Auszubildende, und vom Rückstoß klappern einem die Zähne. Doch ich hing inzwischen an meiner. Sie ist wunderbar abschreckend. Dr. Shetty hat ein paar ganz spezielle Thesen bezüglich dessen, warum ich ohne Not in einer Branche arbeite, in der so eine Riesenknarre erforderlich ist – irgendwas von wegen körperlich klein sein und keinen Penis haben. Aber selbst ein ausgemachter Schwachkopf wie Wriggles lässt sich von der finsteren Ausstrahlung meiner Waffe beeindrucken.

Seine Hände hoben sich. «Okay, okay. Knallen Sie mich bloß nicht ab.»

«So, jetzt ziehen Sie sich schön brav was an», sagte ich zu ihm. «Und nur damit Sie's wissen, die Knarre hat eine Abzugssicherung. Eine richtige Sicherung ist das aber nicht. Echt unpraktisch. Wenn Sie irgendwas Widerliches machen, passiert wahrscheinlich ein Unfall.»

Ich folgte Wriggles ins Schlafzimmer, das mit dreckiger Wäsche und Aschenbechern und Bierdosen zugemüllt war. Er streifte sich eine Jeans über die Unterhose und zog ein blaues T-Shirt an, auf dem in weißen Lettern *K-Y* prangte, das Logo eines bekannten Gleitmittels. Schon der Gedanke daran löste bei mir einen Würgereflex aus. Er schob die baumelnde Handschelle durch den Ärmel.

«So, jetzt mit dem Bauch nach unten aufs Bett.»

«Mein *Gott»*, entfuhr es Wriggles.

«Ja, klar. Schön wär's.» Ich wedelte mit der Glock, und er legte sich auf den Bauch. Ich drückte ihm mein Knie in den Rücken, zog seine Arme nach hinten und ließ die Handschellen zuschnappen. Mit einem Kabelbinder aus Plastik befestigte ich sie an seiner Gürtelschlaufe. Dann fischte ich ein Hemd aus einem Haufen auf dem Boden, band es ihm um den Kopf wie ein Stirnband und schob es ihm unter die Nase.

Wriggles begann zu zappeln wie ein Seehund. «Ich krieg keine Luft», protestierte er. «Das stinkt.»

«Sorry, Freundchen. Ohne lass ich dich mit der Nase nicht in mein Auto.»

Miki half mir, ihn umzudrehen und auf die Beine zu stellen. Wir brachten ihn zum Wagen und verfrachteten ihn auf den Beifahrersitz. Miki stieg hinten ein.

Auf dem Präsidium durchlief Wriggles die übliche Aufnahmeprozedur, während ich auf den Papierkram wartete, den ich für Tyrones Kautionsbüro brauchte. Meine Cousine war umringt von Cops und setzte vermutlich ihren ganzen Charme ein, um ein paar richtig tolle Fotos von Atlantas Gesetzeshütern machen zu können. Es wurde viel gelacht.

«Ich hätte mir die Wimpern getuscht, wenn ich gewusst hätte, dass hier heute eine Fotosession läuft», sagte Rauser. Er schlang die Arme um meine Taille und beugte den Kopf, um seine kratzige Wange an meiner zu reiben. «Die Kollegen vom Raubdezernat sagen, du hättest den Rotztypen dingfest gemacht.»

«Habt ihr im Morddezernat nicht genug zu tun?»

Er holte sein Handy hervor, schob mit einem seiner knorrigen Finger irgendwas hin und her und zeigte mir dann den Bildschirm. «Hat Miki mir geschickt. Ich überlege, mir davon eine Fototapete machen zu lassen.» Es war eine Aufnahme von Wriggles in Unterhosen, wie er mit seinem ekeligen Finger nach mir stach. «Kann es kaum erwarten, den Clip auf YouTube zu sehen.»

«Sie hat ein Video hochgeladen?» Ich warf einen Blick in Mikis Richtung und kapierte jetzt, worüber sie und die Cops sich so köstlich amüsierten. «Ich bring sie um», knurrte ich, und Rauser lachte. «Sobald ich zurück bin. Jetzt brauche ich dringend einen Reservekatzensitter.»

«Fährst du weg?»

«Larry Quinn hat heute angerufen. Er hat einen Auftrag für mich. Klingt interessant.»

«Der Kuh-Anwalt? Oha.»

Ich ging mit Rauser in den Pausenraum und sah zu, wie er Kaffee in eine Tasse goss. Ich konnte die Brühe in der Kanne sehen. Er bot mir welchen an, aber ich trinke meinen Kaffee am liebsten, wenn er noch flüssig ist. «Ein Mandant von ihm in der Nähe vom Lake Chatuge behauptet, dass das Krematorium, wo seine verstorbene Mutter eingeäschert wurde, ihm eine Urne mit Hühnerfutter und Zementmischung ausgehändigt hat.»

«Das gibt's nicht. Wieso?» Er trank einen Schluck und verzog das Gesicht, schüttete dann aus einem Zuckertopf jede Menge milchfreien Kaffeeweißer hinein.

«Darauf hab ich noch keine Antwort gefunden», erwiderte ich.

«Das Motiv ist meistens Geld», erinnerte er mich.

«Was hat man davon, wenn man die richtige Asche durch Zementmischung ersetzt?»

«Wie haben die das denn erklärt?»

«Ein Mitarbeiter hätte die Asche versehentlich verschüttet und die Sache vertuschen wollen.»

«Klingt plausibel.»

«Larry findet das nicht.»

Rauser gab einen *Hm*-Laut von sich. «Larry Quinn wittert Kohle. Du kennst ihn doch.»

«Wie auch immer, ich könnte auch ein bisschen Kohle gebrauchen, und ich müsste den vierten Juli nicht mit Mutter *allein* verbringen.»

«Autsch. Schuldgefühle. Ist Papa Bär denn nicht da, um dich zu beschützen?»

«Dad kann mir nicht helfen. Ich glaube, sie schlägt ihn.»

«Ich hoffe, das liegt in der Familie», sagte er und ließ seine Augenbrauen hüpfen.

«Du bist krank.» Ich grinste.

«Kann ich heute Nacht bei dir schlafen?»

Ich berührte seine kratzige Wange. «Wehe, wenn nicht.»

Laute Stimmen von nebenan ließen uns aufhorchen. Durch die Glaswand sahen wir Miki mit Balaki, Williams, Velazques, Bevins und Angotti vom Morddezernat und einer Handvoll anderer Detectives, von denen ich einige vage aus dem Raubdezernat kannte. Die anderen hatte ich noch nie gesehen. Ein paar Streifenpolizisten hatten sich zu der Schar gesellt, und alle starrten sie auf einen Bildschirm, der hoch oben an der Stirnwand des Großraumbüros montiert war. Ich folgte den Blicken und sah, wie Steven T. Wriggles sich die schlackernde Handschelle ins Gesicht klatschte, dann, wie ich selbst vor seinem versifften Finger zurücksprang. Dann hatte ich meine Glock in der Hand. Der Clip endete damit, wie ich zu Wriggles sagte: «Ohne lass ich dich mit der Nase nicht in mein Auto.» Text flirrte über den Bildschirm: *Kopfgeldjägerin stellt Popel-Banditen*. Brüllendes Gelächter.

«Ich schmeiß sie hochkant raus», murmelte ich.

Rausers Handy klingelte. Er zog es aus seiner Gesäßtasche, lauschte einen Moment. «Was für eine?», fragte er. «Frank, Kurzfassung genügt.» Er wartete. «Und, reicht das für ein Profil?» Wieder wartete er, gab eine Mischung aus Knurren und Seufzen von sich, steckte das Handy wieder ein. «Loutz», sagte er, womit der Gerichtsmediziner von Fulton County gemeint war. «Eine forensische Lichtquelle hat auf der Haut des Delgado-Jungen irgendeine Flüssigkeit sichtbar gemacht. Sie schicken eine Probe ins Labor.»

«Wo genau?»

«Auf der linken Schulter und seitlich am Hals.»

«Der Junge lag auf dem Bauch», sagte ich. «Dann ist das also passiert, als der Täter hinter ihm war, vermutlich auf ihm drauf, während des Mordes.»

«Oder danach», sagte Rauser.

«Konnte Frank irgendwas ausschließen?»

«Er weiß, dass es kein Blut ist.»

«Bei der Hitze und aufgrund der Lage würde ich auf Schweiß tippen. Speichel.»

«Sperma oder Urin», fügte Rauser hinzu. «Es war ein Zufallsfund. Irgend so ein fluoreszierender Farbstoff, den einer der Techniker hatte und der normalerweise nicht für die Haut benutzt wird, ist an den Leichnam geraten. Eigentlich ist er für die Augen oder so. Jedenfalls, das UV-Licht hat unter diesem Farbstoff Tropfen und Spritzer von der Flüssigkeit sichtbar gemacht. Frank meinte, es war die reinste Weihnachtsbeleuchtung.»

«Wann erfährst du, was es ist?»

Rauser nagte an der Lippe. «Die KTU ist total überlastet, selbst dringende Fälle stauen sich. Die Etatkürzungen sind verheerend. Alle wollen eine abgespeckte Bürokratie. Tja, und das ist das Ergebnis.» Er blies Luft und Anspannung aus. «Gott, ich will eine Zigarette.»

Rauser hatte letztes Jahr an Thanksgiving mit dem Rauchen aufgehört, aber er hatte nicht aufgehört, rauchen zu wollen. Er zog eine Packung Nikotinkaugummi aus der Tasche. «Nicht zu fassen, dass ich diesen Weicheimist esse.»

7

Ich holte Neil bei sich zu Hause in Cabbagetown ab, einem ehemaligen Arbeiterviertel, das hip geworden war.

Ich hoffte, wir würden oben in Creeklaw County bei unseren Recherchen nicht allzu viel Aufmerksamkeit auf uns ziehen. Immerhin ist North Georgia tiefste Provinz, ich bin Chinesin und Neil so was wie ein Sixties-Surferfilm auf Beruhigungsmitteln. Aber die Hoffnung stirbt zuletzt. Es war das erste Mal, dass Neil mich begleitete. In der Vergangenheit hatte er nur selten Interesse an Dingen gezeigt, die nicht in seinen Arbeitsbereich fielen, wie auch immer der definiert war. Irgendwie schien er ihn ständig neu festzulegen. Ich kann nie genau abschätzen, was seine Neugier wecken wird. Offenbar steht er auf Zementmischung, Hühnerfutter und tote Leute. Und auf zu viele Frauen auf einmal.

Ich warf einen Blick zu ihm rüber, er saß auf dem Beifahrersitz und tippte etwas in sein Handy. Das war normal – flinke Daumen auf winzigen Tasten, flaumige Härchen auf schlanken Knöcheln, wie Maisfäden im hellen Sonnenlicht. Vielleicht twitterte er gerade, oder er klaute das Coca-Cola-Rezept, oder er ließ die Garagentüren in seiner Nachbarschaft auf- und zugehen. Bei Neil konnte man nie wissen, wozu ihn seine ständige Langeweile und sein irrwitzig überentwickeltes technologisches Können verführten.

Wir fuhren in meinem alten Impala mit heruntergelassenem Verdeck auf der I-85 aus der Stadt Richtung Norden, vorbei an Ausfahrten zu Büroparks, Fast-Food-Ketten, Möbel-Outlets und Einkaufszentren, ein Anblick, der schließlich von sanft hügeligen Feldern, Wiesen, Obstplantagen und ausgedehnten Wäldern abgelöst wurde.

Wir wechselten auf die I-985 und bogen schließlich auf die Route 129. Ich hielt an einer Tankstelle. Ich musste endlich in den sauren Apfel beißen und meine Mutter anrufen, und ich wusste, dass sie über die Hintergrundgeräusche meines Cabrios nicht begeistert wäre. Neil hob den Kopf, nahm kurz unsere Umgebung in Augenschein – Zapfsäulen, Minimarkt, Gestelle mit Propangasflaschen zum Mieten – und widmete sich wieder seinem Handy.

«Hi, Mom.»

«Keye? Was ist passiert?»

Ich stammelte: «Ich wollte bloß mal hallo sagen.» Neil sah mich an.

Ich hörte, wie bei meinen Eltern zu Hause die Fliegentür aufging. Ich hatte sie zigtausendmal gehört, diese Tür, die zur hinteren Veranda führte. Mein Vater hatte Sprühdosen an allen strategischen Stellen stehen, eine direkt draußen neben der Tür, die meine Mutter geöffnet hatte, und er konnte quietschende Scharniere im Handumdrehen zum Schweigen bringen – ein blitzschneller Clint Eastwood mit Ölkännchen und Schraubenzieher statt Revolver.

«Howard, deine Tochter ruft an, um hallo zu sagen. Kannst du dich erinnern, wann sie zuletzt angerufen hat, *bloß* um hallo zu sagen?» Ein undeutliches Knurren von meinem Vater. «Nein, kannst du nicht, weil deine Tochter *niemals* anruft, *bloß* um hallo zu sagen.» Die Scharniere quietschten erneut. Mutter war wieder reingegangen. «Also ehrlich, ich weiß nicht, warum ich überhaupt noch mit ihm spreche.

Er ist in letzter Zeit so von sich eingenommen. Seit er eine weitere von diesen Metallskulpturen verkauft hat. An eine Kunstgalerie, Keye, ausgerechnet. Kannst du dir das vorstellen? Für viertausend Dollar! Jetzt redet er andauernd von solchen Sachen wie *Zielpublikum* und *World Wide Web*. Gott steh uns bei.» Mutters butterweicher Südstaatenakzent wurde stärker. Emily Street wurde immer dann südstaatlicher, wenn sie etwas darzustellen hatte – Empörung, Mut, Martyrium, Kränkung –, Mutter nutzte geschickt jede Gelegenheit. Sie war eine geborene Schauspielerin. «Ich hab deinen Vater auf die Veranda geschickt, damit er die Poblanos röstet. So kann er den Schweißbrenner mal für was Sinnvolles verwenden.»

«Mutter, er kriegt viertausend Mäuse das Stück für seine Skulpturen. Scheint also, als hätte er dafür schon eine prima Verwendung.»

«Mäuse? Also ehrlich, Keye. Wie redest du denn?» Sie stockte. «Du musst irgendwohin, wo's gefährlich ist, nicht wahr? Deshalb rufst du an. Nein, erzähl's mir nicht.»

«Es ist nichts Gefährliches.»

«Das sagst du immer. Hinter was für einem Gesindel bist du diesmal her?»

«Ich weiß es noch nicht.»

«Wir haben allen erzählt, dass du mit Aaron zur großen Nachbarschaftsgrillparty kommst.»

«Tut mir leid, Mom. Rauser hat unglaublich viel um die Ohren. Und ich musste diesen Job im Norden wirklich annehmen.»

«Na, immerhin ist seine Arbeit wichtig.»

«Und schon wieder ein Jahr Therapie für die Katz.»

Mutter lachte gekünstelt. «Ach, hör auf! So empfindlich bist du nicht, Keye. Und musst du ihn immer Rauser nennen?

Wieso kannst du ihn nicht beim Vornamen nennen? Ich sag dir, warum. Weil *Rauser* unpersönlich ist. Genau wie Dan gesagt hat. Du hast ein Problem mit Nähe.» *Zack.* Ein Punkt für sie – Dan, Exmann, heikles Thema. Problem mit Nähe – Volltreffer.

«Ich hatte gute Vorbilder», sagte ich mit einer Verbitterung in der Stimme, die mich selbst überraschte.

«Was soll das denn heißen?» Jetzt fuhr Mutter aus der Haut. «Und du fragst dich, warum Beziehungen schwierig sind! Vielleicht solltest du *da*rüber mal in der Therapie reden statt über deine Eltern, die ihr ganzes Leben hart gearbeitet haben, um für dich und deinen Bruder zu sorgen.»

«Okay, egal, war ein nettes Gespräch. Hör mal, Mutter, ich wollte fragen, ob du dich ein bisschen um Miki und White Trash kümmern kannst? Miki ist bei mir in der Wohnung, und ich bin in ein paar Tagen wieder da. Rufst du einfach mal da an und vergewisserst dich, ob sie meine Katze gut versorgt? Und falls nicht, würdest du das übernehmen?»

«Was ist denn mit Miki? Ich hab doch vorgestern noch mit ihr gesprochen.»

«Bei ihr wurde eingebrochen. Sie ist ein bisschen nervös. Sie wohnt bei mir, solange ich weg bin.»

«Mein Gott. Ist sie verletzt? Was ist passiert?»

«Es geht ihr gut. Und nein, sie ist nicht verletzt. Vielleicht solltest du sie anrufen», schlug ich vor.

«Ich lade sie zu unserer Grillparty ein. Ich mache Salsa aus Augenbohnen und gerösteten Poblanos, Limabohnenhummus, Tomaten-Aubergine-Bruschetta mit Artischockenpesto, und wir grillen Pizza und belegen sie dick mit Rucola und Feta.» Emily Street war Autodidaktin, aber sie konnte kochen wie eine Weltmeisterin. Wenn sie neue Rezepte ausprobierte, standen die Leute vor der Haustür Schlange.

Ihre Stimme wurde zuckrig und verträumt. «Ich kann mich einfach nicht entscheiden, welche von deinen Lieblingsnachspeisen ich machen soll. Pfirsichempanadas mit selbst gemachtem Crème-fraîche-Eis oder Roten Samtkuchen.»

Mir lief das Wasser im Mund zusammen. Erstens, wir im Süden verstehen was vom Pfirsichanbau. Unsere Pfirsiche sind fleischig und süß, und wenn ihr Saft dann den Teig durchtränkt – das ist so köstlich, man könnte sich geradezu reinsetzen. Und Roter Samtkuchen, tja, wenn der genau richtig gemacht wird, dann ist er eine Südstaatendelikatesse. Er gehörte zu jedem Picknick und jedem Familienfest meiner Kindheit dazu. Natürlich musste meine Mutter allem ihre ganz persönliche Note verpassen. Im Laufe der Jahre entwickelte sich die Pfirsichtorte auf dem karierten Tischtuch zu einem Teller mit köstlichen Empanadas. Der Rote Samtkuchen wird in handgroßen Stücken serviert, mit Vanillecreme, die zwischen den Schichten herausquillt.

«Gott. Das klingt himmlisch.»

Die Tür quietschte wieder. «Howard, weißt du was? Deine Tochter hat soeben den Namen des Herrn missbraucht.»

«Bye, Mom. Hab dich lieb.»

«Keye, Moment noch.» Wieder die Fliegentür. «Ich hab eine Neuigkeit, und ich möchte, dass du sie von mir erfährst.»

Ich wappnete mich.

«Ich hab für den Kochsender an einem Videorezeptwettbewerb teilgenommen, und meins hat gewonnen.»

«Das ist ja phantastisch. Was hast du gewonnen?»

«Die Chance, ein Probevideo für meine eigene Kochsendung einzureichen. Miki kennt Leute beim Fernsehen, die mir dabei helfen können. Meine eigene Kochsendung, Schätzchen!»

«Du bewirbst dich für eine Fernsehsendung?»

«Ist das nicht wunderbar? Vielleicht muss ich sogar nach Hollywood.»

«Werden da Kochsendungen gemacht?»

«Okay, dann vielleicht nach New York. Oder was weiß ich, wohin.» Ihre Stimme senkte sich bis knapp über Flüsterton. «Aber dein Vater will mich nicht unterstützen. Ehrlich gesagt, Keye, wir entwickeln uns in verschiedene Richtungen.»

«Was? Das klingt doch, als würdet ihr euch in genau dieselbe Richtung entwickeln. Ihr fangt beide eine zweite Karriere an und findet Dinge, die euch befriedigen. Das machen viele Paare, Mom. Dad war schon immer dafür, dass du das machst, was dich interessiert.» Eigentlich war er vor allem dafür, dass sie zu tun hatte und ihn in Ruhe ließ, aber das sagte ich lieber nicht.

«Vielleicht hast du recht, Schätzchen. Aber eins sage ich dir, mich hält keiner auf. Ich werde die nächste Paula Deen.» Dramatische Pause. «Nur hübscher.»

Ich lachte. «Was hält die derzeitige Paula Deen davon, dass du sie aus ihrer Kochshow verdrängen willst?»

«Nicht verdrängen, Keye, ablösen. Ihre Zeit ist um.»

«Bye, Mom. Ich hab dich lieb.» Ich legte auf und lehnte den Kopf gegen den Sitz. «*Gott.*»

«Na? Wie geht's Emily?» Neil lächelte mich an.

«Sie wird immer brutaler. Sie ist der Hammer. Ein Scheißeispickel im Auge.»

Neil und meine Mutter hatten einander nicht riechen können. Nachdem sie sich kennengelernt hatten, beschwerten sich beide unter vier Augen bei mir über die Unhöflichkeit des jeweils anderen. Aber als letztes Jahr die Hölle losbrach, rauften die beiden sich zusammen: Neil schmiss den Laden, und Mutter half ihm dabei, ging ans Telefon und kümmerte sich um Ablage und Rechnungen. Wie durch ein Wunder mochten sie sich seitdem.

«Sie ist … der … Pickel …», sagte Neil auf die seltsame, abgehackte Art, die mir verriet, dass er die Worte tippte, während er sprach. «Und ich bin das Eis.»

«Du twitterst das?»

«Neuer Facebook-Status», sagte er. «Fünfundvierzig Leuten ‹gefällt› es bereits.»

Ich fuhr wieder los und folgte einer kleinen, von Muskateller-Rebstöcken gesäumten Straße, vorbei an Koppelzäunen, Schwingelgraswiesen und weidenden Pferden. Die Magnolien blühten, und der zitrusartige Duft, der in den offenen Wagen wehte, brachte Erinnerungen an meine Südstaatenkindheit mit sich. Ich weiß noch, wie ich zusammen mit Jimmy unter dem mächtigen Magnolienbaum in unserem Garten in Winnona Park saß und den köstlichen Duft einatmete – wie Zitronencreme und Butter. Wir wollten die Blüten für Mutters Tisch pflücken und zogen sie, ohne sie zu berühren, an ihren kurzen, dicken Stängeln vom Baum. Mutter hatte uns gewarnt, dass Magnolienblüten weinen, wenn Menschen sie anfassen. Und tatsächlich, überall da, wo unsere kleinen Finger versehentlich ein üppiges weißes Blütenblatt streiften, erschien ein brauner Fleck, der uns verriet. Und da ist noch etwas: Dieser Baum und die großen, wohlriechenden Blüten sind meine früheste Erinnerung daran, wie ich mit meinen neuen Eltern nach Hause kam, nachdem ich meine Großeltern verloren hatte, nach dem Schock, ihre Ermordung mit ansehen zu müssen, und dem Schock, bei Fremden zu leben – bei einer Pflegefamilie, in einem Kinderheim. Ich musste an die schreiende Frau auf dem Bildschirm denken, deren Kind am Abend zuvor erwürgt worden war, und daran, wie Trauer das ganze Leben durchzieht.

«Die Nächste rechts», sagte Neil mit Blick auf die Karte in einem der in seinem Schoß liegenden Geräte.

Weiße Zäune umgaben das Gelände. Ein Wachhäuschen

stand genau in der Mitte einer zweispurigen Ausfahrt, weiß gestrichen und mit einem eigenen kleinen Zaun, passend zu den anderen. Als wir anhielten, kam ein uniformierter Wachmann mit einem Klemmbrett heraus und watschelte die Stufen herunter. Keine Waffe, registrierte ich.

«Kann ich Ihnen helfen?» Er war in den Vierzigern, schütteres Haar, verquollene Augen. Ein Zweitjob, dachte ich. Der hier konnte nicht viel einbringen.

«Hi.» Ich lächelte. «Wir wollen zu Murdock Nummer achthundertachtundzwanzig.»

«Zu Mr. Tilison?» Er warf einen Blick auf sein Klemmbrett. «Ihr Name, bitte.»

«Keye Street.»

Er sah wieder zu mir hoch. «Tut mir leid, Ma'am. Sie stehen nicht auf der Gästeliste. Erwartet Mr. Tilison Sie?»

«Es ist eine Überraschung», sagte ich wahrheitsgemäß.

Der Wachmann lächelte nachsichtig. «Ja, Ma'am. Mr. Tilison bekommt öfter Überraschungsbesuch. Es tut mir wirklich leid. Aber ich kann Sie nicht reinlassen, wenn Sie nicht auf der Liste stehen.» Er blickte Neil an.

Ich zeigte ihm meinen Ausweis mit dem Staatssiegel von Georgia, der gedruckten Unterschrift des Innenministers, dem Namen meiner Firma und meinem Namen plus Adresse. Ich hatte auch eine Dienstmarke, beschloss aber, sie nicht hervorzuholen.

Er gab mir den Ausweis zurück. «Dieselbe Behörde, die Ihnen den ausgestellt hat, ist auch für die Zulassung von Sicherheitspersonal zuständig. Ich hab fast genauso einen.»

«Es geht um eine Freundin von Mr. Tilison», sagte ich. «Ich muss ihn wirklich dringend sprechen.»

«Es tut mir leid, Ms. Street, aber ich muss Sie bitten, wieder zu fahren.»

«Neil, würdest du bitte Cash anrufen?» Ich war nicht begeistert, Tilison vorzuwarnen. Ich wollte ihn überraschen, ihm keine Möglichkeit geben, sich etwas zurechtzulegen. Doch wie es aussah, würde ich nicht reinkommen, wenn ich nicht die Schranke durchbrechen und meinen momentan makellosen Impala verbeulen wollte.

Neil tippte die Nummer ein, die Miki uns gegeben hatte. Die Sonne brannte auf uns herab. Er reichte mir das Handy. «Mr. Tilison, mein Name ist Keye Street. Ich würde gern mit Ihnen über Miki Ashton sprechen.»

«Über Miki? Was ist denn mit Miki?»

Ich erkannte seine einschmeichelnde Countrysängerstimme. Ich hatte sie in Fernsehinterviews gehört. «Ich bin am Wachhäuschen. Würden Sie den Sicherheitsmann bitte anweisen, das Tor zu öffnen?»

Der Anruf kam eine halbe Minute später, die Schranke hob sich, und wir fuhren hinein in Cashs Multimillionärsnachbarschaft – eine harmonische Verbindung aus altem Süden und neuem Geld, mit über zehntausend Quadratmeter großen Grundstücken, Trauerweiden, die sich über Gartenbrücken und Koi-Teiche neigten, gigantischen Häusern am Ufer des Lake Lanier. Das alles in einer Preisklasse, die für mich absolut unerschwinglich war.

Wir fanden die Adresse und bogen in eine lange Zufahrt. Die Antenne meines alten Cabrios kitzelte eine Reihe von Kreppmyrten, und die Blüten rieselten wie lavendelfarbene Schneeflocken auf uns herab. Tilisons Kalksteinvilla mit dem Wasser dahinter schimmerte, als wäre sie das Ende des Regenbogens.

Ich hielt in der kreisrunden Auffahrt vor dem Haus. Wir stiegen beide aus. Ich warf einen Blick auf meinen Wagen und fand, dass er sich richtig gut in dieser Umgebung machte. Mein

69er Impala war in bestem Zustand, dank meines Dads, der ihn nach einer Pechsträhne im letzten Jahr – eine Serienmörderin mit einem Radbolzenschlüssel und die wütende Empfängerin einer Vorladung mit einer Achtunddreißiger – wieder zusammengeflickt hatte. Mein Dad betont gern, dass ich Autos nüchtern leider Gottes ebenso schlecht behandele, wie ich es als praktizierende Trinkerin getan hab. *Danke, Dad.* Wieso erinnern die Leute einen so gern an die Vergangenheit? Und mit «Leute» meine ich Eltern. Sie vergessen nie. Egal, ob du dich vom Alkohol befreit hast, von den Zeugen Jehovas, von einer Schwäche für Typen mit Ballknebeln oder ob du mal eine vorübergehende Geschlechtsidentitätsstörung hattest, deine Eltern halten es dir irgendwann wieder vor. Und bei jeder noch so kleinen Gelegenheit binden sie es jedem auf die Nase, den du zum Essen mitgebracht hast.

Cash Tilison trug Westernstiefel, Bluejeans und ein T-Shirt, das sich hauteng an seinen Bizeps und die aufgepumpten Brustmuskeln schmiegte. Volles, rötlich braunes Haar, braune Augen, breitschultrig und groß. *Wow.* Genau mein Typ. Mal abgesehen von der Stalker-Sache. Und der Miki-Sache. Und der Rauser-Sache natürlich. Aber, man wird ja wohl noch gucken dürfen, oder? Neil stieß mich mit dem Ellbogen an. Ich glaube, mein Unterkiefer war ein bisschen heruntergeklappt.

«Cash Tilison.» Er streckte mir eine Hand hin, dann Neil. Ich stellte die beiden einander vor. «Es geht Miki doch hoffentlich gut?»

«Am Donnerstagabend wurde in ihrem Haus eingebrochen», sagte ich.

Er erschrak. «O nein. Ist ihr was passiert?» Er führte uns einen Weg entlang, der sich ums Haus wand. Ich sah einen terrassierten Steingarten, einen Teich, eine Brücke, eine geflieste

Veranda mit Natursteinbar, passend zum Haus. Eine bestens ausgestattete Freiluftküche.

«Nein.»

«Gott sei Dank.» Wir gingen Steinstufen hoch auf die Veranda. Er deutete auf die Stühle, und wir nahmen Platz. «Also, wie kann ich helfen? Wieso hat Miki nicht selbst angerufen? Woher kennen Sie sie?»

«Wo waren Sie Donnerstagabend, Mr. Tilison?»

«Wo ich war?» Er blickte verwirrt. «Wer sind Sie noch mal?»

«Mein Name ist Keye Street. Ich bin Privatdetektivin.» Ich wollte ihm nicht sagen, dass Miki meine Cousine war. Ich wollte nichts preisgeben, was ein Stalker später verwenden könnte.

«Miki hat eine Detektivin engagiert, die rausfinden soll, wer bei ihr eingebrochen hat?»

«Was sagten Sie noch gleich, wo Sie Donnerstagabend waren?»

«Sie glauben, *ich* hab bei ihr eingebrochen?» Er lachte. «Mann, das ist echt krass! Wieso in aller Welt sollte ich so was machen? Erstens, ich muss keine Häuser ausrauben, um meinen Lebensunterhalt zu verdienen. Mir geht's ganz gut, wie Sie sehen können.» Er deutete auf das Riesenhaus, das wir nur von außen gesehen hatten. «Zweitens, ich hab einen Schlüssel.»

Er lehnte sich zurück, schlug die Beine übereinander und grinste mich an. «Ich will nicht unhöflich sein, aber ich hoffe, Ihnen ist klar, wie albern das ist, Ms. Street. Weiß Miki, dass Sie hier sind?»

«Nein.»

«Das hab ich mir gedacht.» Er lachte wieder, schüttelte den Kopf. «Wieso stellen die Cops nicht die Fragen?»

«Es wurde nichts gestohlen», sagte Neil.

«Und was sollte der Einbruch dann?», wollte Tilison wissen.

«Miki erwähnte, dass Sie nach dem Ende der Beziehung Probleme hatten, mit der neuen Situation klarzukommen», sagte ich, ohne auf seine Frage einzugehen.

Er sah mich an, sah Neil an. «Wir haben unsere Beziehung nicht beendet. Wir haben noch eine Beziehung. Wir sind Freunde.»

«Und weil Sie Freunde sind, haben Sie Miki weiter angerufen, obwohl die Sie gebeten hatte, damit aufzuhören», sagte ich, «und ihr nachgestellt, während sie gearbeitet hat, und sie als eiskalte Schlampe bezeichnet?»

Tilison stellte die Füße wieder nebeneinander und beugte sich vor. Röte stieg ihm vom Hals ins Gesicht, aber er blieb ruhig. «Hören Sie, ich war in Miki verliebt.» Er verschränkte seine großen Hände. «Ich konnte mich zuerst nicht ganz damit abfinden, dass sie meine Gefühle nicht erwidert, ich hab eine Menge Fehler gemacht. Das gebe ich zu. Ich habe mich aufgeführt wie ein arroganter Arsch. Aber das ist Schnee von gestern. Ich hab mich für mein Verhalten entschuldigt.»

«Sind Sie nach Ihrer Wohltätigkeitsveranstaltung Donnerstagabend gleich hierhergefahren? Ich glaube, die war um acht zu Ende.» Ich warf Neil einen fragenden Blick zu, und er nickte.

«Ehrlich gesagt, nein, ich hab in Atlanta übernachtet. Ich bin gestern Morgen zurückgefahren.» Der Ton des Sängers war eisig geworden.

«Waren Sie allein?»

«Das muss ich nicht beantworten.»

«Miki ist spät nach Hause gekommen, Mr. Tilison», sagte ich. «Ein Typ von Ihrer Statur stand in ihrem Wohnzimmer.»

«Ihre Unterstellung ist unverschämt.»

«Und es gab keine Spuren, dass er sich gewaltsam Zugang verschaffen musste. Fast so, als hätte er einen Schlüssel gehabt.»

Cash Tilison fuhr von seinem Stuhl hoch, ein beeindruckender Anblick. Er war gut einen ganzen Kopf größer als ich, und seine Nasenflügel bebten. Das störte mich nicht. Manchmal musst du ein paar Löcher in den Sack stanzen, um zu sehen, was rausfällt. «Sie sind auf der falschen Fährte, Ms. Street. Nur damit Sie's wissen. Und Sie verschwenden hier meine Zeit.» Er ging zu einer Terrassentür, drückte die Klinke und verschwand im Haus. Wir sahen, wie er Marmorböden überquerte.

«Na, was denkst du?», fragte Neil.

«Umwerfend», sagte ich. «Ich krieg richtig Lust auf Countrymusic.»

«Menschenskind. Findest du nicht, dass du den armen Kerl zum Sexualobjekt degradierst?»

Wir gingen die Granitstufen wieder hinunter, durch den Steingarten und zurück zum Impala. «Er hängt noch immer an ihr. Hast du gesehen, wie er reagiert hat, als ich vom Ende der Beziehung geredet hab? Das heißt allerdings nicht, dass er ihr nachstellt. Das mit der Reue kaufe ich ihm nicht richtig ab. Scham, vielleicht. Aber nach so vielen Monaten Funkstille mit Miki ergibt das keinen Sinn. Und du? Irgendwelche Erkenntnisse?»

«Ja», sagte Neil. «Ich denke, du solltest dir die Bewerbung um eine Stelle im diplomatischen Dienst schenken.»

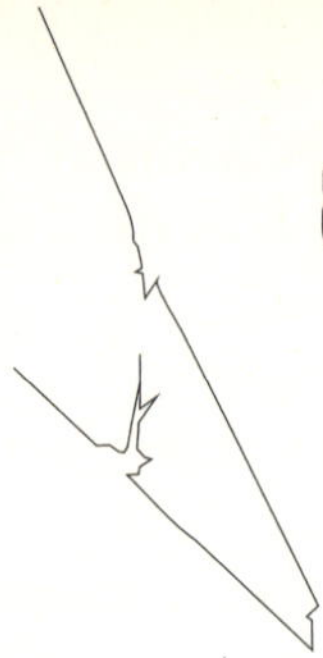

8

Wir fuhren eine weitere Stunde durch eine sacht ansteigende Landschaft in die Berge, dann über Serpentinen nach Creeklaw County und Big Knob, wo Gedenktafeln daran erinnerten, dass hier während des Bürgerkrieges eine Schlacht stattgefunden hatte, und ein Schild die Richtung zu einem Friedhof der Konföderierten wies. Auf einer Seite der schmalen Hauptstraße ragte eine Felswand empor. Souvenirläden boten Indianerschmuck an, und der Streifen zwischen Berg und Straße war übersät mit Maklerbüros im Blockhüttenstil. Zu unserer Rechten schnitt der Lake Chatuge eine tiefe, blaue Spalte in die üppig grünen Berge. Bootsanlegestellen und Ausrüstungsverleiher, Stege und Fischerhäuser säumten das Ufer im Zentrum von Big Knob. Verkaufsstände boten Waffeln an, und neben einem Restaurant mit einer voll besetzten Veranda war ein Ponton mit einem *Miet-mich*-Schild verankert. Es roch nach würzigem Fisch und frischen Waffeln. Jetskier und Segelboote dümpelten am Ufer. Die hochgepriesene und hundertdreißig Meilen lange phantastische Uferlinie des Lake Chatuge erstreckte sich sehr viel weiter, als das Auge reichte. Der Verkehr war dicht und stockend, jede Menge Ampeln. Wir kamen immer mal wieder fünfzehn Meter zügig voran, um dann geschlagene zwei Minuten auf der Stelle zu stehen. Der Ort wirkte, als würde er aus den Nähten platzen. Ich hatte nicht einkalkuliert, dass Big Knob an einem langen Wochenende der Renner war. Das konnte man auch positiv sehen. Ausnahmsweise waren alle ganz ähnlich gekleidet wie Neil.

«Wie funktioniert das eigentlich genau?» Neils erste Worte nach gut dreißig Minuten schreckten mich auf. «Das Krematorium, meine ich.»

Ich sah ihn an. «Darüber hast du die ganze Zeit nachgedacht?»

«Muss man sich das wie einen großen, langen Ofen vorstellen?»

«So ungefähr.»

«Mit Rollen, auf denen der Sarg hineingleitet?»

«Ich denke, meistens ist es bloß so eine Art großer Pappsarg. Ich weiß nicht, wie sie den ins Feuer befördern.»

Ich starrte auf eine Konföderiertenfahne im Heckfenster des Pick-up vor uns und spürte, wie die Wut in mir hochstieg. Im Süden wird seit langem über diese Fahne und die Frage, ob sie noch zeitgemäß ist, diskutiert. Leute, die sie zeigen, behaupten, es ginge ihnen um Georgias reiche Geschichte, die Rechte unseres Bundesstaates und um Südstaatenidentität. *Schwachsinn.* Jeder weiß, worum es in Wirklichkeit geht. Was immer die Fahne zur Zeit des Bürgerkrieges für die Konföderierten Staaten und den Süden bedeutet hat – für Schwarze steht sie heute schlicht und ergreifend für Vorurteile und Terror. Kapuzen tragende Ku-Klux-Klaner schwenkten sie bei Aufmärschen in den Straßen. Anhänger von Gouverneur Strom Thurmond, einem glühenden Verfechter der Rassentrennung, benutzten sie während seiner Präsidentschaftskandidatur 1948 als Symbol weißer Vorherrschaft. Danach wusste jeder, in was die Konföderiertenfahne verwandelt worden war. Wenn ich könnte, würde ich jede einzelne abfackeln. Zum Teufel mit der Meinungsfreiheit.

«Und übrig bleibt nur ein Häufchen Asche?», fing Neil schon wieder an. Allmählich ging er mir auf die Nerven.

«Okay, was ist so faszinierend an einem Krematorium?»

Er zuckte die Achseln und antwortete eine Weile nicht. Mein Wagen bewegte sich ganze acht Meter weiter. Eine angenehme Brise wehte vom See heran. «Ich schätze, ich frage mich bloß, wie das für den Typen ist, der da arbeitet», gab er schließlich zu. «Ich meine, das muss einer sein, der genau weiß, wie heiß das Feuer zu sein hat, damit Fleisch und Knochen verbrennen. Was glaubst du, worüber der nach Feierabend redet? Wahrscheinlich hat er Fachzeitschriften über Menschenrösten und Kataloge für gruselige Instrumente. Der kennt sich aus damit, wie man Tote loswird, dieser Typ. Glaubst du, dass er inzwischen nur noch Leichen sieht? Ich meine, am Anfang, da hat er vielleicht Menschen gesehen, die gelebt haben und so, aber jetzt sieht er bloß noch irgendwelches tote Fleisch, das entsorgt werden muss.»

«Himmel ...» Ich sah ihn an.

Der Pick-up mit der Konföderiertenfahne stoppte plötzlich, obwohl noch reichlich Platz vor ihm war. Ich stieg auf die Bremse. Neil flogen das Handy und ein paar andere Geräte aus den Händen und landeten auf dem Boden. Er fluchte.

In dem Pick-up lehnte sich ein Jugendlicher aus dem Fenster und quatschte mit einer Gruppe Mädchen auf dem Bürgersteig. Er hatte muskelbepackte Oberarme, einen Bürstenschnitt, einen baumelnden Ohrring, der in der Sonne glänzte. Der Fahrer mischte sich ein. Alle plauderten und lachten. Die Ampel weiter vorn sprang auf Grün, und die Lücke vor dem Pick-up wurde noch größer. Mir raste noch immer das Herz, nachdem ich ihm fast hinten draufgeknallt war, daher fand ich das Ganze nicht besonders charmant. Ich drückte auf die Hupe.

Die Beifahrertür ging auf. *Au Backe.* Der Bursche trug ein himmelblaues Football-Trikot mit einer fetten Sieben mitten auf der Brust. «Gibt's ein Problem, Lady?», brüllte er zu uns rüber. Er hatte breite Schultern und einen dicken Hals.

«Na toll, jetzt kriegen wir von Rednecks die Hucke voll. Gut gemacht», murmelte Neil.

Der junge Mann schirmte die Augen mit einer Hand ab und blinzelte, dann beugte er sich in den Pick-up und sagte irgendwas zu dem Fahrer. Die Tür des Fahrers ging auf, und auch er stieg aus. Trikot in derselben Farbe, noch dickerer Hals und noch breitere Schultern, eine zweistellige Zahl. Sie quatschten viel, während sie zu uns rüberschauten und nickten. Neil und ich wechselten einen unsicheren Blick.

Nummer sieben brüllte den Mädchen zu, mit denen er geflirtet hatte: «Hey, das ist die Kautionstussi mit dem Popel-Banditen!»

«Ach du Scheiße.» Ich rutschte so tief in den Sitz, wie ich konnte. Blicke richteten sich auf uns, aus anderen Autos, von Straßencafés, vom Bürgersteig.

«Wovon redet der?», wollte Neil wissen.

«Miki hat mich bei einem Kautionsjob gefilmt und den Clip auf YouTube hochgeladen», raunzte ich. «Ich nehme sie nie wieder mit.»

Neil tippte irgendwas in sein Tablet. Streifenhörnchenähnliche Laute plärrten aus winzigen Lautsprechern. Seine Schultern begannen zu beben. «Das ist ja zum Schreien. *O Mann.* Guck dir das an. Der Clip hat sich wie ein Virus verbreitet. *Wahnsinn.*»

So viel zum Thema möglichst nicht auffallen. Das Auto hinter uns hupte, und die Jungs vor uns stiegen wieder in den Pick-up, aber Nummer sieben presste das Gesicht gegen die Heckscheibe und hielt sich einen Knöchel ans Nasenloch, sodass es aussah, als hätte er sich den Fingern reingerammt. Neil lachte. Wir krochen ein paar Meter weiter. Ich entdeckte eine Lücke im Verkehr und bog von der Hauptstraße ab. Wir fuhren etwa drei Blocks, bogen dann nach rechts auf den Chatuge Drive. Hier ließ Big Knob seine Touristenmaske fallen und zeigte sein ungeschminktes Gesicht. Hierher kehrten am Ende des Tages die Dienstleister der Stadt zurück, zu ihren kleinen Holzhäusern, die dringend einen neuen Anstrich brauchten, ihren kaputten Autos und ölfleckigen Einfahrten.

«Um noch einmal auf die Öfen zurückzukommen.» Neil war noch immer beim Thema Krematorium. «Ein Leichnam geht rein, und ein Häufchen Asche kommt wieder raus?»

«Das ist keine Asche, Neil. Grundbestandteile wie Kalzium brennen nicht. Hauptsächlich bleiben Knochenfragmente übrig. Pulverisiert.»

Das verschlug ihm anscheinend die Sprache. Er blickte weg. Wir fanden die Hängebrücke, die uns zum Highway 75 bringen würde, der sich durch die Berge in Richtung der Grenze zu North Carolina wand. Sobald wir die Brücke überquert hatten, veränderte sich die Immobilienlandschaft deutlich. Keine Spur mehr von dem trubeligen Touristenort. Auch keine Holzhäuser und ramponierten Autos mehr. Das hier war die Wellnessgemeinde, von der Quinn gesprochen hatte – bewachte Wohnanlagen mit riesigen Villen, Seeblick und makellosen Rasenflächen –, das Ganze umgeben von Bergen und Golfplätzen. Ein diskretes Schild in gedämpften Farben an der Einfahrt zu einer der Anlagen am See hätten wir beim Vorbeifahren fast übersehen: *Uferlage, schon ab 3,5 Mill.*

Neil hatte ein Satellitenfoto von der Gegend auf den Bildschirm geholt. «Das Krematorium liegt ungefähr drei Meilen nördlich. Das Hotel kommt jetzt gleich auf der linken Seite. Ich hab Hunger. Können wir was essen und einchecken?»

Es war eine Weile her, dass ich einen Partner gehabt hatte. Ich hab nichts gegen Teamwork. Du musst lernen, im Einsatz als Einheit zu funktionieren. Das FBI hatte mir das eingebläut. Aber ich war nicht glücklich über die Bedürfnisse meines derzeitigen Partners. Zu gern hätte ich erst das Krematoriumsgelände ausgekundschaftet, vielleicht ein paar Nachbarn zu Hause besucht, mich ein bisschen umgesehen und Bill und Brenda Wade und ihre Urne voll falscher Asche ausfindig gemacht. Ich blickte Neil an. Er sah bockig aus.

Wir bogen um eine Kurve und erblickten hinter blühenden Gärten und einem hügeligen grünen Golfplatz das Big Knob Resort & Spa – eine gewaltige Lodge aus Granitplatten, halb Bahnhofshotel, halb Schloss, eingebettet in die südlichen Appalachen und mit Blick auf das weite, blaue Wasser des Lake Chatuge. Ich nahm den Fuß vom Gas. Wir starrten das Gebäude an.

Neils Miene hellte sich auf. «Da hat Larry uns einquartiert?»

«Hat er. Er meinte, alles andere war voll.»

«Das ist aber auch das mindeste, nachdem er dich letztes Jahr wegen der Kuh-Sache in so eine Lesbenkolonie geschickt hat.»

«Das war keine Kolonie. Es war ein *Pärchen*, dem die Hütte gehörte, in der ich gewohnt hab.»

Er grinste mich an. «Trotzdem eine schöne Vorstellung.»

Ich bog auf die lange Zufahrt zum Big Knob Resort & Spa. Golfer, je zwei in einem Golfmobil, rollten über die gepflasterten Wege neben dem Grün. «Was ist eigentlich so interessant daran? Ich kapiere nicht, was Männer an Lesbierinnen fasziniert.»

«Die Herausforderung, Keye. Wir versuchen's bei so ziemlich allem, was sich bewegt. Die Katze hört auf zu schnurren, wenn ich reinkomme.»

Die Lobby war mit massivem Holz, weinroten Teppichen und einer hohen Balkendecke ausgestattet. Zwei mächtige Granitkamine, die vermutlich den ganzen Winter über brannten, waren jetzt kalt. Man sagte uns, dass unsere miteinander verbundenen Zimmer bezugsfertig seien, obwohl die offizielle Eincheckzeit erst um fünfzehn Uhr sei. Mein Zimmer war klein, aber hübsch, eher Lodge als Hotel, mit zu vielen schweren Möbeln. In einer Ecke mit Blick auf den See stand ein Himmelbett aus Mahagoni. Ich schlug die Tagesdecke zurück und inspizierte Bettwäsche und Matratze. Seltsam, ich weiß. Aber ich hab einen Horror vor Wanzen.

Als ich mich auf die Kante des hohen Bettes setzte, kam ich mit den Füßen nicht bis auf den gewebten Vorleger. Ich saß eine Minute lang da, blickte auf das Handgelenk, das mir eine Mörderin aufgeschlitzt hatte, die nachts mit einem Messer in mein Schlafzimmer eingedrungen war. Ich erinnerte mich daran, wie ich meine 10-mm-Glock abfeuerte, wie Blut und Gewebe in mein Gesicht spritzten und mir in Mund und Nase drangen, weil es aus der zerfetzten Halsschlagader der Mörderin sprudelte wie schwarzes Öl in die dunkle Nacht. Und an den Geschmack – anders als alles, was ich bis dahin gekannt hatte.

Wieso brauchte ich so lange, um über die Erinnerungen hinwegzukommen? Ich hatte mich fast mein ganzes Erwachsenenleben mit Sadisten und Psychopathen befasst, ihre Verbrechen analysiert und Täterprofile erstellt, mich mit dem scheinbar unerträglichen Schmerz ihrer Opfer auseinandergesetzt. So viele Menschen hatten so viel Schlimmeres durchgemacht, als ich erlitten hatte. Sie hatten sich weiterentwickelt und waren wieder gesund und heil geworden. An den meisten Tagen ist es wie mit der Narbe an meinem Handgelenk; ich denke nicht dran. Aber wenn die Erinnerung zuschlägt, ist sie so unbarmherzig und schonungslos und unerwartet wie die Mörderin, die in jener Nacht mein Vertrauen erschütterte und mir fast das Leben nahm. Und in diesen wenigen Sekunden bin ich vollkommen hilflos. Ich habe Psychologie und Kriminologie studiert. Ich bin promoviert, verflucht noch mal. Ich wusste auch ohne Dr. Shetty, dass etwas so Simples wie der Blick auf die Narbe ein äußerer Auslöser sein konnte, der mich das Trauma neu durchleben ließ. Die Psyche tut sich entsetzlich schwer damit, eine Gewalttat zu verarbeiten. Ich hatte die Veränderungen in mir bemerkt, mich dabei beobachtet, wie erhöhte Ängstlichkeit und Hypervigilanz in eine Art psychische Taubheit umschlugen. Ich erkannte die Symptome einer posttraumatischen Belastungsstörung. Mein professionelles Ich begriff, dass es *in mir* passierte.

Ich schrieb gerade im Kopf Einladungen zu meiner Selbstmitleidsparty, als ich ein leises Klopfen an der Verbindungstür hörte. Ich öffnete sie und sah blonde Wimpern aus einer glatten, dunkelgrau-grünen Gesichtsmaske hervorlugen. Damit ihm das Haar nicht in die Stirn fiel, hatte er es mit einem von diesen flauschigen Gummibändern hochgebunden, und es stand ihm kerzengerade auf dem Kopf à la Pebbles Flintstone. Ich musste daran denken, wie sehr ich die Männer in meinem Leben liebte – meinen Dad, Rauser, Neil, Jimmy – und wie albern sie waren.

Ich stand da und glotzte. Ich war völlig sprachlos. Seine Haut war so straff gespannt, dass er einen gruselig breiten Mund hatte wie vielleicht unmittelbar nach einer Schönheitsoperation. Er trug einen weißen Hotelbademantel, der mit *Big Knob Resort & Spa* über gekreuzten Golfschlägern bestickt war. Hinter ihm auf der Kommode stand sein Espressokocher neben einer gelb-roten Café-Bustelo-Dose. Seine Socken lagen gefaltet und aufgereiht auf dem Bett neben seinen anderen Klamotten, einer beeindruckenden Sammlung an Haar- und Hautpflegeprodukten und Rasierzeug mit Schlangenhautmuster. Ich packe nicht mehr aus, wenn ich auf Reisen bin. Wegen meiner Wanzenphobie. Solange DDT nicht wieder erlaubt wird, bleibt mein Zeug im Koffer.

Neil sprach durch zusammengebissene Zähne, ohne den Mund zu bewegen. «Ich rauch zehn Ninuten.»

«Ninuten?» Ich lachte.

Er versuchte, das Grinsen zu unterdrücken, das die harte Pampe in seinen Mundwinkeln rissig werden ließ. Ein Stück Maske blätterte von der rechten Wange ab. Wir sahen zu, wie es auf den Kiefernholzboden segelte.

«Kannst du mir einen Tampon leihen?», fragte ich, und Neil schlug mir die Tür vor der Nase zu.

9

Wir überquerten die Hängebrücke und fuhren zurück in eine der Gegenden, die das touristische Zentrum von Big Knob umrandeten, von Besuchern aber vermutlich nie gesehen wurden. Der Asphalt hörte auf, und wir fuhren gut hundert Meter über eine schmale sandige Straße, die an einem Tor mit einem Holzschild endete, auf dem in Pastellgrün und Rosa *Seeufer-Gärten* stand. Wir spähten in eine Wohnwagensiedlung ohne See und ohne Gärten. Kinder spielten draußen. Ich sah zwei Dreiräder aus Plastik, Fahrräder, die auf der Seite lagen oder an Wohnwagen lehnten, Sand und Erde, ein paar Tomatenbeete, Klappstühle.

«Die wissen doch, dass wir kommen, oder?», fragte Neil. Er war jetzt kaffee- und gesichtsmaskenmäßig versorgt und hatte sich im Hotelrestaurant mit Catfish und gefüllten Jalapeños vollgestopft. «Das mit dem Cowboy vorhin war ganz schön stressig.»

«Du Armer. Hat die Gesichtsmaske dich nicht entspannt?» Ich streckte die Hand aus und berührte seine Wange. «*Hübsch.* Und zart wie ein Babypopo.»

Er schlug meine Hand weg, als wir vor einem weißen Mobilheim mit burgunderroten Zierleisten oben und unten hielten. Eine kleine angebaute Veranda, die aus demselben rohen Holz gezimmert war wie die drei Stufen davor, führte zur Vordertür.

Wir stiegen aus. «Mr. Wade?», sagte ich zu dem Mann, der auf der Veranda einen Grill mit einer Drahtbürste putzte.

«Mein Daddy ist Mr. Wade. Ich bin Billy.» Er lächelte und wischte sich die Hände an einer abgetragenen Jeans ab. Er war dünn, hatte einen Schnurrbart, Haare bis über Kragenlänge und eine so gedehnte Sprechweise, dass Wade aus seinem Mund wie *Waa-aid* klang. Er kam die Stufen herunter und streckte mir seine Hand hin. «Sie müssen Mr. Quinns Ermittler sein.»

«Danke, dass Sie sich Zeit für uns nehmen.» Ich schüttelte ihm die Hand. «Ich bin Keye Street, und das ist Neil Donovan.»

Billy Wade bat uns in seinen Wohnwagen. Die Metalltür führte direkt ins Wohnzimmer. Billy schwenkte ab zum Kühlschrank. «Brenda ist irgendwo hinten. Kann ich Ihnen was anbieten? Ich hab Bier und Wasser.»

«Nein danke», sagte ich.

«Ich nehme ein Bier», sagte Neil.

Billy Wade reichte Neil eine Dose Bud light und behielt eine für sich. Zwei Ringverschlüsse zischten fast gleichzeitig. «Setzen Sie sich doch», sagte Billy, «Schatz», rief er. «Sie sind da.»

«Hübsch hier», sagte Neil, als wir uns auf eine Tweedcouch setzten, gegenüber von zwei passenden Sesseln. Der Couchtisch mit einer Zeitschriftenablage passte zum TV-Hi-Fi-Schrank. Es war alles makellos sauber. Fotos von Billys und Brendas Hochzeit, die zwei in Badesachen am Strand, Brenda, kurvig und mit welligem dunklem Haar – L'Oréal schwarz Nr. 3 –, standen ordentlich aufgereiht auf einem Regal. Eines der Strandfotos zeigte Billy mit spindeldürren Beinen, die aus schlabberigen Badeshorts ragten, die Haare so lang, dass sie ihm halb den Rücken runterfielen. Auf einem anderen Foto lächelten Billy und Brenda eng umschlungen in die Kamera, NASCAR-Kappen auf dem Kopf, im Hintergrund eine Rennstrecke, Brendas Hemdzipfel vor dem Bauch verknotet, tiefes Dekolleté.

«Das ist meine Frau», sagte Billy, der meinem Blick folgte. Er hob die Stimme. «Schatz, wir haben Besuch.»

Ich lächelte. «Sie ist wirklich hübsch.»

«O ja, das ist sie.» Er nahm einen Schluck Bier.

«Mr. Wade … Billy, wir müssen mit Ihnen über die Asche Ihrer Mutter sprechen. Mein herzliches Beileid. Können Sie mir sagen, wie Sie den Irrtum bemerkt haben und was dann passiert ist?» Quinn hatte mir die Kurzfassung gegeben. Ich wollte die Fakten aus Sicht der Wades hören.

«Ich sag Ihnen, was passiert ist.» Plötzlich schaukelte der Wohnwagen, wie eine Straßenüberführung bei starkem Verkehr schwankt. Ich hörte Brendas Stimme. Und dann war sie da. Dasselbe Gesicht wie auf den Fotos, aber Brenda hatte seit der Hochzeit ordentlich zugelegt. Ich warf einen Blick auf das Foto von ihnen auf der Rennbahn. Zugegeben, im Norden von Georgia versteht man unter *dünn* etwas anderes als in der Stadt, aber in diesem nach Geißblatt duftenden Winkel Georgias, wo du richtig Eindruck schindest, wenn du einen Ford F-150 fährst, und Kirche und Line Dance deine Hauptaktivitäten sind, war Brenda ein kompakter, kleiner heißer Feger gewesen. Sie nahm in einem der Sessel Platz, und als sie die Knie beugte, knackten sie wie Puffreis. «Ich hab einen lauten Knall gehört», sagte sie, ohne sich mit einer Begrüßung aufzuhalten. «Und als ich angerannt kam, stand er in der Küche und blickte zu Boden.»

«Brenda kann Lärm im Haus nicht gut vertragen», warf Billy ein.

Sie überging den Einwurf. «Und ich hab gesagt: ‹Billy, hast

du die Asche deiner *eigenen* Mutter verschüttet?› Und dann haben wir genauer hingesehen und gemerkt, dass da irgendwas total falsch war.»

Billy rückte seinen Sessel dicht neben ihren und legte eine Hand auf ihren Arm, so absolut selbstverständlich, wie Paare nacheinander greifen. «Wir haben alles zusammengefegt, und als der Bestatter meinte, er könne nicht helfen, und der Betreiber des Krematoriums nicht ans Telefon ging, haben wir es ins Labor geschickt», erzählte er uns.

«Könnte ich den Namen des Bestatters haben?», fragte ich.

Brenda stand auf und ging zur Küche, zog eine Schublade auf und brachte mir eine Visitenkarte. «Wir wollen einfach wissen, was mit Shelia Marlenes sterblichen Überresten passiert ist. Wir sind altmodisch in solchen Sachen. Wir finden, dass wir unsere Toten zur letzten Ruhe betten sollten.»

Neil rutschte unruhig hin und her, legte den Kopf in den Nacken und nahm einen großen Schluck Bier.

«Soweit ich weiß, haben Sie den Betreiber des Krematoriums schließlich erreicht», sagte ich zu ihnen. «Ist das richtig?»

Brenda nickte. «Er hat gesagt, er hätte jemanden eingestellt und diese sogenannte Aushilfe hätte die sterblichen Überreste irgendwie vernichtet.» Ihr Ton ließ keinen Zweifel daran, dass sie die Geschichte nicht glaubte.

«Sie bezweifeln das mit dem Mitarbeiter.»

Brenda schüttelte ihre gewellte schwarze L'Oréal-Frisur. «Da hat es nie irgendwelche Mitarbeiter gegeben. So lange, wie ich zurückdenken kann, ist das ein Familienbetrieb. Die Kirkpatricks leben schon ewig hier. Unsere Kinder gehen auf dieselbe Schule. Hier weiß jeder, was der andere macht. Aber Joe Ray ist nicht wie sein Vater. Alle hier haben Mr. Kirkpatrick gemocht.»

«Und Joe Ray Kirkpatrick hat Ihnen die Kosten erstattet?», fragte ich, und Brenda nickte. «Hat er Sie gebeten, die Sache damit auf sich beruhen zu lassen?»

«Wir haben nichts unterschrieben», sagte Billy. «Er hat nicht direkt drum gebeten, aber es war irgendwie unausgesprochen klar. Wir haben gesagt, wir hätten Verständnis dafür. Ich schätze, das klingt wie ein Deal. Aber da haben wir nicht richtig nachgedacht. Sobald wir drüber nachgedacht hatten, klang es verdächtig. Es geht uns jetzt nicht ums Geld. Wir brauchen Frieden, und meine Mama auch.»

«Kennen Sie sonst noch jemanden, der die Dienste des Bestatters und des Krematoriums in Anspruch genommen hat?»

«So gut wie jeder in Big Knob geht zu dem Bestattungsinstitut. Und das Northeast Georgia Crematorium versorgt die ganze Gegend. Es sei denn, die Leute wollen ihre Toten beerdigen», sagte Brenda.

Neil nahm wieder einen langen Schluck von seinem Bier.

«Haben Sie vor, irgendwelche Leute zu fragen, ob Sie den Inhalt ihrer Urnen testen lassen können?», fragte Brenda. «Du liebe Güte. Ich möchte das nicht noch anderen zumuten», schob sie nach.

«Und Sie haben ein schriftliches Gutachten von einem unabhängigen Labor erhalten, das den Inhalt der Urne analysiert hat, ist das richtig?», fragte ich.

«Jawohl», antwortete Brenda. «Das bewahren wir in einem brandsicheren Safe auf.»

«Würden Sie mir wohl den Namen des Labors aufschreiben? Ist es hier in der Nähe?»

«Ziemlich», sagte Billy. «Die haben bloß zwei Tage gebraucht.»

«Und laut Gutachten handelt es sich bei dem Inhalt um Zementmischung und Hühnerfutter», sagte ich.

Billy und Brenda wechselten einen Blick. Billy drückte ihre Hand. «Wir konnten das gar nicht glauben», sagte sie. «Das alles ergab keinen Sinn.»

«Larry Quinn hat gesagt, der Mitarbeiter hat die Asche verschüttet, sie durch Zementmischung ersetzt, um das Missgeschick zu vertuschen, und dabei ist versehentlich Hühnerfutter mit hineingeraten», sagte ich.

«Das könnten wir ja verzeihen. So schrecklich es ist, Unfälle passieren nun mal.» Brenda schüttelte den Kopf. «Aber wenn Sie sehen, wo das Krematorium auf dem Grundstück steht, verstehen Sie, was ich meine. Es ist nämlich ein gutes Stück von den Ställen und vom Wohnhaus entfernt. Falls Joe Ray Kirkpatrick je einen Mitarbeiter hatte, hätte der keinen Grund gehabt, am Haus zu sein.»

«Vielleicht hat er nebenbei auch mitgeholfen, die Tiere zu versorgen», warf Neil ein.

Brenda zeigte mit einem kurzen, dicken Finger auf ihn. «Joe Ray Kirkpatrick hat irgendwas mit Shelias sterblichen Überresten angestellt. Das spüre ich, und Billy spürt es auch. Es ist schon schlimm genug, einen Menschen zu verlieren, aber dann …» Sie verstummte, und ihre großen Augen füllten sich mit Tränen.

«Es tut mir leid. Das muss ein schlimmer Schock gewesen sein.»

«Nicht bloß ein Schock, Ms. Street. Es ist ein echter Skandal. Hühnerfutter in Mamas Urne. Ich meine, heilige Scheiße.» Billy bekreuzigte sich. «Mama *hasste* Hühner.»

10

Aus dem Wohnwagen, in dem es so gut wie kein natürliches Licht gab, in den strahlend blauen Tag zu treten, war eine Wohltat. So sauber und ordentlich es auch bei Billy und Brenda war, ich fand es auf die Dauer erdrückend.

Ich steuerte den Wagen zurück über den Sandweg, vorbei an Mobilheimen in unterschiedlichem Zustand, manche nagelneu, andere altersfleckig und mit Rost am unteren Rand.

«Das war echt schräg», sagte Neil, sobald wir wieder Asphalt unter den Rädern hatten.

«Das kannst du laut sagen.» Ich sah zu ihm rüber. Er hatte die Arme verschränkt, als würde er frieren. Es waren über dreißig Grad. «Brenda und Billy haben einen Verdacht, und wir haben einen angesehenen Unternehmer aus der Gegend, der alles erklärt, sich entschuldigt und ihnen die Kosten erstattet hat. Wird interessant rauszufinden, ob da wirklich was nicht mit rechten Dingen zugeht.»

«Hätte sie noch einmal *die Toten* gesagt, hätte ich gekotzt. Unheimlich.»

«Das ist natürlich was sehr Emotionales. Da kommen bestimmt jede Menge Gefühle hoch.» Ich reichte ihm die Visitenkarte des Bestattungsinstituts, die Brenda mir gegeben hatte: *Reuters Funeral Care and Chapel.* «Meinst du, du kommst an deren Kundenliste? Ich brauche eine Urne, die etwa um die

Zeit, als Shelia Wade eingeäschert wurde, aus dem Krematorium gekommen ist. Damit fangen wir an.»

Wir fuhren zurück zum Hotel. Ich musste ein etwas offizielleres Outfit anziehen. Neil machte sich sofort an die Arbeit. Es gab drei Bestattungsunternehmen in Creeklaw County. Zwei davon hatten eine Website. Und eines der beiden war Reuters Funeral Care and Chapel in Big Knob. Die Website war gut gemacht und warb mit einem «schön gestalteten und friedlichen Erinnerungsgarten». Sie hatten Hunderte Einäscherungen vermittelt.

«*Treffer*», sagte Neil und vollführte etwas, das wohl ein Jubeltänzchen sein sollte, aber ziemlich affig aussah. «Ich bin über die Verwaltungsfunktion ihrer Website rein. Simples Passwort-Script. Hat das ganze System geöffnet.»

«Ich habe keine Ahnung, was das heißt», sagte ich und durfte mir dann anhören, wie er Erklärungen dazu herunterrasselte. Ich hätte lieber sagen sollen, ich habe kein *Interesse* daran, was das heißt ... Den Rest des Technik-Kauderwelschs blendete ich aus und zog mir eine dunkelblaue Hose und einen Blazer mit Nadelstreifen an. Ich würde in dem Outfit wahrscheinlich keine bewundernden Blicke ernten, aber die Mitarbeiterin einer Urnenfirma würde man mir garantiert abkaufen.

Einige Minuten später verließen wir das Hotel und stiegen in den Impala, mit geschlossenem Verdeck. Wir mussten wieder durchs Zentrum von Big Knob, und eine weitere YouTube-Party hätte ich nicht verkraftet.

Neil hatte seine elektronischen Geräte griffbereit und einen Hotelkaffeebecher in der Hand. «Das hier ist so eine von diesen vermeintlich dreistündigen Ausflugsfahrten in ‹Gilligans Insel›, was? Big Knob ist die *S.S. Minnow,* und du bist Ginger, und ich bin der Professor, und wir werden nie mehr von der Insel runterkommen.»

«Du siehst mich als Ginger? Im Ernst?» Ich betrachtete mich fasziniert im Rückspiegel.

Ohne noch einmal Aufsehen zu erregen, gelangten wir durch Big Knob und fuhren dann in südlicher Richtung auf einer schattigen Straße, vorbei an jeder Menge Scheunen und grasender Rinder. Ich bog auf eine asphaltierte Zufahrt und steuerte auf ein lang gestrecktes Ranchhaus mit Azaleensträuchern unter den Fenstern zu. In einem Carport auf der linken Seite des Hauses standen zwei Pkw. Dahinter parkte ein Jeep. Ich roch einen Grill, sobald ich die Wagentür öffnete.

«Ich hoffe, es klappt», sagte Neil und rutschte auf den Fahrersitz. Die Erfahrung hatte uns gelehrt, dass es sinnvoll war, einen Fahrer hinterm Steuer zu haben. «Die werden nicht begeistert sein. Das kann ich dir sagen.»

«Danke für die positive Bestärkung», sagte ich und nahm meine Aktentasche vom Rücksitz.

«Du siehst übrigens nett aus.» Neil stützte sich aufs Fenster und lächelte mich an. «Wenn du so was Businessmäßiges trägst, krieg ich immer Lust, dir die Haare zu zerwühlen.»

«Träum weiter.» Ich zwinkerte ihm zu und ging zur Carport-Tür. Vordertüren sind was für Fremde. Aus demselben Grund mied ich die Türglocke. Die schrillt los, die Hunde bellen, und was signalisiert das: unbekannte Person. Ich hoffte, ein nettes, freundliches Gefühl zu vermitteln.

Ich klopfte und wartete, schirmte dann die Augen mit den Händen ab und spähte durch die Glastür – Chipstüten auf der Kücheninsel, ein Schneidebrett mit Resten von Grün und Avocadoschalen, Tomatenkernen, Zitronen. Eine abgedeckte Schüssel mit Spuren von dunkelgrüner Guacamole, ein paar leere Bierflaschen. Dann kam ein Wohnraum mit massivem Holz, sehr traditioneller Einrichtung, Glastüren und dahinter der Grill, den ich gerochen hatte, und ein paar Leute in Verandasesseln mit bauschigen Kissen.

Ich ging um das Haus herum. Das Erste, was ich wahrnahm, als ich um die Ecke bog, war der große, massige, schwarze Kopf, der sich von den Holzplanken hob, dann das Knurren, dann das Bellen. Der Rottweiler war binnen Sekunden die paar Stufen herunter und lief direkt auf mich zu. Durch die nackte Panik, die mir plötzlich in den Ohren rauschte, hörte ich ein paar Leute hinter ihm herbrüllen. Raues, schwarzes Fell stand ihm wie ein Kamm vom Rücken ab und glänzte im Sonnenlicht. Sein Kopf war ungefähr so groß wie ein Briefkasten.

«Tank, *halt!*», bremste eine männliche Stimme seinen wilden Angriff. Tank stoppte jäh, blieb einen Meter vor mir stehen und leckte sich die Schnauze. Aus kaffeebraunen Augen schaute er mich an. Er fing an zu hecheln.

«Hi, Tank.» Meine Stimme zitterte leicht und war drei Oktaven höher. Tanks schwarzer Stummelschwanz machte ein paar Kreisbewegungen. «Alles in Ordnung, Junge.» Meine Stimme klang wieder normal. Tanks Schwanz fing an, wie ein Propeller zu rotieren, dann wedelte sein ganzer Körper. Ich streckte einen Arm aus. «Braver Junge. Ist ja gut.»

Er stürzte sich auf mich wie eine von diesen wärmegesteuerten Raketen, rammte seine Nase zwischen meine Beine und hob mich praktisch vom Boden. Er machte schnaufende Geräusche. Ich hörte Lachen von der Veranda. «*Tank*. Lass das!», befahl ein Mann – mittleres Alter, Jeans, T-Shirt – und kam mit raschen Schritten auf mich zu. Er hatte einen festen Bierbauch, als hätte er einen Basketball verschluckt, und strahlende blaue Augen. Tank machte Sitz und beäugte mich sehnsüchtig.

Ich versuchte, meine Würde wiederherzustellen. «Mr. Huckaby?»

«Ja, Ma'am, das bin ich. Was kann ich für Sie tun?»

Das Verandapublikum war jetzt still, sah zu, wie Huckaby die Frau begrüßte, die soeben die Grillparty gestört hatte. «Mein Name ist Keye Street. Ich komme von Sunset Journeys, Urnenhersteller in Chattanooga.» Ich sprach leise, ließ aber meinem Südstaatensingsang freien Lauf, sodass sich alles anhörte, als hätte es ein Fragezeichen am Ende. Ich bemühe mich meistens, diesen Singsang im Zaum zu halten, da der Rest der Welt ihn mit Beschränktheit assoziiert. Aber ich hatte Huckabys Akzent gehört, und ich hatte die Vermutung, dass er mir so bereitwilliger vertrauen würde. «Entschuldigen Sie die Störung, aber ich war gerade in der Gegend, und ich hab zufällig Ihren Namen auf einer Liste von Leuten, die bei ihrem Bestattungsinstitut eine Urne von uns erworben haben. Mein herzliches Beileid übrigens.»

«Könnten Sie bitte zur Sache kommen, Ms. Street? Auf mich wartet ein saftiges Steak.»

«Nun ja, die Sache ist uns sehr peinlich, Sir. Bei diesem betreffenden Urnenmodell haben sich Probleme ergeben; in einigen Fällen platzt die Innenbeschichtung ab und kontaminiert die Asche.»

Huckabys Lächeln wurde breiter. Er warf einen raschen Blick über die Schulter und senkte die Stimme. «Meine Schwiegermutter war eine bösartige Klapperschlange. Die kontaminiert die Asche schon von sich aus. Geht mir am Arsch vorbei, was mit ihr passiert.»

Ich versuchte es anders. «Ich will damit sagen, Mr. Huckaby, falls die Urne stark erodiert, könnte es passieren, dass Ihre bösartige Klapperschlange von Schwiegermutter als Häufchen auf dem Teppich landet. Würde das *Mrs.* Huckaby auch am Allerwertesten vorbeigehen?»

Tank winselte ein wenig. Ich blickte ihn tunlichst nicht

an, aus Angst, er könnte das als Aufmunterung verstehen. Er drückte die Schnauze in Huckabys Hand. «Was genau wollen Sie?» Huckabys Lächeln war verschwunden, und damit auch sein joviales Gehabe.

«Eine kleine Probe von der Asche für unser Labor.» Ich hielt Zeigefinger und Daumen einen halben Zentimeter auseinander. «Eine winzige Probe würde schon reichen.»

Von der Veranda rief jemand herüber, er solle sich beeilen. «Hören Sie, Lady, meine Frau hat geschlagene zwei Wochen lang geheult. Ich will sie nicht wieder aufwühlen.» Huckaby kratzte sich am Kopf. «Tun wir so, als wären wir hier fertig, und in zwei Minuten entschuldige ich mich und gehe ins Haus und klaue etwas Asche für Sie.»

Ein langer Sabberfaden hing an einer Seite aus Tanks breitem Maul und dehnte sich Richtung Boden. Ich konnte ihn atmen hören. «Ich würde die Probe lieber selbst entnehmen, wenn Sie nichts dagegen haben.»

«Kommt nicht in Frage.»

«Es ist wichtig, dass die Probe nicht kontaminiert wird.»

«Mit Kontamination haben Sie's aber, was?» Er blickte wieder über seine Schulter. «Warten Sie vor dem Haus.»

Neil hatte seinen Laptop auf dem Schoß, als ich zum Wagen kam. Er hatte sich über Huckabys WLAN ins Internet eingewählt, erklärte er mir. «Hast du die Asche?»

«Er bringt gleich eine Probe. Will nicht, dass seine Frau was merkt.»

«Wow. Ich hab ehrlich nicht geglaubt, dass du das hinkriegst.»

«Sein Rottweiler war ganz wild auf mich.»

Die Küchentür ging auf. Ich traf mich mit Huckaby am Carport. Er hatte eine kleine Papiertüte mit einem gräulichweißen Pulver gefüllt. «Wenn Sie feststellen, dass mit der Urne irgendwas nicht stimmt, rufen Sie mich direkt an.» Er gab mir einen Zettel mit seiner Telefonnummer.

Ich tat die Probe in einen Plastikbeutel, den ich verschloss und in meine Aktentasche packte. Neil wendete meinen Straßenkreuzer und steuerte ihn langsam aus Huckabys Einfahrt. Seine Hände lagen nebeneinander oben auf dem Lenkrad. Er saß aufrecht und nah am Steuer, wie ein alter Mann mit schlechten Augen. Neil fuhr notorisch langsam. Er wirkte immer wie jemand auf Besichtigungstour, was ihn zum schlechtesten Fluchtfahrer der Welt machte. Ich schrieb das dem erhöhten THC-Pegel in seinem Blut zu.

«Ich hab Mikis Nachbarn überprüft, wie du wolltest. Inman Park scheint die blitzsauberste Gegend der ganzen Stadt zu sein. Ich meine, selbst in den sozialen Netzwerken. Da geht's nur um Kinder und Kätzchen und so. Keine Kriminellen, keine Exhibitionisten, die gehen nicht mal bei Rot über die Fußgängerampel. Der Nachbarschaftsverein hat ein paar Mitteilungen in Sachen Haus und Grundstück an Miki geschickt. Der Zaun muss gestrichen und der Garten gepflegt werden, entsprechend ihren Vorgaben. Sie erinnern sie daran, dass sie beim Einzug eine Vereinbarung unterschrieben hat. Ich hab so gut wie alles an dich weitergeleitet, plus sämtliche Infos, die ich über die anderen Typen finden konnte, mit denen sie zusammen war.»

«Das hast du alles gemacht, während ich mit Huckaby geredet hab?»

«Ich hab das gemacht, seit du mir den ganzen Kram gestern Morgen aufgehalst hast. Denkst du, ich bin immer nur am Twittern oder so?»

«Oder stoned.»

«Ich habe wirklich Respekt davor, dass du deinen Drogenkonsum auf Unmengen Alkohol beschränkt hast. Du bist für mich eine Art Vorbild.»

Ich überging das. «Meinst du, du kriegst die Tachonadel auf über fünfunddreißig Meilen? Ich würde gern noch einen Blick auf das Krematorium werfen, bevor es dunkel wird.»

Mein Telefon klingelte. Ich sah aufs Display, eine Atlanta-Nummer. «Keye Street», meldete ich mich.

«Ms. Street. Hier ist Milo Stanton vom Georgian Terrace Hotel.»

O-oh. Milo. Concierge im schwarzen Blazer und mit Messingnamensschild. Milo – Speichellecker des Hotelmanagers, der mich nicht leiden kann.

«Ihre Katze ist bei uns im Büro.»

«Moment, Moment, Moment. Wieso haben Sie meine Katze?» Neil warf mir einen Blick zu. «Fahr rechts ran», sagte ich zu ihm. «Ruf Miki an.»

«Ein Gast hat sie auf dem Flur im zehnten Stock gefunden», sagte Milo. «Meines Wissens haben nur Sie eine Katze im Hotel. Und einige unserer Mitarbeiter haben sie erkannt.»

«Miki geht nicht ran», sagte Neil.

«Ich bin zwei Autostunden weit weg», sagte ich zu dem Concierge. «Ich rufe jemanden an, der sie abholt, und ich komme, so schnell ich kann.»

«Wir haben hier wirklich keinen Platz für eine Katze, Ms. Street. Ich habe Anweisung, im Tierheim anzurufen.»

«Jetzt hören Sie gut zu, Milo.» Heißer Zorn durchfuhr mich wie ein Blitz. Ich öffnete die Beifahrertür, stieg aus und ging um den Wagen herum. Neil stellte keine Fragen. Er stieg ebenfalls aus und überließ mir den Fahrersitz. «Bestellen Sie dem Manager, wenn ihr auch nur daran denkt, meine Katze ins Tierheim zu bringen, obwohl ihr wisst, wem sie gehört, und nachdem ihr die Besitzerin verständigt habt, dann sind die dicken, glänzenden Knöpfe an Ihrem verdammten Blazer heute Abend in sämtlichen Nachrichten zu sehen. Haben Sie mich verstanden, Freundchen? Kein Mensch kann Leute leiden, die Katzen ins Tierheim stecken. Sie wird in Kürze bei Ihnen abgeholt, entweder von meiner Cousine Miki Ashton, meiner Mutter Emily Street oder von Lieutenant Aaron Rauser von der Polizei. Übrigens, sie heißt White Trash, und sie mag Kondensmilch.» Ich legte auf, fluchte, reichte Neil mein Handy. «Ruf Mom oder Rauser für mich an. Verdammt, wieso ist es in Georgia so verflucht heiß?»

Ich wendete mit Schwung den Impala, und wir jagten die unbefestigte Straße hinunter, mit einer wallenden Staubfahne hinter uns. Ich setzte Neil mit der Probe aus Huckabys Urne am Hotel ab und wies ihn an, sie zu dem Labor zu bringen, bei dem die Wades gewesen waren. Unsere ganzen Sachen waren im Hotel. Ich wollte keine Zeit mit Packen verlieren. Ich wollte nicht auschecken. Ich wollte einfach nur nach Hause, rausfinden, was mit meiner Cousine los war, wieder zurück nach Big Knob fahren und den Job zu Ende bringen, mit dem ich beauftragt worden war.

Ich fuhr mit heruntergelassenem Verdeck durch den heißen Spätnachmittag. Die Luft tat gut auf der überhitzten Haut. Pfeifender Wind, die Geräusche von Reifen auf Asphalt wirkten sich normalerweise beruhigend auf mich aus. Es funktionierte nicht. Eine Million Gedanken gingen mir durch den Kopf. Wie war White Trash aus der Wohnung gekommen? Hatte Miki getrunken? Nahm sie Drogen? Ich dachte an das Tablett mit Essen, das Marko mir gegeben hatte, und daran, dass Miki, als ich reinkam, kochend am Herd gestanden hatte. Was zum Teufel hatte mich bloß geritten, ihr meine Katze und meine Wohnung anzuvertrauen? Was, wenn Miki irgendwas passiert war? Waren die schwarzen Depressionen, die sie schon fast ihr ganzes Leben lang quälten, zurückgekehrt? Oder der Mann an ihrem Wohnzimmerfenster? Ich fand es ätzend, dass ich mich nicht auf sie verlassen konnte, dass ich nicht wusste, was an Miki echt war. Sie vergaß andauernd Sachen, rauchte Dope, weigerte sich, ihre Medikamente zu nehmen. Keine gute Kombination.

Als ich mich Atlanta näherte, wurde der Verkehr dichter. Auspuffgase brannten mir in der Nase. Die Haare wehten hinter mir in der verdreckten Luft. Ich brauste mit neunzig Meilen über die I-85 auf die Stadt zu. Fast hätte ich das Klingeln meines Handys überhört. «Es ist alles in Ordnung, Schätzchen», sagte meine Mutter mit ihrem zuckersüßen Südstaateneinschlag. «Ich bin mit White Trash und Miki in deiner Wohnung. Beide sind wohlauf.»

«Was ist passiert?»

«Das wissen wir nicht genau. Irgendwie muss White Trash entwischt sein. Miki sagt, sie ist zum Supermarkt gegangen, und White Trash war hier, als sie ging.»

In der ganzen Zeit, die ich meine zickige Katze hatte, war sie nicht ein einziges Mal aus der Wohnung abgehauen. Offenbar war ihr die Wohnung hoch über der Peachtree lieber als der Müllcontainer, aus dem ich sie aufgelesen hatte. Andererseits, wenn die Tür aus Unachtsamkeit offen gelassen worden war, hatte sie möglicherweise die Welt dahinter erkunden wollen. Ich fing schon wieder an, mich aufzuregen. «Wieso zum Teufel geht Miki nicht an ihr Handy?»

«Keye Street, vergiss bitte nicht, mit wem du redest.»

Es gibt Abstufungen bei Mutter. Zwei Namen waren ein Warnschuss. Alle drei bedeuteten, dass sie dir den Kopf abreißen würde. Ich weiß noch, wie Jimmy und ich uns mal versteckt hatten, nachdem er auf die Idee gekommen war, den kostbaren Rosenstock eines Nachbarn zu stutzen. Bis zum

Boden. *Jimmy Landon Street.* Ich packte ihn und zog ihn unter die Veranda, wo wir mucksmäuschenstill abwarteten, bis Mutter sich wieder beruhigt hatte. Später hörte ich meine Eltern drüber lachen.

«Miki hatte ihr Handy noch, als sie einkaufen ging, und als sie zurückkam, hatte sie es nicht mehr», erklärte meine Mutter.

«Danke, dass du so schnell eingesprungen bist, Mom. Rauser hat so viel um die Ohren. Entschuldige, dass ich dich angeschnauzt habe. Ich hatte Angst.»

«Das verstehe ich, Schatz. Du liebst Tiere genau wie ich.» Das stimmte nicht ganz. Ich dachte an Mutters katzenübersäte Veranda. Mir reichen ein oder zwei. Sind es mehr, muss ich an *Planet der Affen* denken. «So, jetzt widme dich wieder deiner … Arbeit», schlug Mutter vor. «Hier ist alles in Ordnung.»

«Ich bin in dreißig Minuten zu Hause, Mom. Und Miki und ich müssen uns dringend unterhalten.»

«Sei bitte nicht zu streng mit ihr», flüsterte Mom. «Die Ärmste. Sie hat so viel durchgemacht.»

11

Ich spürte die Habichtaugen des Managers, als ich die Hotellobby durchquerte und zu den Aufzügen ging. Ich war ein lockeres Rädchen im komplizierten Mechanismus dieses prächtigen historischen Hotels, das er mit der Präzision eines Uhrmachers befehligte. Dabei war es nach sechs. Ich hatte gehofft, dieser emsige Mistkerl wäre inzwischen nach Hause gegangen.

Ich hörte die Stimme meiner Mutter, als ich die Tür öffnete. Sie saß mit Miki auf der Couch. White Trash rekelte sich auf ihrem Schoß.

Miki stand langsam auf und sah mich an. «Keye, es tut mir echt total leid! Ich schwöre, es ging ihr gut. Wir haben zusammen gespielt. Ich hab ihr beigebracht, sich für ein Leckerli einmal rumzurollen.»

Jetzt war ich mir sicher, dass sie log.

«Du hast eine trickbegabte Katze, Schätzchen», fügte meine Mutter hinzu.

«Ich hab sie gesehen, bevor ich die Tür zugemacht hab», sagte Miki. «Ich weiß, dass sie drin war. Ich weiß es. Tut mir so leid, dass du zurückkommen musstest.»

Die Augen meiner Cousine waren weit aufgerissen. Sie wirkte nüchtern. Ich sah die Sorge und den Schreck in ihrem Gesicht. Das nahm mir schlagartig den Wind aus den Segeln. «Hör mal», sagte ich, «du hattest eine echt stressige Zeit.

Ich hätte dir nicht noch mehr aufhalsen sollen.» Ich ging an ihr vorbei und sah White Trash an. Sie lag auf dem Rücken, die Beine von sich gestreckt, total entspannt. Und sie schaute, sichtlich unbeeindruckt von ihrem Abenteuer, verliebt zu meiner Mutter hoch.

«Ich weiß, dass sie in der Wohnung war, Keye», wiederholte Miki. «Ehrenwort, ich hab sie gesehen.»

«Dann ist sie wohl entwischt, als du vom Einkaufen zurückgekommen bist. Hast du sie gesehen, als du reinkamst?»

«Nein.» Miki schüttelte den Kopf.

«Da können wir doch froh sein, dass alles gut ausgegangen ist», sagte Emily Street. «Meiner kleinen Schneeflocke geht's gut.»

«Sie heißt nicht Schneeflocke», sagte ich. Meine Mutter weigerte sich strikt, den richtigen Namen meiner Katze zu benutzen.

«Ich mach mich vom Acker, Keye», sagte Miki. «Tante Emily hat gesagt, sie kommt jeden Tag vorbei und sieht nach White Trash. Ich kenne dich. Du wirst dich nicht entspannen, solange ich hier bin. Und seien wir ehrlich, ich hab mein Handy und deine Katze an einem Tag verloren. Mein Selbstbewusstsein ist im Moment nicht besonders ausgeprägt. Ich habe eine Weile frei. Vielleicht mähe ich den Rasen und mache den Kaffeekränzchenverein glücklich.»

Ich würde keine Einwände erheben. «Ich fahr dich hin, wenn du fertig bist, und vergewissere mich, dass dein Haus sicher ist.»

«Das wäre toll», sagte Miki. «Ich hab einen Freund gebeten, morgen die Schlösser auszutauschen.»

«Ich komme auch mit», warf meine Mutter ein. «Das wird lustig. Ich koche uns was Schönes. Wir könnten eine Pyjama-Party feiern.»

Ich folgte ihnen zu Mikis Haus in Inman Park, nachdem ich die falsche Urnenhersteller-Uniform gegen eine Jeans eingetauscht hatte. Es wunderte mich nicht, dass Miki beschlossen hatte, bei Mom mitzufahren. Die Sonne stand tief, das letzte bisschen orangerotes Licht fiel auf das Dach des prächtigen viktorianischen Hauses meiner Cousine, als wir den unkrautüberwucherten Weg hochgingen. Es sah aus, als wäre es aus Lebkuchen mit Zuckerguss – rosa und blau, mit kunstvoll geschnitzten weißen Brüstungen um seltsam geformte Veranden und Balkone. So hübsch sie auch anzusehen sind, Häuser im viktorianischen Stil waren mir immer ein Rätsel – viel zu verspielt und verwinkelt. Chaotisch. Nicht von ungefähr wohne und arbeite ich in weitläufigen Räumen. Ein viel beschäftigter Verstand funktioniert besser in luftiger Umgebung.

Wir stiegen die Stufen zur Veranda hoch. Mutter plapperte munter vor sich hin. Ich stellte mir vor, wie Miki diese Stufen hochgegangen war und jemanden im Haus gehört hatte. Ich trat vor sie und nahm den Schlüssel, drehte ihn im Schloss. Miki beugte sich hinein und tastete nach dem Lichtschalter.

Ein ohrenbetäubender Schrei brach aus meiner Cousine hervor. Ich hörte meine Mutter *«o mein Gott, o mein Gott»* sagen.

Eine Leiche baumelte im Türrahmen der Diele wie an einem Galgen.

Ich schob die beiden zurück auf die Veranda und zog die Tür zu. «Steigt in den Wagen, verriegelt die Türen und ruft die Polizei an.» Ich sprach ruhig, obwohl sich meine Gedanken überschlugen. Ich versuchte, Blickkontakt zu Miki herzustellen. Sie sah aus, als würde sie jeden Moment aus den Latschen kippen.

«Mutter, bring Miki zum Wagen. Brauchst du mein Handy?» Sie rührte sich nicht. Beide wirkten, als wären sie an der

Veranda festgenagelt. «*Mutter,* ich brauche deine Hilfe. Hast du dein Handy dabei?» Sie nickte. «Ruf Rauser an. Bring Miki zum Wagen. *Los.*»

Ich hatte meine Glock schon gezogen und drückte jetzt vorsichtig die Haustür mit der Schulter auf, ließ den Blick durch den Raum schweifen. Leer. Ich trat ein und näherte mich dem toten Mann, der im Türrahmen hing. Er war alt und schmächtig. Ich sah eine Schnur, die quer unter dem Kinn verlief, hinter dem Kopf nach oben führte und anscheinend auf der anderen Seite über dem Rahmen an der Wand befestigt war. Ihre Funktion war klar: Sie hielt den Kopf hoch, sodass der Tote zur Haustür blickte. Die Leichenstarre behält jede Position bei, die man ihr anbietet. Der Tod hatte das Gesicht zu einer Art Halloweenmaske verzerrt.

Das Seil, an dem der alte Mann am Türrahmen hing, war mehrmals um den Brustkorb gewickelt. Ich bemerkte Blut aus einer Wunde über der linken Niere. Die ziegelroten Flecken sahen auf seinem hellgrünen Hemd aus wie Farbkleckse.

Ich hätte mir das gern genauer angesehen, aber dazu war keine Zeit. Ich musste Mikis Haus sichern. Ich dachte an sie und meine Mutter draußen, beide zu Tode erschrocken.

Hinter der Leiche im Türrahmen ging ein langer Flur ab, an dessen Wänden in regelmäßigen Abständen Vergrößerungen von Mikis bekanntesten Fotos hingen – ein afghanisches Mädchen mit einem Neugeborenen auf dem Arm, *Time.* Ein einsamer steinewerfender iranischer Demonstrant, der sich weigerte, vor der heranstürmenden Sicherheitspolizei wegzulaufen, *Newsweek.* Ein ausbrechender Vulkan, *National Geographic.*

Ich sog Luft ein und atmete leise einen Teil der Anspannung aus, die meinen Herzschlag beschleunigte. Adrenalin. Es spielt keine Rolle, wie viele Tote du gesehen hast oder wie sicher du dich mit einer Waffe in der Hand fühlst oder wie oft du dich schon einer Gefahrensituation gestellt hast – du kriegst trotzdem jedes Mal das ganz große Flattern.

Der Lichtschalter war links von mir. Ich betätigte ihn mit dem Ellbogen und drehte mich in den Flur hinein, erst nach links, dann nach rechts. Zwei schmale, s-förmige Schienenleuchten erhellten den Raum. Die Eichendielen knarrten, als ich mich an Mikis Fotos vorbeibewegte und jedes der vier Zimmer und die Wandschränke am Ende des Flurs überprüfte, schließlich das Badezimmer, wo mir der Puls in den Ohren hämmerte, als ich den Duschvorhang beiseiteriss.

Sirenen gellten in den stillen Abend. Gleich würde Inman Park grob vom Abendessen weggerissen werden. Augenblicke später hörte ich die Haustür aufgehen, Stimmen. Aus Angst vor nervösen Cops, die mich nicht kannten, schob ich die Glock in das Holster hinten an meiner Jeans und hob die Hände. «Keye Street. Ich komme jetzt raus.»

«Alles klar, Street.» Rausers Stimme. Eigentlich hörte ich sie immer gern, aber jetzt ganz besonders. Ich bog um die Ecke und sah ihn. Detectives und uniformierte Polizisten verteilten sich im Haus. Über Rausers Schultern hinweg sah ich Cops durch den Garten laufen.

«Alle Zimmer, die vom unteren Flur abgehen, sind sauber.» Ich deutete in den hinteren Teil des Hauses. «Aber dieser Bereich da, die obere Etage und der Keller müssen noch überprüft werden.»

«Wo ist die Treppe?», fragte Rauser. Ich zeigte in die Richtung. «Balaki, schnappen Sie sich zwei Leute und sichern Sie die Räume oben. Ihr anderen geht nach hinten. Ich kümmere mich um den Keller. Wo ist Williams?»

«Der hat mit Thomas die Schießerei am Turner Field übernommen, Lieutenant», antwortete Balaki.

Rauser betrachtete den Toten im Türrahmen. Keine Emotion. «Wo ist der Video-Typ? Ach ja, und sehen Sie zu, dass das Opfer identifiziert wird. Warten Sie nicht erst auf die Spurensicherung.» Das hatte er Detective Angotti zugebrüllt, der erst vor einem Monat zum Morddezernat gekommen war, jung, wulstige Lippen, kompakte Statur und dunkles, welliges Haar.

«Ich muss nach Miki und Mom sehen», sagte ich. «Die drehen durch.»

Rausers Blick wanderte zurück zu der Leiche. «Ein Officer ist bei ihnen. Haben die zwei das gesehen?» Ich nickte. Er sagte: «Weißt du, worum es hier geht?»

«Keine Ahnung.»

«Zeig mir den Keller.»

Ich kannte das Haus gut, aus der Zeit, als Miki mich und White Trash während der lautesten und dreckigsten Renovierungsphase meiner Wohnung bei sich aufgenommen hatte.

Ich führte Rauser zu einer schmalen Tür im hinteren Teil der Küche. Von überall im Haus hörte ich Cops «sauber» rufen, wenn sie einen Raum gesichert hatten.

«Wie viele Eingänge hat das Haus?», wollte Rauser wissen.

«Drei. Haustür. Kellertür unter der rückwärtigen Veranda, aber die ist immer verschlossen. Und eine Sturmtür mit einem Riegelschloss hinten im Wintergarten.»

Rauser drückte sich flach gegen die Wand und bedeutete mir, hinter ihm zu bleiben. Er streckte den Arm aus, drehte den Knauf und ließ die Tür aufschwingen. Dann wartete er eine Sekunde und trat entschlossen mit gehobener Waffe in die Türöffnung. Wir stiegen langsam die steile, schmale Holztreppe hinunter.

«Links ist eine Kordel fürs Licht», flüsterte ich. Ich war diese Treppe einige Male hinuntergegangen. Waschmaschine und Trockner waren im Keller.

Ein Lichtstrahl durchbohrte die Dunkelheit und ließ uns erstarren. Es war die Taschenlampe eines Cops, der von draußen in ein Kellerfenster leuchtete. Rauser zog an der Lichtschnur, und eine Hundert-Watt-Birne tauchte den Keller in ein gleißendes, bläulich weißes Licht. Wir drehten uns im Kreis, Pistolen vor uns, Rücken aneinander, trennten uns dann und schauten hinter gestapelte Kartons mit säuberlichen Etiketten, einen kaputten Wasserboiler, eine wuchtige Heizungs- und Klimaanlage, die lief und neu aussah, einen ausgedienten Vergrößerungsapparat aus Mikis alter Dunkelkammer. Alles, was man im Keller einer Fotografin vermuten würde. Durch die Fenster sah ich Füße und Beine von Cops, die draußen herumschlichen.

Wir steckten unsere Waffen weg. «Wir sind kein schlechtes Team», sagte Rauser.

«Heißt das, du bist bereit, deine Seele zu verkaufen und in meine Detektei einzusteigen?», fragte ich.

«Genau. Und Michelle Obama hilft mir vielleicht, meinen Garten anzulegen.»

Ich schmunzelte. Frühlingsgefühle und zu viele Wochen Untätigkeit nach ein paar Verletzungen aus dem Job hatten ihn dieses Jahr unruhig werden lassen, und er hatte beschlossen, in seinem Garten Gemüse anzubauen. Er hatte eine Bodenfräse gemietet und auf einer Fläche von drei mal vier Metern die Erde umgegraben. Doch dann musste er wieder zur Arbeit, und Atlanta war nicht so brav, dass ihm genügend Zeit für sein Gemüsebeet geblieben wäre. Die Fläche war inzwischen ein richtiger Schandfleck und wurde von der Nachbarskatze als Klo benutzt. Ich hatte Rauser schon in

Boxershorts an der Verandatür stehen sehen, wo er mit der Kaffeetasse in der Hand zuschaute, wie die Katze ihr Geschäft erledigte. «Kleines Mistvieh», knurrte er dann jedes Mal, doch ich hatte nie erlebt, dass er Anstalten machte, die Katze zu verjagen.

Wir stiegen die Treppe wieder hoch und gingen zurück durchs Haus.

«Was glaubst du, wie lange er da schon hängt?», fragte Rauser und schielte zu dem Toten hoch.

«Ich schätze, zwölf bis vierundzwanzig Stunden», sagte ich.

«Es ist kalt hier drin», bemerkte Rauser. «So kalt hat's kein normaler Mensch zu Hause. Das wirkt doch konservierend, nicht?» Er rieb sich das Gesicht. «Wir müssen also in Betracht ziehen, dass das hier mit dem Einbruch zusammenhängen könnte.»

«Ich war nicht mal sicher, ob ich ihr das mit dem Einbruch überhaupt glauben soll. Ich hab sie nach Hause geschickt. Ich war so sauer auf sie. Ich fühle mich schrecklich.»

«Na ja, ist ja auch nicht leicht, ihr zu glauben», sagte Rauser. «Ich hab den Bericht gelesen. Sie hatte nicht nur getrunken. Sie hatte eindeutig Aufputschmittel zusammen mit dem Alkohol zu sich genommen. Die Kollegen haben ihren Namen durch den Computer laufen lassen – psychische Erkrankung, Notrufe, Suizidversuche, Anrufe von Miki, sie hätte einen Einbrecher gehört. Nie war jemand im Haus, wenn die Kollegen eintrafen. Nie konnten sie irgendwelche Spuren eines Einbruchs entdecken. Wir kriegen ständig solche Anrufe von Drogensüchtigen. Sie werden paranoid. Fühlen sich einsam.»

«Dann lass uns noch etwas in Betracht ziehen. Was, wenn an ihren Meldungen bei der Polizei was dran war? Was, wenn sie tatsächlich Geräusche gehört hat? Ich hab heute mit einem Ex von ihr gesprochen – Cash Tilison –, der zugegeben hat, dass er sie gestalkt hat.»

Rauser sah mich an. «Du lieferst mir das alles haarklein, okay?»

«Natürlich.»

«Für so ein Gewicht brauchst du eine stabile Befestigung», sagte Detective Angotti. Wir blickten alle hoch zu der Wand über dem Türrahmen. «Die Haken sind gedübelt.» Angotti ging in die Knie, zeigte auf etwas weißen Staub um den Türrahmen. «Sieht aus wie Putz. Die Haken sind kürzlich erst angebracht worden. Der Typ hatte Werkzeug dabei, Lieutenant.»

Ich stimmte ihm zu. «Er musste eine ganze Menge Vorkehrungen treffen, um das hier durchzuziehen. Er spioniert Mikis Tagesabläufe aus, weiß, wann sie weg ist, beobachtet die Nachbarschaft, überlegt, welches Werkzeug und was für Haken und Dübel er braucht, wie er den Toten reinschafft, wo er ihn aufhängt, wie er das Ganze inszeniert.»

«Gehen wir also davon aus, dass dieser Typ am Wohnzimmerfenster genau weiß, was er machen will. Er weiß, dass sie weg ist, wie du gesagt hast, und er kommt her, um sich das Haus anzusehen. Vielleicht bringt er da schon die Haken an, fegt den Staub ein bisschen zusammen, damit sie nicht gleich was merkt, wenn sie nach Hause kommt», sagte Rauser.

«Dann ist Miki auf einmal da», fuhr ich fort. «Er will ihr ordentlich Angst einjagen, damit sie wieder abhaut. Vielleicht ist er hier noch nicht fertig. Wenn er sie beobachtet oder Psychospielchen mit ihr gespielt hat, weiß er, dass sie sofort weglaufen wird.»

«Wir wissen, dass das Opfer hier noch keine achtundvierzig Stunden tot ist. Er hatte den Mord also schon geplant, als er hier war», sagte Rauser. «Glaubst du, er hat sich den alten Mann vorher ausgeguckt?»

«Es würde Sinn machen, dass er sich einen gebrechlichen älteren Menschen oder ein Kind aussucht», antwortete ich. «Es muss ein Körper sein, den er bewegen und handhaben kann.»

«Das Haus ist sicher. Keine Kampfspuren. Auf den ersten Blick kein Blut zu sehen. Draußen alles sauber. Keine Hinweise auf einen Einbruch. Es muss also jemand sein, der gut ein Schloss knacken kann oder der einen Schlüssel hat», sagte Angotti.

«Jemand soll die Schlösser unter die Lupe nehmen», befahl Rauser.

Ken Lang und zwei Spurentechniker stapften wie Aliens in Überschuhen und Overalls zur Haustür herein, beladen mit Aluminiumkoffern und Kameras. Lang betrachtete den toten Mann, der im Türrahmen baumelte, durch seine kleine, eckige Drahtgestellbrille. «Na toll», sagte er und stellte seine Koffer ab. «Genauso hab ich mir den Samstagabend vorgestellt. Wie viel Zeit hab ich, bis die Gerichtsmedizin mir meinen Tatort versaut?»

«Ich kann den Anruf noch ein bisschen rausschieben», sagte Rauser.

Lang sah sich um, seufzte. «Wir werden die ganze Nacht brauchen, um einen Tatort von dieser Größe abzuarbeiten.»

«Die Gerichtsmedizin schert sich einen Dreck um euren Tatort», sagte Rauser mürrisch. «Die Gerichtsmedizin interessiert sich für den Toten. Sucht den nach Spuren ab und dann lasst die rein und wieder raus.» Rauser war ein Macher. Und dieselbe Haltung erwartete er auch von den Leuten, mit denen er zusammenarbeitete. Das waren jede Menge Macher. Dass er Lang anschnauzte, hatte ich schon mehrfach erlebt.

Ken Lang fand immer schon im Voraus irgendwelche Gründe, warum seine Arbeit ganz besonders schwierig werden würde.

Wir überließen den Leuten von der Spurensicherung das Feld. «Hast du gesehen? Der Tote hat keine Würgemale am Hals. Auch keine an den Handgelenken», sagte Rauser.

Und nirgendwo sind Blutspritzer, dachte ich. Es gab also keinen Grund, Jo Phillips zu rufen, die Blutspurenexpertin, mit der Rauser mal was hatte – knapp eins achtzig mit makellosem, gesundem Teint.

«Hey, Balaki», sagte Rauser. «Keyes Cousine, der das Haus hier gehört, und Keyes Mutter sind draußen bei einem Officer. Wir müssen sie beide vernehmen. Lassen Sie sie ins Präsidium bringen. Aber sorgen Sie dafür, dass sie richtig nett behandelt werden. Und machen Sie die Kollegen ausfindig, die vorgestern Nacht wegen einer Einbruchsmeldung hier waren.» Rauser kaute auf seiner Unterlippe. «Also, er hängt eine Leiche in Mikis Haus an einen Türrahmen und bringt deren Kopf eindeutig in eine bestimmte Position. Und er könnte auch die Klimaanlage auf kalt gestellt haben, damit seine Leiche schön steif bleibt. Was schließt du daraus?»

«Er hat lange überlegt, wie er den Gruselfaktor erhöhen kann. Und wie er Miki demonstriert, dass er nach Belieben in ihr Leben und in ihr Haus eindringen kann. Stalker mögen solche Machtspiele. Aber töten, um die eigene Macht zu beweisen, das ist ungewöhnlich», sagte ich.

«Hatte Miki noch andere Freunde außer Tilison?»

«Ich hab eine Liste», sagte ich, und Rauser grinste zu mir runter. Rauser ist ein gutes Stück über eins achtzig. Und ich, na ja, ich schaffe gerade mal eins zweiundsechzig, auf Zehenspitzen. «Neil hat sie gecheckt. Wir schicken dir alles.»

«Ich hab Cash Tilison mal vor ein paar Jahren im Tabernacle gesehen, als er noch nicht bekannt war», sagte Rauser. «Der Mann ist gut.»

Ich fragte mich, ob die Berühmtheit des Sängers den Verlauf seiner Vernehmung beeinflussen würde. Das sagte ich natürlich nicht. Cops sind Menschen wie du und ich. Und ein bisschen Umgang mit Promis kann großen Spaß machen. Ich stellte mir vor, wie Detectives sich darum rissen, Cash zu vernehmen. Und sie würden nicht nur ihn vernehmen, sondern auch jeden anderen in Mikis Welt.

Die Spurentechniker arbeiteten an der Leiche, hantierten behutsam mit Spurenstaubsaugern, tüteten Haare und Fasern von der Kleidung des Opfers ein. Der Fußboden um den Toten herum wurde ebenfalls gründlich geprüft. Wir standen mitten in Mikis Wohnzimmer, dessen großes Fenster auf die umlaufende Veranda und die von Bäumen gesäumte Elizabeth Street ging. Ich sah draußen Streifenwagen und den Van der Spurensicherung. Ein paar neugierige Nachbarn waren auf die Straße gekommen. Ich dachte daran, wie verängstigt Miki jetzt sein musste, und hatte wieder Gewissensbisse.

Ken Lang fotografierte die Leiche aus verschiedenen Blickwinkeln. Dann stülpte er Tüten über die Hände des Opfers und befestigte sie mit Gummibändern. Er breitete eine sterile Tatortdecke auf dem Boden aus.

Eine Technikerin stieg auf einen Hocker. «Spreizdübel und Ösenhaken», sagte sie und klopfte an den Putz. «In einer Hohlwand.» Sie hatte einen Südstaateneinschlag. Aber nicht den typischen Georgia-Akzent. Irgendwas Ausgeprägteres. Arkansas vielleicht. Sie schnitt vorsichtig die Schnur durch, die unter dem Kinn des Opfers verlief und nach oben führte. Der Kopf des Toten wippte ein wenig, sackte aber nicht ganz herab. Ich sah den tiefen Striemen, den die Schnur in die Haut gedrückt hatte. «Nahezu keine Verfärbung», sagte sie. «Der

Mann hat nicht mehr geatmet, als er hier aufgeknüpft wurde.» Sie gab die Schnur in einen Beweismittelbeutel und reichte ihn hinunter. «Okay, Leute. Achtung da unten.» Sie trennte das Seil durch, das die Leiche hielt. Das Spurenteam legte den Toten auf die Decke.

Detective Linda Bevins kam herein. Sie war am Tatort des erdrosselten Jungen eingesetzt gewesen. Ich erinnerte mich an die Bilder im Fernsehen, wie sie die verzweifelte Mutter zurückgehalten hatte. «Wir konnten das Opfer identifizieren.» Ihr blondes Haar war nach hinten gebunden. Sie trug Jeans und ein T-Shirt mit dem Aufdruck APD, sah fit aus. «Der Mann heißt Donald Kelly. Hatte gestern Geburtstag. Er ist neunzig geworden.»

«Na, damit wäre das hier erklärt», sagte Ken Lang. Er hatte ein zerknittertes Stück Geschenkpapier aus der Hosentasche des Opfers gezogen und tütete es ein.

«Mensch, ist das deprimierend», sagte Rauser.

Ken Lang fing an, in einen winzigen Digitalrecorder zu sprechen, den er sich an den Kragen geklemmt hatte. «Schusswunde», sagte er. Er schnitt das Hemd des Toten auf, und die beiden Hälften fielen zur Seite. Uns wurde ein Blick auf Brust und Bauch des alten Mannes gewährt. Keine Muskeln. Bloß Haut und Rippen und Knochen und spärliche weiße Haare. Lang machte ein paar Fotos. Trennte ein Stück Stoff ab und tütete es ein.

«Der Notruf ging gestern Abend um Viertel nach sechs ein», sagte Bevins. «Mr. Kelly wurde zu seiner Geburtstagsparty chauffiert, in einem Apartmenthaus auf der Fifteenth Street direkt am Colony Square. Von einem Ehrenamtlichen beim Seniorenfahrdienst.» Bevins stockte und blickte auf ihren Notizblock. «Der Fahrer heißt Abraam Balasco. Er hat ihn in Sunrise Oaks abgeholt, einem Heim für betreutes

Wohnen. Sie sind in die Lobby von diesem Apartment-Hochhaus gegangen. Da sitzt ein Typ in einem Sessel und liest Zeitung. Balasco kann sein Gesicht nicht sehen, hält ihn aber für einen Kellner oder so, weil er schwarze Schuhe mit dicken Sohlen und eine schwarze Hose trägt. Keine teure Kleidung. Nichts Schickes. Balasco sagt, sein Vater war Schneider, deshalb fällt ihm so was auf. Er ist nicht ganz sicher, glaubt aber, dass der Typ ein weißes Hemd anhatte. Sagt, er hat groß und kräftig gewirkt, obwohl er gesessen hat. Er und Mr. Kelly hatten darüber gesprochen, dass der alte Mann keine große Lust auf die Geburtstagsparty hatte. Mr. Kelly meinte, seine Tochter wäre ein Biest, und die Familie würde nur darauf warten, dass er stirbt. Balasco sagt, als der Aufzug aufging, wurde er von hinten niedergeschlagen. Kelly ist nie oben angekommen, und nach Balascos Honda Element wird noch gesucht.»

«Besorg eine Kopie vom Testament des Opfers und überprüf die Familie. Der Honda ist vermutlich der Haupttatort», sagte Rauser.

«Das sehe ich auch so», sagte Ken Lang. «Der Einschusswinkel könnte zu einer Kugel passen, die von der Fahrerseite aus gekommen ist. Und wir haben hier kein Blut, das aus einer Schusswunde stammen könnte. Die Entfernung käme auch hin.»

«Mr. Balasco ist auf dem Weg ins Präsidium», sagte Bevins.

«Tja, es wäre wirklich schön, wenn meine Detectives sich beeilen würden, den einzigen gottverdammten Zeugen zu vernehmen.» Der Grad an Verärgerung in Rausers Tonfall ließ mich aufhorchen. Für seine Leute war das nichts Neues. Genauso wie er für seine detektivische Spürnase respektiert wurde, war Rauser bekannt für seine Reizbarkeit.

«Er wurde bereits im Krankenhaus befragt, wo er wegen

einer Gehirnerschütterung unter Beobachtung war, aber da galt Mr. Kelly noch als vermisst», antwortete Bevins geduldig.

«Hat dieser Balasco den alten Kelly als vermisst gemeldet?», wollte Rauser wissen.

«Angehörige», antwortete Angotti. «Notruf. Als Mr. Kelly nicht mit dem Aufzug hochkam, sind ein paar Verwandte nach unten und haben Mr. Balasco verletzt aufgefunden. Kelly war verschwunden.»

«War Balasco bewusstlos, als er gefunden wurde?», fragte Rauser.

«Ja, Sir.»

Einer der Spurentechniker öffnete seinen Aluminiumkoffer. Eine Tatortleuchte lag, zusammen mit allerlei Farbfiltern und einer forensischen Brille, eingebettet in grauen Schaumstoff. Hinten im Koffer weitere Tatortleuchten im Taschenlampenformat, die jeweils zur Sichtbarmachung bestimmter Spuren gedacht waren – Körperflüssigkeiten, Fingerabdrücke, Fasern, Drogen.

«Kann ich mal bitte Stimmungslicht haben?», fragte Lang.

Rauser ging zum Schalter neben der Haustür. Bevins schaltete das Licht in der Küche aus. Ich zog den hohen Lamellenvorhang vor das breite Fenster. Der Raum wurde dunkel. Blaues Punktlicht von einer Hochintensitäts-UV-Lampe glitt langsam, Zentimeter für Zentimeter über den Türrahmen, den Fußboden. Wir standen in der Dunkelheit und sahen, wie Flecken unter dem Schwarzlicht auftauchten. Langs Techniker kratzten Proben ab und gaben sie mit Pinzetten in Fläschchen.

«Angotti, gehen Sie die Nachbarn befragen», sagte Rauser. «Gut möglich, dass unser Mann sich hier in der Nähe herumgetrieben hat. Die Beschreibung, die Balasco uns gegeben hat, muss erst mal genügen, bis wir was Besseres haben. Vielleicht erinnert sich ja jemand. Und Bevins, Kellys Tochter und der Rest der Familie sollen morgen früh ins Präsidium kommen. Wollen doch mal sehen, wie biestig die Tochter wirklich ist. Familie und Vermögen. Klingt nach einem guten Ansatzpunkt.»

«Ein Familienmitglied hätte ihn nicht so aufgehängt», sagte ich. «Und wo wäre da die Verbindung zu Miki?»

«Es ist bestimmt nicht schwer, jemanden zu engagieren, der kein Problem damit hat, ein Familienmitglied aufzuhängen», sagte Rauser. «Und vielleicht hat der zufällig eine Schwäche für deine Cousine.»

Ich sagte nichts dazu. Ich spürte seine Hand auf der Schulter. «Du musst auch aufs Präsidium kommen, Street. Wenn wir sämtliche Aussagen abgleichen, können wir uns besser ein Bild machen.»

Lang ließ das Licht über die Leiche wandern. Kleine Flecken und große Kleckse erschienen auf Gesicht und Kleidung des Opfers. «Was haben wir da?», fragte Rauser. «Irgendeine Art von Körperflüssigkeit?»

«Was der große Fleck da unten ist, können wir uns wohl denken. Das Opfer hat sich bepinkelt. Passiert den meisten», sagte Lang. Ich dachte an den erdrosselten Jungen, die ungeklärte Flüssigkeit, die er auf Rücken und Schultern hatte. Und an Langs Worte. *Passiert den meisten.* Eine Erinnerung daran, dass Mord eine schmutzige Angelegenheit ist. Und an all die Möglichkeiten, wie der Körper sowohl Täter als auch Opfer verrät.

«Und die kleinen Flecken?», wollte Rauser wissen.

Lang zuckte die Achseln. «Sperma, Speichel, Urin, Vaginalflüssigkeiten, das alles kann genau wie Blut fluoreszieren. Hängt aber von vielen Faktoren ab. Luftfeuchtigkeit, Temperatur, Ausrüstung. Manchmal fluoresziert es und manchmal nicht. Von wissenschaftlicher Gewissheit kann keine Rede sein, Lieutenant. Aber allgemein gilt, wenn es vom Körper stammt, liefert es uns eine Lichtschau. Jedenfalls unter den richtigen Umständen.»

«Irgendwelche anderen Flüssigkeiten, die so fluoreszieren könnten?», fragte Rauser.

«Woran denken Sie?»

«Wenn ich das mal wüsste», sagte Rauser. «Was gibt's denn sonst noch?»

12

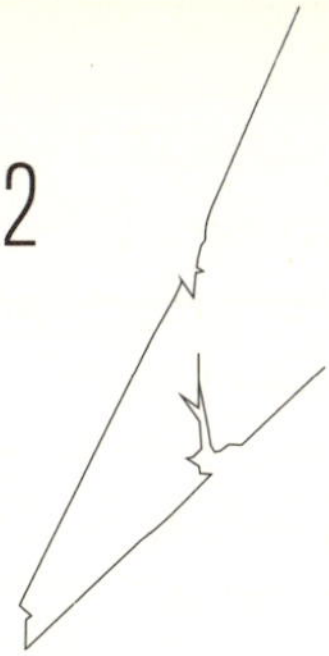

Es war kurz vor Mitternacht an einem Samstag, und die Innenstadt brummte, als ich an der Ponce de Leon Avenue 675 aus dem Parkhaus der City Hall East fuhr – einem gut zweihunderttausend Quadratmeter großen verblichenen Backsteinbau mit röchelnder Belüftungsanlage. Atlantas Polizeipräsidium war dort ebenso untergebracht wie einige Ämter und ein paar Firmen. Das unwirtschaftliche Ungetüm war wenige Monate zuvor an einen Investor verkauft worden. Es hieß, den Mietern, die noch nicht ausgezogen waren, sei nahegelegt worden, ihre Schreibtische zu räumen. Sehr wahrscheinlich würde die Innenstadt mit Bleifarbe und Asbest verpestet werden, wenn sie anfingen, den Koloss zu sanieren. Niemand konnte das Gebäude ausstehen. Aber immerhin war es ein Übel, das sie kannten. Die Tatsache, dass dem Morddezernat noch keiner gesagt hatte, wo es untergebracht werden sollte, beruhigte Rauser, der Umbrüche und Störungen hasste, nicht gerade.

Im Rückspiegel sah ich meinen Vater am Lenkrad seines Ford Taurus. Miki saß neben ihm. Mutter auf der Rückbank. Es war ein langer Abend für alle gewesen. Dad war verstört und angespannt vor Sorge im Präsidium aufgetaucht, nachdem Mutter ihn weinend angerufen hatte. Er war entschlossen, Miki nach den Vernehmungen mit zu ihnen nach Hause zu nehmen. Ich hielt das für eine denkbar schlechte

Idee. Niemand hatte eine Ahnung, was eigentlich los war. Wir wussten nicht, wer der Stalker meiner Cousine war. Wir wussten lediglich, dass er vermutlich den Mord begangen und die Leiche rituell in Mikis Haus zur Schau gestellt hatte. Ich hatte meinem Vater entgegengehalten, dass mein Hotel von Kameras und Sicherheitsleuten überwacht wurde und meine Wohnung zehn Stockwerke hoch lag. Doch noch während ich das sagte, musste ich an die schreckliche Nacht im letzten Winter denken, als ich die Augen aufschlug und eine Mörderin mit einem Messer über mir stehen sah. Zum ersten Mal wurde mir bewusst, dass die Narbe, die ich von der Nacht zurückbehalten hatte, ganz ähnlich aussah wie die Narben an den Armen meiner Cousine.

Mein Vater verwahrte sich dagegen, seine Burg nicht verteidigen zu können. Rauser hatte mich schließlich überzeugt zuzustimmen. Winnona Park, die Siedlung meiner Eltern in Decatur, war eine ruhige Gegend, in der jeder jeden kannte. Rauser ging davon aus, dass die Nachbarn einen Fremden auf der Straße bemerken würden, anders als in den Großstadtvierteln oder im Hotel. Die Polizei von Decatur hatte versprochen, verstärkt Streife zu fahren. Aber ich wollte sie nicht allein lassen. Und ich hatte noch nicht mit Miki gesprochen, seit wir ihre Haustür geöffnet und den Toten gesehen hatten.

Ich rief Neil an, während ich die Ponce hinunter in Richtung Decatur fuhr. Ich hatte ihn vor dem Hotel in Big Knob praktisch aus dem Auto geschubst, nachdem ich den Anruf wegen White Trash erhalten hatte. Er klang verschlafen. Ich erklärte ihm kurz, was bei Miki zu Hause passiert war.

«Heißt das, du lässt mich einfach hier am Arsch der Welt sitzen? Allein?»

«In einem luxuriösen Wellnesshotel. Ich bin ein Unmensch.»

«Ich hab hier eine Packung Kaffee, zwei Joints und einen Plastikbeutel mit der Asche irgendeiner Toten.»

«Das ist keine Asche», sagte ich. «Das sind pulverisierte Knochenfragmente.»

«Übrigens, wegen des langen Wochenendes hat das Labor bis Dienstag geschlossen.»

«Verdammt.» Natürlich hatten die geschlossen. Der Unabhängigkeitstag stand vor der Tür. Die Ponce machte einen Schlenker nach rechts, und ich fuhr ins Zentrum von Decatur. Kränze mit rot-weiß-blauen Schleifen schmückten die Laternenpfähle entlang der Straße, um mich an den bevorstehenden Feiertag zu erinnern. Ich dachte wieder an das Wochenende, das Rauser und ich geplant hatten, und an das Feuerwerk, zu dem meine Eltern jedes Jahr gingen, solange ich denken konnte. Wir packten dann immer Klappstühle und Picknickkörbe und Wein für die Erwachsenen ein. Jimmy und ich saßen im Schneidersitz auf Decken und hörten den Bands im Pavillon zu, bis das Feuerwerk auf dem Dach des Gerichtsgebäudes losging.

«Sieh zu, ob du irgendwen aus dem Labor erreichen kannst», sagte ich zu Neil. «Ein bisschen Schmiergeld könnte helfen. Larry zahlt.»

«Ich hab da so eine Idee.»

«Was für eine Idee?»

«Wegen der Asche. Mach dir keine Gedanken. Ruh dich aus.»

Ich bog vom South Columbia Drive nach Winnona Park ab und stoppte hinter dem Wagen meines Dads, als er auf der hügeligen Einfahrt am Derrydown Way parkte. Wir gingen zur Haustür. Zwei Katzen aus Mutters Streunerkolonie relaxten in donutförmigen Körbchen auf der Veranda, beobachteten aber ganz genau jede unserer Bewegungen. Ich war diese Art von Misstrauen von Tieren gewohnt, da meine Mutter sich zu allem hingezogen fühlte, was ungezähmt war. Ihre Liebe zur Natur und der Drang, jene Geschöpfe zu retten, die von ihr im Stich gelassen worden waren, bot meinem Bruder und mir einen wunderbaren Einblick in ein Herz, das sie nicht immer freimütig zeigen konnte. In unserer Kindheit stapften wir beide durch taunasses Gras, das uns gegen die Knöchel klatschte, hinter unserer Mutter her, wenn sie frühmorgens mit uns über die welligen Wiesen hinter dem Methodisten-Kinderheim zog, nur ein kurzes Stück von unserem Haus entfernt. Wir folgten ihr den Hügel hinunter zum Teich, wo ein Graureiherpaar bei unserer Ankunft so reglos verharrte, dass wir sie für Geäst am Ufer hielten. Aber irgendwann entdeckten wir sie meistens. Graureiher entlieben sich nie, hatte Mutter uns erzählt. Wir warfen den Enten und Gänsen Brotstückchen hin und sahen zu, wie der Nebel aus dem Schilf aufstieg und dann in der Morgensonne über dem Teich verdampfte. Jimmy und ich kennen den Gesang der Spottdrossel und die jähe Stille einer Wiese, wenn der schrille Schrei eines Rotschwanzbussards gellt. Unsere Mutter, ein Kind des Albemarle Sound und der flirrenden Sümpfe, hatte in ihrem Stadtleben die abgeschiedenen Seelandschaften gesucht und gefunden. Und da wir Zeugen dieser wunderbar zarten Menschlichkeit unserer Mutter gewesen waren, war es umso verwirrender für uns, wenn ihre Berührung eisig und ihre Worte bissig wurden.

Ich stand auf der Veranda und schaute zu der riesigen Metallvase hinter der Hollywoodschaukel hinüber. Große Metallblumen, einige rostig, einige aus poliertem Stahl, rustikal und schön, erblühten daraus. Dad folgte meinem Blick. «Ich werde besser, was?»

«Die sind toll, Dad. Machst du mir irgendwas für mein Büro?»

«Aber sicher, Kleines», sagte mein Dad und schlang einen langen Arm um meine Schultern, als wir in das Haus gingen, wo Jimmy und ich aufgewachsen waren und wo Miki als Kind den Großteil ihrer Zeit verbracht hatte. Mein Vater hatte damals praktisch in der Garage gewohnt und immerzu an Motoren herumgebastelt und an allem, was sonst noch bewegliche Teile hatte. Howard Streets natürliche Gabe, die Funktionsweise einer Sache zu begreifen, hatte nicht nur zwei Kindern das Studium finanziert, sondern auch die ziemlich kostspielige Vorliebe meiner Mutter für Antiquitäten, Kochgeschirr, Mixgeräte, Küchenmaschinen und Messer. Und während er all die Jahre Dinge schweißte und ölte und wieder zusammensetzte, die die Nachbarschaft anschleppte oder in Kisten ankarrte, tastete sein heimliches Künstlerauge bereits im Geiste die Formen ab, die eine Galerie später bei ihm in Auftrag geben würde. Mir gefiel der Gedanke, dass meine Eltern beide etwas gefunden hatten, das sie glücklich machte. Und zugleich fand ich das Ganze überraschend beunruhigend. Nicht dass sie diese Obsession entdeckt hatten, sondern dass sie überhaupt eine Obsession *hatten,* dass ihr Innenleben für ihre Kinder völlig unsichtbar gewesen war. Oder zumindest für mich. Möglich, dass Jimmy um die Träume von Erwachsenen gewusst hatte. Jimmy war schon immer mehr auf Draht als ich.

Mutter setzte Wasser auf. Heißen Tee für mich. Für alle anderen bereitete sie ihren Spezialgrog zu – heiße Milch, Cognac und Honig, der perfekte Entspannungstrunk. Ich wartete am Küchentisch, bis meine Eltern gingen, dann sah ich Miki an. «Alles in Ordnung?»

«Irgend so ein Irrer bringt Leute um und knüpft sie in meinem Haus auf. Deshalb ein klares Nein. Es ist nicht alles in Ordnung.» Sie hatte die Schultern hochgezogen, als wäre ihr kalt an diesem heißen Juliabend.

«Ich will dir helfen», sagte ich. «Hör mal, ich war ziemlich sauer wegen White Trash. Und ich war in Sorge, Miki. Ich wusste nicht, was passiert war. Ich konnte dich nicht erreichen.»

Miki nickte, das Gesicht bleich.

«Können wir über das reden, was heute mit deinem Handy passiert ist?»

«Ich bin zum Supermarkt. Ich hatte mein Handy in der Tasche von der kleinen Boyfriend-Jacke. Ich weiß, dass ich es dabeihatte. Ich hab es in der Tasche gespürt, als ich den Supermarkt betrat. Als ich zurück in deine Wohnung kam, war es einfach weg.»

«Bist du mit deinem Spitfire zum Einkaufen gefahren?»

«Natürlich», sagte Miki. «Ach du Scheiße. Mein Auto. Ich muss es morgen abholen.»

«Nein», sagte ich. «Lass es in der Tiefgarage vom Hotel. Oldtimer sind zu auffällig.»

Miki trank einen Schluck von ihrem Grog und fröstelte. «Glaubst du, er hat noch was anderes vor?»

«Die Vermutung liegt nahe.» Mein Handy piepste. Ich sah Rausers Namen mit einer Mitteilung. Er hatte ein Phantombild von dem Mann geschickt, den der ehrenamtliche Fahrer gesehen hatte. Die Polizei hatte die altmodischen Phantombildzeichnungen inzwischen durch Computerbilder ersetzt. Software ermöglichte es einem Zeugen, gemütlich bei einem Kriminaltechniker zu sitzen, Kopfformen und Gesichtsmerkmale auszuwählen und anzugleichen. Das fertige Bild ermöglichte auch den schnellen Zugriff auf Gesichtserkennungssysteme und den automatischen Abgleich mit Datenbanken. Ich öffnete den Anhang. Viel war es nicht – Kopf, Schultern, Haaransatz, keinerlei Gesichtszüge außer Augenbrauen und Nasenform. Der Fahrer hatte offenbar im Vorbeigehen nur für den Bruchteil einer Sekunde das Profil gesehen. Ich schob mein Handy über den Tisch. «Kommt dir der bekannt vor?»

Miki nahm das Telefon und lehnte sich ruckartig zurück. «Das soll er sein? Irgend so ein gesichtsloses Monster? Der Fremde im Zimmer, der nach mir grapscht …»

Mikis Neigung, sich ihrer Düsternis ausgiebig und öffentlich hinzugeben, brachte mich immer ein bisschen aus der Fassung. Emily Street hatte uns eingetrichtert, uns nichts anmerken zu lassen, wenn irgendetwas nicht stimmte. Und darüber reden kam erst recht nicht in Frage. In der Welt meiner Mutter ist so etwas schmutzige Wäsche.

«Er will es zerstören», sagte Miki.

«Was zerstören?», fragte ich.

«Alles. Mein Haus, weil ich es liebe. Mein Leben, weil es jetzt gut ist.» Tränen quollen aus einem ihrer blauen Augen, dann aus dem anderen. Miki wischte sie hastig weg. Aber so hellhäutig, wie sie war, rötete jede Emotion im Nu ihren Buttermilchteint. Sie blickte mich mit roten Augen und roter Nase an, und mir fiel eine Situation aus unserer Kindheit ein, als ich sie einmal am Ufer des kleinen Baches hinter dem Park hatte sitzen sehen, die Arme um die Knie geschlungen. Da hatte sie genauso zu mir hochgeschaut, und mir war sofort klar gewesen, dass sie geweint hatte. Ich musste an den erdrosselten Jungen und seine schluchzende Mutter denken. Nicht zum ersten Mal. Irgendwas daran nagte an mir, genauso wie an Rauser. Und keiner von uns konnte sagen, was es war.

«Dieser Typ ist kein unzerstörbares Phantom aus deinen Albträumen, Miki. Er ist nicht der schwarze Mann. Er ist ein ganz normaler Verbrecher. Gib ihm nicht noch mehr Macht über dein Leben. Das Essen mit Freunden am Donnerstagabend, nach dem du ihn dann in deinem Wohnzimmer gesehen hast, war das schon länger geplant gewesen?»

Miki schüttelte den Kopf. «Spontan.»

«Erinnerst du dich, wo du warst, als du dich entschieden hast hinzufahren?»

«Zu Hause.»

«Und als du im Restaurant warst? Ist dir da irgendwas komisch vorgekommen? Du hast gesagt, du hättest dich im Fitnessstudio beobachtet gefühlt. Sonst noch irgendwo?»

«Nein. Tut mir leid.» Sie gähnte. Mutters Zaubertrank zeigte Wirkung.

«Du hast eine Stiftlampe an deinem Schlüsselbund. Die hast du an dem Abend benutzt, nicht?»

Miki überlegte kurz. «Ja, stimmt. Ich hab ein Geräusch gehört, als ich den Schlüssel ins Schloss stecken wollte. Von den Holzdielen im Wohnzimmer, das Geräusch hab ich wiedererkannt. Ich hab mich erschreckt. Ich bin ganz leise über die Veranda und hab durchs Fenster geleuchtet. Ich hab die Couch gesehen und so Kram, den ich auf dem Tisch hatte liegen lassen, und dann war das Licht plötzlich weg, und ich hab gesehen, dass sich jemand davorgestellt hatte.»

«Woher wusstest du, dass es ein Mann war? Was hast du gesehen?»

«Ich weiß nicht. Seinen Bauch vielleicht und seine Größe. Er war schwarz gekleidet. Keine Knöpfe. Ein Pullover oder so. Er war nicht dick, aber auch nicht durchtrainiert. Der Pullover hat sich über dem Bauch gespannt.»

Ich dachte an Cash Tilison in der Jeans. Eindeutig durchtrainiert. «Und dann hat er so auf dich gezeigt? Mit Daumen und Zeigefinger?»

Sie schüttelte wieder den Kopf. «Er hat nicht bloß gezeigt. Er hat gezielt und dann den Abzug gedrückt. Wie bei einer Pistole. Oder als wollte er sagen: *Ich krieg dich*. Er hatte Handschuhe an. Solche, die Leute mit Ansteckungsphobie in Großpackungen in der Apotheke kaufen. Die waren richtig weiß im Vergleich zu seiner Kleidung.»

«Und dann hast du aufgeschaut, stimmt das? Du hast mir erzählt, er hat da gestanden und dich angesehen. Hattest du die Stiftlampe noch in der Hand?»

«Ich hab sie fallen lassen und bin von der Veranda gerannt.» Sie starrte in ihren Grog. «Ich hab gekotzt.»

Ich nickte. Ich hatte die Berichte heute Abend auf dem Präsidium gelesen. Die Uniformierten hatten ihren Schlüsselbund unter dem Fenster gefunden. Arme Miki. Ich hätte sie jetzt gern in den Arm genommen. Wieso fiel mir das so schwer? Wieso zum Teufel hatte mir meine Mutter das nicht beigebracht? Ich grübelte einen Moment darüber nach. Meine Mutter, die Retterin wilder Katzen. Eigentlich aller möglichen Tiere, aber je wilder, desto besser. Soweit ich zurückdenken konnte, hatte meine Mutter Katzen schonend gefangen, zum Tierarzt gebracht und dann überaus verwirrt in unserer Nachbarschaft wieder ausgesetzt. Die herumstreunende, größtenteils menschenscheue Kolonie gehörte in Winnona Park längst dazu. Die Zahlen waren mit den Jahren gesunken. Neue Katzen kamen gelegentlich hinzu, und dann begann Mutter ihre voodoomäßige Verführung mit Hühnerleber und Makrelen, bevor die Falle zuschnappte und die Tiere in der Tierarztpraxis am Ende der Straße landeten, wo sie sterilisiert oder kastriert wurden. Bis heute tauchten wilde Katzen jeden Morgen bei meinen Eltern auf der Veranda auf und warteten in einigen Metern Sicherheitsabstand auf ihr Frühstück, das sie erst anrührten, wenn meine Mutter wieder verschwunden war. Sie kamen jeden Abend zurück, wenn sie ihre Stimme und Schüsselklappern hörten. Mutter behielt die Übersicht und sorgte sich um sie, diese Geschöpfe, die sie niemals berühren oder im Arm halten konnte.

Plötzlich hatte ich eine Erkenntnis – einen echten Geistesblitz. Ich nahm mir vor, mit Dr. Shetty darüber zu reden. Meine Mutter wollte Lebewesen retten, ohne ihnen zu nahe kommen zu müssen – Liebe ohne Nähe. Genau das hatte sie mit Jimmy und mir gemacht – ihren wilden Kindern. Sie hatte uns vorgelesen und sich von uns aus ihren Lieblingsbüchern vorlesen lassen, wenn wir uns nach der Schule alle zusammen auf das breite Bett legten, das sie mit meinem Vater teilte. Sie hatte Snacks vorbereitet, wenn wir von der Schule kamen. Sie reinigte unsere aufgeschlagenen Knie und achtete darauf, dass wir ordentlich lernten und gut gekleidet waren. Sie brachte uns abends ins Bett und erzählte uns spannende Geschichten aus ihrer Kindheit an den würzig nach Brackwasser riechenden Ufern des Albemarle Sound. Ich hatte bereits eine Verbindung zu Wasser aufgebaut, noch ehe ich den Sound oder das Meer oder Salzsümpfe je gesehen hatte. Mutters Geschichten und ihre volle Stimme hatten mich verzaubert und verändert. Aber ich konnte mich nicht erinnern, dass Emily Street mich je spontan umarmt hätte. Nicht ein einziges Mal. Von einer Südstaatenfrau lernt man eine ganz besondere Art von Zurückhaltung.

Ich dachte daran, wie mein Bruder Jimmy und ich als Kinder im Pyjama auf dem Rücken lagen, zu dem an die Decke geklebten Sonnensystem hochschauten, das im Dunkeln leuchtete, und uns erzählten, was wir mal werden wollten. Jimmy meinte, wenn ich Superheldin werden wollte, müsste ich dazu geboren worden sein, daher begnügte ich mich damit, Cop zu werden. Wenn abends nach dem Lichtausmachen die Sterne an unserer Decke aufleuchteten, hörte ich Jimmys leise Stimme «*wow*» sagen, als sähe er sie zum ersten Mal. Dann kam er zu mir ins Bett gekrochen, und wir flüsterten uns in den Schlaf. Jimmy wollte Tänzer werden. Ich fragte mich, wie nach diesem Kindheitstraum aus ihm ein Werbefachmann werden konnte. Er war vor Jahren weggezogen, und seitdem beschränkte sich unsere Beziehung auf Besuche an Feiertagen, kurze Telefonate und E-Mails. Ich wusste inzwischen kaum noch, was in ihm vorging. Ich vermisste meinen Bruder. Ihn in den Arm zu nehmen, war für mich das Selbstverständlichste von der Welt gewesen. Es hatte mich nie Überwindung gekostet. Wieso also fiel mir das bei allen anderen in meinem Leben so schwer? Wieso schaffte ich es jetzt nicht bei meiner zerbrechlichen, gequälten Cousine? Ich gab meiner Mutter die Schuld. Und ich gab dem Alkohol die Schuld und der Tatsache, dass die Sucht einen verändert. Süchtige sind von Natur aus Saboteure.

«Miki, ehrlich, es ... tut mir leid. Ich hab's nicht kapiert. Ich hab nicht kapiert, wie real die Sache ist.»

«Ich verstehe. Ich bin ja auch nicht gerade der stabilste Mensch in deinem Leben.»

«Weißt du noch, wann du das erste Mal Geräusche in deinem Haus gehört hast?»

«Wie meinst du das?»

«War das zu der Zeit, als du öfter den Polizeinotruf gewählt hast?»

Ihre Miene verhärtete sich. «Dann gucken sich die Cops also meine Akten an?»

«Sie wissen von deinen Anrufen, Miki, klar. So was wird gespeichert. Etwa zu der Zeit hast du dir die Pulsadern aufgeschnitten, nicht wahr?»

«Das war, bevor ich Cash kennengelernt habe. Damals hab ich das Schlafzimmer nach oben verlegt. Ich hatte Angst, es wäre jemand am Fenster. Ich hab alle Bäume zurückschneiden lassen, damit die Äste nicht das Haus berühren. Ich hab trotzdem Geräusche gehört. Schließlich hab ich's nicht mehr ausgehalten. Alle haben gesagt, da wäre nichts. Da wäre niemand in meinem Haus. Niemand im Garten. Nimm deine Medikamente, nimm deine Medikamente, nimm deine Medikamente. Das war alles, was ich zu hören kriegte. So wollte ich nicht mehr weiterleben.»

«Was ist dann passiert?»

«Ein weiterer unnützer Monat meines Lebens im Krankenhaus. Was für eine Scheißverschwendung. Die haben mir ein paar einfache Fotoreportagen gegeben, bis sie wussten, dass bei mir alles wieder im grünen Bereich war. Dabei hab ich Cash kennengelernt. Von da an war Cash mit im Haus, wenn ich nicht auf Reisen war. Nach ihm gab es Jake, Greg, Ben. Du verstehst.»

Ich tätschelte ihr die Hand, stand auf. «Schlaf dich aus, ja? Wir reden morgen weiter.»

Miki nahm sich ein Glas Wasser, und ich sah ihr nach, wie sie die Treppe hochging. Sie wirkte heute Abend besonders schwach auf mich. Ich ging auf die Veranda hinterm Haus, wo meine Eltern nebeneinandersaßen und sich leise unterhielten – ein Schlummertrunk unter den Sternen.

«Komm, setz dich zu uns», sagte mein Dad. «Es ist eine klare Nacht.»

«Du warst heute Abend sehr mutig, Keye», sagte Mutter – ein großzügiges Lob von Emily Street. «Ich hab mich richtig sicher gefühlt.»

Ich zog mir einen Verandastuhl zu ihnen ran, und wir schwiegen eine Weile. «Ich möchte euch was fragen. Es geht um meine Adoption», sagte ich, und Mom wäre fast ihr Spezialgrog aus der Hand gefallen.

«Wie kommst du denn plötzlich darauf, Keye?», entfuhr es ihr.

«Wieso regst du dich so auf?»

«Wir haben dir alles erzählt, was wir über deine Eltern und deine Großeltern wissen», sagte sie.

«Warum sprichst du so ungern darüber, Mutter?»

«Schätzchen, du weißt, wir wollten Kinder», sagte mein Dad.

«Aber warum habt ihr mich ausgewählt?»

«Ich hab mich auf den ersten Blick in dich verliebt», antwortete mein Vater.

«Ich hab euch mal streiten gehört, als ich klein war», sagte ich. Ich sah Mutter an. «Du hast gesagt, das Leben mit einem weißen Kind, einem Kind, das nicht beschädigt ist, wäre besser gewesen.»

«Es wäre leichter gewesen», gab meine Mutter zu. «Aber nicht besser. Du warst ein gebrochenes kleines Mädchen, Keye. An manchen Tagen warst du so zugewandt und lieb, und an manchen Tagen wusste ich nicht, wie ich an dich rankommen sollte. Und dann die Leute. Das ganze Getratsche! Die Gegend hier war zu der Zeit schneeweiß. Aber jeder, der dich kennenlernte, hat sofort seine dummen Vorurteile vergessen und dich genauso ins Herz geschlossen wie wir.»

«Ich hab an dem Tag gehört, wie du gesagt hast, es wäre Dads Schuld.»

Mutter nahm die Hand meines Vaters. «Manchmal muss ich Howard einfach anschreien. Das bedeutet meist nur, dass mir alles zu viel ist.»

«Ich erinnere mich an das Kinderheim. Und ich erinnere mich, wie ich euch das erste Mal gesehen hab.»

«Du warst so wunderhübsch», sagte mein Dad zu mir.

«Die weißen Kinder haben alle Eltern gefunden», sagte Mutter. «Wir wollten ein Kind, das uns genauso brauchte, wie wir dich brauchten. Es hätte nicht mal eine Rolle gespielt, wenn du lila gewesen wärst.»

Wir saßen einen Moment schweigend da, bequem zurückgelehnt, und schauten in die Sterne.

«Erinnerst du dich an die Graureiher am Teich?», fragte ich Mutter.

«Natürlich.»

«Ich bin seit Jahren nicht mehr da gewesen», sagte ich wehmütig. «Die Streifzüge mit dir und Jimmy fand ich immer toll.»

Die Stimme meiner Mutter war sanft, als sie antwortete. «Ich auch, Schätzchen. Lass uns bald mal ein Picknick da unten machen.»

Ich stand auf und gab beiden einen Kuss. «Ich rufe morgen früh an, um zu hören, wie's euch geht.»

«Er hat sie nie verlassen, Keye.» Mutters Stimme hielt mich auf, als ich schon an der Tür zur Küche war. Ich drehte mich um und sah, wie sie sich an meinen Dad lehnte. «Der männliche Reiher. Die beiden sind am Teich zusammen alt geworden.»

13

Ich sah ihn, als ich aus dem Aufzug trat. Er unterhielt sich mit einer der Reinigungsfrauen, die wir auf der Party am Hotelpool kennengelernt hatten. Sie hieß Bogdana, fünfundvierzig, starker Akzent, ein großer Karren, der mit Putzmitteln beladen war, und ein ganz schön dicker Hintern. Er sah mich und lächelte. Er trug eine aschgraue Hose, ein anthrazitfarbenes Sakko und ein weißes Hemd mit steifem Kragen, keine Krawatte. Ich konnte seinen Adamsapfel und einen Ansatz von Brusthaar über dem obersten Knopf sehen. Ich stellte mich auf die Zehenspitzen, um ihm einen Kuss zu geben, und roch sein Aftershave. Er legte seine Arme um mich.

«Hast du überhaupt geschlafen?» Ich hatte es um drei ins Bett geschafft.

«Sieht man das?», fragte er. «Ich wusste, ich hätte heute Morgen etwas Make-up auflegen sollen.»

Wir gingen durch die Lobby. «Und, wie komme ich zu der Ehre, mit dem meistbeschäftigten Mann der Stadt frühstücken zu dürfen?»

Wir traten durch die glänzenden polierten Türen des Georgian Terrace, und die achtzig Prozent Luftfeuchtigkeit klatschten uns ins Gesicht. Rausers Crown Vic stand direkt vor der Tür. Cop-Privilegien. Gerade mal neun Uhr am Morgen, und die Sonne war schon brütend heiß. Dampf stieg vom Asphalt auf der Peachtree auf. Rauser hielt mir die Autotür auf. Ich sah einen Becherhalter mit zwei vollen Bechern Kaffee und ein paar Sandwiches in gelbem Papier.

«Ich hätt's wissen müssen», sagte ich. «Kein echtes Frühstück.»

Rauser stieg auf der Fahrerseite ein. «Ich dachte, wir verbringen ein bisschen Zeit miteinander, ehe der alltägliche Wahnsinn wieder losgeht.» Er packte ein Sandwich aus und biss in geschmackloses Ei und künstlichen Käse.

Ich fand einen Stapel Servietten in seinem Handschuhfach und reichte ihm eine. «Du bist ein lausiger Lügner, Aaron Rauser.»

«Okay, ich dachte, wir könnten uns ein bisschen an zwei Tatorten umsehen.»

Ich lächelte, hob den Plastikdeckel von einem der Kaffees. «Du kleiner Charmeur.»

Rauser machte das manchmal, wenn er einen Fall hatte, der ihm keine Ruhe ließ. Er fuhr wieder und wieder zum Tatort und versuchte, daraus schlau zu werden. Ich war einige Male mitgefahren. Er hatte gern ein zweites Augenpaar dabei. Und er sprach gern alles gründlich durch.

Der Polizeifunk war auf ein Murmeln runtergedreht. Rauser stand auf klassischen Rock. Hendrix lief, *Hey, Joe*. Wir fuhren die Tenth Avenue runter am Piedmont Park vorbei, die Fenster geöffnet. Der Crown Vic stotterte vor der roten Ampel an der Kreuzung vom Monroe Drive. Rauser trat aufs Gaspedal, damit der Motor nicht ausging.

«Du fehlst mir, wenn ich so dermaßen viel um die Ohren hab wie jetzt, Street», sagte er und nahm sich noch ein Sandwich. Ich griff mit einer Serviette zu ihm rüber und wischte ihm einen Krümel aus dem Mundwinkel. Ich hatte Lust, ihn zu küssen. Okay, eigentlich hatte ich Lust, über ihn herzufallen. Ich tat es natürlich nicht, aber nur, weil wir auf dem Weg zu einem Tatort waren.

Wir rollten durch kleinere Straßen Richtung Orme Park und dann weiter zur Amsterdam Avenue. Zwischen den Ahornbäumen und Eichen fielen warme Flecken Sonnenlicht auf den Wagen. Rausers Cop-Blick inspizierte die Gegend. Am King's Court hielt er vor einem leeren Grundstück, um das sich ein knallorangeroter Vinylmaschendrahtzaun zog. Die Hausnummern hier überstiegen die Neunhundert. Von dem Haus hinter dem orangeroten Zaun stand nur das Fundament. Dem alles überwuchernden Unkraut, dem Efeu und Kudzu nach zu urteilen, ruhten die Arbeiten schon länger. Ein schweres Baufahrzeug stand mit riesigen schlammverkrusteten Reifen neben der Ruine. Kein seltener Anblick im Atlanta dieser Tage. Der Immobilienmarkt, der vor einigen Jahren zusammengebrochen war, hatte noch kein Comeback gefeiert. Projekte wie das hier waren zum Erliegen gekommen.

Rauser zog einen Stapel Fotos aus der Innentasche seiner Jacke, stieg dann aus und warf die Jacke auf den Sitz. Er kam um den Wagen herum, und als er seine Hemdsärmel hochkrempelte, spannten sich seine langen Unterarmmuskeln. Pheromone sprangen nur so aus ihm raus und machten einen Stepptanz in meine Richtung.

Wir folgten dem Gehweg, an dem Grundstück vorbei. Gardenienduft stieg mir in die Nase. Die Blüten sind so zart wie Rosen, aber der Duft ist vielschichtig und komplex – Mandelplätzchen mit einem Hauch von Vanille und gebräunter Butter, dazu Regen, wenn er auf Asphalt trifft. Tatsächlich – eine lange Reihe von Gardenien säumte das nächste Grundstück. Jetzt merkte ich, wo wir waren. Im Fernsehen hatte ich es aus einer anderen Perspektive gesehen – die Rolltrage des

Gerichtsmediziners, die in jener Nacht aus den Sträuchern geschoben worden war, eine Mutter, die geschrien hatte. Sie würde eine Gardenie nie wieder unbefangen riechen können. Das wusste ich. Gerüche und Traumata sind eine schlechte Kombination. Ich kann heute noch nicht in die Nähe von Cranberrys kommen, ohne dass sich mir der Magen umdreht, obwohl es viele Jahre her ist, seit die Saftflasche auf dem Boden zerbrach, wo meine Großeltern in ihrem Blut lagen und starben.

Rauser hatte eine Hand in die Tasche geschoben und blickte auf die Sträucher. Das gelbe Absperrband war entfernt worden, ebenso wie sämtliche Nummerntafeln, die die Techniker für Fotos aufstellen. Nichts deutete mehr darauf hin, dass hier ein brutaler Mord geschehen war, außer dass in diesem kleinen Bereich der ganze Müll und Schutt aufgesammelt worden war. Eine saubere Fläche rund um die Stelle, wo ein dreizehnjähriger Junge erwürgt worden war.

Rauser gab mir die Tatortfotos. Ich sah sie mir mit neuen Augen an. Ich hatte oft über diesen Tatort nachgedacht, seit Rauser mir die Fotos aufs Bett geworfen hatte. Und gestern Abend hatte ich wieder darüber nachgedacht, nachdem ich in Mikis Haus spaziert war und einen alten Mann am Türrahmen hatte hängen sehen.

Ich betrachtete den Kreidekreis auf dem Gehweg, suchte das entsprechende Foto heraus. Rauser beobachtete mich. «Hundeleckerli», erklärte er. «Der Junge hat den Hund Gassi geführt. Junger Hund. Kein Schutz.»

Ich ging die Fotos einzeln durch – die Hundeleckerli, ein vager Abdruck in den Kiefernnadeln auf der anderen Seite des Vinylzauns, Schleifspuren im Sand, der Junge mit dem Gesicht nach unten, die Würgemale von der Schnur, die als Garrotte benutzt und um den Hals belassen worden war, Müll und Schutt. «Ist er regelmäßig mit dem Hund Gassi gegangen?»

Rauser nickte. «Jeden Abend. Und noch was. Die Mutter des Jungen hat gesagt, dass in den letzten paar Wochen ihre Post mehrmals geöffnet worden war. Also hab ich gefragt, ob Post dabei war, die mit dem Jungen zu tun hatte. Sie sagte, ja. Ein Brief von seinem Baseballcoach, der ihnen geschrieben hatte, dass er Troy für ein unglaubliches Talent hielt. Er hat ihnen irgendeinen bekannten Trainer empfohlen. Der Junge konnte anscheinend in jeder Sportart glänzen. Er hatte Chancen, in die Auswahl für die Jugend-Olympiade zu kommen. Ein paarmal wurde auch die Mülltonne der Delgados durchstöbert. Mrs. Delgado dachte, es wäre ein Waschbär oder so, aber bei den Nachbarn gab es weder mit dem Müll noch mit der Post irgendwelche Vorfälle. Die Eltern waren übrigens sehr kooperativ, haben gestern den Lügendetektortest bestanden.»

Ich stand eine Weile da und blickte auf den Tatort. Ich schloss die Augen und atmete die Gardenien ein, stellte mir den Abend vor, wie der Junge mit dem Hund den Gehweg hinunterging. «Er hat sich da drüben versteckt», sagte ich zu Rauser, und er folgte mir von der Reihe Sträucher zurück zu der Baustelle. «Wo ihr die Abdrücke gefunden habt. Es ist trocken, es gibt also keine klaren Spuren. Das weiß er. Er macht sich keine Sorgen. Er wartet einfach. Er hat die Delgados beobachtet. Und er hat ihre Post und ihren Müll durchstöbert. Er kennt ihre Gewohnheiten, weiß, wo sie einkaufen, tanken, Geld ziehen. Auf Quittungen sind Datum und Uhrzeit abgedruckt. Er weiß, dass der Junge den Hund Gassi führen wird. Er kennt die Strecke. Und er weiß, dass das Kind allein sein wird.»

«So sehe ich das auch», sagte Rauser.

Wir drehten uns zu dem Vinylzaun um. «Er ist die Gegend abgefahren und hat sich diese Stelle im Voraus ausgeguckt», sagte ich. «Hier hatte er Deckung, aber trotzdem eine gute Sicht durch den Zaun. Die Stelle ist abgelegen, aber nicht so abgelegen, dass die Leiche nicht entdeckt werden würde. Das ist wichtig. Er hätte den Jungen hinten auf die Baustelle schleifen und verstecken können. Aber er wollte, dass die Leiche gefunden wird.» Ich stand einen Moment lang da und überlegte.

«Dann ist er also nicht bloß ein fieses Arschloch», sagte Rauser. «Er ist auch ein Irrer.»

«So ungefähr.» Ich nickte und sah mir noch einmal die Tatortfotos an. «Es könnte zig Motive dafür geben. Vielleicht will er den toten Jungen nicht mitten in Baustellenmüll liegen lassen. Das könnte auf eine Beziehung hindeuten. Vielleicht will er, dass sein Opfer schnell entdeckt wird, weil das einen Teil des Nervenkitzels ausmacht. Er will nicht lange warten müssen, bis die Medien sich auf die Sache stürzen. Vielleicht war er auch einfach nur in Eile.»

Rauser stieg über den Zaun. Er ging dahinter in die Hocke, genau so, wie der Mörder es getan haben musste, als er Troy Delgado auflauerte.

«Er legt die Leckerli also hier hin.» Ich zeigte auf den Kreis auf dem Gehweg. «Vielleicht kennt er den Hund auch schon. Haben die Delgados einen Gartenzaun?»

Rauser erhob sich. «Ja. Der Hund war im Garten, als ich mit den Eltern gesprochen hab. Mann, das war hart.»

«Wer weiß, vielleicht hat er den Hund ja schon an sich gewöhnt, wenn er am Haus rumgeschlichen ist und die Post durchforstet hat und so. Ich würde das jedenfalls so machen, wenn ich einen Hund nicht aufschrecken wollte, würde ich ihn an meinen Geruch gewöhnen und für gutes Benehmen belohnen. Er legt also den Köder aus, steigt über den Zaun, und als der Hund stehen bleibt, um die Leckerli zu fressen, schleicht er sich ran und packt das Kind.»

Rauser führte vor, wie das ausgesehen haben könnte. Er ist ein imposanter Mann, breitschultrig und über eins achtzig groß. Bei seiner Physis wirkte die Gewaltszene verstörend realistisch. «Der Täter zerrt ihn dahin, wo es flach ist, drückt ihm ein Knie in den Rücken, schlingt ihm den Strick um den Hals. Der kleine Hund läuft nach Hause. Der Mörder begeht seine Tat und schleift die Leiche rüber zu den Sträuchern.»

«Ein Jogger hat ihn gefunden, richtig?»

Rauser nickte. «Er kam aus *der* Richtung. Irgendwas sprang ihm ins Auge. Er merkte, dass es die Reflexstreifen an Turnschuhen waren. Dann hat er den Leichnam gesehen. Er hat einen Joggingkumpel, der zwei Blocks von hier wohnt. Sie laufen an fünf Abenden in der Woche. Er hatte seinem Kumpel gesimst, dass er auf dem Weg ist.»

«Habt ihr ihn überprüft?» So mancher Mörder meldet gern seine eigene Tat. Er ruft bei der Polizei an und sagt, er hat einen Ermordeten gefunden, weil es ihm einen Kick gibt, wenn er direkt dabei ist und sieht, wie der Tatort mit Flatterband abgeriegelt wird, wie immer mehr Cops eintreffen, vielleicht ein paar Reporter.

«Was er sagt, kommt hin. Der Junge hatte reflektierende Schuhe an. Das Licht an der Veranda da drüben brannte, und die Straßenlampen funktionieren. Wir haben das überprüft. Wenn der Jogger beim Laufen in die Richtung geschaut hat, hätte er die Schuhe des Jungen problemlos sehen können. Außerdem war er den ganzen Abend zu Hause. Hat für ein Ehepaar aus der Nachbarschaft gekocht.»

«Irgendwas an dem Jungen war der Auslöser für die Tat», sagte ich zu Rauser. «Die Superathletensache?»

«Der Täter liest einen Brief von dem Coach, in dem steht,

dass der Junge mal ein richtiger Star werden, große Karriere machen wird und so. Er selbst ist eine richtige Null, deshalb wird er stinksauer, weil ein Dreizehnjähriger das Zeug zum Star hat.»

Ich nickte. «Er hat Troy gekannt. Er hat ihn spielen sehen. Du weißt ja, wie das bei Sportveranstaltungen abläuft. Niemand wundert sich über Erwachsene, die da rumhängen. Das sind die reinsten Pädophilenpicknicks.»

Rauser warf mir einen Blick zu, als wir zurück zum Wagen gingen. «So was fällt dir bei Kindern und Sport ein?»

«Du kennst mich. Ich sehe immer nur das Gute.»

«Klar doch», sagte Rauser gedehnt. Wir stiegen ein. Er fuhr los. «Wenn du immer nur das Gute siehst, gibt Oprah mir eine eigene Show. Die Aaron-Rauser-Show. Das würde mir gefallen. Oder vielleicht einfach *Aaron.*» Er malte mit einer Hand Anführungszeichen in die Luft.

«Oder einfach *A.*» Ich lächelte und blickte zum Fenster hinaus. «Für Arsch.»

«Wie wär's einfach mit der Arsch-Show? Wäre noch besser.»

«Bin mir ziemlich sicher, dass es so eine schon gibt.»

Rauser drückte Tasten an seinem Handy. «Mrs. Delgado, hier ist Lieutenant Rauser. Entschuldigen Sie die Störung, Ma'am. Ich wollte Ihnen nur sagen, dass ich jetzt gleich bei Ihnen am Haus bin, mit einer anderen Ermittlerin. Nicht, dass Sie erschrecken. Wir müssen nicht ins Haus kommen und Sie behelligen.» Er wartete. «Ja, Ma'am. Danke.» Er legte auf und sah mich an. «Der Junge war ihr ganzer Lebensinhalt. Die beiden sind völlig fertig.»

Rauser hielt auf der Amsterdam Avenue vor einem Einfamilienhaus. In den Wohnvierteln um Atlanta herum gab es viele von der Sorte – solides Handwerk, Anfang des 20. Jahrhunderts gebaut, als die Mittelschicht von den Extravaganzen der viktorianischen Ära die Nase voll hatte. Das Haus der Delgados war hellgelb, mit einem Dachüberhang, der eine breite Veranda überragte. Jedes Haus auf dieser Straßenseite lag erhöht, mit einer steil ansteigenden Zufahrt. Auf der gegenüberliegenden Seite war eine knapp zwei Meter hohe Böschungsmauer aus Granit mit einem Gehweg davor und einer Reihe Bäume dahinter. Das ist eines der angenehmen Dinge an Atlanta. Wir lieben unsere Bäume. Obwohl das pulsierende Herz von Midtown bloß zwei Autominuten entfernt lag, hatte ich das Gefühl, meilenweit raus aus der Stadt zu sein.

Ich stand neben Rausers Crown Vic, schaute mir die Straße an, ließ die Gegend auf mich wirken, die Ruhe. Ein Pärchen führte seinen Hund vor der Granitmauer Gassi. Ich schloss die Augen.

«Was denkst du?», fragte Rauser.

«Ich stelle mir vor, wie ich hierherkomme, denselben Weg wie er.»

«Was machst du als Erstes?»

«Ich fahre ein paarmal vorbei», antwortete ich. «Ich achte darauf, wann ihre Autos hier stehen, wann die Nachbarn zu Hause sind. Die Zufahrten sind lang. Es parkt praktisch niemand auf der Straße, also ist es nicht sicher hier. Aber ich will näher ran. Ich brauche Zeit, muss sie länger beobachten. Also muss ich zu Fuß kommen.»

«Dann parkt er vielleicht eine Straße weiter», sagte Rauser. Ich öffnete die Augen, und wir beide blickten zur nächsten Querstraße. «Zu Fuß ist er natürlich wie auf dem Präsentierteller, aber er ist ein dreister Typ, nicht? Vielleicht kommt er ganz locker flockig anspaziert, überquert die Straße, durchsucht ihren Briefkasten. Vielleicht trägt er ein T-Shirt von der Gasgesellschaft oder so, und keiner achtet großartig auf ihn. Natürlich muss er an ihre Post ran, bevor sie nach Hause kommen. Also war er tagsüber hier. Wir haben mit den meisten Nachbarn gesprochen. Du hast recht. Er hat nicht hier geparkt.»

Wir schwiegen einen Moment. «Ich glaube, er wird näher ran gewollt haben.» Ich blickte zum Haus der Delgados hinüber. «Von hier aus sieht man nichts. Was ist hinter dem Haus?»

«Ein schmaler Streifen Wald, noch mehr Gärten. Ich glaube, die Straße da ist der San Antonio Drive. Das Wohnzimmer der Delgados geht auf den Garten.»

«Kann ich mir das mal ansehen?», fragte ich Rauser.

Er bedeutete mir voranzugehen. Wir gingen die Zufahrt hoch und am Haus vorbei. Der Garten hatte ein gleichmäßiges Gefälle und war komplett eingezäunt. Hinter dem Zaun kamen wir zwischen den Bäumen hindurch und durch einen weiteren Garten zur Straße. Ein *Zu-verkaufen*-Schild in Form einer Dachschindel hing an einem weißen Pfosten im Vorgarten – es war ein Neubau, der in eine Baulücke gezwängt worden war. Irgendwie wirkte er hier fehl am Platze. Ein großes, klotziges Haus mit olivgrüner Verkleidung in einem Viertel, das überwiegend in den zwanziger Jahren entstanden war.

«Die Leute hier sind an alle möglichen Arten von Handwerkern und Fremden gewöhnt», sagte ich. «An Betrieb und Lärm und Fahrzeuge. Unser Mann wird sich relativ frei bewegt haben. Er konnte hier parken, ohne Misstrauen zu wecken.»

Wir gingen zurück zu dem Streifen Bäume, der die Gärten trennte, und blickten auf die Rückseite des Hauses, auf breite, vorhanglose Fenster mit Sicht auf das Grundstück. Eine Frau stand drinnen, die Arme vor der Brust verschränkt, und starrte zu uns herüber.

«Mrs. Delgado», bestätigte Rauser.

Bei Tageslicht konnte ich ihr Gesicht aus dieser Entfernung nicht erkennen. Aber abends, wenn Licht im Haus brannte, sähe das schon anders aus. «Im Dunkeln, mit einem Fernglas, ist er praktisch in ihrem Wohnzimmer», sagte ich zu Rauser. «Das hat viel mit Macht zu tun. Beobachten. Es hat eine starke sexuelle Komponente.»

«Warum zum Teufel hängen die Leute sich nichts vor die Fenster?»

Eine Kiefer war umgestürzt. Sie sah aus, als würde sie schon eine Weile da liegen. In den Wäldern von Georgia stößt man häufig auf umgestürzte Kiefern mit flachen Wurzeln. Der Stamm lag parallel zum Zaun. Ich setzte mich darauf und schaute zum Haus. Rauser setzte sich neben mich, kickte Sand hoch. Ich spürte irgendwas am Knöchel, beugte mich vor und sah eine rote Pappschachtel etwa von der Größe eines Taschenbuchs. Sie war verblichen und verdreckt. Vorne drauf war ein struppiger weißer Terrier abgebildet. Hundeleckerli. Ich berührte Rauser am Arm, und er folgte meinem Blick, zog Handschuhe aus seiner Tasche und hob die Schachtel auf.

«Na, sieh mal einer an», sagte er. «Leckerli in Würstchenform. Dieselbe Sorte, die wir am Tatort gefunden haben, als Köder für den Hund.»

«Ich tippe mal, dass der Hund hier gelernt hat, wie lecker die sind.»

Wir hörten ein Geräusch aus der Richtung des Hauses. Als ich aufblickte, sah ich eine Hundeklappe schwingen und einen graubraunen Sheltie die Verandastufen hinunter- und durch den Garten auf uns zuflitzen. Bellend, hechelnd, mit wedelndem Schwanz.

«He, du», sagte ich und schob die Finger durch den Maschendraht. Der Hund drehte ein paar Kreise und bellte, presste die Schnauze in meine Hand, schnüffelte. Er war noch jung. Ich griff nach der Marke an seinem Halsband und drehte sie so, dass ich sie lesen konnte. *Joey* stand da, mit einer Telefonnummer und der Adresse. Ich dachte an Troy Delgado, der mit seinem Hund Gassi ging, daran, wie leicht es für einen Fremden gewesen wäre, stehen zu bleiben und begeistert den Hund zu tätscheln und dabei einen Blick auf die Marke zu werfen und sich die Adresse und den Namen des Hundes zu merken. «Hi, Joey, du hattest einen Freund hier am Zaun, nicht?»

Rauser forderte die Spurensicherung an, und während wir warteten, suchten wir den Boden ab. Joey blieb am Zaun mit wedelndem Schwanz. Rauser hoffte auf Fingerabdrücke auf der Leckerlischachtel, aber sie war nass vom Regen und halb mit Erde und Blättern bedeckt gewesen.

«Wahrscheinlich hatte er keine Handschuhe an, als er in die Schachtel gegriffen hat. Das bedeutet Hautzellen», sagte ich zu einem stillen, grüblerischen Rauser, während wir wieder zum Wagen gingen. Er wollte einen schnellen Erfolg. Ausnahmsweise mal. Er wollte einen Abdruck. Er wollte auf der Stelle Ergebnisse. Die Aussicht, warten zu müssen, bis ein überlastetes System dazu kam, die Spuren zu analysieren, brachte ihn zur Weißglut.

Er nahm den Monroe Drive zur Piedmont Avenue, bog dann nach rechts in den Westminster Drive und fuhr am Winn Park vorbei zur Fifteenth Street, wo er auf einem Privatparkplatz neben einem Hochhaus hielt. Abschleppschilder warnten Nichtbewohner und sonstige Unbefugte davor, ihr Auto hier abzustellen. Wir stiegen aus. Hier auf dem schattigen Asphalt war die Luft einige Grad kühler.

«Ich bin froh, dass du das mit mir machst.» Rauser traute Leuten außerhalb seiner Einheit nicht so ohne weiteres. Mit mir war es leichter. Wir hatten seit der Arbeit an früheren Fällen eine professionelle Basis, und wir waren uns nahe, was bedeutete, dass wir vertrauensvoll und produktiv Theorien entwickeln, unseren Gedanken freien Lauf lassen konnten. Das gefiel mir. Ich vermisste die Herausforderungen von früher. Ich war acht Jahre beim FBI gewesen und hatte Höchstleistungen erbracht. Wenn man Mörder psychologisch analysiert, löst das etwas in einem aus, jedenfalls in mir, etwas Finsteres und Zwanghaftes, das meine dunkle Seite speist. Ich rede mir gern ein, dass ich deshalb schon früh davon geträumt hatte, beim FBI in der Abteilung für Verhaltensforschung zu arbeiten, weil zwei Mörder mein Leben in jungen Jahren einschneidend veränderten. Dass ich Familien, die ähnlich schreckliche Dinge durchgemacht haben, helfen wollte, Gerechtigkeit und inneren Frieden zu finden. Vielleicht stimmt das ja sogar. Aber ich bin Realistin. Es liefert mir auch die Erlaubnis zu zwanghaftem Grübeln. Es speist die Süchtige in mir, es bedeutet, dass ich Heldin und Opfer zugleich sein darf – perfekt für eine Südstaatenfrau.

Wir gingen über den Parkplatz auf das Hochhaus zu, in dem Donald Kelly entführt worden war, um kurz darauf ermordet und im Haus meiner Cousine aufgeknüpft zu werden. Ich erzählte Rauser von dem Handy, das sie verloren hatte, der Essensbestellung, an die sie sich nicht erinnern konnte, und dass White Trash ausgebüxt war. «Was, wenn das Essen, das verschwundene Handy, die Geräusche, die sie der Polizei gemeldet hat – was, wenn das alles zusammenhängt? Die Geräusche hörten auf, wenn einer ihrer jeweiligen Lover da war. Ich hab ihr nicht mal geglaubt, dass sie jemanden im Haus gesehen hatte. Das macht mir echt zu schaffen.»

«Wieso hast du deshalb Schuldgefühle? Du warst für sie da, als sie dich in ihrer Not angerufen hat, du hast sie bei dir aufgenommen, und zum Dank lässt sie deine verdammte Katze entwischen. Ich denke, das ist so ungefähr das Beste, was sie zustande bringt, wenn sie sich nicht gerade die Pulsadern aufschlitzt oder durch die Weltgeschichte jettet oder irgendeinen Promi vögelt oder sich was durch die Nase zieht.»

«Ernsthaft, Mr. Einfühlsam?» Wir blieben an der Tür zur Lobby stehen.

«Ich bin einfach sauer, dass sie zurück in dein Leben spaziert kommt mit massenhaft Ballast. Mit *gefährlichem* Ballast. Einer ganzen Wagenladung voll, Street.»

«Ich muss dich wohl nicht daran erinnern, dass Miki ein Opfer ist. Und sie wird immer in meinem Leben sein, Rauser. Immer.»

«Na, wenigstens ist sie nicht mehr in deiner Wohnung.»

Rauser ist ein guter Mann. Meistens hab ich nichts dagegen, wenn er seinen Beschützerinstinkt auslebt. Aber heute musste ich den Impuls unterdrücken, ihn anzuschreien. Vorgefasste Meinungen wirken sich negativ auf polizeiliche Ermittlungen aus. Sie hatten mich bereits daran gehindert, voll und ganz zu begreifen, in was für einer Gefahr Miki schwebte.

«Falls unser Mann Ereignisse inszeniert, um Miki psychisch fertigzumachen, dann stalkt er sie schon seit langem. Vor zwei Jahren hat sie das erste Mal wegen irgendwelcher Geräusche bei der Polizei angerufen, richtig? Miki war im Laufe der Jahre in drei oder vier Kliniken im Großraum Atlanta. Vielleicht haben sie sich da kennengelernt. Durchaus möglich, dass er schon länger wegen einer psychischen Erkrankung behandelt wird», sagte ich.

«Wir können Einsicht in Krankenakten beantragen, nachsehen, welche Patienten zeitgleich mit ihr stationär behandelt wurden und wer zum Personal gehörte. Und wir suchen ihr Handy. Wenn es noch eingeschaltet ist, können wir es orten. Wenn nicht, kann uns der Anbieter sagen, wo es zuletzt eingeschaltet war.»

Er tippte einen vierstelligen Code in das Tastenfeld neben der Tür ein. Ein Summen ertönte, und wir hörten das schabende Metallgeräusch, als die Verriegelung sich öffnete. Die massive Holztür sprang einen Spaltbreit auf, und wir traten in eine kleine unbesetzte Lobby. Ich sah mich um: Treppe, Aufzüge, auf alt gemachte Walnussholztische mit Immobilienbroschüren, Marmorboden, ein paar bequeme Sessel.

«Laut Balasco, dem Fahrer, saß der Typ in dem Sessel da, als er und Mr. Kelly in die Lobby kamen», sagte Rauser. «Wir wissen, dass er unser Täter ist. Er war der Einzige hier, und der Fahrer hat nicht gehört, dass die Tür geöffnet wurde.» Rauser deutete auf einen Lehnsessel. «Der Typ hält eine Zeitung, senkt sie kaum, als sie reinkommen, sodass Mr. Balasco sein Gesicht nicht richtig sehen kann, nur, dass es ein Weißer ist. Der Typ hat sie übrigens mitgenommen. Die Zeitung, meine ich. Dem Fahrer fallen die Schuhe auf. Schwarz mit dicken Sohlen. Er denkt beiläufig, der Mann könnte Kellner sein und dass er keine teuren Klamotten trägt. Die Hose war schwarz, das weiß er. Das Hemd könnte weiß gewesen sein, aber sicher ist er in dem Punkt nicht.»

«Kellner, Chauffeur, Hotelangestellter», sagte ich und fragte mich, ob die Erinnerung des Fahrers richtig war. Das Gedächtnis ist kein Aufzeichnungsgerät. Es wird durch unsere eigene Erwartungshaltung korrumpiert. Wir möchten die Stücke unbedingt zu etwas Sinnvollem zusammenfügen. Also machen wir das und glauben fest an das Ergebnis.

«Wir nehmen an, er ist zu Fuß hergekommen oder mit dem Bus. Vermutlich plante er, ein Fahrzeug zu stehlen. Eine der

Kameras am Colony Square erfasst einen Großteil der Bushaltestelle an der Ecke. Wir werden uns die Bänder anschauen und außerdem möglichst jeden vernehmen, der Blick auf das Gebäude hier hat. Die Waffe, mit der er den Fahrer niedergeschlagen hat, wird er versteckt haben. Wahrscheinlich ein Stahlrohr. Ein Montiereisen käme auch in Frage.»

«Er hat die Waffe also vorher zu einem günstigeren Zeitpunkt irgendwo in der Nähe versteckt», spekulierte ich. «Offenbar hat er das Gebäude beobachtet, kannte den Zahlencode der Eingangstür. Er wird gewusst haben, dass es keine Videoüberwachung gibt. Er wollte die Schusswaffe nicht im Gebäude benutzen, um keinen Lärm zu machen.»

«Er ist vorsichtig», sagte Rauser. «Sogar die Zeitung hat er mitgenommen.» Wir blickten auf den Sessel, in dem ein Mörder gesessen hatte, als würden wir erwarten, dass er uns seine Version der Geschichte erzählte. Rauser setzte sich, nahm eine Zeitung von dem Marmorcouchtisch zwischen den Louis-Quinze-Sesseln. Die Zeitung hatte einen Aufkleber mit dem Vermerk, dass es sich um eine Gratisausgabe für die Lobby handelte. Der Mörder hatte die Zeitung mitgenommen. In Mikis Haus trug er Handschuhe. Er wollte keine DNA-Spuren zurücklassen. Ich fragte mich, ob er die Zeitung tatsächlich gelesen hatte, ganz entspannt, um die Wartezeit zu überbrücken. So was kommt vor. Manche Täter haben nicht mal erhöhten Blutdruck, während sie ein Verbrechen begehen. War so ein Monster auf Miki fixiert? Er hatte getötet, um sie zu schocken, in Panik zu versetzen. Vielleicht phantasierte er davon, dass er sie auf diese Weise gefügig machen oder rumkriegen könnte. Ich wusste noch nicht, was seine Motive waren.

Ich trat nach draußen und kam wieder durch die Tür herein, blickte kurz zu Rauser im Sessel hinüber, ging zu den Aufzügen, drehte mich wieder zu ihm um. Die Zeitung war oben.

«Was siehst du?», fragte Rauser.

«Kleidung, Stirn, Haar. Hab kurz dein Profil gesehen, aber der Mörder kann sich auch abgewendet haben.»

Rauser faltete die Zeitung zusammen, warf sie zurück auf den Tisch und ging durch die Lobby. Er spähte aus einem Fenster. «Von hier aus hat man den Parkplatz im Blick. Vielleicht hat er sie kommen sehen. Dann geht er zu dem Sessel und wartet. Kelly ist alt, und mit dem Fahrer ist auch nicht viel los, über sechzig, übergewichtig. Kein großes Problem, sie zu überwältigen.»

«Wir müssen das Umfeld der Tat abklären. Wann und wie hatte Kelly erstmals mit dem Täter zu tun? Bestand eine frühere Beziehung?»

«Ich sage, er hat sich Kelly vorher ausgeguckt. Irgendwas an dem alten Mann passte genau in den Plan des Täters. Vielleicht ging es ihm auch nur darum, Miki ein möglichst entsetzliches Szenario zu bieten. Ich meine, so einen Anblick vergisst man nie wieder. Ganz schön dramatisch. Ich frage mich, warum er kein Kind genommen hat. Wäre leichter gewesen, körperlich.»

Ein Gedanke durchschoss mich wie ein Stromstoß. «Siebenundsiebzig Jahre zwischen ihnen», sagte ich. «Ich kapiere das nicht.»

«Zwischen wem? Was kapierst du nicht?»

«Donald Kelly hatte Geburtstag», sagte ich.

«Und?»

«Was ist mit Troy Delgado? Er hatte nicht zufällig Geburtstag, oder?»

«Nein, hatte er nicht.»

«Nein, hatte er nicht», wiederholte ich nachdenklich. «Hast du die Fotos dabei?»

Rauser zog die Abzüge aus der Brusttasche. Ich ging sie einzeln durch, verharrte bei einer Totalaufnahme von der Leiche mit ihrer Umgebung – die Kiefernnadeln, der herumliegende Abfall, die geballte Faust, die ausgestreckten Finger. Ich zeigte es Rauser.

«Irgendwas an dieser Szene hat mir keine Ruhe gelassen. Gerade eben bin ich draufgekommen.» Ich deutete auf das rote Plastik, das neben der Leiche lag, fünf Zentimeter lang, leuchtend auf dem Sandboden, keine Verfärbung. «Alles andere gehört da hin. Das ganze Zeug auf dem Boden würde man in der Nähe einer Baustelle erwarten – Servietten, eine Fastfood-Verpackung, ein Becher und ein Strohhalm, Zigarettenstummel. Das da ist ein Luftballon. Der gehört da nicht hin. Genau wie das Geschenkpapier in Donald Kellys Tasche.»

Rauser starrte mich perplex an. «Kelly hatte Geburtstag, Keye.»

«Aber er hat es nicht auf seine Geburtstagsparty geschafft. Wieso hatte er dann Geschenkpapier in der Hosentasche?»

«Vielleicht hat einer im Seniorenheim ihm was geschenkt.»

«Und er packt das Geschenk aus und steckt das Papier ein?»

Rauser zuckte die Achseln. «Dann war er eben ein sentimentaler Bursche.»

«Möglich», sagte ich skeptisch.

«Du hast doch eben selbst gesagt, dass die beiden Opfer siebenundsiebzig Jahre auseinander waren. Was soll es da für eine Verbindung geben?»

«Ich weiß nicht», gestand ich frustriert ein. «Oder was das alles mit Miki zu tun haben könnte.» Ich hatte Rauser schon oft davor gewarnt, sich bei der Arbeit vom Bauchgefühl leiten zu lassen, statt einfach das Beweismaterial zu analysieren. Aber genauso ein Bauchgefühl hatte ich jetzt, und es war stark und ließ mich nicht los. «Wer macht bei euch die Viktimologie?»

Das Opfer kennenzulernen ist eine wesentliche Hilfe für das Verständnis von Täter und Motiv. Und es ist der schwierigste Teil einer Ermittlung. Du kannst ein Opfer nicht mehr einfach nur als «Opfer» bezeichnen, sobald du Näheres über sein Leben erfahren hast. Du bist psychisch nicht länger geschützt, wenn es für dich real wird, wenn du seinen Schmerz oder seine Angst schonungslos vor Augen hast. Aber herauszufinden, wer Zugang zum Leben des Opfers hatte, ist ebenso unverzichtbar wie echtes Beweismaterial.

«Bevins und Angotti machen in beiden Fällen die Opferanalyse.»

«Sieh dir an, wie rot der Ballon ist, Rauser. Und wie sauber. Kein Dreck. Die Farbe ist nicht verblichen. Er liegt noch nicht lange da. Und denk an die Körperflüssigkeiten an beiden Opfern. Und das Seil. Menschenskind.» Meine Gedanken überschlugen sich. «Das Seil, das Kellys Kopf hochgehalten hat. Das dünnere, die Schnur. Die ist etwa genauso dick wie die, mit der Troy Delgado erwürgt wurde.»

Rauser kratzte sich am Hinterkopf und blickte mich finster an.

«Ach, komm schon», sagte ich zu ihm. «Deshalb hast du mich doch mitgenommen, oder nicht? Was spricht dagegen, die Fasern im Labor vergleichen zu lassen? Und die Körperflüssigkeiten. Entweder bestätigen die Spuren die Theorie oder nicht.»

Sein Handy klingelte. Er ging ran und lauschte. «Wo?» Eine Pause. «Bin schon unterwegs.» Er drückte betont fest die Auflegetaste an seinem Telefon. «Der verschwundene Honda von Mr. Balasco ist aufgetaucht. Im Parkhaus vom Präsidium.»

«Was?»

«Ist das zu fassen? Blut auf dem Beifahrersitz. Der Typ hat den alten Mann wahrscheinlich gleich erschossen, nachdem er ihn in den Wagen bugsiert hatte. Die Techniker haben eine Neun-Millimeter-Patrone gefunden. Wieder so eine Inszenierung. Und dieser verdammte Angeber stellt uns die Karre direkt vor die Nase.»

14

White Trash begrüßte mich blinzelnd an der Tür, streckte sich und drückte sich gegen meine Waden, um mich Richtung Küche zu drängen. Brav nahm ich die Dose Sprühsahne aus dem Kühlschrank. Sie setzte sich auf die Hinterpfoten wie ein Känguru. Ich räusperte mich verärgert, als ich daran dachte, dass meine Mutter gesagt hatte, Miki hätte ihr Tricks beigebracht. *Ja klar.* Als ob man dieses Tier dressieren könnte. Sie benutzt das Katzenklo doch nur, weil *sie* es will.

«Möchtest du etwas Schlagsahne?» Ich redete mit meiner hohen Stimme, die für Tiere und Babys reserviert ist. White Trash rollte sich einmal herum. «Ich glaub, ich spinne. Ich hab ja tatsächlich eine Katze, die Tricks kann.» Ich traute meinen Augen nicht. Dann setzte sie sich wieder aufrecht hin und schaute zu mir hoch. Ich sprühte ihr einen großzügigen Klecks auf einen Unterteller.

Ich lehnte mich gegen die Arbeitsplatte und sah ihr zu. Ich spürte die letzten paar Tage in meinen verspannten Schultern. Ein Schluck von irgendwas Kräftigem wäre jetzt schön gewesen. Ich sprühte mir Sahne in den Mund, versuchte, nicht an Troy Delgado zu denken, wie er mit dem Gesicht nach unten in Dreck und Abfall lag. Ich dachte trotzdem an ihn. Und an seine Mutter, wie sie uns durchs Fenster beobachtet hatte. Das Haus musste ihr jetzt unsäglich still vorkommen. Ich dachte an den Mann in der Lobby mit den dicken Schuhsohlen, an Donald Kellys Leichnam, wie er tot in Mikis Haus hing, an den Briefkasten der Delgados, der durchwühlt worden war, ebenso wie ihre Mülltonne, an die Hundeleckerli, an Bohrlöcher und Haken, an Überwachung, an die Auswahl von Örtlichkeiten, an Timing, Handschuhe, Köder, Werkzeug, Inszenierungen und Waffen, die zu Tatorten getragen wurden. Ein alter Mann. Ein dreizehnjähriger Junge. Und meine Cousine. Wo war die Verbindung? Gab es eine Verbindung? Ich ging davon aus, dass das Beweismaterial bestätigen würde, was mir mein Bauchgefühl sagte. Ich rieb mir die Augen. Ich musste loslassen und darauf vertrauen, dass Rauser und seine Ermittler am Ball bleiben würden. Ich musste zurück nach Creeklaw County und diese Krematoriumssache aufklären. Ich musste meinen dicken, fetten Scheck bei Larry Quinn abholen, damit ich einen sorgenfreien Monat hatte.

Ich drehte mich zum Kühlschrank um, und in diesem Moment sah ich die Flasche Jameson auf der Arbeitsplatte stehen. Ich starrte sie ein paar Sekunden lang an, dann schloss ich die Hände darum, um sie hier in meiner Küche zu spüren – das glatte Glas, die Form. Das alles war Teil des Suchtrituals. Es geht nicht bloß um den Inhalt. Wenn ich Alkohol will, dann will ich ihn mit dem ganzen Körper. Mit Augen und Nase und Mund und Fingerspitzen.

Ich schraubte die Kappe ab, hob die Flasche an die Nase, schloss die Augen, atmete behutsam ein. Es war so lange her. Und noch immer so vertraut. Mein ganzer Körper genoss den warmen, holzigen Duft.

Bloß einen. Was ist schon dabei?

Ich nahm ein Glas aus dem Schrank, stellte es neben die Flasche, goss dann zwei Fingerbreit ein und ließ den Whiskey kreisen, sah zu, wie er das Glas beschichtete, an den Seiten haftete wie flüssiges Gold. Ich konnte ihn in der Kehle und in der Brust spüren, bis hinunter zum Magen.

Ich hob das Glas nicht an die Lippen. Ich goss es auch nicht aus.

Ich ging ins Wohnzimmer, wo ich einen Computertisch mit Blick auf die Peachtree Street habe, das einzige Möbelstück, das ich mir im letzten Jahr für meine weitläufige, fast leere Loftwohnung zugelegt habe. Ich kaufe hier und da ein Stück, wenn mir etwas passend erscheint und ich Geld in der Tasche habe. Was nicht immer gleichzeitig der Fall ist. Der Tisch ist elegant und weiß, nierenförmig, mit einer Ausziehablage für meinen Laptop, eine moderne Extravaganz, der ich nicht widerstehen konnte.

Ich setzte mich, nahm einen Stift zur Hand. Ich konnte nur noch an das Glas denken, das in der Küche stand, hatte das Aroma in der Nase. *Verdammte Miki.* Sie hatte die Flasche da stehen lassen. Und ich, was machte ich? Ich trank das Glas nicht leer, aber ich sagte auch nicht nein. Ich war gefährlich nah dran, und das wusste ich. Ich hatte das Glas auf der Küchentheke stehen lassen, von wo es verführerisch lockte. Ich sagte mir, dass ich den Drink hinausschob. Nein. Ich gab meinem Trinkerhirn Zeit, die Sache abzusegnen. Wenn du nämlich etwas unbedingt willst, findest du einen Weg, es zu rechtfertigen.

Ich dachte an Mikis Benehmen in der Bar und an ihre bescheuerte Abwehrhaltung, an all ihre Ausflüchte, warum es in Ordnung wäre, ständig zugedröhnt zu sein. Solange du für irgendwelche Preise nominiert wirst. Ich spürte, wie die Wut in mir hochkochte. Ich ging zurück in die Küche, leerte das Glas in die Spüle, kippte dann den Inhalt der Flasche hinterher und sah zu, wie die Flüssigkeit im Ausguss verschwand. Ich drehte den Hahn auf und ließ Wasser nachlaufen, bis ich den Whiskey nicht mehr riechen konnte. Wann hört das Verlangen auf? Ich brauchte einen Plan für Momente wie diesen. Ich musste wieder zu den AA-Treffen gehen und mich mit meinem Betreuer vertragen. Ich hatte ihn jederzeit anrufen können – die Stimme der Vernunft. Er war seit zwölf Jahren trocken.

White Trash folgte mir zurück ins Wohnzimmer. Ich setzte mich an den Schreibtisch und blickte hinüber zum Fox Theatre auf der anderen Straßenseite, auch so ein seltsam schöner und kunstvoller Bau auf der Liste der hiesigen Kulturdenkmäler. Eine Limousine parkte mit blinkenden Warnleuchten vor dem Eingang und blockierte eine Fahrspur der Peachtree Street. Ich schaute auf die Ankündigung. Janet Jackson. Ich reckte den Hals. Na ja, konnte doch gut sein, dass in der Limousine da unten tatsächlich Janet Jackson saß, die geheimnisvolle Jackson, mindestens genauso faszinierend, wie ihr Bruder gewesen war. Ich wartete ab. Und tatsächlich: Die Tür öffnete sich, und da war sie, in einer verwaschenen, zerrissenen Jeans und einer weißen, hochgebundenen Bluse, damit die Bauchmuskeln gut zur Geltung kamen. Irgendwer auf der Straße musste ihren Namen gerufen haben, denn sie lächelte und winkte. Selbst in zehn Stockwerken Höhe kippte ich fast vom Stuhl beim Anblick ihrer Wangenknochen und weißen Zähne. Rauser wäre ausgeflippt. Er schwärmte für sie. Fast genauso, wie er Jodie Foster anhimmelte. Insgeheim glaubte er wahrscheinlich fest daran, er würde Jodie eines Tages kennenlernen und sie würde dann einsehen, dass sie sich die ganze Zeit was eingeredet hatte. Einmal hatte ich seinen Laptop aufgeklappt, um irgendetwas im Internet zu suchen, und schaute prompt auf ein Bild von Jodie Foster im Muskelshirt, die Hände im nassen Haar, intensive blaue Augen, Bizeps wie gemeißelt und so porzellanmäßig vollkommen, dass ich postwendend eine Million kindischer Unsicherheiten unterdrücken musste, um ihm nicht wüste Vorhaltungen zu machen. Es war so ein Moment, wo dir klarwird, dass der Mann noch so gut sein kann, noch so treu, noch so verrückt nach dir, er hat ein Innenleben voller sexueller Phantasien über Frauen, mit denen du in körperlicher Hinsicht niemals mithalten kannst, und er wird nie im Leben verstehen, warum dir das etwas ausmacht.

Ich holte meinen Notizblock hervor, schrieb *Spuren / Verhaltensmuster*, ließ dann eine Zeile frei und schrieb in die nächste: *Methode, Tätersignatur, Örtlichkeit, Tageszeit, Opfer*. Ich dachte an Rausers Einwand, was denn die Opfer miteinander verbinden könnte, bei dem Altersunterschied von siebenundsiebzig Jahren. Bevins und Angotti waren mit der Viktimologie betraut, bei der man die Lebensweise eines Opfers erkundet, seine sexuellen Gewohnheiten, Berufsleben, familiäres Umfeld, sein Verhalten im Umgang mit Freunden, in der Familie, auf der Arbeit, um dann die Widersprüche zusammenzusetzen, die einen Menschen ausmachen. Aber was konnte einen behüteten Dreizehnjährigen und einen alten Mann, der in einem Seniorenheim lebte, verbinden?

Ich fing an, die leeren Stellen auszufüllen – rituelle Inszenierung der Leiche, Überwachung, Schuhabdruck, Blut in dem Honda, Patronenhülse, Wandhaken, Hundeleckerli, unbekannte Flüssigkeit. Ich blickte auf den Notizblock, schrieb dann *Luftballon. Geschenkpapier. Eine Visitenkarte?*

So ordne ich meine Gedanken – Listen machen, denken, Fragen stellen. Die richtigen Fragen stellen, darauf kam es an. Donald Kelly, Troy Delgado und Miki Ashton. Gab es eine Verbindung zwischen ihnen? Ich war mit jeder Sekunde, die verging, mehr davon überzeugt. Aber wodurch waren sie verbunden? Irgendetwas an ihnen hatte die Aufmerksamkeit des Täters erregt. Drei Opfer, eines noch am Leben. Was war es?

Ein Ort, den sie alle aufgesucht hatten? Ein Restaurant? Ein Supermarkt? Etwas, wozu sie alle eine Verbindung hatten vielleicht. Konnte es mit den Eltern von Troy Delgado zu tun haben und gar nicht mit dem Jungen selbst? Eine politische Gruppe? Ein Klub? Der Mann hinter Mikis Wohnzimmerfenster hatte die Gelegenheit gehabt – vielleicht viele Gelegenheiten –, sie zu töten. Aber sie lebte. Noch so ein großes Fragezeichen.

Ich blickte wieder zum Fox Theatre hinüber. Die Limousine war verschwunden. Ich kriege häufig das Kommen und Gehen der Künstler auf der anderen Straßenseite mit. Vans und Limousinen entladen ihre Promis Stunden vor dem großen Auftritt, und ich sehe, wie sie wichtigtuerisch hineingehen. Sattelschlepper entladen die Ausrüstung in der Ladezone, und dann sind die Cafés und Coffeeshops und Hotels in der Umgebung von Bühnentechnikern und Groupies überschwemmt, die darauf brennen, Geschichten über ihre Superstars zu erzählen.

Von diesen Fenstern aus habe ich schon oft beobachtet, wie Bettler frühmorgens von Cops aufgegriffen werden, wenn Atlanta sich für ein Super-Bowl-Spiel oder die Olympischen Spiele oder irgendeinen großen Kongress aufhübschen muss. Weiß der Teufel, wo sie diese Leute hinkarren. Ich kenne keinen einzigen Cop, der zugibt, dass das an der Tagesordnung ist – nicht mal derjenige, der mehrere Nächte in der Woche mit mir das Bett teilt, obwohl ich es mit eigenen Augen gesehen habe. So sind Cops nun mal. Die Loyalität gegenüber ihren Kollegen ist stärker als andere Bindungen.

Mein Telefon klingelte. Neils Name erschien im Display. «Wann kommst du wieder her?»

«Ich fahre in spätestens einer Stunde los. Ich hab den ganzen Tag mit Rauser Tatorte inspiziert.»

«Na toll», sagte Neil. «Das haut ja mal wieder prima hin.»

Neil und ich hatten uns letztes Jahr bereit erklärt, einen Beraterjob für die Polizei von Atlanta zu übernehmen, und das hatte unsere Welt komplett aus den Angeln gehoben. «Hier passieren ziemlich merkwürdige Sachen», sagte ich.

«Tja, hier passieren auch ziemlich merkwürdige Sachen. Mit dieser Asche stimmt was nicht.»

«Bitte sag mir, dass du die Probe nicht versaut hast.»

«Also, das war so», setzte Neil zu einer Erklärung an. Ich wappnete mich innerlich. Wenn Neil so anfängt, nimmt das fast immer ein böses Ende. «Ich war heute in Big Knob. Mann, das Kaff ist der Wahnsinn.»

«Aha.» Ich sah nach White Trashs Futter- und Wassernäpfen, drehte dann die Klimaanlage etwas runter. White Trash mag es warm. «Wie viel Marihuana war im Spiel?»

«Okay, ich hab mir nach dem Frühstück einen ordentlichen Joint reingezogen, aber hey, hier ist tote Hose.»

«Dann haben wir die Probe aus Huckabys Urne also noch, ja? Ich hab mich von einem Rottweiler belästigen lassen, um an diese Asche zu kommen.»

«O ja. Wir haben die Probe noch. Aber sie sieht jetzt ganz anders aus.»

«Was soll das heißen?» Ich verabschiedete mich von meiner Katze, schloss ab und strebte zu den Aufzügen.

«Also, ich hab da so einen Laden gesehen, der allen möglichen Hobbykram vertickt. Modellflugzeuge und so. Und da hatte ich die Idee, dass ich die Asche doch mit ein bisschen Wasser verrühren und alles in eine Eiswürfelschale gießen könnte.»

«Das darf doch wohl nicht wahr sein.» Dass Neil in seinem bekifften Kopf so eine behämmerte Idee in die Tat umgesetzt hatte, war bei weitem nicht so schockierend wie die Entdeckung, dass ich eine dressierte Katze hatte, aber extrem ärgerlich. Wieder überkam mich das unbändige Verlangen nach einem Drink. Außerdem hatte ich nächste Woche meinen Termin bei Dr. Shetty, wie mir einfiel. Seit vier Jahren ging ich an zwei Donnerstagen im Monat zu ihr. Mir ist schleierhaft, wie sie professionell bleiben kann, wenn sie sich wieder und wieder das gleiche Gejammer anhören muss. Für mich ist das ein klassisches Beispiel dafür, warum ich kein einziges Mal mit dem Gedanken gespielt habe, eine eigene Praxis aufzumachen. Wenn ich in ihrem Büro bin, will ich, dass sich alles nur um mich, mich, mich dreht. Ich würde Patienten irgendwann anschreien, sie sollen endlich *die Schnauze halten*. Aber anscheinend ist mein Wahnwitz ebenso grenzenlos wie Dr. Shettys Geduld. Ehrlich gesagt, ich benutze sie für vieles, als Kummerkasten, als Möglichkeit, trocken zu bleiben und weiterhin die AA-Treffen und den Betreuer zu meiden, der mich zu Beginn meiner nüchternen Zeit aufrecht gehalten hat. Dr. Shetty verlangt keine enge persönliche Bindung. Die Nähe zwischen uns entsteht durch den psychodynamischen Therapieprozess, bei ihr habe ich nicht das Gefühl zu ersticken. Sie blickt mich nicht gefühlig an oder will meine Hand halten, wie die AA-Leute. Das Programm hat mir das Leben gerettet. Aber manchmal kann ich es einfach nicht ertragen, wenn jemand lieb zu mir ist. Ich versuche nämlich, nach Möglichkeit die Fassung zu wahren. Dr. Shetty hält professionelle Distanz. Soweit ich das sagen kann, hat sie absolut keinerlei Gefühle. Das ist genau das richtige Rezept für uns beide.

«Wann genau fandest du die Idee plausibel, Wasser über Huckabys Asche zu gießen?», fragte ich Neil.

«Es war schließlich kein Beweismaterial, das die Cops hätten verwenden können», sagte er kleinlaut.

«Worauf willst du eigentlich hinaus?», sagte ich, als ich

durch die Türen der Lobby nach draußen trat und zum Parkhaus ging. Mikis Spitfire stand noch da, wo sie ihn abgestellt hatte. Direkt neben meinem Wagen. Ich stieg ein.

«In dem Hobbyladen gibt's so Zeug in kleinen Papierpackungen; sieht aus wie Mehl, nennt sich aber Zierbeton oder so. Davon hab ich was gekauft. Dann hab ich noch so eine Minieiswürfelschale besorgt und bin zurück ins Hotel. Und weißt du, was? Erstens, die Zementmischung aus dem Laden sieht im trockenen Zustand genauso aus wie das Zeug aus Huckabys Urne.»

«Was du nicht sagst.» Ich winkte dem Parkhauswächter und bog mit heruntergelassenem Verdeck auf die Peachtree Street.

«Ehrenwort, Keye, nebeneinander könntest du beides nicht unterscheiden. Deshalb hab ich beschlossen, Wasser zuzugießen. Das Labor hat bisher nicht auf meine E-Mails oder Anrufe reagiert. Ich fand, es war an der Zeit, Nägel mit Köpfen zu machen.»

«Und?» Allmählich konnte ich Neils absonderlicher Genialität etwas abgewinnen.

«Es ist fest geworden. Ich habe hier zwei steinharte Zementeiswürfel. Einer davon ist aus Huckabys Asche. Du kannst beide nicht unterscheiden.»

Ich ließ das auf mich wirken. «Wieso in aller Welt sollte jemand eine Urne mit Zementmischung füllen?», fragte ich mich laut. «Es sei denn, er hat keine Asche. Ich bin in zwei Stunden da. Ich denke, wir sollten uns das Krematorium anschauen, bevor die Sonne untergeht.»

15

Die Familie Kirkpatrick gehörte zu Big Knob, seit Creeklaw County im Jahre 1823 erstmals auf einer Karte markiert worden war. Im Internet war jede Menge über sie zu finden, da Joe Ray Kirkpatricks Urgroßvater der erste Schwarze mit einem eigenen Unternehmen in Georgia gewesen war. Irgendwie hatten die Kirkpatricks es sogar in den Jahren mit den schlimmsten Rassenunruhen zu Wohlstand gebracht. Sie hatten ihre eigene kleine Idylle in Creeklaw County gefunden, wo Männer mit weißen Kapuzen und Fackeln einst die nicht weiße Bevölkerung terrorisiert hatten. 1937 nahm das Northeast Georgia Crematorium den Betrieb auf. Es war das älteste Krematorium in Georgia, eine Art Großhandel, der die ganze Gegend über die Grenze des Bundesstaats hinaus betreute. Der Kundenstamm: große und kleine Bestattungsinstitute. Keine Laufkundschaft.

«Siehst du die Straßennamen?», fragte Neil. Er hatte ein Kartenprogramm auf dem Bildschirm, und er rollte die zwei Miniwürfel, die er aus Zement gemacht hatte, wie Murmeln in der Hand. «Loretta Ann Kirkpatrick Lane, Bobby James Kirkpatrick Drive, Kirkpatrick Road. Was noch? Mir-gehört-die-ganze-Scheiß-Gegend-Road?» Er kicherte seine durchtriebene, lahme kleine George-W.-Bush-Lache. «Mann, die könnten doch einfach alles anpinkeln. Hier rechts in die Crematory Road.»

«Auf dem Land sind Straßen oft nach Bewohnern benannt», erklärte ich. «Die ersten Postboten brauchten …»

«Keye», fiel er mir ins Wort. «Lass gut sein, ja? Halt die Augen auf der Straße. Keinesfalls will ich hier in der Pampa einen Unfall haben und zum Klang von Banjos aufwachen.»

Schotter knatterte unter meinen Reifen, und roter Staub stieg hinter dem Wagen auf wie ein Kondensstreifen. Eine halbe Meile weiter warfen wir einen ersten fernen Blick auf das Northeast Georgia Crematorium und das Anwesen dahinter, wo die Betreiber wohnten.

Ich fuhr rechts ran und griff über Neil hinweg nach meinem Fernglas im Handschuhfach. Das Krematorium war ein Ziegelbau, rötlich braun, einstöckig, L-förmig, mit jeder Menge schmaler getönter Fenster auf der Vorderseite. Es sah aus wie zig billige Bürogebäude, die ich in kleinen Orten gesehen hatte – alles andere als einladend, rein funktional, nichts für Besucher. Eine Schotterstraße ging von dem davorliegenden Parkplatz ab und verschwand hinter dem Gebäude.

Keine Fahrzeuge am Krematorium. Kein Licht, nicht das geringste Anzeichen von Leben. Kaum überraschend an einem Sonntag.

Das Haus ragte hinter sanft gewellten Wiesen auf, inmitten von Wäldern und Bergen. Es gab einen kleinen See in der Nähe, höchstens einen Hektar groß. Hinter dem Haus sah ich eine rote Scheune mit weißen, x-förmigen Streben auf einem breiten Doppeltor. Der Geräteschuppen. Die Wiesen waren gemäht. Sechseinhalb Hektar, hatte Quinn mir erzählt. Sie brauchten bestimmt einen Traktor. Ich schwenkte das Fernglas, nahm das Grundstück in Augenschein. Keine Pferde, Rinder oder Hunde. Erfreulich. Als ich mich das letzte Mal auf eine Kuhweide wagte, hätten die Viecher mich fast niedergetrampelt. Und erst kürzlich hatte mich die Begegnung mit Tank, Huckabys Rottweiler, über schritthohe Hunde informiert. Nah beim Haus dösten zwei Katzen. Ein teilweise offener Hühnerstall aus rohem Holz und Draht befand sich neben der Scheune. Das mit Draht bespannte Törchen stand offen. Ein paar Hühner pickten im Sand. Ich sah einen kleinen Raum, der an den Stall angebaut und ebenfalls aus unbehandeltem Holz zusammengezimmert war. Das Futterlager, vermutete ich. An einem Eisenschließband hing ein Vorhängeschloss. «Wer sichert denn Hühnerfutter mit einem Vorhängeschloss?», fragte ich laut.

Brenda Wade hatte recht gehabt mit der Gebäudeverteilung auf dem Grundstück. Die Geschichte, der Mitarbeiter hätte die Zementmischung versehentlich mit dem Hühnerfutter vermischt, erschien mir jetzt noch weniger einleuchtend: Das Krematorium stand am Ende der Straße in erheblicher Entfernung von Scheune und Hühnerstall. Wie sollte ein Mitarbeiter das machen, ohne vom Haus aus gesehen zu werden? Durchs Fernglas sah ich abblätternde Farbe an den Fensterrahmen eines alten, aber imposanten typischen Georgia-Farmhauses mit einem Schrägdach, an dessen beiden Enden Schornsteine aufragten, wie es im Süden vor dem Bürgerkrieg große Mode war. Etwas später schwärmten wir für französische und römische Architektur. Dann schossen überall große Plantagenvillen mit riesigen Säulen und ausladenden Veranden – Tara auf Steroiden – aus dem Boden. Wir sind ein Stilmischmasch, eine ausgemachte architektonische Identitätskrise. Der Süden hatte sich selbst viele Male neu erfunden, seit der Bürgerkrieg frühere Inkarnationen in Schutt und Asche verwandelt hatte.

Ich hatte mal eine Zweizimmerwohnung mit rundem Schlafzimmer im Obergeschoss eines viktorianischen Hauses. Ich weiß noch, dass ich mich einfach nicht entscheiden konnte, wo das Bett stehen sollte. Ich hatte die Wohnung im letzten

Studienjahr an der Georgia Southern für zweihundertdreißig Dollar im Monat gemietet. Die Vermieterin, die im Erdgeschoss wohnte, mochte mich. Sie machte morgens immer frische Tortillas, und wenn mir beim Aufwachen der Duft, der an frisch gebackenes Brot erinnert, in die Nase stieg, wurde mir richtig warm ums Herz. Wir bestrichen sie mit Butter und selbst gemachter Feigenmarmelade und plauderten beim Kaffee, bevor ich zur Uni ging. Sie fühlte sich mir verbunden, glaube ich, weil ich Chinesin bin und sie Latina war. Wir hatten beide die Erfahrung gemacht, im Süden aufzuwachsen und anders auszusehen.

«Ich frage mich, warum einer, der so clever ist, die verschüttete Asche durch Zementmischung zu ersetzen, extra den weiten Weg zum Schuppen geht, wo das Hühnerfutter lagert, um die Urne neu zu füllen.»

Ich reichte Neil das Fernglas. Er inspizierte das Grundstück. Ich sah Bewegung auf dem Feldweg zwischen Haus und Krematorium. «Da ist jemand, auf halber Strecke zwischen hier und dem Haus.»

«Das ist Kirkpatrick», sagte Neil. «Sieht genauso aus wie auf dem Foto auf der Webseite vom Krematorium. Bloß dass er jetzt verschwitzt ist.»

«Was macht er?»

«Er gräbt», sagte Neil und gab mir das Fernglas zurück. Ich sah Erdklumpen und Unkraut und Schutt in der Schubkarre und schaute zu, wie Kirkpatrick noch mehr Schutt in die Schubkarre schaufelte.

«Bei Gewitter kommt das Regenwasser von den Bergen geflossen», sagte Neil. «Wenn du deine Gräben nicht sauber hältst, wird alles überschwemmt.»

«Was du nicht sagst, Mr. Superfarmer. Donnerwetter. Ich wusste gar nicht, dass du dich mit Bewässerung auskennst.»

«Ich hab mir allerhand über die Gegend hier angelesen, während du weg warst. Willst du wissen, woher Big Knob seinen Namen hat?»

«Ganz bestimmt nicht», sagte ich, während ich mir das Umland anschaute. Genau vor uns sah ich etwa fünfzig Meter entfernt und gegenüber vom Kirkpatrick-Grundstück ein kleines Backsteinhaus mit einer durch Fliegengitter geschützten Veranda. Durchs Fernglas erkannte ich einen Deckenventilator, der sich hinter dem dunklen Fliegendraht drehte. «Heiliger Strohsack», entfuhr es mir. «Wir sind soeben von der hiesigen Schnüfflerin entdeckt worden.»

Ich blickte auf eine schmächtige, weißhaarige Frau in einem Schaukelstuhl. Sie hatte ein altes, militärisch aussehendes Fernglas, so groß wie zwei Thermosflaschen. Sie blickte mich ihrerseits direkt an. Ich legte den Gang ein, fuhr langsam die Straße hoch und bog dann in die Einfahrt. Der Briefkasten war für den bevorstehenden Feiertag mit rot-weiß-blauer Folie geschmückt.

«Was hast du vor?», wollte Neil wissen.

«Wie wär's, wenn wir sagen, wir wollen ein Haus kaufen», schlug ich vor.

«Zusammen?» Neil kicherte. «Wir tragen keine Ringe.»

«Wir improvisieren», sagte ich, als wir aus dem Wagen stiegen, und dann gingen wir auf das Haus der alten Frau zu, wo neben dem Eingang eine amerikanische Flagge in einer Halterung steckte.

Neil hatte es offenbar die Sprache verschlagen, also übernahm ich das Reden. Wir hätten uns ein Haus ganz in der Nähe angesehen, sagte ich zu der drahtigen Frau, die an der Tür stand. Sie hatte weißes Haar und flinke, braune Augen. Die Gegend würde uns gefallen, aber uns wäre nicht ganz wohl bei dem Gedanken, so nahe an einem Krematorium zu wohnen, erklärte ich. Prompt wurde die Tür weit aufgerissen, und wir betraten Mary Kate Stargells kleines, properes, mit Spitzendeckchen verziertes Haus.

Sie winkte uns, ihr in die Küche zu folgen, wo sie Eiswürfel in hohe Gläser tat, die sie mit süßem Tee auffüllte und unten mit Stoffservietten umwickelte, damit sie auf den breiten Armlehnen ihrer weißen Schaukelstühle auf der Veranda keine Ringe hinterließen. Sie verschwand kurz und servierte uns dann mit Puderzucker bestreute Zitronenschnitten. Gekühlte Zitronenschnitten passten perfekt zu Eistee an einem heißen Tag, klärte Mrs. Stargell uns auf. Neil musste nicht erst überzeugt werden. Er war schon hin und weg.

Die Schaukelstühle standen in einer geraden Linie auf der Veranda mit Blick auf den Kirkpatrick-See, die welligen Wiesen und Joe Rays Feldweg, wo er noch immer mit seiner Schaufel zugange war.

«Es ist so schön ruhig hier», sagte ich, nachdem wir uns in den Schaukelstühlen niedergelassen und Joe Ray eine Weile zugeschaut hatten. Offenbar wollte Mary Kate Stargell, dass das so blieb, denn sie antwortete nichts.

«Das ist einer der Gründe, warum wir überlegen hierherzuziehen.» Ich stieß Neil mit dem Ellbogen an.

«Richtig», brachte er mit vollem Mund heraus. «Wir lieben das Land.» Krümel des Vollkornkeksbodens sprühten auf meinen Arm. Ich wischte sie weg.

«Ist das da ein Nachbar? Oder eine Hilfskraft?» Ich deutete mit dem Kopf in Joe Rays Richtung.

«Sie haben ihn doch lange genug beobachtet. Was meinen Sie?» Mrs. Stargells Stimme hatte ein leichtes Alterszittern.

«Ich glaube, er wohnt da», erwiderte ich, ohne mir anmerken zu lassen, dass sie mich überrascht hatte. Mich beschlich das Gefühl, dass Mary Kate Stargell mehr auf Draht war, als ich gedacht hatte. Alte Frauen können etwas Unheimliches an sich haben. Sie taxierte mich jetzt.

«Wo kommen Sie her, meine Liebe, wenn ich fragen darf?» Da war sie, die ach so entscheidende Frage, typische Südstaatenbigotterie.

«Ich bin halb Chinesin, halb Amerikanerin, Mrs. Stargell, falls Sie das meinen.»

«Genau wie der Kudzu da draußen. Der macht sich auch überall breit. Gottchen, Gottchen.» Sie schnaubte. «Wenn Sie mich fragen, müssen Sie sich entscheiden. Chinesin oder Amerikanerin. Was von beidem?»

Ich spürte, wie es mich aus dem Schaukelstuhl zog. Neil hielt mich am Arm fest. «Die Zitronenschnitten sind das Beste, was ich je gegessen habe, Mrs. Stargell», sagte er mit einer honigsüßen Stimme, wie ich sie noch nie von ihm gehört hatte. Zucker brachte ihn immer auf Touren.

Sie lächelte ihn an, zeigte Zähne, die zu groß waren und eine zu gerade Unterkante hatten, um echt zu sein. Ich schätzte, sie schliefen nachts in einem Glas Wasser neben ihrem Bett. «Sie sind ein höflicher junger Mann.» Sie hielt ihm den Teller hin, und er bediente sich. «Sie erinnern mich an meinen Frank. Gott hab ihn selig. Er ist '97 gestorben. Wir haben dieses Grundstück vor fünfunddreißig Jahren gekauft.»

«Da können Sie bestimmt so einiges erzählen», sagte Neil und aß sein Leckerli auf. Sie hatten mich jetzt völlig ausgeschlossen, was mir nur lieb war. Ich hatte Neil noch nie so charmant erlebt. Er schien die alte Giftnudel richtig zu mögen.

«Das kann man wohl sagen», erwiderte Mary Kate. «Der da drüben beunruhigt mich ganz schön.» Sie schaute zu Joe Ray Kirkpatrick hinüber. «Ständig sieht man ihn graben oder irgendwas pflanzen. Macht, wozu er Lust hat. Überlässt es meistens seiner Mama, sich um alles zu kümmern. Er holt Kudzu aus dem Wald und pflanzt ihn entlang der Straße, um die Böschung zu stabilisieren.» Sie schnaubte ärgerlich ob derlei Unsinnigkeit. Das wild wuchernde Gewächs hatte fast den ganzen Süden verschluckt. «Ich bezahle extra einen Mann dafür, dass er einmal die Woche mit einer Machete meine Schwarznussbäume von dem Zeug freihält. Wenn Sie mich fragen, hat jeder, der dabei erwischt wird, wie er es pflanzt, eine gehörige Tracht Prügel verdient. Aber Sie wissen ja, wie stur Schwarze sein können.»

Oje, die Konföderiertenflagge wehte aber heute ganz oben. Neil hatte wohl bemerkt, dass sich meine Fingernägel beinahe in die Armlehne gruben, denn er legte seine Hand auf meine und fragte Mrs. Stargell, wie es denn so sei, neben dem Krematorium zu wohnen. «Gibt es viel Rauch?»

Mary Kate schüttelte den Kopf. «Es war nie richtiger Rauch. Als Frank noch lebte, hat er das, was da rauskam, immer Gase genannt. Es sieht aus wie Dampf, wenn es da aus dem Metallrohr kommt. Vor allem im Winter. Joe Ray hat mal wieder Blähungen, hat mein Mann dann gesagt, und wir haben uns nicht mehr eingekriegt vor Lachen.» Sie dachte darüber nach, schaukelte ein paarmal mit dem Stuhl. «Joe Ray senior natürlich. Der Schlawiner da draußen hat den Betrieb übernommen, als sein Daddy vor ein paar Jahren starb.»

«Dann ist er also ein Schlawiner?» Ich versuchte, mich wieder in die Unterhaltung einzuschleichen.

«Eine nettere Bezeichnung fällt mir nicht ein. Ist hinter jedem Rock in der Stadt her. Und ein Faulpelz ist er auch.»

Neil und ich blickten über das Kirkpatrick-Grundstück zu dem Mann in der Ferne, der seit unserer Ankunft dort unermüdlich arbeitete.

Mrs. Stargell schien unsere Gedanken zu lesen. «Ha, lassen

Sie sich dadurch nicht täuschen. Das ist die einzige Arbeit, die er macht.»

«Und was ist mit dem Krematorium?», fragte ich.

«Ich hab bestimmt schon ein Jahr lang keinen Dampf mehr gesehen. Letzten Winter konnte ich meinen Atem hier auf der Veranda sogar sehen, wenn ich ein Heizgerät laufen hatte, aber aus dem Krematorium hab ich nichts dampfen sehen.» Ihre Stimme wurde leise, als würde sie eine Geistergeschichte erzählen. «Ich hab heute Morgen gesehen, wie er einen Leichenwagen reingelassen hat, und dann hat er wieder zugemacht und ist verschwunden. Der Laden ist mehr zu als offen.»

«Interessant», sagte Neil, der den Eindruck erwecken wollte, nur leicht besorgt zu sein, es aber nicht ganz hinkriegte. «Wie erklären Sie sich das?»

«Gottchen, da will ich gar nicht drüber nachdenken.»

Ich lehnte mich in meinem Schaukelstuhl zurück und beobachte Joe Ray. «Wie ist der Verkehr an Werktagen? Fahren hier viele Mitarbeiter vorbei? Stört Sie das? Ich würde nicht gern an einer Straße wohnen, wo viel Verkehr ist.»

«Das war immer ein Familienbetrieb», antwortete Mary Kate. Neil und ich wechselten einen Blick. «Ich glaub, ich hab immer bloß Joe Ray senior und Joe Ray junior da arbeiten sehen, sonst keinen. Gottchen, da drin muss das reinste Chaos herrschen. Nie im Leben hatte er heute Morgen Zeit, sich um die Leichen zu kümmern. Ich wette, die liegen noch immer da und warten, dass sich jemand ihrer annimmt. Wenn ich mal nicht mehr bin, will ich, dass sich jemand richtig um mich kümmert. Ich will nicht auf irgendeiner Trage in einer von Joe Rays Kühlkammern rumliegen. Wir müssen schon zu Lebzeiten genug von unserer Würde abgeben.»

16

Big Knob war ein bisschen wie die Touristenorte an den Niagarafällen: ein Rummelplatz mitten in einer überwältigenden Landschaft. Ich rechnete schon beinahe damit, ein Wachsfigurenkabinett zu sehen, eingezwängt zwischen Souvenirläden, Jetski-Verleihen und Restaurants, die Backfisch und frittierte Maisbällchen zusammen mit den Produkten hiesiger Brauereien servierten. Ich war in die Stadt gefahren, um mich unter den Einheimischen ein bisschen umzuhören und mir einen allgemeinen Eindruck von Georgias ältestem und größtem Krematorium zu verschaffen. Irgendwie wurde ich immer noch nicht schlau aus der Sache. Und außerdem ging mir das, was Mary Kate über die «Gase» gesagt hatte, nicht aus dem Kopf. Ich wollte noch nicht mit Joe Ray Kirkpatrick sprechen. Seine Version der Geschichte kannte ich ja, und ich wollte ihn auf gar keinen Fall warnen, dass wir gekommen waren, um herumzuschnüffeln.

Neil war im Hotel geblieben, um meinem Verdacht in Rausers Fall nachzugehen. Ich hatte ihn gebeten, die Berichterstattung in den Lokalzeitungen nach Gewaltverbrechen zu durchforsten, bei denen Geschenkpapier oder ein Luftballon oder Ähnliches am Tatort gefunden worden war. Es war ein Schuss ins Blaue, das wusste ich. Aber ich hätte die Spuren, von denen ich jetzt glaubte, dass sie absichtlich an den beiden Tatorten zurückgelassen worden waren, um ein

Haar übersehen, und vielleicht war es der Polizei andernorts ja ähnlich ergangen. Vielleicht war wichtiges Beweismaterial auf irgendeiner Asservatenliste gelandet, genau wie das Geschenkpapier in Kellys Tasche. Vielleicht, und das war noch beunruhigender, vielleicht hatte Mikis Stalker schon einmal getötet. Sosehr Rauser sich auch dagegen gesträubt hatte, die Möglichkeit eines Serienmörders zu erörtern, er war ein guter Cop. Ich wusste, er würde der Frage nachgehen, würde Tätersignatur und Methode durch die Datenbanken laufen lassen und seine Spurenspezialisten beauftragen, die Fasern der Schnüre an beiden Tatorten zu vergleichen. Ich musste immer wieder an die trauernde Mutter denken, die von ihrem Fenster aus zu uns herüberschaute, an Donald Kellys verzerrtes Greisengesicht, an den ziegelroten Fleck auf seinem Hemd, die Kleckse an seiner Leiche, die im Licht einer forensischen Lampe aufgeleuchtet hatten. Rauser hatte mich skeptisch angesehen, als ich spekulierte, es könnte zwischen den Fällen eine Verbindung bestehen. Er hatte in dem Moment nicht darüber nachdenken wollen. Das hätte niemand. Die Implikationen sind zu erschreckend. Aber ich wusste, dass er trotzdem darüber nachdenken würde. So war er nun mal.

In den Restaurants und Kneipen von Big Knob herrschte Hochbetrieb. Ich hatte Mühe, einen Parkplatz zu finden. Fast überall im Süden sind Spirituosengeschäfte sonntags geschlossen. In Restaurants jedoch darf ab Mittag Alkohol ausgeschenkt werden, also etwa zu der Zeit, wenn die Gottesdienste enden, sodass gottesfürchtige Südstaatler gleich nach der Kirche mit dem Trinken anfangen können. Aber diese Sichtweise ist an einem Sonntag in Georgia ungefähr so willkommen wie eine Schar Tauben auf der Startbahn eines Flughafens.

Ich parkte schließlich auf der Hauptstraße vor einer schmalen, zwischen Ladenfronten eingezwängten zweigeschossigen Kneipe mit voll besetzten Tischen auf einer Dachterrasse und einer Lichterkette aus winzigen weißen Lämpchen rings um das Geländer. Ich trat durch die offene Holztür ein und setzte mich auf einen Hocker an die leere Bar. Ein paar Tische waren besetzt. Einer der Gäste ließ sich einen Salat schmecken, der ganz gut aussah.

«Ich nehme auch so einen», sagte ich zu der Barkeeperin, einer lockenköpfigen Brünetten mit Sommersprossen auf der Nase und einem ungezwungenen Lächeln. «Und ein Mineralwasser mit Zitrone bitte.»

Was auf einem Teller bei mir ankam, waren nussiger Feldsalat und pfeffrige Rucolablätter mit gerösteten Pekannüssen, halbierten roten Trauben und einem luftig leichten Blauschimmeldressing, was mich veranlasste, meine Meinung über Kneipenessen noch einmal zu überdenken. Ich sah zu, wie die Barkeeperin Gläser füllte, und dachte an die wunderbare Flasche Jameson, die ich in die Spüle gekippt hatte.

Kellnerinnen liefen mit Tabletts die Treppe zur Dachterrasse rauf und runter. Als die Barkeeperin eine kurze Verschnaufpause hatte, rief ich sie zu mir und fragte, ob sie aus Big Knob sei. Sie bejahte. «Und, was machen Sie so, wenn Sie sich langweilen? Irgendwelche Skandale, Lug und Trug, Klatsch und Tratsch?»

Sie grinste mich an. «In Big Knob? Beziehungsdramen vielleicht. Was Spannenderes gibt's hier nicht, abgesehen von betrunkenen Touristen.» Eine der Kellnerinnen knallte eine Bestellung auf die Theke und lud ein Tablett mit leeren Biergläsern ab. «Sind Sie Reporterin oder so?», fragte die Barkeeperin, während sie die Bestellung erledigte. Die Kellnerin blickte neugierig herüber.

«*Ich?* Nein, nein. Ich wollte mich bloß ein bisschen unterhalten», sagte ich.

Die Kellnerin und das Tablett verschwanden nach oben. Die Barkeeperin trocknete sich die Hände an einem weißen Handtuch ab. Sie roch nach der Limone, die sie gerade in einen Tequila gepresst hatte, und ich hatte eine sinnliche Erinnerung daran, wie Cuervo Gold durch zerhacktes Eis und Limettensaft läuft und auf dem Boden deines Frozen Margerita landet. So erinnern Alkoholiker sich ans Trinken, ermahnte ich mich, durch einen Weichzeichner. Wir möchten mit diesen Erinnerungen Walzer tanzen, ihnen schöne Dinge ins Ohr flüstern – nur einer der kleinen schmutzigen Tricks der Sucht. Aber obwohl ich mich immer anstrengen musste, der Versuchung zu widerstehen, war ich gern in Bars – das schummrige Licht und die schimmernden Flaschen, reihenweise glänzende, fleckenfreie Gläser, der Geruch, das Gemurmel.

«Erst hatten wir eine Dürre, dann ging es mit der Wirtschaft bergab», erzählte sie mir, und endlich konnte ich ihren Dialekt einordnen: südliche Appalachen, ein verwirrender, flotter Rhythmus mit einem leicht schottisch klingenden Einschlag. «Ich schätze also, die große Neuigkeit hier bei uns ist die, dass wir zum ersten Mal seit vier Jahren unsere Brötchen verdienen können, ohne weite Strecken zur Arbeit pendeln zu müssen.»

«Ich hab gehört, dass es hier in der Nähe ein großes Krematorium gibt.»

Sie nickte. «Soll ein Rieseneinzugsgebiet haben. Ich kenne mich mit so was nicht aus. In meiner Familie kommen die Toten in die Erde.»

Ich dachte an Brenda und Billy Wade und Huckaby. Sie alle hatten Urnen, die mit etwas gefüllt worden waren, wofür sie nicht bezahlt hatten.

Sie schob mir ein frisches Mineralwasser hin. «Haben Sie irgendwelche Geschichten über das Krematorium gehört?», fragte ich.

Sie lachte. «In der Highschool haben wir uns manchmal einen angetrunken und sind dann auf das Gelände geschlichen. Haben uns gegenseitig eine Heidenangst eingejagt. Daran hat sich bis heute auch nichts geändert. Ein Krematorium, das nur ein paar Meilen von einer Highschool entfernt liegt, sorgt zwangsläufig für Geschichten. Was sollen Jugendliche in einem Touristenort außerhalb der Saison auch großartig machen. Fast jedes Jahr zu Halloween wird ins Krematorium oder die Bestattungsunternehmen eingebrochen. Mein kleiner Bruder schwört bis heute, er hätte gesehen, wie der Besitzer des Krematoriums mitten in der Nacht Leichen auf der Schulter rausgetragen und auf einen Pick-up geschmissen hat.» Sie lachte leise und schüttelte den Kopf. «Also, wieso in Gottes Namen sollte einer so was machen?»

«Verrückt», sagte ich und musste wieder an das denken, was Mary Kate über die Gase gesagt hatte und wie Joe Ray auf einem Feldweg mit der Schaufel zugange gewesen war.

Links von mir schwang die Küchentür auf, und ich spürte einen warmen Schwall Luft. Ein rotgesichtiger junger Mann mit Kochmütze kam mit zwei großen, in Frischhaltefolie verpackten Tabletts heraus und stellte sie am Ende der Theke ab. Ich warf einen Blick darauf. Rohes Gemüse und Dip, Hummus und Pita, gefüllte Jalapeño-Schoten und jede Menge fettiges Essen. «Bestellung für Stewart», sagte er zu der Barkeeperin. «Ein Tablett kommt noch. Wird jeden Moment abgeholt.» Er gab ihr einen Bestellzettel, verschwand dann in seiner heißen Küche und kam mit dem dritten Tablett wieder heraus.

«Wir machen das Catering für viele Partys», erklärte die Barkeeperin mir. «Den Leuten schmeckt unser Essen.»

«Das Dressing ist ausgezeichnet», sagte ich und aß meinen Salat auf, während sie die Bestellung einbongte und das Geld von einem Pärchen kassierte, das hereingekommen war, um die Tabletts abzuholen.

«Bestellen Sie Mr. Stewart meine Glückwünsche zum Geburtstag», sagte die Barkeeperin zu den beiden.

Ich sah ihnen nach, als sie gingen. Plötzlich kam mir ein Gedanke. Ich holte mein Handy hervor. «Rauser, wurde Donald Kellys Geburtstagsparty von einem Caterer beliefert?»

«Wer ist denn da?»

«Saukomisch», sagte ich. «Immer wieder zum Piepen.»

«Kellys Tochter hat uns eine Liste mit allen gegeben, die auf der Party waren», sagte Rauser. «Caterer stehen nicht drauf. Und wir haben jeden auf der Liste vernommen.»

«So hätte er Zugang zum Gebäude haben können. Lieferanten müssten den Zahlencode kennen. Er hätte Gelegenheit gehabt, eine Waffe zu verstecken.»

«Und es würde erklären, warum der Typ möglicherweise wie ein Kellner gekleidet war. Aber in keiner Vernehmung war von Caterern die Rede.»

Wir schwiegen einen Moment. «Vielleicht waren sie nicht dabei», sagte ich. «Vielleicht haben sie geliefert und sind wieder gegangen.»

«Wir haben nach Servicepersonal gefragt, nach irgendwem, der Zugang zum Gebäude hätte haben können.»

Klar hatten sie gefragt, dachte ich. Rauser hatte ein erstklassiges Team. Aber ich konnte nicht lockerlassen. «Habt ihr gezielt nach einer Cateringfirma gefragt?»

«Ich war nicht bei jeder Vernehmung dabei, Keye. Ich habe noch fünf andere Fälle am Hals.» Er klang genervt.

«Okay. 'tschuldigung.»

«Nein, nein. Ich muss mich entschuldigen. Langer Tag.

Wir checken das noch mal, und ich sag dir dann Bescheid. Ich wollte später sowieso mit dir noch über was anderes reden.»

«Okay. Danke.»

«Und wie läuft's da oben in der Pampa? Schon rausgefunden, warum in der Urne keine Asche war?»

«Noch längst nicht», erwiderte ich. Die Tür öffnete sich, und eine Gruppe kam hereinmarschiert. Die Sonne ging unter, und die Kneipe füllte sich langsam.

«Wo bist du? Hört sich nach Kneipe an.»

«Weil ich in einer Kneipe bin.»

«Super», sagte Rauser. «Beruhigend, dass ich mir um dich keine Sorgen machen muss.»

«Bye, Rauser», sagte ich und lächelte.

«Bye, Schatz.»

17

Scheiße, das ist ja stockdunkel hier draußen.» Neil stolperte über Schotter und Steine. Es war fast Mitternacht auf dem Crematory Drive. Ich hatte den Wagen rund eine Viertelmeile entfernt geparkt, und wir stapften zu Fuß den Feldweg hoch. Die Zikaden legten sich dieses Jahr mächtig ins Zeug, angespornt von der drückenden Julihitze. Kein Mond. Keine Sterne. Die Berge, schwarze Wellen vor dem bewölkten, dunkelgrauen Himmel, waren neben den struppigen Baumwipfeln die einzigen Orientierungspunkte. Sie hatten anders ausgesehen, als wir bei Tageslicht hier gewesen waren. Wir hatten helle LED-Stiftlampen dabei, aber ich wollte sie nicht benutzen. Ich hatte so das Gefühl, dass Mary Kate Stargell nicht viel entging. Soweit ich wusste, schlief sie auf dieser Veranda, wo sie uns süßen Tee und Zitronenschnitten serviert und meine ethnische Herkunft beleidigt hatte. Und das Gelände hier war flach. Vielleicht sah das Licht einer Stiftlampe von einem Farmhausfenster aus wie ein Glühwürmchen. Vielleicht sah es aber auch aus, als würde jemand auf der Straße herumschleichen.

Ich spürte mein Handy vibrieren. Ich las Rausers Namen, ehe ich das helle Display mit der Hand zuhielt. «Ich muss kurz rangehen», sagte ich zu Neil.

«Und was mache ich in der Zeit? Ich kann die Hand nicht vor Augen sehen.»

«Warte einfach.»

«Lass mich hier draußen nicht allein, Mann.» Ich hörte ihn ausrutschen und leise fluchen.

«Du hattest recht», sagte Rauser. «Caterer haben fünfundvierzig Minuten vorher Tabletts angeliefert. Wir klappern verschiedene Stellen ab. Übrigens, Mikis Handy war zuletzt im Whole Foods in Midtown eingeschaltet, wo sie einkaufen war. Ist also unmöglich zu sagen, ob sie es da verloren hat und es einfach ausgegangen ist, als der Akku leer war, oder ob es ihr jemand geklaut hat.»

«Du klingst müde.»

«Hab heute drei Fälle abgeschlossen. Wahrscheinlich hab ich morgen fünf neue am Hals. Aber erst mal haben wir wieder etwas Luft, ich kann also ein paar Leute mehr auf die Morde an Kelly und Delgado ansetzen.» Er verstummte. Ich hörte das Knistern der Metallfolie, als er seinen Nikotinkaugummi aus der Packung drückte. Ich erkannte das Geräusch inzwischen im Schlaf. Er war völlig abhängig von dem Zeug, das ihn bestimmt zweihundert Dollar im Monat kostete. Aber er rauchte nicht, was ziemlich gut war für jemanden, der seinen stressigen Job mit einer Zigarette in der Hand gelernt hatte. «Du hattest mit zwei Sachen recht. Der Luftballon hat nicht lange da gelegen. Der war frisch aus der Packung. Und das Labor hat die Schnurfasern abgeglichen. Hundertprozentige Übereinstimmung. Wir haben es vermutlich mit ein und derselben Charge zu tun. Wir versuchen, sie bis zu einem bestimmten Laden zurückzuverfolgen. Anscheinend kriegt man diese Schnur in jedem Baumarkt und auch in etlichen Drugstores und Supermärkten.»

«Mikis Haus, das Gebäude, wo Kelly entführt wurde, die Siedlung, wo die Delgados wohnen, das alles liegt in einem ziemlich überschaubaren Bereich», sagte ich.

«Ja. Genau wie das Seniorenheim. Alles in Midtown.»

«Er musste mehr kaufen als bloß die Schnur», sagte ich. «Er brauchte Haken und Dübel und so weiter. Im Herzen von Midtown ist ein großer Baumarkt. Er wird da eingekauft haben, wo es praktisch für ihn ist, und er wird einen Laden auswählen, wo er nur ein Gesicht in der Menge ist. Ich bin sicher, die haben Überwachungskameras.»

«Sobald wir sicher wissen, wo das Zeug herstammt, sehen wir uns die Bänder der Überwachungskameras an. Ich hab außerdem jemanden drauf angesetzt, ungeklärte Fälle unter die Lupe zu nehmen, die Asservatenverzeichnisse durchzusehen und so weiter. Vielleicht ist Beweismaterial dabei, das zu der Zeit nicht wichtig zu sein schien.»

«Genau den Gedanken hatte ich auch. Neil durchforstet alte Zeitungen nach Polizeimeldungen.»

«Ich bin froh über die Hilfe. Und über deine Hilfe heute. Möglicherweise hast du uns einen entscheidenden Schritt weitergebracht. Und du hast recht. Genau deshalb schleppe ich dich mit an Tatorte.»

«Ich mache das gern», sagte ich.

«Wie geht's dir, Schatz?», fragte er. «Alles in Ordnung?»

«Ja, bis auf die Sorgen wegen Miki.»

«Weißt du, wir haben eine Menge durchgemacht, wir zwei, bei den Wunschknochen-Fällen letztes Jahr.»

«Warum sagst du das?»

«Wir sind schwer verletzt worden. Aber du bist gleich arbeiten gegangen, sobald du wieder auf den Beinen warst.»

«Ja klar. Ich hab schließlich einen Riesenkredit abzuzahlen. Außerdem hättest du dasselbe getan, wenn deine Vorgesetzten dich gelassen hätten.»

«Ich musste wochenlang zum Seelenklempner, ehe ich wieder eine Waffe tragen durfte.»

«Willst du damit andeuten, ich soll aufhören zu arbeiten oder mich von meiner Zehn-Millimeter trennen?» Ich sagte das leichthin, aber ich hatte das ungute Gefühl, dass Rauser mehr auf dem Herzen hatte.

Sein Schweigen zog sich hin. «Ich bin heute Tyrone über den Weg gelaufen. Er meinte, als er dich das letzte Mal gesehen hat, hättest du angespannter gewirkt als sonst.»

«Wie das?»

«Er hat gesagt, dass du ausgerastet bist, als dir ein junger Bursche blöd gekommen ist, dass du ihm mit deiner Pistole eins übergebraten hast.»

Hatte ich übertrieben reagiert? Ich fand nicht. Ich hatte mich bedroht gefühlt. Ich hatte mich geschützt. Ich spürte, wie ich wütend wurde und sich das nervöse Zucken im Augenwinkel meldete.

«Ich wäre froh, wenn du dir eingestehen könntest, dass das, was uns zugestoßen ist, gravierend war», sagte Rauser weiter. «Ich wäre froh, wenn du dich damit auseinandersetzen würdest, statt es zu verdrängen. Du redest nie mit mir über deine Gefühle.»

«Fang nicht an, mich therapieren zu wollen, Rauser. Ich bezahle Dr. Shetty dafür, dass sie mich jeden zweiten Donnerstag beschimpft. Wir stochern immer in denselben Wunden. Ich darf vollkommen egozentrisch sein, und sie darf jeden Monat fünfhundert Dollar kassieren. Alle sind glücklich.»

«Aber ich kriege jeden Abend mit, dass du dir deine Kanone unters Kopfkissen legst. Ich kriege nachts deine Albträume und Schweißausbrüche mit.»

«Frühe Wechseljahre.»

Rauser schwieg.

«Was willst du von mir hören?»

«Vielleicht mal was Ehrliches?»

«Okay, ich stehe hier im Stockdunkeln mit Neil auf einem Feldweg, und es ist nicht der beste Zeitpunkt für dieses Gespräch.» Schon immer hatte sich alles in mir gesträubt, wenn Rauser einen auf väterlich machte. Dann fühlte ich mich bedrängt und beobachtet. Das gefiel mir nicht. Wenn ich einen Rat wollte, würde ich drum bitten. Ich brauchte einen Moment, um zur Vernunft zu kommen, und sagte dann ruhiger: «Okay, ehrlich gesagt, ich fühle mich praktisch nirgendwo mehr sicher. Und mir fehlt der Alkohol. Gott, und wie er mir fehlt. Ich war heute ganz kurz davor, was zu trinken. Ich glaube, ich muss vielleicht wieder zu diesen blöden Jammertreffen gehen – falls mein Betreuer noch mit mir redet.» Ich war zu so vielen Treffen nicht erschienen, obwohl ich versprochen hatte zu kommen. Ich hatte nicht mehr mit meinem Betreuer gesprochen, seit ich an der Reihe gewesen war, anschließend beim Aufräumen zu helfen. Ich hatte nicht vorgehabt, das Treffen zu schwänzen. Ich hatte es einfach vergessen. In meiner Branche gibt es immer irgendeinen Notfall. Irgendein Brand, der gelöscht werden muss, kommt einem immer in die Quere. Noch am selben Abend hatte ich von ihm eine wütende Nachricht auf der Mailbox, von wegen Verlässlichkeit, von wegen ich müsste meiner Genesung Priorität geben und lernen, die Leute, die auf mich zählten, nicht im Stich zu lassen. Ich hatte mich nicht mehr getraut, wieder hinzugehen.

«Ich bin froh, dass du überlegst, wieder zu den AA-Treffen zu gehen.»

«Da gibt's meistens Donuts.»

«Ich wünschte, ich wüsste nicht, dass du auf irgendeiner dunklen Straße am Arsch der Welt bist.»

«Na und? Ich habe eine Pistole und schlechte Laune, also …»

Rauser lachte. «Ich liebe dich, Street. Geh zu einem Treffen. Ich bin sicher, auch in Creeklaw County finden welche statt.»

Nach dem Telefonat blieb ich einen Moment reglos stehen, ließ einfach die drückende Luft um mich herumwabern. Rauser wollte, dass ich mehr redete oder weinte oder so. Weil ich Opfer einer Gewalttat gewesen war. Weil wir das beide gewesen waren. Dr. Shetty verschrieb mir Medikamente gegen Angststörungen aufgrund einer posttraumatischen Belastung. Bis jetzt hatte ich sie noch nie genommen. Ich kam auch ohne Pillen mit meinen gottverdammten Ängsten klar. Ich wollte einfach nach vorn schauen. Ich wollte nicht länger ein Opfer sein. Ich dachte an Mikis Einwände gegen ihre Medikamente. *Scheiße.* Ich wollte mich jetzt nicht damit befassen.

«Hallo?» Neils Stimme drang unsicher durch die Dunkelheit.

Ich konnte ihn nicht sehen, aber ich hörte ihn mit den Füßen scharren. «Ich komme, du großes Baby.»

«Alles okay im Paradies?»

«Rauser führt sich auf wie eine Ehefrau. Ist ganz schön nervig. Da krieg ich irgendwie Lust, die Flucht anzutreten.»

Wir gingen weiter. Schotter und sandiger, feiner Lehm unter unseren Sohlen fühlten sich an, als würden wir über Murmeln laufen. «Hat der Mann nicht ohne dich schon genug Aufregung im Leben?» Neil lachte in sich hinein. «Seien wir ehrlich. Du ziehst den Mist magnetisch an. Du bist die ganze Scheißbesetzung von *Glee* in einer Person.»

«Besten Dank.» Ich rutschte aus und wäre fast gefallen.

«Aber manche Leute stehen auf so was. Ich hab einen Freund unten in den Keys. Der sagt, so ein Hurrikan heult so regelmäßig und so unheimlich, dass du denkst, du verlierst den Verstand. Und dann hört es auf. Und du gehst nach draußen, und alles ist demoliert, und es ist völlig still. Und plötzlich vermisst du das Heulen. Weil du dich dran gewöhnt hast. Als wärst du jetzt leer.»

«Wahnsinn. Sind die Serienrechte dafür noch zu haben? Die Geschichte war nämlich total *packend*.»

«Du hast offensichtlich nicht verstanden, worum es mir ging», sagte Neil. «Nämlich um die Analogie zu Liebe und Dramatik im Leben, wie das heult, wie man sich dran gewöhnt.»

«Ich sag's noch mal: Ich finde das total faszinierend, danke.» Ich spähte in die Dunkelheit. «Hey, da ist der Zaun. Wir sind dicht dran.»

«Das heißt, Mrs. Stargells Haus ist bloß ein Stück die Straße hoch.»

«Oooch. Fehlt sie dir? Soll ich dich bei ihr vorbeibringen? Sie kann dir Geschichten erzählen und dir dabei über den Kopf streicheln.»

«Du bist bloß neidisch, weil sie dich nicht leiden konnte.»

«Weil ich Chinesin bin. Geht dir das nicht auch irgendwie gegen den Strich?»

«Eigentlich nicht. Der Kuchen war unschlagbar.» Wir gingen weiter, in den Ohren das Sirren der Zikaden, das Knirschen von Sand und Steinen unter unseren Füßen. Ich hörte Frösche und erinnerte mich, dass auf dem Grundstück ein See war.

«Was soll das eigentlich mit den doppelten Vornamen?», fragte Neil aus heiterem Himmel. «Joe Ray. Mary Kate. Muss so eine Südstaatenkiste sein. Billy Ray. Bobby Joe. Wally Bubba. Bubba Bubba. Ich finde, wir sollten das auch machen. Wie ist dein zweiter Vorname?»

«Vergiss es.»

«Hast du etwa keinen?» Neil leuchtete mir mit seiner Stiftlampe ins Gesicht. «Los, sag. Was ist schon dabei? Du kennst meinen.»

«Mach das Ding aus. Außerdem bist du fein raus, weil deiner David ist. Neil David Donovan. Weißer geht's wohl kaum.»

«Du kannst mich Bobby Jane nennen, wenn du dich dann besser fühlst. Na los. Ich verspreche, ich lache dich nicht aus.» Er stupste mich an. «Entweder du rückst mit der Sprache raus, oder ich mach die Verhörlampe wieder an.»

«Lei», antwortete ich wider besseres Wissen.

«Lei? Das gibt's nicht. Dein Name ist Keye Lei? Du *reimst* dich?» Er lachte. «Ist das irgendwas Typisches für deine Familie? Wie hießen deine Eltern? Pee Wee und Kiwi?» Er prustete vor Lachen. «O Gott, ich mach mir gleich in die Hose.» Ich meinte zu sehen, wie er sich im Dunkeln in den Schritt fasste, dann hörte ich Schuhe auf Steinen wegrutschen und einen dumpfen Schlag. *«Verdammte Scheiße»*, fluchte er laut in die Nacht.

«Könntest du vielleicht ein bisschen leiser sein? Verdeckte Ermittlung und so. Schon vergessen?»

«Das hat weh getan, Kiwi», jaulte er gespielt weinerlich, dann kicherte er wieder los.

Wir erreichten die Zufahrt und eilten zur Vorderseite des Gebäudes. Neil verdeckte mit seinem Körper das Taschenlampenlicht, während ich Tür und Fenster inspizierte. Offenbar keine Alarmanlage. Ich holte mein Schlossknacker-Set aus der Vordertasche meines schwarzen Kapuzen-Shirts.

«Ist das dein Ernst?», fragte Neil.

«Hast du eine bessere Idee?»

«Nein.»

«Dann halt die Lampe und pass auf, dass das alte Fossil von nebenan uns nicht sieht.» Ich untersuchte ein standardmäßiges Zylinderschloss an der Tür. «Wahrscheinlich schläft die nie und ernährt sich von Kinderblut.»

Einige Sekunden später machte es Klick, und ich schob die quietschende Tür auf, die sich in einen Raum öffnete, der an den Empfangs- und Wartebereich einer Arztpraxis erinnerte – strapazierfähiger Fliesenboden und eine lange Resopaltheke. Allerdings ohne die üblichen Requisiten eines Empfangsbereichs: keine Terminbücher, Zeitschriften, Stifte oder Notizblöcke. Wir blieben mit den Taschenlampen in der Hand stehen, hielten den Lichtstrahl nach unten und weg von den Fenstern.

«Nicht besonders einladend», flüsterte Neil.

«Wozu auch? Die Besucher kommen in Särgen.»

«O Gott», stöhnte Neil. Offenbar wurde ihm gerade erst richtig klar, dass wir in einem Krematorium waren.

Wir schlichen hinter die Empfangstheke und öffneten die Tür dahinter. Derselbe Fliesenboden erwartete uns – aschgrau, mit spärlichen blauen und dunkelgrauen Tupfern besprenkelt. Metalltüren mit quadratischen Drahtglasscheiben oben und in der Mitte säumten einen Gang. Fünf an der Zahl. Alle geschlossen.

«Wonach suchen wir?», wollte Neil wissen.

«Ich weiß nicht genau. Steuerunterlagen. Um nachzusehen, ob schon mal ein Mitarbeiter angemeldet war. Wasser- und Stromrechnungen und was sich sonst noch alles finden lässt an Betriebskostenbelegen. Rechnungen von Zulieferern. Ich brauch Betriebskostenabrechnungen.»

«Ich bin schockiert, dass du denkst, ich würde in die Privatsphäre von jemandem eindringen. Worauf soll ich achten?»

«Schwankungen.» Ich stieß die Tür zu meiner Linken auf. Zwei höhenverstellbare Tragen. Ein Metalltisch in der Mitte. Keine Fenster. Meine Taschenlampe glitt über eine Reihe

Aktenschränke mit einer Arbeitsplatte und Hängeschränken darüber. Es gab ein Tor zu einer Laderampe und daneben eine gewöhnliche Tür. Neben dem Tor hing ein Klemmbrett mit einem Stift an einer Kette. Ich warf einen Blick auf das Klemmbrett. *Anlieferungsliste.* Die Formulare waren liniert und in Spalten unterteilt: Datum, Uhrzeit, Name des Verstorbenen, das Bestattungsunternehmen, das den Leichnam anlieferte, und schließlich die Initialen des Empfängers. Ich blätterte sie Seite für Seite rückwärts durch. Dieselben Initialen in jeder Zeile. JRK. Joe Ray Kirkpatrick hatte den Empfang jedes Leichnams quittiert – ein weiterer Beweis dafür, dass er den angeblichen Mitarbeiter erfunden hatte. Ich zählte rasch die Blätter, dann die Linien pro Blatt und kam auf über vierhundert Leichen, die das Krematorium laut dieser Liste seit dem Ersten des Jahres angenommen hatte. Ich sah mir erneut das oberste Blatt mit dem heutigen Datum an. Drei Einträge. Mary Kates Adlerauge hatte heute Morgen einen Leichenwagen hineinfahren sehen. Ich ließ den Blick über die Arbeitsplatte gleiten, öffnete ein paar Schubladen, fand nichts, das hilfreich gewesen wäre.

Wir schlichen zurück in den Gang. Ich steuerte auf die Tür gegenüber zu. Neil klebte mir an den Fersen. Wenn ich abrupt stehen geblieben wäre, hätte er mich über den Haufen gerannt. Wir betraten ein Büro mit einem chaotischen Schreibtisch, darauf ein Aschenbecher, der von Black-&-Mild-Stummeln überquoll. Der schale Gestank nach Zigarren aus Pfeifentabak hing in der Luft. Ich sah Papierstapel auf dem Boden, einen kleinen Flechtteppich, verstaubt wie alles andere, kaffeefleckige Unterlagen auf dem Schreibtisch.

«Hier sind wir richtig.»

«Der Typ ist ein totaler Chaot. Hier gibt's keine Ordnung. Wie sollen wir da was finden?»

Ich hörte ein Geräusch, metallisch, vertraut – die quietschende Eingangstür. *Verdammt!*

Neil packte meinen Oberarm und drückte zu. Ich führte ihn hinter die Tür, knipste meine Lampe aus. Ich konnte hören, wie sein Atem immer schneller ging. «Bleib ganz ruhig, okay?», zischte ich. «Wer auch immer da kommt, uns passiert nichts.»

Wir standen reglos in der Dunkelheit und Stille. Nein, keine Stille – Schritte, leise und leicht schleppend. Ein Lichtstreifen fiel unter der Tür hindurch, verschwand dann wieder. Neils Atem wurde keuchend, und mein Herz fing an, einen Stepptanz zu vollführen. Wie sollten wir unser Hiersein erklären? Und wem würden wir erklären müssen, was wir zu dieser nächtlichen Stunde hier zu suchen hatten? Türen öffneten und schlossen sich. Ein zwei Zentimeter breiter Spalt zwischen Fußboden und Tür ließ erneut Licht herein, ein kurzes Aufleuchten, dann noch einmal. Die Tür ging langsam auf. Eine Fluchtmöglichkeit gab es nicht. Ich zog die Glock aus dem Holster hinten am Bund meiner Jeans und packte sie am Lauf. Wer immer da hereinkam, würde in wenigen Sekunden höllische Kopfschmerzen haben, weil ich nicht vorhatte, in einer Arrestzelle in Creeklaw County zu landen. Larry Quinn würde mir das mein Lebtag vorhalten.

Ich sah das vordere Ende der Taschenlampe. Der Strahl hüpfte umher, erkundete den Raum. Ich hob den Arm. Neil hielt die Luft an. Dann kam der Schaft der Taschenlampe in Sicht. Ich trat einen Schritt vor. Mary Kate Stargells zierlicher Körper wirbelte herum, beeindruckend reaktionsschnell für eine Frau in ihrem Alter. Sie leuchtete mir mit ihrer Taschenlampe ins Gesicht. Ich kniff die Augen zusammen, senkte die Pistole und ging zum Gegenangriff über, indem ich mein LED-Licht auf ihre kleinen braunen Knopfaugen richtete. Neil, der nicht tatenlos bleiben wollte, knipste seine Stiftlampe an und schwenkte den Strahl zwischen uns hin und her.

«Mrs. Stargell, was machen Sie denn hier?»

«Was *ich* hier mache? *Ha!* Na, was wohl? Ich bin eine gute Nachbarin und passe auf Kirkpatricks Eigentum auf.» Sie drohte uns mit einem dürren Finger. «Der würde bestimmt gern wissen, dass ich Sie beide hier ertappt hab! Ich hab gleich gewusst, dass Sie nie im Leben bei uns ein Haus kaufen wollen. Dass Sie Städter sind, sieht man doch aus einer Meile Entfernung.» Ihre Stimme war schrill vor lauter Vorwurf und Aufregung, dunkle Augen funkelten wie die eines Nagetiers im Licht unserer hellen Stiftlampen. «Sie spionieren diesen Schlawiner Kirkpatrick aus, und ich will mitmachen, sonst verrate ich Sie.»

«Sie stören bei einer Ermittlung. Gehen Sie nach Hause.»

«Wenn Sie mich wegschicken, marschiere ich schnurstracks zu Kirkpatricks Haus und klopfe an die Tür.» Weiße Haut, dünn wie Pergament, legte sich in Hunderte winzige Fältchen. Die Frau musste weit über achtzig sein. Ihre Augen wurden schmal. «Wenn wir dagegen gemeinsam von hier verschwinden und ich alles erfahren habe, was Sie erfahren haben, dann sieht die Sache schon ganz anders aus, und ich habe nicht das Bedürfnis, mit irgendwem drüber zu reden.»

Ich ließ den Strahl meiner Lampe über sie wandern – silberweißes Haar, rosa Steppbademantel und bequeme Mokassins mit fester Sohle. «Neil, weih sie ein, und dann macht ihr zwei euch auf die Suche nach den Abrechnungen. Ich sehe mir mal den Kremationsraum an. Hübsches Outfit übrigens.»

«Ich bin früher oft hier gewesen und hab Joe Ray senior – Gott hab ihn selig – Gesellschaft geleistet. Der Kremationsraum ist zwei Türen weiter. Direkt gegenüber sind die Kühlboxen. Es gibt nämlich eine Wartezeit, die eingehalten werden muss, und dafür müssen sie die Leichen schön kühl halten.»

«Iiieh.» Neil schauderte.

«Halten Sie bitte die Taschenlampe nach unten und weg von den Fenstern.» Ich konnte die Gereiztheit in meiner Stimme hören, aber es war mir egal. Ich wusste von der Wartezeit. Vierundzwanzig bis achtundvierzig Stunden in den meisten Bundesstaaten. Eine Sicherheitsmaßnahme für den Fall, dass Zweifel hinsichtlich der Todesursache aufkommen, die sich nach der Einäscherung in den meisten Fällen nicht mehr feststellen lässt. Bis auf wenige Ausnahmen. Knochenfragmente können verraten, wenn gewisse Gifte und Toxine mit im Spiel waren.

«Warum bist du so gemein zu ihr?», fragte Neil mich in einem lauten Flüsterton. Auch sein Nervenkostüm wurde anscheinend immer dünner.

«Weil ich die Nacht nicht im Gefängnis verbringen möchte. Und weil sie vielleicht in Wirklichkeit der Satan ist.»

Wir sahen zu ihr rüber. Sie stand an dem großen alten Schreibtisch, lutschte an ihren falschen Zähnen und blickte mit einem missbilligenden Zungenschnalzen auf die Papiere und Flecken und leeren Cola-Dosen und den vollen Aschenbecher. Mary Kate setzte sich die Brille auf, die sie an einer Kette um den Hals hängen hatte, und ließ sich in den Schreibtischsessel plumpsen. Die Brille war an den Ecken nach oben geschwungen wie die von Catwoman. «Wenn Joe Ray senior ein Grab hätte, in dem er sich umdrehen könnte, dann würde er das tun.» Sie blickte auf und fügte allen Ernstes hinzu: «Er wurde natürlich eingeäschert.»

«Natürlich», sagte ich.

«Natürlich», sagte Neil.

Sie öffnete eine Schublade und fing an, Kirkpatricks private Papiere mit dem Eifer einer Agentin im Kalten Krieg zu durchstöbern. Neil, Stiftlampe zwischen die Zähne geklemmt, widmete sich einem Stapel Unterlagen auf dem Boden vor einem Schredder.

Ich ließ die beiden allein und ging zu der Tür, die in den Kremationsraum führte. Resopaltheke und Schränke wie im Empfangsraum. Auf der Theke lag ein Klemmbrett mit Kugelschreiber. Eine breite, glänzende Edelstahlkammer schien in der Wand am Ende des Raumes zu verschwinden. Ein *Achtung*-Schild mit Warnungen vor hohen Temperaturen hing darüber. Vor dem Ofen befand sich ein etwa anderthalb Meter langes Edelstahl-Transportband, und direkt davor stand eine Rolltrage.

Ich warf einen Blick auf die Kremationsliste. Das oberste Blatt war leer. Ich sah mir das nächste an. Kein Eintrag. Dann ging ich den Stoß Blatt für Blatt durch. Nicht eine einzige protokollierte Einäscherung. Was hatte das zu bedeuten? Zumindest, dass Kirkpatrick nicht ordnungsgemäß seinen Papierkram machte. Die Aufzeichnungen waren gesetzlich vorgeschrieben. Alles, was mit einem Leichnam geschieht, muss dokumentiert werden. Er kann nicht einfach verschwinden. Vielleicht hatte Mrs. Stargell recht damit, dass er faul war. Faul, nachlässig und gierig. Wahrscheinlich hatte er die Urne selbst fallen lassen und beschlossen, sie mit den getürkten Überresten zu füllen, damit er bezahlt wurde. Aber der Schuss war nach hinten losgegangen. Er hatte die Wades für alles entschädigen müssen.

Neil und Mary Kate tauchten an der Tür auf, mit großen Augen und breit grinsend – Starsky nach einer Geschlechtsumwandlung und Hutch auf Droge. Mary Kate wedelte mit einem Stapel Papiere. «Wir haben hier alles, was Sie wollten. Stromrechnungen und Lieferscheine.»

«Ausgezeichnet.» Ich sah mir gerade die Bedientafel an, die rechts vom Ofen angebracht war. «Sehen wir nach, ob es einen Kopierer gibt, und kopieren wir alles.»

«Ich hab auch einen Blick in die Steuerakten geworfen», sagte Neil. «Kein Mitarbeiter gemeldet. Aber er hat ja gesagt, den hätte er schwarz bezahlt und in bar, nicht?»

«Hier hat's nie einen Mitarbeiter gegeben», raunzte Mary Kate.

«Suchen wir einen Kopierer und dann nichts wie weg», drängte Neil. «Mir geht's hier drin gar nicht gut.»

Ich drückte auf der Bedientafel einen Knopf, der mit *Verbrennungskammerlicht* beschriftet war. Ich war noch nie so nah an einem Krematoriumsofen gewesen. Ich wollte sehen, wie er von innen aussah. Irgendetwas versperrte mir die Sicht – ein gewaltiger Behälter, der aussah wie aus Hartkarton, die Sorte, die häufig zur Einäscherung verwendet wird. Er füllte fast den gesamten Innenraum aus. Ich konnte die Ränder der Keramikauskleidung der Kammer sehen, aber mehr auch nicht.

«Was ist das?», fragte Mary Kate. Sie und Neil traten zwei Schritte näher.

Ich drückte einen grünen pilzförmigen Knopf und hörte das Surren von Ventilatoren. Pfeilknöpfe zeigten nach oben und unten. Ich drückte den Pfeil für unten; die Transporträder rotierten rückwärts. Der Behälter rührte sich nicht. Er war zu weit in der Kammer. Ich sah mich im Raum um. Eine Metallstange mit einem Haken stand in der Ecke. Ich nahm sie, steckte sie in die Kammer und hakte sie unter dem Deckel ein. Dann zog ich, so fest ich konnte, und der Behälter bewegte sich ein paar Zentimeter.

«Hilf mir mal», sagte ich zu Neil.

«Bist du sicher?» Widerwillig legte er die Hände um die Stange und half mir ziehen. «Das gefällt mir nicht.»

Wir schafften es, den Behälter so weit zurückzuziehen, dass die Transportrollen griffen. Die sargähnliche Kiste glitt gleichmäßig aus dem Ofen. Sobald sie weit genug draußen war, um den Deckel anheben zu können, drückte ich den großen Stoppknopf. Die Rollen drehten sich weiter. Ich drückte den Knopf ein zweites Mal. Nichts. Ein drittes Mal. Der Sarg näherte sich dem Ende.

«Er fällt runter.» Mary Kate hatte ein aufgeregtes Zittern in der dünnen, alten Stimme.

Ich versuchte, den Strom abzustellen. Ohne Erfolg. Ich schlug mit der Faust auf den Stoppknopf. Die hintere Hälfte des Behälters schob sich langsam von dem Transportband, fünf Zentimeter, zehn, fünfzehn. Ich drückte jetzt alle Knöpfe. Dreißig Zentimeter, sechzig. Ich wich zurück. Das Ding war nicht zu stoppen. Rückblickend hätten wir zumindest versuchen sollen, ihm eine sanfte Landung zu verschaffen. Doch wir standen bloß da und schauten zu, hielten uns wie blöde an unseren kleinen Taschenlampen fest. Als die Kiste gut einen Meter überstand, kippte die vordere Hälfte zu Boden und rutschte über die Fliesen. Dann fiel auch die hintere Hälfte von den Rollen und schlug mit einem dumpfen Knall auf. Mary Kate trat neben uns. Wir standen da und starrten auf den Behälter.

Ich schob die Finger unter den Deckel und klappte ihn hoch. Ein bläulich bleicher und grässlich geschwollener, nackter Leichnam starrte mich aus offenen Augen an.

«*Heilige Scheiße!*», kreischte Mrs. Stargell.

Ich beugte mich vor, um besser sehen zu können, leuchtete in die Kiste. «Da liegt nicht nur *eine* Leiche. Das sind drei oder vier, übereinandergestapelt.»

Neil und Mary Kate sausten so schnell Richtung Tür wie Lindsay Lohan in einer Entzugsklinik. Sie versuchten, sich gleichzeitig durchzuzwängen. Mary Kate machte eine Seitwärtsdrehung und schlüpfte unter Neils Arm hindurch, flutschte raus in den Gang, als wäre sie aus einer Zahnpastatube gequetscht worden. Neil rannte ihr nach. Ich hörte sie kichern wie Jugendliche bei einem Slasher-Film. Die kleinen Verräter drehten sich nicht mal zu mir um.

18

Zugegeben, ich bin keine Expertin für die Arbeitsabläufe in einem Krematorium, aber ich wusste, das hier konnte nicht richtig sein. Ich betrachtete die Leichen zu meinen Füßen. Wieso waren sie nicht in den Kühlboxen? Wieso waren sie gestapelt? Als wären sie nichts. Als wären sie nur dafür da, entsorgt zu werden. Während ich auf sie hinabschaute, wie sie nackt dalagen, völlig ungeschützt und machtlos, gab es irgendwo Menschen, die ihren Tod betrauerten, ihr Fehlen – leere Stühle und Betten, Anrufe, die nicht mehr entgegengenommen wurden, all die gewohnten Dinge, vom Tod zerstört. Und jetzt lagen sie hier in einem Pappsarg auf einem abgenutzten Fliesenboden.

Mary Kates Erklärung wäre gewesen, dass er ein fauler Schlawiner war, der sich einfach nicht die Zeit genommen hatte, sie richtig zu lagern. Aber das hier war schlimmer. Es war nicht nur unglaublich pietätlos, es war auch unsäglich dumm. Falls bei einem dieser Individuen die Feststellung der Todesursache gerichtlich angeordnet wurde, würde Kirkpatrick auffliegen. Würdeloser Umgang mit Leichen ist eine Straftat. Betrug ist eine Straftat. War das hier der Grund, warum Urnen mit falscher Asche gefüllt wurden? Gab es noch mehr Fälle? Und warum führte er die Einäscherungen nicht einfach durch? Leichen in diesem Zustand sind ja wohl schwerer zu handhaben, als wenn sie nur noch Kalzium- und Knochenstückchen sind. Ich wollte den Ofen testen. Vielleicht stimmte irgendwas nicht mit ihm. Aber zuerst musste ich ein paar Fotos machen.

Ich benutzte die Kamera in meinem Smartphone, eine mit ordentlichen zwölf Megapixeln. Das Blitzlicht explodierte in dem dunklen Raum und erhellte komplett eine fettleibige, weiße Frau im mittleren Alter. Unter ihr weiße Arme und Beine, darunter braune, männlich. Drei Tote, unterschiedlicher Hautfarbe und verschiedenen Geschlechts, von einem Bestatter an einem Feiertagssonntag zur Einäscherung angeliefert. Gestapelt.

Ich beleuchtete mit der Taschenlampe die obere Leiche. Keine sichtbaren Anzeichen auf eine mögliche Todesursache. Sie war extrem dick. Ich versuchte, sie ein wenig zu bewegen, damit ich unter sie schauen konnte, aber sie war schwer, und die sekundäre Erschlaffung hatte die Totenstarre ersetzt. Ich überlegte, ob ich die Pappe an der Seite einreißen sollte. Aber dann würden drei Leichen auf den Boden purzeln, Flüssigkeiten würden auslaufen. Und ich wollte sie ja schließlich nicht noch mehr würdelosen Behandlungen aussetzen. Nicht einmal, um die Wahrheit herauszufinden. Es kam mir vor wie eine Vergewaltigung. Der Tod kennt keine Privatsphäre. Das ist verstörend.

Ich stand da und überlegte, was ich als Nächstes tun sollte. Ich hatte mir einen ganz schönen Schlamassel eingebrockt. Selbst wenn es mir gelang, dass sich die Rollen wieder in die richtige Richtung drehten, ich würde es nie im Leben allein schaffen, die Kiste wieder aufs Transportband zu hieven und zurück in den Ofen zu befördern, damit Kirkpatrick nichts von unserem Einbruch bemerkte. Neil und Mary Kate sprinteten wahrscheinlich schon über die Schotterstraße.

Ich ging zurück in den Anlieferungsraum. Ich schnappte

mir die Liste dort, nahm sie mit zu der vom Transportband gefallenen Kiste und hielt meine Taschenlampe so, dass ich die Namen lesen konnte. Faye Milner, Demetrius Trite und Joseph Wagner, die letzten drei Namen auf der Liste. Ich sah sie mir noch einmal an, wie sie da gestapelt in Joe Rays Krematorium lagen. Ich blätterte zurück und fand den Namen Wade, Shelia Marlene. Dasselbe Bestattungsinstitut, das die drei Leichen zu meinen Füßen angeliefert hatte, hatte auch Billy Wades Mutter vor einem Monat hergebracht. Ich machte ein Foto von beiden Blättern.

Mein Handy vibrierte. Ich drückte die winzige Taste an meinem Ohrknopf. Neil war außer Atem. Er hatte Autoscheinwerfer gesehen, die das Sträßchen vom Farmhaus herunterkamen.

Joe Ray. Hatte er irgendwas gesehen, das Blitzlicht von der Kamera vielleicht? Ich stellte rasch die Metallstange mit dem Haken dahin zurück, wo ich sie gefunden hatte – für den unwahrscheinlichen Fall, dass er annehmen würde, seine Anlage wäre von allein durchgedreht, hätte einen Blitz verursacht und ein paar Leichen auf den Boden gekippt. Hey, ich versuchte eben, optimistisch zu sein. Ich knipste meine Taschenlampe aus und tastete mich durch die Dunkelheit, die flachen Hände vor mir ausgestreckt wie eine schlechte Pantomimin, die Liste unterm Arm, Richtung Anlieferungsraum mit der Laderampe und der Tür daneben. Jetzt oder nie. Hastig hängte ich das Klemmbrett wieder an Ort und Stelle. Kirkpatrick würde jeden Moment durch die Vordertür gestürmt kommen.

In Anbetracht der unvertrauten Umgebung bewegte ich mich ziemlich flink. Ich will nicht direkt behaupten, dass ich eine katzenhafte Geschmeidigkeit an den Tag legte, aber immerhin, Sekunden später war ich zur Hintertür hinaus und trat auf die Metallstufen neben der Laderampe.

Haben Sie schon mal das leere Gefühl gehabt, einfach so ins Nichts zu treten? Ich meine buchstäblich? Wie dem auch sei, nur Augenblicke nachdem ich mir selbst zu meiner natürlichen katzenhaften Grazie gratuliert hatte, verfehlte ich glatt die unterste Stufe. Ich hätte es vielleicht geschafft, mich aufrecht zu halten, wenn dieser Scheißschotter hier oben nicht das Hauptindustrieprodukt wäre. Alles war damit belegt. Mein rechter Fuß rutschte weg, und ich landete hart auf allen vieren. Mein Handy flog mir aus der Hand; Steinchen bohrten sich mir in Knie und Handflächen.

... Dann, Reifen auf Schotter. Ganz nah. Kirkpatrick wollte offenbar zur Rückseite des Gebäudes. Ich blickte auf mein Handy. Es war direkt vor der Rampe gelandet. Rote Rücklichter, gelbe Rückfahrscheinwerfer erhellten die Ecke, als das Heck des Pick-up in Sicht kam. Er fuhr rückwärts? Wollte er an die Rampe? Er hatte gar nichts gesehen. Er war aus einem anderen Grund hier.

Eine Baumreihe hinter dem Krematorium, etwa fünf, sechs Meter rechts von der Rampe, bot die einzige Deckung. Ich blickte dorthin, dann auf mein Handy, dann wieder auf die Baumreihe. Wenn er mein Handy fand, war ich geliefert. Ich war bei ihm eingebrochen, hatte eine Kiste Leichen auf den Boden gekippt, Fotos von ihnen und Kirkpatricks Anlieferungsliste gemacht und vermutlich ein Transportband beschädigt, sodass es jetzt nur noch rückwärts lief.

Ich erinnerte mich an mein Hindernislauftraining und robbte auf Ellbogen und blutigen Knien los, betete innerlich, dass ich tief genug war, um nicht von Joe Rays Seitenspiegeln erfasst zu werden. Ich schnappte mir mein Handy mit einer Hand und rollte mich aus dem Weg. Die Reifen waren so nah an meinen Knöcheln, dass ich ihre Bugwelle aus rauem Schotter spürte.

Ich schaffte es in Deckung und duckte mich tief. Auch die Mücken mochten die Hitze in diesem Jahr, und sie fielen über mich her. Kirkpatrick stieg aus seinem Pick-up, schlenderte zu dem großen Tor an der Laderampe und entriegelte mit einem Schlüssel ein Messingvorhängeschloss. Er hatte keine Eile. Das würde sich ändern, sobald er den Pappsarg auf dem Boden sah. Ich musste verschwinden, und zwar schnell.

Just in diesem Moment öffnete sich die Beifahrertür, und eine Frau stieg aus. «Ich schaffe das schon, Mama», rief Joe Ray und schob das Tor auf. «Dauert nicht lange.»

Sie ging zu den Stufen rüber, mit einem langsamen, wiegenden Gang, als hätte sie ein zu kurzes Bein. «Ich will mir nicht wieder die ganze Nacht um die Ohren schlagen.»

Wieder? Was zum Teufel ging hier vor? Ich wartete, bis sie im Gebäude verschwunden waren, und flitzte die Zufahrt runter und über den vorderen Parkplatz, ohne auszurutschen. Meine Beine waren inzwischen wohl schottertauglich. Ich warf einen Blick über die Schulter. Kein Licht im Gebäude. Joe Ray und seine Mutter tauchten mitten in der Nacht auf und benutzten Taschenlampen in ihrem eigenen Betrieb. Im Northeast Georgia Crematorium gingen äußerst merkwürdige Dinge vor sich.

Aus dem Augenwinkel bemerkte ich ein blinkendes Licht, dann hörte ich lautes Getuschel. *Hier drüben.* Es waren Neil und Mary Kate, auf der anderen Seite der Straße in einem trockenen Graben gegenüber vom Gebäude. Ich sprang zu ihnen hinein. Meine Lieblingsjeans war zerrissen, und meine Knie brannten höllisch. Ich war übersät mit Mückenstichen. Mrs. Stargell und Neil schlugen auch nach den Biestern.

«Was macht der Schlawiner da drin?», wollte Mary Kate wissen.

Im Krematorium ging Licht an, dann erhellten die Flutlichter, die an der Seite des Gebäudes montiert waren, den Parkplatz. Wir duckten uns weg, kamen dann langsam wieder hoch. Joe Ray stürzte zur Tür heraus. Er hatte ein Gewehr. Er schritt die Front des Gebäudes ab, spähte um die Ecken und hinter die Azaleensträucher, die umlaufend gepflanzt waren. Dann lief er eine Weile auf dem Parkplatz herum. Schließlich machte er kehrt und ging den Weg hinunter, den er wenige Minuten zuvor mit seinem Pick-up rückwärtsgefahren war.

Neil atmete auf und ich auch, aber Joe Ray war noch nicht fertig. Kurz darauf kam er mit einem Handscheinwerfer zurück und lief erneut eine Weile hin und her. Mrs. Kirkpatrick öffnete die Vordertür und sagte, er solle auf der Straße nachsehen.

«Die sind weg, Mama. Wahrscheinlich wieder irgendwelche Jugendlichen. Keine einzige Reifenspur zu sehen.»

Zum Glück hatten die Kids aus der Highschool den Weg bereitet. Und außerdem arbeitet unser Verstand so. Er sucht nach sicheren Erklärungen. Joe Ray wollte eben glauben, dass es nichts Ernstes war. Ich dachte an den kleinen Bruder der Barkeeperin, der behauptete, gesehen zu haben, wie Kirkpatrick mitten in der Nacht Leichen auf der Schulter raustrug. Alle hatten das als Hirngespinst eines verängstigten Jungen abgetan. Ich wollte unbedingt wissen, warum er heute Nacht so spät hergekommen war und warum er seinen Pick-up rückwärts an die Rampe gesetzt hatte. Wenn wir jetzt Blick aufs Tor hätten, würden wir dann sehen, wie Joe Ray Leichen zum Pick-up trug? Und sie dann irgendwohin brachte? Und warum?

«Guck trotzdem nach», befahl Joe Rays Mama und watschelte dann auf den Parkplatz. Sie wusste, dass sie ein Problem hatten, Jugendliche hin oder her. Irgendwer hatte die

Leichen gesehen und bemerkt, dass man sie ordnungswidrig behandelt hatte.

«*Scheiße*», sagte Neil.

«Im Dunkeln kann man nur Bewegung sehen», flüsterte ich. «Haltet euch einfach ruhig.» Ich griff nach meiner Glock.

Joe Rays Licht tanzte um uns herum. Wir drückten uns flach in den Graben und hörten seine Stiefel auf dem Schotter. Mary Kate atmete geräuschvoll ein. Die Mücken waren gnadenlose Kamikazeflieger. Neil hatte mich überredet, keinen Mückenschutz mit DEET drin zu kaufen, weil das Zeug angeblich Krebs verursacht. Und das sagt ausgerechnet er, der sich Haschisch ins Dessert mischt und an der Supermarktkasse aufgerollte Dollarscheine aus der Hosentasche kramt.

«Hier draußen ist keiner, Mama.» Seine Stimme war so nah, dass ich Neil zusammenzucken spürte. Ich packte sein Handgelenk. Kirkpatrick machte kehrt. «Du solltest mich endlich etwas Geld in eine Alarmanlage stecken lassen.»

Er ging zurück zum Krematorium und zu Mrs. Kirkpatrick. Sie unterhielten sich, als sie durch die Vordertür eintraten, aber ich konnte kein Wort verstehen. Wir blieben, wo wir waren. Wofür auch immer sie gekommen waren, sie würden es mitnehmen. Und keiner von uns wollte auf der Straße erwischt werden.

«Also, ich kann einfach nicht glauben, dass Loretta Ann dabei mitmacht, was immer es ist», zischte Mrs. Stargell und schlug nach einer Mücke. «Joe Ray senior hat die Frau geliebt.»

«Vielleicht hat Joe Ray senior ja auch dabei mitgemacht, was immer es ist», sagte ich.

«Ruhe jetzt», fauchte sie mich genau in dem Moment an, als der Pick-up um das Gebäude herumkam. Wir duckten uns wieder. Ich betete, dass sie zurück zum Haus fahren würden und nicht die Straße runter, wo ich den Impala abgestellt hatte. Mein Gebet wurde erhört. Wir lugten aus dem Graben und schauten dem Pick-up nach, der auf den Weg Richtung Haus bog. Ich hob mein Minifernglas und sah, wie sie vor der Scheune hielten. Die Fahrertür ging auf. Im Licht der Autoscheinwerfer öffnete Joe Ray das große zweiflügelige Scheunentor. Mrs. Kirkpatrick musste auf den Fahrersitz gerutscht sein, denn der Pick-up fuhr langsam in die Scheune.

«Was geht da vor?», fragte Mary Kate.

«Sie fahren in die Scheune», sagte ich. «Wir müssen nachsehen, was die im Schilde führen.»

«Wir?», fiepte Neil. «Wohl kaum.»

«Ich bin dabei», sagte Mrs. Stargell. «Aber nicht mehr heute Nacht.» Sie kletterte in ihrem rosa Bademantel und den Mokassins aus dem Graben und klopfte sich ab. «Alle Mann mitkommen.» Sie ging los die Straße hoch. «Es gibt was zu essen.»

Sie machte uns Rühreier im Südstaatenstil, nicht zu fein gerührt, in reichlich Butter gebraten und mit Schnittlauch und schwarzem Pfeffer bestreut, genau wie meine Mutter sie immer gemacht hatte. Dann gab sie das Ganze auf Sauerteigtoast und servierte es uns mit einem Glas Milch und einem Multivitamin-Gummibärchen. Wir fragten nicht. Wir nahmen einfach unsere Vitamine und tranken unsere Milch und benutzten unsere Servietten und sagten brav «Ja, Ma'am» und «Danke, Ma'am», wie man das in Georgia so macht, wenn man zum Essen eingeladen ist.

Später fuhr Mrs. Stargell uns zu meinem Wagen – in einem dollarscheingrünen Cadillac Fleetwood, blitzsauber und kastenförmig, wie sie Anfang der neunziger Jahre hergestellt wurden. Ihr Kopf ragte kaum über das Lenkrad. Ich warf einen

Blick auf den Meilenstand. Vierundsechzigtausend. Der Wagen musste in zwanzig Jahren die meiste Zeit rumgestanden haben.

Es war nach drei, als wir wieder im Hotel ankamen. Wir hatten vereinbart, nach ein paar Stunden Schlaf einen neuen Anlauf zu machen. Ich setzte mich aufrecht in das wuchtige Bett, lehnte den Rücken gegen das massive Holz und nahm mein Notebook auf den Schoß. Ich machte eine Liste. *Urne, ungekühlte Leichen, Wartezeit, Taschenlampen, Bruder von Barkeeperin.* Ich starrte darauf. Die Nebel lichteten sich nicht gerade. Wieso ließ er die Leichen einfach so liegen? Ich schrieb: *Motiv?* Wie schwierig war es, sie in die Kühlboxen zu verfrachten? Was immer da vor sich ging, die Mutter hatte anscheinend das Sagen. Ich setzte sie mit auf die Liste. *Loretta Ann Kirkpatrick.*

Ich dachte wieder an das, was Mrs. Stargell gesagt hatte – dass wir im Leben schon genug Demütigungen hinnehmen müssen. Die Aussicht, so entwürdigt zu werden, hatte ihr Angst gemacht. Ich hatte es in ihrem Gesicht gesehen, als wir auf der Veranda gesessen und über diese Gase gesprochen hatten, während wir zuschauten, wie Joe Ray Kudzu pflanzte. Die Leute auf dem Land nehmen den Tod ernst. Außerdem war sie alt. Sie hatte zweifellos schon über das Unabänderliche nachgedacht. Vielleicht sind wir nach dem Tod bloß leere Hüllen. Ich weiß es nicht. Aber manche Menschen haben zu Lebzeiten Angst davor, im Tod ungebührlich behandelt zu werden, und schon das allein sollte Grund genug sein, ihre Würde zu achten.

Ich erweiterte meine Liste: *Gase, Betriebskosten.*

Ich sah mir die Fotos an, die ich von den Leichen gemacht hatte; sie wirkten jetzt, hell erleuchtet im Display meines Handys, fast genauso schockierend wie in dem Augenblick im

Kremationsraum. Ich erinnerte mich an Mary Kates Gesicht, als ich den Deckel von dem Pappsarg gehoben hatte, und lachte leise in mich hinein. Sorry, aber es war einfach zu lustig gewesen.

Ich mailte die Fotos von den gestapelten Leichen an Quinn, dann zog ich mir die Bettdecke unters Kinn und knipste die Nachttischlampe aus. Bislang war dieses Vierter-Juli-Wochenende ungefähr genauso amüsant gewesen wie eine Grillparty mit Leuten von PETA.

19

Als ich wach wurde, klingelte mein Handy, und Tageslicht lugte zwischen den schweren Hotelvorhängen herein. Ich schaute auf die Uhr. Viertel nach neun.
«Ich sehe mir gerade die Fotos an, die du geschickt hast, aber mir ist schleierhaft, was ich da sehe», sagte Larry Quinn vorwurfsvoll. «Soll das ein Witz sein?»

Ich stieg aus dem Bett, zog die Vorhänge auf und schaute hinaus in einen dunkelblauen Tag, Gewitterwolken, aber kein Regen. «Was du da siehst, befand sich gestern Nacht im Ofen von Kirkpatricks Krematorium.»

«Okay, erst einmal, ich habe keinerlei Kenntnis davon, wie du an diese Fotos rangekommen bist.»

«Entspann dich, Larry. Ich zeichne das Gespräch schließlich nicht auf. Moment mal, ja?» Ich schlüpfte in eine Jeans und eine hellblaue Bluse und klopfte an die Verbindungstür zu Neils Zimmer. Er öffnete sie lächelnd und reichte mir eine Tasse Kaffee, weshalb ich natürlich geklopft hatte. Er wirkte hellwach. Nackter Oberkörper, Pyjamahose mit Gummizug unterhalb des Bauchnabels.

«Ich hab dich rumlaufen hören», flüsterte er, als er das Telefon in meiner Hand sah. Ich gab ihm einen Luftkuss und trank einen Schluck Kaffee. Er war gut, stark, aber nicht bitter, schwarz, genau wie ich ihn mochte.

«Wir haben in der Verbrennungskammer drei unverbrannte Leichen gefunden, übereinandergestapelt», erklärte ich Larry Quinn. «Laut einer Nachbarin ist das Krematorium zuletzt gestern Morgen beliefert worden. Sie sagt, der Betreiber ist danach gegangen und nicht wiedergekommen. Der letzte Eintrag im Anlieferungsprotokoll sind drei Namen: Faye Milner, Demetrius Trite und Joseph Wagner. Ich habe auch den Eintrag für Billy Wades Mutter gefunden. Und als wäre das noch nicht eigenartig genug, tauchen plötzlich Kirkpatrick und seine Mutter auf. Mitten in der Nacht, Larry. Er ist mit seinem Pick-up an die Rampe auf der Rückseite gefahren, deshalb konnte ich nicht beobachten, was die zwei da gemacht haben.»

«Glaubst du, er hat vergessen, den Ofen einzuschalten?»

«Nein. Was immer in dem Krematorium vor sich geht, ich glaube nicht, dass es was mit Vergessen zu tun hat.»

«Vielleicht verbrennt er immer gleich zwei oder drei, um Geld zu sparen», spekulierte Larry. «Anschließend sammelt er die Überreste ein und teilt sie auf. Merkt doch keiner.»

«Das erklärt noch nicht das Hühnerfutter. Und ich bin ziemlich sicher, dass er nie einen Mitarbeiter hatte. Außerdem, diese Öfen sind nur für jeweils einen Leichnam ausgelegt. Selbst bei elfhundert Grad würde es nicht funktionieren, wenn die Leichen gestapelt werden. Ohne Behälter würde es vielleicht gehen, aber der ist erforderlich, um Körperflüssigkeiten aufzufangen. Sonst gäbe es eine schöne Schweinerei.»

«Okay, okay. Ich hab gerade gefrühstückt.»

Ich trank wieder einen Schluck Kaffee, nahm eine Zimmerservice-Speisekarte und reichte sie Neil. «Bestellst du uns was? Außerdem, Larry, die Leichen müssen für einen gesetzlich vorgeschriebenen Zeitraum kühl gelagert werden.» Und dann erzählte ich ihm von dem Bruder der Barkeeperin, der angeblich gesehen hatte, wie Joe Ray nachts Leichen wegschleppte.

«Ich hab doch gewusst, dass da was nicht stimmt», beglückwünschte Larry sich selbst.

Neil telefonierte mit dem Zimmerservice. Ich schlenderte zurück in mein Zimmer. «Man kann Kirkpatrick wegen verschiedener Verstöße gegen das Gesetz drankriegen. Wenn er die Leichen nicht einäschert, ist das betrügerischer Diebstahl und unsachgemäßer Umgang mit Leichen obendrein.»

«Ich will ihm nachweisen, dass er das systematisch macht.»

«Mindestens eine weitere Urne war mit Zementmischung statt Asche gefüllt», sagte ich und erzählte ihm von Huckaby und der Asche, die nach Hinzufügung von Wasser zementhart geworden war.

«Ich brauche noch mehr. Und halt dich von den Cops in der Gegend fern, ja? Wir wissen nicht, was für ein Netzwerk Kirkpatrick da oben hat. Irgendwelche Theorien?»

«Ich bin ratlos.»

«Ich kapiere einfach nicht, warum er Urnen mit Zementmischung füllt, statt die Leichen einzuäschern.»

«Geht mir genauso.»

Ich legte auf und ging duschen. Mrs. Stargells Rühreier hielten nicht mehr vor, und ich hatte Hunger. Sie erwartete uns später. Ich wollte sie zwar nicht unbedingt weiter dabeihaben, aber ihr Haus eignete sich perfekt, um die Kirkpatricks zu beobachten. Und sie hatte uns ein Mittagessen versprochen, dem ich freudig entgegensah. Die leidenschaftliche Köchin, bei der ich aufgewachsen war, hatte regionalen Köstlichkeiten wie scharfen Shrimps mit Maisgrütze immer ihre ganz persönliche Note gegeben. Sie baute Poblanos im Garten an und füllte sie mit Käse und in Knoblauch angebratenen Eichelkürbiswürfeln. Sie spießte frische Pfirsiche auf Zimtstangen und übergoss sie im Backofen mit Bourbon und Honig, bis ihr Fleisch süß und rauchig war. Sie füllte kleine Teigförmchen mit Ziegenkäse und selbst gemachter Limettencreme und Glaskrüge mit süßem Eistee und frischem Thymian. Die Südstaatenküche kommt oft schlecht weg. Aber wenn einer sie richtig beherrscht, ist sie etwas Wunderbares.

Ich schraubte ein kleines, stark parfümiertes Fläschchen Shampoo auf, das ich im Badezimmer gefunden hatte. Ich hatte meins vergessen. Nach dem Sturz letzte Nacht brannten mir Knie und Handflächen unter dem heißen Wasser, und ich trocknete meinen wunden Körper vorsichtig ab.

Neil schob einen Zimmerservice-Wagen herein, als ich mir gerade Kinerase aus einer hundertfünfzig Dollar teuren Tube ins Gesicht rieb, dann ein bisschen Rouge und Mascara auflegte. Er sah mich an. «Das sieht scharf aus.»

«Danke, aber komm bloß nicht auf dumme Gedanken.»

«Ich habe Joe Rays Stromrechnungen der letzten paar Jahre», sagte er. Ich hörte Geschirr klappern, als er den Frühstückstisch deckte. «Macht dich das nicht ein bisschen an? Zweiundzwanzig Monate ohne eine Erhöhung oder deutliche Senkung des Verbrauchs.» Er setzte sich, nahm ein silbernes Kännchen und träufelte Sirup über seinen Teller.

Ich strich mein Haar glatt, nahm meine Kaffeetasse und ging damit zum Tisch. Unter der silbernen Haube auf meinem Teller fand ich verlorene Eier in einem Nest aus Weizentoast und Kartoffeln, zwei Pfannkuchen mit Brombeerbutter auf einem separaten Teller. *Perfekt.* Neil hatte ein Spinatomelett mit vegetarischer Soße, Rösti und einen großen Stapel Pfannkuchen. Wir langten kräftig zu.

«Etwas ist allerdings interessant», sagte Neil. «Vor dreiundzwanzig Monaten waren die Rechnungen siebzig Prozent höher als in den letzten zweiundzwanzig Monaten.»

Ich sah ihn an. «Und davor?»

«Ich bin so weit zurückgegangen, wie die Rechnungen online einzusehen sind. Fünf Jahre. Der monatliche Verbrauch war immer ziemlich konstant. Dann fiel er ab und ist nicht wieder gestiegen.»

Ich dachte eine Weile darüber nach, während ich aß, schaute ein oder zwei Minuten zum Fenster hinaus. Golfcarts kurvten die Wege rauf und runter. Dunkles Laub säumte die zahllosen kleinen Buchten des idyllisch gelegenen Sees, und Kiefern mit zartgrünem Nadelkleid ragten darüber auf.

«Wie steht's mit den Umsatzzahlen?», fragte ich. «Dem Volumen oder wie immer das in der Kremationsbranche heißt.»

«Joe Ray junior verarbeitet ungefähr das gleiche Volumen wie sein Vater früher.»

«Vielleicht hat er modernisiert, auf eine leistungsstärkere Anlage umgerüstet.»

Neil schüttelte den Kopf. «Den Gedanken hatte ich auch. Aber es gab keine größeren Ausgaben. Ich hab mir den Namen und die Modellnummer des Verbrennungsofens gemerkt und mal recherchiert. Das Ding ist fast dreißig Jahre alt. Könnte jederzeit den Geist aufgeben. Und Ersatzteile sind teuer. Die neuen sind Modularsysteme mit Spitzentechnik, aber die alten sind langsam, überhitzen, müssen zwischendurch immer wieder runtergekühlt werden, sonst treten sichtbare Emissionen aus.»

«Gase», sagte ich, und Neil nickte. Zwei Golfer hinten auf dem Grün wählten einen Schläger aus ihrer Golftasche aus, beschatteten die Augen, schätzten die Entfernung ab. «Hast du zufällig ein Bankkonto gefunden?»

«Na klar. Joe Ray zahlt sich selbst siebenhundert die Woche. Per Überweisungsauftrag. Keine sonstigen Überweisungen. Mrs. Kirkpatrick kriegt fünfzehnhundert.»

«Das heißt also, Joe Ray senior stirbt vor ein paar Jahren, das Volumen bleibt ungefähr gleich, aber die Betriebskosten sinken beträchtlich?» Ich nahm ein Messer, bestrich einen Pfannkuchen mit Brombeerbutter, nahm ihn wie eine Scheibe Toast in die Hand und biss hinein.

«Ja. Die Fixkosten sind enorm gesunken. Noch dazu sind die Preise gestiegen. Das Geschäft ist jetzt eindeutig profitabler. Klingt nicht gut, oder?»

«Klingt, als ob die Anlage nicht oft benutzt wird.» Ich wünschte erneut, ich hätte Zeit gehabt, den Ofen zu testen.

«Aber es werden nach wie vor Leichen angeliefert.»

«Und die Wades und die Huckabys haben Urnen voll mit Zementmischung.»

Wir frühstückten schweigend weiter. Die Kartoffeln waren weiß und gewürfelt, mit Rosmarin und frischem Zitronenthymian gewürzt und zusammen mit roten und grünen Paprikaschoten gebraten, deren Haut leicht knusprig war.

«Die Sache wird allmählich echt merkwürdig», sagte Neil.

«Das kannst du laut sagen. Hast du halbwegs gut geschlafen?»

«Ziemlich schlecht. Bei dem ganzen gruseligen Mist. Das ist meine vierte Tasse.»

«Ich will sehen, was in der Scheune ist. Meinst du, du kriegst Mary Kate dazu, dass sie sich benimmt?»

«Klar», sagte Neil. «Ich glaube, sie hat sich ein bisschen in mich verguckt.»

«Oder umgekehrt.»

«Na ja, das alte Mädchen hat einen Hintern wie eine sechzehn Jahre alte Kugelstoßerin.»

«Das ist widerlich.»

«Du hast angefangen.»

Um kurz nach zwölf bogen wir in Mrs. Stargells Schottereinfahrt und parkten hinter dem Haus. Mein Impala sollte nicht wie auf dem Präsentierteller stehen. Nach letzter Nacht waren die Kirkpatricks bestimmt aufgeschreckt. Mary Kates Auto war in einem frei stehenden Carport abgestellt. Die geriffelten Platten wurden von einem Gestell aus Metallstangen gehalten. Es war gerade breit genug für ihren großen Fleetwood und ein ziemlicher Schandfleck hier im wunderschönen Tal der Blue Ridge Mountains.

«Da ist sie», sagte Neil. «Der alte heiße Feger.»

Ich folgte seinem Blick hinauf zu einer hinteren Veranda, wo Mary Kate Stargell sich mit einer Hand am Geländer festhielt und mit der anderen winkte wie die Queen Mother beim Ablegen der *Britannia* – ein königliches Winken, bei dem noch dazu ein perfekt restauriertes Gebiss voll zur Geltung kam. Ein knielanges gelbes Baumwollkleid wurde in der Taille von einem Gürtel gehalten. Blaue Adern schlängelten sich an knochigen Schienbeinen hinunter und verschwanden in Hausschuhen. Ich lächelte. Ich konnte nicht anders.

Sie hielt die Hintertür auf und ließ uns in eine Küche, die nach Knoblauch und Kräutern und Brathähnchen roch, wuselte dann um uns herum wie eine Frau, die ihr Leben lang für andere gekocht hatte, und zwar mit Begeisterung. Ich fragte mich, wie oft sich ihr diese Gelegenheit bot. Vielleicht hatte Mary Kate Stargell ja ein reges Gesellschaftsleben, aber irgendwie bezweifelte ich das. Sie war schließlich eher der bärbeißige Typ, und sie hatte sich an uns rangehängt, so wie einsame Menschen es tun.

Neil und ich mussten auf Kiefernholzstühlen mit gelben Kissen zum Festbinden Platz nehmen. Ich hatte nicht den geringsten Appetit nach dem gigantischen Hotelfrühstück. Aber Neil war bereit. Er war immer bereit zu essen.

Mrs. Stargell stellte einen Laib selbst gebackenes Brot mitten auf den weiß gekachelten Tisch. Ich roch die Hefe und sah Rosmarinsprenkel. Frisches Brot. Es spielt keine Rolle, ob du Hunger hast, wenn es frisches Brot gibt.

Eine knochige Hand legte sich auf Neils Schulter. Mary Kate fragte, ob er noch etwas anderes wünsche, als sie seinen Teller vor ihn stellte. Ich beäugte das Essen – knusprig gebackenes Hähnchen, gerösteter Spargel mit Thymianzweigen, schön karamellisiert im Backofen, geschmeidig geschlagener Kartoffelbrei mit einem kleinen Klecks Butter, der daran herunterlief. Wir beide bemühten uns seit einiger Zeit, wenn auch eher halbherzig, tiergerechter und bewusster zu essen, vorwiegend regionale Produkte aus Freilandhaltung, und überhaupt weniger Fleisch. Aber ehrlich gesagt, sind Neil und ich Paradebeispiele dafür, dass der Geist willig ist, aber, na, Sie wissen schon. Eine einzige knusprige Hähnchenkeule, und schon ist es um unsere guten Vorsätze geschehen. Ich breitete meine Serviette auf dem Schoß aus und wartete. Schließlich wollte ich nicht unhöflich sein.

«Bitte sehr, meine Liebe», sagte Mrs. Stargell zu mir. «Ich hoffe, das schmeckt Ihnen.»

Sie hatte lediglich eine Schale klebrigen Reis vor mich gestellt. Ich starrte die Schale an. Ich starrte Neil an. Ich starrte in Mary Kates trügerisch goldiges, kleines Gesicht, sah das kurze weiße Haar, das sich an ihren kleinen Kopf schmiegte, das übermäßig dicke Rouge auf ihren zarten Magermilchwangen. Aber ihre braunen Augen waren hart und böse und hielten meinem Blick mühelos stand. Sie lächelte. Ich stierte auf die Reihe falscher Zähne, die sie mit Sicherheit überleben würden.

«Stimmt was nicht, Frühlingsrolle? Ist das nicht euer Nationalgericht?»

Neil hätte fast eine Spargelstange durch die Nase ausgehustet.

«Mrs. Stargell, ich bin hier in Georgia aufgewachsen, genau wie Sie. Herrgott noch mal. Denken Sie eigentlich mit dem Arsch, oder was?»

Mary Kate schnappte sich eine Sauciere vom Tisch und hielt sie schräg über meine Schale. Gut eine halbe Tasse hellbrauner, gallertartiger Flüssigkeit wälzte sich langsam heraus und klatschte auf meinen Reis. Ich blickte auf die Pampe. «Ist das südstaatlich genug, Sie Schandmaul?»

Ich sprang empört auf.

«O nein», sagte Mrs. Stargell und fächelte sich mit einer geäderten Hand theatralisch Luft zu. «Sie will hungrig wieder gehen. Versteckt die Hauskatzen.»

Neils Hand knallte auf die Tischplatte und erschreckte uns beide zu Tode. Meine kleine Reisschale machte einen Hüpfer. Soße schwappte über. «Mrs. Stargell, lassen Sie Ihre Boshaftigkeiten stecken, und zwar sofort. Und mit Ihren Erpressungen kommen Sie auch nicht mehr durch. Sind Sie nett, sind Sie dabei. Sind Sie fies, sind Sie *raus*. Und Keye, Mrs. Stargell ist doppelt so alt wie du. Du schuldest ihr ein bisschen Respekt.»

«Sie ist *mehr* als doppelt so alt wie ich! Falls die Anmerkung erlaubt ist.»

«*Bitte*, ihr haltet jetzt beide den Mund und lasst mich mein köstliches Essen genießen, verdammt noch mal.»

Mrs. Stargell ließ sich auf einen Stuhl sinken. Ihre blasse Haut war gerötet und passte jetzt farblich zu dem übertriebenen Rouge auf ihren Wangenknochen. Sie war ganz hingerissen von seinem Ausbruch, wie mir klarwurde. Ich traute meinen Augen nicht. «Die Hauskatzen-Bemerkung tut mir leid, meine Liebe», sagte sie kleinlaut.

Ich setzte mich wieder an den Tisch, probierte den Reis und schauderte. Sie starrten mich beide an. «Was ist?» Ich hob die Serviette an den Mund. «Ach so. Mir tut's auch leid.» Neils Augen verengten sich. «Okay, okay.» Ich sah Mary Kate an. «Tut mir leid, dass ich gefragt hab, ob Sie mit dem Gesäß denken.»

Mary Kate blickte Neil an, während er Essen auf eine Art in sich reinschaufelte, die mir peinlich war. Ich gab mich einem Tagtraum hin, in dem sie einen spitzen Hexenhut trug und sich mit einem meckernden Lachen über einen dampfenden Kessel voller Kinder beugte. Ein, zwei Minuten verstrichen.

Ich stand auf. «Ich muss nachsehen, was in der Scheune ist.»

«Hab ich mir schon gedacht bei der Manöverkluft, die Sie anhaben», bemerkte Mrs. Stargell. Ich trug eine khakigrüne Cargohose und Schnürstiefel – wie ich fand, die angemessene Kleidung für eine Ermittlung, bei der Hühner und Scheunen beteiligt waren. «Zu meiner Zeit haben Frauen sich nicht so angezogen.»

«Gab's damals schon Hosen, oder habt ihr euch einfach ein Bisonfell über die Schultern geworfen?»

Ihre kleinen Augen wurden schmal. Sie zeigte mit einem knochigen Finger auf mich. Ein Lächeln umspielte ihre Lippen. «Der war gut, Frühlingsrolle.»

20

Wir ließen das Geschirr auf dem Tisch stehen und gingen zur Hintertür hinaus. Ich legte mich lang auf die Rückbank des Cadillac. Es war heiß im Wagen. Ich ließ die hinteren Fenster herunter. Auf den Vordersitzen: Neil, Mary Kate und eine 22 mal 33 Zentimeter große Auflaufform, die schon so oft benutzt worden war, dass sie mit bernsteinfarbenen Flecken besprenkelt war. Sie gehörte Mrs. Kirkpatrick. Unter dem Vorwand, das Prachtstück zurückzubringen, wollte Mary Kate bei den Kirkpatricks ins Haus platzen und Neil als ihren Neffen aus Atlanta vorstellen.

«Beschäftigt sie ein paar Minuten und simst mir, wenn irgendwas passiert», sagte ich zu ihren Hinterköpfen. «Zum Beispiel, wenn Joe Ray früher nach Hause kommt.»

«Klar», sagte Neil. «Ich simse dir. Ist ja auch total unverdächtig.»

«Das wird sie nicht stutzig machen», sagte Mrs. Stargell, während sie den makellosen Cadillac über den Feldweg steuerte. «Ihr aus der Stadt taucht doch alle mit gesenktem Kopf und so einem Ding in der Hand hier auf. Bei einer polizeilichen Gegenüberstellung könnten wir euch gar nicht identifizieren. Und Joe Ray kommt praktisch nie vor vier nach Hause. Ich glaube, er hat was mit einer verheirateten Frau in der Stadt. Er muss weg sein, bevor ihre Kinder und ihr Mann nach Hause kommen.»

Ich betrachtete die beiden einen Moment und musste lächeln. «Hey, wenn wir hier fertig sind, vielleicht könnt ihr zwei dann mal was zusammen trinken gehen oder so. Euch besser kennenlernen.»

Ich sah, wie sich die Haut in Neils Augenwinkeln ein ganz klein wenig kräuselte. «Eifersucht ist ein hässliches Gefühl, Keye.» Wir näherten uns dem Haus. Neil sah Mary Kate an. «Ich hab allerdings ein bisschen Gras dabei. Haben Sie schon mal Gras probiert, Mrs. Stargell?»

Mrs. Stargell hielt an, stellte den Schalthebel auf Parken. «Wissen Sie, was? Das hab ich schon immer mal probieren wollen, aber mein Mann, Gott hab ihn selig, war dagegen.»

«Na, dann also abgemacht», versprach Neil ihr. Sie stiegen aus dem Wagen. Neil grinste zu mir herunter, zog ein doofes Gesicht, machte Schielaugen.

Reglos lag ich in der Mittagshitze auf der Rückbank. Die Sonne brach durch die Wolken und röstete mich. Ich konnte hören, wie die beiden anklopften, dann Mary Kates brüchige Stimme, als sie nach Mrs. Kirkpatrick rief. Schließlich gedämpfte Begrüßungen. Ich lugte nach draußen und sah, wie Mrs. Kirkpatrick sie hereinbat. Was blieb ihr auch anderes übrig? Mary Kate, die Auflaufform in beiden Händen, schob sich seitlich durch die Tür. Sobald die drei im Haus verschwunden waren, schlüpfte ich auf der gegenüberliegenden Seite aus dem Wagen und hastete zur Scheune, wo ich einen Torflügel so weit aufzog, dass ich hindurchpasste.

Drinnen stand ein kleiner Traktor. Es war kühl. Der Heuboden war eine gute Isolierung. Und das Licht, das oben durch seine geöffneten Türen fiel, reichte gerade aus, um alles einigermaßen zu erkennen. Da, wo Joe Rays Pick-up gestanden hatte, war ein leerer Platz. Es roch nach Heu und Maschinen und Erde, genau der Geruch, den man erwarten würde. Ich hatte befürchtet, etwas anderes vorzufinden. Ich hatte das Gefühl, dass sie gestern Nacht Leichen hergebracht hatten. Aber warum? Ich konnte es mir nicht erklären. Ich wusste nur aus den Abrechnungen von Zulieferfirmen und Energieversorgern, die Neil und ich uns beim Frühstück angesehen hatten, dass das Krematorium bei den geringen laufenden Kosten eigentlich gar nicht betriebsfähig sein konnte. Der Stromverbrauch war konstant niedrig. Belege für Wartungsarbeiten, wie sie bei so einem Betrieb normal wären, gab es so gut wie keine. Selbst die Kosten für Bürobedarf, Kopien, Porto und so weiter lagen deutlich unter dem, was man erwarten würde. Ich fragte mich, ob die Kühlung überhaupt funktionierte. Vielleicht waren die Leichen ja deshalb unsachgemäß gelagert worden. Ich wünschte, ich hätte länger im Krematorium bleiben können, und merkte dann, wie grotesk schon allein der Gedanke war. Eine weitere Frage nagte an mir: Wenn Joe Ray die Leichen nicht einäscherte, wo waren sie dann?

Mein Handy vibrierte. Eine SMS von Neil. War Joe Ray früher zurückgekommen?

Du lieber Gott, diese Frau trägt ein Hawaiikleid und Zehensocken.

Ich simste zurück. *Dann lenkt dich ja nichts ab.*

Ich sah einen Lichtschalter an der Tür und Steckdosen für Werkzeug, konnte aber nicht riskieren, Licht zu machen. An einem Haken hing ein Stück Zwirn, an dem ein kleiner goldener Schlüssel baumelte, die Sorte, die man von Vorhängeschlössern kennt. Ich erinnerte mich, an dem Verschlag neben dem Hühnerstall ein Vorhängeschloss gesehen zu haben. Ich nahm den Schlüssel und hängte ihn mir um den Hals.

Mein Handy meldete sich wieder. Neil: *J. R. ist zu einer Alarmanlagenfirma wegen des Einbruchs. Mrs. S. fragt sie nach den Randale-Kids von gestern Nacht aus.*

Die clevere alte Schnüffelnase war ein Naturtalent. Sie verschaffte mir Zeit und untermauerte geschickt Joe Rays Theorie, dass der Einbruch auf das Konto von Jugendlichen ging.

Ich sah mich in der Scheune um. Über einer langen Arbeitsplatte hingen an einem gelochten Brett sauber und ordentlich Werkzeuge. Kein Vergleich zu dem schlampigen Büro im Krematorium oder den unausgefüllten Protokollen oder den nicht eingeäscherten Leichen. Urnen standen ordentlich aufgereiht. *Urnen in der Scheune.* Ich schaute in eine hinein. Leer. Drehte sie auf den Kopf und sah, dass unten drunter ein handbeschriftetes Etikett klebte, wie sie für Aktenordner benutzt werden. Darauf stand der Name *Trite.* Die nächste war mit *Wagner* beschriftet. Die daneben mit *Milner.* Dieselben Namen, die ich auf der Anlieferungsliste gesehen hatte. Auf der Werkbank lagen ölige Schrauben und Motorteile, davor stand ein Hocker. Eine zerlegte Kettensäge war noch nicht wieder ganz zusammengesetzt – die Kette war ab, der Vergaser ausgebaut. Ich sah mir die Kette an. Sie war mit irgendwas Dunkelbraunem besprenkelt. Ich zoomte sie mit meiner Handykamera heran und machte ein Foto, das ich mir dann ansah. Der grelle Blitz hatte etwas erhellt, das ich in dem dämmrigen Licht nicht hatte erkennen können – getrocknetes Blut und Gewebe. Oder etwas, das verblüffende Ähnlichkeit damit hatte. Ich nahm die aufgehängten Werkzeuge unter die Lupe. Die Zähne einer Metallsäge hatten ziegelrote Flecken.

Was war das hier für ein Schlachthaus? Ich sah keinerlei Spritzer an dem Werkzeugbrett, auch nicht auf der Arbeitsplatte. Kein Geruch. Was hatten sie zersägt und wo? Mein Gehirn suchte nach Erklärungen. Kirkpatrick war Jäger. Wenn er tötete, dann vermutlich draußen. Ich erinnerte mich an das Gewehr in seinen Händen. Das ergab Sinn. Mitten in der Nacht mit dem Pick-up an die Rampe des Anlieferungsraums zu fahren, ergab keinen. Was, wenn sie etwas geliefert hatten, statt etwas abzuholen? Daran hatte ich nicht gedacht. Aber was? Ich sah mich in der Scheune nach Zementmischung um. Kirkpatrick hatte Urnen aufgereiht. Vielleicht war das hier seine Abfüllstation. Das Licht war nicht hell genug, um Zementstaub zu entdecken.

Ein metallgrauer Aktenschrank mit vier Schubladen stand am Ende der Arbeitsplatte. Zugegeben, ich bin keine Expertin in Sachen Scheunen, aber ich glaubte nicht, dass ein Aktenschrank zur Standardausrüstung einer Farm gehörte. Ich fuhr mit dem Finger über die Oberseite und sah die Spur, die er im Staub hinterließ. Der Schrank war abgeschlossen. Ich fand ein Stemmeisen unter den blutbefleckten Werkzeugen und brach das Schloss auf. Die oberste Schublade öffnete sich geschmeidig – armeegrüne Hängeregister mit Aktenmappen und Plastikschildchen für jeden Buchstaben des Alphabets –, ein weiteres Beispiel für eine Ordnung, die im Krematorium nicht zu sehen war. Die Schublade war voll und ging bis zum Buchstaben *H*. Ich nahm die erste Mappe heraus – *Abbey, Jeff*. Darin: zwei 20 mal 30 Zentimeter große Seidenmattfotos, schwarzweiß, kontraststark. Der Mann auf den Fotos war um die siebzig. Er saß auf einem Stuhl mit gerader Rückenlehne, die Füße flach auf dem Boden, die Unterarme auf ungepolsterten Walnussholzlehnen, schwarzer Anzug, weißer Hintergrund, die Augen auf die Kamera gerichtet. Es wirkte wie etwas, das man gerahmt in einem Antiquitätenladen finden würde. Der Mann hatte einen toten Blick. Ich sah genauer hin. Einen sehr toten Blick. Und er war bleich wie der Tod.

Ein Schauer durchfuhr mich. Ich wusste nicht, wohin das hier führte, aber ich hatte das Gefühl, dass ich soeben eines der Eckteile des Puzzles gefunden hatte. Ich machte zwei, drei Fotos und hängte Abbeys Akte wieder zurück, nahm die nächste heraus. *Abbott, Alana.* Wieder zwei seidenmatte Schwarz-Weiß-Fotos, derselbe Stuhl, dieselbe Pose, schwarzes Kleid, weiße Perlen, derselbe Hintergrund, derselbe altertümliche Look, erneut ein starrer Blick. Ich fotografierte auch die Alana-Abbott-Akte und zog die nächste heraus. *Abbott, Carl.* Derselbe Anzug wie der, den Jeff Abbey anhatte, derselbe Stuhl, alles gleich. Ich zog den Hocker vor der Werkbank rüber zum Aktenschrank, öffnete die zweite Schublade und suchte nach Milner, Faye, der Frau, deren Leiche in einem Pappsarg oben auf zwei andere gelegt worden war und deren Urne hier auf der Arbeitsplatte stand. Ich nahm die Aktenmappe heraus und klappte sie auf. Dieselbe Pose und dieselben Requisiten wie auf den anderen Fotos von toten Frauen – schwarzes Kleid, Perlen, ein leeres, mit Klebeband offen gehaltenes Paar Augen. Faye Milner wirkte auf dem Stuhl nicht so kolossal wie letzte Nacht, als der Sarg mit den Leichen auf den Boden geknallt war. Ich fotografierte den Inhalt ihrer Akte, suchte dann nach den anderen: Demetrius Trite und Joseph Wagner. Und schließlich Shelia Marlene Wade, Billy Wades Mutter, Brendas Schwiegermutter. Sie waren alle da. Brendas Worte fielen mir wieder ein, dass sie einfach nur wissen wollten, was geschehen war. Sie wollten sicher sein, dass Shelia Marlene ihre letzte Ruhe gefunden hatte. Und hier auf dem Foto war sie in finsterer Trauerkleidung. Ich fotografierte ihre Akte, betrachtete die Fotos noch einen Moment länger. Ich weiß nicht, was nach dem Tod mit uns passiert, aber ich weiß, dass irgendetwas aus den Augen verschwindet. Als würde man in einen leeren Vogelkäfig sehen, nachdem der Vogel weggeflogen ist. Es ist nichts mehr da. In Shelia Marlene Wades Augen fehlte alles, was Leben bedeutet.

In der Frühzeit der Fotografie war es nicht ungewöhnlich, dass wohlhabende Familien ihre Lieben nach deren Ableben für diese Art von Porträts in Pose bringen ließen, vor allem Babys und Kinder. Die Fotos hier hatten die gleiche Ausstrahlung. So gruselig das heute auch erscheinen mag, es war eine Art, die Toten zu ehren und in Erinnerung zu behalten, ein Ausdruck von Liebe und Respekt. Ich glaubte nicht, dass Joe Ray oder seine Mutter den Toten diese Art Respekt entgegenbrachten. Was ich letzte Nacht im Verbrennungsofen entdeckt hatte, war Beweis genug dafür.

Was ging in dem Krematorium und in dieser Scheune vor? Ich dachte daran, wie Joe Ray und seine Mutter mitten in der Nacht in die Scheune gefahren waren. War das die Antwort auf die Frage, was sie nachts hier machten? Fotografierten sie ihre Kunden? Und füllten dann die Urnen mit Zement? Im Krematorium waren nur Empfangsbereich und Anlieferungsraum sauber und ordentlich, während alles andere heruntergekommen wirkte. Aber nicht so in der Scheune. Hier nahm sich jemand die Zeit, Sachen wieder aufzuhängen, Reparaturen zu machen, den Inhalt des Aktenschranks alphabetisch zu ordnen. Hatten Joe Ray senior und sein Sohn Probleme gehabt? Rächte sich der Junior an seinem lieben alten Dad für irgendeine Kränkung, für irgendeine erlittene Ungerechtigkeit oder Respektlosigkeit, indem er das Unternehmen zugrunde richtete, es in das verwandelte, was es jetzt war? Rauser würde sagen, dass ich zu viel in die Sache hineindachte. *Folge dem Geld.* Und das würde mich wohin führen?

Draußen liefen Hühner herum, pickten emsig im Sand. Das Tor zum Hühnerstall stand offen, an der Wand Regale mit Holzkisten voller Stroh, die Schlafquartiere, wie ich vermutete. Ich habe keine Erfahrung mit Hühnern. Bei uns auf der Peachtree Street gibt's davon nicht so viele. Was mir nur recht ist. Eine der Hennen taxierte mich. Sie war fett und rotbraun. Sie kam direkt auf mich zu, sträubte das Gefieder an ihrem Hals. Ich fand nicht, dass ich diese Ablehnung verdient hatte. Leises Donnergrollen in der Ferne ließ mich aufhorchen. Ich hob den Blick und sah, dass im Westen Wolken aufzogen. Leichter Wind sorgte bereits für kühlere Luft. Nicht unbedingt gut in der Mittagshitze. Wenn eine Kaltfront sich von Norden anschleicht und auf Massen heißer, tropischer Luft trifft, die vom Golf hochdrückt, dann kann das Gewitter schlagartig losbrechen. Georgia im Sommer kann heftig und unberechenbar sein, das hat sich vor allem in den letzten paar Jahren gezeigt. Die Sache mit El Niño zum Beispiel, der anscheinend besonders die Vereinigten Staaten nicht leiden kann. Da ist er weiß Gott nicht der Einzige.

Ich nahm den Schlüssel, den ich in der Scheune gefunden hatte. Er glitt problemlos in das Vorhängeschloss. Der Bügel sprang hoch. Die fette Henne drängte sich gegen meine Knöchel. Ich schob sie sacht mit dem Fuß aus dem Weg, als ich die Tür öffnete. Das gefiel ihr gar nicht. Sie drohte, eine Szene zu machen, fing an, zu gackern und zu flattern. Sie war ein massiger Vogel. Und offenbar ein bisschen irre. Ich ließ sie rein, nur damit sie Ruhe gab, obwohl ich aufgrund meiner mangelnden Erfahrung mit Hühnern kein gutes Gefühl dabei hatte, mit ihr allein in einem Schuppen zu sein, wo Futter gelagert war. Können Hühner fliegen? Eine Szene aus einem Hitchcockfilm schoss mir durch den Kopf. Dann sah ich stapelweise Säcke mit Hühnerfutter. Ich war hier im Schlaraffenland von Fette Henne, wie mir klarwurde. In einem Fass voller Futter lag eine leere Kaffeedose. Ich schöpfte eine halbe Dose Körner heraus, öffnete die Tür einen Spalt, sah mich um und warf dann das Futter nach draußen. Fette Henne zwängte sich gackernd an mir vorbei und fing sofort an, die anderen Hühner herumzuschubsen – eine Erpresserin *und* ein Kontrollfreak. Ich schloss die Schuppentür wieder.

Säcke mit Vogelfutter und Katzenfutter und Hühnerfutter waren auf Paletten gestapelt. Der Boden war mit aschgrauem Staub bedeckt. Ich verschob ein paar Futtersäcke, und siehe da – Dreißig-Kilo-Beutel mit schnell härtendem Fertigzement, zehn Stück, genug, um verdammt viele Urnen zu füllen. *Ideal für Heimwerker* stand auf der Verpackung. *Nur Wasser zufügen.* Kein Wort über die Verwendbarkeit als Ersatz für pulverisierte Knochenfragmente.

In dem Futterschuppen lagerte außerdem dicke Plastikplane auf Fünfzehn-Meter-Rollen. Ich überlegte kurz, wofür sie die brauchten.

Mein Handy vibrierte. Neil: *Pick-up kommt. Und Miss Hawaiikleid schmeißt uns gleich raus.*

Ich sprang aus dem Schuppen, ließ das Vorhängeschloss wieder einschnappen und verschwand hinter der Scheune. Ein paar Regentropfen trafen meinen Arm. Ich konnte hören, wie der Pick-up ums Haus herumkam. Bis zum Wald waren es fünfzig, sechzig Schritte. Ich musste über freies Feld, um dort Deckung zu finden. Aber von da aus könnte ich dann ungesehen um das Grundstück herum zur Hauptstraße gelangen.

Ich bin klein, ich bin schnell. In der Highschool war ich Kurzstreckenläuferin. Im Hundert-Meter-Lauf schaffte ich meistens einen der ersten Plätze. Wenn du einmal gelernt hast, so zu beschleunigen, vergisst du es nie wieder.

Der Weg war ausgetreten. Der Boden war trocken. Das Gras war von Reifen platt gewalzt. Meine Lunge machte mir gerade klar, was sie von Höchstleistungen ohne vorheriges Aufwärmen bei über Dreißigjährigen hielt, als ich mich auf Laub und Kiefernadeln fallen ließ.

Das Nächste, was ich wahrnahm, war der Geruch.

21

Es nistet sich irgendwo tief in dir ein. Du wirst es nie wieder vergessen. Ermittler wenden verschiedene Methoden an, um den Gestank von verwesendem Fleisch auszuhalten. Das ist eines der Opfer, das die Lebenden erbringen müssen, wenn sie Gerechtigkeit für die Toten wollen. Beim FBI hatte ich mir das stets gesagt, wenn wir an einem besonders grässlichen Tatort eintrafen. Ich persönlich versuche, nicht dagegen anzugehen. Die organischen Realitäten des Todes anzunehmen macht dich zu einem besseren Ermittler. Ich wollte mich niemals von einem Tatort oder Opfer abwenden müssen.

Ich folgte meiner Nase, und nach dreißig Metern in den Wald hinein wäre ich beinahe über etwas gestürzt, das von Laub und Kiefernnadeln umschlossen war. Mit einem Stock harkte ich behutsam frei, was da lag, und blickte plötzlich in die gähnenden Augenhöhlen eines angefressenen Gesichts – die Haut fast vollständig weg, Kieferknochen intakt, ein perfekt geformter Schädel. Die vielen Parasiten und Bakterien und Tiere, die sich von Verwesung ernähren, hatten gute Arbeit geleistet. Einige waren noch drin und emsig bei der Sache.

Ich machte ein Foto und blieb einen Moment stehen. Allmählich begriff ich, dass ich mich an einem Tatort befand. War das hier eine Deponie für nicht eingeäscherte Leichen?

Hohe Kiefern ohne tief hängende Äste erleichterten es

mir, mich durch den Wald zu bewegen. Ich begann, alle Bodenwellen und Buckel im Kiefernnadelbett genauer zu untersuchen. Ich fand einen Arm, eine Hand, Knochen eines Beins. Ich sah Spuren, Abdrücke auf dem Boden. Kleine Reifen, wie von einer Schubkarre. Ich folgte ihnen und hörte das wütende Surren von Fliegen, bevor ich auf ein Massengrab stieß, das die Jahreszeiten noch nicht mit einer Decke aus Laub und Kiefernnadeln hatten zudecken können. Der Geruch war hier stärker, wie nach Papierbrei und verwesendem Tier und überreifem Obst. Er hing in der schwülen, mückenverseuchten Luft. Körperteile, aufgetürmt und von Fliegen wimmelnd, zu Aberhunderten. Menschliche Überreste waren wahllos, achtlos verstreut – Körper ohne Augen, Köpfe ohne Körper, Arme und Beine. Als ich ein Bein sah, an dem vom Knie aufwärts lange Hautstreifen fehlten, war ich mir zum ersten Mal sicher, was es mit diesem schauerlichen Friedhof auf sich hatte. Die Kirkpatricks hatten in ihrer Scheune grausige Dinge getan, während die Menschen schliefen, die ihnen die Leichname von Geschwistern und Kindern, von Freunden und Vätern anvertraut hatten. Die ganze grässliche Szene ergab endlich einen Sinn – die dicke Plastikfolie, die sie als Spritzschutz aufgehängt hatten, die blutbefleckten Werkzeuge, die Gewebereste an der Kettensäge. Sie zerhackten, zerstückelten Leichen, verkauften die Organe. Folge dem Geld, sagte Rauser immer, und genau darum ging es hier. Der Anblick, der sich mir bot, war so kolossal, der Geruch so überwältigend, das Gewimmel von Fliegen und anderen Parasiten so dicht, dass ich es kaum begreifen konnte.

Ich hatte in meiner Zeit beim FBI mit Fällen von Gewebehandel zu tun gehabt. Es ist eine brutale Praxis in einem Bereich, wo die Sicherheitsmaßnahmen noch hinter dem Schwarzhandel herhinken. Illegale Zwischenhändler haben ethisch kein Problem damit, unzulässig entnommene Körperteile zu verkaufen. Totenscheine, Herkunfts- und Bezugsquellennachweise lassen sich fälschen, sodass Gewebebanken nicht wissen, wenn sie kranke Organe von Leichen im Verwesungszustand kaufen. Larry Quinn und Neil und ich hatten über das Hühnerfutter in der Urne gelacht, als er anrief, um mir den Auftrag anzubieten. Jetzt war mir nicht mehr nach Lachen zumute.

Ich hätte unverzüglich den Rückzug antreten sollen, aber die Privatdetektivin in mir wollte erst noch erledigen, womit sie beauftragt worden war. Ich bewegte mich vorsichtig durch den Wald, bemüht, möglichst alles so zu belassen, wie es war, während ich so viele schauderhafte Fotos machte, wie ich konnte. Ich fand weitere Ablagestellen. Und jede ließ das Ganze noch weniger real erscheinen. Als ich schließlich einige Fotos von dem Massaker an Quinn mailte, war meine Stimmung im Keller.

Eine Minute später vibrierte mein Handy. Es war Larry. Ich erzählte ihm von der blutigen Kettensäge, den dreihundert Kilo Fertigzement im Lagerschuppen, den leeren etikettierten Urnen in der Scheune, den Fotos, den Körperteilen, die zu Aberhunderten so nachlässig in den Wald geworfen worden waren, dass es unmöglich war, genauere Zahlen zu schätzen. «Wie fühlst du dich?», wollte er wissen, als ich fertig war. «Wir müssen dich da rausholen.»

«Rauser hat Kontakte zum GBI», antwortete ich. «Kannst du ihn informieren und ihm sagen, er soll da anrufen? Ich schick euch beiden die restlichen Fotos, bevor mein Handy den Geist aufgibt. Der Regen wird stärker.»

Ich ging näher an den Rand des Waldes. Hier waren weitere Reifenspuren, die von der Scheune zum See führten und von der Scheune zu anderen Waldabschnitten – noch mehr Ablageorte. Ich sah mich mittlerweile außerstande, das Ausmaß auch nur annähernd einzuschätzen.

Ich dachte an die Familien, die um diese Toten getrauert hatten, an die Wades, an die Menschen, die ihren Schmerz vielleicht gerade erst verwunden hatten. Sie würden sich der barbarischen Tatsache stellen müssen, dass die Kirkpatricks Leichen ausschlachteten und alles, was sie entnahmen – Organe und Haut und Augen –, verkauften und damit die Empfänger skrupellos einem gewaltigen Risiko aussetzten. Die Verantwortlichen mussten zur Rechenschaft gezogen werden. Zum ersten Mal drehte sich mir der Magen um, und sein Inhalt stieg mir in die Kehle.

Dicke Wolken hatten den Tag in ein dunkles Graublau verfärbt. Das Tröpfeln war in Dauerregen übergegangen. Meine Stimmung verschlechterte sich noch mehr, als es heftig blitzte und ein markerschütternder Donnerschlag den Boden unter meinen Füßen vibrieren ließ wie ein Nachbeben. Ich ging wieder tiefer in den Wald, wo die Bäume etwas Schutz vor der Witterung boten und vor Joe Ray mit seiner unheimlichen, Zehensocken tragenden Mama. Wieder ein Blitz, zu nahe. Die Bäume schwankten jetzt. Mich fröstelte.

Ich hätte Rausers Klingelton beim Rauschen des Regens beinahe überhört. «Ich hab die Fotos an Mike McMillan beim GBI weitergeleitet. Der Durchsuchungsbeschluss wird gerade ausgestellt. Das sieht da ja aus wie ein verdammter Albtraum, Street. Bist du in Sicherheit?»

«Ja. Die wissen nicht, dass ich hier bin. Rauser, hier ist alles voller Leichen, egal wo du hinguckst.» Ich schaffte es nicht, das Grauen in meiner Stimme zu kaschieren. «Ich stehe mitten auf dem Friedhof eines Wahnsinnigen.» Ich kam zu einer Reihe Aluminiumboxen, zweieinhalb Meter lang, einen Meter breit, eins zwanzig hoch. Riegel an beiden Enden, drei

Riegel an der Längsseite. Man musste kein Genie sein, um sich denken zu können, was sie enthielten. Die einzige Frage war, wie viele diesmal darin gestapelt waren und in welchem Verwesungszustand sie sich befanden. Ich blieb in Bewegung. Ich wollte tiefer im Wald Schutz suchen. Ich verabschiedete mich von Rauser und nahm das nächste Gespräch an.

«Hier ist Special Agent Mike McMillan vom Georgia Bureau of Investigation. Ich habe Sie auf Lautsprecher gestellt, Dr. Street. Deputy Director Freed ist bei mir.»

«Sie müssen lauter sprechen, Agent McMillan», sagte ich. «Hier tobt ein heftiges Gewitter.» Der Regen pladderte jetzt von den Bäumen.

«Ich seh's auf dem Radar. Zieht ziemlich schnell nach Nordosten. Hier ist klarer Himmel. Wir kommen mit dem Hubschrauber.»

«Gut», sagte ich und beließ es dabei. Ich erzählte McMillan nicht, dass selbst der Regen den Gestank nicht wegwaschen konnte oder dass ich nicht länger allein hier draußen sein wollte.

«Ich sehe mir gerade die Fotos an, die Lieutenant Rauser geschickt hat. Ich hab mal mit Aaron zusammengearbeitet. Wenn er nicht ein Freund von mir wäre und ich nicht wüsste, dass Sie mal beim FBI waren, würde ich das nicht glauben.»

«Hier vor Ort zu sein, macht es auch nicht leichter.»

«Dann sind Sie immer noch auf dem Grundstück? Wissen Sie, ob die Schusswaffen haben?»

«Ich hab eine Schrotflinte gesehen. Keine Ahnung, was sie sonst noch haben.»

Ich gab ihm meine Position durch und erklärte, dass ich engagiert worden war, um herauszufinden, was es mit der falschen Asche in einer Urne auf sich hatte. Ich sagte ihm, wo der Aktenschrank und die Fotos von den Toten zu finden waren.

Ich erläuterte alle Fotos, die Rauser ihm geschickt hatte – die Kettensäge und die Metallsäge, der Fertigzement, die Körperteile und die Reifenspuren, die vermutlich zu weiteren Ablageorten führten.

«Wir heben gleich ab, Dr. Street. Die Flugzeit beträgt eine Stunde. Halten Sie sich versteckt, bis wir gelandet sind und alles gesichert haben. Ich sage Bescheid, wenn Sie rauskommen können.»

«Agent McMillan.»

«Ja.»

«Sie werden auch den See absuchen müssen.»

Kurzes Schweigen. «Verstanden.»

22

Ich ging tiefer in den Wald, setzte mich, lehnte den Rücken gegen einen Baumstamm und schlang die Arme um die Knie, während der Regen auf mich niederprasselte. Neil hatte zweimal angerufen, dann eine Reihe zunehmend panisch klingender SMS geschickt. Mein Handy begann zu streiken. Meine Muskeln ebenso. Vor lauter Nervosität waren sie so angespannt, dass ich mich kaum noch rühren konnte.

Ich schickte eine SMS. *Mir geht's gut. GBI ist unterwegs. Warte auf mich.*

Dreiundfünfzig Minuten später hörte ich Rotorblätter durch die Luft peitschen und von den Bergen widerhallen wie Trommelschläge. Der Regen hatte sich wieder zu einem Tröpfeln abgeschwächt. Ich stellte mir vor, wie sich Mrs. Stargells klobiges altes Fernglas beim Geräusch des Hubschraubers hob. Das Bild vor meinem geistigen Auge brachte ein Lächeln hervor, das ich nicht mehr für möglich gehalten hätte.

McMillans Anruf kam vier Minuten später. Er und sein Team waren auf dem Weg zu mir. Ich näherte mich der Baumgrenze. Die GBI-Leute kamen in schwarzen Jacken und schwarzen Cargohosen um die Scheune herum und stapften über die Wiese, drei Männer, zwei Frauen.

McMillan stellte erst sich vor, dann seine Leute. Ich hatte ihre Namen sofort wieder vergessen. Der Schock setzte langsam ein. McMillan reichte mir eine Windjacke, auf der in großen weißen Lettern *GBI* stand. Ich zog sie dankbar über meine durchnässte Kleidung.

«Würden Sie bitte vorangehen, Dr. Street?»

Ein paar Meter in den Wald hinein, und wir kamen zu dem halb verwesten Schädel, über den ich gestolpert war. Als wir weitergingen, hob McMillan den Unterarm vor die Nase. Ein paar seiner Leute machten Hustgeräusche und taten es ihm gleich.

Ein Arm, der mit langen Fingernägeln und schwärzlicher, fauliger Haut aus den Kiefernnadeln ragte, bewirkte, dass einer der Männer sich blitzschnell wegdrehte und ins Laub erbrach. «Das ist bloß der Anfang», sagte ich zu ihnen. «Man kann gut sehen, wie die Witterung sich auf den Verwesungsprozess auswirkt. Ich denke, Sie sollten sich auf das Schlimmste gefasst machen.»

Ein Mann mit Videokamera ging nah an den Arm ran. Dann trotteten wir alle weiter. An meinen Stiefeln klebten glitschiges Laub und Schlamm und Gott weiß was sonst noch alles. Ich verschränkte die Arme vor der Brust, schlotterte am ganzen Körper.

«Großer Gott», murmelte McMillan nach ein paar Schritten. Wir waren jetzt mitten auf einem der Friedhöfe der Kirkpatricks. Sie hatten es nicht einmal für nötig befunden, diese Schande zu vergraben.

«Laut einer Liste im Krematorium», sagte ich zu ihnen, «sind allein dieses Jahr um die vierhundert Leichen angeliefert worden. Ich habe das Gefühl, dass die alle hier liegen. Oder Teile von ihnen. Vermutlich sind es noch mehr. Am Nordrand des Waldes hab ich Metallboxen entdeckt.» Ich erklärte nicht, wie ich an die Anlieferungsliste gekommen war, und keiner fragte. Es spielte keine Rolle mehr. Sie hatten ihren Durchsuchungsbeschluss. Sie würden zulässige Beweise finden. Jede Menge.

McMillan sprach in sein Funkgerät. «Sind die Kollegen von Big Knob schon vor Ort?» Ein Ja kam knisternd aus dem Lautsprecher. «Nehmt die Kirkpatricks vorläufig fest. Erst mal wegen des Verdachts auf betrügerischen Diebstahl, Leichenschändung und illegale Gewebeentnahme. Hier draußen liegen überall Körperteile. Wir werden so viele Agents und Techniker brauchen, wie wir kriegen können. Und wir brauchen schweres Gerät.» Er sah mich an. «Sie möchten doch jetzt sicher von hier weg, oder?» Ich nickte. «Wir haben hier eine Zivilistin, die gleich aus dem Wald hinter der Scheune kommt», sagte McMillan ins Funkgerät. «Jemand soll sie in Empfang nehmen, ihre vorläufige Aussage aufnehmen und sie dann gehen lassen. Sie hatte einen Horrortag.»

Die Zufahrt war voll mit schwarzen SUVs und Crown Vics. Der Hubschrauber stand auf der Wiese auf der anderen Seite des Feldwegs. Zwei Big-Knob-Streifenwagen waren ebenso eingetroffen wie ein Van von der Spurensicherung. Die Beweissammlung würde Wochen dauern. Das Sortieren und Untersuchen des Materials noch länger. Das würde den ohnehin schon überlasteten Labors den Rest geben.

Ich sah, wie Joe Ray und Loretta Ann Kirkpatrick in Handschellen zu einem Polizeiwagen geführt und auf die Rückbank bugsiert wurden. Mrs. Kirkpatrick blickte durchs Fenster zu mir herüber, mit traurigen, glasigen Augen. Sie befand sich wahrscheinlich in einem Zustand, in dem sie nicht fassen konnte, dass ihre bizarre Welt zusammenbrach. Ich hatte kein Mitleid mit ihr. Wenn mir die beiden leidtaten, dann nur, weil sie so dumm und gierig gewesen waren.

«Ich bin Special Agent Cushman.» Eine Frau mit Dienstholster, GBI-Mütze und Windjacke schüttelte mir die Hand und gab mir ein Handtuch. Regen tropfte vom Schirm ihrer Mütze. «Ich war mit McMillan im Hubschrauber, ich bin also informiert. Ich würde gern schon mal vorab Ihre Aussage zu Protokoll nehmen. Nur das Wesentliche. Den Rest können wir dann später in Atlanta machen, wenn wir hier fertig sind.» Wir gingen auf das Haus der Kirkpatricks zu. «Ist schlimm da draußen, was?»

Ich legte mir das Handtuch um die Schultern und strich mit den Fingern meine nassen Haare nach hinten. «*Schlimm* ist die Untertreibung des Jahrhunderts», erwiderte ich.

Sie führte mich in eine große Wohnküche mit einem langen Holztisch, warf mir ein trockenes Handtuch zu. Ich sah Teetassen und Kekse, Mrs. Kirkpatrick hatte Neil und Mrs. Stargell bewirtet. Cushman stellte ihren Recorder auf den Tisch. «Brauchen Sie irgendwas?»

«Nein danke», antwortete ich, aber ich wusste, dass ich bleich wie Reispapier war. Ich zitterte noch immer.

«Irgendeine Idee, wie viele Leichen da draußen liegen?»

Ich schüttelte den Kopf. «Es sind Leichenteile.» Ich spürte Tränen in den Augen brennen. Anspannung, Traurigkeit, Schock, Ekel. Verständlich, das wusste ich, und vermutlich sogar gesund, aber dennoch peinlich.

Cushman war so taktvoll, darüber hinwegzugehen. Sie setzte die Befragung fort. Als wir fertig waren, rief ich Neil an und bat ihn, in meinem Wagen am Ende der Schotterstraße auf mich zu warten. Nur Beamte durften auf das Grundstück, hatte man mir gesagt. Die ganzen sechseinhalb Hektar galten jetzt als Tatort.

Ich ging in der GBI-Windjacke an einem entgegenkommenden Konvoi von Polizeifahrzeugen vorbei. Der Regen war weitergezogen, wie Agent McMillan prophezeit hatte. Die

Julisonne schien durch aufbrechende Wolken. Dampf stieg vom Boden und von den Wiesen auf, die von der Sommersonne aufgeheizt waren. Unsere Südstaatensauna.

Ich blieb stehen und schaute zu der Stelle, wo wir Joe Ray beim Kudzu-Pflanzen beobachtet hatten, und mit einem Mal begriff ich, dass er da gar nicht gegraben hatte, um Kudzu zu pflanzen. Ich rief noch einmal McMillan an, stieg dann auf der Beifahrerseite in meinen Impala am Ende der Zufahrt. Mrs. Stargell winkte mir von der Veranda aus zu. Ich winkte zurück. Ich hörte Rausers Klingelton. Aber ich ging nicht ran. Ich sehnte mich nur nach einer Dusche. Einer endlosen, dampfend heißen Dusche.

Ich schickte eine SMS. *Mir geht's gut. Fahre jetzt ins Hotel. Muss erst mal runterkommen.*

Er würde es verstehen. Rauser war vielleicht der einzige Mensch auf der Welt, der das voll und ganz verstand. Die Vorteile einer Beziehung mit einem Cop überwogen mitunter die Risiken.

In meinem Hotelzimmer zog ich mich aus und warf die nassen Klamotten in den Abfallkorb, duschte dann, bis dem Big Knob Resort & Spa das heiße Wasser auszugehen drohte. Ich dachte an die Agents im Wald, die jetzt Bagger und sonstiges schweres Gerät ankarren ließen. Die heute Abend, wenn die Sonne unterging, versuchen würden, den riesigen Tatort zu bewachen und zu schützen. Die Medien würden bald anrücken, wenn sie nicht schon da waren, und das GBI würde alle Hände voll zu tun haben. Ich fühlte mich noch nicht stark genug, um den Fernseher einzuschalten.

Ich steckte mir das Haar hoch und schlüpfte in einen Hotelbademantel. Mir war nicht danach zumute, jetzt gleich zurück nach Atlanta zu fahren. Mir war nach gar nichts zumute. Außer vielleicht einem schönen Cognac, der im Schwenker kreiste, mir Wärme durch die Kehle in den Bauch schickte. Ja, danach wäre mir sehr zumute gewesen.

Neil bestellte beim Zimmerservice Brokkoli-Cremesuppe und warmes Brot, eine Kanne Tee. Trostessen. Er wusste, dass ich seit dem Frühstück nichts mehr zu mir genommen hatte. Keiner von uns zählte die Schüssel pappigen Reis dazu, die Mary Kate Stargell mir hingestellt hatte.

Ich rief meine Mom an, um zu fragen, wie es in Decatur lief. Die Nachbarschaftsgrillparty war im Gange. Sie hatten sie für den späten Nachmittag angesetzt, wenn die größte Hitze vorbei war. Dad hatte Lichterketten aufgehängt und alles in Sichtweite mit Chemikalien eingesprüht, in der Hoffnung, die Mücken fernzuhalten. Miki war eine große Hilfe gewesen und schien die Ablenkung zu genießen, erzählte Mutter. Ich musste lächeln. Meine Eltern waren für sie schon immer mehr wie Vater und Mutter gewesen als ihre richtigen Eltern. Ich war froh, dass sie das jetzt hatte. Ich glaube, Miki hatte sich oft schrecklich allein gefühlt. Dennoch nahm ich es ihr übel, dass sie ihren hüfthohen Scheiß in unser Leben gebracht hatte.

Ich aß kaum etwas. Ich hatte keinen richtigen Appetit, was bei mir selten vorkam. Ich sprach mit Neil über das, was die GBI-Agents da draußen ausbuddelten. Sämtliche Anklagepunkte gegen die Kirkpatricks würden mit der Zahl der Leichen multipliziert werden, die identifiziert werden könnten. Joe Ray und seine herrische Mama mussten gut und gern mit an die tausend Anklagepunkten rechnen. Ich überlegte laut, wann und warum die angesehene Familie sich das erste Mal entschlossen hatte zu betrügen und ob die Sache von da an langsam eskaliert war, Schritt für Schritt, bis die zwei so tief drinsteckten, dass sowieso schon alles egal war. Vielleicht war es von Anfang an durchdacht gewesen. Aber eher glaubte ich, dass irgendwann mit dem Krematorium etwas schiefgelaufen war und sie es nicht über sich gebracht hatten, den Laden dichtzumachen. Von da war es wohl kein weiter Weg mehr bis dahin, die Toten zu verkaufen, anstatt sie einfach wegzuwerfen. Und sich einzureden, dass sie ja sogar etwas Nützliches taten, indem sie dazu beitrugen, den Bedarf an Organen und Gewebe zu decken.

«Das ist total krank», sagte Neil.

«Immerhin hatte einer von ihnen ein schlechtes Gewissen. Ich glaube, das steckt hinter den Fotos.»

Neil nahm seine Serviette vom Schoß, betupfte sich den Mund. «Wie wär's, wenn wir die Sache mal für eine Weile vergessen? Ich meine, wir sind noch eine Nacht hier. Es ist früh am Abend. Machen wir die Stadt unsicher.»

Ich schüttelte den Kopf. «Nimm den Wagen. Amüsier dich. Ich bin erledigt.»

Er drängte mich nicht. Er strich mir über die Schulter, als er an mir vorbeiging und die Autoschlüssel nahm. «Ruf an, wenn du mich brauchst.»

Nachdem Neil gegangen war, setzte ich mich ans Fenster, den Hotelbademantel eng um mich gewickelt, kein Licht im Zimmer. Händchenhaltende Pärchen überquerten weiter unten den Fairway, und Familien mit Kindern saßen auf Wolldecken auf den grünen Hügeln. Der lange Pier am Ufer war gesäumt von Menschen, die auf den dunklen See hinausschauten.

Ich dachte an Rauser, an seine Stimme, daran, wie schön seine breiten Schultern sich jetzt an meiner Wange anfühlen würden. Ich wollte ihn anrufen. Tat es aber nicht. Was könnte ich schon sagen? Dass ich den ganzen Tag mit finsterer und seelenloser Habgier zu tun gehabt hatte und praktisch knöcheltief durch menschliche Überreste gewatet war?

Ich hörte das erste schrille Heulen von Feuerwerksraketen,

die in die Nacht hineinschossen, das Zischen und Prasseln von einer brennenden Zündschnur nach der anderen, und dann explodierte der Himmel mit donnerndem Getöse leuchtend gold und rot und blau, begleitet vom begeisterten Jubel der vor dem Hotel versammelten Menschen.

Ich zog den Bademantel enger um mich und fühlte mich einsamer als je zuvor. Mein Handy klingelte. Ich ignorierte es. Es klingelte weiter, bis ich es schließlich vom Tisch nahm, wo es neben meinem Teller lag, den ich nicht angerührt hatte. Ich sah den Namen meiner Cousine im Display. Aber Mikis Handy war doch verschwunden, oder? Rauser hatte es orten lassen; es war zuletzt im Whole Foods in Midtown eingeschaltet gewesen. Hatten sie es gefunden?

Ich ging ran und hörte Stimmen. Ein Stimmengewirr. Geplauder. Musik im Hintergrund. Und dann hörte ich die Stimme meiner Mutter. Sie unterhielt sich fröhlich mit irgendwem.

«Miki, bist du das? Mom, kannst du mich hören?»

Keine Antwort. Bloß Geplauder. Ich war in einer Sekunde von null auf hundert. Ich drückte die Auflegetaste und wählte die Handynummer meiner Mutter. Vier lange Klingeltöne. «Mom, Gott sei Dank! Habt ihr Mikis Handy wiedergefunden?»

«Du musst lauter sprechen, Schätzchen. Die halbe Nachbarschaft ist hier. Wir haben uns gerade das Feuerwerk angesehen; es war einfach toll.» Ich hörte die Sangria, die sie gern auf Partys servierte, in ihrer Stimme.

«Mom, habt ihr Mikis Handy wiedergefunden?»

«Was? Leider nein. Wir gehen zum Handyladen, wenn ich das Probevideo für die Kochshow gemacht hab, und kaufen ein neues.»

«Siehst du Miki?» Ich fing an, mich anzuziehen, warf Kosmetika in den Kulturbeutel.

«Ich sehe sie, ja. Keye, Schätzchen, was hast du denn?»

«Mutter, hör gut zu. Ruf Dad, und dann bringt ihr Miki ins Haus. Bleib ruhig, aber mach es sofort.» Ich wusste nicht, ob der Anruf Absicht gewesen war. Meine Nummer war in Mikis Handy gespeichert. Vielleicht hatte jemand sie aus Versehen gewählt. Aber nicht Miki. Und das war das Problem. Ich stürmte in Neils Zimmer, fing an, auch seine Sachen zusammenzusuchen.

«Keye, was in aller Welt ...»

«Ich hab gerade einen Anruf von Mikis Handy bekommen. Von dem, das sie meint, verloren zu haben. Er ist irgendwo bei euch, Mom, und ganz in eurer Nähe. Ich konnte deine Stimme hören.»

23

Miki, Liebes», hörte ich meine Mutter sagen, so unbekümmert, als würde sie übers Wetter reden. «Hilfst du mir bitte kurz im Haus? Tut mir leid, dass ich sie euch entführen muss. Sie ist gleich wieder da.»

«Prima, Mom. Du machst das super.»

«Ich hab Miki bei mir, und ich gehe jetzt deinen Vater suchen», sagte meine Mutter an meinem Ohr. *«Howard.»* Ich konnte hören, wie die Anspannung in ihrer Stimme stieg. «Da bist du ja, Howard! Hilfst du uns bitte, noch ein paar Tabletts rauszubringen? Jetzt sofort.»

«Gut gemacht, Mom. Ich rufe Rauser an. Bleibt im Haus, bis er sich meldet.»

«Aber Keye, die Party ...»

«Schließt euch ein», blaffte ich. «Sag Dad, er soll seine Pistole holen und das Haus durchsuchen. Die Cops sind bald da.»

Ich rief Rauser an. Ich erzählte ihm von dem Anruf, den ich von Mikis verlorenem Handy erhalten hatte. Er legte auf, ohne sich zu verabschieden. Ich hatte keine Ahnung, was er tun würde, aber ich wusste, er würde es schnell tun. Die Decatur-Cops konnten in wenigen Minuten vor Ort sein. Ich schickte Neil eine SMS. *Wir müssen los. Notfall.*

Fünfzehn Minuten später kam Neil durch die Verbindungstür gestürzt, als ich gerade einen letzten Blick durchs

Zimmer schweifen ließ, ob ich auch nichts vergessen hatte. Er trug in einer Hand den Koffer, den ich für ihn gepackt hatte, in der anderen Rasierzeug und einen Gürtel. Wir hasteten durch die Lobby und zum Wagen. Ich erzählte Neil von dem Telefonanruf. Ich war nervös, wartete darauf, dass mein Handy wieder klingelte, wollte hören, dass sie ihn erwischt hatten, diesen Fremden, der Miki fertigmachen wollte, auf eine Weise, die ich noch nicht durchschaute, diesen Mörder, der sich vielleicht unter die Gäste meiner Eltern gemischt hatte.

Neil legte den Kopf gegen die Rückenlehne und schloss die Augen. Er roch nach Bier und Zigaretten. «Hör mal, im Moment können wir nichts weiter machen», sagte er. «Rauser müsste inzwischen da sein. Die Decatur-Cops waren wahrscheinlich schon nach fünf Minuten da. Und ich würde auch gern heil ankommen.»

Ich warf einen Blick auf den Tacho. «'tschuldigung.»

Ich hörte Rausers Klingelton. «Alle in Sicherheit», meldete er. «Wir haben Mikis Handy auf einem der Tische draußen gefunden, es eingetütet, alles abgeriegelt.»

Ich sog Luft ein. «Er wollte uns wissen lassen, dass er da war. Verdammt, er war so nah bei Mutter, dass ich ihre Stimme hören konnte.»

«Hoffen wir, dass sie sich an irgendein Gesicht erinnert, das sie nicht kannte. Hör mal, wir haben Miki weggebracht, und zwar vor aller Augen. Wenn er noch in der Nähe war, weiß er, dass sie nicht mehr im Haus deiner Eltern ist. Bevins und Angotti sind eine Weile rumgefahren, aber es ist ihnen niemand gefolgt. Sie ist jetzt erst mal bei mir zu Hause. Wo immer wir sie danach unterbringen, sie wird rund um die Uhr bewacht.»

«Danke. Wo sind meine Eltern?»

«Emily und Howard sind im Haus mit ein paar Freunden. Balakis vernimmt sie. Irgendwem muss der Typ doch aufgefallen sein. Es sei denn, er gehört dazu, ist zusammen mit euch in der Nachbarschaft aufgewachsen. Vielleicht stand er auf Miki.»

Das war gar nicht so abwegig. Ich versprach ihm, dass ich darüber nachdenken würde.

«Street», sagte Rauser, und seine Stimme wurde schärfer, «er weiß, wer du bist. Er hat deine Nummer gezielt gewählt. Mensch, hier wimmelt es nur so von Leuten. Wir haben sie in vier Gruppen à zwanzig aufgeteilt. Williams, Thomas und einer von den örtlichen Detectives vernehmen die Leute draußen. Das wird ein Weilchen dauern. Außerdem suchen Streifenpolizisten die Straßen ab. Übrigens, wir haben die Caterer überprüft. Alle, die Kellys Party beliefert haben, sind zusammen gekommen und gegangen. Von denen ist jeder sauber.»

«Mist.» Ich seufzte. «Im Moment spielt er bloß mit Miki. Er hatte erneut Gelegenheit, ihr was anzutun, hat es aber nicht getan.»

«Vielleicht will er, dass es genau richtig abläuft», spekulierte Rauser.

«Vielleicht. Wir müssen es begreifen, Rauser, bevor Miki was passiert.»

«Wir werden nicht zulassen, dass ihr was passiert.»

«Kannst du mir Zugang zum Beweismaterial verschaffen? Zu allem, was ihr habt, meine ich. Tatortanalysen, Opferanalysen, sämtliche Ermittlungsergebnisse, die deine Leute bisher zusammengetragen haben, Vernehmungen, alles, was die KTU über die Fälle Delgado und Kelly rausgefunden hat.»

«Das könnte ich, wenn du, sagen wir, eine psychologische Beraterin wärst.»

«Ich will dabei sein.»

«Ich dachte schon, Sie würden nie fragen, Dr. Street.»

Zwei Stunden später parkte Rauser in Virginia Highlands, dem Viertel von Atlanta, in dem er wohnte. Ich hielt hinter ihm. In seiner Einfahrt stand ein Crown Victoria, ein deutlich älteres Modell als das, das Rauser fuhr. Und deutlich sauberer. Der Lack glänzte im Licht der Außenbeleuchtung. Rauser zückte sein Handy und rief an, um unser Kommen anzukündigen, während wir auf sein Haus zugingen, das sich stets in irgendeinem Renovierungszustand befand. Er hatte Wände rausgerissen und Fenster eingesetzt und vor das Schlafzimmer eine Veranda gebaut, die zur Hälfte mit Fliegendraht umschlossen war. Er plante, den Dachboden in eine offene Galerie mit Blick ins Wohnzimmer umzubauen, wenn er irgendwann die Zeit dazu hatte. Rauser hatte mir mal erzählt, dass er Schreiner gelernt hätte, wenn er nicht zur Polizei gegangen wäre. Er arbeitete gern mit den Händen. Mir gefiel das. Ihm dabei zuzuschauen, wie er im ärmellosen Hemd mit einem Werkzeuggürtel um die Taille auf Nägel einhämmerte, war echt nicht schlecht.

Detective Angotti öffnete uns die Tür. Sein Hemd warf Falten unter einem doppelten Schulterholster, in dem er seine S&W Kaliber .40 eng am Brustkorb trug – rechte Seite, Angotti war Linkshänder. Der Druckverschluss war offen.

Ich sah Spielkarten auf Rausers Couchtisch. Der Fernseher lief, aber der Ton war leise gestellt. Angotti hatte für Zeitvertreib gesorgt – Karten, Fernsehen –, aber darauf geachtet, dass er noch Geräusche von draußen hören konnte.

Miki kam aus der Küche, sah mich und kam in meine Arme gelaufen. Ich umarmte sie fest. Wir gingen zu Rausers Couch. Sie umklammerte meine Hand. Rauser schickte Angotti weg, überprüfte dann Türen und Fenster, machte Kaffee, während Miki und ich miteinander redeten, stellte Tassen und Milch und Zucker auf den schönen alten Couchtisch. Schließlich setzte er sich in einen Sessel uns gegenüber.

Miki goss Milch in ihren Kaffee. Ich trank meinen schwarz. «Brauchst du irgendwas?», fragte Rauser. «Was zu essen oder so?»

Miki schüttelte den Kopf. «Tante Emily hat auf der Party jeden vollgestopft, der in ihre Nähe kam. O Gott, sie hasst mich jetzt bestimmt. Sie hat so geschuftet, damit alles perfekt ist.»

«Ihr geht's gut», sagte Rauser. «Sie hat Getränke und Häppchen serviert, während wir die Leute befragt haben.»

«Typisch Mom», sagte ich. «Sie kann sogar aus einem Verhör eine Party machen.»

«Kam dir irgendeiner von den Gästen komisch vor?», fragte er Miki. «War einer dabei, der allein rumstand, mit keinem geredet hat? Den du nicht kanntest? Oder einer, der dir vage bekannt vorkam, den du aber nirgendwo hintun konntest?»

«Das trifft auf so gut wie alle zu. Ich meine, da hat sich viel verändert. Ich bin nur noch an Feiertagen da. Ich hab die meisten Gäste nicht gekannt. Oder sie kamen mir vage bekannt vor. Mensch, wir sind alle so verdammt alt geworden!», sagte meine vierunddreißig Jahre alte Cousine zu Rauser.

«Erzähl uns doch einfach alles, woran du dich von dem Zeitpunkt an erinnerst, als die ersten Gäste eintrafen», schlug Rauser vor.

Miki schilderte uns den Ablauf der Party. Sie hielt sich ganz gut. Ohne Hysterie. Miki hatte sich immer durchs Leben gekämpft. Zum ersten Mal sah ich die Überlebenskünstlerin in ihr, die in den letzten paar Jahren aus ihr geworden war. Sie war völlig nüchtern, das sah ich ihren Augen an, die klar und türkis waren, obwohl Rausers Bourbon auf der Küchentheke stand und der Alkohol auf der Party in Strömen geflossen war. Bei derlei Festivitäten serviert Mutter Punschschüsseln voll weißer Sangria mit Orangen- und Limonenscheiben, die tagelang Alkohol in sich aufgesogen haben.

«Die gute Nachricht ist ja wohl, dass Cash es nicht ist.» Miki seufzte. «Cash kann nirgendwo hingehen, ohne erkannt zu werden. Und ich hätte ihn bemerkt. Ich würde seinen Gang und die Stimme überall erkennen.»

«Zwei von meinen Leuten haben ihm heute einen Besuch abgestattet», teilte Rauser uns mit. «Er hat bereitwillig kooperiert. Er hatte fast das ganze letzte Wochenende über das Haus voller Promis. In den vierundzwanzig Stunden nach Kellys Ermordung war er zu Hause. Dafür gibt es jede Menge Zeugen.» Rauser ließ unerwähnt, dass ich bei Cash Tilison gewesen war. Ich war froh. Ich hatte keine Lust auf die Diskussion. «Für heute hatte er ein großes Fest am See geplant.»

«Ich habe letztes Jahr den vierten Juli mit ihm und seinen Freunden gefeiert.» Miki lächelte über irgendeine schöne Erinnerung, blickte nach unten in ihre Tasse. «Ich danke euch, dass ihr mir Schutz anbietet. Aber ich kann mich nicht hier verkriechen. Tante Emily muss morgen früh ins Fernsehstudio für das Probevideo. Ich hab ihr versprochen, dass ich mitkomme.»

«Ich bin sicher, Emily würde das verstehen», sagte Rauser.

«Ich halte meine Zusagen gegenüber Tante Emily.» Miki sagte das, als hätte sie dafür ein Schulterklopfen verdient. «Und danach muss ich zum Flughafen. Ich hab einen neuen Auftrag.»

«Ich kann dich nicht zwingen hierzubleiben», sagte Rauser, «aber wir können dich nicht schützen, sobald du in ein Flugzeug gestiegen bist. Wir bringen dich in einem netten Hotel unter, wenn dir das lieber ist. Ich hab für morgen früh um sieben einen Kollegen in Uniform herbestellt. Es wäre mir lieb, wenn du heute Nacht hier bei uns bleiben würdest.»

Wir schwiegen einen Moment. Dann nickte Miki und sagte: «Für Texas ist ein Unwetter vorhergesagt. Die rechnen mit einem ganzen Schwarm von Tornados. Ich treffe mich in Birmingham mit einem Sturmjäger, dann fahren wir dahin, wo die Wirbelstürme durchziehen sollen. Ich kann's kaum erwarten, bis ich endlich da bin. Außerdem verfolgt mich dieser Scheißkerl nie, wenn ich beruflich unterwegs bin.»

«Da ist was dran, Rauser. Ich glaube nicht, dass er die Mittel hat, ihr zu folgen. Keiner kann so einfach durch die Weltgeschichte jetten, wenn er nicht den entsprechenden Job hat oder stinkreich ist. Und denk dran, dem Fahrer von Mr. Kelly ist aufgefallen, dass unser großer Unbekannter keine teuren Klamotten trug. Möglich, dass er Probleme hat, länger einen Job zu behalten. Außerdem ist er vermutlich nicht besonders sympathisch. Wahrscheinlich kommt er nicht gut mit Kollegen klar, ist rechthaberisch, streitlustig, egozentrisch, und dass er brutal ist, wissen wir ja. Wahrscheinlich handelt es sich um eine Borderline-Persönlichkeit. Ich wette, er empfindet sehr viel Wut und Panik, wenn Miki weg ist. Der Kontrollverlust muss für ihn schwer erträglich sein.»

«Ich wünschte, du würdest nicht über mich reden, als wäre ich gar nicht da», sagte Miki. «Aber ich musste letztes Jahr meine Handynummer ändern. Ich bekam Anrufe, bei denen sofort wieder aufgelegt wurde, zig Textnachrichten. *Du kannst dich nicht verstecken. Du kannst nicht weglaufen.* So was in der Art. Ich hab gedacht, es wäre Cash. Dann haben Cash und ich uns mal zum Lunch getroffen, als wir beide in L. A. waren. Ich wollte ihm mit einer einstweiligen Verfügung drohen, wenn er nicht aufhörte, mich zu belästigen. Noch während wir zusammen waren, kam wieder so eine SMS. Mit irgendwelchem Mist darüber, dass ich einfach verschwunden wäre.»

Rauser beugte sich vor. «Und wieso höre ich jetzt zum ersten Mal davon?»

«Die Polizei von Atlanta hat mich nun nicht gerade ernst genommen, Aaron», konterte Miki aufbrausend. «Ich hab den Polizisten von den Anrufen erzählt, als ich wieder zu Hause war und zum ersten Mal Geräusche hörte. Die Anrufe hörten auf, nachdem ich meine Nummer geändert hatte. Aber die Geräusche nicht.»

«Tut mir leid», sagte Rauser.

«Nimm's nicht persönlich, aber ich bin sicherer, wenn ich nicht in der Stadt bin.»

«Die Sache gefällt mir nicht», sagte Rauser.

«Er hat dein Handy geklaut, also hat er jetzt deine neue Nummer», sagte ich. «Vielleicht versucht er, Kontakt zu dir aufzunehmen. Wir besorgen dir ein Ersatzgerät mit einer neuen Nummer, und die Polizei behält dein altes Handy.»

«Ich hab nie auf eine von den SMS reagiert», sagte Miki.

«Und das war richtig», sagte ich. «Damit hättest du nur Öl ins Feuer gegossen. Rauser, hast du schon Zugriff auf die Klinikakten?»

«Das war kein Problem. Aber es geht um vier verschiedene Einrichtungen, und wir haben Feiertagswochenende», sagte Rauser düster.

Miki stand auf, ging in die Küche und rief Rauser zu: «Darf ich mir einen Drink machen?»

«Nur wenn du mir auch einen machst. Bourbon. Pur.»

Sie kam mit zwei Gläsern zurück. «Danke, dass du mich hier übernachten lässt», sagte sie, zuckte die Achseln und stieß mit ihm an. Sie setzte sich und kippte den Bourbon hinunter. Drei Fingerbreit in einem einzigen Zug. Wir hatten alle einen aufreibenden Tag hinter uns. Wenn ich trinken würde, hätte ich das Gleiche gemacht.

Ich hörte meinen Namen. Rauser stellte den Fernseher lauter. Ein Hubschrauber schwebte über der Schotterstraße, die ich erst vor wenigen Stunden entlanggegangen war, und beleuchtete mit seinem Suchscheinwerfer den Boden.

Eine Journalistin kommentierte die Bilder aus dem Off: *«Privatdetektivin Keye Street machte den grausigen Fund hinter dem Haus, in dem Krematoriumsbetreiber Joe Ray Kirkpatrick mit seiner Mutter wohnt. Street führte dort Ermittlungen im Auftrag des in Atlanta ansässigen Anwalts Larry Quinn durch.»*

Rauser schüttelte den Kopf. «Quinn ist gleich zu den Medien gelaufen. Er ist und bleibt eine Hure.»

Ich beugte mich vor und stellte mein Handy auf stumm. Miki warf mir einen Blick zu, schaute dann wieder auf den Fernseher. Der See werde gerade ausgepumpt, sagte die Reporterin. Das GBI hatte den Tatort mit Barrikaden abgeschirmt, aber die mit Generatoren betriebenen Scheinwerfer erhellten alles wie einen Football-Platz. Superzoom-Objektive und einfallsreiche Reporter verschafften uns aus gecharterten Hubschraubern einen guten Blick auf die Szene. Ermittler trugen große Plastikplanen aus dem Schlick. Sie hatten sie zum Schutz vor neugierigen Blicken über ihre Funde gebreitet, aber ich wusste, was sie da aus dem See schleppten. Ich fragte mich, wie schwer es sein würde, die Toten zu identifizieren, nachdem sie im Wasser gelegen hatten. Nach diesem Bericht würden Tausende von Leuten zum Telefon greifen. Sie würden wissen wollen, ob ihr Bestattungsinstitut mit dem Northeast Georgia Crematorium zusammenarbeitete. Sie würden wissen wollen, ob ein Stück von einem geliebten Verstorbenen aus diesem schrecklichen See gefischt wurde.

«Man kann wirklich an der Menschheit verzweifeln», schäumte Rauser.

«Detektivin Street machte letztes Jahr Schlagzeilen während der Wunschknochen-Mordserie …»

«O-oh.» Ich stöhnte auf, weil mir vor dem graute, was als Nächstes kommen würde. Mein Verhältnis zum Pressekorps von Atlanta war nicht immer das herzlichste.

«Da warst du den ganzen Tag, Keye? Wahnsinn. Wieso hast du nichts gesagt?», fragte Miki.

«Wann denn, bitte schön? Es ging ja noch den ganzen Abend dramatisch weiter.»

Miki nickte. «Na ja, selbst wenn es ruhig läuft, hältst du dich ziemlich bedeckt, Keye. Keiner weiß, was du so treibst, bis du irgendwann explodierst. Hab ich nicht recht, Aaron?»

«Ich verweigere die Aussage», sagte Rauser.

«Danke für die Unterstützung», sagte ich.

«Laut einer Informationsquelle verschaffte Street sich Zugang zu dem Grundstück mit Hilfe einer Nachbarin, die dort ein und aus ging …»

Eine Informationsquelle? Ich musste schmunzeln. Mary Kate Stargell war auch nicht untätig gewesen.

« … Street verständigte GBI-Agents von dem Grundstück aus, als sie in dem dazugehörigen Waldstück mehrere Massengräber entdeckte …»

Während die Reporterin weiterredete, wurde Bildmaterial eingeblendet, das mich zeigte, wie ich letztes Jahr die Peachtree Center Avenue überquerte, schick gekleidet für einen Termin mit einem meiner größten Kunden im SunTrust Plaza.

«Hübsche Schuhe», bemerkte Miki, mit diesem Talent,

innerlich auf Abstand zu gehen, das bei uns in der Familie liegt.

«Laut Anwalt Larry Quinn schickte Street per E-Mail Fotos von den grausigen Funden an das GBI, nachdem sie über einen abgetrennten Kopf gestolpert war …»

«Wie findest du den Rock?», fragte ich.

«Das GBI steht nun vor der Aufgabe, vermutlich mehrere hundert zerstückelte Körper wieder zusammenzufügen und zu identifizieren …»

«Sexy», sagte Miki.

«Ich fasse es nicht», murmelte Rauser und leerte sein Glas in einem Zug.

24

Singvögel. Ich hörte sie, noch bevor ich die Augen aufgeschlagen hatte. Im Georgian Terrace höre ich nie Vögel, es sei denn, einer fliegt gegen die palladianischen Fenster. Aber das ist kein fröhliches Geräusch. Eher ein tragischer kleiner, dumpfer Knall.

Ich lag auf meiner Seite in Rausers Bett, ein verheddertes weißes Laken um mich geschlungen. Die Tür zur Veranda stand offen. Es wurde gerade hell. Ich sah Rauser auf der Veranda sitzen. Sein Haar war nass. Ich roch Kaffee und fragte mich, wie lange er schon auf war.

Ich schlüpfte in ein Hemd und eine Boxershorts von ihm, die ich an der Taille einrollen musste, damit sie nicht runterrutschte, putzte mir die Zähne, klatschte mir kaltes Wasser auf die verquollenen Augen. Vier Stunden Schlaf reichten mir einfach nicht mehr. Rauser hatte eindeutig weniger gehabt.

Ich ging zum Gasherd und blickte in einen Topf mit einer Flüssigkeit in der Farbe von Teer. Rausers Ihr-könnt-mich-alle-mal-Cowboykaffee. Er konnte seinen Sarkasmus nicht zügeln, wenn er in meinem Büro all die Gerätschaften sah, die Neil benutzt, um den perfekten Kaffee zustande zu bringen. Aber er sagte niemals nein, wenn Neil ihm eine Tasse anbot.

Ich goss schwarzen Kaffee durch ein Sieb in meine Tasse, stellte die Mikrowelle auf dreißig Sekunden, fand dann mein Handy im Wohnzimmer, wo ich es am Abend zuvor auf stumm gestellt hatte. Zwölf entgangene Anrufe. Sechs Nachrichten. Ich wusste, dass sie nicht von potenziellen Kunden waren. Diese Anrufe waren alle gekommen, nachdem das Fernsehen den Bericht über das Krematorium gebracht hatte. Na toll. Zum Glück hatte ich einen triftigen Grund, nicht mit Reportern zu sprechen. Ich wollte nichts sagen, was die Ermittlungen des GBI gegen die Kirkpatricks erschweren könnte. Bestimmt würde das GBI heute Morgen jemanden in eine Pressekonferenz schicken, jemanden, der einen gemäßigteren Ton anschlagen konnte und einen kühleren Kopf hatte als ich.

Ich trat auf die Veranda. Ich küsste Rausers Nacken und roch Aftershave auf seiner Haut. Er streckte einen Arm nach mir aus.

«Schon lange auf?»

«Nee», sagte er, aber ich wusste, dass das nicht stimmte. Er war geduscht und rasiert, und er hatte Kaffee gemacht und sich angezogen. Ihm graute vor dem Tag. Die Abteilung für Kapitalverbrechen bekam heute einen Neuzugang, Major Herman Hicks. Rausers neuer Boss. Hicks kam vom Dezernat für interne Ermittlungen. Er würde sich ganz schön beweisen wollen, hatte Rauser mir gesagt, und das machte ihm Sorgen. Rauser würde Hicks in die Details einer Ermittlung einweihen müssen, die von Tag zu Tag komplizierter und teurer wurde.

Ich trank einen Schluck Kaffee und schaute zu dem Karree im Garten hinüber, das er für ein Gemüsebeet umgegraben, aber dann nicht bepflanzt hatte. Im frühmorgendlichen Licht war es ein Chaos aus aufgewühlter Erde und Unkraut. Der Morgen war bereits extrem schwül. Kein Lüftchen wehte.

Irgendetwas bewegte sich am Zaun, und wir blickten beide in die Richtung, schlagartig alarmiert. Rauser wollte nach seiner Waffe greifen, zog die Hand aber wieder zurück, als wir die graue Tigerkatze von nebenan sahen, die am Zaun hochkletterte. Sie balancierte einen Moment darauf, sprang dann hinunter und zottelte zu dem vernachlässigten Beet. Sie suchte herum, schnüffelte, drehte sich ein paarmal im Kreis, schnüffelte, suchte wieder, legte die Ohren an und erledigte ihr Geschäft.

«Kleines Mistvieh», knurrte Rauser. «Die guckt uns kackfrech dabei an.» Ich musste mir auf die Lippe beißen, um nicht loszuprusten. Rauser hatte unabsichtlich ein riesiges Katzenklo in seinem Garten angelegt.

Er seufzte. «Der Kollege ist in vierzig Minuten da. Wir sollten Miki wecken und noch mal alles Wichtige durchsprechen. Und ich möchte einen Streifenwagen raus zu deiner Mom schicken. Nicht dass sie jemanden, der sich ihr an die Fersen heftet, schnurstracks zum Fernsehstudio führt.»

Ich wollte nicht über Miki nachdenken oder über Mikis Sicherheit oder über die rätselhaften Morde an einem Kind und einem alten Mann. Ich wollte alles wegschlafen – die Morde, den Stalker, der zu nah an meine Eltern rangekommen war, das Krematorium. Einfach alles. Ich stand trotzdem auf und wappnete mich für den Tag.

Rauser war in seinem verglasten Büro, das Telefon ans linke Ohr gepresst, als ich ins Präsidium kam. Es war zehn Uhr. Miki und meine Mutter waren sicher zum Fernsehstudio eskortiert worden, das Miki für Mutters Probevideo organisiert hatte. White Trash war gefüttert, und ich war geduscht und hatte frische Sachen angezogen. Brit Williams sah mir entgegen, als ich von den Aufzügen den Flur hochkam, und begrüßte mich. Rauser hatte sein Team darüber informiert, dass ich an Bord kommen würde. Wir hatten schon einmal zusammengearbeitet. Als ich im letzten Jahr als Beraterin engagiert worden war, waren sie mir zuerst mit Misstrauen und Abneigung begegnet.

Wir hatten uns zusammengerauft. Vertrauen muss verdient werden, das verstand ich. Brit Williams war letztes Jahr für Rauser eingesprungen, als der wegen seiner Verletzung krankgeschrieben war. Dass er anstandslos in seine vorherige Position zurückkehrte, sobald Rauser genesen war, hatte ihm eine Beförderung zum Sergeant eingebracht. Im Morddezernat waren siebzehn Ermittler tätig. Ein paar von ihnen waren gute Freunde für mich geworden. Williams war einer von ihnen.

Er brachte mich zu einem von niedrigen Trennwänden umschlossenen Schreibtisch in dem Großraumbüro, in dem das Morddezernat als Teil der Abteilung für Kapitalverbrechen untergebracht war. Er trug eine kamelfarbene Stoffhose, ein weißes Hemd mit gelockerter Krawatte. Seine Stirn glänzte, aber die Hemdsärmel waren noch unten. Erst zehn Uhr am Morgen, und draußen waren es über dreißig Grad. Luft vom Golf strömte in unsere ohnehin schon instabile Atmosphäre. Wir hier unten im Süden sind insgeheim ganz froh über die Witterungsschwankungen. Nachmittagsgewitter bringen Sturmböen mit sich und sorgen für reichlich Dramatik. Entwurzelte Bäume verursachen Chaos auf Kreuzungen und blockieren Straßen. Ausgefallene Ampeln schwingen im Wind. An Mittagstischen überall in der Stadt hört man Begriffe wie *Windscherung* und *Luftdruck*. El Niño und Atlantas glühend heiße Sommer machen uns zu Experten, was Wetterphänomene angeht.

Wie üblich war die Klimaanlage der City Hall East völlig überfordert. Ein paar Alustreifen waren an eines der verrosteten Lüftungsgitter gebunden worden, aber der Luftzug, der von irgendwo tief unten in dem zweihunderttausend Quadratmeter großen Gebäude aus bröckelndem Backstein und Putz kam, war so schwach, dass die Bänder sich nur sporadisch hoben und zuckten.

Ich setzte mich an meinen Schreibtisch. Williams beugte

sich über mich. «Ich hab Sie ins System eingeloggt, Sie können also auf alles zugreifen, was eingegeben ist. Ich hab Ihnen die Fallnummern aufgeschrieben, aber Sie kommen auch über Stichwörter an die Akten. Zu ganz alten ungelösten Fällen kann ich Ihnen die Akten aus dem Archiv hochholen.»

«Ich würde gern mit den Familien der Opfer und dem Fahrer von Mr. Kelly anfangen.»

Williams nickte. «Wie Sie wollen. Die aufgezeichneten Verhöre finden Sie im offiziellen Bericht.»

Rauser kam aus seinem Büro. «Schießerei vor Lotteriezentrale in der City. Streifenbeamte sind vor Ort. Ein Verdächtiger wurde festgenommen. Thomas, Velazquez – Sie übernehmen. Angotti, Sie befragen die Schaulustigen, ob jemand irgendwas aufgeschnappt hat», sagte er, was so viel hieß wie, sein Detective sollte Dinge in Erfahrung bringen, die vielleicht nicht so ohne weiteres der Polizei gemeldet würden.

«Alles klar», sagte Detective Thomas, eine von zwei Frauen im Morddezernat. Alle drei Detectives standen von ihren Schreibtischen auf.

«Ist ein Fall abgeschlossen, tun sich zwei neue auf», sagte Rauser und hob die Stimme. «Nur zur Erinnerung: Um fünf sind bitte alle wieder hier in der Zentrale, damit jeder weiß, was die anderen machen. Außerdem möchte Major Hicks sich vorstellen.» Mit mürrischer Miene wandte er sich ab und strebte zu seinem Büro. Rauser hasste ungelöste Fälle. Er war ein guter Cop. Er wusste um seine ungeheure Verantwortung gegenüber den Angehörigen von Opfern. Sie lastete auf ihm, trieb ihn an, machte ihn ruhelos.

Nach ein paar Schritten blieb er stehen und drehte sich zu mir um. «Hast du alles, was du brauchst?»

Ich nickte. «Ich kann loslegen.»

«Gib mir fünfzehn Minuten, um ein paar Sachen zu erledigen. Wenn du die Vernehmungen durchgehst, möchte ich dabei sein.»

Zwanzig Minuten später saßen wir vor einem breiten Flachbildschirm. Rauser hatte sich zurückgelehnt, die Beine übereinandergeschlagen. Ich hatte meinen Notizblock vor mir – gelb mit blauen Linien. Auf dem Monitor sah ich, wie Troy Delgados untröstliche Eltern vernommen wurden. Es war kaum zu ertragen. Dann befragten Williams und Balaki Donald Kellys Tochter und Enkelin und ihren Mann sowie einen Enkel. Diejenigen, die den Opfern am nächsten standen, mussten zuerst ausgeschlossen werden. Die Detectives rekonstruierten sorgsam die Stunden bis zu den Morden, stellten Menschen, die sich nicht vernehmen lassen wollten, die einfach mit ihrem Schmerz allein sein wollten, mit sanftem Druck immer wieder dieselben Fragen. Das ist bloß eine der Gratwanderungen, die Ermittler Tag für Tag zu bewältigen haben. Sie werden von den Angehörigen der Opfer oft als Feinde betrachtet. Dabei ist das Gegenteil der Fall.

Rauser sagte mir, die Enkelkinder und ein Urenkel würden am meisten von Kellys Tod profitieren. Er stand auf, reckte sich und gab eine Art Knurren von sich, ging und kam mit kaltem Wasser in zwei Tassen wieder. «Zu heiß für Kaffee», klagte er und widmete sich wieder der Aufnahme von Brit Williams' Vernehmung von Abraam Balasco, dem Mann, der Donald Kelly gefahren hatte.

«Er wollte nicht zu der Party», sagte Balasco gerade. Sein Haar war kurz geschnitten, oben schütter, grau mit braunen Strähnen. «Er war auf der ganzen Fahrt still. War nicht er selbst. Ich hätte ihn lieber in den Park bringen sollen. Er war gern dort.»

«Hatten Sie vorher schon Kontakt zur Familie Kelly?», fragte Williams.

Balasco schüttelte den Kopf. «Nur wenn ich ihn hingefahren hab. Manchmal hat die Tochter in der Lobby gewartet. Aber meistens hab ich ihn bis zum Aufzug gebracht. Himmel.» Er senkte den Kopf, legte eine Hand an die Stirn. Diese Vernehmung war nur Stunden nach Kellys Entführung aufgezeichnet worden. Balasco hatte die meiste Zeit im Krankenhaus verbracht. Schwer zu sagen, ob das echter Schmerz und echte Verwirrung waren oder Schauspielerei. Aber mir war schleierhaft, welchen Vorteil Balasco von Kellys Tod hätte haben sollen. Der Mann wirkte verstört, machte sich Vorwürfe, dass er Kelly an den Ort gebracht hatte, wo er entführt worden war, um anschließend ermordet zu werden. «Er hat gesagt: ‹Meine Tochter ist ein Biest.› Meinte, sie würden bloß drauf warten, dass er stirbt. Sein Urenkel war der einzige Grund, warum Don sich mit ihnen abgab.»

«Hatte er früher schon mal was in der Art gesagt?», wollte Williams wissen. «Hatten Sie je das Gefühl, dass er in Gefahr war?»

«Er war ein verbitterter Mann», antwortete Balasco düster. «Kein verängstigter.»

Ich klickte auf den linken Pfeil unten am Bildschirm und ließ die Aufnahme ein Stück zurückspulen. *«Er hat gesagt: ‹Meine Tochter ist ein Biest.› Meinte, sie würden bloß drauf warten, dass er stirbt. Sein Urenkel war der einzige Grund, warum Don sich mit ihnen abgab.»*

«Wie wohnt Kelly noch mal genau, Rauser? Seniorenwohnanlage, richtig?» Rauser nickte, ohne den Blick vom Bildschirm zu heben. Ich hatte einiges aufzuholen. Diese Ermittlung war immerhin schon fünf Tage alt.

«Betreutes Wohnen», sagte Rauser. «Wird ziemlich gut überwacht. Hübsche kleine Wohnung. Spartanisch. Nicht viele persönliche Sachen, Kleidung, ein paar Bilder, Fernseher, Radiowecker, Schreibmaschine. Kein Computer.»

«Habt ihr die persönlichen Sachen?»

Rauser stand auf. «In meinem Büro. Hab sie noch nicht zurück zum Beweismaterial gegeben.» Er brachte mir einen Karton, auf dem Kellys Name und eine Fallnummer standen. Er hob den Deckel, und ich sah einen Schlüsselbund, eine Brieftasche, ein getipptes Manuskript, das von Papierklemmen zusammengehalten wurde; auf dem Deckblatt stand: «Wir sehen uns Montag», *von Donald A. Kelly.*

«Hab drin rumgelesen», sagte Rauser. «Nicht schlecht. Es geht um Baseball und eine tolle Frau. Klar, dass das gefällt, oder? Manche Seiten sind alt, manche sind neuer. Sieht aus, als hätte er seit Jahren dran gearbeitet.»

Mein Telefon klingelte. Ich sah Neils Namen im Display.

«Hey, Keye, ich sollte doch nach irgendwas suchen, das so ähnlich ist wie Luftballons und Geschenkpapier.» Ich stellte ihn auf Lautsprecher. «Ich hab da was im Lokalblatt von Stone Mountain entdeckt. Vor ungefähr einem Jahr wurde eine Frau in Stone Mountain Village tot aufgefunden, Kopfschuss. Sie lag im Pavillon auf dem Dorfplatz. Keine Papiere. Keine Habseligkeiten außer den Klamotten, die sie anhatte. Rock, Bluse, Unterwäsche, ein silbernes Armband und ein Geschenkband, das um den Knöchel gebunden war wie ein Fußkettchen.»

«Welches Datum?», fragte Rauser und notierte es sich. Wir gingen zu Bevins rüber. Rauser reichte ihr die Notiz. «Ruf bei den Kollegen von Stone Mountain an. Frag, wie weit sie mit den Ermittlungen in dem Mord an der Unbekannten gekommen sind. Und wir hätten gern ein Bild von ihr.»

«Der Pavillon steht mitten im Ort», sagte ich. Ich war zigmal zum Einkaufen mit meiner Mutter da gewesen. Sie war verliebt in den Ort, mit seiner Ansammlung von gemütlichen Restaurants und den Läden voller Antiquitäten und Kunsthandwerk. Einmal war ich mit ihr in einem deutschen Restaurant und wurde Zeugin, wie sie sich mit Schmeicheleien und Koketterien Zugang zur Küche verschaffte. Als wir wieder gingen, wusste sie bis ins kleinste Detail, wie man echte deutsche Buttercreme macht. Mutter studierte Restaurants geradezu. «Das muss der Ablageort gewesen sein, nicht der Tatort», fügte ich hinzu. «Du kannst da keine Pistole abfeuern und unerkannt entkommen. Der Mörder hat die Leiche gezielt dort abgelegt, um viel Aufmerksamkeit zu erregen.»

«Ja, kommt einem bekannt vor, nicht?», sagte Rauser.

«Stimmt überein mit der Methode unseres Täters», warf Williams ein. «Der Ort liegt aber weit außerhalb von dem Gebiet, wo unser Mann zugeschlagen hat. Und an den beiden anderen Tatorten ist kein Geschenkband gefunden worden.»

«Lieutenant», sagte Bevins und trat zu uns. Sie hatte mit einem Detective vom Stone-Mountain-Präsidium telefoniert. «Ich hab ein Bild aus der Gerichtsmedizin vom Gwinnett County.»

«Können Sie das auf den Hauptmonitor schicken?», fragte Rauser, und ein hell erleuchtetes Foto erschien auf dem Bildschirm oben an der Wand. In Fernsehserien sind Obduktionsräume schick und modern und mit gedämpftem Stimmungslicht in verschiedenen Farbtönen ausgeleuchtet. Im wirklichen Leben ist das Licht grell, und die Räumlichkeiten wirken steril wie in einem Krankenhaus. Die Ausstattung mag ja topmodern sein, ist aber nicht hübsch anzusehen, und es herrscht nicht die romantische Atmosphäre wie in diesen Serien, wo eine zwanzigjährige Forensikerin Expertin auf sämtlichen Fachgebieten ist. Wir schauten alle nach oben auf den Bildschirm, betrachteten die Leiche, die auf einem Edelstahltisch lag. Die Kleidung war noch nicht entfernt worden – der Rock war mit etwas beschmiert, das aussah wie roter Lehm, zerrissene Bluse, ein silbernes Armband. Ein schmuddeliges Geschenkband war um ihren Knöchel gebunden. Die Arme waren kreuz und quer mit Narben übersät.

«Man sieht es auf etlichen Fotos der Spurensicherung. Die Ermittler haben nicht groß darauf geachtet», sagte Bevins.

«Was wissen wir über die Schusswaffe?», wollte Rauser wissen.

«Eine Neun-Millimeter, Lieutenant.»

Rauser rieb die Hände aneinander, als würde er an einem Lagerfeuer stehen. «Na, wer sagt's denn. Die sollen den Projektilspurenbericht an unsere KTU schicken, und zwar dalli.» Er griff zum Telefon und wählte eine interne Nummer. «Lang, die Kollegen in Stone Mountain schicken uns einen Ballistikbericht. Lassen Sie die Spuren mit der Kugel vergleichen, die ihr in dem Honda gefunden habt, in dem Kelly erschossen wurde. Dalli, okay?» Rauser legte auf. «So was dauert nicht lange», sagte er. «Ist schließlich keine DNA. Wir werden nicht alt und grau sein, bis das Ergebnis kommt.»

Ich ging wieder zu meinem Schreibtisch und dem Karton mit den Dingen aus Donald Kellys Wohnung. Ich nahm das Manuskript. Es ging um Baseball und eine tolle Frau, hatte Rauser gesagt. Baseball war doch Troy Delgados Sportart gewesen. Oder eine davon. Seine Eltern hatten bei ihrer herzzerreißenden Vernehmung gesagt, dass ihr Sohn in den meisten Sportarten ein Ass war. Ich las ein paar Seiten, bevor Rauser den Kopf hereinsteckte.

«Kommst du mal eben, Street? Die Projektilspuren sind größtenteils deckungsgleich. Höchstwahrscheinlich stammen die Kugeln, die Donald Kelly und die Unbekannte aus dem Pavillon getötet haben, aus ein und derselben Waffe.» Wir wandten uns an seine Detectives. «Williams, informieren Sie die Kollegen in Stone Mountain. Und sagen Sie ihnen, wir kommen. Wenn sie Probleme damit haben, sagen Sie, wir halten sie über alles auf dem Laufenden, was mit ihrem Fall zu tun haben könnte. Keye, hast du irgendwelche Ideen?»

«Wir haben jetzt drei Ablageorte», sagte ich. Ich war sicher, dass jeder in diesem Raum bereits darüber nachgedacht hatte. In Fachkreisen wurde noch immer viel darüber debattiert, wann von Serienmorden gesprochen werden konnte, aber das wesentliche, allgemein anerkannte Kriterium war: drei Opfer mit einer Ruhephase zwischen den Morden. Keiner bei der Polizei wünscht sich diese magische Zahl drei. Weil die Presse dann ausflippt. «Und in jedem der drei Fälle sollte die Leiche gefunden werden. Die Ablage wurde inszeniert. Der Täter musste eine Leiche in einen Pavillon mitten in einem Ort befördern, eine weitere aus einem Auto und in ein Haus in Inman Park. Und Troy Delgados Leiche wurde nur wenige Schritte von der Straße entfernt gefunden. Der Täter muss also einigermaßen vertraut mit den jeweiligen Gegenden sein, muss wissen, was für Gewohnheiten die Anwohner haben, wann und wo die örtliche Polizei Streife fährt. Täter jagen da, wo sie sich auskennen. Wieso kennt er sich so gut in beiden Gegenden aus? Ich glaube, er ist von Stone Mountain nach Atlanta gezogen, nachdem er die Unbekannte aus dem Pavillon getötet hat. Oder er hat beruflich häufig in beiden Gegenden zu tun.»

«Wenn er umgezogen ist», sagte Balaki und fing an, auf seiner Tastatur zu tippen, «können wir in den Datenbanken vom Straßenverkehrsamt und vom Wahlamt nachschauen und bei Immobilienmaklern nachfragen.»

«Was haben beide Gegenden gemeinsam?», fragte ich.

«Restaurants zum Beispiel», antwortete Williams. «Und

wir haben schon einen Zeugen, der unseren Täter für einen Kellner gehalten hat. In Stone Mountain Village gibt's diese kleine Promenade, wo ein Restaurant neben dem anderen liegt.»

«Gut», sagte Rauser. «Gehen Sie der Sache nach.»

«Interessant ist, dass er bei den Opfern Party-Utensilien zurücklässt. Das könnte auf eine Zwangsstörung hindeuten, die was mit Partys zu tun hat oder mit Geburtstagen. Kelly starb an seinem Geburtstag. Könnte aber auch ein Verhalten sein, das er mit der Zeit entwickelt hat», sagte ich.

«Wollen Sie damit sagen, dass er schon Leute umgebracht hat, *bevor* er angefangen hat, seine Opfer zu dekorieren?» Bevins runzelte die Stirn. «Ich meine, Party-Schnickschnack bei der Leiche gelassen hat.»

«Ich will damit sagen, dass es möglich ist.»

«Obdachlose und Nutten.» Balaki schüttelte den Kopf. «Damit fängt es normalerweise an. Leichte Ziele.»

Ich nickte. «Und wenn Prostituierte verschwinden, wird das nicht so schnell der Polizei gemeldet, falls es überhaupt gemeldet wird. Weniger enge Beziehungen. Täter bauen auf so was.»

«Wäre schön zu wissen, was das für Flüssigkeiten sind», sagte Williams. «Ich war in der Leichenhalle. Der Junge war voll von dem Zeug. Ohne DNA zu arbeiten, ist ja fast wie im Mittelalter.»

«Jetzt mal alle gut zuhören», blaffte Rauser. Er war mit seiner Geduld am Ende. «Dieser ganze DNA-Scheiß ist eine tolle Sache vor Gericht. Aber aufgeklärt werden Fälle mit guter alter Polizeiarbeit. Vergesst das nicht. Der Staatsanwalt kriegt mit DNA eher einen Schuldspruch. Das ist nicht unser Problem. Unser Job ist es, uns wie Detectives zu benehmen und Verdächtige aufzuspüren.»

«Ich tippe auf Urin», sagte Bevins leise. Wir alle sahen sie an. «Die Flüssigkeit, meine ich.»

«Sollen wir wetten?», fragte Balaki. Cops sind von Natur aus Konkurrenztypen. Sie wetten gern gegeneinander, und zwar so gut wie auf alles. «Ich setze zehn Dollar auf Sperma.»

«Ist die Unbekannte von Stone Mountain je identifiziert worden?», wollte Rauser wissen.

Bevins blickte wieder auf ihren Monitor, tippte eine Weile, nickte dann. «Die Frau heißt Fatu Doe. Zweiundzwanzig Jahre alt. Sie war Prostituierte.»

25

Rauser drehte den plärrenden Polizeifunk leiser und drückte einen Nikotinkaugummi durch die Folienrückseite der Packung. «Das Zeug hat am Anfang beschissen geschmeckt. Aber jetzt heb ich richtig ab, wenn es so schön prickelig wird und den Stoff freigibt.» Er sah nach hinten und setzte mit seinem Crown Vic schwungvoll aus der Parklücke. Wir stoppten knapp fünf Zentimeter vor einem der riesigen Stützpfeiler. Sein Wagen war bereits ordentlich ramponiert. Rauser fuhr wie jemand, der es eilig hatte. Auf gerader Strecke fand ich das toll. Ich war schließlich mit Provinzjungs und ihren Angeberautos aufgewachsen. Mein Körper reagiert auf heiße Typen in schnellen Autos. Aber im Parkhaus der City Hall East war ich weniger begeistert davon. Ich schloss ganz fest die Augen.

Er bog nach rechts auf die Ponce de Leon Avenue und musste gleich an der ersten Ampel halten. Die Fritteusen in den vielen mexikanischen Restaurants auf der Ponce produzierten am laufenden Band Tortillachips für die Scharen von hungrigen Mittagspäuslern, und fettiger Dunst vermischte sich mit Autoabgasen – Atlantas Sommerduft. Ich hatte den Ellbogen ins offene Fenster gelegt. Die Klimaanlage von Rausers Wagen streikte mal wieder. Ich konnte die Hitze, die vom Asphalt aufstieg, am Arm spüren. Die Sonne knallte auf uns nieder. Der Motorradladen zu unserer Linken wimmelte von Kaufinteressenten. Georgias heiße Sommer gaukeln uns vor, dass das eine gute Idee ist. Wir sehnen uns nach Wind im Haar. Zu dieser Jahreszeit sind scharenweise Motorräder auf den Highways unterwegs, Motorroller schwirren durch die Straßen der Stadt. Wir lassen unsere Benzinfresser stehen. Auf einmal sind wir ausgesprochen umweltbewusst. Ich weiß, wovon ich rede. Ich wurde mal von einer kleinen roten Vespa verführt. Und dann wirst du an Ampeln unter deinem Helm von der glühenden Sonne gebraten. Oder du fährst dir selbst über die Zehen. Oder der Winter kommt. Leute, die richtige Winter und viel Schnee kennen, finden es komisch, dass wir hier unten über den Winter jammern, aber ich kann Ihnen sagen, wenn einem der kalte Wind im Januar mit 35 Meilen die Stunde entgegenbläst, während man im Business-Kostüm auf 'nem kleinen Roller sitzt, frieren einem die verdammten Lippen an den Zähnen fest. Ich hab fünf Pfund allein durch Bibbern abgenommen. Und meine Bedenken gegen Amerikas Abhängigkeit von ausländischem Öl fanden ein jähes Ende.

Die Ponce de Leon Avenue wuselt sich laut und trubelig durch Midtown Atlanta – Theater, Kunst, Shoppingmeilen, Spirituosenläden, Obdachlose, Männerbars –, kreuzt dann die North Highland Avenue und schlängelt sich durch das historische Viertel mit Südstaatenvillen und gepflegten Parks. Sie durchquert das Zentrum von Decatur mit seinen tollen Restaurants, passiert Haltestellen des Nahverkehrssystems MARTA und Bauernmärkte, bevor sie sich auf zwei Spuren verengt und an unkrautüberwucherten Bahngleisen, kleinen Holzhäusern und Mietshäusern aus Backstein entlangführt. Wir folgten ihr zehn Meilen bis ins Herz von Clarkston.

Den ganzen Vormittag über war ich die Ermittlungsakten in

den Fällen Troy Delgado, Donald Kelly und Fatu Doe durchgegangen und hatte Einzelheiten über die letzten Momente im Leben der Opfer erfahren. Mikroskopisch feine Rillen und andere markante Spuren auf der Neun-Millimeter-Kugel, die Fatu Does Schädelknochen durchschlagen hatte und in ihrem Gehirn stecken geblieben war, stimmten genau mit den Spuren auf dem Projektil überein, das sich durch die Niere des alten Mannes gebohrt hatte und im Honda des Fahrers gelandet war. Eine zweiundzwanzigjährige Prostituierte und ein Mann, der seinen Geburtstag nicht hatte feiern wollen. Wieso hatte der Mörder sie ausgesucht? Ich glaubte nicht an eine zufällige Auswahl.

Anhand des Schusskanals konnte der Gerichtsmediziner folgern, dass der Mörder hinter Fatu Doe gestanden hatte. Die Eintrittswunde war relativ klein, zwischen Schläfe und rechtem Ohr. Die Mündung war gegen Haut und Knochen gedrückt worden, was einen sauberen Einschuss ermöglichte. Doch beim Eindringen des Projektils explodierten all die Gase im Innern des Schädels und rissen in einer Millisekunde einen Pfad der Zerstörung durch ihr Gehirn. Bei der Untersuchung auf Vergewaltigung war kein Ejakulat gefunden worden. An der Innenwand des Uterus wurde Blut festgestellt, das nicht menstruationsbedingt war, und in der Vagina befand sich eine größere Risswunde. Gerichtsmediziner vermeiden juristische Begriffe wie *Vergewaltigung*, doch es stand praktisch außer Zweifel, dass Fatu Doe vor ihrem Tod Opfer sexueller Gewalt geworden war. Sie hatte Prellungen und Schürfwunden an den Armen und im Gesicht. Dunkel verfärbte Wunden. Sie lebte noch, als sie vergewaltigt und geschlagen wurde. Ihre Eltern hatten den Detectives erzählt, dass Fatu wegen ihrer Meth-Abhängigkeit in einer Entzugsklinik gewesen war und danach keine Drogen mehr genommen hatte und auch nicht mehr anschaffen gegangen war. Die toxikologische Untersuchung hatte THC in ihrem Blut festgestellt. Marihuana hält sich lange im Körper. Es kann durchaus noch bei jemandem nachgewiesen werden, der seit ein paar Wochen drogenfrei ist. Does Eltern hatten den Ermittlern erzählt, dass ihre Tochter eine lockere Beziehung zu einem Mann gehabt hatte, den sie nie kennengelernt hatten; ihre Tochter hatte ihn stets nur «Mister» und manchmal «Mister R.» genannt. Doch die Polizei von Stone Mountain hatte keinen Verdächtigen gefunden. Die Initiale war eine Spur ins Leere gewesen.

Rauser warf mir einen Blick zu, als wir die Gleise überquerten. Er bog nach links auf die Church Street in Clarkston, einer Multikulti-Gemeinde aus Immigranten und Flüchtlingen. Hier ist der Hauptsitz der Fugees Family, einer Organisation für minderjährige Kriegsflüchtlinge, die schätzungsweise die Hälfte der hiesigen Bevölkerung ausmachen.

Wir fuhren ein paar Blocks und bogen dann rechts ab in eine mit Schlaglöchern übersäte Seitenstraße, die einen Halbkreis beschrieb. Vor den Häusern zu beiden Seiten standen auffällig viele *Zu-verkaufen*-Schilder in ungepflegten Gärten. Die Hälfte der Häuser stand leer. Schlaksige, dunkelhäutige Jungs spielten auf einem freien Grundstück Fußball. Sie hörten auf und starrten uns an, als wir vorbeifuhren. Rausers Crown Vic war ein Zivilfahrzeug, aber dennoch unübersehbar ein Cop-Auto.

Wir parkten vor einem mintgrünen Haus. Fehlende Dachschindeln gaben stellenweise den Blick auf schwarze Teerpappe frei. Vermutlich eine Erinnerung an einen der heftigen Stürme in diesem Jahr. Eine Hochdruckreinigung und ein neuer Anstrich waren seit zehn Jahren überfällig, aber irgendjemand liebte das Haus offensichtlich. Die Blumenkästen quollen über vor Petunien, die ihre samtigen Köpfe der heißen Mittagssonne entgegenstreckten. Farne hingen an Haken im Schatten der Veranda, und Kübel mit roten Geranien standen zu beiden Seiten der Holzstufen, die zur Fliegentür führten. Eine Weiß-Eiche überragte den Vorgarten und beschattete eine Seite des Hauses. Die Fenster waren geöffnet. Jeder versucht, die Klimaanlage möglichst lange aus zu lassen, um Geld zu sparen. Aber Ende Juli ist die Hitze dann so drückend und schwül, dass einem nichts anderes übrig bleibt, als die Fenster zu schließen und die Haushaltskasse bis Ende September um ein paar hundert Dollar zusätzlich pro Monat zu erleichtern.

Ehe Rauser auch nur die Hand heben konnte, um anzuklopfen, tauchte eine hochgewachsene Frau hinter der Fliegentür auf. Sie trug einen langen Rock in verwaschenem Orangegelb und eine weiße Leinenbluse, hatte Apfelbäckchen, eine tiefbraune Haut und ebensolche Augen. Ihr Haar war raspelkurz. Sie sah Rauser an, dann mich, sagte aber nichts. «Guten Tag, Ma'am», sagte Rauser. «Ich bin Lieutenant Aaron Rauser vom Atlanta Police Department, und das ist Keye Street. Sind Sie Mrs. Doe?»

Ihre Augenbrauen zogen sich fast unmerklich zusammen. «Ich bin Tomah Doe. Geht es um Fatu?», fragte sie mit einem liberianischen Akzent, der rhythmisch und schön klingt, aber nicht immer leicht zu verstehen ist.

«Dürfen wir reinkommen und mit Ihnen reden?» Die langen Jahre als Cop hatten Rauser darauf programmiert, Fragen mit Fragen zu beantworten. «Ich hab versucht, Sie anzurufen, aber Sie waren nicht da.» Er zückte seinen Ausweis und hielt ihn vor den Fliegendraht.

Sie schaute gar nicht hin, trat aber heraus und ließ die Tür hinter sich zuknallen. «Wir waren draußen. Mein Mann ist hinten.» Wir folgten ihr die Holzstufen hinab und ums Haus herum. Eine Wäscheleine war von einer Ecke des Hauses zu einer kleinen, frei stehenden Garage gespannt. Etliche Vogelhäuschen aus Holz hingen an der Leine, selbst gezimmert und hübsch bemalt. Dolo Doe stand über einen Sägebock gebeugt mitten in der zu einer Werkstatt umfunktionierten Garage. Er arbeitete mit einem kleinen Meißel. Seine Hände wirkten zu groß für so eine feine Arbeit. Der Boden war mit Holzspänen übersät, die saftig und frisch rochen. Er hob den Kopf, blickte Rauser und mich an, legte den Meißel auf die dicke Sperrholzarbeitsplatte.

«Tomah?», fragte er bloß, ohne die Augen von uns abzuwenden. Er war groß, größer als Rauser, der eins achtundachtzig war.

«Polizei», sagte sie zu ihm. «Wegen Fatu.»

Er wischte sich die Hände an seiner dunkelblauen Jeans ab. Schweiß glänzte in seinem Gesicht. «Gehen wir rein, hier ist es zu heiß.» Er bedeutete uns, ihm die Zementstufen hinauf in den hinteren Teil des Hauses zu folgen. Die Gerätschaften in der kleinen Küche sahen alt aus, waren aber makellos sauber. Ebenso Fußboden und Spüle. Es roch nach Bananenbrot, das auch meine Mutter backt, und als ich das erwähnte, hoben sich Tomahs Wangen zu einem höflichen, aber verhaltenen Lächeln.

Wir setzten uns an einen quadratischen Tisch mit vier Stühlen. Dolo wusch sich die Hände in der Spüle und trocknete sie mit einem blauen Handtuch ab. Unwillkürlich musste ich an Fatu Doe auf dem Edelstahltisch denken. Ich konnte in ihrer Mutter die fast gänzlich unter Prellungen verschwundenen Gesichtszüge der jungen Frau erkennen.

Dolos Arme waren lang und muskulös – Arme, die körperliche Arbeit gewohnt waren. Er setzte sich zu uns und wartete schweigend, während Tomah einen Krug aus dem Kühlschrank nahm und Trinkgläser füllte. Dann hob sie ein Tuch von einem Laib Brot, schnitt vier dicke Scheiben ab und legte sie auf weiße Teller. Sie stellte sie mit Stoffservietten vor uns hin.

«Bananenreisbrot und Saft», erklärte Dolo und trank einen kräftigen Schluck. Ein Schweißtropfen rann ihm an der Schläfe hinunter. Seine Stirn und Nase waren breit, und über den Augen hatte er deutlich vorstehende Wülste.

Der Saft war dickflüssig und eiskalt – Ananas, Mango, Orange. Das Brot war feucht und fest, mit pürierten Bananen und Nüssen. Wir brachen es mit den Fingern. Rauser äußerte sich lobend über beides. Wir übten uns in Geduld.

«Haben Sie den Mörder gefasst?», fragte Dolo Doe schließlich. Tomah saß kerzengerade da, muskulöse Arme auf dem Tisch, Hände gefaltet.

«Wir glauben, wir sind nah dran», erwiderte Rauser. «Als Ihre Tochter getötet wurde, hatte sie eine Schleife aus Geschenkband um den Fußknöchel. Können Sie sich das erklären?»

Mr. Doe schüttelte den Kopf. «Das Leben unserer Tochter war uns in vielerlei Hinsicht ein Rätsel.»

«Haben Sie die Schleife schon mal an ihr gesehen?», fragte Rauser.

«Nein», antwortete Dolo.

Mrs. Doe saß rechts von mir. Eine Träne erschien in ihrem Augenwinkel, verharrte dort, ehe sie ihr einen Strich auf die Wange malte. Mrs. Doe machte keine Anstalten, sie abzuwischen. «Fatu war gerade erst aus dem Suchtzentrum gekommen. Sie war fest entschlossen, einen Neuanfang zu machen.» Ihr Kummer war beinahe greifbar. Manche Wunden heilen nie.

«Welche Einrichtung war das?», fragte ich.

«Peachtree-Ford. Fatu war in der Nachbetreuung. Sie ging jeden Morgen hin und nahm an zweistündigen Sitzungen teil.» Peachtree-Ford Hospital war eine der Einrichtungen, in denen Miki viel Zeit verbracht hatte. «Unsere Fatu ging gern dahin. So viele unterschiedliche Leute.» Sie lächelte schwach.

«Gegenüber der Polizei erwähnten Sie einen Mann, mit dem Ihre Tochter ein lockeres Verhältnis hatte. Können Sie uns irgendetwas über ihn erzählen?», fragte ich.

Mrs. Doe schüttelte den Kopf. «Wir haben den Mann nie zu Gesicht bekommen. Fatu hatte die Beziehung beendet, ehe sie wieder zu uns nach Hause kam. Der Mann hat gesagt, sie würde ihm gehören. ‹Ich bin in dieser Welt der Einzige, der sich für dich interessiert›, hat er zu ihr gesagt.» Sie hob die Augen. «Er hat die Wahrheit gesagt. Keiner interessiert sich für eine schwarzhäutige junge Frau. Für euch ist sie bloß eine Prostituierte. Bloß eine Drogensüchtige. Aber sie ist auch unsere Tochter …» Die letzten Worte schnürten ihr die Kehle zu.

«Tomah», schalt Dolo sie. «Sie sind hier, um zu helfen.»

Aber Tomah Doe war noch nicht fertig. Ich stellte mir vor, wie oft sie den Wunsch gehabt hatte, ihre Wut in Worte zu fassen. «Die Polizei erzählt dir, wie oft deine Tochter wegen Prostitution und Drogenbesitz verhaftet wurde», sagte sie zu uns. «Sie erzählt dir, dass Prostituierte sich selbst in Gefahr bringen.» Tränen überschwemmten ihre Augen. Ihr Stuhl schrappte über den Linoleumboden, als sie vom Tisch wegrückte. Dolos Finger packten ihren Unterarm.

«Wir hatten Fatu schon lange an die Straße verloren», sagte er zu uns. «Eben noch war sie ein kleines Kind, und dann hatten wir sie plötzlich verloren.» Er ließ Tomahs Unterarm los, streichelte ihre Hand. «Als unsere Tochter ermordet wurde, war sie gerade erst zwei Wochen wieder zu Hause.»

«Ich habe Kinder», sagte Rauser zu meiner Verblüffung. Er war nicht der Typ für Vertraulichkeiten. «Sie sind inzwischen erwachsen, aber es würde mich schier umbringen, wenn ich das durchmachen müsste, was Sie durchgemacht haben. Ich gebe Ihnen mein Wort, dass ich alles in meiner Macht Stehende tun werde, um den Mörder Ihrer Tochter zu fassen. Alles, woran Sie sich erinnern, könnte hilfreich sein. Alles. Sie können mich Tag und Nacht anrufen.» Er schob seine Karte auf den Tisch.

«Dieser Mann, er hat sie nicht in Ruhe gelassen», sagte Tomah leise, und ihre Stimme war wieder ruhiger. «Er hat oft angerufen. Fatu ist nie rangegangen. Und wenn doch, hat sie sofort aufgelegt.»

«Hat sie etwas für ihn empfunden?»

«Nein. Er hatte ihr Dinge versprochen. Das war der Reiz für sie. Aber es war alles gelogen. Er hatte nichts, dieser Mann. Er war bloß eine Plage für sie.»

«Wissen Sie, was er beruflich macht?», fragte Rauser.

«Nein. Das hat meine Tochter nie erzählt.»

«Wissen Sie, wie sie sich kennengelernt haben?»

«Wir waren vorsichtig mit unseren Fragen. Wir hatten Angst vor den Antworten.» Dolo sagte das leise.

«Können Sie uns sagen, wann genau Sie sie das letzte Mal gesehen haben?»

«Sie ging sehr schnell unsere Straße hoch, das Handy am Ohr», erwiderte Dolo. «Wir wollten, dass sie zu Hause blieb und sich schonte. Aber sie war jung. Sie wollte ausgehen, unter Leute kommen. Wir hatten Angst, dass das wieder Ärger bedeuten würde und Drogen.» Er schüttelte den Kopf. «So oft, wenn wir mit Fatu reden wollten, haben wir uns am Ende angeschrien.»

«Es wurde kein Handy bei ihr gefunden», sagte Rauser. «Wir haben auch keine Telefonnachweise gefunden.»

«Mr. R. hat ihr das Handy geschenkt», antwortete Tomah. «Auch darüber haben wir uns gestritten. Das war ein Mittel, sie an sich zu binden. Sie wollte Dinge, die wir ihr nicht geben konnten.»

«Haben Sie das Handy noch?»

«Wir haben es nie wiedergesehen», sagte Mr. Doe.

Rauser und ich wechselten einen Blick. Das war ein ziemlich starkes Indiz dafür, dass Mr. R. Fatus Mörder war. Er hatte das Handy wahrscheinlich wieder an sich genommen und zerstört, weil er wusste, dass die Telefonnachweise zu ihm führen würden.

«Als sie noch auf der Straße war», sagte Rauser behutsam, «wissen Sie, wo?»

«Sie hat uns nur ein einziges Mal angerufen, damit wir sie abholen kommen», sagte Dolo. «Als sie bereit war, sich helfen zu lassen. Wir sind zum Majestic Diner gefahren. Da hat sie auf uns gewartet. Sie war so dünn. Und sie hatte ein geschwollenes Auge. Irgendwer hatte sie geschlagen.»

Der Majestic Diner in Midtown. Schon wieder Midtown. Der gemeinsame Nenner. Das Revier unseres Täters. «Hatte Ihre Tochter an dem Tag, als sie starb, irgendeinen Grund zum Feiern? Geburtstag oder so?»

«An dem Tag», sagte Tomah, «hatte sie morgens in ihrer Nachbetreuungssitzung einen orangenen Schlüsselanhänger bekommen, weil sie seit dreißig Tagen drogenfrei war.»

«Ist ihr Zimmer noch so, wie es war?»

Sie wechselten einen beklommenen Blick. «Wir haben lange damit gewartet», sagte Dolo nach einem Moment. «Wir haben um Fatu getrauert. Doch dann mussten wir unser eigenes Leben wieder in den Griff bekommen. Dafür haben wir ihr Zimmer ausgeräumt.»

«Das verstehe ich», sagte Rauser. «Haben Sie irgendwas von Fatus Sachen behalten?»

«Wir haben eine Kiste», sagte Tomah. «Mehr ist uns nicht geblieben. Bloß eine Kiste.»

26

Wir verließen Clarkston mit einem Foto von Fatu Doe, das die untröstliche Mutter Rauser nur widerwillig anvertraut hatte. Auf dem Bild lächelte sie, ihre braunen Augen strahlten. Ich sah die hohen Wangenknochen, die sie von ihrer Mutter geerbt haben musste und die durch die brutalen Schläge unkenntlich gemacht worden waren. Ich wusste nicht, wie Rauser mit der Trauer von Angehörigen tagtäglich klarkam. Das FBI und meine Position in der Abteilung für Verhaltensanalyse hatten mich die meiste Zeit gegen die Angehörigen abgeschirmt. Normalerweise hatte ich mit anderen Polizeibehörden zusammengearbeitet. Ich hatte mehr als genug Tatorte gesehen. Ich hatte mehr als genug Killer kennengelernt und alles über ihren grauenhaften Umgang mit ihren Opfern gelernt. Aber mit den Wunden der Lebenden hatte ich nichts zu tun haben wollen. Diese Art von Unglück war mir aus persönlicher Erfahrung nur allzu vertraut.

Bei den Does in der Küche hatten wir viel über ihre Tochter erfahren. Sie war impulsiv gewesen, dickköpfig. Sie hatte sich schöne Dinge gewünscht. Sie hatte ein Verhältnis mit einem Mann gehabt, der sie gestalkt hatte, möglicherweise geschlagen, der sie nicht gehen lassen wollte. Und sie war bereit gewesen, einen gewissen Kontakt mit ihrem Stalker aufrechtzuerhalten. Ich dachte an Tomah Doe, an das, was sie über die Schwäche ihrer Tochter für die Verlockungen des Geldes erzählt hatte. Fatu wollte neu anfangen. Sie hatte Hilfe von einer Entzugsklinik erhalten, gegen eine Meth-Sucht angekämpft. Aber Sucht hat viel mit Scham zu tun. Sie raubt dir deine Selbstachtung. Fatu hatte ihren Körper verkauft, um die Drogen bezahlen zu können. Wenn du wieder clean bist oder trocken, nimmt dir das nicht das Gefühl, nur etwas vorzuspiegeln. Denn so leben Süchtige. Wir geben vor, dass wir voll da sind, dass wir clean oder trocken sind, dass es uns gut geht, obwohl es uns an den meisten Tagen alles andere als gut geht. Wir tarnen uns. Wir lügen. Die Sucht bleibt selbst dann noch bei dir, wenn du meinst, von ihr weggekrochen zu sein. Ein cleverer Täter könnte sich das zunutze machen.

Fatus Eltern hatten uns eine Kiste gebracht, mit rotem Klebeband verschlossen. Rauser hatte die Sachen der jungen Frau behutsam durchgesehen, mit Respekt. Für Außenstehende hatte der Inhalt natürlich nicht die Bedeutung, die er für die Does hatte. Zwei selbstgebastelte Leder- und Perlenarmbänder, ein Paar silberne Ohrringe. Eine To-do-Liste – *Führerschein, Bankkonto eröffnen* – und eine halb fertige Bewerbung bei einem Baumarkt, ein auf einen Briefumschlag gekritzeltes Gedicht, eine Broschüre von Peachtree-Ford mit Tipps für die Zeit nach dem Entzug.

Wir fuhren in Richtung Stone Mountain Village, waren erst wenige Meilen von dem Haus in Clarkston entfernt und überlegten uns Szenarien. Fatus Mörder hatte gewusst, dass sie süchtig war. Vielleicht war er sogar ein Freier gewesen. Angesichts ihrer Lebensumstände war es ein Leichtes für ihn gewesen, sie kleinzumachen. Er hatte versucht, sie emotional zu isolieren. *Ich bin der Einzige, der dich liebt.* Als er erkannte, dass sie sich von ihm nur materielle Vorteile versprochen hatte, kochte seine Wut hoch. Vielleicht hatte sie ihn nach dem Streit mit ihren Eltern angerufen. Er hatte sie überredet, sich mit ihm zu treffen, hatte sie dann zusammengeschlagen, vergewaltigt und erschossen. Vielleicht war das Geschenkband, ganz gleich, welche Bedeutung es zuvor für ihn gehabt hatte, eine Art Symbol für seinen Triumph über Ablehnung. Im Tod gehörte sie ihm.

«Vermutlich hat er die ganze Zeit geplant, sie zu töten», sagte Rauser. «Sobald sie nicht mehr wollte, wie er wollte. Wie du gesagt hast: Er versucht, sie zu isolieren. Sie hatte keine Freunde außer den neuen im Suchtzentrum. Und an denen sind wir dran.» Er kramte nach seinen Nikotinkaugummis. «Mal angenommen, dieser Typ ist in einer Einrichtung, in der zufällig auch deine Cousine behandelt wird, er verguckt sich in sie, fühlt sich von ihr zurückgewiesen. Später lernt er Fatu kennen. Vielleicht erinnert sie ihn an Miki. Die Narben an ihren Armen? Dann hat irgendwas an dem Jungen und dem alten Mann bei ihm was ausgelöst. Inzwischen hat er schon Geschmack am Töten gefunden. Er ist dreister geworden.»

«Küchenpsychologie, Lieutenant», sagte ich. Ich schaute aus dem offenen Beifahrerfenster, damit Rauser mich nicht grinsen sah. Wir überquerten die Bahngleise und kamen an dem deutschen Restaurant vorbei, das ich aus meiner Kindheit in Erinnerung hatte.

«Du bist bloß neidisch, Street. Du bist neidisch, weil ich diesen ganzen Mist auch ohne einen Haufen Uniabschlüsse durchschaue.»

«Es war Donald Kellys Geburtstag», sagte ich. «Fatu Does dreißigster Tag ohne Drogen, an dem sie mit dem orangenen Schlüsselanhänger belohnt wurde. Auch Troy Delgado stand an der Schwelle von etwas, nicht? Er hatte Aussicht auf eine große Karriere, einen teuren Privattrainer, die Qualifikation für die Jugend-Olympiade. Und Miki. Wie passt Miki da rein?», fragte ich mich laut. «Wo wäre die Verbindung? Sie hat sich geritzt, genau wie Fatu, aber sie war seit zwei Jahren in keiner Klinik mehr. Sie ist beruflich wieder richtig erfolgreich. Sie war in der engeren Wahl für den Pulitzer-Preis und hat andere wichtige Fotopreise gewonnen. Sie erntet beruflich jede Menge Anerkennung. Und außerdem ist sie wegen ihrer Beziehungen mit Promis in der Klatschpresse gelandet.»

«Vielleicht bringt Erfolg ihn zum Ausrasten», spekulierte Rauser.

«Vielleicht», sagte ich. «Oder Übergänge. Wenn jemand es schafft, nach vorne zu schauen. Vielleicht war er nach einem einschneidenden Ereignis in seinem Leben unfähig, nach vorne zu schauen.»

Wir passierten Läden, vor denen auf dem Bürgersteig Bilder von ortsansässigen Malern auf Staffeleien ausgestellt waren, Konditoreien, Souvenirläden, Cafés und Restaurants, Antiquitätengeschäfte und eine Kneipe mit Dachterrasse. Rauser fand einen Parkplatz unweit eines Hauses im Charleston-Stil, das in ein Restaurant umgewandelt worden war. Es nannte sich Sycamore Grill, weil ein Bergahorn, ein *sycamore tree*, jahrelang als Schattenspender für die Veranda gedient hatte. Im Bürgerkrieg war das Haus als Lazarett genutzt worden. Es gibt nicht mehr viele von diesen alten Gebäuden. General Sherman hat zu viele abfackeln lassen.

«Bei jedem der Opfer war irgendwas für den Mörder der Auslöser. Diese Motivation müssen wir herausfinden.»

«*Du* musst sie herausfinden», sagte Rauser. «Ich bin doch bloß ein Cop. Mich interessiert das Wann und Wo. Nicht das Warum.»

Wir stiegen aus Rausers Glutofen auf Rädern und spürten eine Brise. Der Pavillon, wo Fatus Leichnam abgelegt worden war, stand gut fünfzig Meter links von uns. Der Sycamore Grill und etliche andere Läden lagen an einem Hang oberhalb der Bahngleise, die den Ort durchschnitten. Auf beiden Seiten der Gleise waren Parkplätze, wodurch der Pavillon leichter erreichbar war, als wir beide in Erinnerung hatten. Der Täter konnte also, ohne die Hauptstraße zu benutzen, mühelos in den Ort gelangt sein. Niemand hatte ihn gesehen. Ein weiterer Hinweis darauf, dass er sich in der Gegend gut auskannte – er wusste, wie er am besten in den Ort kam, wo er parken konnte, kannte die Gepflogenheiten der Cops und Ladenbetreiber. Es war wichtig für ihn gewesen, Fatu an einem öffentlichen Ort abzulegen. Warum? Ein letzter Akt der Dominanz über sie? Er hatte ihr den Rock bis zur Taille hochgeschoben, bevor er verschwand. Er wollte sie entwürdigen. Er hatte sie woanders zusammengeschlagen und vergewaltigt und ermordet, aber er hatte sie hierhergeschafft und ihr den Rock hochgeschoben – er wollte sie demütigen, noch im Tod.

Während wir den Park durchquerten, erzählte ich Rauser, dass ich den Pavillon schon voller Mikrophonständer und Musikinstrumente gesehen hatte, wenn hier Konzerte stattfanden. Dann war die Wiese mit Picknickdecken und Kühltaschen und Klappstühlen übersät, und überall tobten Kinder herum. Als Ablageort für eine Leiche kam mir der Park zu unschuldig vor. Ich versuchte, mir die Stimmung vorzustellen, die in diesem idyllischen Örtchen geherrscht haben musste, nachdem Fatu Does Leiche entdeckt worden war und sich die Nachricht von ihrer Ermordung wie ein Lauffeuer verbreitet hatte. Die Tote war von einer entsetzten Ladeninhaberin gefunden worden, die ihren Morgenkaffee bei schönem Wetter gern im Pavillon trank.

Wir waren hergekommen, weil wir uns ein Gefühl für die Örtlichkeiten verschaffen wollten. Bei Tatortfotos ist es extrem schwierig, den Kontext zu verstehen – wie die unmittelbare Umgebung aussieht und wo genau das Opfer gelegen hat. Keiner von uns erwartete, jetzt noch neues Beweismaterial zu finden, aber es ließ sich noch einiges an Informationen in Sachen Täterverhalten gewinnen. Um seine Vorstellungen im Hinblick auf die Ablage der Leichen zu befriedigen, war der Mörder das Risiko eingegangen, in der Öffentlichkeit zu operieren. Das Risiko war allerdings ein kalkuliertes. Er war im Schutz der Dunkelheit vorgegangen; er hatte wie immer Handschuhe getragen; er war lautlos gewesen und hatte sich einen abgelegenen Parkplatz gesucht. Aber er war nicht vorsichtig genug. Wir wussten, dass er eine 9-mm-Pistole hatte, und Rausers Experten hatten sie als eine S&W identifiziert. Wir hatten Proben von Körperflüssigkeiten, mit denen hoffentlich eine DNA-Typisierung gelingen würde. Die Schnur, die um Troy Delgados Hals gefunden wurde, war identisch mit der Schnur, die Donald Kellys Kopf hochgehalten hatte, nachdem er in Mikis Haus aufgehängt worden war. Wir hatten es also nicht mit einem kriminellen Superhirn zu tun oder mit jemandem, der sich so gut mit der Sicherung von Beweismaterial auskannte wie die Wunschknochen-Mörderin, die letztes Jahr die Polizei verhöhnt und die Stadt terrorisiert hatte. Aber dieser Mörder war vorsichtig, intelligent und unberechenbar genug, um gefährlich zu sein.

Rausers Handy klingelte. Meines gleich darauf, während er den Anruf annahm. Die Nummer sagte mir nichts. Es war Miki. «Hey, das hier ist meine neue Nummer. Speichere sie. Ich fliege gleich ab. Echt schräg, mit einem Cop durch den Flughafen zu spazieren.»

«Geht's dir gut?» Ich fragte mich, wie sie mit der Angst klarkam, ob sie clean und nüchtern war.

«Ich bin heilfroh, aus Atlanta rauszukommen», sagte

sie. «Würde mich freuen, wenn du und dein Freund diesen ganzen Mist aufklärt, während ich weg bin. Hey, das Boarding geht los, ich muss Schluss machen. Eigentlich wollte ich mich nur bei dir für alles bedanken und dir sagen, dass Tante Emily das Probevideo super hingekriegt hat. Ich meine, wir waren alle echt baff. Ich hab noch nie jemanden so unbefangen vor einer Kamera agieren sehen. Die werden von ihr begeistert sein. Sie ist eine geborene Schauspielerin.»

«Das erklärt, warum sie und mein Exmann so verrückt aufeinander sind.»

«Ehrlich, ich glaube, sie wird die nächste Paula Deen», sagte Miki.

«Nur hübscher», sagten wir gleichzeitig.

«Pass auf dich auf, Miki. Tornados interessiert es nicht, ob du eine Kamera hast.»

«Echt?», sagte sie, und dann war sie weg. Ich blickte Rauser an. «Das war Miki. Sie steigt jetzt ins Flugzeug.»

«Ich habe gerade dieselbe Nachricht bekommen. Und deine Mom ist sicher wieder zu Hause. Wie ist das mit Emilys Video gelaufen?»

«Sie war umwerfend.»

«Was auch sonst.»

Wir gingen durch das gepflegte Ortszentrum zurück zu Rausers Wagen. Er hatte die Hände tief in den Taschen vergraben und schaute beim Gehen auf seine Füße. «Ich muss mit Major Hicks quatschen, wenn ich zurück bin. Bin gespannt, wie der neue Boss das alles hier in seiner ersten Woche im Morddezernat verkraftet. So was gefällt keinem. Mehrere Morde ohne einen echten Verdächtigen. Als würde man über glühende Kohlen laufen.»

Atlanta hat eine lange und gewalttätige Geschichte. Und der Schmerz ist noch frisch. Erst vor einem Jahr hatte eine Killerin gefoltert und gemordet, um dann spurlos zu verschwinden. Es würde garantiert Gerüchte geben, dass sie zurückgekehrt war. Polizeichef Jefferson Connor wäre letztes Jahr beinahe geteert und gefedert worden, weil er bei den Ermittlungen in den Wunschknochen-Fällen so vieles vergeigt hatte. Während Rauser und ich unsere Verletzungen auskurierten, hatten wir mit ausgesprochen hämischem Vergnügen verfolgt, wie die Medien über den Chief herfielen.

«Ich will mich nicht in den Vordergrund drängen, aber ich hab letztes Jahr bei den Wunschknochen-Ermittlungen mit Chief Connor die Hölle durchgemacht. Das will ich nicht noch mal erleben», sagte ich. «Bist du sicher, Hicks ist damit einverstanden, dass ich mit an Bord bin?»

«Connor hat seine Lektion in Sachen Einmischen gelernt. Der hält sich jetzt bedeckt, es sei denn, er kann auf einer Pressekonferenz für irgendwas die Lorbeeren ernten. Und Hicks wird dir nicht in die Quere kommen. Er hat keinen Grund, an meinem Urteilsvermögen zu zweifeln. Ich hab einen guten Ruf. Und er weiß, dass man mir seinen Job zuerst angeboten hat.»

Rauser blieb stehen und sah mich an. Er schafft es irgendwie, mit minimalen Mitteln Emotionen zu zeigen. Es fängt damit an, dass sich kleine Fältchen in seinen Augenwinkeln zeigen, sodass man meint, er würde gleich lächeln. Ich trat näher zu ihm. Seine großen Hände legten sich um meine Taille, knapp über den Hüftknochen. «Wie wär's, wenn wir uns heute Abend verdrücken und schön essen gehen? Wenn sich irgendwas tut, kann Williams sich drum kümmern.»

Ich lehnte mich gegen ihn. «Aber erst will ich dich. Dann Abendessen.» Er küsste mich, und ich spürte, wie seine Hände mir am Rücken hochfuhren. Ich spürte sie bis ganz tief unten.

Auf dem Weg zum Präsidium machten wir halt im Majestic Diner, wo Dolo und Tomah Doe ihre Tochter eines Abends abgeholt hatten. Rauser zeigte das Foto von Fatu dem Restaurantleiter und dem Küchenpersonal und jedem, der einen Blick drauf werfen wollte. Bei keinem klingelte es. Rausers Detectives und die Cops in Uniform würden auch Abzüge davon bekommen, für den Fall, dass irgendwer auf der Straße sie wiedererkannte und sich an ihren Freund erinnerte. Aber ein Jahr ist eine lange Zeit in den Straßen von Atlanta.

Während der Fahrt erörterten wir verschiedene Theorien. Rausers Lieblingshypothese war, dass der Mann, den Fatu Mister R. genannt hatte, in Wahrheit ihr Zuhälter gewesen war. Ihre Eltern wussten das, und das war der eigentliche Grund für ihren Streit an dem Abend, als Fatu abgehauen und mit dem Handy am Ohr die Straße hochgegangen war. Wir diskutierten auch die Möglichkeit, dass er ein Freier gewesen war oder irgendeine einflussreiche Position innegehabt hatte – Suchtberater, Geldgeber.

Im Präsidium angekommen, gab Rauser mir die Kiste mit persönlichen Dingen aus Donald Kellys Wohnung, und ich schleppte sie zu dem Schreibtisch, den sie mir zur Verfügung gestellt hatten. Es ist schon erstaunlich, was am Ende von unserem Leben übrig bleibt. Ich musste an die Kiste denken, deren Inhalt wir bei den Does in der Küche durchgesehen hatten.

Ich öffnete eine schwarze Lederbrieftasche und sah Kreditkarten, einen Ausweis, eine Girokarte, eine Versicherungskarte, siebenundvierzig Dollar, einen vergilbten, gefalteten Zettel: *Schatz, denk an deinen Lunch.* Auf einem verblichenen Automatenfoto war ein Pärchen zu sehen. Ein Blick aufs Inventarverzeichnis verriet mir, dass es ein Foto von Kelly und seiner Frau war. Sie war seit über zehn Jahren tot. Ich fand ein

Schulfoto von einem Jungen, der in die Kamera grinste, rechts ein fehlender Schneidezahn, dunkler Haarschopf, acht oder neun Jahre alt. Und ein anderes mit demselben tiefblauen Schulfotohintergrund und demselben Jungen, etwas älter. *Urenkel Levi Sobol,* so der Eintrag im Verzeichnis.

Williams saß an dem Schreibtisch vor meinem. «Sonst keine Familienfotos in Kellys Wohnung?», fragte ich.

«Nur die in seiner Brieftasche. Ehefrau und Urenkel.»

«Das muss der Junge sein, von dem Kelly dem Fahrer erzählt hat. Wissen Sie, ob das hier ein halbwegs aktuelles Foto ist?»

«Das letzte ist zwei Jahre alt.»

«Dann wäre der Urenkel jetzt etwa im selben Alter wie Troy Delgado, nicht?»

Williams nickte. «Aber verschiedene Schulen, verschiedene Wohnviertel.»

«Wie steht's mit den Sommer-Baseball-Ligen? Delgado hat bei einer mitgespielt. Ich denke, wir sollten uns den Jungen genauer ansehen. Vielleicht gibt's ja eine Spielerliste oder so. Über die sozialen Netzwerke lassen sich außerschulische Aktivitäten womöglich am schnellsten rausfinden.»

«Sie glauben also, unser Täter sieht Kellys Urenkel, während er den Delgado-Jungen beobachtet, und das hat ihn irgendwie zu Kelly geführt? Wie das?»

«Keine Ahnung.» Ich seufzte. «Ich suche bloß nach einer Möglichkeit, eure Opfer örtlich und zeitlich zusammenzubringen. Kelly hatte nicht viele Fotos. Nur von seiner verstorbenen Frau und diesem Jungen. Beide bedeuteten ihm offenbar sehr viel. Und er war Baseballfan. Der Roman, den er geschrieben hat, handelt von Baseball. Er hat dem Fahrer erzählt, wie sehr er an dem Jungen hing. Er hat ihn bestimmt spielen sehen wollen.»

Ich musste wissen, wie und wo der Täter seine Opfer getroffen hatte. Alle vier Opfer, ein lebendes, drei ermordete, hatten etwas gefeiert, befanden sich an einem Wendepunkt. Selbst Miki hatte aufgehört, sich zu ritzen. Das sagte etwas über seine Psychologie, aber was verriet es mir darüber, wo er sie gesehen, kennengelernt, ausgesucht hatte? Fatu hatte auf der Straße gearbeitet. Er hätte sie ohne weiteres in Midtown aufgegabelt haben können. Vielleicht waren sie sich in der Klinik begegnet, wo Fatu und Miki Patientinnen gewesen waren. Gehörte er zum Klinikpersonal? Oder war er Patient? Konnte er auch Miki dort kennengelernt haben? Oder hatte er seine Fixierung auf meine Cousine über Geschichten in der Boulevardpresse entwickelt, über ihre Fotos in Zeitschriften? Vielleicht war sie ihm einfach irgendwo aufgefallen. Die Klinik war eines der größten Zentren für affektive Störungen und Suchtkrankheiten hier im Südosten. Es war durchaus davon auszugehen, dass die meisten Süchtigen in der Region, die einen stationären Entzug brauchten, zu irgendeinem Zeitpunkt im Peachtree-Ford-System gewesen waren. Dass dies auch auf Miki und Fatu zutraf, war nicht das entscheidende Element, nach dem ich suchte. Und wie passten Donald Kelly und Troy Delgado da hinein? Keiner von beiden war wegen einer Sucht in Behandlung gewesen. Und soweit ich wusste, hatte keiner von beiden eine psychische Erkrankung gehabt.

Williams wandte sich wieder seinem Computer zu. Ich ging weiter die Habseligkeiten des toten Mannes durch. Ich dachte daran, wie er in Mikis Haus gehangen hatte, kreidebleich und kalt.

«Sehen Sie sich das hier mal an», sagte Williams. «Levi Sobols Facebook-Seite. Keine Einstellungen zum Schutz der Privatsphäre aktiviert. Irgendwer sollte den Kids mal beibringen, was Sicherheit im Netz bedeutet.»

Ich ging zu ihm und blickte auf seinen Monitor. Da war der nett aussehende Junge von den Fotos in der Brieftasche. Aber er trug eine rote Baseballkappe und eine weiße Kluft mit roten Streifen. *Cardinals* stand in roten Lettern darauf. Williams klickte durch Sobols Facebook-Fotoalbum. Er fand ein Mannschaftsfoto – drei Reihen Jungen in Trikots. Die untere Reihe war im Schneidersitz, und sie hielten ein Schild mit der Aufschrift *Atlanta Sommer-Verbandsliga*.

An der hinteren Wand – neben der riesigen Kombination aus Whiteboard und Pinnwand mit einer Liste von ungelösten Fällen und wichtigen Informationen, die von den Ermittlern laufend ergänzt wurden – hingen Fotos von Opfern, bevor sie Opfer wurden, als sie einfach Studenten oder Mütter oder Baseballspieler oder Hundefreunde gewesen waren. Ich ging hin und sah mir ein Foto von Troy Delgado an, auf dem er als Pitcher zu sehen war. Wurfhandschuh, Arme herunterhängend, albernes Kinderlächeln, das verriet, dass er widerwillig für einen Elternteil posierte und es nicht erwarten konnte, dass das Foto endlich im Kasten war. Ein blauer Schriftzug auf seinem Trikot lautete *Blue Jays*. Ich musste an den Brief denken, den der Coach an Troys Eltern geschrieben hatte und der geöffnet worden war. Der Brief, in dem stand, dass Troy außergewöhnlich talentiert war.

Rauser stellte sich neben mich und sah mir zu. «Welche Teams sind in der Liga?», fragte ich. «Falls die Blue Jays drin sind, können wir eine Spielerliste haben?»

«Beide Teams sind in derselben Liga», meldete Williams einen Moment später, und wir hatten unsere erste Verbindung.

«Sehen wir mal, ob die irgendwann gegeneinander angetreten sind.» Rauser nagte vor Anspannung an der Unterlippe. Die Energie, die er ausstrahlte, war fast körperlich spürbar. «Balaki, rufen Sie diesen Fahrer an. Mal sehen, was er weiß.»

«Der Spielplan ist online», sagte Williams. «Und seht euch das an. Delgados Team hat in dieser Saison schon zweimal gegen Levi Sobols Team gespielt.»

«Lieutenant», sagte Balaki. Er hielt die Sprechmuschel des Telefonhörers mit einer Hand zu. «Mr. Balasco sagt, dass er den alten Mann ein paarmal zu Spielen gefahren hat, wo der Junge mit von der Partie war. Er glaubt, einer von den anderen Fahrern auch. Er holt gerade seinen Einsatzplan.» Balaki kritzelte etwas auf seinen Notizblock. «Danke, Mr. Balasco. Ja, Sir. Einen schönen Tag noch, Sir.» Er legte auf. «Am einundzwanzigsten Mai und am dritten Juni wurde Mr. Kelly zum Baseballstadion gefahren.»

«Das stimmt mit dem Spielplan überein», sagte Williams. «Dritter Juni. Die Blue Jays gegen die Cardinals.»

Rauser klatschte in die Hände. «Na bitte, Leute. Zwei Opfer zur selben Zeit am selben Ort. Gute Arbeit. Okay, wir nehmen noch mal die Ehrenamtlichen vom Seniorenfahrdienst unter die Lupe. Jeden Fahrer, der Kelly zum Stadion kutschiert hat, diesen Balasco eingeschlossen. Mal sehen, ob er zu einem Lügendetektortest bereit ist. Fragt in der Seniorenwohnanlage nach, wann Kelly wohin gefahren ist. Die Bewohner und Pflegekräfte müssen sich austragen, wenn sie die Anlage verlassen. Findet raus, wer dieses Jahr für die Sommerliga zuständig ist und wie groß sie aufgezogen wird. Gibt's da feste Getränke- und Imbissbuden, Fanartikelstände und so weiter, oder kommen die von außerhalb, ich will jeden, der mit den Kids Kontakt hat oder auch nur aufs Gelände kommt. Das schließt Wartungsleute mit ein. Macht euch eine Liste und fangt an, sie abzuarbeiten. Ist da nur *ein* Spielfeld?»

«Zwei Spielfelder im selben Stadion», antwortete Williams. «Das ist der einzige Austragungsort für die Ligaspiele. Nicht weit vom Piedmont Park in Saint Charles. In der Nähe der Grady High School.»

«Hol mal jemand die Midtown-Karte auf den Hauptmonitor», sagte Rauser, und wir blickten alle auf den Flachbildschirm oben an der Wand, denselben, auf dem Miki zur allgemeinen Belustigung ihren Popel-Banditen-Clip vorgeführt hatte. «So, jetzt bitte folgende Orte markieren: Baseballplatz der Jugendliga; Inman Park, wo Miki wohnt; Fifteenth Street, wo die Tochter vom alten Kelly wohnt; Kings Court und Amsterdam Avenue, wo der junge Delgado ermordet wurde; plus die Seniorenwohnanlage an der Monroe.»

Ein rotes Reißzwecke-Icon erschien an den entsprechenden Stellen auf dem Bildschirm. Wenn man die fünf Punkte markierte, ergab sich die Form eines *F*. Mikis Haus lag ganz unten vom *F*, das City-Hochhaus am Colony Square ganz oben. Das Baseballstadion lag genau in der Mitte. Die Gegend der Delgados und Kellys Seniorenheim bildeten die Endpunkte der beiden waagerechten Striche.

«Das Stadion liegt also im Mittelpunkt des Areals, in dem unser Täter zugeschlagen hat. Es ist eine Wohngegend, fangen wir am besten damit an, die Nachbarn zu befragen. Was sie gesehen haben und so weiter. Keye, möchtest du noch etwas ergänzen?»

«Die Ermittlungen laufen seit Tagen ohne verwertbare Hinweise aus der Bevölkerung», sagte ich. «Das heißt, wer immer unser Täter ist, er fällt nicht auf. Er kennt die Gegend wie seine Westentasche, und für die Menschen dort ist er ein vertrautes Gesicht. Aber das Wichtigste ist, dass wir hier eine Verbindung nach Stone Mountain haben. Da gibt es alle möglichen Veranstaltungen mit Getränke- und Imbissständen. Und am Ortsrand ist ein Baseballplatz.»

«Lieutenant», sagte Williams. «Levi Sobols Team spielt heute Abend.»

Rauser sah mich an und lächelte. Unser geplantes Abendessen würde im Baseballstadion stattfinden. Anders hätte ich es auch gar nicht haben wollen.

27

Mein Handy klingelte – der normale Klingelton, der «unbekannter Anrufer» bedeutete. Ich war den ganzen Tag nicht rangegangen. Die Anfragen zum Northeast Georgia Crematory nahmen einfach kein Ende. Auch Tyrone hatte zweimal versucht, mich zu erreichen, aber ich war noch nicht bereit, mit ihm zu reden. Ich schaute aufs Display. Presse? Oder womöglich ein neuer Kunde? Von meinem Honorar als Beraterin der Polizei von Atlanta konnte ich nun wirklich nicht leben.

«Keye Street», meldete ich mich. Rauser war noch im Präsidium geblieben, um sich mit einem neuen Vorgesetzten, siebzehn Ermittlern und sechs ungelösten Mordfällen rumzuschlagen. Ich war rasch nach Hause gefahren, weil ich mich um meine Katze kümmern wollte, ehe ich weiter in mein Büro fuhr, um ein paar Sachen aufzuarbeiten. Ich wusste, dass Larry Quinn längst ungeduldig mit den Hufen scharrte, weil mein ausführlicher Bericht über die Krematorium-Sache auf sich warten ließ. Jetzt, wo ich ein Date im Baseballstadion hatte, waren Frisur und Make-up ein Kinderspiel.

«Dr. Street, hier ist Mike McMillan vom GBI. Wie geht es Ihnen?»

«Na ja, ich bin nicht mehr in Big Knob, also geht's mir wahrscheinlich besser als Ihnen, Agent McMillan.»

«Ich wollte mich bei Ihnen für die ausgezeichnete Detektivarbeit bedanken und dafür, dass Sie uns umgehend verständigt haben. Und für ihre Verschwiegenheit gegenüber den Medien. Ich kann mir vorstellen, dass man Sie sehr umworben hat.»

«Wohl wahr», gab ich zu und goss schwarzen Kaffee in meine Tasse. Von einer Espresso-Röstung, die Neil mir geschenkt hatte, stieg Dampf auf, der nach dunkler Schokolade duftete. White Trash kam großspurig hereinspaziert, streckte sich zu meinen Füßen aus.

«Ich dachte, es interessiert Sie vielleicht, was wir bislang hier oben gefunden haben. Streng vertraulich natürlich, bis das Verfahren abgeschlossen ist. Aber ich finde, Sie haben eine Art Abschluss für die Sache verdient.»

«Danke», sagte ich, und das war ehrlich gemeint. Ich fragte mich, ob man mit so etwas überhaupt irgendwie abschließen konnte. Ich würde Joe Rays Deponien wohl nie aus meiner Erinnerung löschen können. «Ich muss immerzu an die Angehörigen denken.»

«Das hier ist so ziemlich das Schlimmste, was ich je gesehen habe», sagte McMillan düster. Ich kannte ihn nicht gut, aber ich wusste, wie Erschöpfung klang. «Diese Fotos haben sehr geholfen, die Anzahl der Leichen abzuschätzen, mit denen wir es zu tun haben, weil die Akten alle mit Namen versehen waren. Wir sind dabei, Kontakt zu Angehörigen aufzunehmen, die uns hoffentlich DNA-Proben zur Verfügung stellen können, um sie mit den ausgegrabenen Leichenteilen abzugleichen. Andere Unterlagen gibt's anscheinend kaum. Wie Sie ja selbst gesehen haben, war die Kremationsliste leer.» Ich setzte mich mit meinem Kaffee auf einen der Hocker an der Küchentheke. «Das Fotostudio war in einem ungenutzten Kühlraum des Krematoriums eingerichtet», fuhr McMillan fort. «Lampen, Hintergrund, die Kleidung, die Sie auf den

Fotos gesehen haben. Loretta Ann Kirkpatrick hat gestanden, dass sie ihrem Sohn dabei geholfen hat, die Leichen aus dem Krematorium zu schaffen, Organe zu entnehmen und Dokumente zu fälschen, damit ihre Kunden nicht merkten, dass sie illegale, zum Teil verweste und/oder erkrankte Körperteile kauften. Wir haben etliche Leute auf diese Spur angesetzt, damit Patienten und Angehörige verständigt werden können. Im Haus der Kirkpatricks wurden ungefähr dreihunderttausend Dollar in bar gefunden und weitere zweihunderttausend in einem Kriechkeller. Koffer voll Geld, Dr. Street. Die beiden hatten sich nicht getraut, es auf die Bank zu bringen. Wir haben Grund zu der Annahme, dass außer den Kirkpatricks ein Bestatter und ein Arzt aus der Gegend in die Sache verstrickt sind. Joe Ray schweigt sich aus.»

«Ich hatte mal Gelegenheit, die beiden zu beobachten.» Dass ich mich mit Neil und Mrs. Stargell in einem Graben versteckt hatte, wo wir von Mücken zerstochen wurden, nachdem wir ins Krematorium eingebrochen waren, das Transportband am Verbrennungsofen in Gang gesetzt und einen Behälter mit Leichen auf den Boden gekippt hatten, ließ ich aus. «Sah nicht so aus, als hätte Joe Ray das Sagen», erzählte ich McMillan.

«Ja. Den Eindruck hatten wir auch, aber die Mutter schiebt alles ihrem Sohn in die Schuhe. Und der lässt sich das gefallen. Interessanterweise behauptet sie, sie hätte ihn schon vor über einem Jahr aufgefordert, mit den Fotos aufzuhören. Sie fand es *verstörend*. Die Frau war fähig, beim Zerstückeln von Leichen zu helfen und die Teile anschließend in den Wald zu werfen, aber dass ihr Sohn die Toten fotografiert hat, war ihr zu viel.»

«Unterschiedliche Bedürfnisse», erwiderte ich.

«Psychologisch, meinen Sie.»

«Joe Ray möchte sich an die Toten erinnern», sagte ich.

«Sie in gewisser Weise ehren. Das beruhigt sein schlechtes Gewissen. Ich würde das bei der Vernehmung ausnutzen. Wenn Sie lange genug auf diesem Punkt herumreiten, wird er reden. Mrs. Kirkpatrick hingegen will das Ganze entpersönlichen. Sie haben sich wahrscheinlich beide eingeredet, dass sie einfach nur eine Dienstleistung erbrachten. So konnten sie die potenziell tödlichen Folgen für die Empfänger ebenso verdrängen wie ihre eigenen Betrügereien.»

«Wir haben routinierte Leute hier oben, die kaum noch durchhalten. Es ist schlimm.» McMillan verstummte. Die vielen Stunden, die er schon bei den Ausgrabungen auf der Body Farm der Kirkpatricks dabei war, zeigten Wirkung.

«Was ist da passiert, Agent McMillan? Wissen Sie, wie das angefangen hat? Wenn die beiden die Leichen nach der Gewebeentnahme einfach ganz normal eingeäschert hätten, wäre die Sache nie rausgekommen. Es hätte keine Leichenteile gegeben, die entdeckt werden konnten, und keinen Fertigzement in Urnen.»

«Habgier, so einfach ist das, Dr. Street. Die Verbrennungsanlage hätte modernisiert werden müssen, und das hätte an die zwanzigtausend Dollar gekostet.»

«Lassen Sie mich raten», sagte ich. «Sie wollten das machen lassen, aber irgendwie ist es nie dazu gekommen.»

«Mit dem Geld, das sie gebunkert haben, hätten sie sich sogar eine komplett neue Anlage leisten können. Aber Profitgier kann blind machen.»

Genau der Verdacht hatte mich beschlichen, nachdem Mrs. Stargell uns vom Ausbleiben der Dämpfe erzählt und Neil die niedrigen Stromrechnungen entdeckt hatte – ein Krematorium, das nicht mehr in Betrieb war, und ein Kühlraum, der in ein Fotostudio umfunktioniert worden war.

«Agent McMillan, der Anwalt, der mich mit der Nachforschung beauftragt hat, erwartet meinen Bericht. Ich kann den nicht länger rausschieben. Er hat ein gutes Verhältnis zu den Medien und neigt dazu, Öl ins Feuer zu gießen. Nur damit Sie vorgewarnt sind. Er wird nichts zurückhalten, wovon er glaubt, es könnte ihm persönlich nützen oder bei der Zivilklage von Vorteil sein.»

«Schon verstanden. Wir bleiben in Kontakt, Dr. Street.»

Ich trank meinen Kaffee aus und legte ein Stück geräucherten Gouda auf einen Cracker. White Trash schielte zu mir hoch. Sie war nie begeistert gewesen, wenn ich sie allein ließ. Meistens zeigte sie mir die kalte Schulter. «Hass mich nicht», sagte ich zu ihr und gab ihr noch ein Stückchen Käse und einen Klacks Fertigsahne. Wahrscheinlich war das nicht gut für ihre Lebenserwartung, aber es machte sie zu einer etwas angenehmeren Mitbewohnerin.

Mein Handy spielte *There Goes the Neighbourhood* von Body Count – Tyrones Klingelton. Toller Song. Ich ließ mir möglichst lange Zeit, ehe ich ranging.

«Hey, Baby, was ist los?», fragte Tyrone.

Ich schnappte mir meine Aktentasche und strebte zu den Aufzügen.

«Hey, Keye, musst du jetzt, wo du wieder in den Medien bist, nicht mehr zurückrufen, oder was?»

Ich drückte den Rufknopf für den Aufzug und ließ mir meine Verärgerung anmerken. «Genau. Channel Five zahlt meine Kreditraten fürs ganze Jahr.»

«Manchmal hab ich eilige Fälle. Verstehst du, was ich meine? Ich biete dir Aufträge vor allen anderen an, weil ich dich mag.»

«Ah ja? Hast du Rauser deshalb erzählt, ich wäre ausgerastet oder wie immer du das formuliert hast? Was genau hast du zu ihm gesagt?»

«Darum geht's also?»

Ich trat in den Aufzug und nickte zwei Männern in Businessanzügen zu, die ihre Koffer neben sich abgestellt hatten. Sie nahmen beide Haltung an, Brust raus, Bauch rein. Einer von ihnen schob eine Hand in die Hosentasche, verlagerte das Gewicht auf eine Hüfte, wie ein Model. Ich trug einen schwarzen Bleistiftrock, eine figurbetonte weiße Elie-Tahari-Bluse mit V-Ausschnitt und aufgesetzten Knöpfen, das Haar offen. Wirkt immer. Ich senkte die Stimme, so gut ich konnte. «Ich hab mich von den Typen bedroht gefühlt, Tyrone. So was muss ich mir von niemandem gefallen lassen. Und ich sollte dir eigentlich nicht erklären müssen, warum ich mich nicht gern betatschen lasse.»

«Ich hab Rauser bloß gesagt, dass du echt gestresst gewirkt hast. Ich hab's gut gemeint, Keye. Nun, komm schon. Sei nicht so. Mach keinen auf beleidigtes kleines Mädchen, das nicht zurückruft.»

«Ich *war* gestresst. Ich war gerade von einer Schlägerbande bedroht worden.» Ich warf den Männern neben mir im Aufzug einen Blick zu. Prompt entdeckten beide etwas sehr Interessantes auf ihren Schuhen. «Und du hast kein Recht, mit Rauser über irgendwas zu reden, das mich betrifft. Das geht mir echt zu weit. Ich kann's nicht haben, wenn die Männer in meinem Leben versuchen, mein Daddy zu sein.»

«Du musst aufhören, ständig gegen den Strom zu schwimmen», riet Tyrone mir. «Genau das ist dein Problem.»

Meine Blutdruckalarmklingel schrillte los, als hätte gerade jemand mit dem Holzhammer auf einen Hau-den-Lukas geschlagen. «Vielen herzlichen Dank», sagte ich betont höflich und hörte den Südstaatenklang meiner Mutter in meiner Stimme. «Wenn ich das nächste Mal wissen will, was mein Scheißproblem ist, ruf ich dich sofort an, versprochen.»

«Versteh mich nicht falsch. Ein bisschen Wut ist mir ganz lieb. Bringt mir eine Menge Kautionsflüchtlinge ein.»

«Ich bin nicht wütend», zischte ich und legte auf. Meine Aufzugmitfahrer glotzten mich an. «*Was ist?* Ich bin *nicht* wütend.»

Erst McMillan und dann Tyrone. Vielleicht würde ich mir später noch die Finger in der Autotür einklemmen, nur so zum Spaß.

Ich sah den blauen Marshmallow, als ich auf den tiefer liegenden Parkplatz vor unserem Büro fuhr. Das ist bloß einer der Namen, die ich Neils Auto verpasst habe. Es ist ein Smart Cabrio, mitternachtsblau, mit silbernen Verzierungen. Er hatte ihn noch nicht lange, aber er bildete sich Gott weiß was drauf ein. Mir war aufgefallen, dass er plötzlich Begriffe wie *CO_2-Fußabdruck* und *Treibhausgase* im Munde führte.

Mein Büro liegt an der Highland Avenue in einer Reihe von einst verlassenen Lagerhäusern, die so umgebaut wurden, dass sie in die aktuelle Stadtlandschaft passen. Der Besitzer hat ihnen etwas Farbe und reichlich glänzenden Schnickschnack verpasst – Geländer und Lampen, einen Verbindungsgang mit einem kantigen v-förmigen Metalldach, das aussieht, als hätte sich ein völlig bekiffter Metallica-Fan mit einem Schweißbrenner und ein paar Platten Nickel ausgetobt. *Modern,* sagte er zu uns, als die Außenfassade neu gestaltet wurde. *Hip.* Klar, hip ist es jetzt. Aber warten wir mal ab, bis der nächste Modetrend für Büroraumgestaltung Atlantas Gewerbegebiete erfasst. Dann werden wir ungefähr so hip sein wie ein vierzig Jahre altes Tattoo. Das Viertel wird geprägt von Selbständigen in den Dreißigern, coolen Lokalen, Stadthäusern, mittäglichen Warteschlangen vor Restaurants, edlen Konditoreien, leckeren Tacos und meiner Lieblingspizzeria Fritti. Mit dem Auto sind wir in drei Minuten im Stadtzentrum, wenn wir den

Glen Iris Drive nehmen. In die andere Richtung sind es drei Minuten bis ins Herz von Midtown, wo Rausers Büro liegt. Ich kann in weniger als sieben Minuten zu Hause sein, außer während der Rushhour. Dann ist nämlich alles drin. Unmöglich, die Zeit zu kalkulieren. Jeden Tag ab vier entdecken wir die Langsamkeit neu.

Der Parkplatz liegt vor den ehemaligen Laderampen, und man gelangt nur über Metallstufen ins Büro. Im Februar, bei überfrierender Nässe, kann es spiegelglatt werden. Und bei den plötzlichen Unwettern im Frühjahr und Sommer wird der Parkplatz gelegentlich überschwemmt. Alle Mieter in der vorderen Reihe – ich, eine schwule Theatertruppe, ein Friseursalon und ein Tattoo- und Piercing-Studio – haben noch immer Laderampentore. Im Herbst oder Frühjahr ziehen wir sie hoch, bevor die blutdürstigen fetten Monstermücken über uns herfallen – oder danach. Das ist die einzige Zeit, in der ich natürliches Licht im Büro habe. Und der schlichte Akt des Hochziehens dieser Laderampentore macht uns zu einer echten Nachbarschaft. Nachdem wir im Sommer wegen der Klimaanlage und im Winter wegen der Heizung eingeschlossen waren, hören wir einander wieder, und wir gehen nach draußen und plaudern. Von der Straße weiter den Hügel hoch, wo immer irgendwo gekocht wird, wehen verlockende Düfte in unsere weitläufigen Räumlichkeiten.

Die Luft war schwül, der Himmel grau. Es waren Regenfälle vorhergesagt. Ich dachte an Miki, die inzwischen in Birmingham sein musste, mit einem Profi-Sturmjäger auf dem Weg zu den Tornados.

Mein Handy klingelte. Wieder keine Nummer im Display. Wieso unterdrückten neuerdings alle Reporter ihre Nummer? Ich hatte keine Lust, mit denen zu reden. *Mist.* Ich musste mich dem endlich stellen. Ich konnte es mir nicht erlauben, dass sich immer nur die Mailbox meldete. Es konnte ja auch ein neuer Kunde sein. Ich bezwang den Drang, mich vor einem weiteren Anruf zu drücken. Ich hatte schließlich Rechnungen zu bezahlen. Aber ich neige von Natur aus zur Vermeidung.

«Keye Street», sagte ich in das Bluetooth-Gerät an meinem Ohr. Was ich hörte, klang so ähnlich wie eine Sauerstoffflasche oder ein Asthmaanfall. Einen Moment lang dachte ich, es wäre bloß das hohle Zischen, das man manchmal hört, wenn ein Anruf abbricht. Ich versuchte es erneut. «Hallo?»

«Wo ist sie?» Die Worte wurden verstärkt, verlangsamt – eine alte Aufnahme auf einer verzogenen Vinylschallplatte. *Wo … ist … sie?* Schaurig.

Ich blieb im Wagen, ließ den Blick über den Parkplatz schweifen. «Sie müssen sich verwählt haben.»

«Ich weiß, wer du bist. Ich hab dich in ihr Haus gehen sehen. Der Rest war leicht. Wo du wohnst. Wo du arbeitest. Wo du früher gearbeitet hast, *Doctor* Street.»

Falls er mir Angst einjagen wollte, machte er seine Sache verdammt gut. Stimmenverzerrer klingen unheimlich. Eine kindliche Angst regte sich in mir.

«Wo ist sie?»

Er hatte das geschrien. Das Bluetooth-Gerät dröhnte es mir ins Ohr. Ich riss es heraus und regulierte die Lautstärke.

«Rufen Sie sie doch an!», schlug ich vor, sobald ich den Ohrknopf wieder befestigt hatte. «Oder simsen Sie ihr. Sie simsen doch so gern, hab ich recht?»

Erneut elektronisches Keuchen durchs Gerät. «Ich weiß, dass die Cops das Handy haben. Ich bin nicht blöd.»

«Tragen Sie eine Darth-Vader-Maske? So ungefähr klingen Sie nämlich.» Ich sagte das mit einem Grinsen, das ich nicht empfand. Ich hoffte, wenn es mir gelang, ihn meine Furcht nicht spüren zu lassen, ihn gar nichts von mir spüren zu lassen, würde ihn das am Reden halten. Ich stellte mir seine Kindheit voller gleichgültiger Frauen vor, um deren Aufmerksamkeit er gebuhlt hatte. Ich wollte mich nicht zum Lockvogel machen. Bei solchen Typen muss man vorsichtig sein. Aber je mehr er erzählte, desto größer die Chance, seine Identität rauszufinden.

Ich blickte mich wieder auf dem Parkplatz um, suchte nach irgendetwas, das anders war als sonst. Ich erkannte die Autos meiner Nachbarn – den Malibu vom Friseursalon, den Wrangler vom Tattooladen, die üblichen Klapperkisten von der Theatertruppe. Nirgendwo Bewegung. Nichts Außergewöhnliches. «Wissen Sie, was dieser Stimmenverzerrer über Sie verrät?», fragte ich. Es war ein billiges Handy-Zusatzgerät. Hatte ihn höchstens zehn Dollar gekostet. Für mich die Bestätigung dessen, was ich bereits vermutet hatte, dass er nämlich finanziell gerade so über die Runden kam. Wahrscheinlich schaffte er es nicht, einer regulären Arbeit nachzugehen. Er war ein Verlierertyp mit einer beschissenen Einstellung und einer Narbe im Leben, für die er alle bezahlen lassen wollte. Aber das sagte ich nicht. «Das Ding verrät mir, dass Sie gründlich vorausplanen. Sie sind ein vorsichtiger Mensch.» Ich erwähnte nicht die DNA, die er an Tatorten hinterlassen hatte. Oder dass Kellys Fahrer ihn gesehen hatte, ihn nur deshalb bemerkt hatte, weil er von der Kleidung her nicht in die Lobby der vornehmen Adresse in Midtown passte. Ein Anzug und ein Paar anständige Schuhe hätten ihn praktisch unsichtbar gemacht. Aber selbst das war für ihn unerschwinglich. «Deshalb muss ich mich fragen, wie das Ganze Ihrer Meinung nach weitergehen soll.»

«Ich werde sie umbringen. Sie wird sterben. So wird's weitergehen.»

«Sie hatten doch schon die Gelegenheit dazu. Wieso haben Sie sie nicht genutzt?»

«Manchmal macht es einfach mehr Spaß zuzusehen, wie sie sich selbst umbringt.»

Ein Schauer durchfuhr mich. Wie lange schaute er Miki schon dabei zu, wie sie sich durchs Leben kämpfte? Wie oft waren ihre Panikattacken auf sein Konto gegangen? Geräusche, Dinge, die unerklärlich verschwanden, Nachrichten auf ihrem Handy, das Gefühl, verfolgt zu werden – er quälte sie seit Monaten. «Wenn Sie sich jetzt der Polizei stellen, passiert Ihnen nichts. Sagen Sie mir einfach, wo Sie sind.»

Sein Atem rauschte durch den Verzerrer wie ein elektrostatisch aufgeladener Windstoß. «Du bist genau wie sie! Du arrogante, verlogene Fotze. Ich halte dir einen Platz am Tisch frei.»

Ich kann dieses Wort nicht ausstehen. Es macht mich echt sauer. Aber ich ließ mich nicht provozieren. «Wir können Ihnen Hilfe besorgen. Das verspreche ich Ihnen. Wir wollen Ihnen helfen. Ich will Ihnen helfen.»

Er lachte, und der Verzerrer ließ ihn klingen wie das Monster, das er war. «Du willst mir helfen? Du bist eine Säuferin. Glaubst du, auf einmal haben dich alle lieb, nur weil dein Bullenfreund dich letztes Jahr bei einem dicken Fall hat mitmischen lassen? Glaubst du, dass die Leute dich deswegen jetzt respektieren? Du kommst aus der Gosse nicht raus. Du steckst fest. Du bist ein *Nichts.*»

Ich ließ das alles einen Moment lang sacken. Er hatte uns an dem Abend beobachtet, als wir in Mikis Haus gingen und die aufgehängte Leiche von Donald Kelly fanden. Wahrscheinlich hatte er von irgendeinem Versteck in der Nachbarschaft aus genüsslich das Eintreffen der Cops und das ganze Chaos danach beobachtet. Er musste gesehen haben, wie ich meine

Glock gezogen und meine Mutter mit Miki aus dem Haus gescheucht hatte. Er musste sich gefragt haben, wer ich war. Es war vermutlich nicht schwer gewesen, das rauszufinden. Während der Ermittlungen im Wunschknochen-Fall und in der Zeit danach war so viel über mich geschrieben worden. Die ersten Berichte waren harte, bissige Enthüllungen über meinen Alkoholismus und meine Entlassung vom FBI gewesen. Doch nachdem ich die Mörderin entlarvt hatte und Rauser und ich um ein Haar mit dem Leben dafür bezahlt hätten, war ein Reporter vom *Rolling Stone* zu mir nach Hause gekommen und hatte Rauser und mich interviewt. Der Artikel, der dann erschien, gab alles über mich preis: die Ermordung meiner Großeltern, meine Arbeit beim FBI, mein Absturz, mein Alkoholentzug, meine Arbeit als Beraterin für Rausers Morddezernat im Wunschknochen-Fall. Es stand alles schwarz auf weiß da. Wenn die Presse danach etwas über mich schrieb, benutzte sie Ausdrücke wie *Abstinenz* und *Kraft* und *die Macht der Liebe*. Meine Detektei wurde mit Aufträgen überhäuft. Das alles reichte mehr als genug, um einen Typen, der es offenbar nicht ertragen konnte, wenn jemand wieder auf die Beine kam, in Rage zu bringen. «Verraten Sie mir, warum Sie sie getötet haben.»

«Du bist doch so scheißclever, Miss Ex-FBI. Verrat du's mir.»

«Ich weiß jedenfalls, wie es sich anfühlt, etwas zu lieben, das dir weh tut», sagte ich und meinte es auch so. Ich dachte an den Drink, den ich jeden Tag haben wollte und mir ausredete. Ich dachte an meinen Exmann Dan in all seiner unsäglich erotischen, toxischen Pracht. Ich dachte auch daran, wie oft ich davor gewarnt worden war, dem Feind meine Schwachstellen zu zeigen. Aber ich musste ihn am Reden halten. «Was war mit Miki? Wie hat sie Sie verletzt?»

Keine Antwort. Bloß gruseliges, mechanisches Atmen.

«Eines sollen Sie wissen», sagte ich. «Miki ist nicht bösartig. Sie ist bloß ein bisschen unbedacht. Sie hat Ihnen niemals weh tun wollen. Sie ist nicht wie Fatu.»

«Nein, stimmt.» Seine Stimme dröhnte wie Löwengebrüll in meinem Ohr. «Sie ist eine andere Sorte Hure. Du kommst zu spät zur Party, Street. Und du bist auch eine Hure.»

Das Autofenster explodierte. Das Geräusch kam eine Millisekunde später. *Pop, pop, pop, pop.* Ich warf mich quer über die Sitzbank, während Einschüsse übers Armaturenbrett tanzten.

Ich tastete nach dem Griff der Beifahrertür, öffnete sie, ließ mich nach draußen rollen und ging hinter dem Wagen in Deckung. Wo war er? Er musste irgendwo oben auf der Straße sein, mit Blick nach unten, ein klarer Vorteil. War er auf der Straße? Oder in einem der Gebäude? Die Highland Avenue war voller Restaurants und wimmelte von Fußgängern. Ich konnte unmöglich das Feuer erwidern.

Ich kroch zur Vorderseite meines Wagens. Die anderthalb Meter hohe Betonmauer der ehemaligen Laderampe lag hinter meinem Rücken.

Pop, pop, pop. Kugeln bohrten sich in warmen Asphalt, schwirrten um meinen Wagen herum.

Ich brauchte bessere Deckung. Er konnte sich bewegen. Ich nicht. Ich wollte nicht reglos in der Falle hocken bleiben. Ich schaute nach rechts. Bis zu den Metallstufen waren es fünf Meter. Es kam mir vor wie eine Meile. Ich würde es niemals schaffen.

Pop.

Meine Bürotür ging auf. Ich riss den Kopf herum. «*Neil. Nein!*»

Wieder machte es zweimal *Pop.* Ich sah, wie Neil herumgerissen wurde, sah seinen Körper zu Boden gehen. Die

S&W-9-mm hat siebzehn Schuss. Wie viele Patronen hatte er schon verbraucht? *Verdammt.*

Neil lag halb im Gebäude, halb draußen. Sein Kopf und seine Schulter waren ungeschützt. Ich musste zu ihm.

Ich streifte meine Schuhe ab, setzte einen nackten Fuß auf den vorderen Kotflügel und katapultierte mich nach oben auf die Rampe. Dann rannte ich im Zickzack über den Beton, ein seltsames, furchterregendes Ballett im Stakkato-Rhythmus einer Halbautomatik-Salve.

Pop, pop, pop, pop, pop.

Ich schlitterte mit den Füßen voraus in die halb offene Tür, packte Neil an den Armen und zog ihn hinein, knallte die Tür zu und verschloss sie. Das Blut rauschte mir so laut in den Ohren, dass es klang, als hätte ich die Darth-Vader-Maske auf. Acht Monate war es her, seit Rauser angeschossen worden war, seit eine Kugel ihn traf, während ich ihn in den Armen hielt. Dreißig Jahre, seit meine Großeltern ermordet wurden. *Her mit dem Geld, Alter.* Die Zeit ist ein tolles Narkotikum, war mir gesagt worden. Doch sie hatte die Erinnerungen nie betäubt.

Ich wählte den Polizeinotruf, verwählte mich zweimal. Mir zitterten die Hände. An meiner Eingangstür war Blut. Neils Blut. Und Schleifspuren, wo ich ihn hereingezogen hatte. Ich fiel auf die Knie und sah nach seinem Kopf und seinem Hals, rief seinen Namen. Ich entdeckte die Wunde an seinem Oberschenkel. Er blutete wie verrückt. Ich griff nach seinem Gürtel, riss ihn aus den Schlaufen und zog ihn oberhalb der Wunde fest.

Eine Bandansage sprang an und bat mich, in der Leitung zu bleiben oder später wieder anzurufen. *Das soll wohl ein Witz sein.* Die lasche Art, wie in Atlanta auf Notrufe reagiert wurde, war in der Öffentlichkeit so heftig kritisiert worden, dass man erst kürzlich den Leiter der Notrufzentrale und etliche Mitarbeiter gefeuert hatte. Ich fluchte.

«Neil.» Ich berührte sein Gesicht. «Es kommt alles in Ordnung.» Seine Augenlider hoben sich schwach, ließen fahle, wässrige Augen sehen. Ich drückte die Wahlwiederholungstaste. «Alles wird gut. Kannst du mich hören?»

Eine ruhige männliche Stimme meldete sich. «Notrufzentrale, warum und von wo rufen Sie an?»

Ich nannte Straße und Hausnummer. «Hier wurde geschossen. Ein Verletzter mit stark blutender Schusswunde. Ich glaube, die Schüsse kamen von der Straße. Ich wurde in meinem Auto auf dem Parkplatz beschossen. Jetzt bin ich mit dem Verletzten im Gebäude.»

Neils Hose war völlig blutdurchtränkt, sein Gesicht kreideweiß.

«Haben Sie eine Waffe?», wollte der Mann vom Notruf wissen.

«Ja. Zehn-Millimeter-Glock, Modell zwanzig, registriert.»

«Haben Sie Ihre Waffe abgefeuert?»

«Falls Sie meinen, ob ich mit meiner Waffe auf meinen Freund gefeuert habe, der hier blutend neben mir liegt, nein. Sie haben hoffentlich den Rettungswagen alarmiert?»

«Hilfe ist unterwegs, Ma'am. Was für ein Fahrzeug fahren Sie?»

«Neunundsechziger Impala, weiß.» Ich nannte ihm das Kennzeichen.

«Kennen Sie die Person, die auf Sie geschossen hat?»

«Der Mann ist Verdächtiger in einem Mordfall. Er hat mich vorhin auf dieser Nummer angerufen. Ich hatte ihn ein paar Minuten am Telefon. Ich arbeite zusammen mit Aaron Rauser vom Atlanta-Morddezernat.»

«Können Sie den Schützen von Ihrer Position aus sehen?»

«Nein. Wir haben uns im Gebäude eingeschlossen.»

«Bleiben Sie bitte am Apparat, bis die Polizei eintrifft.»

«Sorry, geht leider nicht.» Ich legte auf. Ich hatte Besseres zu tun. Ich hatte ihm gesagt, was er wissen musste. Streifenwagen waren auf dem Weg hierher. Und der Rettungswagen. Ich wollte Rauser anrufen. Er sollte die Nummer, von der aus ich angerufen worden war, feststellen und das Handy orten lassen. Ich wollte, dass sie den Wahnsinnigen, der das hier getan hatte, schnappten und einsperrten.

Neils Augen flatterten. «Alles in Ordnung», versprach ich ihm. Ich hoffte, dass es die Wahrheit war.

«Was?»

«Du bist angeschossen worden. Und du bist ziemlich hart mit dem Kopf aufgeschlagen.»

Er versuchte, das verletzte Bein zu bewegen. «Tut weh.»

«Ich weiß. Bleib ruhig liegen. Der Rettungswagen ist gleich da. Ich hab gesagt, die sollen sich beeilen. Ich hab nämlich ein sündhaft teures Paar Schuhe auf dem Parkplatz liegen lassen.»

Er verzog die Lippen zu einem schiefen Grinsen und sagte: «Leck mich. Ich kündige.»

28

Ich saß barfuß im Wartezimmer des Emory University Hospital in Midtown, auf dem Schoß einen Spiralblock, den ich im Krankenhausladen gekauft hatte, als Rauser mit meinen Schuhen hereinkam, die ich auf dem Parkplatz zurückgelassen hatte. Ich zog sie an. Rauser blickte auf den Notizblock.

«Du nutzt die Zeit sinnvoll, wie ich sehe.»

«Ich muss das alles noch ein bisschen strukturieren und in den Computer eingeben, aber es ist die genaueste psychologische Skizze, die ich dir liefern kann, jedenfalls in Anbetracht der Beweise, die wir haben. Und nicht haben.»

Er nahm den Block und überflog meine Notizen. «Hundebesitzer?»

«Er braucht diese Art der kritiklosen Liebe. Zu Beziehungen auf Augenhöhe ist er nicht in der Lage.»

«Keine Hundehaare im Honda. Keine Hundehaare an den Opfern oder in Mikis Haus», sagte Rauser. «Normalerweise, wenn wir einen Täter mit Hund haben ...»

«Dann hat er eben einen Hund, der nicht haart», fiel ich ihm ins Wort. Der Stress war mir anzuhören. «Glaub mir. Gleich neben dem Baumarkt, wo er wahrscheinlich die Materialien gekauft hat, um Kelly aufzuhängen, ist eine große Tierhandlung. Und in demselben Shoppingcenter wurde Miki auch das Handy geklaut. Er beschränkt sich auf die Gegend, in der er sich am besten auskennt.»

«Es gibt Hunde, die nicht haaren?», fragte Rauser heiter. «Gefällt mir.»

«Er ist vermutlich ein krankhafter Hundenarr. Kauft jede Menge Spielsachen und Leckerli, Hundebekleidung, fotografiert den Hund, macht Videos. Möglicherweise postet er sie in sozialen Netzwerken oder lädt sie auf YouTube hoch. Und er liest gern. Er muss sich in irgendwas flüchten in den langen Phasen, die er allein ist. Alles, was er braucht, hat er in dem Shoppingcenter – Tierhandlung, Buchladen, Baumarkt, Supermarkt.»

«Kann ich das so weitergeben?»

Ich nickte. «Ich bin mir ganz sicher.»

«Ich hab vorerst einen Streifenwagen vor dem Haus deiner Eltern postiert. Ich will kein Risiko eingehen. Und ich hab vorhin mit dem Arzt gesprochen. Sie wollen Neil ein paar Tage hierbehalten, nur vorsichtshalber, falls es eine Infektion gibt. Er wird ziemliche Schmerzen haben. Aber er wird wieder gesund.»

«Gott sei Dank.»

Er hielt einen Plastikbeutel hoch. «Die Kugel hier haben sie aus ihm rausgeholt. Neun-Millimeter. Sie ist verformt. Steiler Eintrittswinkel von unten und verminderte Schwere der Verletzung, die Kugel ist also vom Boden abgeprallt. Pech für ihn, dass er die Tür genau in dem Moment aufgemacht hat, aber er kann von Glück sagen, dass er nicht direkt getroffen wurde.»

«Ich glaube nicht, dass Neil sich im Moment für einen Glückspilz hält.»

«Wie fühlst du dich?»

Ich war verstört. Ich war wütend. Und ich wollte nicht darüber reden. «Wie geht's meinem Auto?»

«Drei zerschossene Fenster. Das Armaturenbrett ist ganz schön lädiert. Ebenso die Innenseite der Beifahrertür.»

«Scheiße.»

«Wir sind den ganzen Tag der Baseballspur nachgegangen, haben die Liste eingegrenzt. Mehrere hundert Leute, wenn man die Spendensammler, Schiris, Trainer, Standbetreiber und Eltern mitzählt. Was meinst du, wann wir loskönnen?»

«Ist das dein Ernst? Ich will hierbleiben und Neil sehen.»

«Der Arzt meint, er wird eine Weile schlafen. Sie lassen uns später zu ihm.»

Ich schwieg. Ich war im Moment nicht gerade scharf darauf, ungeschützt um einen Baseballplatz herumzuspazieren.

«Du darfst dich jetzt nicht verkriechen, Street. Das weißt du. Wenn du es mit der Angst kriegst, hat unser Mann gewonnen. Und wer weiß, vielleicht finden wir ja heute Abend irgendwas raus, das uns hilft, das Schwein zu schnappen. Das wird dich wieder aufmuntern.»

«Da ist was dran», sagte ich.

«Und es gibt Junkfood», schob Rauser nach.

Eine Stunde später erreichten wir das Stadion. Der Parkplatz war fast voll. Wer auch immer Spenden und Sponsoren für die Liga organisierte, er musste ziemlich auf Draht sein.

Rauser steuerte meinen Neon, die Knie gespreizt, damit sie nicht ans Lenkrad stießen. Wir waren erst zu mir gefahren, um uns umzuziehen. Rausers Dienstwagen hatten wir im Parkhaus gelassen. Mein Impala war völlig hinüber. Mir graute davor, es meinem Vater zu beichten. Er hatte meinen Wagen schon einige Male komplett überholt.

Wir hatten uns Shorts angezogen, unsere übliche Kluft für Baseball, ob vor dem Fernseher oder im Stadion, und Rauser hatte sich ein Braves-Cap aufgesetzt. Er hatte gute Beine, und das wusste er auch. Er hatte sein ganzes Leben lang regelmäßig Sport getrieben, um den Stress abzubauen, den er als Cop hatte. Es zahlte sich aus.

«Ich hab gar nicht gewusst, dass hier so ein Stadion ist», sagte ich.

«Ich kenne es auch nur vom Stadtplan.» Langsam ließ er den Wagen über den Parkplatz rollen und suchte nach einer Lücke. «Hatte bisher keinen Grund herzukommen.»

«Wieso auch? Es sei denn, du bist ein Elternteil oder Coach oder hast einen Imbissstand.»

«Genau. Unser Täter passt in eine von diesen Kategorien.» Er gab plötzlich Gas und steuerte auf einen freien Platz zu, doch ein SUV, der von der anderen Seite kam, war schneller. Rauser fluchte. Er war es nicht gewohnt, sich einen Parkplatz suchen zu müssen. Das war einer der Vorteile, die er als Cop hatte und ungeniert auskostete. Er konnte quer auf dem Bürgersteig parken, wenn er wollte. Aber heute Abend wollte er nicht wie ein Cop wirken. «Übrigens, bei Trainern und Schiris wird in Georgia nicht routinemäßig überprüft, ob sie vorbestraft sind. Und die Leute, die hier ihre Stände haben, kommen aus allen möglichen Branchen. Musiker, ein Börsenmakler, ein Versicherungsvertreter, ein paar Lehrer, Techniker, Lieferfahrer, Inhaber von Geschäften.» Endlich entdeckte er eine Lücke, fuhr schwungvoll hinein, zog die Handbremse an, und wir stiegen aus.

«Das heißt also, wer hier einen Stand betreibt, muss keine besonderen Auflagen erfüllen.»

«Die Leute brauchen bloß eine Lizenz und eine Konzession. Bescheuert. Die prüfen nicht, wen sie auf deine Kinder loslassen.»

Rauser und ich gingen quer über den Platz zum Stadion. Wir blieben einen Moment stehen und ließen alles auf uns wirken. Rauser schaute blinzelnd zu den Baseballfeldern hinüber, um zu sehen, wo das Team von Kellys Enkel spielte. Er braucht eine Brille, hat sich aber bislang dagegen gesträubt.

Ich würde den Teufel tun, ihn zu drängen. Er findet, ich sehe toll aus, also ist mir seine verschwommene Sicht ganz recht.

Händler, die Wasser- und Limoflaschen aus Eiskübeln sowie T-Shirts und Tassen anboten, saßen hinter Klapptischen mit metallenen Geldkassetten unter einer Holzüberdachung mit erhöhtem Betonboden. Vor einem silbernen Imbisswagen mit der Beschriftung *Burger Dog Bob's Flaming Grill* standen etliche Leute, die sich für das Baseballturnier sommerlich ausstaffiert hatten.

«Ein Hot Dog gehört für mich zum Baseball einfach dazu», sagte Rauser zu mir. Ich glaubte ihm das gern, aber ich wusste, dass er dem Händler in dem Wagen auf den Zahn fühlen wollte. Wir stellten uns an, kamen im Schneckentempo voran, bis Rauser dem Imbissmann – braune Augen, eine Mütze, unter der an den Schläfen braunes Haar hervorlugte, Ende zwanzig, Anfang dreißig, breite Schultern – acht Dollar hinblätterte.

Wir quetschten Senf und Dill-Relish auf fette Hotdogs. Ich bin kein großer Hot-Dog-Fan, aber jede Freizeitbeschäftigung hat nun mal ihren typischen Snack. Popcorn im Kino, Hot Dog beim Baseball. Rauser sagte, was ihm durch den Kopf ging. «Statur und Haarfarbe würden passen. Und er hat seinen Imbisswagen da, wo sich zwei Opfer häufig aufhielten.» Er holte sein Handy hervor. «Hat sich heute irgendwas ergeben über einen Imbissverkäufer, der sich Burger Dog Bob nennt?» Er wartete. «Okay, überprüft noch mal, ob seine Konzession für den Raum Stone Mountain/Clarkston gilt. Und schickt mir ein Foto. Ich will wissen, ob der Typ, der mir meinen Hot Dog gemacht hat, auch der Besitzer ist.» Er legte auf.

Mit unseren Hot Dogs und Getränken in der Hand strebten wir zu den Tribünen an dem Spielfeld, wo die Cardinals jeden Moment gegen die Midtown Bulldogs antreten würden. «Der Besitzer hat keine Vorstrafen», sagte Rauser. «Ich werde gleich wissen, ob er das auch ist am Grill. Er hat eine registrierte Achtunddreißiger. Keine Neun-Millimeter.»

«Wie heißt er?»

«Robert Crammer.»

«Robert? Mr. R.?»

«Hoffen wir's.» Er sah sich um. «Scheint alles gut organisiert zu sein. Um so was auf die Beine zu stellen, braucht man jede Menge Leute. Die alle zu überprüfen, hat uns den ganzen Nachmittag auf Trab gehalten.»

Wir fanden freie Plätze am Ende der fünften Reihe und setzten uns. «Ist dir aufgefallen, dass hier fast alle weiß sind?», flüsterte ich.

«Ich achte nicht auf die Hautfarbe, Keye.» Er stopfte sich etwa ein Drittel seines Hot Dogs in den Mund und bewies dann, dass er problemlos mit vollem Mund sprechen konnte. «Darüber bin ich hinaus.»

«Das sehe ich.» Ich schmunzelte. Wieso ich seine schlechten Manieren anziehend fand, ließ sich nur durch eine Flut Pheromone erklären. Oder ein chemisches Ungleichgewicht.

Er spülte seinen Hot Dog mit Eistee aus einem roten Plastikbecher mit Coca-Cola-Logo runter. Er ließ das Eis im Becher klappern, stieß mich dann mit dem Ellbogen an. «Da unten ist Kellys Enkelin mit ihrem Mann.»

Ich erkannte sie von den Vernehmungsbändern wieder. Sie saßen zwei Reihen tiefer als wir. Die beiden waren in der Wohnung der Tochter gewesen und hatten mit den anderen Gästen darauf gewartet, dass Donald Kelly eintraf, um mit ihnen seinen Neunzigsten zu feiern. Sie hatten angegeben, dass der Fahrer, Abraam Balasco, von unten angerufen und gesagt hatte, er sei mit Kelly in der Lobby. Sie hatten oben im Flur auf den Aufzug gewartet, zusammen mit allen anderen – fünfzehn oder zwanzig Leute mit einem Lächeln im Gesicht, bereit,

«Happy Birthday» zu singen, sobald die Tür aufging. Aber der Aufzug kam nicht. Schließlich war Phil Sobol, der Ehemann von Kellys Enkelin, runter in die Lobby gefahren. Als er unten ankam, lag Balasco bewusstlos da, und vom Großvater seiner Frau fehlte jede Spur.

Jungs in sauberen Vereinstrikots und Baseballhandschuhen sprinteten aufs Feld. Die Trainer schüttelten einander die Hand und kehrten dann zurück zu ihren abgezäunten Holzbänken. Ich gab Rauser den Rest von meinem Hot Dog, und wir saßen einen Weile da und ließen alles auf uns wirken – die Verkäufer, die Eltern, die Coaches, die Kids. Waren Troy Delgado und Donald Kelly ihrem Mörder hier zum ersten Mal aufgefallen? Was hatte seine Aufmerksamkeit erregt? Troy Delgados außergewöhnliches Talent? Aber was war mit Kelly? Und welche Verbindung bestand zwischen ihnen und Fatu Doe? Und zu meiner Cousine, die er bisher am Leben gelassen hatte? *Manchmal macht es einfach mehr Spaß zuzusehen, wie sie sich selbst umbringt.* Wie lange hatte er Miki dabei zugesehen, wie sie zu zerbrechen drohte und sich dann in letzter Minute wieder aufrappelte? Dass sie sich jetzt auf die Suche nach Tornados gemacht hatte, war in meinen Augen ein deutlicher Ausdruck ihrer Selbstmordneigungen. Ich war mal auf dem Highway in einen Tornado geraten. Ich hatte es zu einer Straßenüberführung geschafft, darunter geparkt, war ausgestiegen und eine Betonschräge zu einem überdachten Sims hochgeklettert. Zwei weitere Autos hielten, und am Ende wartete ich dort mit vier Fremden – einem Mann und seiner kleinen Tochter und einem Paar in den Sechzigern, das aussah, als wäre es gerade vom Mittagessen in einem gutbürgerlichen Restaurant gekommen. Wir hatten alle mit angesehen, wie die Trichterwolke Richtung Interstate tobte, immer breiter wurde und Trümmerteile herumwirbelte. Und dann prasselten Hagelkörner, so dick wie Walnüsse, auf den Boden. Mir gingen die Ohren zu, und dann hörte es sich an, als würde eine Boeing 767 direkt auf uns landen. Die Luft wurde schwarz. Ich konnte nicht atmen. Der Mann neben mir hielt seine kleine Tochter mit aller Kraft umklammert, damit sie ihm nicht aus den Armen gesogen wurde. Sechzig Sekunden Panik und unkontrolliertes Chaos riefen uns allen in Erinnerung, wie klein wir waren, wie flüchtig unsere Zeit auf Erden. Übrigens war das das erste Mal, dass mein Vater mein Auto wieder zusammenflicken musste, aber es sollte nicht das letzte Mal sein.

Wir gingen nach unten und setzten uns auf zwei freie Plätze neben Levi Sobols Eltern. Sie überschlugen sich nicht gerade vor Wiedersehensfreude. «Lieutenant. Was machen Sie denn hier?», fragte Phil Sobol. Keiner von beiden lächelte. Wenn du Besuch von einem Cop bekommst, kurz nachdem ein Gewaltverbrechen deine Familie erschüttert hat, befürchtest du bestimmt die nächste Hiobsbotschaft. Genau das stand den Sobols ins Gesicht geschrieben.

Rauser gab sich gleichgültig, sagte, er sei aus einem anderen Grund hier, wolle bloß hallo sagen. Er stellte mich beiläufig vor, ohne Erklärung.

«Geht es um den Jungen von den Blue Jays?», wollte Virginia Sobol wissen. «Eine schreckliche Sache. Glauben Sie, irgendjemand hier draußen war es?»

Rauser schaute sich das Spiel an, klopfte sich zerstoßenes Eis aus dem Becher in den Mund. Er war die Ruhe in Person. Er warf Virginia Sobol einen Seitenblick zu. «Sie kannten ihn?»

«Jeder kannte ihn», antwortete sie. Sie war ein wenig mollig, hatte braune Augen und unter ihrer Cardinals-Kappe dunkles Haar, das sie hinter die Ohren geschoben hatte. «Er war der gefährlichste Werfer überhaupt. Jeder Batter in der Liga hatte Angst vor ihm.»

«Der Junge war eine Maschine», sagte Phil Sobol. «Dreizehn Jahre alt, und jeder Ball von ihm achtzig Meilen die Stunde. Jeder, der kein Blue-Jay-Fan war, hat den Burschen gehasst.» Seine verblüffte Gattin gab ihm einen Klaps aufs Bein.

«Es kann hier schon mal ein bisschen hitzig werden. Eltern sehen ihre Kinder nicht gern verlieren», erklärte sie verteidigend.

Phil Sobol klatschte in die Hände. «Zeig's ihnen, Levi», brüllte er.

«Manchmal herrscht hier wirklich helle Aufregung», sagte Mrs. Sobol. «Aber ich wüsste nicht einen, der dem Jungen oder irgendeinem anderen Kind auch nur ein Haar hätte krümmen wollen.»

Holz knallte gegen einen Ball, und wir drehten den Kopf. Wer das einmal gehört hat, vergisst es nie wieder – Musik in den Ohren eines jeden Baseball-Fans. Levi hatte einen weit ins linke Feld geschlagen. Wir waren aufgesprungen. Mit angehaltenem Atem sahen wir zu, wie der Junge die erste Base umrundete und auf die zweite zurutschte. Eine Hälfte der Tribüne brüllte begeistert; die andere schimpfte. Als der Pitcher das nächste Mal warf, wagte sich der Junge ein paar Schritte von der Base weg. Der Pitcher blickte über die Schulter, täuschte einen Windup vor, drehte sich dann blitzschnell um und warf den Ball zum zweiten Baseman. Levi hechtete zurück, berührte die Base mit den Händen zuerst.

«*Aus*», schrie der Schiedsrichter an der Base. Keine fünfzehn Sekunden später war Levi Sobols Coach auf dem Feld und baute sich so dicht vor dem Schiedsrichter auf, dass dem die Mütze vom Kopf rutschte und sein glänzender, glatt geschorener Schädel zum Vorschein kam. Er hob die Mütze wieder auf, schlug sich damit wütend gegen das Hosenbein und setzte sie sich wieder auf den Kopf. Die Zuschauer auf beiden Tribünen waren aufgesprungen. Es war wie auf dem Schulhof kurz vor einer Schlägerei. Phil Sobol und andere Eltern tobten und fochten geschlossen die Sichtweise des Schiedsrichters an. Der Coach kickte dem Schiedsrichter Sand auf die Schuhe. Der Schiedsrichter presste dem Coach einen ausgestreckten Finger gegen die Brust. Die Gesichter der beiden Männer waren zu dicht beieinander. Irgendjemand lief zu dem Coach und zog ihn vom Feld. Levi Sobol ging seelenruhig zur Spielerbank. Anscheinend waren die Jungs die Einzigen, die nicht völlig die Beherrschung verloren hatten.

«Freundliches Spiel, hä?», flüsterte Rauser.

Ich musste daran denken, wie oft mein Dad meinen Bruder und mich in seinen Pick-up gesetzt hatte und mit uns zu einem Baselballspiel gefahren war, ehe wir alt genug waren, um das Spiel zu verstehen. Was wir dagegen mitbekamen, war die Stimmung, die Imbissbuden und die Menschenmassen, die unfassbare Spannung, die unseren normalerweise ruhigen und scheinbar leidenschaftslosen Vater dazu brachte, dass er von seinem Platz aufsprang und mit trichterförmig um den Mund gelegten Händen den Spielern und Trainern irgendwas zubrüllte.

Sobald sich die Aufregung gelegt hatte, beugte ich mich zu Virginia Sobol hinüber und sagte: «Wie ich höre, war Ihr Großvater Baseball-Fan. Mein herzliches Beileid übrigens. Es muss ihm großen Spaß gemacht haben, ins Stadion zu kommen, um seinen Enkel spielen zu sehen.»

«O ja», sagte sie. «Mutter war allerdings nicht begeistert davon. Sie hatte Angst, er könnte stürzen oder so. Aber er war nicht davon abzubringen. Wenn *wir* ihn nicht mitnehmen konnten, hat er beim Seniorenfahrdienst angerufen, oder er hat den Bus oder ein Taxi genommen.» Sie schüttelte lächelnd den Kopf. «Ich glaube, Levi war der Einzige, der gut mit meinem Großvater klarkam. Er war krank, und er war griesgrämig geworden. Aber er und mein Sohn waren ein Herz und eine Seele.»

Rauser starrte aufs Spielfeld, aber ich wusste, dass sein Polizistenverstand auf Hochtouren arbeitete. Hatte Kellys Familie die Ermordung des alten Mannes arrangiert? Wie ließe sich so ein Szenario mit Troy Delgado in Verbindung bringen? Hatte jemand von den Eltern sich zu sehr über Troy Delgados Turbowurfarm aufgeregt? Falls ja, was verband Donald Kelly und Fatu Doe und Miki miteinander? Ich wusste, er hatte auch Taxifahrer auf seine mentale Liste gesetzt. Seine Detectives würden bald wissen, welche Firmen und welche Fahrer zu diesem Stadion kamen und wann. Kein Mensch, keine Möglichkeit würde ausgeschlossen werden.

Sein Handy piepste, und er sah aufs Display. «Robert Crammer», flüsterte er und reichte es mir. Ich schaute auf das Foto des Mannes, der uns die Hot Dogs verkauft hatte.

Wir verabschiedeten uns von den Sobols und schlenderten eine Weile umher. Ich fing ein Gespräch mit einer Frau an, die T-Shirts verkaufte. Sie hatte eine metallene Geldkassette offen auf ihrem Klapptisch stehen, leicht und bloß Discounterqualität. Sicherheit war im Stadion offensichtlich kein großes Thema. Sie war eine Ehrenamtliche, erzählte sie mir, wie viele andere Eltern auch. Alles, was unter der Holzüberdachung verkauft wurde, war für den Kauf neuer Baseballkleidung bestimmt. Ich blätterte siebzehn Dollar für ein T-Shirt hin und sah zu, wie Rauser mit einem Vater sprach, der Coladosen und Mineralwasser aus einer Kühlbox verkaufte.

«Ich hab gehört, dass einer von den Spielern ermordet worden ist», flüsterte ich verschwörerisch, als sie mir auf einen Zwanziger rausgab. Prompt erklärte sie mir, wie entsetzt alle waren, dass so etwas in einer «guten» Wohngegend passieren konnte.

Ich spürte Rausers Hand auf der Schulter und sah, dass er seine Baseballkappe übermütig nach hinten gedreht hatte. Er schenkte der T-Shirt-Verkäuferin ein einnehmendes Lächeln. Und sie erwiderte es. Ich gönnte ihm den Moment.

Wir überquerten den gegossenen Beton des Pavillons. Ein Mann mit einer fleckigen weißen Schürze und einem Braves-Cap, wie Rauser eins trug, lehnte gegen den Imbisswagen und beobachtete das Feld, auf dem Levi Sobols Team spielte. Robert Crammers Schuhe fielen mir sofort auf – dicke Sohlen und schwarz.

Braune Augen lösten sich von dem Spielfeld und richteten sich auf uns, als wir näher kamen. War das der Mann, der einem Kind eine Schnur um den Hals geschlungen hatte, der einen kranken alten Mann erschossen und dann dessen Leiche an einem Türrahmen aufgeknüpft hatte? War das der Mann, der mich und Neil heute beinahe umgebracht hätte?

«Muss ganz schön heiß werden in dem Hot-Dog-Wagen», sagte Rauser freundlich.

«Appetit auf noch einen?»

«Sind Sie Bob?», fragte Rauser.

«Der bin ich.» Der Mann schüttelte eine Zigarette aus einer rot-weißen Schachtel, zündete sie an, warf das Streichholz weg. Sein Blick ruhte auf mir, dann wieder auf Rauser. Er war ungefähr so groß wie Rauser, schwabbelig, aber kräftig.

«Ich denke, ich nehme diesmal einen Burger», sagte Rauser.

Bob zerdrückte die Zigarette mit seinem Absatz, öffnete die Tür zum Imbisswagen und stieg die klappbaren Metallstufen hinauf. Sobald er drin war, zog er die Tür hinter sich zu.

«Machen Sie die selbst, Bob?» Rauser blieb im Plauderton.

«Jeden Morgen.» Bob öffnete eine große Kühlbox, die Sorte, die Eisverkäufer verwenden. Er holte einen in Papier eingepackten Hamburgerrohling heraus und warf ihn auf den Grill. Es zischte.

«Es ist bestimmt nicht leicht, davon zu leben», sagte Rauser, als sein Hamburger fertig war. «Da müssen Sie doch sicher auf etlichen Veranstaltungen dabei sein.» Er tat jede Menge eingelegte Jalapeños und Senf auf den Burger und aß, während Bob geschlagene fünf Minuten lang damit protzte, wie erfolgreich er doch war. Das Imbissgeschäft war eine krisensichere Branche, behauptete er. Er besaß zwei Imbisswagen und zusätzlich zwei Imbissläden in Einkaufszentren und war auf Veranstaltungen überall im Großraum Atlanta zu finden.

Rauser vernichtete seinen Burger mit etwa fünf Bissen. Er aß wie ein Cop – schnell, zwischendurch, weil er sich nie sicher sein konnte, wann er wieder Zeit für eine Mahlzeit haben würde. Er zerknüllte die Serviette und das Burger-Schälchen und warf alles in einen Abfallbehälter. «Hey, Schatz, mach doch mal ein Foto von mir und Bob, bevor er zu reich und berühmt geworden ist, um sich noch für so was herzugeben. Sind Sie wohl so nett, Bob?»

Crammer kam aus seinem Wagen und wischte sich die Hände an der Imbissschürze ab. Rauser legte einen Arm um ihn. Ich trat zurück, um alles aufs Bild zu bekommen: Bob vom Kopf bis zu den dick besohlten Schuhen, den Imbisswagen, das Logo. Robert Crammer war ein massiger, kräftiger Mann. Die Opfer waren ihm alle körperlich unterlegen – jung, alt, weiblich. Ausschlaggebend für den Mörder bei der Auswahl seiner Opfer waren also nicht nur die Befriedigung emotionaler Bedürfnisse und das Ausleben von Phantasien, sondern auch praktische Erwägungen. Er wollte in der Lage sein, sie körperlich zu dominieren.

Ich hielt meine Handykamera vor mich und betrachtete die beiden im Display. Rauser machte genau in dem Moment Schielaugen, als der winzige Verschluss auf- und zuging. Das Foto würden Rausers Detectives später nicht nur vergrößern und im ganzen Präsidium herumgehen lassen, um ihn zu ärgern, nein, sie würden es auch an das Pinnbrett mit den Verdächtigen hängen. Die Version ohne Rauser würde zusammen mit dem Führerscheinfoto, das Williams auf Rausers Handy geschickt hatte, allen möglichen Leuten gezeigt werden: Balasco, der Familie Kelly und deren Nachbarn, jedem in der betreuten Seniorenwohnanlage, den Ehrenamtlichen vom Fahrdienst, Taxifahrern, der Familie Delgado und ihren Nachbarn, dem Personal im Majestic Diner und dem Baumarkt in Midtown. Ich schickte beide Fotos an Mikis neue Nummer, ehe wir wieder am Auto waren.

Mein Handy klingelte. Neils Name erschien. «Du bist wach», sagte ich. «Wie fühlst du dich?»

«Was ist passiert, Keye? Die haben mir eine Kugel aus dem Bein geholt.»

«Ich erkläre dir alles. Ich bin gleich bei dir.»

29

Ich fand Neils Zimmer, und als ich einen Blick durch die Scheibe in der Tür warf, sah ich eine Frau, die sich über ihn gebeugt hatte und ihre Lippen auf seine drückte. Frauen hatten eine Schwäche für Neil. Er hatte so etwas flippig, gammelig Jungenhaftes an sich – etwas, das die Botschaft vermittelte, er wäre wahrscheinlich genial und brauchte Spritgeld, was ein Witz war. Ich glaube, Neil verdient mehr als ich. Und das für weniger Arbeit. Aber das alles zusammen lockte anscheinend Frauen mit einem Hang zur Fürsorge an. Hübsche offensichtlich. Ich wartete draußen, bis sich die Tür öffnete. Ich schaute der Besucherin nach, wie sie den Korridor hinunterging, eine mädchenhafte junge Frau mit einer Schleife im rotblonden Haar.

«Hey, da hat einer wohl eine gute Versicherung.» Ich stellte Blumen aus dem Krankenhausladen auf die Fensterbank. «Hübsche Bude.» Ich rückte einen Stuhl an sein Bett. «Wer ist die Blondine?»

«Tammy. Cathy ist auf dem Weg hierher. Sie haben vergessen, dass sie sauer auf mich waren.»

«Haben alle deine Freundinnen so niedliche Namen? Wann kreuzen Misty, Mandy und Sandi hier auf?»

«Keye, was zum Teufel ist heute passiert?»

Ich erzählte ihm von dem Anruf und dass ich in meinem Wagen gesessen und mir angehört hatte, wie Mikis Stalker durch einen Stimmenverzerrer wütete. «Dann ist mein Fenster zerplatzt, und das Chaos ging los.»

«Ich hab an meinem Schreibtisch gesessen. Du weißt ja, wie das im Büro ist. Die Klimaanlage brummte. Ich hatte Musik laufen. Dann hab ich irgendwas gehört. Ich wusste nicht genau, ob es ein Schuss war. Ich bin zur Tür, und da hört meine Erinnerung auch schon auf.»

«Kleiner Tipp am Rande: Wenn du Schüsse hörst, nicht die Tür aufmachen.»

«Ich hätte sie früher aufmachen sollen. Du könntest tot sein. Menschenskind. Ich hätte die Cops rufen oder irgendwas machen sollen.»

«Tut mir leid, dass du verletzt worden bist», sagte ich.

«Ach, halb so schlimm. Die haben hier super Drogen.» Er zog eine Plastikfolie von einem Teller mit Cookies. Er nahm sich einen und gab mir auch einen. Sie waren knusprig, mit Schokostückchen darin, die samtweich waren.

«Ich finde, du und Tammy, das Blondchen, solltet heiraten, damit ich öfter Cookies kriege.»

«Sie sind beide blond. Und blauäugig. Und lieb. Also lass deine bissigen Bemerkungen bitte vom Stapel, bevor Cathy ankommt. Hitlers Traumfrauen. Sehr germanisch. Hast du sonst noch was auf Lager?»

«Nein, ich denke, das war's schon.» Ich nahm mir noch einen Cookie. «Hör mal, ich hab mir was überlegt. Das Geschäft läuft so gut, dass ich es allein fast nicht mehr schaffe. Wenn das mit dem Krematorium erst mal so richtig bekannt wird, können wir uns vor Aufträgen nicht mehr retten. Ich möchte, dass du Partner wirst und wir gemeinsam überlegen, wie wir das auf die Reihe kriegen.»

Neils Augen erforschten mein Gesicht. «Hat das was damit zu tun, dass ich gesagt hab, ich kündige?»

«Daran erinnerst du dich also.» Ich lächelte. «Ich weiß nicht. Vielleicht ein bisschen.» Die Kugeln, die mir um die Ohren geflogen waren, hatten mich wohl dazu gebracht, Bilanz zu ziehen. «Mir ist heute klargeworden, dass es ohne dich einfach keinen Spaß machen würde.»

«Endlich siehst du's ein, das wurde aber auch Zeit», sagte Neil. «Aber über ein paar Dinge müssen wir uns vorher einigen. Wir haben beide bewiesen, dass wir in Sachen Bürokram absolute Nieten sind. Und du schiebst es schon echt lange vor dir her, dafür jemanden einzustellen. Ich kann nachvollziehen, dass es dir schwerfällt, das nötige Vertrauen zu entwickeln, aber wir haben keine andere Wahl. Die Hälfte der Anfragen müssen wir ablehnen, oder wir rufen nicht mal zurück. Du brauchst jemanden, der das alles managt und Ordnung in deinen Terminplan bringt. Und wir müssen darüber nachdenken, ob wir nicht noch einen zweiten Ermittler einstellen.»

Er hatte recht. Ich hatte Dinge auf die lange Bank geschoben. Bei unseren häufigen Besuchen in der Southern Sweets Bakery und dem Cakes & Ale blieb einfach keine Zeit mehr für den täglichen Routinekram. Außerdem brauchte Neil seine zwei Joints pro Tag. Wir hatten also wirklich alle Hände voll zu tun. Aber neue Leute einstellen ist verdammt noch mal nicht leicht. Mir graute davor. Wem kannst du deine Firma und dein Leben anvertrauen? Wer hat keine verrückte Freundin und kein Kind, das ständig anruft, wer hat keine ätzenden Angewohnheiten? Ich meine, was, wenn der oder die Neue dauernd mit der Zunge schnalzt oder beim Hinsetzen oder Aufstehen immer laut ächzt? Schon der Gedanke machte mich nervös. Andererseits standen auf den Aktenschränken körbeweise nicht abgelegte Unterlagen, es gab Anfragen, die bearbeitet werden mussten, und jede Menge ungeschriebene Rechnungen, weshalb nur wenig Geld in die Kasse floss.

«Einverstanden», sagte ich zu Neil. «Aber der oder die Neue muss zu uns passen. Wir können nicht den Erstbesten einstellen. Und du musst mir versprechen, im Büro nie wieder Gras zu rauchen. Mir ist egal, wo du rauchst oder wie oft du rauchst, aber eben nicht im Büro.»

«Okay», sagte Neil. «Das respektiere ich. Was ist mit dieser Beratertätigkeit? Wärst du bereit, die aufzugeben?»

«Nein.»

«Lässt du dir gern Kugeln um die Ohren pfeifen? Ich nämlich nicht.»

«Nur zu deiner Beruhigung: Er hat nicht auf dich geschossen. Die Kugel war ein Querschläger.»

«Das beruhigt mich kein bisschen.»

«Ich bin nicht bereit, das aufzugeben, Neil. Versteh doch, du machst den Job, der dir gefällt. Aber mein Traum war diese Detektei ganz und gar nicht. Sie ist nur eine Möglichkeit, Geld zu verdienen. Mir fehlt eine Arbeit, die mich befriedigt. Als Polizeiberaterin kann ich was bewirken. Und vielleicht ein bisschen von dem zurückbekommen, was ich verloren habe.»

«Du kannst die Vergangenheit nicht wieder lebendig machen, Kelly.»

«Vielen herzlichen Dank, Dr. Shetty.»

Ich hörte, wie hinter mir die Tür aufging. Neil drückte mir hastig den Teller mit den Cookies in die Hand. Ich drehte mich um und sah eine weitere hübsche junge Frau – blond, kess, Kurzhaarschnitt. Sie trug eine Geschenktüte, die vor glänzenden Schleifen überquoll. Sie eilte an sein Bett. «O nein! Du Ärmster!»

«Ist nicht weiter schlimm.» Neil tätschelte ihr die Hand. «In zwei Tagen bin ich wieder draußen.»

«Du wirst Krücken brauchen. Und viel Hilfe», sagte sie.

Neil begann, nach Ausflüchten zu suchen. Ich stand auf.

«Sie müssen Cathy sein. Ich hab schon viel von Ihnen gehört. Ich bin Keye Street. Ich arbeite mit Neil zusammen.» Sie schüttelte mir die Hand. Offenbar sagte mein Name ihr nichts. «Na, dann lass ich euch zwei mal allein.» Ich hielt Neil den Teller hin. «Die hab ich selbst gebacken.»

«Pass auf dich auf, Street», rief Neil, als ich aus dem Zimmer trat.

Ich verließ das Krankenhaus mit dem Gefühl, den roten Punkt eines Zielfernrohrs auf der Stirn zu haben. Am Telefon war der Mörder hochgegangen wie eine Rakete und hatte dann das Magazin einer 9-mm auf mich geleert. *«Ich halte dir einen Platz am Tisch frei.»* Man musste kein Genie sein, um zu wissen, was damit gemeint war. *«Du kommst zu spät zur Party.»* Er schäumte vor Wut, hasste Frauen, spürte, dass ihm die Kontrolle über Miki entglitt. Sie hatte seit zwei Jahren keine psychiatrische Klinik mehr von innen gesehen. Sie war selbstbewusster. Sie hatte aufgehört, sich zu ritzen. Auch Fatu war auf einem guten Weg gewesen, dachte ich. Sie war clean. Sie war nicht mehr anschaffen gegangen. War das vielleicht die Verbindung zwischen ihnen?

In meiner Wohnung angekommen, verriegelte ich die Tür. White Trash kam angetrabt, um mich zu begrüßen. Ich trat ans Fenster und schaute auf die Straße. Im Fox Theatre lief diesen Sommer eine Reihe mit Filmklassikern. Jetzt war *Casablanca* angekündigt. Nach links runter wand sich ein ständiger Strom von Rücklichtern Richtung Downtown. Ich konnte das Krankenhaus sehen, wo Neil sich jetzt hoffentlich ausruhte, und das fahle Licht, das unter der filigranen Wolkenkratzerspitze der Bank of America in der Skyline leuchtete. Ich ließ mich in meinen Schreibtischsessel sinken und schrieb auf einen Notizblock: *Übergang. Veränderungen. Wandel. Bindung. Besessenheit.*

White Trash sprang mir auf den Schoß. Ich griff zum Telefon und rief den einzigen Menschen auf der Welt an, der mich immer aus einem Stimmungstief herausziehen konnte.

«*Oh my God!*» Ich zog meine beste Paris-Hilton-Nummer ab. «Du bist es!»

«*Oh my God!* Du bist es auch», konterte mein Bruder prompt und bewies, dass er sie viel besser nachmachen konnte als ich. «Ich wollte dich morgen früh gleich als Erstes anrufen. Ich muss dir was sagen.»

«Das klingt geheimnisvoll.»

«Ich weiß ja, dass du auf Geheimnisse stehst.»

«Also erzähl schon.»

«Erst erzählst du mir, was los ist. Ich hör dir doch an, dass was nicht stimmt.»

«War bloß ein langer Tag», sagte ich.

«Willst du drüber reden?»

«Ich weiß gar nicht, wo ich anfangen soll, Jimmy.»

«Fang irgendwo an. Ich hab Zeit.»

«Miki hat einen Stalker. Er ist gefährlich. Er hat auf mich geschossen, und Neil wurde verletzt. Es ist nicht so schlimm, aber er muss ein paar Tage im Krankenhaus bleiben. Miki ist in Mississippi oder Alabama oder Gott weiß wo und jagt Tornados. Ich berate die Polizei von Atlanta bei den Ermittlungen in der Mordserie, die auf das Konto dieses Mannes geht. Ich hab Schiss. Ich hatte Lust auf einen Drink, kaum dass ich in der Wohnung war. Und unsere Mutter will Karriere als Fernsehköchin machen.»

«Wow, das ist 'ne Menge», sagte Jimmy. «Wow.»

«Tut mir leid.»

«Dieser Scheißkerl schießt auf dich? Wie weit ist die Polizei in der Sache? Kein Wunder, dass du durch den Wind bist, Süße.»

«Wir sind ihm dicht auf den Fersen. Es gibt einen Durchbruch in dem Fall.» Ich erzählte ihm von einer möglichen Verbindung zu Sportveranstaltungen in Midtown und Stone Mountain, dem Stadion, Mr. R. Ich erzählte ihm, was ich bislang wusste. Ich hatte schon immer mit Jimmy über alles geredet. Abgesehen von meiner Therapeutin war er vielleicht der einzige Mensch, der einfach zuhörte, ohne zu urteilen. Ich goss Grapefruitsaft in ein Whiskey-Glas, drei Finger breit, und legte mich aufs Sofa. Ich erzählte ihm von Mutters Probevideo für die Kochshow, und wir lachten über unsere Eltern, wie wir es schon immer hinter ihrem Rücken getan hatten. White Trash kam zu mir aufs Sofa. Sie war richtig bedürftig. In den letzten Tagen war ich häufiger als sonst weg gewesen.

«Paul ist eine Beförderung angeboten worden.» Jimmy teilte mir seine Neuigkeit mit, sobald ich fertig war. «Wenn er sie annimmt, würden wir zurück in den Süden ziehen.»

«Nach Atlanta?» Ein Hauch Sonnenschein erhellte meine triste Stimmung.

«Sein Büro wäre in der Stadt. Aber ich glaube, ich würde lieber außerhalb was suchen.»

«Das ist ja phantastisch! Bitte sag mir, dass er zusagt. Gott, ich fänd's toll, wenn ich euch zwei in der Nähe hätte.» Jimmys Schweigen fühlte sich an, als käme es durch einen Lautsprecher. «Du willst nicht wieder herkommen», sagte ich.

Mein Bruder sieht unsere Herkunft nicht so romantisch wie ich. Die Straßen hier waren zu eng für einen Jungen mit schwarzer Hautfarbe und ungeklärter Herkunft. Die feuchte Luft, die Hartriegelbüsche und Kirschblüten und Brombeersträucher – das alles barg in Jimmys Augen ein rassistisches Herz. Wie hatte ich ihn in den letzten Jahren doch bekniet, aus Seattle zurückzukommen. Er hatte Georgia gleich nach der Highschool verlassen und mit einem Stipendium in Stanford studiert. Sein Freund Paul, ein Mann mit kupferrotem Haar, stammte aus Missouri, guckte gern Sport am Wochenende und sang auf Partys nach ein paar Bierchen gern zur Gitarre.

«Ich beiße in den sauren Apfel und komme mit, wenn er die Stelle annehmen möchte», sagte Jimmy.

«Die Welt hier hat sich verändert, Jimmy. Sie ist nicht mehr zu vergleichen mit der in unserer Kindheit.»

«Und das weißt du, weil du schwarz bist, männlich und homosexuell? Ich glaube nicht, dass du das verstehst, Keye. Neulich hat unsere Mutter mir eröffnet, dass von meinen leiblichen Eltern einer entweder weiß oder afghanisch oder sonst was gewesen sein muss. Weil ich nämlich helle Augen habe. Sie war ganz aus dem Häuschen, als sie mir das erzählt hat. Sie hat sich Fotos im Internet angesehen. Ist das zu fassen? Unsere Mutter googelt Sachen wie ‹Schwarze mit hellen Augen›. Du spürst die Untertöne nicht so wie ich. Für dich ist es anders. Bei dir haben alle immer geglaubt, dass du Wissenschaftlerin werden würdest oder so. Und ich würde irgendwann meine Frau schlagen und im Knast landen.»

«Kannst du das vielleicht mal den Sicherheitsleuten am Flughafen verklickern? Wenn ich ein Flugzeug besteigen muss, kann ich mich nämlich drauf verlassen, dass ich vorher ausgiebig befummelt werde. Und du solltest mal sehen, wie ich angeglotzt werde, wenn ich irgendwo in der Pampa einen Auftrag habe. Ich hab's auch nicht immer leicht, Jimmy.»

«Du bist die totale Superheldin, Keye.»

«Versetz dich ruhig mal in meine Lage, Bruderherz.»

Er lachte. Wir schwiegen einen Moment. «Wir leben seit neun Jahren hier», sagte er leise. «Unsere Freunde sind hier. Es ist keine leichte Entscheidung. Auf der Plusseite steht, dass du da bist, und du fehlst mir wahnsinnig. Paul und ich möchten, dass unser Kind regelmäßig Kontakt zu dir hat.»

Ich setzte mich auf. «Kind?»

«Wir haben uns bei einer Agentur angemeldet, die für uns eine Leihmutter suchen soll.»

«Das ist ja wunderbar! Du wirst einen tollen Vater abgeben.»

«Es wird eine Weile dauern. Der Anruf könnte morgen kommen oder erst in ein, zwei Jahren. Aber wir wollen beide Kinder.»

Ich lachte. Ich schaffte es kaum, für meine Katze zu sorgen. Gott sei Dank hatte ich nie Kinder gewollt. Eine Nichte dagegen könnte mir richtig Spaß machen. Als wir klein waren, hatte ich meinem Bruder eingeredet, die Augen würden beim Schielen die Höhlen tauschen. Er hatte lange vor dem Spiegel gestanden, um es hinzukriegen. Beeinflussbare kleine Köpfe. Sehr vergnüglich. «Was passiert, wenn der Anruf kommt?»

«Wir nehmen den nächsten Flieger, lernen die Mutter kennen, egal, wo sie lebt, verbringen Zeit mit ihr, um zu sehen, ob das mit uns passt.»

«Das ist die beste Nachricht des Jahres. Ich freue mich für euch. Wann klärt sich das mit Pauls Job?»

«Er hat sich noch nicht entschieden. Also nicht drängeln, okay? Leg jetzt bloß nicht auf und ruf ihn an.»

«Ich und drängeln?»

Jimmy lachte. «Es wäre eine dicke Beförderung, Keye. Und wesentlich mehr Geld. Finanziell macht es Sinn. Zumal wir eine Familie gründen wollen. Hey, ich hab dich lieb, große Schwester. Schlaf dich aus. Ich sag dir bald Bescheid.»

«Ich hab dich auch lieb.» Ich legte auf und griff nach White Trash. «Jimmy hat eine Schwäche für Katzen», sagte ich zu ihr, und sie gähnte.

30

Ich tastete nach meiner Glock, sobald ich die Augen aufschlug. Sie gibt mir Sicherheit. Sie hatte mir einmal das Leben gerettet, weil sie unter meinem Kopfkissen lag, als ich nach ihr griff. In jener Nacht hatte ich zwei Lektionen gelernt. Erstens: Du kennst die Menschen in deinem Leben eigentlich nicht. Nicht richtig. Nicht ihr Innerstes. Niemals. Und zweitens: Halt deine Pistole immer schön griffbereit.

Ich legte die Glock auf den Nachttisch und nahm mein Handy. Keine E-Mails von Miki. Keine SMS. Keine entgangenen Anrufe. Ich hatte ihr das Foto von Robert Crammer geschickt, Burger Dog Bob, aber keine Antwort erhalten. Ich fand ihre neue Nummer im Kontakteverzeichnis, wählte sie. Es klingelte fünf Mal, dann meldete sich die Mailbox. Ich hinterließ eine Nachricht. White Trash sprang vom Bett und verzog sich mit ein paar Leck-mich-doch-Schwanzzuckungen, stinksauer, weil ich es gewagt hatte, meine Beine zu bewegen. Gleich darauf hörte ich sie scharren. Bestimmt kratzte sie vor Wut Streu aus ihrer Kiste auf meine Holzdielen. Die Kiste, die hoch genug ist, White Trashs Eifer zu dämmen, muss erst noch gebaut werden. Ich glaube, sie hat irgendwo eine kleine Schaufel versteckt oder einen winzigen Bagger samt Schutzhelm.

Ich zog mir einen leichten Bademantel über, setzte den Wasserkessel auf und schüttete Kaffee in die Kanne. Auf der

Arbeitsplatte lag ein Ich-liebe-dich-Zettel von Rauser. Ich musste mich anstrengen, um seine windschiefe Sauklaue zu lesen. White Trash kam um die Ecke geflitzt und schlug mit verblüffendem Geschick nach einer mit Katzenminze gefüllten Maus. Später würde sie sie wieder unter den Tisch tragen, wo sie ihre sämtlichen Spielsachen hortete und gelegentlich bedrohlich umkreiste. Meine Straßenkatze hatte das Herz eines Raubtiers.

Rauser rief an. Ich stellte ihn auf Lautsprecher, während ich White Trash fütterte und mir Kaffee machte. «Wann bist gegangen? Du warst so leise.» Ich konnte mich vage erinnern, dass er zu mir ins Bett gekrochen war. Ich konnte mich nicht erinnern, dass er aufgestanden war.

«Ich wollte dich nicht wecken. Du hattest eine harte Nacht. Irgendwann bin ich aufgewacht, weil du wieder von den laut schreienden Männern geredet hast», sagte Rauser. «Schätze, es wühlt so einiges an Erinnerungen auf, wenn auf einen geschossen wurde.»

Ich setzte mich mit meinem Kaffee auf einen Hocker. «Ich hab wieder von meinen Großeltern geträumt. Und dann bin ich aufgewacht und hab begriffen, dass an dem Tag damals nur eine männliche Stimme geschrien hat. Der Typ hat gebrüllt, sie sollen das Geld rausrücken. Der zweite Mann ist erst später in den Laden gekommen. Ich glaube, der zweite Mann hat versucht, die Sache zu verhindern. Dann hab ich die Schüsse gehört.»

«Dann war der zweite Typ vielleicht bloß ein Kunde.»

«Vielleicht. Ich weiß nicht. Aber wieso ist er dann abgehauen?»

«Mann, wie gern würde ich die Schweine schnappen, die deinen Großeltern das angetan haben. Mord verjährt nicht. Du hast diese seltsamen Träume, seit ich dich kenne.»

«Die Sache ist erst dreißig Jahre her», sagte ich und goss mir Kaffee nach. «Ich könnte das Elend wahrscheinlich noch ein paar Jährchen länger ausdehnen.»

«Und deine Mutter sagt, du hättest Bindungsangst.» Rauser lachte. «Hey, willst du wissen, von was für einem Telefon du gestern angerufen wurdest? Es ist ein Handy ohne Vertrag, ein Prepaid mit zweitausend Gesprächsminuten. Gekauft im Shoppingcenter Lenox Square, wo zufälligerweise der Hot-Dog-Mann einen von seinen zwei Läden betreibt.»

«Was ist mit GPS? Kannst du das Handy orten lassen?»

«Er muss es ausgeschaltet haben. Vielleicht hat er es längst weggeworfen. Die Notfallortung lässt sich nicht deaktivieren, aber wenn das Gerät keinen Strom hat, ist es nicht zu finden. Die letzte Ortung war genau da, wo du vermutet hattest. Auf der Straße oberhalb von deinem Büroparkplatz, vier Minuten vor deinem Notruf bei der Polizei.»

«Ich hab versucht, ihn am Reden zu halten. Ich hab gesagt, dass Miki nicht so ist wie Fatu. Es war, als hätte ich eine C4-Ladung gezündet. Er ist völlig ausgerastet. Hat mich angeschrien, von wegen, sie wäre eine andere Sorte Hure. Dann ist meine Autoscheibe zersplittert. Dieser Drecksack.» Ich nahm meinen Kaffee und ging zum Fernseher. «Ich krieg diese gruselige verzerrte Stimme nicht aus dem Kopf.»

«Wir haben Crammer für den Vormittag einbestellt. Er denkt, er soll sich Fotos angucken und sagen, ob er jemanden aus dem Stadion wiedererkennt.»

«Du glaubst also noch immer, er könnte es sein», sagte ich und schaltete den Fernseher ein. Ich wollte den Wetterbericht für die Gegend sehen, wo Miki war.

«Du nicht? Gelegenheit, Ort, Zeit, äußere Erscheinung – alles passt. Er ist geschieden, hat zwei Hunde, fährt einen zwei Jahre alten Fünfundvierzigtausend-Dollar-BMW, an dem er noch lange abzahlen muss. Und jetzt kommt's: Vor ein paar Jahren hatte er eine Wohnung in Midtown gemietet. Einjahresvertrag. Hat ihn nicht verlängert. Noch unklar, wozu er die gebraucht hat. Aber damals lief seine Scheidung gerade.»

«Dickes Auto, Wohnung in Midtown. Könnte geholfen haben, sich an jemanden wie Fatu ranzumachen. Andererseits, ich glaube nicht, dass er bei seinen Stimmungsschwankungen ein Geschäft betreiben kann. Der Typ hat eine Scheißwut im Leib.»

«Mal sehen, was sich mit Crammer im Verhörraum ergibt. Übrigens, gestern Nacht sind schlimme Stürme durch Mississippi, Arkansas und Missouri gefegt. Jetzt ist Alabama dran. Umgeknickte Masten. Stromausfälle.»

«Das erklärt wohl, warum Miki sich noch nicht gemeldet hat. Ich hab ihr das Foto von Crammer geschickt.»

«Ein weiteres Unwetter ist nach Südwesten unterwegs. Kommt also in unsere Richtung. Vielleicht morgen Nachmittag. Sämtliche Katastrophenschutzdienste sind in Alarmbereitschaft.»

Ich schaute zum Fenster hinaus und sah blauen Himmel über Atlanta. Ich schaltete auf den Wetterkanal um und wurde augenblicklich mit Bildern einer vom Sturm verwüsteten Landschaft bombardiert. Ein Meteorologe erklärte, warum die Witterungsverhältnisse ideal für die größte Tornadoserie in vierzig Jahren waren. Tornadowarnungen galten für den ganzen Süden der Vereinigten Staaten. Ich schaltete auf CNN und sah ein wackeliges, unscharfes Handyvideo von einer gigantischen, dreckigen Wolke, die alles, was ihr in die Quere kam, verschlang und wieder ausspuckte. In Mississippi waren vierzehn Menschen getötet worden, und Hunderte galten als vermisst. An die sechzig Tornados wüteten derzeit in Alabama. *Sechzig.* Einer von ihnen war ein richtig schlimmer Bursche.

«Um Gottes willen, ein F5er hat Tuscaloosa getroffen.» Die Stadt war förmlich dem Erdboden gleichgemacht worden. Häuser, Briefkästen, Straßenschilder, Bürogebäude, Krankenhäuser – alles platt.

«Keine Sorge», sagte Rauser. «Miki ist ein Profi. Die ruft an, wenn sie wieder Empfang hat. Hey, ich muss nach unten. Fernsehpressekonferenz mit dem neuen Boss. Was hast du vor?»

«Ich bringe Neil seinen Computer und so Sachen ins Krankenhaus. Dann komme ich ins Präsidium.»

Ich trank einen Schluck Kaffee und sah mir im Fernsehen das aus einem fahrenden Pick-up aufgenommene Video eines Sturmjägers an. Ich fragte mich, ob Miki auch in einem Fahrzeug saß und drauflosknipste. Bäume, abgebrochen wie Zahnstocher. Die kleinen Dinge, die Menschen in Ehren aufbewahrten, waren aus Schubladen und Schränken gesogen worden. Fotos und Erinnerungen. Weg. Kleidung, Möbel, Teile von Häusern und ganze Autos waren durch die Luft gewirbelt, dann auf die Erde geschleudert worden, wo sich alles zu Müllhalden auftürmte. Leben waren hier zu Bruch gegangen.

Ich stellte den Fernseher leiser. «Rauser, diese Albträume hab ich schon mein Leben lang immer mal wieder. Ich glaube, er hat auch so was – der Mann, den Fatu Mr. R. genannt hat. Die Sachen, die er bei seinen Opfern zurücklässt – das Geschenkband, der Luftballon, das Geschenkpapier. Die sind für ihn mit irgendwas verbunden, irgendeinem Trauma. Er inszeniert es auf seine Weise nach, glaube ich.»

«Nimm's mir nicht übel, Keye, aber die Kindheitstraumata von diesem verrückten Schwein gehen mir echt am Arsch vorbei. Nicht jeder von uns ist in Glück und Sonnenschein aufgewachsen. Ich jedenfalls nicht, und du hattest einen richtig beschissenen Start. Aber keiner von uns hat den unbändigen Drang, andere dafür fertigzumachen.»

«Manche schon», sagte ich.

«Du meinst also, ich sollte das Beweismaterial erwähnen?»

«Die Gegenstände könnten noch in anderen Situationen aufgetaucht sein. Vielleicht ist ja irgendwem was aufgefallen. Vielleicht ist sein Haus voll davon, oder er hat seinen Hund damit behängt. Keine Ahnung. Ich finde bloß, du solltest diesen Aspekt des Profils nicht außer Acht lassen.»

«Wenn ich anfange, über Einzelheiten an den Tatorten zu reden, öffnet das Nachahmungstätern Tür und Tor.»

«Verstehe. Tu, was du für richtig hältst.»

«Ich muss Schluss machen. Sei vorsichtig da draußen, Schatz. Immer schön die Augen offen halten, okay?»

Ich wählte wieder Mikis Nummer. Die Mailbox ging direkt an. «Hey. Ich sehe gerade den Wetterbericht. Schätze, du steckst mittendrin im Orkan. Ist genau nach deinem Geschmack, was? Mensch, du bist echt verrückt. Ruf deine Cousine an. Ich mach mir Sorgen. Hab dich lieb.» Ich schob das Telefon weg und dachte über meine letzten Worte nach. Ich hatte sie wirklich lieb, meine komplizierte, mutige, selbstsüchtige, überdrehte, fotoverrückte Cousine. Da Selbstreflexion nicht gerade zu meinen großen Stärken zählt, war das schon eine ziemliche Offenbarung. Ich hatte sehr an ihr gehangen, als wir Kinder waren. Aber unsere Leben waren in verschiedene Richtungen verlaufen.

Ich schaltete auf einen Lokalsender um und las auf dem Ticker unten am Bildschirm die Ankündigung eines Sonderberichts. Dann wurde auch schon der Presseraum des Polizeipräsidiums von Atlanta eingeblendet, das Walnussholzpult, auf dessen Vorderseite das offizielle Emblem prangte. Ich drehte den Ton lauter und lehnte mich mit meinem Kaffee zurück. Ein Reporter berichtete mit der gedämpften Stimme eines Golfkommentators aus dem Off, dass die Polizei von Atlanta sich in einer dringenden Angelegenheit an die Öffentlichkeit wenden wolle. Er betonte, mit welcher Hast die Pressekonferenz angesetzt worden war, und spekulierte dann, was wohl dahintersteckte. Im Hintergrund weiteres Geflüster von anderen Journalisten vor anderen Kameras, hin und wieder ein Räuspern, ein Husten, das Rascheln von Papier oder das Klappern von Ausrüstung, ein Stuhlbein aus Metall, das über einen Fliesenboden schrammte.

Die Pressesprecherin der Atlantaer Polizei, Jeanne Bascom, trat ans Rednerpult, flankiert von Major Herman Hicks und Lieutenant Aaron Rauser. Alle drei trugen blaue Uniform, Goldpaspel, das gestickte APD-Emblem auf den Schultern, Goldknöpfe an Uniformjacke und Manschetten. Das Ganze übermittelte die wichtige Botschaft: *Wir sind kompetente Profis und sorgen für Ihre Sicherheit.* Es war das erste Mal, dass ich Rauser wieder in Uniform sah, seit wir vor ein paar Monaten zusammen auf der Beisetzung eines Officers waren. Er stand militärisch stramm.

Bascom setzte sich eine Lesebrille auf die kleine, gerade Nase, blickte sich im Raum um, sah dann auf das Blatt mit Notizen, das sie vor sich aufs Pult gelegt hatte. Sie strich es glatt. Ich hatte schon mehrmals gesehen, wie Jeanne Bascom sich den hungrigen Medienvertretern stellte: nach dem Bombenanschlag während der Olympischen Sommerspiele, nach Attentatsdrohungen für ein Super-Bowl-Finale, während der Suche nach Serienvergewaltigern und -mördern und einmal, nachdem der Polizeichef von Atlanta höchstselbst einen Aufschrei der Empörung ausgelöst hatte, weil er angeblich aufgrund eigener politischer Ambitionen eine Mordermittlung behindert hatte. Ich hatte sie schon mit einem so arg verkniffenen Gesicht erlebt, dass es aussah, als hätte sie an einer Zitrone gelutscht. Heute spiegelten ihr Auftreten und ihre Miene den Ernst der Nachricht wider, die sie zu verkünden hatte. Alle im Presseraum Versammelten wussten, dass es um etwas Wichtiges gehen musste, wenn Bascom sich in einer hastig anberaumten Konferenz an die Öffentlichkeit wandte. Ansonsten begnügte sie sich nämlich damit, regelmäßig Informationen an die Presse herauszugeben.

Die Brille wurde abgenommen, zusammengeklappt und aufs Pult gelegt. «In Zusammenarbeit mit dem kriminaltechnischen Labor konnte die Polizei von Atlanta durch umfassende Ermittlungsarbeit einen Zusammenhang zwischen der Ermordung einer Frau aus Clarkston und zwei männlichen Mordopfern in Midtown und Umgebung herstellen», gab sie bekannt. Ein aufgeregtes Raunen lief durch den Raum. «Major Herman Hicks und Lieutenant Aaron Rauser stehen jetzt für Ihre Fragen zur Verfügung.»

Hicks war gut eins siebenundsiebzig, Afroamerikaner und hatte die vernarbte Haut eines Mannes, der als Teenager an heftiger Akne gelitten hatte. Die Fragen waren geradezu ein Bombardement. *Wie sind die Namen der Opfer? Wie ist die Beweislage? Wie viel Zeit liegt zwischen den Morden? Was ist die jeweilige Todesursache? Besteht eine Verbindung zu anderen Serienmordfällen?*

«Der erste Mord wurde vor circa elf Monaten verübt», teilte Hicks den Medienvertretern mit. «Bei dem ersten Opfer handelt es sich um eine zweiundzwanzigjährige Frau namens Fatu Doe, die in Clarkston wohnhaft war. Opfer Nummer zwei und drei sind Troy Delgado, dreizehn Jahre alt, und Donald Kelly, neunzig Jahre alt. Beide waren wohnhaft in Atlanta. In allen drei Fällen wurde das gesicherte Beweismaterial kriminaltechnisch untersucht. Laut Zeugenaussagen handelt es sich bei dem noch nicht identifizierten Verdächtigen um einen männlichen Weißen, zwischen eins achtundachtzig und eins zweiundneunzig groß, braunes Haar. Er wurde mit schwarzen, dick besohlten Schuhen gesehen, Größe siebenundvierzig. Er trägt sie möglicherweise beruflich oder aus orthopädischen Gründen.» Hicks nickte seinem Lieutenant vom Morddezernat zu und trat dann beiseite.

Diesen Teil seines Berufs fand Rauser unangenehm. Er ließ den Blick durch den Raum schweifen und beugte sich zu einem Mikrophon vor, das zu tief für ihn eingestellt war. «Denken Sie über Ihre Freunde und Nachbarn nach. Überlegen Sie, ob einer von ihnen in letzter Zeit ohne ersichtlichen Grund für längere Zeiträume verschwunden ist. Haben sich ihre Gewohnheiten verändert? Sind sie irgendwie unberechenbar geworden? Der Täter legt möglicherweise obsessive Verhaltensweisen an den Tag, die sich auf Dinge wie die hier abgebildeten richten könnten.» Er hielt ein Foto von dem Geschenkband hoch, das wie zum Schmuck um Fatu Does Fußknöchel gebunden gewesen war, und eins von dem Luftballon, der neben Troy Delgados Leiche gelegen hatte, um dann von der psychologischen Skizze abzulesen, die ich im Wartezimmer des Krankenhauses erstellt hatte. «Der Täter ist etwa fünfundzwanzig bis dreißig Jahre alt. Er hat möglicherweise als Kind ein schweres Trauma erlitten, könnte vernachlässigt oder misshandelt worden sein. Der Täter zeigt womöglich Symptome von Paranoia, fühlt sich schnell kritisiert, negativ beurteilt. Er ist überempfindlich. Er ist introvertiert und arbeitet am liebsten allein. Er kann unangemessen aufbrausend auf vermeintliche Kränkungen oder Respektlosigkeiten reagieren. Er hat zeitweise depressive Schübe. Er liest gern. Er hat Probleme in Gruppen, bei geselligen Anlässen. Er kann gut mit Hunden umgehen und sucht wahrscheinlich häufig spezielle Hundeparks oder sonstige hundefreundliche Umgebungen auf. Das weibliche Opfer wurde vor der Ermordung vergewaltigt, und wir nehmen an, dass der Täter noch andere Frauen vergewaltigt hat. Für Hinweise haben wir eine Telefon-Hotline eingerichtet. Wir garantieren allen Anrufern Anonymität.» Rausers Augen glitten wieder durch den Raum. «Er ist entweder im Besitz einer *Smith and Wesson, M and P,* neun Millimeter, oder hat Zugang zu einer. Unseren Erkenntnissen nach hat er kürzlich einen blauen Honda Element, Baujahr 2010, gefahren. Wir glauben, dass er in Midtown und Umgebung arbeitet und möglicherweise auch dort wohnt.»

Wieder hagelte es Fragen. Rauser blieb vage. Fünf Minuten lang stand er den Reportern Rede und Antwort. Alle Befürchtungen, dass die Morde im Zusammenhang mit den Wunschknochen-Fällen vom letzten Jahr oder anderen bekannten, noch ungeklärten Serienmorden stehen könnten, zerstreute er entschieden.

«Lieutenant Rauser, ist das FBI eingeschaltet worden?», wollte eine Reporterin wissen. «Wer hat das Profil erstellt, aus dem Sie vorgelesen haben?»

Oha. Ich hielt die Luft an. Major Hicks trat ans Rednerpult. «Das FBI ist derzeit nicht an den Ermittlungen beteiligt. Wie Sie alle wissen, verlassen wir uns bei der Analyse des Beweismaterials auf die Kriminaltechnik. Es ist nicht unüblich, dass das Morddezernat und andere Dezernate für die Erstellung psychologischer Profile qualifizierte Analytiker heranziehen. Das ist auch in diesen Fällen geschehen, weil wir uns davon eine raschere Identifizierung des Täters versprechen.»

«Was ist mit DNA-Spuren?»

«Aufgrund von Etatkürzungen und der hohen Zahl von Fällen, in denen DNA-Material ausgewertet werden muss, kann es mehrere Tage oder gar Wochen dauern, bis Laborergebnisse vorliegen.» Hicks machte auf dem Absatz kehrt, und das Trio verließ den Presseraum. Kaum hatte sich die Tür hinter ihnen geschlossen, klingelte mein Telefon.

«Hier ist Monica Roberts, WXIA-TV. Sind Sie die Profilerin in diesen Fällen?»

«Ich hab das Morddezernat in der Vergangenheit beraten, das wissen Sie, Monica.» Ich hatte Monica Roberts im letzten Jahr in einem Parkhaus kennengelernt. Sie hatte Rauser und mich auf Stöckelschuhen verfolgt. Und eingeholt.

«Haben Sie das Profil erstellt, mit dem die Polizei arbeitet?»

«Ich finde, die Polizei von Atlanta soll entscheiden, ob sie die Namen ihrer Berater publik macht. Oder nicht.»

«Das ist kein Nein», erwiderte sie.

Ich antwortete nicht. Okay, vielleicht hatte ich einen kleinen Hintergedanken dabei. Vorteilhafte Spekulationen von einer Frau wie Monica Roberts würden mir eine Menge Aufträge bescheren. Große Aufträge. Lukrative Aufträge. Nicht bloß so Kleinkram wie Kautionsflüchtlinge, Leumundsprüfungen und Gerichtszustellungen. Ich hatte letztes Jahr meinen größten Kunden verloren, eine piekfeine Anwaltskanzlei, die mir ein paar Tausend pro Monat gezahlt hatte. Ich gehöre zu den kleinen Leuten. Ein paar Tausend weniger haben gravierende Auswirkungen auf meine Lebensqualität. Ich spürte es schon.

«Was halten Sie davon, wenn wir uns mal treffen?», drängte Roberts. «Uns über alles unterhalten. Vor laufender Kamera. Den Alkoholismus, was beim FBI schiefgelaufen ist, Ihre Beratungstätigkeit in den Wunschknochen-Fällen und was das für Folgen für Sie hatte, außerdem das Northeast Georgia Crematorium, diese neuen Fälle, Ihre Beziehung zu Aaron Rauser, Ihr Leben als trockene Alkoholikerin. Oder noch besser – wie wär's, wenn Sie zwei das Interview machen? Sie und der Lieutenant zusammen. Sie sind ein faszinierendes Paar.»

Der Gedanke, mich vor laufender Kamera von Monica Roberts interviewen zu lassen, löste Panik in mir aus. Wie kriegen Leute das hin? Einfach so im Fernsehen aufzutreten, meine ich. Ich bin eher zwanghaft bei den kleinen Dingen. Große Überraschung, was? Meine Zwanghaftigkeit. Hab ich wirklich so eine schlechte Haltung? Als würde ich mich hängen lassen. Meine Augen stehen zu weit auseinander. Meine Nase ist zu schmal und biegt sich an der Spitze nach oben. Und was ist mit meinen Sommersprossen? Bleiben Asiaten normalerweise nicht von Sommersprossen verschont? Meine Eltern hatten versprochen, dass die verschwinden würden, wenn ich groß bin. Und Rauser findet Medieninterviews wie sonntägliche Opernbesuche perfekt, um sich einen schönen Tag zu versauen. Ich wusste, er würde sich nie im Leben darauf einlassen. Ich hatte ihn geradezu anflehen müssen, bei dem *Rolling-Stone*-Interview mitzumachen. Er hatte schließlich eingewilligt, weil er mich liebte und weil er die Wahrheit ans Licht bringen wollte. Und wenn er ganz ehrlich war, weil er das *Rolling-Stone*-Magazin einfach toll fand.

«Lassen Sie mir etwas Bedenkzeit?» Ich wollte das Angebot nicht so ohne weiteres ablehnen. Noch nicht.

31

Die gute Nachricht ist: Stalker können nicht rund um die Uhr stalken. Deshalb hatte er Miki aus den Augen verloren. Er hatte einen Job. Er musste einkaufen. Er hatte andere Verpflichtungen. Vielleicht musste er mit seinem Hund Gassi gehen. Es war ein beruhigender Gedanke. Nicht beruhigend genug. Ich ließ mir von der Hotelrezeption ein Taxi rufen, statt den Neon zu nehmen. Und während der Fahrt blickte ich ständig durch die Heckscheibe, um zu sehen, ob ich verfolgt wurde.

Der Fahrer wartete, während ich in mein Büro lief, um Neils Sachen zusammenzusuchen, und brachte mich anschließend zum Krankenhaus. Neil hatte einen schlechten Morgen. Starke Schmerzen. Starke Schmerzmittel. Er dämmerte immer wieder weg, schien mich kaum wahrzunehmen. Ich schob sein Handy und sein iPad neben ihm unter die Bettdecke und seinen Laptop unters Kopfkissen. Am Ausgang winkte ich ein Taxi heran.

«Wohin?» Der Fahrer war dunkelhäutig. Inder vielleicht.

«City Hall East», antwortete ich und warf instinktiv einen Blick auf seinen Ausweis, der an der Sonnenblende klebte. Am Rückspiegel hing ein Stück Geschenkband mit einer schlaffen Schleife.

Der Fahrer beobachtete mich im Spiegel. Was er nicht sehen konnte, war meine Hand, die sich auf meine Glock legte. «Ich hab heute Geburtstag», sagte er zu mir. «Meine Tochter hat mir heute Morgen ein Lunchpaket gemacht und eine Schleife drumgebunden. Ich bin ein sentimentaler Typ. Haben Sie Kinder?»

«Nein.» Ich sah ihn mir genauer an. Er war zu klein und feingliedrig für den Mann, der einen Schuhabdruck Größe siebenundvierzig am Delgado-Tatort hinterlassen hatte. Ich entspannte mich ein wenig, nahm aber die Hand nicht von meiner Pistole. Mein Blick richtete sich wieder auf die Schleife am Rückspiegel. *Geschenkbänder, Geschenkpapier, Geschenke, Geburtstage, Babypartys, Weihnachten.*

«Ma'am?» Wir hatten angehalten. «Tut mir leid, das Parkhaus ist voll. Ich muss Sie vorne auf der Straße rauslassen.»

Die Firmen und Rathausbüros, die sich das City-Hall-Gebäude seit Jahren mit dem Polizeipräsidium teilten, hatten das Parkhaus mit Umzugswagen verstopft. Rauser hatte erwähnt, dass die Nachbarn auszogen. Die Abteilung für Kapitalverbrechen würde als Letztes gehen. Es war von nagelneuen Büros auf einer Seitenstraße der Peachtree die Rede. Ich bezahlte den Fahrer und stieg auf der Ponce de Leon aus. Detective Bevins saß an ihrem Schreibtisch, als ich ins Morddezernat kam.

«Der Lieutenant hat gesagt, ich soll Ihnen Zugriff zu allem ermöglichen, was Sie brauchen», sagte sie lächelnd zu mir. «Möchten Sie einen Kaffee? Ich will gerade welchen holen.»

«Gern.» Ich nickte. «Schwarz, bitte.»

«Da kann ich ja nichts falsch machen. Übrigens, der Lieutenant ist in Verhörraum eins mit dem Imbisstypen.»

«Kann ich über Monitor zuschauen?», fragte ich.

«Suchen Sie sich einen aus.»

Ich schaltete den Monitor auf dem leeren Schreibtisch an, den ich zuvor benutzt hatte, drückte die Taste für Verhörraum eins und stöpselte Kopfhörer ein. Bob Crammer saß an einem

Tisch, gegenüber von Brit Williams, Ken Lang und Rauser. Rauser hatte sich die Hemdsärmel hochgekrempelt. Es war wahrscheinlich brütend heiß da drin. Bei Verhören stellte er gern die Klimaanlage aus, damit niemand sich zu wohl fühlte. Crammer hatte die Arme vor der Brust verschränkt und kippelte mit seinem Metallstuhl.

«Er ist ruppig geworden, als er geschnallt hat, dass es hier um ihn geht», sagte Bevins und stellte eine Kaffeetasse vor mich hin. Die Tasse hatte ein Starbucks-Logo. «Daraus schmeckt unsere Plörre wie Gourmet-Kaffee», sagte Rauser gern.

«Was? Kein Geständnis?» Ich trank einen Schluck und schüttelte mich. «Haben sie irgendwas aus ihm rausholen können?»

«Nicht besonders viel, sobald ihm klarwurde, dass er nicht bloß hier ist, um sich Fotos anzusehen. Lang ist da drin, um eine Speichelprobe zu nehmen. So wie der guckt, glaube ich, Crammer ist drauf und dran, einen Anwalt zu verlangen.»

Bevins behielt recht. Crammer weigerte sich, weitere Fragen zu beantworten, und er weigerte sich, eine Speichelprobe zu geben. Sie mussten ihn gehen lassen.

«Haben Sie Zeit, ein paar Archive zu durchforsten?», fragte ich Bevins.

«Klar. Was brauchen Sie?»

«Es geht mir um Fälle, bei denen ein Kind ein Gewaltverbrechen mit ansehen musste oder aus einer extremen Missbrauchssituation herausgeholt wurde. Zeitrahmen vor zwanzig bis fünfundzwanzig Jahren. Ich suche inzwischen online nach entsprechenden Presseberichten.»

«Die Log-in-Passwörter ändern sich jeden Tag. Ich logge Sie ein. Ich weiß ja nicht, was Sie da in der Tasche haben» – sie deutete mit einem Nicken auf die Laptoptasche, die ich umgehängt hatte –, «aber dieses neue System, das wir bekommen haben, das geht richtig ab.»

«Super. Das benutze ich. Danke.»

Ich spürte Blicke auf mir und drehte mich auf meinem Stuhl um. Bob Crammer stand da und betrachtete mich. Er war gerade aus dem Verhörraum gekommen. Er stutzte kurz, dann ging er. Ken Lang, Rauser und Brit Williams kamen heraus. «Was denken Sie, Lieutenant?», fragte Bevins.

«Ich möchte, dass wir an dem Burschen dranbleiben, bis wir ihn entweder festnehmen oder ausschließen können», sagte Rauser. «Street, die Hotline kriegt jede Menge Anrufe von Leuten, die sich auf dein Profil hin melden. Williams, setzen Sie jemanden auf Crammer an. Und Balaki und Thomas sollen die Hinweise bearbeiten, die reinkommen. Bevins, an was sind Sie dran?»

«Ich verfolge da gerade eine Idee», sagte ich. «Dabei könnte ich Detective Bevins' Hilfe gebrauchen.»

Rauser nickte. «Du kannst sie so lange haben, wie wir sie nicht selbst brauchen.»

Bevins und ich arbeiteten nonstop die nächsten neunzig Minuten. Sie durchsuchte die Polizeiakten. Ich sah mir ein Vierteljahrhundert an Schlagzeilen von Zeitungsartikeln an, die von Mikrofilm umgewandelt und in Online-Archive gestellt worden waren. Das Computersystem des APD hatte Zugriff auf alles, was ich brauchte. Das Einloggen in Datenbanken war nicht erforderlich, wäre aber für Neil ohnehin kein Problem gewesen. Passwörter, Log-in-Infos oder dergleichen waren für ihn einfach nie ein Hindernis.

Ich hatte in die Suchmaske alle Stichwörter eingegeben, die mir in den Sinn kamen: *Mord, erweiterter Selbstmord, Doppelmord, Totschlag, Kind Zeuge von Gewalttat, Kind an Tatort eines Mordes, vernachlässigtes Kind, misshandeltes Kind, Morde an*

Weihnachten, Morde auf Partys. Ich grenzte die Suchanfragen zeitlich ein: 1980–1990. Die Menge an Informationen war überwältigend. Ich ging die Flut mit schwindender Hoffnung durch, bis einer der Artikel mich stocken ließ.

Erweiterter Selbstmord auf Kindergeburtstag

Mein Herzschlag beschleunigte sich.

Laut Meldung der Polizei von Atlanta wurden am Samstagnachmittag ein Mann und eine Frau in einem Einfamilienhaus auf der Moreland Avenue in Atlanta tot aufgefunden. Die Polizei geht von einem erweiterten Selbstmord aus.

Bei den beidenToten handelt es sich um Emma und Jackson Richards, ein geschiedenes Ehepaar, wie Evan Bell, der Pressesprecher der Polizei, bekannt gab.

Emma Richards hatte im April 1980 eine einstweilige Verfügung gegen ihren Exmann erwirkt, weil sie sich von ihm bedroht fühlte.

Emma Richards hatte zur Feier des achten Geburtstags ihres Sohnes Jesse Owen Gäste eingeladen. Nach Aussagen von Zeugen betrat ihr Exmann, Jackson Richards, um 13.45 Uhr das Haus, wo er erst Emma Richards und dann sich selbst erschoss.

Bei Eintreffen der Polizei befand sich der kleine Jesse Owen, der die grausame Tat mit ansehen musste, unter Aufsicht von Gästen und Nachbarn außerhalb des Hauses. Sechs Kinder und drei Erwachsene waren Zeugen des Vorfalls. Der Sohn des toten Paares wurde einer Mitarbeiterin des Jugendamtes übergeben. Die Polizei machte später die Großeltern ausfindig, die sich ihres Enkels annehmen werden.

Nach Aussage einer Zeugin herrschte eine fröhliche Partystimmung, und das Geburtstagskind war gerade dabei, die Geschenke auszupacken, als Jackson Richards ins Haus kam und eine Pistole zog. «Es ging alles so schnell», sagte die Zeugin, die Mutter eines achtjährigen Klassenkameraden von Jesse Owen Richards, unter Tränen. «Wir hatten keine Zeit zu reagieren. Er hat sie einfach erschossen. Dann hat er sich die Pistole an die Schläfe gedrückt.»

Ich las den Artikel ein zweites Mal. «Treffer», flüsterte ich. «Hey, Bevins, geben Sie bitte mal ein: dritter Mai 1980. Jackson und Emma Richards.»

Bevins tippte auf der Tastatur herum. «Ist im Archiv. Papierakte. Abgeschlossener Fall. Erweiterter Selbstmord. Ist noch nicht digitalisiert.»

«Kommen Sie da dran?»

«Klar. Glauben Sie, Sie haben unseren Mann?»

Ich spürte, wie mich von den Zehen aufwärts steigend ein Kribbeln durchlief. Alle Ermittler kriegen das, wenn sie wissen, dass sie ganz nah am Ziel sind: ein Prickeln, ein leicht erhöhter Puls, eine sekundenschnelle chemische Reaktion. «Das ist er», sagte ich.

32

Wir setzten uns an den großen Tisch im Besprechungsraum und breiteten den Inhalt der Akte aus. Die Tatortfotos zeigten Emma Richards mit einer dunklen, nassen Pfütze unter dem Schädel. Sie lag nur ein kleines Stück entfernt von der Stelle, wo ihr geschiedener Mann, Jackson Richards, zusammengebrochen war. Er hatte sie erschossen, ihren Körper beiseitegeschoben und dann sich selbst erschossen. Ich studierte die Fotos. Auf dem Tisch lagen die Überreste einer weißen Geburtstagstorte, daneben Pappbecher und Pappteller, auf denen sich Lachen geschmolzener Eiscreme gebildet hatten. Neun Stühle. Vier davon passten zu dem Eichenfurniertisch, die übrigen fünf stammten wohl aus anderen Teilen des Hauses. An einem Ende des Tisches waren die Plastikgabeln, Pappteller, das Tischtuch und die Geschenke mit einer feinen Sprühschicht überzogen. Bestimmt hatte Emmas achtjähriger Sohn als Geburtstagskind an dem Kopfende gesessen, wo die Geschenke lagen. Er musste einiges vom Blut seiner Mutter abbekommen haben. Ich dachte an die Nacht in Mikis Haus, als Lang seine UV-Lampe eingeschaltet hatte und blaue Flecken auf Donald Kelly sichtbar wurden. Ich nahm ein weiteres Foto von Emma Richards, und auf einmal fiel bei mir der Groschen.

«Es ist Tränenflüssigkeit», sagte ich zu den anderen. «Und wahrscheinlich Sperma.» Rauser, Balaki, Williams und Bevins glotzten mich an, als wäre ich soeben einem Raumschiff entstiegen und hätte mich als Vulkanierin vorgestellt. «Diese rätselhafte Flüssigkeit», erklärte ich. «Tränen und Sperma.»

«Wollen Sie damit sagen, er flennt an den Tatorten und holt sich dabei einen runter?», fragte Williams. Schweigen hatte sich über den Raum gesenkt.

Ich nickte. «Das ist die einzige Situation, in der er weinen kann. Das hat nichts mit Reue zu tun. Weinen ist für ihn eine Befreiung. Und das Masturbieren gibt ihm die Kontrolle zurück. Es geht weniger um das Sexuelle. Es hat was mit Macht über sein Opfer zu tun. Und mit fehlender Macht in seinem Leben.» Ich schob das Foto von Emma Richards in die Mitte des Tisches. Ein Arm stand gerade vom Körper ab, die Handfläche nach oben. Sie hatte ein blaues Geschenkband in der Hand gehabt, als sie fiel. «Deshalb hinterlässt er bei seinen Opfern Geschenkbänder und Luftballons und Geschenkpapier.»

«Seht euch das an», sagte Rauser tonlos. «In der Hand der Mutter. Auf dem Tisch. Überall kleine handgemachte Schleifen. Und Geschenke.»

«Und rote Luftballons», sagte Williams.

«Miki hat mir gesagt, dass sie irgendwie das Gefühl hat, er wollte alles kaputt machen, wo sie gerade dabei ist, ihr Leben wieder in den Griff zu kriegen. Ich denke, damit liegt sie ziemlich richtig. Ich glaube, die Opferauswahl des Mörders hat was mit Übergängen zu tun. Mit Veränderungen im Leben. Jedes seiner Opfer stand an der Schwelle von irgendwas Neuem. Fatu Doe war wieder clean, gewann an Stärke. Miki ritzt sich nicht mehr. Sie hat keine Depressionen mehr. Sie wurde für einen bedeutenden Preis nominiert. Es geht wieder aufwärts mit ihr.

Troy Delgado war ein Sport-Ass. Er hatte Aussicht auf einen Baseball-Vertrag, noch ehe er mit der Highschool fertig war.» Balaki starrte noch immer auf das Foto von Emma Richards.

«Er war auf dem Absprung», sagte Williams. «Kurz davor wegzugehen. Alle lassen den Mörder zurück.»

«Der alte Mann. Kelly», warf Bevins ein. «Er war krank. Hätte nicht mehr lange gelebt. Demenz und Krebs. Auch er stand vor einem Übergang.»

«Okay.» Rauser schob seinen Stuhl zurück. «An die Arbeit, Leute. Mal sehen, ob wir den Richtigen haben. Balaki, nehmen Sie sich die Datenbanken der Kliniken vor. Wenn Jesse Owen Richards in einer der Einrichtungen war, in denen auch Miki war, gleichen Sie die Daten ab. Bevins, finden Sie raus, wo Richards derzeit steckt. Und besorgen Sie ein Foto. Wir müssen ihn mit Fatu Doe, Kelly und dem Delgado-Jungen in Verbindung bringen. Besorgen Sie alles über ihn. Kreditkarten. Bankkonten. Wir wollen wissen, wo er isst, wohnt, seinen Hund Gassi führt, mit wem er schläft. Und gehen Sie auch noch mal das Personal in dem Baseballstadion durch.»

Es war förmlich spürbar, wie im Raum Energie frei wurde. Das Herz schlug mir bis zum Hals. Rausers Handy klingelte, als wir alle zurück ins Großraumbüro gingen. Er blieb stehen und ging ran, hielt sich das freie Ohr mit einem Finger zu. Er kaute auf der Unterlippe, als er hinter uns herkam. «GBI-Labor», sagte er. «Die haben uns den vollständigen Bericht gemailt, aber du hattest recht, Keye. Es ist Tränenflüssigkeit und Sperma. Die Tränen stammen nicht von den Opfern. Williams, laden Sie den Bericht runter und lassen Sie die DNA-Sequenz durch CODIS laufen.»

Die DNA-Profile von rund zehn Millionen Straftätern waren inzwischen in der DNA-Datenbank CODIS gespeichert.

Technologie und Software verbesserten sich ständig, und mehr und mehr Polizeibehörden nahmen sich die Zeit, Täterprofile in die Datenbank einzugeben. CODIS wurde also immer effektiver.

Rauser nahm den Bericht, den Williams inzwischen ausgedruckt hatte, und reichte ihn mir. Ich überflog die Ergebnisse, so schnell ich konnte. «Sie haben die Proben von der Kleidung durch PCR vervielfältigt. Die DNA bestätigt deine Zeugenaussagen. Wir suchen einen Mann. Hautfarbe wahrscheinlich weiß. Augen- und Haarfarbe möglicherweise braun.»

«Aber sicher ist das nicht?», fragte Williams.

«Das Geschlecht ist eindeutig. Chromosomen X und Y», sagte ich. «Die ethnischen Marker legen eine weiße Hautfarbe nahe. Aber das haben die Zeugenaussagen ja bereits bestätigt. Augen- und Haarfarbe sind dagegen weniger sicher.»

«Ich hab einen Treffer bei CODIS», verkündete Williams. «Passt zu der Sequenz in den Proben, die die Kollegen in Stone Mountain von den Hautpartikeln unter Fatu Does Fingernägeln gesichert haben.»

«Okay, jetzt haben wir eine echte Verbindung zwischen Richards und allen drei Opfern», sagte Rauser und lächelte. «Der Staatsanwalt wird mich knutschen wollen. Balaki, haben die Klinikdatenbanken irgendwas ergeben?»

«Allerdings», antwortete Balaki. «In zwei Kliniken wurden Jesse Owen Richards und Miki Ashton viermal zur selben Zeit stationär behandelt.»

«Okay, das wär's dann wohl. Richards ist unser Mann. Spüren wir ihn auf.»

«Ich hab das Führerscheinfoto von Richards», sagte Bevins. «Es ist aber sechs Jahre alt. Er hat es nicht erneuert. Ich finde auch kein Fahrzeug, das auf seinen Namen zugelassen ist. Ich hole das Foto auf den Bildschirm.» Wir blickten alle zu dem großen Flachbildschirm an der Wand. Ein weißer, übergewichtiger Mann mit dickem Hals, Hängebacken, braunen Augen und braunem Haar schaute zu uns herunter. «Eins neunzig», sagte Bevins. «Hundertfünfundvierzig Kilo.»

«Er könnte in den sechs Jahren abgenommen haben», gab Balaki zu bedenken.

«Miki hat gesagt, er war ein massiger Typ, dicklich. Sein Pullover hat sich über dem Bauch gespannt», sagte ich.

«Wo ist er jetzt?», wollte Rauser wissen.

«Er gilt als vermisst», sagte Williams, und die Energie im Raum verpuffte. «Die Großeltern, Fred und Melinda Etheridge, haben ihn vor drei Jahren als vermisst gemeldet.»

«Finden Sie raus, wo sie wohnen, und lassen Sie das Haus überwachen. Vorne und hinten. Ich will nicht, dass jemand durch die Hintertür entwischt. Die Sache kommt mir ein bisschen sehr praktisch vor. Sobald die Leute vor Ort sind, werden Keye und ich mit den Großeltern ein Schwätzchen halten.»

«Keine Daten über ein Arbeitsverhältnis oder eine irgendwie geartete berufliche Tätigkeit. Nichts», sagte Williams. «Er ist nicht wieder aufgetaucht.»

«O doch, das ist er», sagte Rauser. «Und er hat angefangen, Leute umzubringen.»

«Wie sieht's mit Bankdaten aus?», fragte ich.

«Sein Bankkonto wurde aufgelöst», sagte Bevins. «Eine Woche vor der Vermisstenmeldung. Zweihundertdreißig Dollar.»

«Dann wusste er also, dass er untertauchen würde», sagte ich.

«Hat damals schon verdächtig ausgesehen», sagte Bevins. «Eine Vorgeschichte von psychischen Erkrankungen und dann das Bankkonto leeren. Den Notizen der Detectives nach haben sie den Schluss gezogen, dass er aus freien Stücken verschwunden ist.»

Ich entdeckte eine Packung Kekse auf Balakis Schreibtisch und nahm sie mir. «Blutzuckernotfall», sagte ich. Meine Nerven spielten verrückt, und ich konnte mich nicht erinnern, wann ich zuletzt was gegessen hatte. Wodka wäre gut gewesen, aber ich hatte eben nur Kekse.

«Greifen Sie zu», sagte Balaki.

Ich riss die Packung auf. Die Kekse waren hart und trocken. Ich schob mir einen in den Mund. Mein Handy leuchtete auf, eine Alabama-Vorwahl. Ich hängte mir das Headset ans Ohr.

«Hal-wu», sagte ich. So klingt das nun mal, wenn du dich mit einem trockenen Schokokeks im Mund am Telefon meldest. Balaki kicherte.

«Hier ist das Regional Medical Center in Tuscaloosa, Alabama. Spreche ich mit Keye Street?»

«Ja.»

«Wir haben Miki Ashton bei uns unter Beobachtung.»

«Was ist passiert?» Rauser hatte mir wohl angehört, dass etwas nicht stimmte. Er sah mich besorgt an. «Geht es ihr gut?» Ich dachte an die Verwüstung, die der Sturm angerichtet hatte.

«Das kann sie Ihnen besser selbst sagen.»

«Keye, alles in Ordnung. Nur mein Bein nicht. Und ich hab mein neues Handy verloren.»

«Was ist passiert? Ist es schlimm?»

«Mehrfacher Bruch. Ich bin für eine Weile außer Gefecht.»

«O nein, Miki. Du Ärmste.» Ich blickte Rauser an und flüsterte ihm zu, dass Miki ein gebrochenes Bein hatte.

«Das war der totale Wahnsinn hier», erzählte Miki mir. «Hier sieht's aus wie im Krieg. Ernsthaft. Ich war in Beirut nach einem Bombenangriff, und da hat es weniger Infrastrukturschäden und weniger Verletzte gegeben. Die Bilder hab ich schon an die Redaktion geschickt. Die sind atemberaubend, Keye. Einfach unbeschreiblich, was hier passiert ist. Der größte Tornado, den ich je gesehen habe. Ist gut drei Meilen unten geblieben. Wir waren direkt dahinter. Wir sind durch eine Wohnsiedlung gekommen, die in nur zwei Minuten plattgemacht worden war. Die Leute haben geweint und geschrien. Es war schrecklich. Nur ein einziges Haus stand noch. Das Dach war abrasiert, aber der Rest sah seltsam vollkommen und schön aus mitten in dieser Trümmerlandschaft. Ich hab eine Frau um Hilfe rufen hören. Ich bin rein und hab sie gefunden, und dann ist eine Wand eingestürzt.» Miki bat mich, kurz dranzubleiben, und ich hörte, wie sie die Schwester anfuhr. «Kann ich bitte endlich ein Schmerzmittel bekommen? Haben Sie eine Ahnung, wie scheißweh das tut?» Dann sagte sie wieder in einem völlig anderen Tonfall zu mir: «Ein Freund aus Birmingham bringt mich zum Flughafen, wenn ich in zwei Tagen rauskomme. Holst du mich am Hartsfield-Jackson ab?»

«Klar», sagte ich und notierte mir ihre Flugdaten. «Miki, was ist mit der Frau?»

«Welcher Frau?»

«Der verletzten Frau in dem Haus.»

«Ach so, die, ja klar. Der geht's gut. Sie hatte eine Badewanne über sich. Man hat sie rausgeholt. Ich glaube, sie liegt ein paar Zimmer weiter. Keye, ich hab gehört, dass ein paar hundert Leute ums Leben gekommen sein sollen. Ich hab bei meinen Reportagen ja schon so einigen verdammten Mist erlebt, aber das hier ist mindestens genauso schlimm.»

Ich hörte die Anspannung in ihrer Stimme. Ich brachte es nicht über mich, ihr von dem unheimlichen Anruf zu erzählen oder von den Drohungen gegen sie oder die Schüsse auf mich oder dass Neil angeschossen worden war. Noch nicht. «Miki, sagt dir der Name Jesse Owen Richards was?»

«Nein. Wieso?»

«Erzähl ich dir, wenn ich dich abhole.»

33

Wir standen vor einem hellen Backsteinhaus, dessen Obergeschoss mit Brettern verkleidet war. Rauser klopfte an die Tür, ein Cop-Klopfen, zu fest, zu offiziell. Ich wusste, dass er bereits Detectives auf der Straße postiert hatte. Ich hatte den Wagen zwei Häuser weiter bemerkt, ein Crown Vic mit Fahrer und Beifahrer. Er hatte angeordnet, dass auch die Rückseite überwacht werden sollte, aber das Haus grenzte an einen Golfplatz. Ich fragte mich, wie sie das wohl gedeichselt hatten.

Die Frau, die an die Tür kam, trug eine dunkelrosa Hose, Turnschuhe und ein Polohemd. Ihr Haar war silbergrau und dicht, und sie hatte es sich hinter die Ohren gesteckt. Wir wussten, dass sie zweiundsiebzig war und ihr Mann drei Jahre älter. Aber sie sah nicht danach aus. Nicht mal annähernd.

«Mrs. Etheridge, ich bin Lieutenant Aaron Rauser vom APD, und das ist Keye Street. Dürfen wir reinkommen?»

Wachsame grüne Augen huschten von Rauser zu mir. «Natürlich, Lieutenant, Ms. Street. Bitte kommen Sie herein. Kann ich Ihnen ein Glas Eistee anbieten?»

«Nein, Ma'am. Danke.»

Sie führte uns durch ein aufgeräumtes Haus in die Küche, wo ein weißhaariger Mann am Tisch saß und ein Modellflugzeug zusammenleimte, das schon etwas betagter aussah. Er blickte nicht auf, als wir eintraten. Jenseits des Fensters hinter ihm erstreckte sich der Golfplatz Candler Park. Sie berührte ihn an der Schulter. «Fred, diese Leute sind von der Polizei. Sie wollen mit uns sprechen», sagte sie laut Ich sah das Hörgerät in seinem Ohr, als er den Kopf hob.

«Bitte, nehmen Sie Platz», sagte er zu uns. «Hat meine Frau Ihnen was angeboten?»

«Ja, Sir, danke», antwortete Rauser. Melinda Etheridge setzte sich zu uns.

«Sind Sie wegen Owen hier?», fragte Fred Etheridge. «Kann keine gute Nachricht sein, sonst hätte ein Anruf genügt.»

«Wird er nicht Jesse genannt?», fragte Rauser.

«Seine Mutter hat Jesse zu ihm gesagt», klärte Mrs. Etheridge uns auf. «Sie wurde ermordet, als Owen acht war, und wir haben das Sorgerecht bekommen. Von da an wollte er sich nicht mehr Jesse nennen lassen.»

«Wir würden gern mit Ihrem Enkel sprechen. Ist er da?», fragte Rauser. Ich dachte wieder an die Observierung auf der Straße und an das weite, offene Gelände des Golfplatzes. Ich stellte mir vor, dass gleich eine Tür aufgerissen wurde und Richards davonlief. Es passierte nicht.

«Aber nein.» Mrs. Etheridge blickte uns geschockt an.

«Wo können wir ihn finden?»

Mr. Etheridge runzelte die Stirn. «Ich dachte, Sie wären gekommen, um uns zu sagen, wo er ist.»

«Nein, Sir. Wir versuchen, Ihren Enkel ausfindig zu machen. Es ist sehr wichtig.»

«Wir wissen nicht einmal, ob Owen noch lebt», sagte Mrs. Etheridge. «Er ist vor ungefähr drei Jahren verschwunden. Wir haben ihn damals als vermisst gemeldet.» Verärgerung schlich sich in ihre Stimme.

«Ja, Ma'am. Ich weiß von der Vermisstenmeldung», sagte

Rauser. «Wir glauben, dass Ihr Enkel quicklebendig ist und sich im Raum Atlanta aufhält.»

Melinda Etheridge griff nach der Hand ihres Mannes auf dem Tisch und drückte sie. «Bevor er verschwand, war Owen wieder zu uns gezogen. Er konnte einfach keinen Job behalten», sagte sie. «Und er war manchmal sehr schwierig im Umgang. Das fing schon auf der Highschool an. Er war extrem launisch, und seine Niedergeschlagenheit konnte plötzlich zu Aggression werden, wenn irgendwas nicht so lief, wie er es wollte. Dann hat er Sachen zerschlagen, rumgeschrien und gebrüllt. Er hat mit Hobbys aufgehört, ziemlich viel zugenommen. Er war so furchtbar wütend. Es konnte einem das Herz zerreißen, mit anzusehen, wie wütend er war.»

«Was hatte er denn für Hobbys?», fragte ich.

«Baseball zum Beispiel», antwortete Mr. Etheridge. «Und er war richtig gut darin. Er mochte auch Mädchen, obwohl er nicht gut mit ihnen umgehen konnte. Unsere Tochter, Owens Mutter, und sein Vater wurden vor seinen Augen getötet. Er hat das nie richtig verwunden.»

«Sie haben ihn also seit drei Jahren nicht mehr gesehen? Nicht mal einen Brief oder einen Anruf von ihm bekommen?», fragte Rauser.

«Nein», antwortete Mrs. Etheridge.

«Hatte er Freunde?», fragte ich. «Jemanden, mit dem er Zeit verbrachte und zu dem er Vertrauen hatte?»

«Owen hat immer alle schnell vergrault», sagte Fred Etheridge. «Er war zu unberechenbar. Jähzornig. Aber bei der Landschaftsbaufirma gab's einen, der ihn immer zur Arbeit abgeholt hat. Mit dem ist er ein paarmal was trinken gegangen, und sie schienen sich ganz gut zu verstehen. Weißt du noch, wie der hieß, Schatz?»

Mrs. Etheridge schüttelte den Kopf.

«Bitte, denken Sie nach, Mrs. Etheridge. Es kann alles wichtig sein», drängte Rauser sie.

«Ich will ja nicht unhöflich sein, Lieutenant», erwiderte sie ruhig, «aber Sie haben viele Fragen gestellt. Sie sind in unser Haus gekommen und haben uns mitgeteilt, dass unser Enkel am Leben ist und dass Sie nach ihm suchen. Aber Sie haben es nicht mal für nötig gehalten, uns eine Erklärung zu geben. Und es scheint Ihnen offenbar egal zu sein, was das emotional für uns bedeuten könnte.»

Rauser zog bedächtig sein Handy aus der Tasche. Zu bedächtig. Er war nicht in der Stimmung für Höflichkeiten. Er berührte den Bildschirm zwei-, dreimal, schob sein Handy dann über den Tisch. Mrs. Etheridge hob die Hände an den Mund. Doch sie hielt die Augen gebannt auf das Display gerichtet. Rauser hatte sie alle zusammen auf den Bildschirm geholt – die vergewaltigte und ermordete Fatu Doe in dem Pavillon, Troy Delgado mit dem Gesicht im Dreck, Donald Kelly am Türrahmen baumelnd.

«Mein Gott», sagte Mr. Etheridge.

Rauser deutete auf das Foto von Kelly. «Dieser Mann wurde entführt, erschossen und dann so in dem Haus einer Frau aufgehängt, mit der Ihr Enkel zusammen im Peachtree-Ford Hospital stationär untergebracht war. Wir glauben, er stalkt sie seit mindestens zwei Jahren. In der Hosentasche dieses Mannes haben wir ein zerknülltes Stück Geschenkpapier gefunden.» Er deutete auf das Bild von Fatu Doe. «Diese junge Frau hatte ein Geschenkband wie eine Schleife um den Fußknöchel gebunden.» Er zeigte auf den Leichnam von Troy Delgado. «Der Junge da hat auch für sein Leben gern Baseball gespielt. Auf der Leiche des Jungen und der des alten Mannes wurden Körperflüssigkeiten sichergestellt, deren DNA den Spermaspuren entsprechen, die in dieser jungen Frau gefunden wurden. Die Frau wurde vor ihrer Ermordung geschlagen und vergewaltigt. Also, ich kann mir vorstellen, dass das alles ein Schock für Sie ist, und ich hoffe, Sie verzeihen mir, wenn ich nicht die Zeit habe, hier irgendwas schönzureden, aber wir glauben, dass Ihr Enkel diese schrecklichen Taten begangen hat. Und wir glauben, dass er der Frau, die er stalkt, das Gleiche antun will. Dr. Street hier hat ein Profil des Täters erstellt, und alles deutet auf Ihren Enkel hin. Wenn Sie uns Informationen vorenthalten, haben Sie ebenfalls Blut an den Händen. Ist Ihnen das klar?»

«Ist die Frau, die gestalkt wird, blond, und heißt sie Miki?», fragte Mrs. Etheridge.

Ich unterdrückte ein Frösteln.

«Mich würde interessieren, woher Sie das wissen», sagte Rauser ruhig.

«Als er die letzten beiden Male in der Klinik war, haben wir ihn besucht … Es waren immer lange Aufenthalte, Wochen. Er hatte sich in beiden Fällen selbst einweisen lassen. Da hat er von einer jungen Frau erzählt. Er hat gesagt, sie hätten sich kennengelernt und ineinander verliebt. Er hat erzählt, wie hübsch sie sei, wie klug. Er hat gesagt, sie würde das Dunkle in ihm verstehen», sagte Mr. Etheridge. «Als er nach seiner Entlassung wieder zu uns gezogen war, hat er nicht mehr von ihr gesprochen. Jedenfalls nicht mehr so wie am Anfang. Er machte nur noch abfällige Bemerkungen über sie, wenn die Sprache auf sie kam. Es hatte auch davor schon Frauen gegeben, in die er vernarrt war. Auf Ablehnung hat er immer mit Zorn reagiert. Das hat er von seinem Vater. Wir wollten nicht, dass unsere Tochter den Mann heiratet. Er hat sie geschlagen, selbst als sie schwanger war, und wir haben sie bekniet, ihn zu verlassen. Sie hat es schließlich getan, als Owen fünf war. Aber er ließ sie einfach nicht in Ruhe …»

Mr. Etheridge verlor den Faden. Seine Frau ergriff sanft das Wort. «Nach Owens Verschwinden haben wir sein Zimmer durchsucht. Wir hatten gehofft, er hätte irgendwo einen Abschiedsbrief hinterlassen. Er hatte sich schon einmal was angetan. Sich die Pulsadern aufgeschnitten. Unsere größte Angst war immer, dass wir einen Anruf von der Polizei bekommen oder ihn tot auffinden würden. Also haben wir alles durchsucht. Wir haben Puppen gefunden. So ähnlich wie Barbiepuppen. Männliche und weibliche. Sie hingen an Kleiderbügeln in seinem Schrank. Sie hatten alle Schnüre um den Hals. Und sie waren alle *nackt*», sagte sie entsetzt.

«Wir haben auch Briefe gefunden», fügte Mr. Etheridge hinzu. «Briefe, in denen stand, was er jemandem antun würde. Einer Frau. Er nannte ihren Namen nicht. Sexuelle Dinge. Brutale Dinge. Es war fürchterlich, das zu lesen. Wir haben sie alle im Kamin verbrannt.»

Rauser lehnte sich zurück und sah beide an. «Alle? Haben Sie auch die Puppen verbrannt?» Die Etheridges nickten stumm. Draußen glitten dünne weiße Wolken über einen blassblauen Himmel. Drinnen hatten sich Rausers Nasenflügel gebläht, und sein Kiefer mahlte. «Ist Ihnen nicht der Gedanke gekommen, dass Sie vielleicht Beweismaterial vernichten? Sie wussten, dass er gewalttätig und gefährlich ist. Sie hatten Angst vor ihm. Und dennoch sind Sie nicht zur Polizei gegangen?» Keine Antwort. «Haben Sie noch Fotos von Ihrem Enkel aus der Zeit, kurz bevor er verschwand?»

«Er hat uns vor Jahren verboten, Fotos von ihm zu machen. Er konnte es nicht ertragen, sich selbst zu sehen.»

«Wissen Sie noch, wie viele Puppen Sie in dem Schrank gefunden haben?», fragte ich.

«Das werde ich nie vergessen», antwortete Mrs. Etheridge. «Vier männliche und vier weibliche.»

«Können Sie beschreiben, wie sie da hingen? Waren sie alle gleich aufgehängt?»

«Drei männliche und drei weibliche Puppen waren am Hals aufgehängt. Jede einzeln an einem eigenen Bügel», erklärte Mr. Etheridge. «Die beiden anderen waren an den Armen zusammengebunden, mit den Gesichtern zueinander und am selben Kleiderbügel.»

Ich ließ das auf mich wirken. Rauser fragte: «Hatte Owen einen Computer?»

«O ja», sagte Mrs. Etheridge. «Und er konnte sehr gut damit umgehen.»

«Den würde ich gerne sehen», sagte Rauser.

«Er war nicht mehr da. Owen wird ihn mitgenommen haben.»

«Dürften wir uns mal in seinem Zimmer umschauen?»

«Das Zimmer ist seit zwei Jahren nicht mehr so, wie es war. Wir haben alles ausgeräumt. In diesem Haus hatte zu lange zu viel Dunkelheit geherrscht.» Melinda Etheridge klang aufgebracht.

«Wenn Owen mit dem Kollegen, der ihn immer zur Arbeit abgeholt hat, befreundet war, dann hat er vielleicht noch Kontakt zu ihm», sagte ich zu ihr. «Meinen Sie, Ihnen fällt der Name wieder ein?»

«Ich erinnere mich nicht an den Namen des Mannes. Er war etwa in Owens Alter. Die Arbeit hat Owen gutgetan. Er hat in der Zeit ordentlich abgenommen. Owen hat nie viel von seiner Arbeit erzählt oder was er so unternommen hat, wenn er ausging. Und er ließ sich nicht gern ausfragen. Wir hatten bei ihm immer das Gefühl, ihn mit Glacéhandschuhen anfassen zu müssen. Seine Drohungen hingen ständig über uns. Damit fing er an, sobald irgendwas schieflief. Drohungen. Er tobte und schrie, und dann drohte er, sich umzubringen. Es war manipulativ. Das wussten wir. Er hat uns mit diesen Drohungen kontrolliert. Aber wir hatten trotzdem Angst, er würde sie irgendwann wahr machen. Und er wusste, dass wir den Gedanken daran nicht ertragen konnten.»

«Können Sie sich an den Namen der Firma erinnern?», fragte Rauser.

Sie schüttelte den Kopf. «Es war eine Landschaftsarchitekturfirma. Sie haben Golfplätze und Parks angelegt und gepflegt, solche Sachen. Irgendwas mit ‹Design› im Namen. Vielleicht *Landschafts- und Gartenbaudesign*?»

Rauser schrieb den Namen auf einen Notizblick, den er aus der Tasche gezogen hatte, legte dann seine Visitenkarte auf den Tisch. «Danke, dass Sie sich Zeit für uns genommen haben.»

«Was passiert, wenn Sie ihn finden?», wollte Mr. Etheridge wissen.

«Ich kann Ihnen nur eines sagen», antwortete Rauser. «Je länger das alles weitergeht, desto schlimmer wird's. Wenn er sich meldet, sagen Sie ihm, er soll sich umgehend stellen, bei mir. Nur so kann ich für seine Sicherheit garantieren.»

«Eine letzte Frage», sagte ich. «Haben Sie seit dem Tod seiner Mutter jemals seinen Geburtstag gefeiert?»

«Sie war unsere Tochter!», erwiderte Mrs. Etheridge mit Vehemenz. «Wie hätten wir den Tag, an dem der Unmensch sie uns genommen hat, je wieder feiern können?»

Wir gingen zusammen zum Wagen, nachdem wir die Etheridges schweigend und mit aschfahlen Gesichtern am Tisch hatten sitzen lassen. «Na toll», grollte Rauser. «Kleine aufgehängte Puppen und vernichtete Briefe und irgendein Freund in irgendeiner Landschaftsbaufirma, an deren Namen sich kein Schwein erinnert. Glaubst du den beiden irgendwas davon?»

«Bin mir noch nicht sicher», sagte ich, öffnete die Beifahrertür und stieg ein. «Sie waren irgendwie komisch, was sein Zimmer betrifft. Irgendwas passte da nicht. Aber die Fotos haben sie echt geschockt. Das heißt natürlich nicht, dass sie nicht wissen, wo er ist. Was sie über sein manipulatives Verhalten erzählt haben, über seine rücksichtslosen Drohungen, seinen Mangel an Empathie, seine gewalttätigen Wutausbrüche, dass er in die Luft geht, wenn er nicht kriegt, was er haben will, seine Unfähigkeit zu Nähe – das alles gehört in das Cluster psychopathischer Verhaltensweisen. Die beiden waren ziemlich hilflos. Du hast ihnen ganz schön zugesetzt.»

Rauser ließ den Motor seines ramponierten Crown Vic an. Der Wagen fuhr stotternd vom Haus der Etheridges los. «Sie wussten, dass der Mistkerl gefährlich ist. Er hat mit all seinen kranken Verhaltensweisen unter ihrem Dach gelebt, während er sein Spielchen mit Fatu Doe trieb, ihr eine Wohnung versprach oder was auch immer und überlegte, wie er sie umbringen wird. Ich meine, hallo? Die zwei sind entweder hoffnungslos ahnungslos, große Verdränger oder Lügner. Mal sehen, was sie jetzt machen. Ich denke, ich kriege durch, dass ihr Telefon abgehört wird.»

«Drei Jahre verschwunden und nachweislich ohne Job», sagte ich. «Aber er muss von irgendwas leben und irgendwo wohnen. Er hat einen Hund. Er bettelt nicht auf der Straße. Er arbeitet entweder, oder er wird unterstützt. Könnt ihr auch die Finanzen der Etheridges überprüfen?»

«Klar können wir das.»

Rauser hielt an einer Ampel. Die nachmittägliche Rushhour hatte eingesetzt. Der Verkehr bewegte sich im Schneckentempo.

«Er könnte unter falschem Namen leben», sagte ich.

«Vor drei, vier Jahren war so was nicht besonders schwer. Wenn du eine verfügbare gültige Sozialversicherungsnummer kanntest, war die Sache geritzt. Nächster Halt, Straßenverkehrsamt.»

«Besonders wenn du eigenhändig dafür sorgst, dass die Sozialversicherungsnummer verfügbar ist», sagte ich.

«Nehmen wir also an, er bringt jemanden um», sagte Rauser und spann den Gedanken weiter. «Den Typen, mit dem er zusammengearbeitet hat, glaubst du? Ich meine, Richards versteht es, Leute zu manipulieren, richtig? Er schmeißt sich also an den Burschen ran, gewinnt irgendwie dessen Sympathie. Sagen wir, er hat ungefähr dieselbe Größe oder Statur. Owen verschafft sich den richtigen Haarschnitt, behauptet, er hat seinen Führerschein verloren, zeigt die Sozialversicherungsnummer. Kinderspiel. Auf alten Führerscheinen ist auch noch kein Daumenabdruck drauf. Wenn er erst seinen Abdruck auf dem neuen Führerschein hat, kann's losgehen. Neues Leben. Das gefällt mir, Street.»

Der Fahrer in dem Wagen hinter uns drückte auf die Hupe. Ohne sich dran zu stören, holte Rauser sein Handy hervor. «Williams, wir brauchen die Bankunterlagen von Melinda und Fred Etheridge. Wir suchen nach regelmäßigen Überweisungen an eine einzelne Person. Und jemand soll die Vermisstenmeldungen etwa ab dem Zeitpunkt durchforsten, an dem Jesse Owen Richards von der Bildfläche verschwunden ist. Fangt mit Fällen in der näheren Umgebung an und weitet die Suche dann aus. Möglich, dass Richards die Identität von jemand anderem geklaut hat. Beschränkt euch auf Männer, die mindestens eins siebenundachtzig groß sind. Haar- und Augenfarbe lassen sich verändern, aber fangen wir mit braun an. Außerdem hat er für eine Garten- oder Landschaftsbaufirma gearbeitet, die nicht aufgetaucht ist, als wir ihn durch den Computer laufen ließen. Irgendwas mit Landschaftsarchitektur oder -design. Mal sehen, was die zu sagen haben.» Rauser erzählte Sergeant Williams rasch, was der Besuch bei den Etheridges sonst noch gebracht hatte, und leierte den Gerichtsbeschluss für die Telefonabhöraktion an. Er sah mich an, sobald er aufgelegt hatte. «Passt das Szenario zu dem Clusterdingsbums von psychopathischen Verhaltensweisen?»

Ich schmunzelte. «Dein Vokabular hat sich verbessert, seit du dich mit mir abgibst.»

«Ach du Schande», murmelte Rauser. Der Motor hatte angefangen zu klopfen. Laut. Der Wagen ruckelte.

«Du weißt schon, dass diese Dinger Öl brauchen?», fragte ich und erntete einen Seitenblick. «Hört sich an wie kurz vorm Kolbenfresser.» Jimmy und ich, die wir bei einem Tüftler wie Howard Street aufgewachsen waren, kannten uns mit Autos aus. Rauser dagegen wusste, wie sie angingen, wie man das Letzte aus ihnen rausholte und wie man sie zerbeulte. Und er weigerte sich störrisch, etwas anzunehmen, das jeder andere im Department mit Kusshand genommen hätte – ein neues Auto. Er hatte in diesem Auto sechs Jahre lang Kette geraucht, bevor er letzten November mit dem Rauchen aufhörte, doch es roch noch immer nach Zigaretten. Er hing nicht besonders an dem Wagen. Meiner Ansicht nach hatte er nur was gegen Veränderungen. Aber Rauser interessierte sich nicht sonderlich für meine Ansichten, wenn es um seine Motive ging.

«Ich denke, ich behalte ihn, bis er den Geist aufgibt», sagte er.

«Das müsste jeden Moment so weit sein.»

«Was hast du bloß gegen mein Auto?»

«Lass mich mal überlegen. Es stinkt. Ach ja, und es ist hässlich.» Ich sah, wie sich die Haut in seinen Augenwinkeln kräuselte. «Und es ist unzuverlässig. Was, wenn du damit einen Verdächtigen fangen musst? Hast du daran mal gedacht?»

«Du bist ganz schön schnell, Street. Ich schubs dich einfach zur Tür raus, und du kannst ihn zu Fuß verfolgen.»

«Und ich bin pflegeleicht. Ich laufe mit Krispy Kremes.»

«Ja klar. Pflegeleicht, das wüsste ich aber.» Wir fuhren eine Minute. Rauser bog ab auf eine Tankstelle und kaufte zwei Ein-Liter-Dosen Motoröl. Er öffnete die Haube, schraubte den Deckel ab und kippte den Inhalt hinein. Von beiden Dosen. Ohne den Ölstand mit dem Stab zu überprüfen. Ich schaute amüsiert zu. Er stieg wieder ein, startete aber nicht den Motor. «Du hast noch kein Wort über die Puppen gesagt. Das bedeutet, du weißt noch nicht genau, wie du das Psychokauderwelsch für mich übersetzen sollst, stimmt's? Du hast gefragt, wie viele Puppen der Irre im Schrank hatte und wie sie gehangen haben. Wieso?»

«Acht Puppen», sagte ich. «Eine für jedes Jahr bis zu seinem achten Geburtstag und bis zu dem folgenschweren Tag – dem erweiterten Selbstmord.» Ich dachte an meine Großeltern und verdrängte die Erinnerung wieder. «Ich glaube, die Puppen verkörpern Opfer. Oder geplante Opfer. Die männliche und die weibliche Puppe, die zusammengebunden waren, das ist schwer zu deuten, ohne in seinem Kopf zu stecken. Aber vermutlich stehen sie für ein Paar.»

«Ein Doppelmord mit dieser Signatur. Der ist unmöglich schon passiert. Das wüssten wir. Wir haben alle Datenbanken durchforstet.»

«Ich würde die Suche auf Paare konzentrieren, die vor einer grundlegenden Veränderung stehen, auf der Schwelle zu irgendetwas Bedeutsamen, einem neuen Lebensabschnitt. Ich weiß, in praktischer Hinsicht ist das schwierig. Aber es ist alles, was wir haben. Ein großes Ereignis. Hochzeit, gemeinsame Wohnung, erstes Kind. Ich glaube, er ist fixiert auf Leute, die einen Schritt in die Zukunft machen wollen. Unser Mann hängt in der Vergangenheit fest.»

«Wir könnten uns Hochzeitsaufgebote ansehen, Immobilienverkäufe, Geburten», sinnierte Rauser. «Die Suche geographisch eingrenzen, da Richards ja offenbar nur in einem überschaubaren Revier jagt.» Er sah zu mir rüber. «Gute Arbeit, Street.»

Ich spürte einen Energieschub. Zum ersten Mal, seit ich von Jesse Owen Richards obsessiver Fixierung auf meine Cousine erfahren hatte, bot sich mir die Gelegenheit, ihm einen Schritt voraus zu sein, ihn zu stoppen, ehe er seine Partyutensilien hervorholen konnte.

34

Ich suchte in meinem Büro nach Neils Schlüsseln. Rauser ließ sich nicht davon abbringen, auf mich zu warten, obwohl er siebzehn Ermittler samt ihren offenen Fällen am Hals hatte, dazu einen sehr gefährlichen Wiederholungstäter und einen neuen Boss. Rastlos lief er herum, eine Hand tief in der Hosentasche vergraben, die andere mit dem Handy am Ohr, während ich für Larry Quinn einen längst überfälligen Bericht zu der Krematoriumssache ausdruckte, einen Kurierdienst anrief, der ihn abholen sollte, und den Umschlag an meine Eingangstür pappte. Es störte mich, dass Rauser wartete. Ich hatte versucht, ihn wegzuschicken. Seine Unruhe in meinem Büro tat mir nicht gut. Und ich wollte mir beweisen, dass ich hier sein konnte. Allein. Ich war nicht leichtsinnig. Ich weigerte mich bloß, ständig Angst zu haben. So kann man nicht leben. Aber Rauser wollte nichts davon hören. Meine Gefühle interessierten ihn im Moment wenig. Auch dass ich meine Glock griffbereit hinten im Dienstholster trug oder dass ich beim FBI vier Jahre im Außeneinsatz gearbeitet hatte, ehe ich in die Abteilung für Verhaltensanalyse wechselte, spielte für ihn keine Rolle.

Wir gingen gemeinsam aus dem Büro, und ich lenkte Neils Smart durchs Stadtzentrum. Sonnenlicht fiel zwischen Wolkenkratzern hindurch und besprenkelte die Straßen. Es war fast fünf Uhr, und der Verkehr wurde dichter. An roten

Ampeln war Neils kleiner blauer Knubbel von Auto wie eine Butterdose in der Sonne. Als ich an dem riesigen Einkaufszentrum Underground Atlanta vorbeifuhr, sah ich Rauser einige Wagen hinter mir abbiegen, um zur City Hall East zu fahren. Er hatte sich vergewissert, dass ich nicht verfolgt wurde. Uns war beiden nur allzu bewusst, dass meine Geschichte, meine Lebensweise und die Tatsache, dass ich Richards den Zugriff auf Miki blockiert hatte, reichlich Anlass boten, seinen Zorn auf mich zu ziehen. Mein Name war durch den Krematoriumsskandal erneut in den Nachrichten, aber diesmal erntete ich viel Anerkennung. Und Richards hatte mehr als deutlich bewiesen, dass er bereit war, mich ins Visier zu nehmen, wenn er nicht an meine Cousine herankam.

Ich rief meine Eltern an und erzählte ihnen von Mikis gebrochenem Bein und dass sie nach ihrer Rückkehr bei Rauser wohnen würde. Mutter erklärte prompt, sie werde Essen für Rausers Kühlschrank vorbereiten, das wir dann nur noch aufwärmen müssten. Zu meiner Überraschung sagte sie, dass sie es richtig genossen hatte, von Cops umgeben zu sein. Sie hatte gern Gesellschaft. Mein Dad war nie besonders redselig. Und sie hatte die Beamten als Versuchskaninchen für neue Rezepte benutzt.

Ich bog auf die Mitchell Street, einen Block von Tyrones Büro entfernt. Ich musste mich mit Tyrone versöhnen. Ich wollte nicht, dass sich der Graben zwischen uns vertiefte. Seine Aufträge waren ein wichtiger Eckpfeiler meines monatlichen Einkommens. Und ich mochte den Kerl. Was ich von einigen anderen, die ich in seiner Branche kennengelernt hatte, weiß Gott nicht behaupten konnte. Ich bedauerte den Ton unseres letzten Gesprächs. Ich wollte die Sache bereinigen. Sie war ein Stressfaktor, eine unnötige zusätzliche Belastung. Und eine, die ich tatsächlich aus der Welt schaffen konnte.

Diesmal warteten keine zudringlichen Schlägertypen auf mich. Sie hatten Tyrones Warnung ernst genommen und waren abgehauen. Ich lächelte. Und eine dicke Glock war schließlich auch sehr überzeugend. Nachdem ich endlich einen Parkplatz gefunden hatte, musste ich einen halben Block zu Tyrones schäbigem, gelb verputztem Gebäude zu Fuß zurücklegen. Die Farbe blätterte ab, und die Spitzen der Stuckverzierungen waren weiß. Im Vergleich zum übrigen Gebäude sahen die Glastüren auffällig neu aus. Dahinter ging rechts ein Flur mit geschlossenen Türen und schmutzigem Teppichboden ab, links war das Treppenhaus und geradeaus der Fahrstuhl, den ich allerdings nie benutze. Er bebt und ruckelt, und die verdreckten Knöpfe ekeln mich an. Aber das Treppenhaus stinkt. Im dritten Stock angekommen, hatte ich mich sogar an den Uringeruch gewöhnt. Allerdings machten sich meine Oberschenkel bemerkbar, eine weitere Mahnung, wieder mit dem Laufen anzufangen. Und die Hanteln aufzuheben, die auf meinem Wohnzimmerboden Staub ansetzten. Wenn man sie tatsächlich ein paarmal die Woche in die Hand nimmt und einige Male auf und ab bewegt, soll sich das erstaunlich positiv auf die körperliche Fitness auswirken. Sachen gibt's. Vor Tyrones Büro blieb ich kurz stehen und verschnaufte. Ich wollte nicht rotgesichtig und außer Atem ankommen.

«Kann ich Ihnen helfen?» Heute saß tatsächlich eine Empfangssekretärin am Empfang. Sie war jung. Sehr. Und hübsch. Sehr. In Tyrones Büro sah man andauernd neue Gesichter. Ein Freund von ihm betrieb eine Zeitarbeitsfirma, und da bei Tyrone nicht genug Büroarbeit anfiel, um jemanden länger als zwei Tage die Woche zu beschäftigen, war das für beide Seiten ein gutes Arrangement. Außerdem war Tyrone ein Schlawiner. Er wollte einfach nicht einsehen, dass Büroliebschaften problematisch waren. Im letzten Jahr hatte zweimal jemand weinend am Empfang gesessen, als ich hereinkam.

Ich konnte Tyrone in seinem Büro sehen, Füße auf dem Schreibtisch, entspannt zurückgelehnt, Telefon am Ohr. Er hatte mich noch nicht bemerkt.

«Könnte ich vielleicht kurz mal mit Tyrone sprechen?», fragte ich die Sekretärin. «Ich bin Keye Street. Ich arbeite ... »

«Ich kenne Sie», unterbrach sie mich und stieß einen langen türkisblauen Fingernagel in meine Richtung. «Sie sind die mit dem Popel-Banditen! Wir haben uns das zigmal angesehen. Die Stelle, wo er sich den Finger in die Nase steckt, das ist echt voll krass.»

«Ja. Voll krass. Würden Sie Tyrone bitte Bescheid geben, dass ich da bin?» Er hatte sich mit seinem Schreibtischsessel herumgedreht und blickte auf sein Mitchell-Street-Königreich, während er weitertelefonierte.

«Wenn Sie mich fragen, ich finde, Sie hätten dem Widerling ruhig eine Kugel verpassen sollen.» Sie griff über den Tisch, um mir die Hand zu schütteln, vorsichtig, als wären ihre Nägel frisch lackiert. Sie waren irre lang, an den Spitzen leicht gekrümmt. «Ich bin Latisha.»

«Freut mich, Latisha. Ist Tyrone auch schön brav?»

«Er ist so brav, wie er brav sein kann.

«Bleiben Sie die ganze Woche hier?»

«Oh. Ich bin keine Zeitarbeitstussi. Ich bleibe länger.»

Oje.

Sie stand auf und ging in Tyrones Büro. Ihr Rock war ebenso türkis wie die Fingernägel und reichte kaum über einen hohen JLo-Hintern. Sie hatte muskulöse Oberschenkel, war total durchtrainiert und trug weiße Turnschuhe und flauschige Damensportsocken, die farblich zum Rock und den Fingernägeln passten. Tyrone winkte von seinem Büro aus und hielt einen Finger hoch, um zu signalisieren, dass ich mich noch einen Moment gedulden sollte.

Latisha kam zu ihrem Schreibtisch zurück. «Möchten Sie sich setzen? Sie sind ganz rot im Gesicht. Soll ich Ihnen ein Glas Wasser holen?»

«Nein danke.»

«Sind Sie die Treppe hoch? Ich mache das immer. Nie im Leben würde ich in den schrottigen Fahrstuhl steigen.»

«Verständlich», sagte ich. «Wieso bleibt Tyrone eigentlich in diesem Gebäude? Es ist ekelhaft.»

«Weil er geizig ist», sagte Latisha.

«Vielleicht steht er ja auf den Pipigeruch», flüsterte ich, und wir kicherten beide.

Tyrone tauchte in einem tadellosen weißen Leinenanzug aus seinem Büro auf. Schokobraunes Hemd, offener Kragen, keine Krawatte. Ich hätte wetten können, dass er in der Woche auch zur Maniküre gewesen war. Er lächelte, und Grübchen à la LL Cool J schnitten Furchen in seine superglatten braunen Wangen. *Hechel, hechel.* Wenn ich Tyrone sehe, kriege ich immer weiche Knie. Ich hatte keine Ahnung, warum ich wütend auf ihn gewesen war.

«Du hast meine Kleine kennengelernt, Keye?» Er trat hinter Latishas Sessel und massierte ihr die Schultern, dann beugte er sich vor und küsste sie auf die Wange. Latisha war höchstens achtzehn ... allerhöchstens. Zu jung, um das Machtgefälle zu durchschauen, das entsteht, wenn dein Boss dich anbaggert. Ich verschränkte die Arme vor der Brust und bedachte Tyrone mit all der Missbilligung, die ich stumm vermitteln konnte. «Ach komm schon, Keye!» Tyrone lachte. «Guck mich nicht so an. Sie ist meine älteste Tochter.»

Latisha lächelte zu ihm hoch. Grübchen, wohin das Auge blickte. Tatsächlich, sie war zweifellos Tyrones Tochter. «Er hat drei Kinder, falls er vergessen hat, uns zu erwähnen. Mit drei Mamas. Unser Daddy ist ein Weiberheld.»

«Mach dir nichts draus», erwiderte ich. «Mein leiblicher Vater war drogensüchtig.»

«Ihre Mama auch?», wollte Latisha wissen.

«Stripperin», sagte ich. «Dann haben mich Weiße adoptiert.»

«Auch das noch. Da fahr ich doch lieber kreuz und quer durch die Stadt, um meine Geschwister zu besuchen. Weiße wissen einfach nicht, wie man richtig Spaß hat.»

«Stimmt. Wir haben tierisch oft Monopoly gespielt», bestätigte ich.

«Genau das meine ich», sagte Latisha.

«Tyrone, ich muss mich bei dir entschuldigen. Ich war am Telefon zu barsch. Tut mir leid. Ich weiß, du hast es nur gut gemeint, als du mit Rauser geredet hast.»

«Kein Problem, Keye. Wir sind schließlich Freunde, oder? Ich wusste, das kommt wieder in Ordnung.» Tyrone lächelte.

«Dann ist es ja gut. Okay. Ich muss los. Latisha, hat mich gefreut, dich kennenzulernen.»

«Hey, Moment noch», sagte Tyrone, als ich schon halb zur Tür hinaus war. «Wie wär's mit ein bisschen Arbeit? Ich hab einen Kautionsflüchtling, dem man gut zureden muss. Schrulliger Typ. Schnell.»

«Was meinst du mit *schnell*?», fragte ich.

«Er rennt. Haut ab.»

«Ich bin mit Arbeit eingedeckt», sagte ich.

«Der muss bis Geschäftsschluss übernächsten Freitag wieder aufgetaucht sein. Du hast also über eine Woche Zeit. Latisha, hol die Banerjee-Akte und gib sie Keye.»

Latisha schob sich vom Schreibtisch weg und warf ihrem

Dad einen vernichtenden Blick zu. «Noch nie was von bitte und danke gehört?» Wir sahen ihr nach, als sie zum Aktenschrank ging.

«Gott steh mir bei», flüsterte Tyrone. «Ich hab gedacht, wenn ich dem Mädchen über den Sommer einen Job gebe, nimmt sie ein bisschen Vernunft an. Ihre Mutter hat sie einfach machen lassen, was sie wollte.»

«Die Kleinen werden so schnell erwachsen, was?», sagte ich, als wüsste ich, wovon ich rede. Ich hatte keine Ahnung von Kindern. Schon gar nicht von Teenagern. Ich dachte an Jimmy und Paul, die eine Familie gründen wollten. Irgendwie hatte ich das Gefühl, dass wir alle demnächst einen Crashkurs in Sachen Kinder machen würden.

Tyrone seufzte. «Es ist meine Schuld. Ich war gerade mal achtzehn, als sie geboren wurde, und als Vater ein Totalausfall. Sie braucht ein Vorbild, Keye. Eine Frau, meine ich.»

«Dann solltest du vielleicht die Freuden des Familienlebens entdecken.»

«Ich hab an dich gedacht.»

«O nein. Ich bin nicht der mütterliche Typ. Und als Vorbild tauge ich auch nicht gerade.»

«Neil hat gesagt, ihr wollt jemanden fürs Büro einstellen. Latisha ist ein richtig helles Köpfchen. Aber sie treibt mich in den Wahnsinn.»

«Ich kann euch hören», rief Latisha. «Wir sind hier nicht beim Film, wo die Leute nicht verstehen, was im selben Raum geredet wird.» Sie schob die oberste Schublade des Aktenschranks mit gespreizten Fingern zu, um ihren Nagellack nicht zu zerkratzen. «Mein Daddy will mich loswerden, weil er nicht den Weiberheld spielen kann, wenn eins von seinen Kindern bei ihm im Büro ist.»

«Ich dachte bloß, ein bisschen mehr Freiheit würde dir

guttun», erklärte Tyrone. «Der Job würde sich auch toll in deinem Lebenslauf machen.»

«Mit diesem Mann da sollte ich wirklich nicht den ganzen Tag zusammen im Büro hocken», sagte Latisha und reichte mir die Banerjee-Akte.

Ich sah sie kurz durch. Der Mann war wegen Identitätsdiebstahl angeklagt worden. Seine Kaution belief sich auf fünfzehntausend Dollar. Ich ziere mich nicht lange, wenn mir ein Auftrag angeboten wird. Ich stecke bis zum Hals in Schulden. Normalerweise nehme ich, was ich kriegen kann. Und wenn ich in den letzten vier Jahren, in denen ich damit beschäftigt war, meine Detektei aufzubauen, eines gelernt habe, ist es, dass gute Arbeit neue Aufträge einbringt. Mundpropaganda ist das A und O.

«Ich könnte Montagmorgen anfangen», sagte Latisha zu mir. «Ziehen wir dann gemeinsam los und lösen Fälle? Krieg ich auch so eine fette Knarre?»

«Nein», sagte ich. «Ich brauche Hilfe für die Büroarbeit. Und jemanden fürs Telefon. Keine Waffe.»

«Dann hab ich den Job also?»

«Ich muss erst drüber nachdenken, okay?»

«Sie wollen mich bloß vertrösten», sagte Latisha. «Ich merke das, wenn Leute mich vertrösten. Ich hab schließlich einen Highschool-Abschluss.»

«Glückwunsch», sagte ich.

«Ich wünschte, Sie würden einfach nein sagen, statt mich zu vertrösten.»

«Okay. Nein.»

Tyrone ging in sein Büro und kam mit einer Taser-Pistole zurück. Er drückte sie mir in die Hand. «Fünfzehntausend Volt und knapp fünf Meter Reichweite.» Das Ding sah so ähnlich aus wie meine Glock, bloß dass es leuchtend gelbe

Zierstreifen hatte und nur halb so schwer war. «Falls der schrullige Typ die Fliege machen will, schießt du ihm genau zwischen die Schulterblätter. Sieh mal, dazu gibt's sogar ein passendes Holster.» Er hielt mir ein billiges Teil aus Kunstleder hin.

Dass ich Tyrones Büro mit einem Auftrag in der Tasche verlassen würde, für den ich keine Zeit hatte, einer Bewerberin, die mich skeptisch machte, und einer Taser-Pistole, entsprach nicht gerade meinem Plan. Aber das traf ja in letzter Zeit auf fast alles zu.

Ich parkte auf dem bewachten Parkplatz gegenüber vom Krankenhaus und ging rauf zu Neils Zimmer. Ich hatte noch eine Stunde Zeit, ehe ich zum Flughafen musste, um Miki abzuholen. Bei dem Gedanken daran seufzte ich. Mir graute davor.

«Gut schaust du aus», sagte ich, als ich Neils Zimmer betrat und ihn mit seinem Laptop auf dem Schoß im Bett sitzen saß. «Du bist so munter. Was macht das Bein?»

«Viel besser. Morgen werde ich entlassen. Die sind schon richtig knauserig mit diesem geilen Schmerzmittel.»

«Tut mir leid», sagte ich und lächelte. «Ich weiß ja, wie ungern du geistig voll da bist.»

«Wie recht du hast. Hey, danke, dass du mir heute Morgen meine Sachen gebracht hast. Ich kann mich kaum dran erinnern, dass du hier warst.»

«Ich fahre dein Auto. Geht das in Ordnung?»

«Klar. Aber wenn es wegen dir kaputt geschossen wird, zahlst du die Reparatur.»

«Ah, das ist genau die Herzensgröße, die ich an dir kenne und liebe. Soll ich dich morgen abholen? Oder kämpfen Cindy und Peggy um die Ehre?»

«Cathy und Tammy.»

«Egal», sagte ich. «Die Blondchen.»

«Die machen mich wahnsinnig, Keye. Ich hatte Nudeln Alfredo mit Garnelen zum Lunch. Und sieh dir das da an.» Er zeigte aufs Fensterbrett, auf dem sich Cookies und Brownies stapelten. «Irgendwann kann man keine Scheißcookies mehr sehen. Ich muss eine Entscheidung treffen. Ich schaffe das nicht, mit beiden gleichzeitig.»

«Mein armer Schatz.» Ich ging rüber, nahm mir einen Brownie und schnupperte daran. «Da ist doch nichts drin, oder?»

Neil winkte ab. «Die sind clean.»

Ich biss in den Brownie. «Ich stimme für die, die das hier gebacken hat.» Ich klebte mir ein Stück Brownie an die Schneidezähne und grinste Neil an. Damit erntete ich garantiert immer einen Lacher. Ich gab ihm einen Brownie, und er beschmierte sich auch die Schneidezähne mit brauner Masse. Wir hatten so im Büro schon lange Gespräche geführt, während wir eigentlich hätten arbeiten müssen. Ich schluckte und spülte mit Wasser aus einem Pappbecher nach. «Hör mal, ich hab gerade von Tyrone einen Auftrag angenommen. Ist nicht eilig, aber falls du dich langweilst, kannst du schon mal ein bisschen nachforschen.»

«Menschenskind, ja.»

Ich reichte ihm die Akte, die jetzt Schokoladenflecke auf dem Deckel hatte. «Übrigens, Tyrone hat eine Tochter, die einen Job sucht. Im Moment arbeitet sie bei ihm im Büro, aber die beiden gehen sich ziemlich auf die Nerven.»

«Hast du sie kennengelernt? Magst du sie?»

«Na ja, sie nimmt kein Blatt vor den Mund, so viel steht fest. Ich hätte gern, dass du dich auch mal mit ihr unterhältst. Meinst du, du schaffst das, wieder ins Büro zu kommen, nach der Sache?»

«Klar doch. Sobald dieser irre Miki-Stalker eingelocht ist.»

«Hey, wenigstens ist er ein mieser Schütze», stellte ich fest, und Neil lachte. «Ich schaue später wieder nach dir.»

Eine Frauenstimme rief meinen Namen, als ich am Schwesternzimmer vorbeiging. «Keye Street, das sind Sie doch, nicht?»

«Ja.»

«Ich hab Sie gestern in Mr. Donovans Zimmer gesehen. Er hat mir erzählt, dass Sie beide Geschäftspartner sind.» Ich wartete ab, wusste nicht, worauf sie hinauswollte. «Jemand hat das hier bei der Frühschicht für Sie abgegeben.» Sie gab mir ein Kuvert, das mit einer kleinen, engen Handschrift an *Keye Street – Besucherin von Neil Donovan, Zimmer 3301* adressiert war. Der Umschlag war etwas größer als normal, wie für eine Grußkarte. Nicht schwer. Und seltsam dünn, als wäre gar nichts drin.

Ich riss ihn an einer Seite auf, ohne den Klebestreifen zu beschädigen – wie ich es in der Ausbildung gelernt hatte. Ich schüttelte ihn sacht. Ein handschriftlicher Zettel fiel heraus und landete auf dem Fliesenboden. Ich ließ mir von der Schwester etwas Klebeband geben und drückte es leicht an eine Ecke des Zettels, um ihn aufzuheben.

> Siehst du, was du deinem Freund angetan hast? Siehst du den Schmerz? Das geht auf dein Konto. Diese Kugel war für dich gedacht. Ich werde sie finden. Ich finde sie immer. Und danach bist du dran.

Ich blickte nach links, den Gang hinunter. Eine Krankenschwester trat auf leisen Sohlen in ein Patientenzimmer. Die Fahrstuhltür ging auf, und eine Helferin in rosa Krankenhauskluft, die Haare mit einem Netz gebändigt, schob einen

Essenswagen vor sich her, auf dem sich Tabletts mit dicken Plastikabdeckungen stapelten.

«Alles in Ordnung?», fragte die Schwester.

Mir hämmerte das Herz. Ich las ihr Namensschild. «Mary, hätten Sie vielleicht einen Plastikbeutel für mich?»

Sie holte einen kleinen Müllbeutel und reichte ihn mir. Ich bugsierte den Zettel zurück in den Umschlag und schob beides in den Beutel, den ich mit einem Knoten verschloss. Ich sah mich nach Sicherheitskameras um und entdeckte zwei. Eine zeigte aufs Schwesternzimmer. Die andere war neben den Fahrstühlen angebracht und erfasste den langen Gang mit den Patientenzimmern rechts und links. Ihre Aufzeichnungen würden uns vielleicht verraten, wie Jesse Owen Richards aussah.

«Mary, wissen Sie, wer den Umschlag entgegengenommen hat?», fragte ich die Schwester.

«Den hat jemand hier hingelegt, wurde mir gesagt», antwortete sie. Sie hörte die Dringlichkeit in meiner Stimme und runzelte die Stirn.

Ich ging den Flur hinunter, sah auf jede Tür, an der ich vorbeikam. Durch die kleinen Glasfenster waren nur undeutliche Schatten zu erkennen. Ein paar Türen standen offen – Patienten in ihren Betten, Verwandte oder Freunde, die sie besuchten, flackernde Fernseher. Eine Krankenrolltrage mit einem Rad, das bei jeder Umdrehung quietschte, ließ mich herumfahren. Ein Pfleger in blauer Krankenhausmontur nickte mir zu und schob die Trage durch eine Schwingtür mit der Aufschrift *Nur für Personal*. Meine Finger streiften die Glock, die unter meiner Jacke versteckt war. Sie bot Sicherheit. Hoffentlich.

Ich ging rasch zurück Richtung Schwesternzimmer, warf einen Blick in den Wartebereich, sah mir die Gesichter an, die

Schuhe. Ich trat an die Fensterfront und blickte nach unten auf den Parkplatz und auf eine Fußgängerbrücke quer über die Straße. Ich wählte Tyrones Nummer.

«Ich mach dir einen Vorschlag», sagte ich, als er sich meldete. «Ich denke ernsthaft drüber nach, Latisha einzustellen, aber du musst mir einen Gefallen tun. Und zwar sofort.»

Dann rief ich Rauser an. Ich erklärte ihm, dass ich bei Neil im Krankenhaus bleiben würde und dass ich Tyrone gebeten hatte, Miki am Flughafen abzuholen. Ich bat ihn, die Bänder der Überwachungskameras abholen zu lassen.

Ich stieß die Tür zu Neils Zimmer auf und sah, dass er schlief, den Computer noch auf dem Schoß und den Inhalt der Akte, die ich ihm gegeben hatte, neben dem Bett auf dem Fußboden verteilt. Ich sammelte alles auf, holte eine zusammengefaltete Decke aus einem kleinen Schrank und setzte mich, die Glock griffbereit, auf den Stuhl. Nachdem ich mich zugedeckt hatte, schaltete ich den Fernseher ein. Ich wollte Neil nicht allein lassen. Und es war weiß Gott nicht die erste Nacht, die ich in einem Krankenhaus verbrachte, meine Pistole im Schoß.

35

Als die Tür aufging und Licht vom Flur ins Zimmer fiel, schloss sich meine Hand sofort fester um die Glock. Neil rührte sich nicht. Rauser trat ein. Er hatte zwei Kaffee dabei und eine zusammengefaltete Zeitung. «Kaffee von Fivebucks», flüsterte er und grinste. Rauser machte immer abfällige Bemerkungen über Starbucks-Kaffee, aber er kaufte ihn trotzdem. Genau wie er sich über Naturkostläden lustig machte und immer nur von Natur-kostet-ein-Vermögen-Läden sprach, aber dennoch ständig dort einkaufte.

Es war vier Uhr am Morgen und stockfinster draußen. Ich hörte Neil gleichmäßig atmen. Rauser und ich gingen auf den Flur und setzten uns in den leeren Wartebereich.

«Ich hab das Überwachungsvideo. Einige Aufnahmen von ihm, wie er zum Haupteingang hereinkommt und durch die Lobby geht, und ein paar hier oben auf dem Gang», teilte Rauser mir mit. «Er trug ein Kapuzenshirt und hat den Kopf gesenkt gehalten. Er wusste, wo die Kameras waren. Deshalb gibt es keinen guten Blick auf sein Gesicht. Aber eines wissen wir mit Sicherheit. Er ist kein Fettwanst mehr. Wir geben das Video um sieben an die Morgennachrichten.»

Ich trank einen Schluck Kaffee und ließ den Kopf kreisen. Ich fühlte mich, als hätte ich im Sitzen geschlafen. «Was macht Miki?»

«Als ich nach Hause kam, schlief sie schon. Ich hab sie geweckt und ihr ein Foto von Richards gezeigt. Sie hatte ihn als Owen in Erinnerung, deshalb hat ihr der Name Jesse Richards nichts gesagt, als du sie danach gefragt hast. Sie war völlig baff. Sie dachte, er wäre ein netter Kerl.»

«Irgendwas ist passiert», sagte ich. «Er hat sich geärgert. Irgendwas hat ihn wütend gemacht. So läuft das bei Borderline-Persönlichkeiten. Vielleicht hat er sie angehimmelt, bis sie irgendwas gesagt oder getan hat, das er als demütigend oder abschätzig empfunden hat. Dann ist sein intensives Gefühl für sie in Wut umgeschlagen. Das kann blitzschnell gehen.»

«Ich hab einen Kollegen in Uniform bei Miki. Streifenwagen parkt auf der Straße. Selbst wenn dieser Irre rauskriegt, wo sie ist, müsste die Abschreckung reichen», sagte Rauser überzeugt. «Unsere Officer fackeln nicht lange.» Er schlug die Klatschseite der Morgenzeitung auf und deutete auf ein Foto in der Mitte, das uns beide zeigte, wie wir vor seinem Crown Vic standen. Ich erinnerte mich gut an die Situation, ein Tatort während der Rushhour, der Mord an einem ehemaligen Kollegen im vergangenen Jahr. Die Bildunterschrift lautete: *Atlantas heißestes Duo der Verbrechensbekämpfung – Lieutenant Aaron Rauser vom Morddezernat und die ehemalige FBI-Profilerin Keye Street ermitteln erneut gemeinsam in einer Mordserie, die Atlanta erschüttert.*

«Scheiße.» Ich sah weg.

«Ich weiß», bestätigte Rauser. «Das ist ein schreckliches Foto. Von dir.»

Ich lachte und boxte ihn gegen den Arm. «Immerhin hab ich die Augen richtig auf. Du siehst aus, als hättest du psychische Probleme.»

«Das stimmt, aber wenigstens ist mein Mund zu», sagte Rauser.

Ich blickte wieder auf das Foto. Wir hatten uns an dem Tag

fürchterlich gestritten. Ich trank den Rest von meinem Kaffee, stand auf und reckte mich. «Ich muss duschen, mich umziehen und mich um meine Katze und meine Cousine kümmern. Und um mein Geschäft. Herrgott. Ich frage mal an, ob Tyrone auf Neil aufpasst, bis er entlassen wird. Danach fahre ich zum Präsidium.»

Rauser fasste meine Hand. «Hör mal, dieser gestörte Richards ist nicht hinter Neil her. Sogar die von der Forensik bestätigen, dass er aus Versehen getroffen wurde.»

«Ich weiß», sagte ich. «Aber Richards war ganz nah an ihm dran, als er den Umschlag abgegeben hat. Direkt vor seinem Zimmer. Ich will auf Nummer sicher gehen.»

«Ein Officer ist schon unterwegs hierher. Nur damit auch wirklich alles so läuft, wie es laufen soll, wenn er hier rauskommt und nach Hause fährt. Falls dieser Irre vorhat, möglichst viele von unseren Leuten zu beschäftigen, dann macht er seine Sache verdammt gut. Major Hicks beschwert sich schon über die zusätzlichen Personalkosten. Ich muss ihm bald eine Festnahme liefern.»

«Habt ihr die Daten von Standes- und Grundbuchämtern durchforstet?»

«Haben wir. Lange Liste. Über vierhundert Paare haben letzten Monat in der Stadt das Aufgebot bestellt. Diesen Monat sind es schon hundert, und wir haben erst den siebten. Grundstücksübertragungen, Verkäufe, Geburten, wir sehen uns alles an, suchen nach Gemeinsamkeiten mit Richards und Richards' Eltern, Namen, Adressen, vergleichen Anmeldedaten mit seinem Geburtsdatum, den Daten der Morde. Wir tun, was wir können.»

Der Fahrstuhl öffnete sich, und ein Polizist in Uniform trat heraus, gewienerte Schuhe, blitzendes Metall. Wie aus dem Ei gepellt. Wir gingen ihm entgegen. Rauser instruierte ihn, stellte ihn mir vor, dann nahm er ihn mit zum Schwesternzimmer, zeigte seinen Ausweis, stellte ihn erneut vor. Er gab dem Officer seine Karte mit seiner Handynummer und zeigte auf Neils Zimmer.

«Ich gehe mit dir raus», sagte Rauser zu mir. «Vielleicht können wir im Fahrstuhl ein bisschen knutschen.»

Knutschen, das klang für mich zurzeit so verlockend wie meine Augäpfel mit Sandpapier schmirgeln. Ich war ungekämmt. Meine Zähne waren nicht geputzt. Ich hatte nicht mal in den Spiegel geschaut. Ich hoffte, mein Mascara klebte mir nicht irgendwo an den Ohren. Ich staunte über Rausers Fähigkeit, wie ein Vierzehnjähriger zu denken, selbst unter den allerschlechtesten Umständen. Männer werden wirklich nie erwachsen, was natürlich eine ihrer wunderbarsten Eigenschaften ist.

Sein Handy klingelte, als wir in den Fahrstuhl traten. «Rauser», meldete er sich und sah auf die Uhr. Kurz vor halb fünf. Die dunklen Schatten unter seinen Augen verrieten mir, dass er noch gar nicht im Bett gewesen war. Er lauschte ein paar Sekunden. «Okay, Kriminaltechnik und Blutspurenexperten sind unterwegs?» Er wartete. «Adresse?» Er beendete das Gespräch und sah mich an. «Balaki und Williams sind in einem Haus auf der Pine Street, Nähe Felton Drive. Sie wollten da eigentlich bloß Patrouille fahren, bis die Sonne aufgeht, aber der Hund saß im Garten, und als sie näher kamen, haben sie gesehen, dass die Haustür nur angelehnt war. Junges Pärchen. Beide ermordet. Haben letzte Woche das Aufgebot bestellt. Beim Abgleich der Namen ist die zukünftige Braut aufgefallen. Sie heißt Emma Jackson.»

«Emma. Jackson. Richards' Eltern», sagte ich, als wir aus dem Fahrstuhl traten. Wir durchquerten die Eingangshalle Richtung Tür. Unsere Schritte wurden schneller. «Emma und Jackson Richards. Er hat ihre Namen zum Ziel gemacht.»

«Genau. Richards muss nach dem passenden Paar gesucht haben. Das geht sogar online. Ziemlich sicher war er es. Nicht nur wegen der Namen der Opfer. Der Hund wurde nach draußen gelassen. Die meisten Täter machen sich nicht die Mühe.»

«Wenn wir bloß einen Tag früher bei den Großeltern gewesen wären und von diesen verfluchten Puppen erfahren hätten, dann hätte ich gewusst, worauf wir achten müssen. Gott.» Mir wurde schlecht.

«Verdammt noch mal, Keye, du kannst nicht hellsehen. Sobald wir Beweismaterial hatten, hast du es richtig interpretiert. Mehr kannst du nicht tun. Kein Mensch erwartet mehr von dir. Komm mit zum Tatort», sagte er, und als wir die Straße zum Parkplatz überquerten, leuchteten die Scheinwerfer eines neuen Crown Vic auf. «Die alte Klapperkiste hat letzte Nacht den Geist aufgegeben. Der hier geht richtig ab. Und er ist mitternachtsblau. Sexy, was?»

Ich antwortete nicht. Mein Kopf war mit den zwei Menschen beschäftigt, die gestorben waren, weil ihre Namen an die Eltern eines gestörten Menschen erinnerten, von denen er sich verraten fühlte.

Wir bogen auf die Peachtree Street und dann nach links auf die Pine. Am frühen Morgen war Atlanta künstlich erleuchtet und noch ein bisschen verschlafen. Der Himmel war so dunkel wie Rausers neuer Crown Vic. Und bewölkt. Ich dachte erneut an den Tatort, zu dem wir unterwegs waren, und die altbekannten widersprüchlichen Emotionen klopften mir auf die Schulter – Erregung und Trauer –, ebenso wie eine gehörige Portion schlechtes Gewissen, weil ich beides empfand.

Als wir anhielten, schob Ken Lang gerade die Seitentür des

Vans der Spurensicherung auf, der am Straßenrand vor einem niedrigen Backsteinhaus parkte. Er und ein anderer Kriminaltechniker zogen sich Überschuhe, Handschuhe und Overalls an. Williams und Balaki traten zu uns, während Rauser und ich uns ebenso ausstaffierten. Balaki bog ab und ging zu seinem Wagen. Ein Seitenfenster stand einen Spaltbreit auf, und ich sah einen Cockerspaniel die Nase herausstrecken. Balaki war Tierfreund. Er hatte mehrere Katzen und ein paar Hunde, und einmal hatte er einen Hund von der Straße aufgelesen und war mit ihm zum Tierarzt gefahren, um überprüfen zu lassen, ob das Tier gechipt war, während in seinem Wagen ein Mordverdächtiger in Handschellen wartete. Er redete kurz durchs Fenster auf den Spaniel ein wie auf ein kleines Kind, dann kam er zu uns.

«Was wollen Sie mit dem Hund machen, Balaki?», fragte Rauser.

«Das überleg ich mir später, Lieutenant. Das arme Tier. So was ist ohnehin schon schwer genug für einen Hund, auch ohne dass man ihn ins Tierheim karrt.»

Blutspurenexpertin Jo Phillips, eins achtzig groß, Schwimmerinnenkörper und eine Haut, die kein Make-up brauchte, kam mit einem Alukoffer in der Hand auf uns zu. Rauser hatte eine lockere Affäre mit ihr gehabt, bevor aus unserer Freundschaft mehr wurde. Sie waren Freunde geblieben.

Phillips blieb neben dem Van stehen, wo wir uns einkleideten, um den Tatort zu betreten. «Da schau her, Atlantas heißestes Duo der Verbrechensbekämpfung.» Sie schenkte mir ein strahlendes Lächeln, das selbst Heterofrauen betören konnte, und bückte sich, um Überschuhe anzuziehen. Größe einundvierzig, dachte ich mit einer gewissen Häme. Verstehen Sie mich nicht falsch. Nichts gegen große Füße. Bei ihrer Körperlänge würde sie sonst wahrscheinlich umkippen.

«Heißt das, wir anderen können nach Hause und ein bisschen schlafen, weil doch jetzt Batman und Robin hier sind?», fragte Lang. Der Spurentechniker versuchte erfolglos, ein Kichern zu unterdrücken. Williams und Balaki entdeckten irgendetwas Hochinteressantes auf dem Boden.

«Okay, ihr habt alle das Foto gesehen», sagte Rauser. «Will irgendwer hier noch was loswerden?» Er fixierte seine Ermittler. Keiner sagte etwas. «Dachte ich mir. An die Arbeit. Williams, was haben wir?»

Wir gingen einen geschwungenen Kiesweg hoch. «Männliches Opfer: Jorge Wagner, sechsundzwanzig. Weibliches Opfer: Emma Jackson, vierundzwanzig. Ausweise im Haus, Wertgegenstände anscheinend unangetastet. Das weibliche Opfer hat eine böse Stichverletzung. Wagner wurde aus nächster Nähe in den Hals geschossen.»

Der Kiesweg hatte verborgen, wie viel Blut aus dem Haus nach draußen getragen worden war. Aber auf der untersten Stufe zu der kleinen Veranda vor der Haustür sahen wir es. Schuhabdrücke, große, mit einem markanten Muster, vermutlich Laufschuhe. Und Pfotenspuren, die aus der Haustür kamen, die Veranda überquerten und die Stufen hinunterführten.

«Pepper war mit ihrer Leine an die Brüstung der Veranda gebunden.»

«Pepper?», fragte Rauser.

«Der Hund, Lieutenant», antwortete Balaki ernst. «Der Wassernapf stand da, als wir ankamen.»

«Vorsicht beim Reingehen», warnte Williams, drückte die Tür auf und trat dann zur Seite, um die Blutspurenexpertin vorzulassen. «Sieht aus, als hätte es angefangen, als das erste Opfer die Tür öffnete.»

Knapp hinter der Tür war eine Blutlache, weitere Schuh-

und Pfotenabdrücke. Blutige Schleifspuren führten zu den Leichen. Sie lagen auf dem Rücken, dicht nebeneinander, das männliche Opfer in Boxershorts und T-Shirt. Die tote Frau trug einen grünen Bademantel, der um die Taille von einem Gürtel gehalten wurde, aber so weit offen stand, dass die Stichwunde zu sehen war, die sie wahrscheinlich getötet hatte.

«Ich hab den Bademantel geöffnet, um sie zu untersuchen», sagte Balaki, ehe wir fragen konnten. «Er war bis zum Hals geschlossen.»

Williams ging neben den Leichen in die Hocke und hob ihre Arme ein Stück an, sodass wir die Handgelenke sehen konnten. Sie waren mit derselben Art Schnur aneinandergebunden, mit der Donald Kellys Kopf fixiert worden war, damit er genau auf Mikis Haustür starrte, derselben Art Schnur, mit der Troy Delgado erdrosselt worden war. Eine bonbonfarbene «8», wie man sie auf Geburtstagstorten steckt, hing an einem blauen Geschenkband von den zusammengebundenen Handgelenken der beiden.

Lang inspizierte die Schuhabdrücke. «Das sind die bislang besten. Sehr klare Details. Damit müsste sich der Schuh bestimmen lassen. Scheint die richtige Größe zu sein, Lieutenant.»

«Also, sie hat die Tür geöffnet», erklärte Jo Phillips. «Er sticht mit einer Aufwärtsbewegung zu. Sie fällt da hin.» Sie zeigte auf das Blut an der Tür. «Dann geht er hierher und nimmt den Hund, bringt ihn raus.» Sie folgte den Schuh- und Pfotenabdrücken, während sie redete. «Er kommt wieder rein und geht hier entlang. Das männliche Opfer wurde an dieser Stelle erschossen, rübergeschleift. Dann geht er die Frau holen, schleift sie her, legte sie neben das männliche Opfer. Den Spuren nach ist er auch in die Küche gegangen.»

«Keine Opfer in der Küche», erklärte Williams. «Aber in der Spüle und auf der Arbeitsplatte ist Blut.»

Langs Kollege maß die Körpertemperatur der Leichen. Lang überlegte einen Moment. «Todeszeitpunkt zwischen elf und Mitternacht.»

«Das männliche Opfer war im Bett», sagte ich. «Er hat irgendwas gehört. Er steht auf und kommt mit Gläsern in der Hand hier rein. Der Schütze feuert. Wagner lässt die Gläser fallen.» Ich zeigte auf zwei dickwandige Gläser auf dem Boden, wo Jorge Wagner laut der Blutspurenexpertin getötet worden war. Die beigefarbenen Wände waren mit Blut bespritzt, auf dem Boden waren Tropfen und Schleifspuren. «Der Mörder bringt beide in Position, bindet sie an den Handgelenken zusammen. Alles sehr symbolisch. Dann schließt er den Bademantel der Frau, geht in die Küche, wäscht sich die Hände und füllt einen Wassernapf für den Hund. Stellt ihn draußen hin, als er geht. Er wusste ganz genau, wie er vorgehen würde und wie er die Szene hinterlassen wollte.»

«Er findet das Pärchen in der Liste mit Aufgeboten. Der Name der Braut gefällt ihm. Und er beginnt, die beiden zu beobachten. Wir brauchen ein paar Leute, die die Nachbarn vernehmen», befahl Rauser. «War irgendwer auf der Straße, als Sie herkamen?»

«Nein, Sir», antwortete Balaki. «Alles total ruhig.»

«Seht euch das an», sagte Williams und hielt ein gerahmtes Foto hoch, auf dem das männliche Opfer eine Baseballkappe trug und mit einer Gruppe von Jungs in Trikots posierte.

«Alle Wege führen zurück zum Stadion, was? Vielleicht hat er sie ja doch nicht über das Standesamt gefunden», sagte Rauser. «Balaki, Sie gehen dieser Spur nach. Finden Sie raus, ob Jorge Wagners Name auf der Liste mit Trainern in dem Stadion stand, wo der junge Delgado gespielt hat. Und besorgen Sie mir die Namen der nächsten Angehörigen von den beiden.» Er blickte zu Boden, auf das ermordete Paar, zog eine Packung Nikotinkaugummi aus der Tasche und drückte einen durch die Folie. Er würde die Familien selbst verständigen. Das übernahm er fast immer. «Williams, wieso sind noch keine Streifenwagen hier? Wir müssen die Straße absperren, ehe die Medienvans das für uns erledigen.»

«Sollten jeden Moment hier sein, Lieutenant», antwortete Williams.

Der Spurentechniker machte Videoaufnahmen. Jo Phillips' Digitalkamera lief heiß. Sie ließ sie um den Hals hängen, während sie aus Blutpfützen Proben entnahm und in Reagenzgläschen gab, die sie jeweils mit einer Gummikappe verschloss.

Rauser blickte mich stirnrunzelnd an. «Er schließt also ihren Bademantel.»

Ich nickte. «Völlig anders als bei Fatu Doe. Bei ihr hat er den Rock hochgeschoben. Aber das hier war ein Versuch, ihre Würde zu wahren. Sie hatte die Namen seiner Mutter und seines Vaters. Er wollte nicht, dass sie entblößt aufgefunden wird.»

«Schon klar, nachdem er ihr an der Haustür mit so viel Respekt begegnet ist», sagte Rauser.

«In dem Moment hat er daran nicht gedacht», sagte ich. «Er hat sie an der Tür so schnell getötet, um keinen Lärm zu verursachen. Er wusste, dass er damit Zeit gewinnen würde, ins Haus zu kommen. Wahrscheinlich hatte er die beiden schon länger beobachtet. Er hat gewartet, bis sie ins Bett gehen. Dann hat der Hund gebellt, und sie ist aufgestanden. Es war egal, wer von beiden die Tür aufmacht. Für ihn waren sie bloß Objekte, um seine Phantasie auszuleben. Aber als er dann die Kontrolle hatte, als sie ihm gehörten, nachdem er geweint und onaniert hatte, da fühlte er sich ihnen gegenüber fürsorglich, liebevoll.»

«Sollen wir das testen?», fragte Rauser mich. «Hey, Leute, können wir die Opfer mit einer Tatortleuchte anschauen?»

«Jo, wir müssten mal kurz das Licht ausmachen», sagte ich.

«Kein Problem», antwortete Jo Phillips und trat von den Leichen zurück.

Draußen jaulten Sirenen, und Blaulicht kam die Straße heruntergekreiselt. Balaki machte einen Bogen um das Blut am Eingang und ging den Officern entgegen. Lang hängte sich eine Box in einem Lederkoffer über die Schulter, etwa halb so groß wie eine Autobatterie. Er stöpselte ein Kabel mit einer Lampe vorne in die Metallbox ein. Ich griff nach dem Lichtschalter.

Ein blaues Punktlicht glitt über den dunklen Boden, zeigte uns das Blut, das wir schon gesehen hatten, dann über die Opfer. Bläulich weiße Tropfen und Schlieren erschienen auf ihren Gesichtern und ihrer Kleidung.

«Er vergießt jede Menge Tränen beim Wichsen», sagte Rauser. «Dieses kranke Schwein.»

36

Die Spurensicherung legte dickes Packpapier über Plastikbahnen, nachdem Proben von dem Blut an der Haustür genommen worden waren und Jo Phillips ihre Messungen erledigt hatte. Das Blut, die Art, wie es getropft oder gespritzt ist, wie es von einer Waffe geflogen ist, kann Phillips die entsetzliche Geschichte jener tödlichen Sekunden erzählen, in denen ein Killer sein Opfer überwältigt. Zusammen mit der Analyse der Einstichwunde und den materiellen Beweisen würde jede Bewegung, die der Killer gemacht hatte, und jede Reaktion der Opfer grauenhaft klar werden. Es würde Stunden dauern, alle Spuren am Tatort zu sichern. Rauser und ich konnten beide anderweitig nützlicher sein. Die Leute von der Kriminaltechnik brauchten Zeit, um das zu tun, was sie am besten konnten, nämlich die Beweise sammeln, die das Schicksal von kaltblütigen Mördern wie Jesse Owen Richards vor Gericht besiegeln.

Als ich auf die Veranda trat, hörte ich ein ungewohntes Klicken, dann blendete mich grelles Licht. Freistehende Scheinwerfer erstrahlten. Stimmen dahinter riefen meinen Namen. *«Keye Street.» – «Hey, Dr. Street!»*

Rauser kam hinter mir aus dem Haus. «Bist du dafür bereit? Wenn Richards dich im Fernsehen sieht, dreht er wieder durch.»

Wir gingen die Stufen der Veranda hinunter und zogen die

Tatortkleidung aus. «Soll er doch», antwortete ich. Mikrophone reckten sich uns entgegen, sobald wir unter dem Absperrband hindurchtauchten.

«Lieutenant Rauser, können Sie uns die Szene im Haus beschreiben?»

«Zwei Opfer», sagte Rauser. «Männlich und weiblich. Mitte zwanzig. Die Namen werden bekannt gegeben, sobald die Angehörigen benachrichtigt wurden.»

«Dr. Street, gehen diese Morde auf das Konto des Geburtstagskillers?»

Ich sah Rauser bewusst nicht an, aber wir wussten beide, was diese Frage bedeutete. In seinem Dezernat gab es eine undichte Stelle. «Die Polizei ist noch dabei, die Spuren am Tatort zu sichern», erwiderte ich. «Wie Sie sehen können.»

«Offensichtlich gibt es bei diesen Morden gewisse Merkmale, die Ihre Aufmerksamkeit erregt haben, sonst wären Sie nicht hier. Um welche ...»

«Es ist immer ratsam abzuwarten, bis die zuständigen Ermittler Informationen an die Öffentlichkeit geben, und zwar auf eine Weise, die die Ermittlungen nicht gefährdet», unterbrach ich. «Mit anderen Worten, von mir erfahren Sie nichts.»

Hier und da ertönte gequältes Lachen, dann erhob sich eine Stimme über die anderen. *«Sind Sie nüchtern? Wie steht es um Ihre Genesung von der Sucht?»*

Mikrophone schoben sich noch näher.

«Die Freunde und Familien der achtzehn Millionen trockenen Alkoholiker in diesem Land könnten Ihnen wahrscheinlich erklären, dass Genesung von der Sucht ein Prozess ist. Man geht die Dinge Tag für Tag neu an. Ich bin jetzt seit über vier Jahren trocken.»

«Um sieben findet im Besprechungsraum der City Hall

East eine Pressekonferenz statt.» Rauser sah auf seine Uhr. «In weniger als einer Stunde.»

«Gibt es schon einen Verdächtigen für die Geburtstagsmorde?»

«Wir haben einen Tatverdächtigen für die Morde an einer Frau aus Clarkston und an zwei männlichen Opfern aus Atlanta identifiziert. Bis der hiesige Tatort vollständig ausgewertet wurde, können wir keinen Tatzusammenhang bestätigen.» Mir fiel auf, dass er sich weigerte, den Namen zu benutzen, den die Presse Jesse Owen Richards verpasst hatte – der Geburtstagskiller. «Wir werden die Identität des Verdächtigen auf der Pressekonferenz bekannt geben, zusammen mit einem Führerscheinfoto und einem Überwachungsvideo, das erst gestern aufgenommen wurde. Wir benötigen Ihre Hilfe, um die Bilder zu veröffentlichen. Vielen Dank.»

Wir gingen zu Rausers neuem Wagen, stiegen ein, saßen dann einen Moment einfach da und starrten durch eine makellos klare Windschutzscheibe. Ich stand leicht unter Schock. Die Sonne ging auf und beleuchtete einen schlierigen Himmel mit staubgelben Wolkenstreifen. Im Laufe des Tages wurden Gewitter erwartet, fiel mir ein. *Na toll.*

«Hey, du hast das prima hingekriegt mit den Reportern. Hast du gemerkt, wie still die geworden sind? Du hattest ihre volle Aufmerksamkeit. Die mögen ehrliche Antworten.»

Ich sagte nichts. Dass es da vorhin, vor diesem blutigen Tatort, plötzlich nur noch um mich gegangen war, behagte mir nicht. Ich musste unentwegt an diese beiden jungen Menschen denken, ermordet und im Tod aneinandergefesselt – an ihre Angehörigen und Freunde, die eine Hochzeit geplant hatten, die nie stattfinden würde. Wie schnell das alles mit einer einzigen Frage in den Hintergrund getreten war. *«Dr. Street, sind Sie nüchtern?»*

Rauser rief den Officer an, der bei ihm zu Hause auf Miki aufpasste, sagte ihm, dass ich unterwegs zu ihnen sei, und setzte mich dann am Krankenhausparkplatz ab. Ich stieg in den blauen Knubbel von Auto, legte einen kurzen Zwischenstopp im Georgian Terrace ein, um zu duschen und frische Sachen anzuziehen. Dann stellte ich White Trash einen gut gefüllten Futternapf hin, entschuldigte mich für die Vernachlässigung und gelobte Besserung. Die Frage war nur, wann ich die Dinge wieder im Griff haben würde. Ich hatte beschlossen, als kleine Privatdetektivin meine Kohle zu verdienen und als Beraterin aus meinen FBI-Erfahrungen Profit zu schlagen. Im Augenblick war ich übermüdet und ausgehungert und nicht besonders glücklich über meine Entscheidungen. Es war halb sieben am Morgen, und schon jetzt dachte ich daran, wie ein Schuss Jameson in meinem Kaffee schmecken würde, wie es sich anfühlen würde, wenn er mir durch die Kehle glitt und anfing, mir die Nackenmuskeln zu lockern. Ich brauchte Seeluft und ein großes Badetuch am Strand. Und Sex – langen, trägen Nachmittagssex –, Kino, schicke Restaurants, Baseballspiele – ich brauchte eine Pause, Herrgott noch mal. Stattdessen hatte ich eine Cousine mit einem mehrfach gebrochenen Bein, die Mahlzeiten und Zuwendung und Bewachung rund um die Uhr benötigen würde, einen Killer, der es auf uns beide abgesehen hatte, ein vernachlässigtes Büro, einen Geschäftspartner im Krankenhaus, bergeweise unerledigten Papierkram, unbeantwortete Nachrichten und eine verbitterte Katze. Und für das alles war ich selbst verantwortlich – was mir wirklich zu denken gab. Dr. Shetty hatte ihre eigenen Ansichten darüber, warum ich mein Leben so aus dem Ruder laufen ließ, warum ich beteuerte, mal eine Auszeit zu brauchen, aber dann regelmäßig die Ruhe nicht ertrug.

Dr. Shetty. Es war Donnerstag. *Mist.* Mein regelmäßiger

Termin war um zwei, mitten am Tag, noch so ein Beispiel für schlechte Planung. Ich dachte an die kommenden Stunden. Ich brauchte Zeit, um mich zu vergewissern, dass Miki gut versorgt war, um im Büro Papierkram und einige dringende Telefonate zu erledigen, um Mom und Dad anzurufen, nach Neil zu sehen und einen Nachmittag im Präsidium zu verbringen, um neue Berichte zu studieren. Sobald Rauser die Fotos von Jesse Owen Richards und das Überwachungsvideo an die Presse gab, würden jede Menge Rückmeldungen aus der Bevölkerung kommen.

Okay, es war also völlig ausgeschlossen, dass ich den Termin bei meiner Psychologin einhalten konnte. Das hieß, ich würde es mit Mariza zu tun bekommen, Dr. Shettys Sekretärin. Sie war Brasilianerin und tat so, als wäre ihr Englisch schlecht, damit sie nicht mit Patienten reden musste. Mariza hatte die eiserne Regel, dass Absagen spätestens vierundzwanzig Stunden im Voraus erfolgen mussten. Wir waren schon öfter aneinandergeraten. Ich ging davon aus, dass Dr. Shetty mal wieder eine Stunde Mittagspause auf meine Kosten machen würde.

Ich kaufte was zum Frühstück und raste zu Rausers Haus. Ich wollte nicht, dass Miki ohne Familie aufwachte. Ich konnte mir ausmalen, wie verletzlich sie sich fühlen musste, von einem Killer gejagt, in einem fremden Bett mit gebrochenem Bein und einem wildfremden Polizisten, der sie bewachte.

In Rausers Einfahrt stand ein Streifenwagen. Ein Officer namens Jacobs öffnete die Tür, Hand an der Waffe, und verlangte, dass ich mich auswies. Ich hatte eine Tüte vom Radial Café dabei, dem ersten echten Biorestaurant in Atlanta, mit den besten Zimtschnecken überhaupt – schön groß und dick, frisch zubereitet und mit einer dicken Frischkäseglasur obendrauf. Wenn die gebacken werden, duftet die ganze Dekalb

Avenue danach, und es ist fast unmöglich, an dem Laden vorbeizufahren, ohne auf die Bremse zu treten.

Der Fernseher lief, aber leise. Ich sah das Handy des Officers neben seiner Uniformmütze auf dem Couchtisch liegen.

«Ist sie schon wach?», fragte ich.

«Hab noch keinen Mucks gehört», antwortete Jacobs.

Ich schüttelte die Tüte. «Zimtschnecken vom Radial. Möchten Sie auch einen Kaffee?»

«Und ob», sagte er. Er setzte sich hin und griff nach seinem Handy. Ich fragte mich kurz, was ein Streifenpolizist wohl twittert, wenn er zum Personenschutz abgestellt ist. Bestimmt langweilte er sich. Vielleicht aktualisierte er seinen Facebook-Status. Oder er simste an seine Freundin, spielte Angry Birds.

Die Pressekonferenz hatte begonnen. Auf der Mattscheibe lief das Überwachungsvideo, das den Verdächtigen, von dem wir inzwischen wussten, dass es Jesse Owen Richards war, mit einer dunkelgrünen Kapuze über dem gesenktem Kopf zeigte, das Gesicht stets von den Kameras abgewandt. Ich sah, wie Rauser vor den Fernsehkameras sprach und die Bevölkerung um Mithilfe bat. Er beschrieb die Persönlichkeitsmerkmale, die ich in meinem Täterprofil aufgeführt hatte. Das Krankenhausvideo wurde wieder und wieder abgespielt, um Richards' Körperhaltung zu zeigen, seine Bewegungen und seinen Gang. Ein sechs Jahre altes Führerscheinfoto von Richards wurde eingeblendet, und Rauser wies darauf hin, dass das Gesicht des Verdächtigen inzwischen schmaler sein musste. Nach Schätzung der Polizei hatte er etwa vierzig Kilo abgenommen, seit das Foto aufgenommen worden war.

Es war jetzt nur noch eine Frage der Zeit. Richards' Gesicht und das Video würden auf allen Kanälen gezeigt werden.

Ich ging den Flur hinunter zum Gästezimmer, das gleichzeitig Rausers Büro war, und drückte die Tür auf.

Mikis gebrochenes Bein schaute unter der Bettdecke hervor. Der Gips reichte bis zum Knie und war schon mit ein paar Unterschriften bekritzelt. Ich musste lächeln, packte den Kaffee und die Zimtschnecken auf den Nachttisch und setzte mich auf die Bettkante.

Mir war sehr wohl bewusst, dass Miki ein gehöriges Maß an emotionaler und physischer Pein erwartete, wenn sie aufwachte. In welcher Stimmung sie sein würde, stand in den Sternen. Ich wünschte, ich hätte ihr all den Schmerz und die Angst nehmen können. Richards zu schnappen und dafür zu sorgen, dass er aus ihrem Leben verschwand, war ein guter Anfang. Ich berührte ihre Hand. «Guten Morgen.»

Sie regte sich, blinzelte zu mir hoch und wollte sich aufsetzen. Dann fiel ihr wieder ein, dass ihr Bein eingegipst war. Sie stemmte sich auf sehnigen, muskulösen Armen hoch, und ich schob ihr ein paar Kissen in den Rücken.

«Ich hab Kaffee und was zu essen, wenn du magst.» Sie wollte den Kaffee. Ich reichte ihn ihr. «Im Wohnzimmer ist ein richtig schnuckeliger Polizist. Ich denke, das ist das Positive an der Sache.»

«Ich hab jetzt nur noch Augen für Tyrone», sagte Miki. «Er hat mich doch tatsächlich ins Haus getragen.»

An der Wand lehnten Krücken. Miki war dünn, aber sie war stark und fit. Ich wusste genau, dass sie nicht getragen werden musste. «Was für ein Mann.»

«Er kommt später her, glaube ich. Mit Lunch oder Abendessen oder so.»

«Im Ernst? Super.» Das gefiel mir gar nicht. Ich hatte entschieden was dagegen, dass Miki sich mit Tyrone einließ, auch wenn er vielleicht Frauenkenner genug war, um mit ihr umgehen zu können.

Sie trank ihren Kaffee und musterte mich dabei. «Mir

ist noch was zu Owen eingefallen. Während meiner Zeit im Peachtree-Ford hatte ich Geburtstag. Keine Ahnung, woher er das wusste, aber er wusste es. Ich war total deprimiert. Wir waren in dem Aufenthaltsraum mit Fernseher. Wenn man ein paar Tage dort war, ließen sie einen da rein. Er hat mir so einen kleinen Schreibblock geschenkt, mit einem selbstgemachten Deckblatt. Ich glaube, es war ein bisschen künstlerisch gestaltet. Genau weiß ich das nicht mehr. Die nehmen einem da alles ab, weißt du? Damit du dir nichts antun kannst – Gürtel, Schnürsenkel, alles. Aber irgendwie hatte er ein bisschen Geschenkband aufgetrieben und es um den Block gebunden. Mit einer dicken Schleife. Er war so nett zu mir. Ich weiß noch, dass ich gedacht hab, wie lieb er ist. Ich verstehe das nicht. Ich verstehe nicht, warum er mir was antun will …»

Sie verstummte, schüttelte den Kopf. Ich schwieg.

«Weißt du was, Keye? Ich kann mich nicht mal erinnern, was ich mit seinem Geschenk gemacht hab. Oder was ich zu ihm gesagt hab. Du hast mich ja in der Klinik besucht. Damals wusste ich kaum noch, wie ich heiße.»

Ich stellte mir vor, wie sie sein Geschenk beiläufig abtat, das Geschenk, das er gebastelt und mit etwas geschmückt hatte, das ihm wichtig war, das er nur mit viel Einsatz hatte auftreiben können. Bestimmt hatte er sich ausgemalt, wie sie reagieren würde, wenn sie es bekam, wie dankbar und hingerissen sie sein würde, ihre Zuneigung zu ihm in seiner Vorstellungswelt millionenfach verstärkt. Aber Miki hatte sich nicht an das Drehbuch gehalten. Das tut Miki nur selten. Das Geschenk bedeutete ihr nichts. War das der Auslöser gewesen, der seine Schwärmerei in Wut umschlagen ließ?

Miki betrachtete mich. «Du denkst, ich hab das alles irgendwie provoziert, nicht?», fragte sie.

«Er ist ein egozentrischer Scheißkerl, Miki. Das hast du nicht provoziert.»

Ihre blauen Augen lächelten eine Sekunde früher als ihr Mund. «Ist das deine offizielle Diagnose?»

«Ein Grund mehr, warum ich nie eine eigene Praxis aufgemacht hab.»

Ich half ihr hoch und reichte ihr die Krücken. Sie hatte Schmerzen, das sah ich, als sie in Unterwäsche durch den Flur humpelte. Während sie sich die Zähne putzte, holte ich die Riesenpackung Ibuprofen, die ihr verschrieben worden war. «Du musst was essen, ehe du hiervon welche nimmst, okay?»

«Willst du schon wieder weg? Was soll ich denn die ganze Zeit machen?»

«Lies was. Die Bücherregale sind voll. Und du hast einen Kindle.» Ich musste irgendwie weg von diesem Pflegediensteinsatz. Für so was war ich nicht geeignet. Wieder zurück im Gästezimmer, drückte ich ihr die Fernbedienung in die Hand. «Rauser kriegt jeden, aber auch wirklich jeden Sender, den's gibt. Hast du gesehen, was für eine Riesenschüssel er auf dem Dach hat? Ernsthaft. Damit kannst du sogar die Kreml-Nachrichten gucken.»

«Schönen Dank auch.» Die Aussicht, allein gelassen zu werden, hatte Mikis Stimmung schlagartig in den Keller sacken lassen.

«Tut mir leid. Ich weiß, das ist alles ätzend.» Ich öffnete die Jalousien. Gewitterwolken zogen auf. Mir fiel Rausers Bemerkung ein, dass sämtliche Katastrophenschutzdienste in Alarmbereitschaft waren. «Kannst du deine Krankenversicherung anrufen und dich erkundigen, ob du häusliche Pflege bekommst? Ich schau am frühen Nachmittag wieder nach dir. Das Festnetztelefon steht da drüben auf Rausers Schreibtisch, okay? Ruf an, wenn du irgendwas brauchst.»

«Ich will nach Hause.»

Ich spürte das nervöse Zucken im Augenwinkel. «Noch nicht. Zu gefährlich.»

«Wir leben in einem freien Land, Keye. Ich bin volljährig. Außerdem soll Mr. Uniform da draußen mich doch beschützen, oder? Das kann er auch bei mir zu Hause.»

Schmerz macht Menschen unvernünftig. Angst ebenso. *Sei nachsichtig mit ihr,* sagte ich mir. «Warum willst du dich selbst und den Officer in Gefahr bringen?» Ich sagte nicht, dass sie bereits meine Eltern gefährdet hatte oder dass sie der Grund war, warum Richards mich mit auf seine Horrorliste gesetzt hatte. «Gib Rausers Leuten vierundzwanzig Stunden. Sie sind dem Kerl auf den Fersen. So, nun iss was und nimm dein Ibuprofen. Dann fühlst du dich besser.»

«Ich rufe ein paar Freunde an, damit sie mir Gesellschaft leisten», sagte Miki.

Ich presste einen Finger gegen meinen Augenwinkel. «Miki, jedes Mal, wenn diese Tür aufgeht, jedes Mal, wenn jemand Neues reinkommt, erhöhst du das Risiko. Keiner sollte wissen, wo du bist, okay? Es ist nicht sicher. Noch nicht.»

Ich holte einen Krug mit gefiltertem Wasser aus Rausers nahezu leerem Kühlschrank, goss Miki ein Glas ein und stellte es auf den Nachttisch. Mein Handy klingelte. Der einzige Mensch, der mich morgens um halb acht anruft, ist meine Mutter. Ich schaute aufs Display. Es war meine Sicherheitsfirma.

«Peachtree Security hier. Spreche ich mit Keye Street?»

«Ja.»

«Wir haben eine Alarmmeldung von Ihrem Büro. Die Polizei ist bereits verständigt.»

Was war denn nun schon wieder? *Scheiße.* «Miki, ich muss los.» Ich gab ihr einen Kuss auf die Wange.

Sie sah mich nicht an. «Sag dem Cop, dass Tyrone später herkommt, okay? Und sag ihm, er soll mich in Ruhe lassen.»

Ich drehte mich um und ging, ehe die Szene mit meinen Händen um ihren Hals endete. Die Diva-Nummer ging mir auf die Nerven. Ich unterrichtete den Officer von Tyrones bevorstehendem Besuch. Er würde Rauser anrufen müssen, um den Besuch genehmigen zu lassen. Mir war nicht wohl bei dem Gedanken, dass irgendwer hier ein und aus ging. Das erschwerte die Arbeit des Officers, und ich fürchtete, dass es sich negativ auf seine Wachsamkeit auswirken würde. Es wäre am besten, wenn er niemanden erwartete, wenn jeder, der einen Fuß auf die Veranda setzte, eine mögliche Gefahr darstellte.

37

Zwei Streifenwagen standen vor meinem Büro, als ich in dem blauen Knubbel von Auto angebraust kam. Der Parkplatz war leer. Die Geschäfte und Läden drum herum machten erst um neun oder zehn auf. Die Metalltür zu meinem Büro stand sperrangelweit offen. Sobald ich aus dem Auto stieg, konnte ich die Dellen sehen. Ein Officer saß bei laufendem Motor in seinem Fahrzeug und schrieb auf einem Klemmbrett. Ab und an glitten die Wischer über die Windschutzscheibe. Die Fenster waren beschlagen. Der Regen, den man uns versprochen hatte, war von feinem Nieseln in Tröpfeln übergegangen. Eine Polizistin trat aus meiner Bürotür auf die Laderampe, von der die Kugel, die meinen Partner getroffen hatte, abgeprallt war.

«Sind Sie Ms. Street?», fragte sie, als ich die Stufen hinaufrannte. Sie stand geschützt vor dem Regen unter dem Blechvordach. Ich blickte an ihr vorbei in meinen Arbeitsbereich.

«Was ist passiert?»

«Sieht nach Vandalismus aus», sagte sie. «Wir waren innerhalb von sieben Minuten da, aber der Schaden ist beträchtlich. Als wir ankamen, stand die Tür offen. Niemand mehr da.»

Ich blieb am Eingang stehen und rang um Fassung. Sie hatte recht: Es sah aus, als wäre jemand mit einem riesigen Haken durch unser Büroloft gerannt und hätte einfach von sämtlichen Flächen alles zu Boden gefegt. Computer, Monitore, Drucker und Fax waren zertrümmert, demoliert, kaputt getreten. Neils teurer Sessel war umgekippt. Glasscherben, Plastikteile und Papier lagen verstreut auf dem Boden. Das Smart Panel war zerstört. Der Schaden belief sich auf mehrere tausend Dollar. Unsere ganze Arbeit und Liebe und Planung waren dahin.

«Sieht aus, als hätten sie die Tür mit der Brechstange aufgebrochen», erklärte die Polizistin. «Die haben sie wahrscheinlich auch hier drin benutzt. Ich hoffe, Sie sind gut versichert.»

Jede einzelne Schublade in meinem Büro war herausgerissen und ausgeleert worden. Mein Schreibtischsessel war aufgeschlitzt, brutale Schnitte zogen sich über Rückenlehne und Sitz. Die Glasplatte auf meinem Schreibtisch war auf der ganzen Länge von Rissen durchzogen. Er hatte einen schwarzen Markierstift benutzt, um FOTZE auf das Glas zu schreiben. Es gab keinen Zweifel, dass das hier Richards' Werk war. Seine widerwärtige Energie hatte alles in unseren Räumen besudelt.

«Wir haben die gesamte Nachbarschaft überprüft. Keine weiteren Einbrüche», erklärte die Polizistin. «Sieht so aus, als hätte jemand Sie auf dem Kieker, Ms. Street.»

Ich ging zu Neils Schreibtischsessel und stellte ihn wieder hin, wischte ihn mit der Hand sauber – eine winzige Insel der Ordnung in dem beängstigenden Chaos.

Rauser war an Williams' Arbeitsplatz im Großraumbüro. Die Detectives Bevins, Angotti und Thomas saßen an ihren Schreibtischen, die anderen Tische waren leer. Das hieß, dass vierzehn Ermittler des Morddezernats irgendwo draußen unterwegs waren. Ich konnte mir denken, in welchem Fall sie ermittelten. Rauser winkte mich zu sich herüber. Ich hörte Andy Balakis schleppenden Südgeorgia-Tonfall aus dem

Telefonlautsprecher. «Wir fahren jetzt zu der Baustelle. Mal sehen, ob er da ist.»

Rauser beendete das Gespräch und sah mich an. «Monica Roberts hat mich vorhin angerufen. Sie meinte, du hättest ihr ein Interview mit uns beiden zugesagt?»

Ich schielte zu Bevins hinüber. Sie versuchte das Grinsen zu verbergen, das ihre Lippen umspielte, und schaute nach unten auf ihre Tastatur. Ich vermutete, dass Rauser nach dem Telefonat mit der Reporterin ordentlich Dampf abgelassen hatte.

«Glaubst du ernsthaft, so was würde ich zusagen?», entgegnete ich. Ich versuchte nicht mal, meine beschissene Stimmung zu verbergen.

«Äh. Nein. Eigentlich nicht», sagte Rauser.

«Sie hat gefragt. Ich hab ausweichend geantwortet. Aber ich hab nicht zugesagt.»

«Hast du die Nachrichten gesehen?»

«Ich war ziemlich beschäftigt.» Ich ließ unerwähnt, dass ich die Presskonferenz verfolgt hatte.

«Im Fox-Frühstücksfernsehen gab's eine große Diskussion über Sie», sagte Bevins.

«Na toll», murmelte ich. Angst überrollte mich wie ein Sattelschlepper. Für einen wirklich spaßigen Tag hätte nur noch White Trash in meine Schuhe kotzen müssen. Ich ging heute besser vom Schlimmsten aus.

Rauser starrte auf seinen Monitor, tippte mit zwei knorrigen Fingern, was ich normalerweise niedlich fand. Heute ging es mir auf die Nerven. «Entspann dich, Street», sagte er, ohne aufzublicken. «Wie ich schon sagte, die mögen ehrliche Antworten.»

«Anscheinend haben Sie mit Ihrer Bemerkung über Genesung von der Sucht mal eben das Stigma des Alkoholismus aufgehoben», sagte Bevins. Sie gab sich keine große Mühe, den sarkastischen Unterton zu überspielen. Bevins hatte ihre eigenen Probleme mit Alkohol. Das wusste ich von Rauser. Aber das war vertraulich. Mit mir hatte sie nie darüber gesprochen.

«Vor einigen Monaten wollten sie mich noch lynchen», sagte ich düster.

«Du weißt doch, wie so was läuft», sagte Rauser. «Wo hast du den ganzen Vormittag gesteckt?» Er sah mich an. «Alles in Ordnung?»

«Mein Büro wurde heute Morgen demoliert. Richards. Er hat auf meinem Schreibtisch eine Nachricht hinterlassen, die sich auf sein Lieblingswort beschränkt. Alles kurz und klein geschlagen. Ich musste Anzeige erstatten. Mit der Versicherungsgesellschaft reden, den Schlüsseldienst und den Vermieter anrufen. Und ich musste abwarten, bis die Tür repariert war, ehe ich wegkonnte.»

«Warum hast du mich nicht angerufen?»

«Der Schaden war angerichtet, Rauser. Die Polizei war da. Du hättest nichts machen können.»

«Er hat Sie vor dem Tatort mit der Presse reden sehen, und dann auch noch die Sache im Frühstücksfernsehen, das muss ihn richtig auf hundertachtzig gebracht haben.» Bevins runzelte die Stirn.

«Offensichtlich», pflichtete ich ihr bei. «Also? Wie sieht's aus? Irgendwelche verwertbaren Anrufe?»

«Die Hälfte meiner Leute ist unterwegs und geht Hinweisen nach», sagte Rauser. «Und wir haben den Landschaftsbaubetrieb ausfindig gemacht, von dem die Großeltern erzählt haben. Starke Fluktuation bei der Belegschaft. Die Geschäftsführung hat nicht viel mit den Arbeitern zu tun. Keiner kann sich an unseren Mann erinnern. Aber sie haben Unterlagen über ihn. Es gibt da einen Vorarbeiter, der schon länger da ist.

Balaki und Williams versuchen, ihn ausfindig zu machen. Mal sehen, woran der sich erinnert.»

Ein Blitz leuchtete so grell auf, dass wir alle zu den Fenstern schauten. Ich tat das, was ich schon mein Leben lang bei Gewitter tue. Ich zählte im Kopf die Sekunden, bis der Donner kam. Mit dieser Taktik hatte meine Mutter mich immer von meiner Gewitterangst abgelenkt. *Eins, zwei, drei. Wumm.* Da. Die Lichter in dem alten Gebäude gingen aus. Monitore wurden dunkel. Bevins fluchte leise. Es dauerte zwölf Sekunden, bis die Lampen und Ventilatoren und Computer wieder zum Leben erwachten. In der Stille konnten wir den Regen gegen die Fenster entlang der North Avenue prasseln hören wie Schrotkugeln.

«Mannomann», sagte Rauser. «Finde mal einer raus, ob dieses Chaos noch schlimmer wird. Wieso haben wir bis jetzt nichts von Balaki und Williams gehört? Bevins, fragen Sie nach, ob sie diesen Landschaftsbautypen gefunden haben.»

«Bei so einem Wetter arbeiten Landschaftsbauer nicht, Lieutenant», antwortete Bevins ruhig. «Wahrscheinlich suchen sie noch nach ihm.»

«Finden Sie's raus», blaffte Rauser.

«Lieutenant», sagte Detective Angotti. «Die Gewitter ziehen genau über uns hinweg. Für Atlanta und Umgebung gelten Unwetterwarnungen.»

Ken Lang kam um die Ecke. Er warf ein Foto von den blutigen Schuhabdrücken auf den Tisch, die wir alle auf dem Fußboden des Hauses gesehen hatten, in dem Jorge Wagner und Emma Jackson ermordet worden waren. «Das sind Baseballschuhe», sagte er. «Größe siebenundvierzig. Und zwar die Sorte, die von Schiedsrichtern getragen wird.» Lang warf ein weiteres Foto auf den Tisch. «Dieses spezielle Modell erinnert an orthopädische Schuhe. Superbequem. Aber aus diesem Winkel sieht man die traktionsstarke Außensohle aus Gummi. Die passt zu unseren Abdrücken.»

Bevins legte eine Hand über die Sprechmuschel. «Lieutenant, Balaki und Williams reden jetzt mit dem Landschaftsbauer», meldete sie.

«Gut. Okay, alle mal herhören. Gehen Sie noch mal die Liste mit Schiedsrichtern in den hiesigen Baseball-Ligen durch. Finden Sie raus, ob es zu den Namen auch Ausweisfotos gibt. Achten Sie auf alles, was irgendwie auffällig ist. Wir vermuten, dass er noch immer einen Namen mit *R* benutzt. Also fangen Sie damit an. Diese Leute sind Freiberufler. Die arbeiten für unterschiedliche Ligen im ganzen Staat. Das Schwein könnte im Moment Gott weiß wo sein.»

Das Telefon klingelte. Rauser stellte auf laut. «Wir haben ihn gefunden, Lieutenant.» Balaki klang aufgeregt. «Im Zesto auf der Moreland Avenue. Er erinnert sich sehr gut an Jesse Richards. Sagt, der Typ war ziemlich seltsam. Oft sauer. Sehr dick und sehr empfindlich deswegen. Der einzige andere Kollege, der einigermaßen mit ihm klarkam, war ein gewisser Rabelo, der ihn überredet hat, mit dem Joggen anzufangen.»

«Was ist aus Rabelo geworden?», fragte ich.

«Der hat per Brief seinen Job gekündigt und ist nie wieder aufgetaucht», antwortete Balaki. «Hat sich seinen letzten Gehaltsscheck zuschicken lassen. Der Vorarbeiter meint, das war ungefähr um die Zeit, als Richards aufgehört hat.»

«Das glaub ich gern», sagte ich. Rabelos Leiche verweste wahrscheinlich in irgendeinem Wald oder lag bis auf die Knochen abgefressen am Ufer des Chattahoochee, sodass Mister R., wie Fatu Doe ihn genannt hatte, seine Identität stehlen konnte. Wir hatten unseren Mann gefunden.

«Der Vorarbeiter ruft gerade in der Verwaltung an und

fragt, wohin der letzte Scheck geschickt wurde», erklärte Balaki. «Wir haben uns ein aktuelles Führerscheinfoto von Rabelo vom Straßenverkehrsamt mailen lassen.»

«Hat der Vorarbeiter ihn auf dem Foto erkannt?»

«Nein, Sir. Er schwört, dass das nicht der Mann ist, den er als Rabelo kannte. Aber das könnte Richards sein, falls er hundert Pfund abgespeckt hat.»

«Volltreffer, Lieutenant», sagte Bevins. «Es gibt einen Julian Rabelo auf der Liste der Liga-Schiedsrichter. Wir haben ihn beim ersten Durchgang vernommen. Nichts Auffälliges.»

«Lassen Sie Rabelos Führerscheinfoto mit dem von Richards abgleichen. Wenn wir ein eindeutiges Ergebnis haben, können wir ohne Haftbefehl rein», sagte Rauser. «Wer hat Rabelo vernommen?»

«Ich hab seine Aussage aufgenommen», sagte Angotti. «Ich erinnere mich an ihn. Wir haben an dem Tag nur mit zwei Schiedsrichtern gesprochen. Bei beiden Aussagen nichts Verdächtiges.»

Über Rausers Lautsprecher hörten wir Balakis gedämpfte Stimme mit dem Landschaftsbauer sprechen. «Wir haben die Adresse», meldete Balaki. «Der Scheck wurde an die Adresse geschickt, auf die auch der Führerschein ausgestellt ist. Sind schon unterwegs.»

«Sie gehen dort auf Beobachtungsposten und warten auf Verstärkung», befahl Rauser. «Thomas, geben Sie eine Fahndung nach Rabelo raus. Leute, wir brauchen mehr Informationen. Und ich will Satellitenbilder von der Gegend, in der er wohnt. Die Sache muss wie am Schnürchen ablaufen. Das heißt, wir müssen die nähere Umgebung kennen und wissen, in welche Ecken sich die Ratte flüchten kann.»

«Die Gesichtserkennung liefert eine fünfundneunzigprozentige Wahrscheinlichkeit, dass Rabelo und Richards ein und derselbe sind», meldete Bevins.

Rauser ging zu Major Hicks, um ihn auf den neuesten Stand zu bringen. Als er zurückkam, sagte er uns, dass Hicks Julian Rabelos Foto sofort an die Medien geben würde.

«Angotti und Thomas fahren zusammen. Bevins, Sie kommen mit mir», befahl Rauser.

«Ich will auch mitkommen», sagte ich.

«Du kannst uns folgen», sagte Rauser. «Aber du bleibst draußen, bis die Situation unter Kontrolle ist.» Ich nickte. Mein Puls lag ungefähr bei hundertfünfzig. Ich brannte darauf, mit anzusehen, wie der Scheißkerl, der am Morgen mein Büro verwüstet hatte, gefasst wurde. Ich hoffte, sie würden dafür sorgen, dass er auf dem Weg ins Präsidium versehentlich gegen ein paar Türen lief.

Das Licht fiel wieder aus. Die Fahrstühle funktionierten nicht. Wir leuchteten uns mit Taschenlampen den Weg durch das stockfinstere Betontreppenhaus der City Hall East. In der Tiefgarage wurden die Kofferräume geöffnet, und wir zogen Schutzkleidung an – Westen mit Kevlar-Platten, die uns vor einem Schuss in den Torso schützen würden. Selbst mit den kugelsicheren Platten waren die Westen erstaunlich leicht. Aber sie waren warm. Rauser warf mir eine Regenjacke mit dem Aufdruck APD zu und stieg zusammen mit Bevins in seinen Wagen. Ich sprang in Neils blauen Knubbel von Auto. Thomas und Angotti fuhren hinter mir los.

Der Mietvertrag für das Haus lief immer nur für einen Monat und war viele Male auf den Namen Julian Rabelo verlängert worden. Der Besitzer war ein stadtbekannter Slumlord. Laut Bevins hatte die Polizei schon mehrfach mit dem Mann zu tun gehabt. Er verweigerte jede Kooperation, wenn Cops die Erlaubnis benötigten, ein Haus zu öffnen. Schließlich hörten sie auf zu fragen und verlegten sich meist auf die Version, sie hätten von drinnen Geräusche gehört, die vermuten ließen, dass Gefahr im Verzug war.

Wir bogen auf die McDonald Street und fuhren auf den Block zwischen Berean Avenue und Boulevard zu. Der Wind peitschte den strömenden Regen jetzt fast waagerecht. Die Straße begann mit frisch gestrichenen einstöckigen Holzhäusern, gemähten Rasenflächen und Blumenkästen vor den Fenstern. Doch schon bald sah man durchhängende Veranden, kaputte Zäune, abblätternde Farbe, mit Graffiti beschmierte Mauern und verwildertes Brachland, auf dem sich Reifen und Autowracks türmten. Wir hielten hinter Williams und Balaki vor einem Haus mit einer eingefallenen Verandaüberdachung. Ein Anhänger von einem großen Laster war in einer Ecke abgestellt worden. Er war mit kunstvollen Illustrationen bedeckt: Gang-Symbole und Graffiti, die schön und beängstigend zugleich waren. Drum herum wucherte Unkraut. Die Rückseite war offen, und drinnen lungerte eine Gruppe von Kids herum, vor dem Regen geschützt, rauchend, lachend. Überall am Straßenrand parkten Autos. Entweder die Anwohner arbeiteten alle Nachtschicht, oder sie arbeiteten überhaupt nicht. Die Armen waren in Atlanta schon eine ganze Weile immer ärmer geworden. Es war die perfekte Wohngegend, um unterzutauchen.

Bevor wir losfuhren, waren noch einige Informationen zu Rabelo reingekommen. Er hatte kurz vor dem Elften September seine Staatsbürgerschaft erhalten und immer entweder in der Gastronomie oder im Landschaftsbau gearbeitet. Er hatte offenbar keine Familie in den USA. Er war unverheiratet. Er hatte keine Kinder. Er war hellhäutig und wohnte in einer verwahrlosten Gegend, wo die Leute häufig umzogen. Seine Nachbarn kannten vermutlich nicht mal seinen Namen. In einem Viertel, in dem Häuser nur mit Monatsverträgen vermietet wurden, wer hätte da merken sollen, dass Rabelo durch jemand anderen ersetzt worden war?

Wir stiegen alle aus und duckten uns im Regen. Rauser sah mich böse an. «Ich bleibe draußen, bis die Situation unter Kontrolle ist», sagte ich zu ihm. Aber das hieß nicht, dass ich nicht versuchen würde, so nah ranzukommen wie nur eben möglich. Ich war schon groß, und das wussten sie.

Sie überprüften ihre Waffen und Westen und blickten dann auf ein Haus drei Türen weiter – ein flacher Holzbau, der halb hinter Wisteria-Ranken und bestimmt zweieinhalb Meter hohen Ligusterbüschen verschwand. Das Haus hatte einmal einen hellblauen Anstrich gehabt, aber es war völlig verwittert, mit nackten, verbogenen Brettern und durchhängenden Dachrinnen.

Ein Nicken von Rauser genügte. Angotti und Thomas stiegen über einen schiefen Maschendrahtzaun und liefen zur Rückseite. Balaki, Williams, Bevins und Rauser gingen vorne rein. Ich zog mir die Kapuze der Regenjacke über den Kopf und wartete auf dem Bürgersteig vor dem Haus an einer Stelle, die durch die Ranken und Büsche vor Blicken aus den Fenstern geschützt war. Meine Weste würde nichts nützen, um den Rest von mir zu schützen. Ich wollte nah dran sein, aber ich wollte mich nicht zur Zielscheibe machen.

Sobald Rauser und seine Ermittler die Haustür erreichten, begann ein Hund zu bellen, ein kleiner Hund. *Pudel,* dachte ich. Keine Hautschuppen, keine Haare. An den Tatorten waren keine Hundehaare gefunden worden.

Ich sah Angotti und Thomas um eine Hausecke schleichen. Eine Woche war es her, dass Troy Delgados Leiche entdeckt wurde. Eine Woche, und wir waren hier. Die Ermittlungen waren auf Hochtouren geführt worden. Leider hatte ich zu spät erkannt, was sein nächster Schritt sein würde, nämlich erst als Richards' Großeltern von den Puppen im Schrank erzählten, und deshalb war ein junges Paar kurz vor der Hochzeit ermordet worden. Die Verantwortung dafür lastete in diesem Moment tonnenschwer auf mir.

Ich zog meine Waffe und drückte mich mit dem Rücken an einen von Kudzu überwucherten Baum. Von hier aus konnte ich den Bürgersteig in beide Richtungen überblicken. Ich wollte nicht das Risiko eingehen, von hinten niedergeschlagen zu werden.

Durch den peitschenden Regen hindurch beobachtete ich, wie Williams der Tür knapp oberhalb des Türknaufs einen wuchtigen Tritt verpasste. Ich hörte Rufe, mit denen die Ermittler sich gegenseitig meldeten, wenn ein Raum gesichert war. Mein Puls lief auf Hochtouren. Etwas streifte meine Beine, und ich schaute nach unten. Ein weißer Zwergpudel blickte schwanzwedelnd zu mir hoch, blinzelte gegen den Regen an. Er trug ein babyblaues Halstuch. Ich bückte mich und hob ihn hoch. Er war völlig durchnässt. Auf seinem Namensschildchen stand *Hank*.

«So ist's fein, Hank», beruhigte ich ihn. «Sei schön brav, mein Kleiner. Keine Angst.»

Ich hörte Rausers Stimme. «Alles sauber, Street. Keiner zu Hause.» Enttäuschung wallte in mir auf. Ich hatte mich so danach gesehnt, mit ansehen zu können, wie Jesse Owen Richards in Handschellen aus dem Haus geführt wurde.

Ich trug Hank hinein, setzte ihn ab und schloss die Haustür, damit er nicht wieder weglief. «Hey, Keye, das müssen Sie sich ansehen», rief Balaki.

Ich durchquerte ein Wohnzimmer mit einem scheppernden Klimagerät und schäbigen Möbeln. Als ich an einer kleinen Einbauküche vorbeikam, in der sich Töpfe und

Pfannen und schmutziges Geschirr stapelten, sah ich Hanks Futter- und Wassernapf gut gefüllt in einer Halterung. Es stank erbärmlich. Links von mir war ein Schlafzimmer mit einem ungemachten Matratzenlager auf dem Boden, das Laken zerwühlt und fleckig. Keine Decken. Ich bog um die Ecke zu einem zweiten Schlafzimmer und sah Mikis blaue Augen. Rauser und seine Detectives standen da und betrachteten eine Collage aus körnigen Handyfotos – Miki, die offenbar nicht merkte, dass sie fotografiert wurde. Außerdem hingen an den Wänden, mit Klebeband oder Reißzwecken befestigt, Hunderte von Mikis Fotos, die in Zeitschriften erschienen waren. Auf angehefteten Post-it-Zetteln stand *Afghanistan, New York, Texas, Kalifornien, Alaska, Irak*. Unter der jeweiligen Ortsangabe war das entsprechende Datum notiert. Ein einzelner Sessel stand im Zimmer, umringt von zahllosen Pornoheften, in denen Mädchen, die zu jung waren, ihre Brüste zu zeigen, ihre Brüste dennoch zeigten. Auf dem ganzen Boden verteilt lagen Papiertaschentücher. Rauser reichte mir ein Paar Handschuhe.

«Die werden Sie brauchen», sagte Bevins. «Überall Wichstücher. Mehr als genug DNA von diesem Arschloch.»

Rauser öffnete einen Schrank, und wir sahen eine einzelne Barbiepuppe, die am Hals aufgehängt war. Er sah mich an. «Miki», sagte ich.

«Er hat den Hund hiergelassen», sagte Rauser. «Also wird er zurückkommen. Der Pudel scheint das Einzige in dieser Müllhalde zu sein, das ihm etwas bedeutet. Falls die Fahndung nicht vorher zum Erfolg führt, schnappen wir ihn uns, sobald er hier aufkreuzt. Williams und Angotti, Sie beobachten die Straße. Thomas, Sie übernehmen die Kreuzung. Was für einen Wagen fährt er?»

«Einen silbernen Honda Accord, Baujahr achtundneunzig. Ist auf Julian Rabelo zugelassen.» Balaki nannte das Kfz-Kennzeichen, das zusammen mit dem Fahndungsbefehl an sämtliche Polizeidienststellen Georgias gegangen war.

«Balaki, durchsuchen Sie den ganzen Mist hier. Mal sehen, ob Sie was Verwertbares finden. Bevins, vielleicht gibt's in dem Computer da irgendwelche Hinweise, wo er sich nachmittags gern aufhält.»

«Was ist mit dem Hund?», fragte Balaki.

«Bringen Sie ihn in meinen Wagen. Ich nehme ihn mit ins Präsidium», sagte Rauser. Wir starrten ihn alle an. «Was denn? Soll der kleine Kerl etwa dabei sein, wenn wir sein Herrchen schnappen?» Er hob Hank auf und bekam das Gesicht geleckt. «Ach was, ich nehme ihn gleich selbst mit. Balaki, packen Sie mir sein Futter ein.»

Ich stand mitten im Zimmer. Wohin ich auch schaute, überall waren Fotos von meiner Cousine, Beweise dafür, dass dieser Mann sie terrorisiert und ihre Privatsphäre wieder und wieder verletzt hatte. Ich sah Bilder von ihrem Haus und ihrem Auto, von Miki in Sportsachen auf einem Laufband. Ich dachte daran, wie sie zitternd gesagt hatte, sie habe sich im Sportstudio beobachtet gefühlt. Damals hatte ich ihre Ängste achtlos abgetan. Schuldgefühle raubten mir den Atem. «Ich sehe noch mal nach Miki», sagte ich zu Rauser.

«Es geht ihr gut, Street. Der Officer, der bei ihr ist, hat sich regelmäßig gemeldet.»

Ich schwieg, ließ den Blick erneut durch das Zimmer wandern. Es widerte mich an. «Ich möchte bei ihr sein, wenn du anrufst und sagst, dass ihr Richards geschnappt habt.»

38

Der Donner krachte so heftig, dass ich ihn in dem blauen Knubbel von Auto spürte, als ich in Rausers baumbestandener Straße parkte. Die mächtigen Äste der alten Schwarz-Eichen schwankten im Wind wie Ruderboote auf hoher See. Der Himmel war blauschwarz – der perfekte Tag, um Jesse Owen Richards da hinzubringen, wo er hingehörte. Ich stellte mir die Überraschungsparty vor, die das Atlanta Police Department für ihn veranstalten würde. Ich wollte mein Leben wiederhaben. Ich wollte meine Cousine in Sicherheit wissen. Ich hoffte, dass er sich im Gefängnis jeden verdammten Tag unter der Dusche fürchten musste. Ich hatte kein Mitleid mit ihm. Ich hatte in dem Zimmer gestanden, das er mit Fotos von meiner Cousine tapeziert hatte, in dem Zimmer, wo er sich selbst befriedigt und die grauenhaften Dinge geplant hatte, die er ihr, mir und anderen antun wollte. Viele von uns hatten in der Kindheit Schlimmes erlebt. Die meisten von uns waren deswegen nicht zu Monstern geworden.

Eine Reihe junger Ahornbäume bog sich in den Sturmböen, die Blätter flatterten wie Fahnen. Ich streifte die Kapuze der APD-Regenjacke über, die ich noch immer trug, und spürte den Windwiderstand, als ich die Wagentür aufdrückte und in den Regen hinaustrat. Eine Böe riss mich fast um. Die Jacke flatterte hinter mir hoch, bevor ich den Reißverschluss zuziehen konnte. Ich dachte an White Trash allein zu Hause.

Sie hasste Gewitter genauso wie ich. Ihr Leben als Straßenkatze hatte sie darin geschult, Witterungsveränderungen frühzeitig zu spüren und sich ein warmes Fleckchen zu suchen. Eine nasse Katze ist fleischgewordenes Elend. Dass sie jetzt in einer trockenen behaglichen Umgebung lebt, ist anscheinend noch nicht richtig bei ihr angekommen. Sie versteckt sich nach wie vor unter dem Bett, sobald der erste Donner ertönt – erlerntes Verhalten, Vermeidungsstrategien. Damit kannte ich mich aus.

Ein Blitz zerschnitt den schmutzig schwarzen Himmel. Die Luft war elektrisch geladen. Ich spürte die Energie am Hals und auf den Armen. Das gefiel mir nicht. Diese Art von Unwetter bringt mich leicht aus der Fassung. Blitze haben seltsame Vorlieben. Sie nehmen nicht immer den Weg des geringsten Widerstands und suchen sich nicht unbedingt ein besonders hohes Ziel. Von wegen. Sie strecken wahllos mehrere hundert Leute pro Jahr nieder. Ich wollte nicht dazugehören.

Ich lief über den Bürgersteig auf Rausers Haus zu und hoffte, Officer Jacobs würde nicht auf mich schießen, wenn ich wie eine Irre an die Haustür hämmerte, aber ich würde auf keinen Fall hier draußen bleiben.

Als ich die Fliegentür öffnete, traf mich etwas am Fuß. Ein Handy, das offenbar zwischen den beiden Türen geklemmt hatte. Es sah aus wie das, das ich am Morgen in Officer Jacobs' Händen gesehen hatte – klein, weiß, ein iPhone. Wieso war sein Handy hier draußen? War er raus- und wieder reingegangen und hatte es zufällig verloren? Warum hätte er das tun sollen, wo er doch erst in einigen Stunden Dienstschluss hatte? War er von irgendwas – irgendwem – an die Tür gelockt worden?

In meinem Kopf blinkten Warnlampen los. Ich drückte ein Ohr an die Holztür. Stille. Ich blieb einen Moment so stehen, nass, lauschend, überlegte, was ich tun sollte. Ich vergaß den heulenden Wind, der mir die Haare ins Gesicht peitschte, und den von zuckenden Blitzen erhellten Himmel.

Ich holte Rausers Schlüssel hervor, schob ihn vorsichtig ins Schloss und drehte ihn leise. Ich drückte die Tür zwei Zentimeter auf ... *vier, sechs*. Die Sicherheitskette spannte sich. Durch den Spalt sah ich ein Stück von der Couch, wo der Officer heute Morgen gesessen hatte. Keiner da. Keine Bewegung. Adrenalin schoss mir durch die Blutbahn. Jede Zelle meines Körpers wusste, dass hier etwas ganz und gar nicht stimmte. Mein Herz wurde zum Presslufthammer.

Ich sprang von der Veranda, lief geduckt an den Vorderfenstern vorbei und nach hinten in Richtung von Rausers Büro, dem Gästezimmer, Miki. Ich hievte mich auf den Drahtzaun. Regen und Wind klatschten mir ins Gesicht. Mein Fuß rutschte an dem nassen Zaun ab, und Metallspitzen rissen mir die Haut entlang des Schienbeins auf. Opiatrezeptoren schossen ihr Feuerwerk ab, aber es fühlte sich trotzdem an, als würde jemand mir ein Brenneisen ans Bein halten. Ich verlor den Halt, fiel und schlug mit dem Rücken auf dem Boden auf. Schlammige Regenwasserbäche aus rotem Lehm hatten sich über den Bordstein ergossen und überfluteten jetzt den Garten. Ich war klatschnass. Ich stemmte mich hoch, kletterte wieder auf den Zaun, bekam den Fenstersims zu packen, zog mich hinauf und spähte durch Glas und Fliegengitter in einen dunklen Raum. Meine Augen brauchten ein paar Sekunden, bis sie sich umgestellt hatten. Aber dann sah ich das leere Bett.

Wo war Miki?

Wo war Officer Jacobs?

Ich sprang wieder runter, lief unter die Veranda hinter dem Haus. Ich wollte dahin, wo die Fenster zum Esszimmer niedrig genug waren, um hineinzusehen. Rauser hatte ein paar Wände rausgeschlagen. Ich würde erkennen können, wo im Haus sie waren, und hoffentlich auch, was vor sich ging. Mir rasten zig Szenarien durch den Kopf. Und keines davon ging gut aus.

Als ich um die Ecke bog, schlug mir der Wind in Orkanstärke entgegen. Alles, was nicht niet- und nagelfest war – Zweige, Blätter, Blüten, Vogelnester –, wurde losgerissen und flog durch die Luft. Erste schrotkorngroße Hagelkörner prasselten nieder. Ich drückte den Rücken gegen die Ziegelwand, beugte mich vor und versuchte hineinzuspähen.

Meine Cousine saß am Esstisch. Ebenso wie Officer Jacobs. Sie hatten Klebestreifen über dem Mund. Ihre gebeugten Schultern verrieten mir, dass ihre Hände auf dem Rücken zusammengebunden waren, vermutlich an die Stühle gefesselt, auf denen sie saßen. Beide trugen sie kleine, spitze Partyhütchen. Kerzen flackerten auf einer viereckigen weißen Torte mit blauem Zuckerguss.

Ich schnappte nach Luft, drückte mich gegen die Hauswand, rang jähe Übelkeit nieder. *Die Geburtstagsparty – der erweiterte Selbstmord.* Jesse Owen Richards versuchte verzweifelt, die Szene nachzuspielen, die seine Kindheit zerstört hatte. Und ich hatte einen Platz am Tisch. An dem Tag, als er mir mit verzerrter Stimme drohte, hatte er das wörtlich gemeint.

Wo war er?

Ich tastete nach meinem Handy, versuchte, es vor dem Regen zu schützen, aber das war aussichtslos. Rauser meldete sich nach dem ersten Klingeln. Bei dem tosenden Wind konnte ich ihn kaum hören. In der Ferne heulten bereits Katastrophensirenen; überall in der Stadt wurden Menschen von automatischen Ansagen über Lautsprecher gewarnt. Atlanta wappnete sich für ein gigantisches Unwetter. «Richards hat Miki und deinen Officer. Er ist im Haus. Inszeniert eine Geburtstagsparty.»

Dann … *Krach.* Ein Blitz schlug in einen Transformator auf

einem Telefonmast am Straßenrand ein und ließ Funken sprühen. Ich spürte die Elektrizität durch mein Handy knistern. Ich ließ es fallen. Das Haus wurde dunkel. Ich fiel unter dem Fenster auf die Knie, drückte mich so dicht ans Haus, wie ich konnte. Richards würde bestimmt ans Fenster kommen, um nachzusehen, was passiert war, oder? Der Hagel türmte sich inzwischen, Millionen winzige Golfbälle. Das war die gefährlichste Phase eines Unwetters, hatte man mir immer gesagt.

Ich wartete mit hämmerndem Puls, dann schob ich mich hoch, spähte hinein. Und wäre fast hintenübergefallen.

Da war er. Mr. *R.* Sein Gesicht leuchtete im tanzenden Schein von Geburtstagskerzen. Er trug einen glänzenden Hut aus Goldfolie, mit rosafarbenen und blauen Ballons darauf. Unter dem Hut war sein Schädel geschoren. Auf dem großen Kopf wirkte der Kinderhut winzig. Das Gummiband grub sich in sein Kinn. Er saß zwischen Miki und Officer Jacobs. Sein Mund bewegte sich. Sein Gesichtsausdruck war ärgerlich, seine Hände gestikulierten, als würde er streiten.

Der Schiedsrichter, begriff ich. Der Schiedsrichter bei dem Baseballspiel, der den Trainer angeschrien hatte, der Mann, der den Staub von seiner Mütze geklopft hatte und wütend davongestürmt war.

Eine geballte Faust knallte auf den Tisch. Ich sah Mikis Körper zusammenzucken. Er beugte sich ganz dicht zu ihr und schrie etwas, das ich nicht verstehen konnte. Ihre Augen waren glasig vor Angst.

Ich schaute zu dem Tisch hinüber, eine 9-mm lag neben den knallbunten Papptellern und Servietten, die passend zu den Partyhütchen mit kleinen rosafarbenen und blauen Ballons bedruckt waren, es waren fast genau die gleichen wie die auf den Tatortfotos von seinem achten Geburtstag.

Er griff nach einem Messer, und ich erstarrte. Er schnitt ein

Stück von der Torte ab, fing an, es mit den Händen zu essen, es grotesk zu verschlingen, als wäre er halb verhungert, das breite Gesicht erstarrt zu einer Maske der Trauer. Tränen liefen ihm über die Wangen, als er sich vorbeugte, um die Kerzen auszupusten. Wangen, Mund und Hemd waren mit Zuckerguss und Kuchen beschmiert, die Zähne mit blauer Lebensmittelfarbe verfärbt. Er packte Mikis Haare am Hinterkopf und riss sie nach hinten. Zum ersten Mal bemerkte ich das getrocknete Blut auf ihrem Gesicht, die dunkle Prellung an ihrem Wangenknochen und ums rechte Auge. Wie lange quälte er sie schon? Ich sah zu Officer Jacobs hinüber. Er schaute in meine Richtung, aber seine Haut war sehr blass, und seine Augen wirkten blicklos. Er war verletzt, erkannte ich. Anders wäre Richards nie an ihm vorbeigekommen.

Richards brüllte wieder irgendwas, aber bei dem Unwetter konnte ich ihn durch die Glasscheibe nicht verstehen. Er griff nach der Pistole. Ich musste da rein.

Ich rannte zurück unter die Veranda vor dem Schlafzimmer und zog eine Schubkarre aus dem Hohlraum darunter. Überall in der Stadt heulten Alarmsirenen in jeder Tonhöhe – Krankenwagen und Polizeiwagen, Tornadowarnungen. Das Gewitter musste irgendwo in der Stadt ein Chaos verursacht haben. Ich hoffte, dass Rauser mich gehört hatte. Ich hoffte, dass einige Cops auf dem Weg hierher waren. Aber ich konnte nicht warten. Richards hatte angefangen zu weinen – sein Ritual, sein Loslassen. Er würde sie töten.

Ich stieg auf die Schubkarre und sah das Blut, das in mein Hosenbein gesickert war, aber ich spürte jetzt keinerlei Schmerz. Stresshormone, Training, Instinkt, alles zusammen leistete mir gute Dienste.

Ich packte die Brüstung der Veranda, schloss die Augen gegen den prasselnden Regen und zog mich hoch. Die Fliegentür war arretiert. Ich schlug das Fliegengitter heraus, hob den Haken aus der Öse und stieß die Holztür auf. Der Wind toste. Und ich wusste, dass sich der Druck im Haus verändert hatte. Richards würde wissen, dass irgendwo eine Tür geöffnet worden war. Ich ließ sie offen, hoffte, er würde denken, es war bloß der Sturm. Vielleicht würde er nachschauen kommen.

Ich blieb stehen, lauschte. Kein Weinen. Kein Toben. Kein Laut, der zu der widerwärtigen Szene passte, die ich durchs Fenster gesehen hatte. Richards' perverse Geburtstagsparty mit Tellerchen und Servietten und Torte und spitzen Hütchen mit Gummiband war verstummt.

Ich streifte meine nassen Schuhe ab und schob sie unters Bett, wartete zitternd hinter der Schlafzimmertür. Ich wog meine Chancen ab. Richards war ein kräftiger Bursche. Körperlich konnte ich es nicht mit ihm aufnehmen. Er hatte seine 9-mm und die Dienstwaffe von Officer Jacobs. Ich schloss die Augen, atmete tief aus, um mich zu beruhigen, wartete.

Fünf Sekunden, zehn, fünfzehn. Nichts.

Ich trat um die Tür herum und schlich den Flur hinunter, machte auf dem knarrenden Parkett einen großen Schritt über ein altes Lüftungsgitter im Boden. Meine Kleidung war schwer und tropfnass. Ich schaute in das Gästezimmer. Die Bettdecke war halb runtergerissen. Er hatte Miki herausgeschleift. Im Weitergehen streifte ich, die Glock in der Hand, die nasse APD-Regenjacke ab.

Ich lugte kurz um den Türrahmen zum Wohnzimmer. Jacobs' Funkgerät lag völlig zerstört in der Nähe der Haustür auf dem Boden. Es hatte wohl gekrächzt und Richards geärgert. Oder ihm Angst gemacht. Die Polizeizentrale hatte mit Sicherheit versucht, Kontakt zu Jacobs aufzunehmen, sobald Rauser meinen Anruf erhalten hatte. Richards war wahrscheinlich ins Wohnzimmer gerannt, als er die Durchsagen hörte. Ich stellte mir vor, wie er das Gerät mit seinen großen Schuhen zertrampelte, durch Rausers Haus tobte. Miki musste bis ins Mark verängstigt sein.

Ich bog um die Ecke ins Wohnzimmer, Kontrollblick nach rechts und links. Nichts.

Ich schob mich an einer langen Wand entlang auf einen breiten Durchgang in dem Teil des Hauses zu, den Rauser renoviert hatte: das Esszimmer mit einer offenen Küche dahinter. Mein Körper signalisierte mir, dass ich den Absprungpunkt erreicht hatte. Jetzt gab es kein Zurück mehr. Ab hier verschwindet die übrige Welt. Ich hörte meinen eigenen Atem und das *Do-dong, Do-dong, Do-dong* meines Herzschlags. Alles andere löste sich auf. So etwas macht schiere, blinde Angst mit einem. Sie zieht dich durch ein Schlüsselloch.

Ich drehte mich ins Wohnzimmer, sah Miki und Jacobs. Etwas schlug gegen das Fenster, wurde vom Wind weitergerissen. Unter dem Stuhl des Officers war Blut. Er wehrte sich gegen seine Fesseln. Die Geburtstagskerzen auf der Torte flackerten. Die Pistole war verschwunden. Meine Augen suchten die Küche ab. Das Licht veränderte sich. Ich war oft genug in Rausers Haus gewesen, um zu wissen, dass sich gerade etwas vor den Wohnzimmerfenstern bewegt hatte. Ich ließ mich fallen und hörte das schnelle Knallen der 9-mm. Ich robbte auf den Ellbogen in Deckung.

«Wir haben auf dich gewartet, Keye. Du bist der fehlende Gast auf unserer Party.» Zum ersten Mal hörte ich seine Stimme unverzerrt. Er sprach seltsam hell und mit einem starken Südstaateneinschlag. Ich lag am hinteren Ende des Tisches flach auf dem Boden. Ich musste es in die Küche schaffen, weg von Miki und Jacobs, ehe sie in die Schusslinie gerieten. Ich hörte Schritte näher kommen, und Richards rief erneut höhnisch meinen Namen. «Keye …»

In diesem Moment spürte ich es – Druck, wie wenn man zu schnell aus tiefem Wasser auftaucht. Ich spürte ihn im Kopf und in den Ohren, und einen Sekundenbruchteil später klang es, als wären wir auf einer Startbahn. Die Luft roch nach Schwefel und Gas. Das ganze Haus vibrierte. Die Fenster barsten, sprangen heraus. Eine dreckige schwarze Wolke krachte in die Hausfassade wie ein Sattelschlepper. Richards wurde nach vorn geschleudert. Seine Pistole ging erneut los. Ich sah, wie er bäuchlings zu Boden fiel. Ich zielte. Er hob den Kopf, sah mich durch die Tischbeine hindurch an.

«Jesse, Hände hoch. *Sofort.*»

Und dann explodierte etwas. Die Decke riss auf. Stuck und Dämmmaterial und alles, was auf dem unfertigen Dachboden lagerte, regnete herab. Äste stießen durch das Dach, durch die Fenster, wippten ins Haus, als hingen sie an Gummibändern, fegten alles davon, schabten über meinen Körper wie riesige Drahtbürsten. Dreck und Wasser ergossen sich über mich. Ich blickte hoch und sah den wirbelnden Himmel und den breiten Stamm einer Kiefer, Tausende Kilo abgefangen von Mauerwerk und Holz.

Richards war verschwunden. Miki und Jacobs waren beide mit ihren Stühlen umgerissen worden. Der Tisch war auf die Seite gekippt. Torte lag verspritzt auf dem Boden.

Ich kletterte über das Wirrwarr von gesplitterten Ästen, um zu ihnen zu gelangen. Die Wände erbebten, das Dach ächzte und gab dann nach unter seiner Last. Der Stamm der Kiefer schien das ganze Haus zu zerteilen. Lange Äste wippten um mich her, peitschten herum. Ich verlor das Gleichgewicht, fiel auf den Bauch. Die Glock glitt mir aus der Hand. Etwas traf mich schmerzhaft im Rücken. Eine Hand packte meinen Knöchel, riss mich zurück. Er schleifte mich nach hinten, über die großen Äste hinweg, die Stein und Mörtel und Putz durchschlagen hatten. Ich versuchte, mich loszureißen, schlug um mich, trat nach ihm. Er packte mich vorne am Hemd und zog mich hoch. Eine Faust krachte mir ins Gesicht. Die Welt wurde dunkelblau mit goldenen Punkten darin. Irgendwo in meinem Gehirn kam die Meldung an, dass man mir Wasser ins Gesicht spritzte. Ich keuchte, spürte sein Knie auf meiner Brust, seine Hand, die mir die Nase zuhielt, die Flasche, die zwischen meine Zähne gerammt war, den heißen Schmerz in den Augen. Meine Kehle brannte. Ich würgte, versuchte, nicht zu schlucken, erstickte dennoch fast an der Flasche Bourbon, die immer auf Rausers Küchentheke steht. Er schüttete die Flüssigkeit in mich rein, während ich würgte, mich dagegen wehrte, an dem Zeug zu verrecken, das mich ohnehin schon fast umgebracht hätte. Ich versuchte, meine brennenden Augen zu öffnen. Seine Pistole. Wo war seine Pistole? Ich sah ihn über mich gebeugt, noch immer das spitze Partyhütchen auf dem Kopf, das jetzt nass war und völlig schief hing. Blut lief ihm über Gesicht und Hals. Er hatte Schnittwunden an Schläfe und Wange. Seine dunklen Augen starrten mich an. Er nahm die Flasche weg. Ich sah Bewegung im Hintergrund. Miki lag auf der Seite, noch immer an den Stuhl gefesselt, und schob sich auf uns zu.

Richards folgte meinem Blick, wandte sich nur eine Sekunde lang ab. Ich zögerte nicht. Ich riss die 9-mm aus seinem Hosenbund und erschoss den Scheißkerl. Ich traf ihn mitten in die Stirn, sobald er mir wieder sein blutiges, mit Zuckerguss beschmiertes Gesicht zuwandte.

Eine Symphonie von Sirenen wurde im Hintergrund gespielt – Alarmanlagen von Autos und Häusern, Krankenwagen, Polizeiautos. Kein Regen oder Wind mehr. Bloß eine unheimliche Stille. Ich schob seine Leiche von mir runter, drehte mich auf die Seite, würgte. Ich hörte Rausers Stimme.

39

Riesige Bäume waren mitsamt ihren Wurzeln aus dem aufgeweichten roten Lehmboden gerissen worden, hatten Häuser zerstört, Straßen blockiert. Teile der Stadt waren noch immer ohne Strom. An Kreuzungen versuchten Cops, den Verkehr zu regulieren, weil Ampeln ausgefallen waren. Es war meine erste Gelegenheit, mir bei Tageslicht anzusehen, was das Superzellengewitter uns gestern angetan hatte, als ein Tornado sich daraus löste und durch Atlantas Straßen tobte. Ich sah einen Telefonmast, dessen obere Hälfte glatt abrasiert war. Ein Teil der Dekalb Avenue war gesperrt. Wie groß ein Telefonmast ist, merkt man wirklich erst, wenn er quer auf der Straße liegt. Manche Geschäfte hatten ihre Schaufenster mit Brettern vernagelt. Andere zeigten nur noch dunkle Fensterhöhlen.

Atlanta war arg mitgenommen, aber es hatte mal wieder einen Tornado überstanden. Und ich auch. Dennoch, meine Träume, mein Schlaf waren verpestet von dem Alkohol, den Jesse Owen Richards mir in die Kehle geschüttet hatte. Ich hatte meinen ersten Kater seit Jahren. Letzte Nacht hatte ich unter der Dusche gestanden, während das Wasser in den Schnitten an meinem Körper brannte, und ich hatte geweint, leise, damit Rauser es nicht mitbekam. Später hatte er hinter mir im Bett gesessen, die Arme fest um mich geschlungen und mir ein Handtuch mit einem Eisbeutel darin ans

Gesicht gedrückt, während ich in seiner Umarmung einschlief.

Ich hielt vor Mikis viktorianischem Haus und sah einen Mercedes in der Einfahrt stehen. Meine Eltern hatten sie nach Hause gefahren und dann die Beruhigungsmittel, die ihr verschrieben worden waren, aus der Apotheke geholt. Sie hatte geschluchzt, als man sie aus Rausers zerstörtem Haus führte. Officer Jacobs war schnellstens ins Krankenhaus gebracht worden. Richards hatte ihn in den Bauch geschossen, als er die Tür aufmachte.

Ich klopfte an Mikis Haustür. Nichts passierte. Ich versuchte, den Türknauf zu drehen. Abgeschlossen. Ich schickte ihr eine SMS, dass ich da war. Eine Minute später ging die Tür auf, und vor mir stand Cash Tilison.

«Hübsches blaues Auge haben Sie da, Keye. Ich hatte gehofft, wir würden uns unter angenehmeren Umständen wiedersehen.» Er trat beiseite, um mich hereinzulassen. «Miki ist im Wintergarten.»

Meine Cousine saß auf ihrem kleinen Sofa, die Beine hochgelegt. «Da ist ja meine Heldin», sagte sie. «Hey, wir passen zusammen.» Sie zeigte auf den Bluterguss in ihrem Gesicht. Auf dem Tisch sah ich eine Wodkaflasche, eine Tablettenpackung, einen Handspiegel, eine Rasierklinge, weiße Lines auf dem Spiegel. Kokain, vermutete ich. Sie lächelte mich an. «Bedien dich.»

«Miki, was soll das?»

Tilison kam herein und ließ sich lässig in einem Sessel nieder. Ich achtete nicht auf ihn. «Alles in Ordnung mit dir?», fragte ich meine Cousine.

«Sie will wissen, ob du in meiner Gesellschaft sicher bist», sagte Tilison zu Miki. «Sie hat ernsthaft gedacht, ich wäre dein Stalker. Nicht zu fassen, oder?»

Ich blickte Miki unverwandt an. «Willst du dich ernsthaft wieder auf ihn einlassen? Mit Drogen und Alkohol und Beschimpfungen? Hast du denn immer noch nicht genug?»

«Ich möchte, dass er hier ist», entgegnete Miki.

«Weil er dir diesen Mist da bringt?» Ich zeigte auf den Spiegel. «Kommst du deshalb nicht von ihm los?»

Miki nahm ein *Time Magazine* und warf es mir zu. Ich schaute darauf – weites Weideland und ein schwarzer Tornado, der bedrohlich auf ein Farmhaus zuwirbelte. Es war ein atemberaubendes Foto. «Du solltest die Doppelseite in der Mitte sehen. Diesmal komme ich nicht bloß in die engere Auswahl. Diesmal krieg ich den Preis und noch mehr. Du sitzt immer auf dem hohen Ross, Keye. Ich werde ein Star. Und was macht *deine* Karriere?»

«Du bist betrunken», sagte ich.

«Ach, komm schon, entspann dich. Mach dir einen Drink. Ist doch sowieso alles egal, nach gestern.» Sie lachte. Cash lachte mit ihr.

Ich hatte mir so gewünscht, sie beschützen zu können, aber ich konnte sie nicht retten. Nicht vor sich selbst. Ich hätte schon wieder losheulen können. Aber ich tat es nicht. Ich drehte mich um und ging.

EPILOG

Rauser und ich saßen im Southern Sweets. Er wusste immer, wie er mich aufmuntern konnte. Wir hatten jeder ein riesiges Stück altmodische Schokoladentorte vor uns, die beste Torte der Stadt, wie ich fand. Mit den herzförmigen schmiedeeisernen Stühlen, den kleinen runden Tischen und dem schwarzweiß gefliesten Boden hatte das Café einen nostalgischen Eisdielencharme. Rauser wirkte immer irgendwie komisch, wenn er auf einem dieser kleinen Stühle saß. Er hatte die Beine seitlich weggestreckt, weil sie nicht unter den Tisch passten. Eine übertriebene Vorliebe für Süßes war nun mal etwas, das wir gemeinsam hatten, und einer der Gründe, warum ich diesen Mann liebte.

«Gott, ist das köstlich. Ich hätte nicht gedacht, dass ich je wieder Torte esse, nicht, nachdem ich die Überreste von dieser gruseligen Geburtstagsparty gesehen hab», sagte er.

«Wem sagst du das.»

Er sah auf die Uhr. «In einer Stunde müssen wir da sein. Dann nehme ich mir den Rest des Tages frei. Wir könnten uns heute Abend irgendwas zu essen kommen lassen, einen rührseligen Frauenfilm gucken und über unsere Gefühle reden, was meinst du?»

«Du Heuchler.» Ich lächelte und warf einen Blick auf Hank, den Pudel. Direkt vor der Glastür leckte er einen Becher Hundeeis. Seine neue Leine war an einen Fahrradständer gebunden. Rauser hatte die alte Leine, das Halsband und das Halstuch weggeworfen und Hank im Tiergeschäft einen neuen Look verpasst. «Ich komm noch immer nicht drüber weg, dass du den Hund eines Serienmörders adoptiert hast», nuschelte ich, den Mund voll Torte.

«Reg dich ab, Street. Der arme Hund kann doch nichts dafür, dass sein Herrchen ein Irrer war.»

«Heute Morgen hast du ihn wie ein Kleinkind im Arm gehalten und Babysprache mit ihm geredet, Rauser. Ich weiß nicht, ob das niedlich war oder einfach nur … beängstigend.» Ich schob mir noch mehr Schokoladentorte in den Mund. «Und außerdem ist White Trash ziemlich entsetzt.»

«Es wird drei Monate dauern, mein Haus wieder aufzubauen. Bis dahin haben sie sich aneinander gewöhnt.»

«Letzte Nacht hat er sich im Bett unsittlich an meinem Fuß geschubbert.»

«Das war ich», gestand Rauser, den Mund voller Torte. Wir lachten beide. Das Leben kehrte wieder zur Normalität zurück. Jedenfalls zu dem, was für uns Normalität war. «Hör mal, Keye, ich will dir was vorschlagen. Wir beide kommen doch ziemlich gut klar. Ich liebe dich und so weiter. Was spricht dagegen, dass wir heiraten und es offiziell machen. Ich verspreche, dich zu lieben und dafür zu sorgen, dass du dann und wann auf jemanden schießen darfst. Und wenn wir alt sind, könnten wir in unseren Schaukelstühlen um die Wette schaukeln.»

Ich legte meine Gabel hin. «Wir könnten über unsere vielen Wehwehchen und Zipperlein reden.»

Rauser nickte. «Und darüber, wie unsere ganzen Freunde und Bekannten abgekratzt sind.»

«Ich könnte dir zur Toilette helfen. Schließlich bist du ja ein ganzes Stück älter als ich.»

Rauser lächelte. Wir schwiegen einen Moment.

«Hört sich das für dich spaßig an?»

Rauser runzelte die Stirn. «Nicht besonders. Vergiss, dass ich davon angefangen hab.»

Ich beugte mich vor und küsste ihn. «Ich liebe dich, Aaron Rauser.»

Wir verließen das Café und fuhren Richtung Midtown. Beide schwiegen wir. Hank lag quer über Rausers Schoß. Rauser parkte vor einem kleinen roten Backsteingebäude in der Nähe des E-Werks am Monroe Drive.

«Wir warten hier», sagte er zu mir. «Ich glaube, Hank vermisst den Irren. Da müssen wir mal drüber reden. Er ist ein bisschen trübselig.» Er drückte meine Hand. «Hey, du schaffst das, Keye. Das ist wie Fahrrad fahren.»

Ich zog die Glastür auf und sah einen Tisch mit Styroporbechern, einen Kaffeespender, ein paar Schachteln mit Donuts. Jon stand am Eingang zu dem kleinen Raum. Ich hatte meinen Betreuer seit zwei Jahren nicht gesehen. Er lächelte, streckte mir die Hand entgegen.

Ich ging an den grauen Klappstuhlreihen vorbei, drehte mich um und sah zwölf vollkommen fremde Menschen vor mir. «Ich heiße Keye. Ich bin Alkoholikerin.»

DANK

An alle bei Random House: Ich danke euch für eure gute Arbeit, euren Einsatz, euren Glauben an mich, für das Engagement und die Liebe, die ihr der Welt der Wörter und Bücher entgegenbringt. Und dafür, dass ihr einfach so unheimlich nett seid. Besonderer Dank geht an Libby McGuire, Sharon Propson, Lindsey Kennedy, Randall Klein, Susan Corcoran, Kristin Fassler und Ania Markiewicz, Kimberly Hovey, Theresa Zoro, Denise Cronin, Kelly Chian, Benjamin Dreyer, Carlos Beltran und Toni Hetzel. Außerdem danke ich Amy Brosey.

Kate Miciak, du bist meine Superstarlektorin, die bessere, klügere Hälfte meines Gehirns. Leider muss ich dir mitteilen, dass ich schon wieder ein Buchskelett für dich in der Mache habe. Und natürlich wird von dir erwartet, dass du es (und mich) auf Vordermann bringst. Und natürlich wirst du das auch.

Meiner Superheldin und Agentin Victoria Sanders und überhaupt allen bei Victoria Sanders & Associates will ich sagen: Ihr seid großartig! Chandler Crawford und Angela Cheng Caplan, danke für eure Arbeit und die sanften Schubser, die mir geholfen haben, das Buch zu Ende zu schreiben.

Wahnsinnig dankbar bin ich Benee Knauer, meiner Freundin, ersten Leserin und Beraterin. Du bist und bleibst die Beste!

Ein großes Dankeschön geht an die folgenden Experten, die mir so großzügig ihre Zeit zur Verfügung gestellt und meine vielen E-Mails und Anrufe klaglos erduldet haben: Special Agent Dawn Diedrich vom Georgia Bureau of Investigation; Dr. Jamie Downs, Coastal Regional Medical Examiner beim Georgia Bureau of Investigation; GBI Special Agent Lanny Cox; Brent Turvey, Ms, Forensiker; Sergeant Liane Lacoss vom Morddezernat des Atlanta Police Department; Lesley Slone, forensische Psychologin; Mitch Holland, Leiter der Forensik-Abteilung an der Penn State University und Gründer von Forensic DNA Consultants; Gabriel Gates; Angie Griffin und Dragonfly Copters sowie Betsy Kidd von Blue For You, Inc.

Und schließlich danke ich meinen Freunden, die mir liebenswürdigerweise erlauben, die Namen zu benutzen, die mir gefallen, und damit zu machen, was ich will. Ein verspäteter Dank geht an William LaBrecque dafür, dass er in der letzten Runde den Bösen gespielt hat.

MIX
Papier aus verantwortungsvollen Quellen
FSC® C083411

Das für dieses Buch verwendete FSC®-zertifizierte Papier
Creamy liefert Stora Enso, Finnland.